Paula Irmschler

Superbusen

Paula Irmschler

SUPERBUSEN

claassen •• roman

Für die Fam

Let the music heal your soul
Let the music take control
Let the music give you the power
To move any mountain

BRAVO ALL STARS

ERSTER TEIL

1

»Sehr hohe Auslastung«, heißt es in der Bahn-App. Daneben sind drei kleine orange Figürchen zu sehen, die zusätzlich vor der erwarteten hohen Auslastung warnen sollen. Das machen die nur, um einen von der Fahrt abzubringen oder einem schon vorher die Laune zu verderben mit der Aussicht auf eine Fahrt im Stehen, bei der man dann von den armen Mitarbeitern angerempelt wird, die mit heißem Kaffee jonglieren müssen, während plärrende Kinder einem zwischen den Beinen hindurchkriechen, und Rollkoffer malträtieren den Rest des ohnehin schon geschundenen Körpers. Dass die das von der Bahn nur machen, um einen zu ärgern, ergibt natürlich keinen Sinn, schließlich soll man mit der Bahn fahren, das bedeutet ja Cash für die Bahn, und man soll gern auch kurzfristig buchen, denn das bedeutet noch mehr Cash für die Bahn, und überhaupt soll man mit der Bahn fahren, dafür ist sie nun mal da.

Aber »die Bahn« ist in dieser oft gemachten, anklagenden Betonung, wie in »Typisch die Bahn!«, »Na ja, Deutsche Bahn!« oder »Deutsche Bahn, ich sag nix mehr!«, eine sehr personifizierte Vorstellung des Unternehmens und kommt daher wie eine fiese Eiskönigin oder unfaire Chefin, die verdammte Bahn halt!, und die macht angeblich immer ganz bewusst verschiedene Sachen, um Leute abzufucken, wieso dann nicht auch mal das? Irgendjemand muss auf jeden Fall schuld daran sein, dass ich jetzt Stress habe, ob es nun ein umgefallener Baum, Frost, Hitze, Vandalismus, Montag oder Manipulation ist. Ich samt meiner Schlaflosigkeit, Unfähigkeit und sowieso Faulheit kann es nicht sein, denn dann fiele mir ja der komplette Schuldbaum auf den Kopf.

Diese grundsätzlichen Überlegungen plus das ganze Rumtitschen auf dem zersplitterten und durch Tabakkrümel wieder akkurat versiegelten Handy-Display nach alternativen Verbindungen dauern weitere sinnlose Minuten, in denen ich mich schon längst ins Badezimmer hätte bewegen, die Boombox anmachen und Beyoncés »Lemonade« hätte hören können, das jetzt endlich auch mal auf Spotify erschienen ist. Aber stattdessen frage ich mich, seit der Handywecker mich aus einem schönen Traum gerissen hat, in welchem ich durch ein sehr großes, altes Gebäude gelaufen bin, ob ich überhaupt fahren soll, warum ich nicht schon vor Tagen einen Zug gebucht und vielleicht sogar eine Sitzplatzreservierung in Erwägung gezogen habe. Die Antwort auf Letzteres ist leicht: Weil das nur Arschlöcher machen.

Jetzt wird mich die Fahrt meine letzten 50 Euro kosten, denn die Alternative, der gute alte, höllische, Thrombose verheißende Flixbus, ist natürlich ausgebucht.

Das ist alles wieder viel zu anstrengend. Erschwerend hinzu kommen die Rückenschmerzen von der fiesen, alten, verbeulten Matratze, die hier bei Paul auf dem Boden rumliegt und einem als Bett genügen soll, und der leere Akku der Boombox. Die orangen Figürchen tanzen mittlerweile auf meiner Nase herum, mir ist das Handy beim Rumwälzen ins Gesicht gefallen, und jetzt sehe ich Sterne. Wann hört so was eigentlich auf? Wann ist man alt genug, ein Handy zu halten? Es sind alles sehr gute Argumente, einfach hierzubleiben, bei Paul. Ich mache die Augen zu, um meinen Körper entscheiden zu lassen, nicke fast wieder weg, während ich versuche, mich an Details von dem Gebäude aus dem

Traum und wonach ich da drinnen eigentlich gesucht habe zu erinnern, als es vibriert. Meryam hat geschrieben. Sie freut sich, dass ich kommen werde, da könne man »mal wieder quatschen«, und sie hat auch noch »was aus Leipzig mitgebracht«, das sie mir »unbedingt geben« will.

Meryams Freude reicht als Grund, jetzt doch aufzustehen. Außerdem kratzt eine Sprungfeder an meinem Bein, die unten aus der Matratze ragt, und ein bisschen kratzt auch der Streit, den Paul und ich vergangene Nacht hatten. Zwar nicht sehr, denn wir streiten oft. So oft, dass nicht mal mehr geweint oder sich entschuldigt wird. Er schläft dann meist im Wohnzimmer der, seiner, WG, wir sprechen nicht, und schließlich tanzen wir wieder um die kratzige Stelle im Bett herum. Als Kind spielte ich mit meinen Geschwistern »Der Boden ist Lava«, wobei man sich aufs Bett retten musste – mit Paul und über 20 Jahre später war nun das Bett selbst die gefährliche Zone. Wenn man sich nicht mal mehr entschuldigt, kann man vielleicht auch wortlos gehen. Im Streit wegzufahren und nicht zu wissen, wann ich wiederkomme, fühlt sich nicht richtig, aber gleichzeitig so angenehm einfach an. Unweigerlich habe ich jetzt den Ohrwurm von Ronan Keating in meiner naiven Romantikerinbirne: *If tomorrow never comes, will she know how much I loved her?* Wenn er oder ich jetzt von einem Auto dahingerafft würde, wie Keating im Keating-Video, wüsste dann die jeweils andere Person, dass der Streit total albern war und wir uns eigentlich liebten? Ja. Würde sich die übrig gebliebene, noch lebende Person trotzdem ewig Vorwürfe machen, weil sie sich nicht einkriegen wollte? Auch ja. Ich schleppe mich mit Handy, Boombox, Ladekabel und Handtuch ins Bad, und es kann beginnen. *Sorry, I ain't sorry. Sorry, I ain't sorry, I ain't sorry.* Gut, dass noch etwas von der Anti-Stress-Mizellendusche da ist. So kann es gelingen! Ronan Keating hat seine Frau im echten Leben einfach ganz normal betrogen, denke ich, während ich mir den Stress wegrubbele. Auch eine Möglichkeit. Das angesagte Mizellenlabel ist in Wahrheit Quatsch, mit dem ganz normale Kosmetikprodukte lediglich neu vermarktet werden, habe ich vor Kurzem auf Facebook gelesen, aber da hatte ich längst naiv zugeschlagen. Ich glaube, das Gebäude, von dem ich geträumt habe, war eine Uni.

»Ich hau dann mal ab«, rufe ich mit nassen Haaren, halb angezogener Jacke und offenen Schnürsenkeln Richtung Wohnzimmer und Paul. Der schnarcht tief und fest, also schließe ich die leicht geöffnete Tür des Zimmers. Mit Blick auf meine Schuhe fällt mir ein, dass ich beim Neptunfest im Schullandheim in Moritzburg »Schnoff« getauft wurde. Das stand für »offener Schnürschuh« und war ein bisschen weit hergeholt. Aber ich wurde von der Lehrerin vergessen bei der Namensfindung, also musste vor Ort improvisiert werden, und ich hatte an dem Tag eben meine Schnürsenkel nicht vernünftig zugebunden. Ich überlege, sie heute offen zu lassen, um diesem Namen Jahrzehnte später doch noch gerecht zu werden.

In dem Rucksack auf meinem Rücken ist alles, was ich besitze. Er ist trotzdem ziemlich leicht. Eingepackt und zugeschnürt sieht es aus, als wäre ich wirklich nur zu Besuch da gewesen. Auf dem Weg nach unten zähle ich wie immer die Treppenstufen. Es sind 57. Gestern auf dem Weg nach oben sind es noch mehr gewesen.

2

»Jetzt also mal schön wieder nach Chemnitz«, nuschele ich im Raucherbereich am Gleis in meine Zigarette, als wäre ich die neurotische Protagonistin einer Serie, als hörte mir ein unbestimmtes Publikum zu und interessierte sich für die pathetische Ankündigung. Ich könnte ganz gut eine selbstbezogene Stadt-Kolumnistin darstellen, die jede Begegnung zu ihrer Story macht. »Ich kam nicht umhin, mich zu fragen ... weshalb ich jetzt eigentlich nach Chemnitz fahre«, nuschele ich weiter. Die gute alte Carrie-Bradshaw-Phrase. Wobei ich optisch mal wieder die absolute Anti-Carrie bin oder maximal die von Stephen King. Wenn das Publikum gesehen hätte, wie ich eben am Feuerzeug gerieben habe wie an einem Flaschengeist oder gar an einem Penis, weil ich mal gehört habe, dass ein nicht funktionierendes Feuerzeug durch Reibung wieder funktioniert, und das tatsächlich gerade geklappt hat, wären vielleicht auch die Lacher aus der Konserve gekommen. Aber jetzt kommt nur »… krzz … krzz … wegen … zehn Minuten Verspätung« aus den Lautsprechern am Gleis. Typisch! Deutsche Bahn. Ich schreibe also sicherheitshalber in den Telegram-Gruppenchat, in welchem ich mich mit den Freunden, die jetzt auch mal schön wieder nach Chemnitz kommen, und denen, die schon oder sowieso immer da sind, über die Tagesplanung austausche, dass ich wirklich komme, mich aber verspäten werde, weil ich einen Zug verpasst habe. In Wahrheit habe ich getrödelt, aber das wäre wieder zu typisch für mich. Jana schickt einen Britney-Sticker. Es ist das Bild, wie Britney im Jahre 2007 mit einem grünen Schirm völlig zu Recht auf einen Paparazzo losgegangen ist, weil sie genervt von der Belagerung war. Genau diese Laune hat Jana offensichtlich den heutigen Tag betreffend.

Chemnitz ist die am zweitschlechtesten angebundene Stadt Deutschlands, danach kommt nur noch Trier, stand mal auf so einer Liste im Internet. Man muss, bevor das Ziel erreicht werden kann, immer erst mal woandershin, entweder nach Dresden oder eben nach Leipzig, so wie ich es jetzt mache. Dass nach Chemnitz kein IC oder ICE fährt, ist wichtig für die Identität der Stadt, die viel mit einem ironischen (Linke) bis ernst gemeinten (Rechte und auch Linke) Underdoggehabe zu tun hat. Es gibt einen Twitter-Account namens »Hat heute in Chemnitz ein IC oder ICE gehalten?«, und da wird jeden Tag ein »Nein.« gepostet.

Als wir vor ein paar Jahren das erste Mal mit dem Zug von Berlin nach Leipzig gefahren sind, weil Selma, Stefan und ich die Rückfahrt im Bus von einer Demo beim Refugee Camp wegen einer Diskussion mit Rassisten verpasst haben, war ich überrascht, wie schnell das geht. Dank ebenjener Luxus-Verbindung. Zack, schon ist man in Lutherstadt Wittenberg und im Nu wieder in Sachsen. Man ist so verdammt schnell immer wieder in Sachsen.

Dabei war ich mit dramatischer Geste vor sechs Monaten abgehauen und hatte fast alles stehen und liegen lassen. Paul, Maxi und Amanda, meine einzigen Berliner Bekannten, die damals, bis auf Maxi, glücklicherweise noch nicht allzu viel über mich wussten, außer dass ich Hilfe bei allem Möglichen brauche, hatten mich mit dem popligen Golf von Maxis Vater in einer Spontanaktion abgeholt. Es passte neben uns Menschen gerade nur der Rucksack mit Klamotten rein und ein paar wichtige Unterlagen, damit ich von Berlin aus mein altes Leben abwickeln und mein neues starten konnte. Selbst die Gitarre musste ich zurücklassen. »Kannst dir meine leihen«, hatte Amanda liebevoll verlauten lassen, vielleicht schon im Wissen, dass ich ohnehin nicht darauf zurückkommen würde. Unterkommen konnte ich »erst mal« bei Paul. Dass sich ein halbes Jahr nichts an diesem Zwischenzustand verändern würde, hatte ich nicht geplant, aber auch nichts dagegen getan. Das wenige Geld, das ich in der Neuköllner Kneipe verdiene, geht seitdem also zu einem Drittel noch immer für die Miete des Zimmers in Chemnitz drauf, und Paul versteht nicht, was das alles soll. Deshalb auch der Streit. Er dachte, ich würde nach Chemnitz fahren, um damit abzuschließen, ich war mir nicht sicher. Ab und an habe ich versucht auszublenden, dass es dieses Chemnitz noch gibt, mit meinem Kram, den Univerpflichtungen und den Menschen, die mich zu gut kennen, bis ich gestern beschloss, dass das nicht funktioniert und ich wenigstens mal vorbeischauen muss.

»Du musst da jetzt einfach weg«, hatte Amanda damals gesagt, und ich war kurz davor zu weinen, weil sie einen so großen Moment daraus machte. Ich kam mir vor, als hätte ich den letzten Bus von einer Dorfparty verpasst. »Wenn du es jetzt nicht durchziehst, wird das nie was.« Ich hatte das alles als etwas übertrieben empfunden, ich lebte ja nicht in einem Krisengebiet und musste gerettet werden, aber genau so tat sie. Die anderen beiden nickten dazu in stiller, strenger Eintracht. Ich war taub und funktionierte seit Wochen nur auf Sparflamme, hatte gerade Selbstaufgabe und Ritalin für die Momente, in denen ich funktionieren musste, für mich entdeckt. Ein wenig fühlte ich mich zwar von den Berlinern ferngesteuert, fand es aber gar nicht schlecht, weil nun wenigstens irgendetwas passierte. Es hätte nur gefehlt, dass mich eine von ihnen über ihre Schultern geworfen hätte. Wie ich es so lange in Chemnitz habe »aushalten« können, war für sie ein Rätsel. Amanda und Paul waren am Tag meiner Abholung das erste und letzte Mal in Sachsen. Maxi hingegen kannte Chemnitz und hatte somit eine Unverständnisberechtigung. Eigentlich hätte ich den wenigen Kram auch mit Bus oder Bahn befördern können, überhaupt war es viel zu krass, dass extra drei Menschen antanzten, um mich in die große Stadt zu verschiffen, aber es stimmte wohl: Ich hätte es allein wahrscheinlich nie gemacht.

In der Nacht vor der Abreise hatten mir die drei geholfen, meine letzte Hausarbeit zu schreiben. Maxi und Paul durchsuchten die Onlinedatenbanken nach Material und kopierten alles zusammen, ich collagierte es zu einem halbwegs sinnvollen Text, Amanda las Korrektur und machte Kaffee. Meine drohende Exmatrikulation wegen Nichtabgabe war der eigentliche Anlass dieses Besuches. Ich hatte eine Woche lang nur im Bett gesessen, Schokocappuccino getrunken, *Gossip Girl* geguckt und dann eine fette Panikattacke bekommen. Wenn jemand eine Woche lang *Gossip Girl* guckt, ist das ziemlich alarmierend, klar. Meine Chemnitzer Freunde wollte ich nicht, nicht schon wieder, damit belasten, dass ich wieder etwas nicht hinbekam, also rief ich Maxi an, und die kam zu dritt. Um vier Uhr morgens beschlossen sie, mich mitzunehmen. Wir schliefen ein paar Stunden darüber, hielten es halbwegs ausgeschlafen noch immer für eine gute Idee, und es folgte der Abreisemoment, der ein filmreifes, melancholisches Happy End mit Rückblende, Abspann und zärtlichem Indiesong hätte sein können, wenn nicht so vieles ungeklärt gewesen wäre. *And the rest of our lives would have fared well*. Leider hatte ich aber vergessen, »New Slang« für die Autofahrt herunterzuladen.

Irgendwann (»irgendwann« bedeutete: Wenn ich wüsste, was ich verdammt noch mal tue) würde ich noch eine große Abschiedsparty geben. Es würde ein spektakuläres Fest werden: Alle würden kommen, und ich würde mit einem Löffel gegen eine Pfeffiflasche schlagen und sagen, dass ich jetzt einen Megajob oder ein geniales Kunstprojekt am Wickel habe oder zu Unmengen an Geld gekommen bin und jetzt erst mal eine Weltreise mache. Die Chemnitzer würden staunen und sagen: »Na, Mensch, das ist ja super!« Doch bis jetzt waren die meisten lediglich besorgt oder skeptisch, manche auch einfach gelangweilt. Chemnitz macht sich nicht viel aus den Abwanderungen. Es passiert nicht selten, dass jemand ankündigt, jetzt endlich mal nach Leipzig, Berlin oder Hamburg zu gehen und etwas zu beginnen, worauf man in Chemnitz immer nur hingearbeitet oder gewartet hat. »Was willst du denn machen?«, hatten meine Freunde nach meinem Weggang irritiert gefragt und waren sich sicher, dass darauf etwas folgen würde, das zumindest entfernt einer Idee ähnelte. Heimlich hatte ich mir herbeifantasiert, ein Leben zu führen wie »Lolle« aus der ARD-Vorabendserie *Berlin, Berlin*, die ich mir so gern anschaute, als ich etwa 12 war. Lolle ist immer durch die Gegend gerannt und hat Verschiedenes als Comiczeichnerin und Verliebte versucht. Da war viel Kummer dabei, aber das gehört halt zur Berlin-Experience dazu, fühlt sich bestimmt flatterhaft und aufregend an, und man kann sich auf der riesigen Dachterrasse in Mitte davon erholen. Das mit dem Kummer konnte ich schon mal ganz gut. Nicht mehr hier sein, darum ging es. Dass dann woanders ein »hier« werden würde, hatte ich wohl nicht auf dem Schirm. Wow, ganz schön was wegreflektiert in zwei Zigaretten.

Der ICE ist heute in der Tat voll, die orangen Figürchen sind im wahren Leben allerdings unterschiedlich geformt, also mache ich das einzig Vernünftige und erkämpfe mir einen Platz im Bordrestaurant. Der Trick ist, in der 1. Klasse einzusteigen, weil da weniger Leute vor den Türen mit den Hufen scharren, man schneller in den Zug huschen und sich dann etwas zum Niederlassen suchen kann. Ein Latte Macchiato ist günstiger als eine 4,50 Euro teure Sitzplatzreservierung und außerdem lecker. Mir gegenüber sitzt eine etwa 70-jährige Frau in bunten Klamotten und mit Hut, die immer wieder hämisch vor sich hin grinst, während sie in einem kleinen Büchlein liest. Sie weiß wohl gar nicht, was heute los ist. Bis Leipzig gibt es noch WLAN, und das bedeutet Twitter. Das ist wichtig, denn heute ist einer dieser Tage, an denen man auf Twitter sein muss, um dranzubleiben. Ich erwische mich ab dem hundertsten Beitrag kurz dabei, die geposteten Ereignisse aus der Distanz, in der ich mich noch befinde, fast ein bisschen spannend und aufregend zu finden, bis mir wieder einfällt, dass ich gerade keine Netflix-Serie anschaue und es zu echt und besorgniserregend ist. Der Hashtag zum Anlass lautet #c2708. Chemnitz am 27. August. Früher waren an solchen Tagen unter solchen Hashtags größtenteils nur wir Linken unterwegs und tauschten uns über die Lage auf Antifademos aus. Wo laufen die Rechten lang? Wo geht die neue Route lang? Wo haben die Bullen wen gekesselt? Wo ist eine Möglichkeit zur Blockade? Wo werden Menschen gebraucht? Wo sollte man besonders aufpassen wegen möglicher Angriffe? Wo ist die Vokü (später dann Küfa, weil das inklusiver ist)? Und so weiter. Vor Twitter und bevor alle Smartphones hatten, mussten wir die Infos von langsam ladenden Antifaticker-Webseiten per SMS weitergeben, hatten aus Paranoia extra Demohandys dabei, hörten manchmal auf Kopfhörern und mit MP3-Playern während des Laufens coloRadio, dessen Moderatorinnen immer wussten, was gerade wo abging. Mit Twitter lief das ein paar Jahre alles besser und schneller, aber das ist wohl vorbei. Unter dem Hashtag steht nur Unfug, abgedroschene Meinungen, zusammenhangloser Spam und überflüssige Tipps. »Nazis raus!«, schreibt ein Sebastian. Super, Sebastian, dein Tweet reißt das Ruder jetzt definitiv noch mal rum. Social Media machen die Rechten mittlerweile auch, und das effektiver als Linke. Die Tweets unter #c2708 sind voll von ihrem Müll. Sie diskutieren nicht viel und haben schnelle, einfache Parolen. »Gegen Merkeldeutschland«, »Für eine deutsche Zukunft«, »Pro Chemnitz«, »Rapefugees raus«. »Diese blöden Wichser«, entfährt es mir. Leider laut. Ich schmeiße das Handy auf den Tisch. Die Leute gucken schon. Zeit, ein bisschen an meinen Fingernägeln rumzuknabbern. Es vergehen ungefähr zwei Minuten, bis ich das Handy wieder zur Hand nehme und mich weiter blödscrolle. Das Prozedere wiederhole ich noch weitere fünfmal. Gucken, wütend werden, Handy weg, knabbern und alles wieder von vorn. Irgendwann muss mal etwas Positives kommen. Ah, da: »Bewege dich auf die Lösung zu oder bewege dich vom Problem weg. Hauptsache, du bewegst dich und bleibst nicht stehen. #MondayMotivation«, tweetet Carsten Maschmeyer. Das retweete ich gleich mal. Ich mache das WLAN endgültig aus, weil es jetzt reicht mit diesem ganzen Quatsch, und beginne aus dem Fenster zu starren. Ein paar Plätze weiter telefoniert ein typischer Anzugheini und bespricht die typischen Anzugheinisachen. Jemand sollte noch mal ein Angebot einholen und zwar am besten heute. Eigentlich hätte er das am Freitag schon gesagt. Ein anderer Typ hält ein Referat übers Dampfen und endet mit dem Fazit, dass seine Frau es überhaupt nicht honorieren würde, dass er auf E-Zigarette umgestiegen ist. Warum sind eigentlich immer so viele Männer in Bordrestaurants? Es hilft nur Musik zur Ablenkung. Und weil es jetzt auch egal ist und sich alles wie früher anzufühlen beginnt, wähle ich Kraftklub. *Und ich schieße in die Luft, bang bang bang. Ich ziehe in den Krieg, aber keiner zieht mit.* Danach gleich noch das geile erste Album. Hach, das waren Zeiten. *Ich will nicht nach Berlin.* Darüber waren wir uns alle einig anno 2012.

Ein oranges Figürchen fragt, ob neben mir noch Platz sei. »Ja, ich muss eh gleich raus«, stelle ich fest. Zack, Lutherstadt Wittenberg, Leipzig, Sachsen. Früher habe ich gedacht, »Lutherstadt« sei nur ein

Zusatz, wie in »Messestadt Leipzig«, »Elbflorenz Dresden« oder »Chemnitz – Stadt der Moderne«. Aber es heißt wirklich »Lutherstadt Wittenberg«. Und Frau Geludowig heißt in Wirklichkeit Frauke Ludowig. Beim Aussteigen kann ich endlich sehen, was die Frau die ganze Zeit gelesen und worüber sie gelacht hat: »Liebesgedichte«. Sie ist die Beste.

Nach Chemnitz geht es weiter mit der urigen Mitteldeutschen Regiobahn. Ich liebe diesen Zug. Vor ein paar Jahren wurde auf dieses ältere Modell umgestellt, wegen Kosten oder Charme, ich weiß es nicht so genau. Ach doch, wahrscheinlich wegen Kosten. Zu diesem Zweck fallen die Züge seitdem auch ständig aus. Auf jeden Fall ist es sehr gemütlich in diesen geräumigen Sechserabteilen. Man schwitzt und friert zwar ab und an darin, manchmal beides auf derselben Fahrt, aber die Sitze sind breit, die Lampen meist kaputt, was eine gemütliche Stimmung bedeutet, also kann man sich gut reinfläzen und seine Ruhe haben. Eine Fahrt wie im letzten Jahrtausend. Kein Strom, kein Kaffee und, wie normal in Deutschland, kein Internetempfang weit und breit. Ungemütlich, weil zu intim, wird es, wenn laute Leute ins Abteil kommen oder eben Nazis, wovor ich heute besonders viel Angst habe. »Einmal die

Fahrausweise, bitte«, werde ich aus meinem Kurzschlaf geweckt. Ich krame meinen alten, verdreckten Studentenausweis raus, den ich schon lange nicht mehr in der Hand gehalten habe. Immerhin habe ich ihn noch, stelle ich erleichtert fest. Als ich ihn der Schaffnerin hinhalte, fällt mir ein, dass er abgelaufen ist. Anfang des Semesters hätte ich ihn neu bedrucken lassen müssen, habe ich aber nicht, weil ich nicht da war. Das passiert so gut wie jedes Semester. Nur ist er diesmal schon einige Monate abgelaufen und nicht wie sonst Tage oder Wochen. Tatsächlich guckt die Frau verdächtig lang darauf. »Und den Personalausweis hätte ich gern noch dazu.« Scheiße. Der Personalausweis ist natürlich auch abgelaufen. Ich bin jetzt bereit, der Frau mein ganzes Leben zu erzählen und loszuweinen wie ein Baby. »War mir nur nicht sicher, ob Sie es wirklich sind«, sagt die und macht dabei einen gespielt ernsten Elterngesichtsausdruck. »Ja, da bin ich mir auch nicht sicher«, versuche ich einen Witz, der aber auch so ein bisschen tiefgründig ist. »Na, schöne Fahrt noch«, lacht die gute Frau. Meine Chemnitzer Freundin Fred und ich haben den Ausweis vor etwa einem Jahr mal mit den Füßen über den Bordstein gezogen, damit mein Foto nicht mehr so gut zu sehen ist und sie ihn auch benutzen konnte. Klar hat das Zugpersonal längst mitbekommen, dass wir uns gegenseitig die Studentenausweise ausleihen, damit auch die, die nicht studieren, mal kostenlos wohin fahren können. Fred wurde interessanterweise aber noch nie nach meinem Ausweis gefragt. Das Lachen der Schaffnerin hatte ich ganz vergessen. Die ist immer in diesem Zug und auch immer so nett. Jetzt noch ein bisschen auf dem Sitz zappeln für die letzten 21 Minuten. Etwa vier Songs, bis die bunte Esse am Horizont erscheint. Ich erschrecke ein bisschen über mein Herzpochen, als ich sie schließlich erblicke. *Ein bisschen Melancholie ist manchmal okay/Ein bisschen traurig sein und den Grund nicht verstehen*. Einfahrt Hauptbahnhof Chemnitz. Aus dem Lautsprecher plärrt allerdings der lustige Lokführer »Karl-Marx-Stadt«. Ein paar Leute in den Gängen lachen, ein paar sind genervt.

3

Das erste Mal in Chemnitz war ich vor etwa 20 Jahren. »Der Opa«, das war wohl sein Name, lebte da. Ich habe ihn nur dieses einzige Mal besucht, und ein Jahr später war er schon tot. Ich wusste nicht viel über ihn, außer was man eben als Siebenjährige weiß, weil einen so wenig interessiert: Er war alt, mit meinem Vater verwandt und hatte Süßigkeiten da. Knusperflocken und Schlümpfe. Außerdem soll er »bei der Stasi« gewesen sein, sagte mein Vater. Was etwas Schlechtes gewesen sein muss, weil er das stets in einem Schimpfton gesagt hat. In Opas Wohnung schaute ich mir vom Sofa aus alles ganz genau an, um herauszufinden, was an den Gerüchten dran war. Ich erwartete ein Poster, auf dem »Stasi« geschrieben steht, oder Ähnliches, weil ich nicht wusste, was das überhaupt ist. Aber vielleicht sagte mein Vater das auch nur, um nie nach Chemnitz fahren zu müssen und ihn zu besuchen. Meine

Schwestern, meine Mutter und ich liefen vom Hauptbahnhof durch den gruseligen, langen, nach Pisse stinkenden Tunnel zum Sonnenberg. Einige Jahre später sollte mir dieser Tunnel als »Bazillenröhre« bekannt sein, durch die man lieber sehr schnell rennt, wenn man weiblich, nicht weiß oder links ist.

Das einzige richtig schöne Haus auf dem Sonnenberg, so fand ich damals, war ein geschlossenes, bunt angemaltes Kindertheater. Eigentlich war alles geschlossen. Es gab kaum Läden, und viele Häuser standen leer, teilweise ganze Straßenzüge. Es sah aus wie ein Sonntag in Stadtform. Vielleicht war auch wirklich Sonntag. Heute denke ich, dass es damals viel besser ausgesehen haben muss, als ich es erinnere, weil dort in den 90ern viel saniert wurde. Aber wie meine Mutter mir oft erklärte, wenn ich von Kindheitserinnerungen erzählte und es nicht der Realität entsprach, erinnert man sich manchmal falsch und vermischt Heutiges mit Früherem. Ein weiteres Indiz für diese These waren die damaligen Worte meiner Mutter. »Haben sie ganz schön gemacht nach der Wende«, hat sie immer wieder gesagt. Mindestens dreimal. Das sagen Eltern ständig. Es gibt nur »zu DDR-Zeiten« und »nach der Wende«, und dann wird gnadenlos rausgepfeffert, was gut war und jetzt schlecht ist oder andersrum. Wenn Eltern mit »zu DDR-Zeiten …« starten, kommt immer eine unglaubliche Geschichte über niedrige Preise, kaputte Dinge, besser funktionierende Dinge, einfachere Möglichkeiten, schwierigere Möglichkeiten, hinterhältige Überwachung, bessere Zugänge, Russendisko, kultige Bands, FKK, Kinderbetreuung, *Die Legende von Paul und Paula* und den staubtrockensten Stollen der Welt. »Zu DDR-Zeiten« war alles noch so und so. Dann gab es einen Schnitt, und alles muss ab da ganz anders gewesen sein. »Nach der Wende« passierte dann auch wieder Unglaubliches. Was auch immer diese Wende war.

Meine erste Begegnung mit dem Wort hatte ich durch den Song »Hurra« von den Ärzten, die ich immer aus dem Kassettenrekorder meiner älteren Schwestern plärren hörte und liebte: *Doch dann, dann kam die Wende / Unser Leid war zu Ende / Hip Hip Hurra / Alles ist super, alles ist wunderbar.* Das hatte ich für bare Münze genommen, weil Kinder Ironie erst ab zehn Jahren verstehen. Habe ich mal gehört. »Nach der Wende« hat man also vieles schön gemacht. Das hier war schön. Chemnitz war schön. Wir redeten jenseits dieser Feststellungen nicht viel über die Zeit vor der ominösen Wende. Ich habe nie gefragt, denn Geschichte war langweilig. Es gab nur dieses eine »Wessimädchen« in der Grundschule, das komisch geredet hat, aber so war das eben. Sie hat »Viertel vor« und »Viertel nach« gesagt, das i dabei stark betont, hatte immer Milchschnitte dabei und ist mit den Eltern »zu den Amis« in den Urlaub geflogen. Alle bewunderten sie. Sie war irgendwie besser als alle anderen. Aber das war eher Zufall. Sie hatte blonde Locken, saubere Hefte und war wirklich klug.

4

Es hat sich natürlich nichts verändert in den letzten Monaten. Es ist ein bisschen mehr Polizei da und auch sonst mehr Gewusel als sonst. Es wurde von verschiedenen Seiten und deutschlandweit mobilisiert, heute nach Chemnitz zu kommen und aus verschiedenen Gründen zu demonstrieren: gegen die angeblich zu lasche Flüchtlingspolitik oder gegen die, die gegen die angeblich zu lasche Flüchtlingspolitik demonstrieren wollen. Dafür ist es noch erstaunlich ruhig. Vielleicht war alles nur heiße Luft und es wird nix Großes passieren. Reicht ja, dass gestern schon 1000 Rechte spontan aufmarschiert sind. Ein Typ im Frei.Wild-Shirt läuft das Gleis auf und ab und telefoniert stark gestikulierend, ein paar Antifakids in Kapuzenpullovern steigen ebenfalls aus meinem Zug aus, sonst sind hier nur Normalos. Am Ende des Gleises sehe ich meine Freunde und zwei unbekannte Personen. Ich habe wieder dieses

Herzpochen, also laufe ich langsamer. Außerdem läuft gerade noch »Zu jung«, und ich will fix den Refrain zu Ende hören. Ich habe da so eine Macke, Songs zu unterbrechen, finde ich immer schlimm, aber wenn es sein muss, dann wenigstens erst nach dem Refrain. *Wir sind zurück in schwarz.* Die Freunde gucken alle so angestrengt willkommig und fangen auf halber Strecke sogar an zu winken. Ich wusste bisher nicht, dass sie so krasse Winker sind. Das ist neu. Bestimmt sind sie sauer, enttäuscht oder neugierig, stellen Tausende Fragen und haben ehrliche Entgegnungen parat.

»Gisela!«, plärrt Jana aus zwei Metern Distanz, und ich nehme die Kopfhörer ab, was immer die endgültige Ankunft in einer Stadt bedeutet. »Hey, so hat mich schon lange niemand mehr genannt«, lüge ich. Bis auf Paul nennen mich fast alle so, auch Maxi und Amanda, die auch gern hinterhältig grinsend dafür sorgen, dass mich alle Personen, denen ich neuerdings begegne, so nennen, indem sie mich konsequent unter diesem Namen vorstellen. Wenigstens respektiert Paul, dass ich nicht mehr wie der herrliche Lime-Juice-Wodka heißen mag, nach welchem ich vor fünf Jahren wegen dieser einen Nacht mit der Anzeige wegen Vandalismus, dem vollgekotzten Teppich und der verschwundenen Strumpfhose benannt wurde. Vielleicht sollte ich Paul gleich mal anrufen. Aber erst mal zurückprovozieren: »Was ist eigentlich aus ›keine Namen, keine Strukturen‹ geworden? Hier sind überall Bullen!« Jana macht nur so ein Jaja-Gesicht. »Na, extra aus der großen Stadt angereist?«, stichelt Stefan. »Ja, Schnauze«, grinse ich verlegen, und dann gibt es viele Umarmungen. Es sind insgesamt acht. Den Unbekannten gebe ich höflich die Hand. Die Frau heißt Kathrin, den Namen des Typen verstehe ich nicht richtig, traue mich aber nicht, noch mal nachzufragen. Wir werden uns heute bestimmt noch kennenlernen, aber jetzt müssen wir erst mal den Bahnhof verlassen, bevor schwierige Gestalten auftauchen.

»Wieso ist denn hier kaum jemand? In Leipzig hab ich auch keinen gesehen«, frage ich im Laufen, schon völlig aus der Puste. »Keine Ahnung, es ist alles total unübersichtlich, aber die Bullen kontrollieren schon wieder jeden Zweiten.« Jana zündet sich vor dem Bahnhof eine Zigarette an und bleibt dafür kurz stehen. Stefan bedeutet ihr, dass das eine schlechte Idee ist, indem er sie in die Seite bufft, weil wir schnell weitergehen sollten. Tatsächlich ist direkt die Polizei zur Stelle. »Darf man hier jetzt nicht mal mehr rauchen, oder was?« Jana ist in Stänkerlaune. Es geht natürlich nicht ums Rauchen, sondern darum, dass unsere Gruppe wie eine Antifa-Protogruppe aussieht. Alle tragen schwarz, was wir ohnehin immer tun, ein paar haben Sonnenbrillen auf, Bauchtaschen um oder Mützen auf. Dazu der »Refugees Welcome«-Pullover von Philipp und die blauen Haare von Selma, und die Sache ist klar. »Mir wolltn Sie nur vorwarn, da gomm glei nochn paar von Ihn, da gönnse glei zusamm losmachn von hior, mit Begleidung«, sagt der Polizist. Felix und Fred drehen sich weg, weil sie lachen müssen. »Ein paar von uns? Wer sind wir denn?«, fragt Jana, immer mehr auf Krawall gebürstet. »Na, Sie wissn schonn. Linge hald.« Der unbekannte Typ mit dem unverständlichen Namen sächselt zurück: »Nu, danke, abor das würd ni nötisch sein«, und die anderen winken wie Backgroundtänzerinnen beeindruckend synchron und arrogant ab. »Meine Güte, was habe ich euch vermisst«, flüstere ich Stefan ins Ohr, und der umarmt mich dafür gleich noch mal. Neun.

5

Als ich nach Chemnitz zog, war wie heute Montag. Es war Oktober und hat geregnet wie Sau. Auch dieser Umzug war eher eine Flucht von einem Ort, an dem ich es nicht mehr aushielt. Auch diesen Umzug machte ich mittels eines fremden Autos. Auch damals sagte ich kaum jemandem Bescheid oder erst kurz vorher. In einem nächtlichen Gespräch mit Paul vor ein paar Monaten, einem dieser schönen und schmerzhaften Gespräche, die man am Anfang einer Beziehung über Herkunft und Familie führt, stellten wir fest, dass es mir damals ähnlich ging wie am Ende meiner Chemnitzzeit. Einfach weg, weil sich etwas falsch anfühlt. Mit einer Mitfahrgelegenheit verschwand ich aus der Stadt, in der ich geboren wurde. Mit dabei hatte ich ein bisschen Erinnerungsmüll, richtigen Müll, eine riesige Sporttasche, die ich nie zuvor benutzt hatte, weil ich keinen Sport machte, und das war's. Ich hatte vorher dem Fahrer am Telefon gesagt, dass ich ein bisschen Platz im Kofferraum bräuchte, und der meinte: »Nu gloar, kee Problem.« Radikaler Neuanfang auf 14 Quadratmetern Wohnheimzimmerfläche, für die eigene Geschichte ist dort ohnehin kein Platz. Meine Mutter schrieb mir eine SMS von der Beerdigung unseres Hundes und wie schade es sei, dass ich nicht dabei sein könne. Als hätte er es geahnt, bekam er Mundhöhlenkrebs, als das letzte Familienmitglied flügge wurde. »Tschau, ihr braucht mich wohl nicht mehr, ich danke dann mal ab«, scheint er gedacht zu haben, und so standen kurz bevor ich die Stadt verließ meine Schwestern, meine Mutter und ich schluchzend um die Liege bei der Tierärztin, schauten zu, wie sie die Spritze langsam in seinem Fell versenkte, sein Atem immer langsamer wurde, bis es schließlich aufhörte. Da war die Kindheit vorbei.

Meine Familie begriff nicht, was ich ausgerechnet in Chemnitz wollte. Meine Mutter fragte, warum ich nicht in Dresden studieren wollte, hier sei schließlich alles, was man brauche, hier sei es schön und es gebe sicher ein lebendigeres Studentenleben als in Chemnitz. Meine damalige beste Freundin Sandra lachte mich sogar aus, sie hielt das ganze Unternehmen für einen Scherz. Sie war erst vor zwei

Jahren von Zittau nach Dresden gezogen und fand ihre neue Heimat wunderschön und »voll geil«. Lustigerweise ist Sandra zwei Jahre später nach München gezogen. Als Dresdnerin nach Chemnitz zu wollen ist quasi Hochverrat, weil alle Dresden lieben müssen. Genau deswegen hasste ich es.

Ich wollte natürlich nicht nach Chemnitz, aber das sollte niemand wissen, weil das gleich wieder bedeutet hätte, dass ich es nicht ernst meine und bestimmt bald wieder zurückkommen würde. Ursprünglich wollte ich in eine coole Stadt zum Studieren, Hamburg oder so. Interessante westdeutsche Leute mit offenem Weltbild, guter Musik, schönem Dialekt, so habe ich mir das vorgestellt. Aber wenn man sich mal eine Nacht lang mit Wohnungs- und WG-Angeboten in einer Stadt wie Hamburg beschäftigt hat, weiß man, dass eben nicht jeder Mensch dort studieren kann. Hinzu kamen damals Studiengebühren und mein schlechter Abischnitt, der nicht für den Numerus clausus der coolen Städte ausreichte. Also plante ich, noch ein Jahr zu jobben und in Ruhe zu überlegen, wohin es gehen soll. Aber dann wollte ich nicht mehr warten, es wurde September, auf studieren.de stand, dass man in Chemnitz Politikwissenschaft ohne NC studieren kann, ich wurde geil auf das BAföG und die Möglichkeit wegzukommen und schrieb mich, ohne groß darüber nachzudenken, ein.

Der Mitfahrgelegenheitfahrer Torsten war sehr nett und sagte, dass er glaube, dass es mir in Chemnitz wirklich gefallen würde, da es mehr Möglichkeiten berge, als man erst mal immer so annehme. Er arbeitete als Techniker an der Uni und bot mir an, meinen Kram in seinem Büro unterzustellen, bis ich ins Wohnheim einziehen könnte, also bis 12.30 Uhr. Ich antwortete nicht auf die Nachricht meiner Mutter, weil ich gerade das verheißungsvolle Wort »Chemnitz« auf der Autobahn an mir vorbeiziehen sah, und atmete tief durch. »Das verheißungsvolle Wort ›Chemnitz‹« – ich würde jede Wette annehmen, dass niemals jemand zuvor so über diese Stadt gedacht hat. Es war so verheißungsvoll, weil es das erste Mal Alleinsein bedeutete, das erste Mal war, dass ich selbst etwas entschieden hatte und mir nun mein Umfeld ganz neu zusammensuchen konnte. Es hätte auch schiefgehen können, ich hätte niemanden finden können, der zu mir passt, und nichts, was mir gefallen würde. Aber es war richtig und es hat gepasst. Zumindest für eine Weile.

»No dann, hörzlisch willgomm in Korl-Morx-Stodt«, sagte Torsten beim Aussteigen. Es ist der erste von sehr vielen, schnell nervenden Witzen, die man über Chemnitz hört: Es ist die Stadt mit den drei o. Ich gab ihm fünf Euro, denn so ist das mit Mitfahrgelegenheiten, einhundert Kilometer machen etwa fünf Euro, und wusste: Super, die drei Jahre Gymnasium, auf denen ich mir akribisch das Sächsischsprechen abtrainiert hatte, um meine Herkunft nicht zu verraten, weil ich ja eigentlich gen Westen wollte, waren hiermit umsonst. Ich blickte auf den »Lulatsch«, eine sehr hohe chemnitzgraue Esse, die größte Europas oder so, die wegen ihres unspektakulären Aussehens der zweite Witz ist, und es war alles okay.

6

Bis zur Kundgebung sind es nur zwei Stationen, die man auch laufen könnte. Aber erstens sind wir stinkefaul und zweitens ist der Weg zu unsicher. Man müsste entweder die Bahnhofstraße entlanggehen, wo die Polizei alles kontrolliert, oder den Weg über die unübersichtliche, weil weitläufige Straße der Nationen nehmen, auf der auch mit Sicherheit Nazis unterwegs sind, und am Karl-Marx-Kopf, dem Nischel, vor dem sie sich treffen, vorbei. Wir machen uns also auf zur Tram, um zum Roten Turm zu fahren, nach dessen Form die Fit-Flasche designt wurde. Ich hasse sowohl diesen Fakt als auch den Umstand, dass er mir nicht aus dem Kopf geht und ich auch jedem davon erzählen muss, wenn es entweder gerade um Fit oder den Turm oder um Chemnitz geht oder mir sonst nichts einfällt. »Wusstet ihr, dass die Fitflasche nach dem Roten Turm hier designt wurde?«, hatte ich die Berliner gefragt, als wir an ihm vorbeifuhren. »Was für 'ne Flasche?«, kam von der Hinterbank zurück. Maxi lachte sich kaputt, drehte die Musik lauter, und damit hatte sich das Gespräch wieder erledigt. Für einen kurzen Moment wollte ich einfach wieder aussteigen.

Im Stadthallenpark neben dem Spülmittelturm haben sich schon ein paar Hundert Leute versammelt: Halbvermummte, Studierende, Fahnen umarmende Parteileute (Grüne), Normalos, Bunte, Migranten, viele Junge, wenige Alte, also alles völlig konträr zur eigentlichen demografischen Zusammensetzung. Wir stellen uns zum größten Baum in der Mitte des Parks, weil man sich da gut wiederfinden kann, wenn jemand verloren geht. Ich sehe mich um. Kenne ich hier noch jemanden? Klar. Da ist der eine, mit dem ich mal ein Seminar besucht habe, Thema vergessen, da ist die ehemalige Kollegin aus der Jugendherberge, und wenige Meter entfernt steht die Dozentin, bei der ich ein paar Veranstaltungen besucht habe. »Fuck!« Vor Schock verstecke ich mich erst hinter Jana, bis ich checke, dass das nichts bringt, weil Jana superschlank ist und ich nicht, und es im echten Leben nicht so funktioniert wie bei Comicfiguren, die hinter sehr dünnen Bäumen verschwinden, und winke dann aus Überforderung übertrieben albern. Schulde ich dieser Dozentin noch eine Hausarbeit oder eine sonstige Erklärung? So war es schließlich jahrelang: Ständig musste ich mich vor Uniangestellten verstecken, wie man sich vor Ladendetektiven oder vor Leuten, mit denen man unangenehmen Sex hatte, versteckt. Aber nein. Die letzte Hausarbeit damals mit Amanda, Paul und Maxi, die Abholung, Berlin, ein halbes Jahr, da war ja was.

In der nächsten halben Stunde kommen immer mehr Leute dazu, die Wiese ist ziemlich voll. Alle, die immer bei so was auftauchen, sind auch heute wieder da, und es gibt ein großes Hallo wie auf dem Pausenhof, nur ohne richtige Freude. Die Leipziger kommen nun auch an, natürlich sind die sicherheitshalber mit Bussen angereist. In den letzten Jahren sind die Leipziger zu den Helden auf sächsischen Demos avanciert. Ohne sie würde nicht viel klappen. Früher waren es die Menschen aus der Berliner Antifa, die wir empfingen wie Stargäste. Aber die kommen mittlerweile eher selten, weil sie sich die meiste Zeit untereinander streiten.

Zum Pinkeln muss man in das Einkaufszentrum Galerie Roter Turm, aber man darf nur in Vierergruppen rein, »wegen der Sicherheit«. Drinnen treffen Philipp, Fred, der unbekannte Typ mit dem unverständlichen Namen und ich auf den anderen Philipp. »Achtung, da ist der alte Philipp«, stupst Fred mich an. Früher, als wir noch Kontakt zu ihm hatten, nannten wir ihn ganz normal »Philipp«. Seit einer Weile kennen wir aber einen zweiten Philipp, und seitdem ist der andere Philipp »der alte Philipp«. »Meine Güte, wir haben uns ja ewig nicht gesehen!« Ich freue mich über die Begegnung, er versucht es zumindest. »Ist ja nicht gerade der beste Anlass. Wohnst du denn überhaupt noch hier?«, fragt er. Wow, wie egal kann man jemandem sein, denke ich und sage peinlicherweise: »Gute Frage, nächste Frage«, und grinse dazu auch noch so blöd. Ich kann gerade noch ein Grunzen verhindern. Das mit der Schlagfertigkeit ist mir auch schon mal besser gelungen. »Das würde uns auch mal interessieren«, nervt Fred, und Philipp merkt, dass etwas Komisches zwischen dem alten Philipp und mir abgeht, und lenkt ab mit: »Na gut, wir sehen uns ja dann gleich draußen.« Fred streichelt mir verständnisvoll den Rücken, aber: »Wir müssen uns jetzt echt beeilen, hier sind überall Nazis.« Nazis müssen auch auf die Toilette. Man sieht die üblichen aufgedruckten Zeichen, Schlachtrufe und Bandnamen, die Galerie ist voll von ihnen. Bisher herrscht unsicherer Waffenstillstand, aber alle sind in Bereitschaft. Wir mustern uns gegenseitig skeptisch, wie im Backstagebereich einer Boxkampfarena.

Wieder draußen, bringen wir uns in Position. Gleich werden sich zwei Gruppen von Menschen über die Straße zurufen, die jeweils andere Gruppe möge bitte die Fresse halten. Da drüben die Nazis, hier wir, so wie wir es seit Jahren einstudiert haben. Felix, Fred und Jana stehen ganz vorn und brüllen, Stefan, Philipp und ich haben uns etwas seitlich und weiter hinten positioniert, rauchen eine nach der anderen und haben den pseudodistanzierten Überblicksblick aufgelegt, mit dem wir alles begutachten und kommentieren. Meryam und Selma rennen entschlossen von einer Seite zur nächsten, ohne dass zu erkennen wäre, warum sie das tun, der Rest ist im schwarzen Block der Leipziger verschwunden, und der alte Philipp fotografiert dank seines Presseausweises hinter der Polizeiabsperrung die Nazigesichter für die spätere Dokumentation.

Die Nazis nennen es Trauermarsch. Aber auf unserer Seite wissen alle, dass in Chemnitz nicht getrauert wird. In Chemnitz wird verdrängt oder aufmarschiert, je nachdem welche Herkunft die jeweiligen Opfer haben. Zunächst stehen ein paar Hundert

Rechte vor dem Nischel. Sie rufen »Mir sin das Volk«. Ein paar Naziopas machen beschwichtigende Gesten, weil ein paar Nazijungs ihre Hintern zeigen. Eine antifaschistische Heldin reißt das Banner, auf dem »Deitsch un' frei woll'n mer sei!« steht, vom unteren Teil der Marxbüste runter. Normalerweise würden wir über so was Klischeesächsisches lachen, aber heute geht es nicht. Kurze Zeit später hängt es wieder da. Es wird schnell klar, dass gleich ein regelrechter Sturm über die Innenstadt hereinbrechen wird, von überallher kommen immer mehr Nazis. Jetzt hört man: »Frei, sozial und national«. Es werden immer mehr. Und mehr. Und mehr. Auf unserer Seite sagen alle nur noch »Oh Gott«, »Scheiße«, »Wo kommen die denn alle her?« oder »Wo ist eigentlich die Polizei?«. Jeder neue Schwung ist wie ein Schlag in den Magen. So viele auf einen Haufen, vor allem so nah, haben wir noch nie gesehen, in all den Jahren nicht. »Wer Deutschland nicht liebt, soll Deutschland verlassen.« Ganz anders als bei linken Demos gibt es eindeutig zu wenig Polizei. Fred hat sich mittlerweile bei mir eingehakt. »Was, wenn die einfach hier rüberrennen? Die machen uns sofort platt!« Sie zittert.

»Willst du lieber nach Hause? Dann komm ich mit.«

»Lieber nicht, dann greifen die uns unterwegs auf.«

Hier ist es momentan sicherer als auf den Straßen, die von hier wegführen. Überall sind kleinere Nazigruppen unterwegs, und es wird sich bereits von Angriffen auf Linke und Migranten erzählt. »Deutschland den Deutschen, Ausländer raus.« Es sollen mittlerweile 8000 sein. Spätestens als die ersten Flaschen von Nazis auf unsere Demo niederprasseln, bleibt uns nichts anderes übrig, als uns zurückzuziehen. Die Polizei rennt währenddessen in unsere Richtung, lässt die Nazis zurück, die dadurch noch mehr aufdrehen. Es fliegen Böller. Hitlergrüße werden gemacht. Wir können nichts machen, außer irgendwie unbeschadet nach Hause zu kommen. Im Weggehen sehe ich eine *Bild*-Werbung an der Haltestelle. »Deutschland ist unsicher« steht darauf. Etwa zwei Meter davor schubst ein Polizist gerade Felix.

Wir sammeln uns als »Reisegruppe Bernsdorf« und reden wenig auf dem Heimweg. Immer wieder glauben wir Nazigruppen zu sehen, laufen mal schneller, mal langsamer. »Scheiß Zecken«, ruft jemand aus einer dunklen Ecke. Wir wiederholen stoisch die immer gleichen Fragen, weil wir keine

Antworten haben: Wie konnte das passieren? Wie konnte so wenig Polizei vor Ort sein? Wie haben die Nazis es geschafft, so viele Leute in weniger als 24 Stunden auf die Straße zu bekommen, und wieso haben es die Linken nicht geschafft? In der WG-Küche von Stefan, Philipp und Selma sacken wir erschöpft auf Stühlen, Hockern und dem Boden zusammen. Welches Jahr ist gerade?

Wir haben das schon Hunderte Male gemacht und gefühlt. Wir haben in dieser Küche gesessen, die Geschehnisse des Tages Revue passieren lassen, uns ausgekotzt, analysiert, was falsch gelaufen ist, uns über die Polizeistrategie und die Bürgerlichen beschwert, das Internet nach Reaktionen durchforstet, uns Videos von den Demos angesehen, bis das schrille männliche Videogebrüll nicht mehr zu ertragen war, haben gekifft und uns in Müdigkeit und Dummheit geflüchtet. Aber diesmal ist es anders. Wir haben geglaubt, es sei besser geworden. Aber es ist schlimmer.

»Ich bin es so leid«, bricht Selma irgendwann unser wirres Gebrabbel. »Ich will nicht mehr in einer Stadt leben, in der ich mich auf dem Nachhauseweg fürchten muss.«

Ich überlege, wann ich nach Berlin zurückfahren

und ob ich dafür nicht schon mal ein Ticket kaufen sollte, damit es nicht wieder so teuer wird. Nach ein paar Minuten unmotiviertem Rumdrücken auf der Bahn-App beschließe ich vor Erschöpfung und aus Liebe zu den Menschen um mich herum, doch erst mal hierzubleiben.

Stefan stellt eine Flasche Pfeffi auf den Tisch und macht Trettmann an. »Das ist jetzt unser Lied«, sagt er.

Es war noch nie so schön wie jetzt, sag, dass es stimmt
Du kannst jetzt nicht geh'n, wo willst du hin?
Der Letzte geht auf mich, sag, was du nimmst
Nur noch einen, nur noch einen letzten Drink
Hab' es lange nicht gefühlt so wie heute
Ja, lange nicht gefühlt so wie heute
Mit der Meute, alles Freunde
Kein Verräter, nur gute Leute

Nur gute Leute.

7

Juri läuft eierscheckenfarbenes Zeug aus dem Mund. Es kann sich dabei natürlich nicht um Eierschecke handeln, denn so was darf Juri wahrscheinlich noch nicht. »Wollt ihr eigentlich auch so was haben?«, fragt Fred und legt mir muttihaft die Hand auf die Schulter, während sie die muttihafte Frage stellt. Spricht sie vom königlichen Ihr oder meint sie wirklich Paul und mich?

Jetzt fällt es mir wieder ein: Wegen ihrer direkten und unsensiblen Art hatten wir uns vor zwei Jahren bereits einmal verkracht. Jetzt bloß keine Diskussion anfangen. Vielleicht reagier ich eh über und bin bei diesem Thema übersensibel. »Bist du verrückt?«, krächze ich mit der gleichen angewiderten Entschiedenheit zurück, als hätte sich ihre Frage nicht auf das Baby, sondern den weißgelben Glibber bezogen. Dabei mag ich Kinder, vor allem die Kinder von Leuten, die ich lieb habe, und Juri sowieso, allein weil er das erste Baby ist, das zu diesem Freundeskreis gehört, und diese Tatsache immer noch erstaunlich ist, weil wir kein Babyfreundeskreis sind. »Zum Glück hab ich kein eigenes, sonst wäre ich jetzt vermutlich nicht bei euch und könnte den Jurischnodder für dich wegwischen.«

Ich kann gut mit Kindern umgehen, schließlich habe ich unzählige Nichten und Neffen, und ab und an waren auch Pflegekinder bei uns untergebracht. Bis zum Studium waren immer kleine Menschen um mich herum, dann waren sie plötzlich verschwunden, und es gab nur noch Menschen über zwanzig.

Einmal hatten wir ein Baby zur Pflege, das den ganzen Tag geschrien hat. Immer hat es geschrien, es war nicht auszuhalten. Kinderschreien ist kurz okay, nach einer Weile aber Folter. Neben nicht mehr ausschlafen können, mit anderen Eltern und ihren Ratschlägen zu tun haben müssen und halt ein Kind haben ist Kinderschreien für mich eines der Hauptargumente gegen Mutterschaft.

Einmal habe ich das Pflegebaby zu mir ins Zimmer genommen, weil meine Mutter einkaufen musste. Es nervte erst eine Weile, doch als es auf meiner Brust lag, war es plötzlich still. Das war ziemlich schön. Kinder sind schön. Aber ich will eben selbst keine. Es ist wie mit einer tollen Frisur, die man sieht und bewundert. Sie kann einem gefallen, aber deshalb muss man sie nicht direkt selbst tragen. Manchen steht halt nicht alles. Juri steht Fred super. Während ich weiter den Kleinen bespaße, tänzelt sie aufgekratzt durch die Wohnung, denn sie legt heute Abend auf und sucht die neue Platte von Nicki Minaj und ihren einen (es gibt immer nur den einen bequemen) BH.

Freds, Janas und Juris Wohnung ist riesig, zumindest kommt es mir im Vergleich zu dem Berliner Zimmerchen von Paul so vor. Auf dem Chemnitzer Sonnenberg kann man sich quasi Paläste leisten, es steht genug leer, man muss nur vorgeben, sich mit den im Viertel vorherrschenden Nazis arrangieren zu können, und abends aufpassen. Aber das ist hier normal. Kurz nach Juris Geburt sind die drei hier eingezogen, aber es sieht aus, als lebten sie bereits seit Jahren hier. Das ist jetzt nicht mehr die Stufe von irgendwo wohnen, sondern es sich richtig eingerichtet haben. Überall liegen Babyspielzeug und Klamotten rum. Es hat schon was, dieses Verschmelzen der Sachen von mehreren Personen. In jedem der vielen Haufen findet man etwas von allen dreien. Freds

Pullover meets Janas Zeitschriften meets Juris Kuschelaffen. Im Badezimmer ist auch alles durchmischt. An einem Ort und mit einer oder mehreren Personen angekommen ist man wohl dann, wenn man im Bad nicht mehr seinen Bereich, seine eigenen Döschen und im Kühlschrank kein eigenes Fach mehr hat. Vielleicht sollten Paul und ich auch mal etwas miteinander vermischen. Oh Gott, das hier ist ansteckend. Bloß nicht weiter darüber nachdenken. Lieber erst mal mehrfach bei Fred entschuldigen, weil ich so lange nicht da gewesen bin und so selten zurückgerufen habe, gerade auch wegen Juri. Er kann schon fast alleine sitzen.

»Jetzt erzähl doch mal von Berlin und Paul«, sagt Fred. Das musste ja irgendwann kommen, klasse. »Ach, es ist beides kompliziert. Erzähl mir lieber von eurem Leben!«

Ich will eigentlich nicht auf diese Weise mit meiner Freundin reden, ich hasse diesen Updateaustausch, wo es nur um das ganz große Ding geht, man alles auf einer Metaebene betrachten und einordnen muss. Wo man liefern muss. Wo man ein Fazit ziehen muss. Ich will ganz normal reden, wie wir früher geredet haben. Ich will über gestern reden und letztes Wochenende und über gleich und über morgen. Über Prozesse und nicht über Diagnosen. Ich will detaillierte Beschreibungen darüber, wie Freds neue Chefin ist und wie es letztes Mal bei der Kinderärztin mit Juri war und welche neuen Songs sie für heute Abend in petto hat. Ich meine, Minajs »Queen« ist ja wohl der Hammer, gerade die chilligeren Stücke »Ganja Burn« und »Come See About Me«? Die findet Fred eher langweilig, soso, das ist doch interessant. So was will ich wissen. Ich inspiziere das tittenlastige Cover der Platte, als hätte ich es noch nie gesehen. Ich will über Freds Alltag reden. Schließlich hat sie in den vergangenen Monaten auch etwas erlebt, während ich größtenteils nur rumgelegen habe. Aber Fred sagt immer wieder nur, wie glücklich sie ist, weil sie gerade auf dem Metaebenebetrachtungstrip ist.

»Es ist richtig schön, wie sich das hier entwickelt hat«, sagt sie und lächelt dabei so süßlich wie nie zuvor. Fred setzt sich zu Juri und mir auf die Couch, schnappt sich das Kind und macht wieder dieses Mutti-Gesicht. »Du weißt ja, dass wir uns Sorgen gemacht haben.« Ich hätte auch gleich meine Mutter anrufen können. »Aber ich finde es richtig mutig, dass du das gemacht hast. Also, dass du weggegangen bist.« Okay, doch nicht Mutter. Ach Fred. »Dir ging es hier zuletzt ja offensichtlich nicht mehr gut. Geht es dir in Berlin denn jetzt besser?«

Ich überlege kurz, obwohl ich die Antwort bereits kenne, aber irgendwie glaube ich, dass es der Anstand gebietet, auf so eine grundlegende Frage zumindest Nachdenken vorzutäuschen. »Nein, eigentlich nicht.«

Fred will das nicht hören, also steht sie wieder auf. Kann diese Frau nicht mal still sitzen? Sie will, dass Sachen rund sind. Dass man Entscheidungen trifft, und dann ist es das und es ist gut. So lebt sie auch ihr Leben. Sie arbeitet, sie macht Musik, sie hat Jana und das Baby, und für all das hat sie sich ohne größere Zweifel entschieden.

»Ich muss mal schauen, wie es weitergeht. Ich werd schon was finden …«, versuche ich ihr entgegenzukommen. Fred nimmt es so hin. Ein Glück.

»Lass mal heut Abend weiterreden. Wir könnten vorglühen bei Stefan, Philipp und Selma. Ich bring zwei bis elf Flaschen Sekt mit«, kündigt sie an, während sie liebenswürdigerweise mein Lieblingslied der Tittenplatte auflegt.

Come, come see what I've been up to
Come, come see about me

I know you had a lot of work to do
You got used to things without me, baby
You got used to every thing I never did
You got sick of being sick of all my flaws

Juri lacht und rutscht mit seinem Windelpops auf der Babydecke rum. Jetzt bin ich zumindest bei seinem ersten Tanz dabei.

8

Fred und ich kennen uns von der Arbeit im Club. Vorher hatte ich in einer Jugendherberge im Zentrum von Chemnitz gearbeitet. Ich war sehr verzweifelt und brauchte dringend Geld, weil der Bafögantrag nicht durchgehen wollte. Ständig fehlte was, am Ende die Unterlagen von meinem Vater, der erst nicht auffindbar war und sich dann schön Zeit ließ. Als er den ganzen Kram endlich schickte, schrieb er noch einen kleinen Brief in der Größe eines Einkaufszettels, auf dem stand, dass er sich freue, dass ich etwas mit Politik studiere und nicht BWL »oder so 'nen Scheiß«, ganz so, als würde er mich kennen. Das war das letzte Mal, dass ich etwas von ihm gehört habe.

Für niedliche fünf Euro die Stunde wurde ich dann also erst mal Nachtwächterin, Putzfrau und Anlabermaterial für besoffene Männer. Woran ich nämlich nicht gedacht hatte, war, dass in Jugendherbergen nicht primär Jugendliche übernachten, sondern alle möglichen Leute, und nicht wenige Typen auf Dienstreise. Nach jeder Schicht lief ich um sieben Uhr morgens nach Hause und seufzte leise in meine Heimwegkippe, weil ich sage und schreibe in sieben Stunden 35 Euro verdient hatte. Über das Wort »Nachtzuschlag« konnte ich nur weinen. Wenigstens konnte ich mich während meiner Schichten reichlich an der Eistruhe und den Frühstückseiern bedienen. Ich konnte es nicht im Sinne von ich durfte es, sondern ich habe es halt einfach gemacht. Aus Angst vor Kameras, von denen mir zwar nichts gesagt wurde, aber die ich trotzdem vermutete, fraß ich immer alles hastig auf der Toilette. Das waren auch die einzigen Mahlzeiten, die ich damals zu mir nahm. Aus der Jugendherbergserfahrung nahm ich trotzdem etwas fundamental Wichtiges mit: Ich wollte fortan ausschließlich nachts arbeiten. Nachts arbeiten ist so, als würde man sich austricksen. Man wird im Laufe der Schicht müde-benebelt, und was man tut, rauscht nur so an einem vorbei, bis im Kopf nur noch Brei zu finden ist. Sobald man nach der Arbeit im Bett liegt, hat man es quasi schon vergessen, die Feierabendmüdigkeit weicht dem Koma. Es ist natürlich auch anstrengend, aber man ist nicht ganz auf der Höhe, um mitzubekommen, dass man gerade ausgebeutet wird wie alle anderen auch, weil man normalerweise nachts eh schlafen würde und Teile von einem das auch tun. Man funktioniert. Man ist in Nachtjobs meistens nicht umgeben von Leuten mit Kindern, vernünftiger Ernährung und dem Plan, nach der Schicht noch ins Fitnessstudio zu gehen oder in den Baumarkt zu fahren, um es sich zu Hause schön zu machen. Nachtarbeiterinnen machen es sich zu Hause nicht schön, weil sie nur zum Pennen und »schnell was essen« dort sind. Es sind meist Leute, die sich Strukturen antrainiert haben, die nicht zum Rest der Welt passen. Man kann nichts richtig planen, weil man oft kurzfristig eingeteilt wird.

Nachts zu arbeiten bedeutet ein Leben voller Ausreden und ohne schlechtes Gewissen. Man kann so lange schlafen, wie man will, kann immer sagen: »Ich habe die ganze Nacht gearbeitet«, was beeindruckender klingt als: »Ich habe den ganzen Tag gearbeitet« und sieht die Welt, als wäre sie auf den Kopf gestellt. Wach sein, wenn andere schlafen, schlafen, wenn andere leben. Ich träume von einer Welt, die auch für Nachtarbeitende eingerichtet ist. Es gäbe extra Plätze in Bahnen für den Heimweg, damit man nicht mit den Besoffenen konfrontiert wird. Mit denen, die auf Arbeit fahren, wenn man gerade von selbiger kommt, konfrontiert man sich dagegen gern, weil es ein geiles Gefühl ist, dass man den Scheiß schon hinter sich hat, während alle anderen noch ranmüssen. Ein gedankliches Abklatschen voller Mitleid findet dann statt. In der Nachtarbeitswelt hätten Behörden, Supermärkte und Bäcker nie geschlossen, man könnte fix nach der Schicht einkaufen, Sachen erledigen und das Zukunfts-Ich überraschen, indem man ihm etwas Leckeres neben das Bett legt für das morgendliche 15 Uhr. Ich will einen eigenen Geheimorden für Nachtarbeitende, eine eigene Interessenvertretung, eine Parallelgesellschaft, einen eigenen Bundestag. Wir Nachtarbeitenden leben eines Tages in der Hohlerde, werden sehr gut klarkommen und den ganzen Scheiß überleben.

Ich zog die einzig logische Konsequenz und fing an, in Clubs zu arbeiten. Theke konnte ich nicht wegen der Scheißrechnerei und der Tollpatschigkeit, also musste was anderes her. Irgendwann landete ich im allseits beliebten Club Atomino, weil eine Kommilitonin mich beim gemeinsamen Mensaessen fragte, ob ich ihren Dienst als Garderobiere an diesem Abend übernehmen wollte, es sei ganz einfach.

Nach einem Jahr wusste ich auch endlich, dass man »Garderobe« mit zwei r schreibt, weil mich ein Arschloch von Gast darauf hinwies, nachdem ich ein Schild mit der Aufschrift »Gaderobe ist voll« aufgehängt hatte. Kann mal passieren. Fred sollte mich bei einer schrecklichen Dancehall-Party einarbeiten, wurde aber kurz vor dem großen Ansturm zur Theke abkommandiert, und die Katastrophe nahm ihren Lauf. Ich hängte alles mir Anvertraute irgendwo auf, nichts ergab Sinn, ich gab falsche Jacken raus, stolperte über Taschen und wurde von wütenden Männern bedroht. So eine Garderobe hat tatsächlich ein System, das man erst mal verstehen muss. Also kamen mir die Tränen, und genau in diesem Moment tauchte Fred kühl, aber empathisch, auf und schickte mich hinfort: »Hol dir erst mal eine Gisela und geh eine Runde raus zum Rauchen, ich mach das.«

Und sie machte es. Meine erste Gisela und meine erste Fred. In kürzester Zeit brachte Fred alles in Ordnung, schrie sich die Kundschaft zurecht und wendete eine Eskalation ab. Nachdem ich zurückgekehrt war von meinem kleinen Zusammenbruch, kamen wir ins Gespräch, bei dem sie mir alle Tücken des Garderobenjobs erklärte: von hinten nach vorn aufhängen, unten anfangen, die Taschen an die Seite, damit man nicht stolpert, einen Gast nach dem anderen bedienen, eine Jacke nach der anderen annehmen, nicht zwei auf einen Haken, egal, wieviel sie betteln, schon gar keine Taschen auf die Haken, nicht diskutieren, erst das Geld, dann die Marke und so weiter, wenn es voll ist, sich in Standby-Zen-Modus begeben, alles ausblenden, nicht auf »Bitte leg meine Jacke einfach auf den Boden« reagieren, es sei denn, die Person bietet einem mindestens 50 Euro, und nicht vergessen, immer mal wieder am sehr starken Getränk zu nippen. Betrunken ist der Job besser zu ertragen. Betrunken spricht man die Sprache der Kundschaft.

Nach dieser einen Nacht hatte ich alles erlebt, was man in diesem Job erleben kann. Das glaubte ich zumindest. Mit der Zeit lernte ich, mich nicht mehr vor Konfrontation mit Gästen zu fürchten, begriff, dass man mit Besoffenen wirklich wie mit strunzdummen Kindern reden muss und dass in Clubs zu arbeiten die Freiheit mit sich bringt, ruppig sein zu dürfen, weil die Hierarchien flacher sind als in anderen Dienstleistungsberufen und weil jeder weiß, dass man es im Nachtleben vor allem mit sich schlecht benehmenden Menschen zu tun hat, die schon am Eingang ihre komplette Bildung und Erziehung auf den Boden rotzen.

Vor allem aber lernt man in solchen Jobs, mit aufdringlichen Männern umzugehen. Es fängt beim Entkleiden an, denn Männer haben scheinbar nie gelernt, wie man sich eines Pullovers entledigt, ohne sich dabei komplett auszuziehen und der Garderobenfrau, oder wer ihnen gerade sonst so gegenübersteht, den Oberkörper zu präsentieren. Unser persönlicher Karpfenkalender war das immer. Dann folgt die Abgabe und: »Wie bitte, EINEN EURO? Bekommt man den wieder?« – »Aber natürlich, natürlich nicht.« Gern erklären sie einem auch den Job: »Kannst du meine Jacke bitte so und so aufhängen und pass bitte gut darauf auf.« – »Ach was«, dachten oder sagten wir dann, »wir wollten eigentlich alle Jacken hinten auf einen Haufen schmeißen, Benzin darübergießen, sie anzünden und einen spirituellen Tanz darauf veranstalten, aber gut, wenn du das sagst, dann passen wir eben heute Abend mal auf eure Jacken auf.« Es ist im Grunde wie Babysitten, und man ist sehr erleichtert, wenn man das, worauf man aufpassen soll, wieder zurückgeben kann. Beim Abholen lügen sie nicht selten, dass sie ihre Marke verloren haben, weil sie zu faul sind, sie zu suchen. Das sei ihnen ja noch nie passiert. Wenn man ihnen ein bisschen droht, finden sie die vollgeschwitzte Marke dann aber irgendwann zwischen ihren Körperteilen. Wenn sie sich langweilen, nerven sie einen auch gern mal, was man denn sonst so machte, ob man auch einen richtigen Job hat, ob man einen Schnaps will (ja), wie es so ist, zu arbeiten, wenn andere feiern, und ob man nicht nach Feierabend gemeinsam was trinken möchte (nein). Manchmal fassen sie einen auch an oder versuchen einen zu küssen, und wenn man sie rauswerfen will, haben sie »nichts gemacht«. Alle haben immer »die schwarze Jacke, da links hinten, ich seh' sie schon … Ach, nee, doch nicht«, wollen, dass man im Laufe des Abends 76 weitere Kleidungsstücke dazuhängt oder den Chef ruft, weil man ihren Pullover »versielt« habe, den sie in Wirklichkeit längst wieder an ihrem Leibe tragen.

Frauen konnten natürlich auch scheiße sein. Aber das war eher die Ausnahme. Eine brachte immer Reste von ihrer Arbeit bei Vapiano für die Garderobenfrauen mit, und manchmal kamen Mädchen, die ganz süß und schüchtern fragten, ob denn Kraftklub da seien, da sie gehört hatten, dass das Atomino der »Kraftklubclub« sei. Am schlimmsten waren jedoch die Momente, wenn Fred und ich selbst in Clubs gingen und begriffen, dass wir uns manchmal genauso wie die nervigen Leute verhielten. Einmal habe ich sogar unsere Marken verloren. Wirklich.

Fred hat nicht studiert, sondern seit Schulzeiten in Bars und Clubs gearbeitet. Und sie hat immer in Chemnitz gelebt. Als sie mir das das erste Mal erzählte, habe ich sie so schockiert angesehen, dass unsere zarte Freundschaft fast wieder vorbei gewesen wäre. Für mich war von Anfang an klar, dass Chemnitz nur eine Zwischenstation sein würde, genau wie für die meisten Studierenden hier. Aber Fred hat immer an diese Stadt geglaubt. »Was glaubst du denn, was hier wird, wenn alle wieder abhauen? Es müssen doch Leute bleiben!« Ich konnte nichts dagegen sagen und blieb dann selbst überraschenderweise sieben Jahre.

Fred hatte schon immer konkrete Vorstellungen davon, wie alles sein sollte, ihr Leben und Chemnitz. Sie arbeitete nicht auf einen blöden Abschluss hin, der einem ohnehin nicht viel bringt, sondern machte im Hier und Jetzt, worauf sie Bock hatte. Sie organisierte Konzerte, machte Musik, legte auf, traf sich in irgendwelchen Kulturkollektiven. Sie verdiente immer genau so viel Geld, wie sie brauchte, um für eine Weile zu reisen, aber sie kam immer wieder zurück. Sie käme nie auf die Idee wegzubleiben. Und sie hat meinen ignoranten, faulen Augen gezeigt, was in Chemnitz jenseits von dem geht, was man auf den ersten Blick sieht. Sie zeigte mir alle Ecken, alle Parks, das Umland und die zahlreichen verlassenen Häuser. Ich fuhr oft nach den Schichten mit zu ihr, wir kifften, aßen Nudeln, schauten in die Facebookgruppe »Wo ist Rotkäppchen im Angebot«, wo Rotkäppchen im Angebot war, gingen schlafen, holten uns am Nachmittag eine Flasche, schrieben Songs über Gespräche und Erlebnisse mit Gästen, und als Anfang des neuen Jahres endlich mein erstes Bafög kam, kaufte ich mir meine erste eigene Gitarre und Fred ein Tamburin, weil sie Liam sein wollte und ich Noel.

9

Fred muss Behördenkram erledigen, also babysitte ich Juri. Das Geräusch der hektisch zugeschlagenen Tür, das Fred immer macht, wenn sie eine Wohnung verlässt, ist für mich das Signal, jetzt sofort und schnell den Fernseher anzumachen. Auf den hab ich schon die ganze Zeit geschielt. Im Netz ist sowieso nur Chemnitz Thema. Alle sprechen darüber, alle erörtern, alle sind fassungslos, alle schimpfen, alle verstehen und verstehen nicht. In der letzten Nacht gegen drei Uhr haben Jana und ich uns, zusammen im Bett liegend, dafür entschieden, wie früher (also wie vor einem Jahr) Bibi Blocksberg zum Einschlafen zu hören, damit wir bloß nicht weiter Kommentare lesen und uns aufregen müssen. Da haben wir hier jahrelang wie in einem Versteck gelebt, haben uns vergraben und gesammelt, na ja, und die Nazis haben das auch getan, und plötzlich schauen alle her und wissen Bescheid.

Chemnitz steht nackt vor der ganzen Klasse, und es ist kein Traum.

Als Familie hat man plötzlich einen Fernseher. Der fliegt einem ab einem bestimmten Punkt einfach so zu, und es fällt einem kein Grund mehr dagegen ein, weil man jetzt Platz hat und öfter zu Hause ist, warum dann also nicht. Weder Fred noch Jana hatten früher einen Fernseher, Juri sowieso nicht, weil es ihn früher nicht gab. So erfahre ich jetzt erst von der Sendung *Hartz und herzlich*. In der Folge bricht gerade eine sehr junge Frau zusammen, weil sie schwanger sein will, es aber nicht ist. Kurz darauf zittert eine ältere Frau vor Aufregung, weil heute ihr Geld vom Amt kommt und sie ihren Kühlschrank wieder füllen kann. Und ein älterer Mann betrinkt sich, weil seine Frau schwer krank ist, er sie pflegen muss und das kaum auszuhalten ist. Alle weinen. Mindestens zwei der Protagonisten kommen aus dem Osten, und das hört man natürlich.

Ich erinnere mich, wie das anfing, als die privaten Fernsehsender massiv in Dresden nach Leuten für diese ganzen Realityshows gecastet haben, nach armen Schweinen, die vor der Kamera weinen. Ich sah über die Jahre ehemalige Nachbarn, Klassenkameraden und Saufkumpane in den unterschiedlichsten Formaten, wie sie immer die gleiche Rolle performten: bemitleidenswerte Unterschichtangehörige, die immer auch ein bisschen eigen waren, sodass der Zuschauer was zum Lachen hatte und sich abgrenzen konnte. An der Uni sah man sich dann diese Sendungen ironisch an, weil da so lustige Sprüche bei rumkamen. Die eigene Rolle war dabei entweder die desjenigen, der es aus dieser Welt rausgeschafft hat, oder jene, in der man glaubte, dass einen die Uni davor bewahrte, da je reinzurutschen. Man schickte sich YouTube-Videos mit den peinlichsten Ausrastern, und ulkige Versprecher wurden zu geflügelten Worten. Meine Familie, die Sozialhilfe empfangende Assifamilie mit der alleinerziehenden Mutter und den vielen Kindern, hätte in so ein Format theoretisch auch gut reingepasst. Glück gehabt.

Ich schalte um zu *Zwischen Tüll und Tränen* und sehe tatsächlich Daniel aus der Realschule auf dem Bildschirm. Er verkauft jetzt Hochzeitskleider? Abenteuer Fernsehen ist gescheitert. Da mische ich mich lieber wieder in eine Diskussion auf Facebook über Nazis oder Nichtnazis ein. War der Typ mit dem Hitlergruß jetzt einer? Schwierig zu sagen. Könnte es Hetzjagden gegeben haben, wenn auf Videos Leute brüllen: »Wir kriegen euch«? Mh, man sollte erst mal schauen. Und hat Chemnitz ein Problem mit Rechten, wenn ein paar Tausend es schaffen, so kurzfristig aufzumarschieren? Könnte sein, muss aber nicht.

Das sind alles weitaus sinnlosere Diskussionen als jene, die ich letzte Nacht heimlich unter der Decke trotz des von Jana und mir beschlossenen Smartphoneverbots auf last.fm las, nachdem Jana eingeschlafen war. Es ging darum, ob »Titanium«, »Flames« und »She Wolf« beim Scrobbeln als Werke von David Guetta oder Sia getaggt sein sollten. Selbstverständlich lautet die Antwort Sia, weil alles, was Guetta zu den Songs hinzugefügt hat, überflüssiger Schrott ist, und vor allem »Flames« hätte, genau wie es ist, ein Song auf Sias Album sein können, nein, sollen!, statt auf seinem zu landen. Userin »affectionately4« war jedenfalls auch der Meinung: »guetta is a disgrace therefore I'm not gonna scrobble him, ever.« Last.fm ist das einzig würdige soziale Netzwerk.

Während ich Juri beim Schlummern in seiner coolen Schaukel beobachte, denke ich daran, wie er wohl später mal sein von anderen Menschen ausgesuchtes Zuhause finden wird. Ob er bleiben oder weggehen wird. Wie Chemnitz in 18 Jahren sein wird. Ich denke an das Haus, in dem ich meine ersten Jahre verbrachte. Wie es wohl heute aussieht? Ich setze mich an Janas Laptop und google mit Street View nach unserer Straße von damals. Wo wir lebten, als wir alle noch zusammen waren, meine Geschwister, der Hund, die Katze, der Weihnachtsbaum, als die Vorstellung eines Vaters ab und an die Bühne betrat. Ich denke an ein Früher, als ich an ein Hier glaubte, an Beständigkeit, an das Bleiben. Und ich denke an die Umgebung, in der wir lebten. Dresden Stetzsch, fast schon Vorort. Die anderen Familien, die kleineren Familien, die vermeintlich intakteren Familien, von denen hinter vorgehaltener Hand manchmal zu erfahren war, dass sie ebenfalls so ganz und gar nicht intakt waren. Ich denke an den überschaubaren Radius, in dem sich das alles abspielte: Der Kindergarten um die Ecke, die Grundschule ein paar Ecken weiter, die Gassirunden, die Fahrradrunden, die Pirsch- und Entdeckungsrunden, die Ausreißrunden, der Supermarkt drei Haltestellen entfernt, den meine Mutter locker dreimal die Woche aufsuchen musste wegen uns vielen Kindern und dem, was wir alles so vertilgten, die große Innenstadt, viel zu weit entfernt, all die Häuser und Wohnungen, in denen Kindergartenfreunde, die Kinder aus der Grundschulklasse und Freunde meiner Geschwister wohnten, die Buden, die wir uns auf jeder freien Fläche bauten, die Baustelle, von der wir uns eine Zigarettenschachtel klauten und wegpafften, das Restaurant nebenan, bei dem wir regelmäßig die bunten Glühbirnen abschraubten und in gefährlichen Manövern in unsere Fassungen schraubten, bis wir erwischt wurden und alle zurückbringen mussten, der Kiosk, in dem wir Zeitschriften, weiße Mäuse, Schnüre und Center Shocks kauften oder einsteckten, die vielen Gärtnereien entlang des Flusses, in denen wir immer je ein Kind kannten, das da lebte, und wo wir uns sommerferienlang mit Wasserschläuchen durch die Botanik jagten. Ich denke an die Elbe und den wunderschönen Weg an der Elbe, entlang des langen Hügels, der vor Flut schützen sollte, es aber 2002, kurz nach unserem Wegzug, nicht tat, den wir im Winter runterrodelten, die angrenzende Gartensparte, die alte Windmühle, in der Jugendliche rauchten und, ja, offensichtlich auch kackten, an die alte Fabrikhalle, in der aus welchen Gründen auch immer einiges an Kinderspielzeug zu finden war, an die Trauerweide, deren Zweige uns zum Haarkränzebasteln diente.

Das war dieser ganze kleine Kosmos, der mir als Kind genügte und meine Welt war. Das geht alles, wenn Kinder einander haben und nicht auf ihre traurigen Eltern angewiesen sind. Ich dachte damals, alles wäre gut, aber an mir als jüngstem Kind vorbei gab es eine gewaltvolle Ehe, eine langwierige Scheidung, viele Geldprobleme und den ganzen Managementstress, den man mit einer Großfamilie hat. Meine älteren Geschwister erzählten mir später von all dem, was ich nicht mitbekommen hatte.

Als ich das Wort »Gentrifizierung« noch nicht kannte, wurde unser Haus renoviert, und wir dachten, der neue Vermieter mache das für uns. Wir hatten plötzlich ein neues Bad, bessere Fenster und Heizungen und eine große Terrasse. Aber natürlich wollte er dafür zu viel Miete für eine Familie wie uns, und schließlich wollte er verkaufen und wir mussten ans andere Ende der Stadt ziehen, neue Schulen besuchen, und die bekannte Welt gab es plötzlich nicht mehr.

Ich ging auf die Realschule, weil da meine Geschwister waren, und dort fand ein schneller Wechsel von Miteinanderspielen zu Miteinandersaufen und Miteinandergehen statt. Ich war nicht dabei, ich konnte nicht begreifen, warum das so schnell gehen musste, ich hatte immer noch die Puppen auf dem Regal über meinem Bett sitzen. Es war, als unterhielten sich die Leute in meiner Klasse in einer anderen Sprache. Mädchen sollten sich schminken und über Nacht Brüste bekommen, einige schafften das auch. Bei mir klappte es nicht, es muss also an mir gelegen haben, ich gehörte nicht mehr dazu. Die wenigen Male, die ich an den neuen Ritualen, die daraus bestanden, auf Spielplätzen rumzuhängen, Mixery zu trinken, richtig zu rauchen und Vorbeilaufende zu beleidigen, teilnehmen durfte, weil mich ausnahmsweise mal jemand mitgenommen hatte, fühlten sich falsch an, wie ein Irrtum, und ein zweites Mal eingeladen wurde ich meistens nicht.

Einmal ging es in die Disko, das Roxy. Da war ich gerade 13, aber das war normal. Niemand fragte damals nach Ausweisen, und wenn man Typen dabeihatte, war eh alles okay. Ich war völlig unangemessen angezogen, weil mich das Memo darüber, was als sexy galt, nicht erreicht hatte, also trug ich einen Jeansrock und eine weiße Bluse statt wie die anderen einen Minirock und ein knappes Top. Es ging viel darum, wer schon mal mit welchem Typen »hat«, und damit war Unterschiedliches gemeint, meistens aber Knutschen oder Petting. Nachdem klar wurde, dass ich nichts zu diesem Lifestyle beizutragen hatte und sich meine Körperformen nicht so schnell verwachsen würden, ging man recht schnell zu Lästern, Schubsereien und sonstigem Mobbing über, denn das war die wichtigste Währung auf dieser Schule. Ab und an machte ich mit, wenn es mal jemand anderen als mich selbst traf, dadurch wurde mir ein paar Wochen vorgegaukelt, dass ich vielleicht doch eines Tages dazugehören könnte, bis ich dann wieder an der Reihe war. Nach der Zehnten schaffte ich es aufs Gymnasium, und da schien es besser zu sein. Die Leute kleideten sich nicht so einheitlich, waren eigensinniger, machten Kunst und Musik, waren teilweise sogar politisch. Ich fühlte mich dumm, weil ich viel Stoff nachzuholen hatte, und hatte deshalb keine Zeit, um in den anderen Disziplinen des Jungseins mithalten zu können. In der Zwölften entdeckten ein paar Mädchen, dass sie es mit einer Dicken zu tun haben, und auf dem Übergewicht anderer rumzuhacken ist wohl eine Art von einfacher Katharsis, wenn man sich nicht mit seinen eigenen Unsicherheiten auseinandersetzen möchte. Nach dieser Erfahrung wollte ich nur weg, wollte umziehen, am besten in eine andere Stadt. In dieser Stadt gab es nichts mehr für mich zu holen. Ich wollte ein neues Leben und einen neuen Namen. Und das hat geklappt, wenn auch weniger glamourös, als ich es mir erträumt hatte.

»Komm bloß nie auf die Idee, mich Gisela zu nennen«, versuche ich Juri in den Babyschädel reinzuhypnotisieren, der gar nicht daran denkt, die Augen zu öffnen.

10

Ich muss an die Uni, das Semesterticket erneuern, damit ich nicht die nächsten Tage oder wie lange ich auch immer hierbleibe, schwarzfahren muss. Eigentlich sollte ich auch meine Bachelorarbeit anmelden. Ich hatte es vor ein paar Wochen wenigstens geschafft, meinem Dozenten eine E-Mail zu schreiben mit der Information, dass es mich noch gibt. Er hatte sich bereit erklärt, die Arbeit anzunehmen, obwohl es zwei Jahre her ist, dass ich in seinem Kolloquium saß, um das Thema vorzustellen. Jetzt müsste ich sie anmelden, damit ich sie bis Ende des Semesters abgeben könnte. Wenn man in Sachsen nach zehn Semestern keine Bachelorarbeit abgibt, fällt man einmal automatisch durch, also gilt es jetzt. Ich bin schon im dreizehnten und habe Urlaubs- und Gremiensemester zur Verlängerung meiner Galgenfrist schon ausgereizt.

Zur Uni fährt von der Zentralhaltestelle neuerdings eine Tram. Ich erinnere mich noch an die gute alte Buslinie 51, die immer vollig uberfullt und stinkig war. Tram fahren ist mit dem Kinderwagen und Juri praktischer, als den Bus zu nehmen, also kann ich diese überraschende Veränderung akzeptieren. Eine weibliche Computerstimme sagt: »Nächst Steschn: TU Campus«. Es soll wohl charmant klingen.

Vor etwa einem Jahr wurde die komplette Reichenhainer Straße, die zur Uni führt, »aufgeruppt«, wie der Sachse sagt, und alles sieht jetzt sehr modern aus, das heißt, es ist noch mehr betoniert. Ich weiß noch genau, wie ich vor sieben Jahren das erste Mal diese damals nichtssagende Straße entlanglief und dachte: »Das ist jetzt also dieser Campus? Na toll.« Heute ist jeder Zentimeter voller Erinnerungen. Dort haben wir vorm Edeka rumgesessen und aufeinander gewartet. Auf dem Mittelstreifen habe ich während des Uni-Sommerfests mal 50 Euro gefunden und direkt in Bier für alle umgesetzt. In diesem Teil der Straße haben wir zur EM 2012 Deutschlandfahnen von Autos gerissen. Von dem Balkon über der Post hat ein fremder Mensch unsere flanierende Zehnergruppe zu einer Party in seine Wohnung eingeladen, und sein Mitbewohner hat uns fünf Minuten später wieder rausgeworfen. Aus dem

Wohnheim nebenan wurden wir ständig evakuiert wegen falschen Feueralarms. Mit Stefan habe ich 2014 Kerzen an die Stelle gestellt, wo ein Typ aufgeschlagen ist, der aus dem siebten Stock gesprungen ist. In den Teich davor ist Maxi mal besoffen reingefallen. In dem Club des Wohnheims haben einige von uns wahrscheinlich noch immer Hausverbot. Im Haus gegenüber hatte ich am Anfang meines Studiums Sex mit einem fiesen Arschloch, der sein Pornovokabular an mir austesten wollte. Vor dem Turmbau habe ich den alten Philipp zum ersten Mal gesehen, und auf einer Bank hinter dem Sportplatz hat er mir zwei Jahre später gesagt, dass er jetzt eine neue Freundin hat. Mitten auf der Straße haben wir Silvester gefeiert und oft Flunkyball gespielt. Mehrere Wohnungen haben meine Freunde und ich hier bewohnt und wieder verlassen. Wir haben dort verschlafen, versucht, aktuelle Kinofilme und den Superbowl in unmöglichen Streams zu gucken, und uns zu Essenbestellsonntagen verabredet. Wir haben auf den Wiesen der Institute gegrillt und betrunken Federball gespielt. Wir haben die Haltestellen vor Demos plakatiert und Klopapier aus allen möglichen Toiletten geklaut, wenn wir keine Kohle hatten. Wir haben Hunderte Selfies im Fahrstuhl der Bibliothek gemacht und sind auf das Dach des Parkdecks gestiegen und dort geblieben, bis es hell wurde. Wir haben Tage und Nächte im Studierendenrat verbracht, Sachen ausgedruckt, Kaffee aus der Maschine getrunken und hin und wieder Vorträge, Studidemos, Grillabende oder Exkursionen organisiert.

Als ich die Uni erreiche, bekomme ich schlechte Laune. Die breiten Stufen vor der Mensa, auf denen wir früher oft rumsaßen und die erst im vergangenen Jahr bunt angemalt wurden, sind nun komplett gewichen für ganz dünne neue Stüfchen, die völlig unzweckmäßig sind. Auch neu sind riesige Betontische mit langen Bänken, die viel zu weit weg von den Tischen stehen, um dort vernünftig sein Essen zu sich nehmen zu können. An einem neuen Betonbau hängt ein gemaltes »Chemnitz ist bunt«-Plakat. Wahrscheinlich wegen gestern. Wahnsinn, wie stark sich eine Stadt belügen kann, die ständig von sich behauptet, sie sei »bunt und nicht grau«, aber allein optisch immer wieder das Gegenteil performt.

Von dem neuen Campus und der Bahn wurde jahrelang gesprochen, es war eine Zukunftsvision oder -drohung. Wir haben viele Witze gemacht über die angeblich geplanten Umbauten, es war unsere »Chinese Democracy«. Ein paar Hippies hatten schon viele Jahre zuvor Kreuze auf die Bäume gemalt, die für die Schienen hops gehen sollten, aber die meisten glaubten nicht daran, dass es so weit kommen würde. Wenn überhaupt, dann erst nach unserer Zeit. Vorhaben in Chemnitz waren schließlich so: Es waren Vorhaben. Umso unglaublicher war es dann, als tatsächlich die ersten Bagger vorfuhren und die Arbeiter loslegten. So wie die Autoren von *Zurück in die Zukunft* wahrscheinlich auch nicht gedacht haben, dass sie 2015 noch miterleben, haben die meisten von uns nicht gedacht, dass wir 2018 in Chemnitz noch miterleben.

Heute ist Tag der offenen Tür. Das heißt, Uniinteressierte schauen sich Gebäude an, in die sie bald eilen müssen, inspizieren die Wohnheime, in denen sie eventuell eine Weile unterkommen werden, und die Studentenclubs, in denen sie bald saufen werden. Ich beschließe, sie für eine Weile dabei zu beobachten, und kaufe mir einen Kaffee in der Cafeteria. Von da aus hat man das Gewusel gut im Blick. Ich spiele den bekannten Film in meinem Kopf ab. Wenn sich die Leutchen für Chemnitz als Studienort entscheiden, werden sie in der Orientierungsphase Anfang Oktober nervige Kennlernspiele machen, bei der

Kneipentour Menschen treffen, mit denen sie danach nie wieder zu tun haben werden, und Infoveranstaltungen besuchen, von denen sie nichts behalten werden. Dort lernt man ohnehin nur, dass im Grunde alles online steht. Das ist wohl die größte Lüge des Studiums: dass man leicht an Informationen kommt. Dann gibt es noch eine Führung durch die sehr überschaubare Bibliothek, in der es immer nichts gibt und man alles bestellen muss, und die angeblich auch bald renoviert werden soll, und das auch schon seit Jahren. Zum Studienbeginn tragen sich alle panisch bei Veranstaltungen ein, dabei funktioniert das Anmelde-System aber nicht oder bricht zusammen, und es fängt ohnehin alles erst zwei Wochen später an als geplant. In der Facebookgruppe des Studien- und Jahrgangs drehen alle durch, und der erste Referatsgruppenhorror deutet sich an. Dann ist da noch das Problem mit dem BAföG-Amt, aber das soll erst mal nicht interessieren, denn jetzt wird erst mal entspannt Bier getrunken, weil der Spaß nicht zu kurz kommen darf. Wegen der Sauferei studiert man ja auch, haha! All das wird präsentiert von Jürgen und Matthias, die schon seit zehn Jahren an der Uni studieren, einige Posten im Studierendenrat und in der Fachschaft innehaben und am liebsten über andere Leute lästern, statt ihren Posten an Jüngere abzugeben. »Das ist jetzt erst mal alles viel, aber macht euch keine Sorgen, das wird sich schon einpegeln, wir haben das auch alles hinbekommen, wichtig ist, dass ihr euch engagiert und saufen geht, hier noch ein paar Flyer.«

Ich liebe das alles. Weil ich weiß, was danach kommt. Sobald man diesen Unsinn überstanden hat, kommen die richtigen Leute, man entdeckt die guten Orte, kann vielleicht für einige Zeit richtig glücklich sein. Die Erstis werden keinen Gedanken daran verschwenden und es selbst nicht glauben, wenn man ihnen sagt, dass sie sich vielleicht noch in vier, fünf, sechs oder sieben Jahren in dieser Stadt aufhalten werden, teilweise freiwillig. Einige werden länger kleben bleiben, es gut finden, andere ihr Schicksal verfluchen und im Chemnitz-Sirup strampeln.

Ich beneide die Neuen um diesen Aufbruchsrausch. Ich studiere sie wie eine verrückte Alte, die ich mittlerweile vermutlich auch geworden bin. Sie sehen alle gleich aus, tragen Strumpfhosen, Jeans, Sneakers, hippe Rucksäcke und H&M-Mäntel. Ich trage das Gleiche, aber ich gebe mir weniger Mühe mit meinem Gesicht, während ihre Gesichter wach, neugierig und offen sind. Ich bin gar nicht so alt, ich bin nicht mal die Älteste hier, aber uns trennen Welten. Sie denken, dass in der Uni die wichtigsten Dinge der Welt entschieden werden oder zumindest passieren. Dabei passieren sie in Wirklichkeit nebenbei, immer dann, wenn man nicht in die Uni geht, wenn man sich die Birne zunebelt, angesoffen in WGs diskutiert, wenn man sich abgrenzt, scheitert und den Nachtbus verpasst. Es bräuchte also gar keine Uni für diese Selbstfindung, aber das weiß man erst danach. Ich fühle mich sehr altklug, aber total cool dabei.

Ich habe ein bisschen Angst, dass Leute glauben könnten, Juri sei mein Kind. Wenn ich früher meine Nichte vom Kindergarten abgeholt habe, wurde ich immer wieder sehr abfällig angesehen, als wäre ich als 13-Jährige tatsächlich die Mutter einer Fünfjährigen. Wahrscheinlich sah ich damals ein paar Jährchen älter aus, weil ich einen erwachsenen Bauch hatte und sowieso einen fertigen Blick, aber trotzdem hätte allen klar sein müssen, dass es unrealistisch war. Das mit Juri könnte natürlich hinkommen. Ich bin jetzt in einem gesellschaftlich akzeptierten Alter, um ein Kind zu haben. Wann ist das denn passiert? Ich habe verinnerlicht, dass es ein Scheitern ist, in den Zwanzigern ein Kind zu haben, so als hätte man es nicht zu mehr gebracht, als Mutter zu sein, und als wäre das zu wenig. Ich muss wieder an die Fernsehsendungen denken, in denen junge, finanziell schlecht gestellte Mütter immer als armselig dargestellt wurden. Daher habe ich das vielleicht. Aber auch aus dem echten Leben. Stefanie aus der Parallelklasse in der Realschule bekam mit fünfzehn ein Kind, und das war das Abschreckungsbeispiel für uns alle. Gleichzeitig sagten die meisten Mädchen, dass es bei ihnen sicher mit etwa 20 so weit sein würde. Laut ihren Facebookprofilen, deren Titelbilder oft der Nachwuchs schmückte, trat das auch meistens so ein. Auf dem Gymnasium waren solche Gedanken verpönt. Erst mal studieren, erst mal die große Liebe finden, erst mal die Welt bereisen, dann aber definitiv noch vor dreißig. Ich setze mir ein angestrengtes »Das ist nicht mein Kind«-Gesicht auf und schäme mich schnell dafür, als ich das süße Juriding dabei beobachte, wie es vor sich hin kräht und an seinem T-Shirt katscht. Er ist ein tolles Baby mit einer tollen Mutter, und es ist toll, dass es beide von nun an zusammen gibt. Als ich aus der Ferne schon wieder meine ehemalige Dozentin sehe, halte ich mir trotzdem lieber eine Hand vors Gesicht. Alles hat seine Grenzen.

Vielleicht sollte ich es noch mal in aller Ruhe versuchen. Vielleicht sollte ich hierbleiben, jeden Tag in die Bibliothek gehen, in mein altes Zimmer ziehen, mich jeden Abend mit meinen Freunden treffen, mich wieder in der Hochschulpolitik engagieren, was gegen die sexistischen Mensatüten unternehmen oder gegen noch Wichtigeres, meinen Nebenjob wiederaufnehmen, mich ein halbes Jahr noch mal richtig ins Zeug legen. Und dann eventuell sogar den Master machen. Es war doch eine größtenteils ganz gute Zeit hier, und es dürfen nicht alle abhauen, sonst gewinnen die Arschlöcher. Fred hat recht. Plötzlich werde ich von dieser Euphorie erfasst, die ich noch aus der letzten Woche der Schulferien kenne, in der ich mit pochendem Herzen neue Blöcke und Stifte und einen richtig hübschen Kalender gekauft habe und es nicht erwarten konnte, diesmal richtig durchzustarten und alles vollzuschreiben. Diesmal wüsste ich, wie alles läuft, und könnte es erwachsen und vernünftig angehen. Mit Textmarkern! Ein Studium ist was Richtiges, und mein »neues Leben« in Berlin ist nicht gerade aufregender oder erfolgreicher, als mein Leben es hier war.

Als ich die Cafeteria verlassen will, rennt mir Jürgen in die Arme, der mir eine haarsträubende Geschichte erzählt über jemanden aus dem StuRa und was der sich jetzt wieder geleistet habe bei der letzten Sitzung mit diesem peinlichen Antrag für Aufwandsentschädigungen, und ich bin mir ziemlich sicher, dass er mir vor vier Jahren bereits exakt die gleiche Geschichte erzählt hat. Er interessiert sich nicht mal für Juri und wer ihn geboren hat.

Neuanfangsvisionen in alten Gefilden sind nur eine Illusion. Tatsächlich haben diese Investitionen zum Schulanfang meine Mutter jedes Jahr verlässlich in eine finanzielle Krise gestürzt, nach spätestens einer Woche war die Schule wieder die Hölle, und die Hefter waren mit meiner hässlichen Handschrift so dermaßen versaut, dass sie mir peinlich waren. Vor dem Mensakartenaufladegerät verzweifelt eine Gruppe von sehr jung aussehenden Studentinnen, und ich denke: »Nein, macht ihr mal, das ist jetzt eure Uni und euer Jürgen.« Ich verbeuge mich, werde deshalb sehr komisch angeschaut und beschließe, das mit der Bacheloranmeldung erst mal zu vertagen und Juri wieder Fred zu übergeben.

11

Der Kaßberg ist das größte zusammenhängende Jugendstilviertel Deutschlands, Europas oder sogar weltweit. Man muss Chemnitz immer irgendwelche Superlative abringen, damit man sich als etwas Besonderes fühlen kann. Zum Beispiel hat Chemnitz auch die älteste Bevölkerung Deutschlands oder Europas, die größte Esse Deutschlands oder Europas, und was die miese Zuganbindung angeht, überbietet es Trier vielleicht auch noch eines Tages.

Auf dem Kaßberg ist jedenfalls meine alte WG, dort ist mein Zimmer, dort sind meine übrigen Sachen, dort ist die Vergangenheit zum Anfassen. Ich habe etwas Angst, die Wohnung zu betreten. Mit den letzten Bewohnern Bastian, Ben und Karl habe ich bis auf den spärlich genutzten WhatsApp-WG-Chat in den vergangenen Monaten keinen Kontakt gehabt und sie immer wieder vertröstet, wenn sie gefragt haben, wann und ob ich denn mal wiederkäme oder ob ich das Zimmer mal so langsam inserieren würde. Als ich noch dort lebte, hatten wir auch nicht mehr miteinander zu tun.

Vor dem Haus macht immer noch die Frau sauber, die da immer sauber macht. Sie wohnt nebenan und macht immer irgendwas sauber vor den drei Häusern an der Ecke. Sie findet immer was. Meistens kehrt sie den Bürgersteig. Auf dem Briefkasten der WG steht plötzlich ein »Schmidt«, aber keiner der anderen Namen ist verschwunden. Es muss trotzdem jemand ausgezogen sein, denn es gibt nur vier Zimmer. Ich stelle mir eine Gameshow vor, bei der man raten muss, welcher Mitbewohner nicht mehr da ist und hinter welcher Tür neuerdings »Schmidt« wohnt. Ich tippe jetzt mal ins Blaue darauf, dass Ben ausgezogen ist. Für ihn war dieses ganze WG-Ding nie das Richtige. Er war es auch, der alles verändern wollte. Er wollte eine richtige Wohnung mit durchdachter Einrichtung und Anwesenheitspflicht. Die Gameshow könnte »Finde den Schmidt« heißen.

Ich weiß nicht so richtig, was ich jetzt in der Wohnung machen soll. Einfach mal gucken, wie es sich so anfühlt, hier zu sein? Inspizieren, was noch da ist? Hauptsache, mal wieder den Schlüssel benutzen. Es ist in Chemnitz mitunter schwierig, ein Zimmer loszuwerden, und es war mir bisher zu anstrengend. Bei der Wohnungssuche fühlt man sich in dieser Stadt wie ein Superstar oder ein Influencer, um den sich Werbeträger prügeln, die einem etwas schenken wollen, damit man es öffentlich herumträgt. Hier könnte man WG-Castings umdrehen, sodass Vermieter oder Vormieter bei einem antanzen müssen, um das Wohnobjekt anzupreisen. Vor einigen Jahren hatte ich mir mal eine 3-Raum-Wohnung in Uninähe angesehen, deren einziger Makel war, dass es keine richtige Heizung gab, sondern einen Ofen. Dafür hätte ich nur 210 Euro im Monat bezahlt, aber selbst das war mir nicht die Kohleschlepperei wert. So wählerisch kann man in Chemnitz sein. Ausgenommen vom Nachmietermangel ist die Zeit um den Wintersemesterstart herum, denn da kommen sie alle, die optimistischen Abiturienten mit ihren Eltern, und brauchen dringend eine Bleibe. Also wäre jetzt und sowieso der richtige Zeitpunkt für eine Entscheidung.

Als ich den Schlüssel umdrehe, merke ich, dass jemand da sein muss, denn es ist nicht abgeschlossen. Im Flur brennt Licht. Die letzten Konzertposter sind verschwunden, es ist alles komplett rot gestrichen, das wunderschöne stinkende Sofa ist nicht mehr da. Aus dem Zimmer von Bastian (oder Schmidt?) dröhnt irgendwelcher Techno, ich rufe alibimäßig viel zu leise, weil ich eigentlich nicht gehört werden will: »Hallo.« In meinem Zimmer riecht es komisch und es wirkt viel größer, als ich es in Erinnerung habe. Ich schaue mich um. Alles noch da. Nicht viel. Sogenannte Winterklamotten, Bücher, CDs, Papierkram, Ausgemistetes, für das ich zu faul war, es endgültig wegzuschmeißen. Ich setze mich auf den Boden und frage mich, wieso ich da nicht früher schon mal gesessen habe. Als Kind habe ich das ständig gemacht. Auf dem Boden sitzen, das ist der Inbegriff von Zuhausesein. Zum heutigen Zuhausefühlen gehört noch die Geruchsmischung aus Heizung, Nagellack und Zigarette, darum werde ich mich später kümmern. Auf dem Schreibtisch liegt noch immer der falsche Ausdruck der Hausarbeit. Die Druckereinstellungen waren auf zwei Seiten pro Blatt eingestellt. Ich hatte damals unter Ritalineinfluss zu den Berlinern gesagt: »Scheißt drauf, ich geb das so ab!« Aber die anderen wollten nicht drauf scheißen, denn so könne man eine wissenschaftliche Arbeit auf keinen Fall abgeben. Gut, dass wenigstens irgendjemand noch zurechnungsfähig war. Zum Glück hatten sie mich eine halbe Stunde vorher auch noch davon abhalten können, den Drucker zu zertreten. Ich hatte schon den Fuß in Position gebracht und einen motivierenden Wut-Schrei ausgestoßen, weil es einfach nicht wahr sein konnte, dass im Jahre 2018 immer noch kein Drucker der Welt funktionieren wollte.

Hoffentlich klopft jetzt keiner der Mitbewohner. Die Vorstellung, wie einer von ihnen fragt, wieso ich mich die letzten sechs Monate nicht an den Putzplan gehalten habe, ist nicht auszuhalten. Ich hab hier nichts mehr zum Musikanhören, also gehe ich in die Küche und mache das Radio an. R.SA ist eingestellt, es laufen Mike & the Mechanics mit »Over My Shoulder«, perfekt. Schön, dass sich manches nie ändert.

I wish we were starting over
Oh, instead of drifting so far apart

Warum ist mir früher nicht klar gewesen, was für ein großartiger Song das ist? Man weiß totgedudelte Radiosongs einfach nicht genug zu schätzen, bis man sie in einem klaren Moment noch mal völlig neu entdeckt. Hoffentlich läuft danach »Losing My

Religion« und dann »Torn« und warum nicht auch noch »Lemon Tree«? Ach komm, und »If You Leave Me Now« noch obendrauf und irgendwas von Roxette. R.SA, my love. Schade eigentlich, dass man nach der Mitte der 80er aufgehört hat, Songs Oldies zu nennen. »Und jetzt kommt der Oldie ›Smells Like Teen Spirit‹, es war ein herrlicher Spätsommer damals« kann man sich irgendwie nicht vorstellen. Der olle Putzplan, den Ben mal etabliert hat, hängt nicht mehr an der üblichen Stelle über der Waschmaschine. Es ist glasklar: Er muss ausgezogen sein. Es sieht trotzdem ganz okay aus. Das Pfandaufkommen ist übersichtlich, die Geschirrspülmaschine funktioniert offensichtlich noch, und der Müll wurde wohl heute erst rausgebracht. In der Ecke steht immer noch der unfassbar bequeme Sessel, aus dem ich manchmal tagelang kaum aufstehen konnte, weil man, einmal in ihn versunken, nie wieder rauswill. Als wir hier noch in unserer Frauenformation lebten, war er immer besetzt, es gab kleine, schöne Streite um die Vorherrschaft, und auf Partys war er eine begehrte Trophäe. Leider hatten auch Leute Sex darauf. Vielleicht sollte er so langsam doch mal weg.

Mit Ben zog vor einem Jahr auch das Rauchverbot in der Küche ein. Um nicht die blöde Kuh zu sein, die sich erst ein halbes Jahr nicht blicken lässt und dann auch noch alles vollqualmt, und aus Angst vor Ben, der ja vielleicht doch noch hier rumspukt, gehe ich auf den Balkon. Offenbar ist er immer noch nicht mehr als ein Abstellraum für den kaputten Stuhl, den Wischeimer und ein paar undefinierbare Bretter, mit denen wir mal irgendwann irgendwas machen wollten. Ich muss an das Hornissennest denken, dass Meryam und ich dort entdeckt haben, als wir uns bei einer Party auf den Balkon zurückgezogen hatten, um zu bequatschen, was eigentlich gerade amouröse Phase bei der jeweils anderen war. Das Nest war noch ganz klein, und wir hatten erst ergoogelt, dass man es nicht entfernen darf, und dann hatte Meryam beschlossen, dass sie es jetzt einfach trotzdem tun würde und es mit einem Glas und einer Postkarte runtergeholt. Ich habe vor Panik rumgeschrien. Eine Minute später ist die Königin gekommen und wir sind, mittlerweile beide schreiend, in die Wohnung gerannt und haben es ganze zweieinhalb Minuten geschafft, niemandem davon zu erzählen. Meryam trug das Nest herum wie einen Pokal, und alle mussten schwören, niemandem davon zu erzählen. Tagelang trauten wir uns nicht auf den Balkon aus Angst vor der Hornissenrache, wir wollten nicht so enden wie Thomas J. aus *My Girl*, also (Achtung, Spoiler) nicht sterben, und ein wenig auch aus schlechtem Gewissen, weil wir die ganze Arbeit der Königin zerstört hatten. Da hatten wir über die Jahre so viele illegale Sachen gemacht, aber so viel Angst vor möglichen Konsequenzen hatten wir nie wieder. Ich mache ein Foto von der Stelle, zeichne einen runden Kreis und eine gelb-schwarze Hornisse ein und schicke es Meryam: »Sie ist zurück, komm schnell!« In diesem Moment ertönt »Losing My Religion« aus dem Radio. Das glaubt mir doch niemand.

Ich beschließe, mein Zimmer jetzt sofort bei wg-gesucht.de einzustellen. Wenn ich mich umentscheiden sollte, könnte ich mögliche Interessenten immer noch abwimmeln. Man muss für die Annonce ein paar inszenierte Von-oben-Fotos machen, die nichts mit dem tatsächlichen Aussehen der Bude zu tun haben, aber Preis und Lage sind eh unschlagbar. 120 Euro warm, Kaution 200 Euro. Habe ich damals überhaupt Kaution bezahlt? Habe ich jemals irgendwo in dieser Stadt eine Kaution bezahlt? Ist das hier überhaupt ein Ding? Meistens waren es eher symbolische Abschlagszahlungen, die von Vormieter zu Nachmieter wanderten: Komm, hier, nimm das Zimmer, gib paar Hundert Euro Kaution und versuch sie der nächsten Person wieder abzuluchsen. Es war ein ständiges Chaos in dieser Bude. Alle paar Monate war jemand Neues eingezogen, und wir kamen nicht hinterher, der Vermieterin mitzuteilen, wer aktuell hier wohnte. Mir war das völlig egal, ob ich einen Mietvertrag hatte, aber Meryam, die Gute, hatte das damals für mich erledigt. Richtig beim Bürgeramt angemeldet habe ich mich trotzdem nie, und irgendwann werden die GEZ-Gebühren mir das Genick brechen. Also werde ich mich erst dann wieder irgendwo melden, wenn ich genug Kohle habe. Das wird auch so ein super Moment: »Hier, nehmt alles, was ich habe!« Diesmal gibt es ein Publikum für meine Selbstgespräche. Ben steht auf einmal in der Küchentür und erwischt mich breitbeinig im Sessel hängend.

»Ach, du?«

»Ja, ja …«

»Und?«

»Ich ziehe jetzt wirklich mal aus … Sorry, dass ich so lange nicht hier war …«

»War echt lange. Hast du schon jemanden?«

»Stell das Zimmer gerade bei wg-gesucht ein.«

»Okay, dann machen wir bald WG-Castings.«

WG-Castings. Ich muss grinsen. »Ja, klar, WG-Castings!« Ben kommt aus Hamburg.

»Cool, sag mir Bescheid.«

»Schade um die gute Wohngemeinschaft hier«, murmele ich. Ich tue so, als wäre ich schon fertig mit der Annonce, weil er mich so erwartungsvoll anguckt, und klicke ganz energisch auf die Umschalttaste. »Und online!« Ich kümmere mich später drum.

Ben holt sich einen Smoothie. Smoothies wohnen jetzt hier.

In dem ungeordneten Stapel der Übrigkeiten in meinem Zimmer finde ich einen alten Mietvertrag, viele Mahnungen, Inkasso-Forderungen, die Ankündigung eines Gerichtsvollziehers, der nie gekommen ist, die Anzeige wegen Ladendiebstahls, der Brief, in dem steht, dass die Anzeige fallen gelassen wurde, ohne dass ich irgendwas dafür getan hätte, außer eben niemals Briefe zu öffnen, und drei Exmatrikulationsbescheinigungen.

Von den bald gesparten 120 Euro könnte ich in Berlin etwa einen halben Monat ein halbes Zimmer bewohnen. Ich bin so oft umgezogen in den vergangenen Jahren, aber das ist die erste Wohnung in

Chemnitz, die ich freiwillig verlassen werde. Jedes Mal habe ich eine dramatische Szene abgeliefert, wie es sie im Finale von Sitcoms gibt. Am Ende der letzten Folge zieht die Familie weg, und die emotionalste Person geht zuletzt. Sie steht in der Tür, seufzt, schaut noch mal zurück, und es werden alte Erinnerungen (traurige und lustige, aber insgesamt runde), eingeblendet. Dann macht die Person ein zufriedenes Neuanfangsgesicht, das Licht aus und die Tür zu. Wenn man Pech hat, folgt danach noch so eine missglückte neunte *Scrubs*-Staffel des Lebens, aber irgendwann ist es dann eben wirklich vorbei.

Als ich vor ein paar Wochen aus dem Fenster von Pauls WG über den Innenhof hinweg in das gegenüberliegende Fenster blickte, sah ich eine verstaubte Lampe, die auf dem Fensterbrett stand, und ein vergilbtes schwarz-weißes Poster an der Wand. Daran muss ich jetzt denken. Ich will auch eine verstaubte Lampe und ein vergilbtes Poster. Wegen der vielen Umzüge kam es aber nie so weit. Für diesen schönen Staub- und Vergilbungsgrad braucht man schon so zehn Jahre. Alles wurde durch die viele Ein- und Auspackerei aber immer regelmäßig entstaubt oder weggeworfen. Das wäre eigentlich ein guter Annen-

MayKantereit-Song. »Ich will, dass verstaubte Lampen auf dem Fensterbrett stehn / Und vergilbte Poster und außerdem dich wiedersehn«. Daran muss ich wohl noch etwas feilen. Ich schicke die Zeilen trotzdem schon mal rüber zu Amanda und Maxi, die darauf mit übertrieben lachenden Smileys reagieren. Auf die Frage, wann ich zurückkomme, antworte ich nicht. Meryam kommt nämlich gleich und hat angekündigt, diesen tollen, aber sehr teuren Schokocappuccino mitzubringen.

12

Bevor ich in diese WG, also zu Meryam, zog, gab es ein paar gescheiterte Mietverhältnisse. Da war zunächst das Wohnheim, dann die gemeinsame Wohnung mit Maxi, die nach vier Semestern lieber wieder zurück nach Berlin wollte, eine kurze Episode in einer Zweck-WG mit zwei Tee trinkenden Physiotherapeutinnen, von denen eine Sarrazin im Bücherschrank hatte, und der Pärchenversuch mit dem alten Philipp. Immerhin: Mein Messietum wurde von Umzug zu Umzug besser, im Sinne von weniger. Im Wohnheim herrschte noch das absolute Chaos. Weil ich mit nichts ankam, hatte ich ein Bedürfnis, mir alles Mögliche anzuschaffen. Der ganze Boden meines Zimmers war bedeckt mit Schachteln, Klamotten, unbenutzten Unimaterialien, Plastik und undefinierbarem Zeug. Es waren mehrere Schichten, der Müll wurde selbst zum Boden. Ich hätte darin schwimmen können wie Dagobert Duck in seinem Geldspeicher, nur ohne das gute Gefühl. Was sich unter dem ganzen Kram befand, wusste ich schon gar nicht mehr, dem Gefühl und der Ahnung nach müssen es unzählige Flaschen und Teller gewesen sein, aber das erfuhr ich erst beim Auszug. Nach neun Monaten wurde ich ins Studentenwerk kommandiert. Dort erklärte man mir, beim Ablesen der Heizung habe man den Zustand meines Zimmers gesehen und »so was« sei ihnen »ja noch nie untergekommen«. Die Frau vom Studentenwerk zeigte mir daraufhin tatsächlich auch noch Fotos meines eigenen Zimmers, die der Heizungsablesemensch gemacht hatte. Ich schämte mich unendlich, und beim Rausgehen stammelte ich, mittlerweile wütend, noch irgendwas von »Stasi-Methoden«. Ziemlich unoriginell, aber so ist das in der Wut. Sie rief mir hinterher, dass ich rausgeschmissen werde, wenn ich mir noch eine Sache erlaube, und ich erlaubte mir noch eine Sache. Ich konnte die Miete nicht bezahlen, also bezahlte ich die Miete nicht. Ich bekam die Kündigung und wusste nicht, wo ich im nächsten Monat mein Mülllager aufschlagen sollte, bis Maxi sehr euphorisch verkündete, dass sie gerade auf der Suche nach einer neuen Bude war und wir doch zusammenziehen könnten.

Das Ausmisten war eine schmerzhafte Inventur meiner ersten Chemnitzmonate. An einer Stelle in der Nähe meines Schreibtischs fand ich ein festgekrustetes, kaputtes Marmeladenglas. Die naheliegenden Fragen – seit wann hat es da gelegen und wieso Marmelade – stellte ich mir lieber gar nicht erst. Ich mag überhaupt keine Marmelade. Meine Mitbewohner sagten, sie hofften, dass nach mir kein Ausländer einziehen würde. Das sagten sie, als wäre das eine ganz normale Aussage, die man ungestraft tätigen könnte. Die anschließende Diskussion über Rassismus war vollkommen unfruchtbar, also klaute ich einiges an Geschirr und Besteck und machte vorm Auszug nicht mehr im Gemeinschaftsraum sauber. Als Letztes schnappte ich mir meine Gitarre, die, seit ich sie gekauft hatte, in der Ecke rumgestanden hatte, aber das Einzige war, was kein Müll war.

Maxi war eine halbwegs fleißige Studentin und hatte sich aus ähnlichen Gründen wie ich für Chemnitz entschieden. Auch ihr ging nach dem Abi der Arsch auf Grundeis, sie musste irgendwas machen, fand den Studiengang, der da »Europastudien« hieß, interessant und konnte sich die Studiengebühren und Lebenshaltungskosten nirgendwo anders leisten. Wir planten gemeinsam, ein bisschen in Chemnitz zu bleiben, bis wir etwas Besseres finden würden. Maxi wurde jedoch immer fleißiger mit der Zeit und verriet unsere Verbindung, die ursprünglich auf gemeinsamer Antriebslosigkeit basierte. Sie machte alles mit: Studierendenrat, Fachschaftsrat, Amnesty International, Campuszeitung, Filmclub, Uniradio und Saufen. Ich ließ mich überallhin mitschleifen, wenn ich nicht zu müde von der Nachtstreunerei mit Fred war. Bis auf Maxi kannte ich niemanden an der Uni, weil ich mich ja immer nur eingemüllt und gearbeitet hatte. Nachtarbeit und Seminare um 9.15 Uhr passten nicht besonders gut zusammen. Bei den Gruppen, denen wir beitreten wollten, gab es immer die so obligatorische wie schreckliche Vorstellungsrunde, bei der man nie weiß, was man sagen soll, und es auch immer versemmelt, danach niemandem mehr zuhört, weil man nur denkt: »Scheiße, was hab ich da gesagt, warum ist mir nicht was Cooles eingefallen?« Maxi wusste immer genau, was sie sagen sollte. Sie hatte auch etwas Spannendes zu erzählen, schließlich ist sie aus dem supergeilen Berlin nach Chemnitz gezogen, ja sogar aus dem Westen! Es machte mit der Zeit den Anschein, als wollte sie wirklich etwas lernen, als ginge es um ihren Lebenslauf, sie hatte plötzlich ernsthafte Pläne. Sie redete schnell und bestimmt, kein Wort war nur ansatzweise Quatsch. Sie sprach irgendwann von Praktika, die sie machen wollte, Auslandsaufenthalten und sogar von einem Job in einer Botschaft oder NGO. Ich freute mich wirklich für sie, aber ich wurde zum Klotz an ihrem Bein, der es nicht ein einziges Mal schaffte, zur um 9.15 Uhr stattfindenden Europarecht-Vorlesung zu gehen, die wir gemeinsam besuchen wollten. Sie hatte irgendwann auch neue Freundinnen, Europastudienfreundinnen. Sie machten zusammen Exkursionen, Kochabende und zusätzliche Projekte, für die es nicht mal Creditpoints gab. Sie machten diese Sachen einfach so! Sie war völlig von der Rolle.

Als wir zusammenlebten, war ich immer wieder erstaunt, wie viel Energie sie hatte. Dabei war diese Superheldin tatsächlich ein noch größerer Messie als ich. Sie saß oft zwischen riesigen Bergen Klamotten, Platten und Pizzakartons und schrieb nahezu manisch ihre Hausarbeiten oder plante ihre Radiosendungen. Maxis Unordnung war allerdings kein Ausdruck von Depression und Selbstaufgabe, sondern das genaue Gegenteil. Sie hatte einfach keine Zeit für so sinnlose Dinge wie Aufräumen, sie hielt sich nicht damit auf, zu kochen und abzuwaschen oder irgendetwas zu sortieren. Etwa einmal im Monat überkam es sie, dann räumte sie in zwei Stunden alles weg, und es ging weiter. In ihren Kalender schrieb sie ständig To-do-Listen. Sie schrieb auch Sachen auf wie »Schlafen«, »Trinken«, »Tanzen«. »Ich mache einfach gern Haken dahinter«, erklärte sie. Eines Abends, wir kamen gerade von einem langweiligen Techno-Open-Air in Leipzig, zu dem uns Fred entführt hatte, legte sie sich zu mir ins Bett, fing an zu weinen und sagte, sie habe zu starkes Heimweh und wolle wieder nach Hause. Drei Wochen später war sie weg. Sie hat einfach alles abgebrochen, auch uns. Und wäre sie nicht vor einem Jahr zurück in mein Leben getreten, hätte ich irgendwann geglaubt, ich hätte sie mir nur eingebildet.

13

Meryam klingelt nicht, sondern klopft ans Fenster wie früher, als sie noch hier gewohnt hat. Ich erschrecke immer noch. Außerdem ist ihr Klopfen total sinnlos, weil sie gleich klingeln muss, damit ich den Türsummer bedienen kann. Das geht nur nach dem Klingeln, wann wird sie es endlich lernen, Grundgütiger? Ihre Haare sind schockierend lockig. Normalerweise verbringt sie morgens einige Zeit damit, sie aufwendig zu glätten. Sie benutzt sogar Glättungsspray und eine ungewöhnliche Bürste, und danach schmiert sie sich Kokosöl rein. Keine Welle ward in ihrem Haar je gesehen, es sei denn, man war jemand, der ihr besonders nahestand, dann erlebte man sie nämlich im Regen, beim Schwitzen und nach dem Aufstehen. Aber es sind weder Wetter, eine Party noch ein Morgen in Sicht. Nein, sie kommt gerade aus Leipzig. Von ihrer Maßnahme. Sie hat zwar ihren Abschluss, findet aber keinen Job und ist nun erst mal auf Hartz 4 angewiesen. »Ich schwöre, die behandeln uns wie Kinder«, sagt sie, in die Wohnung stürmend, noch bevor sie »Hallo« sagt und mich umarmt. »Wir lernen da, wie das Internet funktioniert. Ohne Scheiß, wir sollten E-Mail-Adressen einrichten. Haben wir so was nicht in der siebten Klasse gemacht? Und dann sollten wir reden. Über irgendwas! Wie redet man über irgendwas? Das ist wie damals in der Christenlehre! Nur, dass man da wenigstens weiß, dass das Gerede irgendeine Pointe hat, nämlich den scheiß Gott, Alter!« Sie ist normalerweise nicht so vulgär und wütend. Wer ist diese Frau?

»Ach ja, und wir wurden gestern noch auf dem Weg zum Bahnhof von Nazis angegriffen, wusstest du das?«

»Ich hatte von so was gehört, aber ich dachte, du wärst da längst weg gewesen. Fuck.«

»Scheiße. Alles Scheiße. Ich mach uns mal 'nen Cappu, 'ne?«

»Was bekommst du dafür?«

»Gisela«, lacht sie. »Du glaubst doch nicht, dass ich den bezahlt habe?«

»Oh nein, jetzt bist du auch soweit. Das muss ich Jana erzählen.«

Ich schreibe Jana, dass Meryam jetzt auch eine Ladendiebin geworden ist. Sie antwortet: »Ich mache mir Sorgen, bin aber leider auch ein bisschen stolz.« Angehängt ist ein Britney-Sticker, auf dem sie ein stolzes Gesicht macht.

Meryam taucht in den Sessel ein. Mist, da wollte ich mich auch gerade hinsetzen. »Wie lange musst du das denn jetzt machen?«, frage ich schnell, um den geliebten Sessel zu vergessen. »Noch sechs verdammte Wochen! Die wissen wirklich nichts mit uns anzufangen. Einmal waren wir alle bei McDonald's, einmal spazieren, ich wette, nächste Woche müssen wir töpfern. Und diese Beschäftigungstherapie kostet den Staat richtig viel Asche, die sie uns auch einfach so geben könnten. Aber nee, man muss Leute sinnlos drangsalieren.« Und es gibt noch mehr Updates. Meryam ist verliebt in einen Tom. Der braucht gerade Zeit zum Nachdenken, was auch immer das jetzt wieder bedeutet. »Guck mal hier, die Nachricht, ich check's nicht!« Ich scrolle erst genervt mit meinen Augen durch Meryams Gesicht und dann auf ihrem Handy nach oben. »Du, es ist gerade alles sehr viel, und ich weiß nicht richtig, was mit mir los ist, ich muss jetzt erst mal einiges für mich ordnen. Ich melde mich die Tage …« Ach ja. Das kennt man. Was mit ihm los ist, weiß ich natürlich. Er wird bald aussteigen. Ich sage es aber nicht. Es besteht ja immer eine geringe Chance, dass Unsicherheit wirklich nur Unsicherheit ist und keine Feigheit. »Weißte, was mich richtig nervt?«, brülle ich jetzt halb, während ich im warmen braunen Glück rumrühre. »Dass wir Mitte oder, na ja, Ende 20 sind und hier gerade Nachrichten analysieren, als wären wir 15. Das kann doch nicht wahr sein.« Meryam guckt erschrocken. »Ganz im Ernst. Es geht immer darum, dass sich Frauen zu den Launen von Männern verhalten müssen, weil die nicht mit der Sprache rausrücken. Diese Scheißpassivität. Statt dass ihr beide ein Gespräch über eure Zweifel und Gedanken führt, sitzen wir hier wie die lächerlichsten Teenies und versuchen etwas zwischen den Zeilen zu lesen, was der einfach mal verbalisieren könnte. Paul ist genauso.« Es ist, als wären Meryam und ich nie getrennt gewesen und würden hier immer noch zusammenwohnen. Ein direkter Sprung zurück in den ganzen Wahnsinn. Schön. Früher haben wir ganze Nächte damit verbracht, obsessiv solche Dinge auseinanderzunehmen, haben uns reingesteigert und die andere nicht gestoppt, sondern nur noch mehr bestärkt. Und jetzt versuchen wir es mit Ehrlichkeit.

»Du, ich hab ja gesagt, ich bring dir was mit.«

Sie holt eine Ukulele aus ihrem Rucksack.

»Für dich. Ich glaube, die kannst du besser transportieren als die Gitarre. Also, falls du wieder wegfährst. Und sie ist auch einfacher zu lernen.«

Meryam weiß, dass ich es seit sieben Jahren nicht zu mehr als vier Akkorden gebracht habe. Ich heule, weil es so süß ist. Jetzt ist es so weit.

»Okay, ich habe auch was für dich …«, stottere ich. Ich gehe in mein Zimmer und hole, was ich seit zwei Tagen mit mir rumschleppe. Es ist ein Schwangerschaftstest.

»Gibt es neuerdings auch im Rewe«, sage ich. Als würde das die Aktion erklären. Gab es neuerdings auch im Rewe. Deswegen. Als stünde man im Rewe und hätte noch Platz im Rucksack und überlegte dann: Och, was kann ich noch mitbringen, Chips oder einen Schwangerschaftstest?

»Ja, ähm, danke?«

Meryam wird wieder richtig wütend, das kann ich an ihrer zitternden Oberlippe sehen. Sie guckt starr nach vorn, als würde sie sonst mit ihrem Blick mein Gesicht sprengen. Wenigstens das will sie nicht, sie hasst mich also nicht allzu sehr.

»Sorry, aber ich habe deine Sprachnachricht von

letzter Woche nicht vergessen, und ich bin mir ziemlich sicher, dass du noch keinen Test gemacht hast. Wollen wir ihn nicht gleich zusammen machen?« Ich versuche es einfühlsamer und rücke näher zu ihr wie ein nerviger Talkshowmoderator. Ich gucke gefühlte zehn Minuten in ihr Gesicht, bis sie endlich was sagt. Sie hat sich zurechtgelegt, was sie gleich sagen will, das merkt man.

»Du lässt dich monatelang nicht blicken und dann überrumpelst du mich so. Keine Ahnung, das ist einfach … Ich muss mal raus.« Sie sieht mich immer noch nicht an, auch nicht im Aufstehen und im Gehen sowieso nicht. Sie lässt mich zurück in unserer alten Wohnung, mit den beiden Cappuccini, den blöden Mitbewohnern, was auch immer gerade bei R.SA läuft, der Ukulele und dem verschissenen Test. Und sie hat komplett recht.

14

Früher war ich eine regelrechte Schwangerschaftshypochonderin. Ich machte ständig Tests, glaubte immer wieder, schwanger zu sein, und trieb mich in den Wahnsinn mit sehr detailliertem Kopfkino, das mein ganzes restliches Leben betraf. Als ich anderthalb Jahre mit dem alten Philipp zusammen war, blieben mal wieder meine Tage aus, was ich auf ominösen Stress schob, den ich eigentlich gar nicht hatte. Dann schmerzten noch meine Brüste, also wurde ich paranoid. Ich versuchte Philipp zu erreichen, der gerade ein Praktikum in Leipzig machte, damit er nach Hause kam und wir gemeinsam einen Test machen konnten, aber der ging wie immer nicht ans Telefon. Damals gab es Schwangerschaftstests noch nicht relativ günstig im Supermarkt, sondern man musste in einer Apotheke mit jemandem reden, um sie zu bekommen.

Ich war nicht besessen von dem Thema, weil ich

unbedingt Mutter sein wollte, auch nicht, weil ich es nicht sein wollte, sondern genau wegen dieser Unsicherheit, weil ich immer dachte, man müsste es wissen, weil es doch so ein wichtiges Thema für Frauen sei. Diesmal hatte ich jedoch andere Gedanken. Ich stellte mir vor, dass es Philipp und mich zusammenschweißen würde, weil ich längst ahnte, dass er nicht mehr wirklich an Bord war. Ich erschrak davor, weil es ein würdeloses Klischee war. Um zwei Uhr nachts pinkelte ich in ein Glas, hielt den Test hinein und wusste eine Minute später, dass ich schwanger war. Nach ein paar Schockminuten fiel ich einfach in einen komatösen Schlaf von 18 Stunden. Auch am folgenden Tag ging Philipp nicht ans Telefon. Also fuhr ich mit letzter Kraft nach Leipzig und zu der WG, in der er zur Zwischenmiete lebte. Die dortige Mitbewohnerin schien sofort zu checken, dass etwas Dramatisches im Gange war, und verließ eiligst das Wohnzimmer. Er sagte so gut wie nichts. Irgendwann fragte er, was ich jetzt machen wolle. Es sei ja mein Körper und so. Ah, geil, my body, my choice bedeutete ja auch, dass der ganze Kram an mir hängen blieb. Ich sagte, dass ich mir natürlich aktuell nichts Besseres vorstellen könnte, als eine alleinerziehende

Mutter zu werden oder, noch schlimmer, dass er aus Pflichtgefühl bei mir bliebe und wir in die absolute Langeweile und schließlich gegenseitigen Hass schlitterten, und er widersprach nicht mal. Dann sagte er noch, wie leid es ihm tue, dass er das gerade nicht könne, also das mit uns, das hätte ich sicher schon bemerkt, dass er aber natürlich bei allem dabei sei und mich unterstütze. Das war der beste Zeitpunkt aller Zeiten für eine Trennung. Weil ich es nicht aushielt, sagte ich, dass ich Zeit brauche und er doch bitte an sein blödes Handy gehen soll, wenn ich wüsste, was ich machen will.

Zurück in Chemnitz, versuchte ich erst mal alles zu verdrängen. In der Mensa lag eine Unizeitung aus, die ich noch nie in der Hand gehabt hatte und auch noch nie bei jemandem in der Hand gesehen hatte. Das Titelthema war tatsächlich »Elternschaft im Studium«. Es standen viele nützliche Dinge darin, zum Beispiel, dass man länger BAföG-berechtigt ist, das Recht auf eine längere Regelstudienzeit hat, und außerdem waren die besten Betreuungszustände aller deutschen Unistädte aufgelistet. Chemnitz war auf Platz 1. Überhaupt meinte der Artikel, dass alles total machbar ist. Super. Jetzt muss man es nur noch wollen.

Am Abend gingen Fred und ich wie so oft zu einem Konzert ins Aaltra. Die Band spielte süßen Indiepop, es waren ungefähr fünfzehn Gäste da und am Ende ging ein Hut rum. Als wir danach draußen standen, rauchten und quatschten, fragte mich die Bassistin, ob sie mir ein Bier mitbringen soll. Ich sagte »Ja«, rief ihr dann aber etwas zu eilig und zu laut »Äh, doch nicht« hinterher, weil mir plötzlich der Zellklumpen wieder einfiel. Sie brachte mir diskret eine Cola mit, wir redeten ewig und über alles Mögliche, bis ich ihr irgendwann zuflüsterte, dass ich schwanger sei. Es war einfacher, es einer fremden Person zu erzählen als Fred. Diese fremde Person kannte Philipp nicht, meine Geschichte nicht, meine Umstände nicht. Sie kannte nur den jetzigen Zustand, und der war nun mal schwanger und Cola trinkend. »Wie heißt du eigentlich?«, fragte sie mich daraufhin erst mal. Uns einander vorzustellen hatten wir völlig vergessen. »Gisela!«, plärrte Fred, die unserem Gespräch glücklicherweise erst ab diesem Moment lauschte, von der Gruppe neben uns rüber. »Sag ja nichts anderes!« Ich verdrehte die Augen.

»Ja, was Fred sagt. Gisela. Und du?«

»Ich bin Meryam.«

Meryam erzählte, dass sie aus der Türkei kommt,

seit fünf Jahren in Deutschland lebt und schon seit zwei Jahren in Chemnitz studiert. Es war kein Wunder, dass wir uns zuvor noch nie begegnet waren. Alle Studierenden aus dem Ausland werden mittels Exotisiererei in die »Andere Kulturen«-Ecke gedrängt. Irgendwelche Leute, die irgendwas Internationales studieren, organisieren so viele Fremde-Länder-Mottoveranstaltungen, dass den Erasmus-Studierenden und Migrantinnen kaum Zeit bleibt, sich ihre Freunde selbst zu suchen. Alles läuft unter der Prämisse: »Hey, ihr seid doch alle Ausländer, tauscht euch mal schön aus und redet englisch miteinander während des indischen Kochabends und bei lateinamerikanischer Musik!« Alles ist immer Programm und muss einen nachhaltigen Zweck erfüllen, während der Zweck der anderen nur sie selbst sind.

Am nächsten Tag ging ich zur Frauenärztin, die die Schwangerschaft bestätigte, ließ mir von der Krankenkasse die Kostenübernahme für den Abbruch bescheinigen, absolvierte drei Tage später das Pflichtgespräch bei Pro Familia, und zwei Wochen später gingen Philipp und ich in die Praxis, um den Abbruch durchführen zu lassen. Es war unspektakulär, dauerte etwa fünfzehn Minuten, danach war mir schlecht, wir redeten noch ein bisschen, und irgendwann kamen Fred und Meryam vorbei, brachten mir Süßkram, und ich war einfach nur erleichtert. Kein Trauma, kein schlechtes Gewissen, nur Liebeskummer. Für mich war endlich klar: Ich will keine Kinder, und die Hypochondrie war erledigt. Wir lachten viel an diesem Abend, machten ein bisschen Musik zusammen, und Meryam erzählte, dass in ihrer WG ein Zimmer frei werde. Einen Monat später zog ich bei ihr ein.

15

Ich verlasse das Haus in der Hoffnung, Meryam zu finden. Wie ich spaziert sie gerne, wenn ihr etwas im Kopf rumgeht. Ich versuche es im André-Park, dann im Emmas Onkel, weil wir da früher gern zusammensaßen, wenn wir ein paar Euro für Kuchen und Kaffee übrig hatten, und schließlich laufe ich Richtung Innenstadt und Bernsdorf, weil wir dort in einer Stunde in der WG von Stefan, Selma und Philipp verabredet sind. Vielleicht ist sie bereits auf dem Weg dahin. Es sind einige Polizeiwagen zu sehen, sonst sieht alles aus wie immer: Eine vereinsamte Innenstadt. Ein paar Journalisten filmen vorm Nischel, weil das der Ort ist, wo es gestern eskalierte, und sie die Symbolaufnahmen brauchen für ihre Beiträge. Ich telefoniere ein bisschen mit Paul, nachdem ich ihn beim dritten Versuch endlich an der Strippe habe, erkläre ihm, dass ich noch bleiben will, aber nicht, warum, weil ich es nicht weiß.

Irgendwie schaffen wir es trotz fehlender Gesprächsthemen wieder zu streiten, und nach wenigen Minuten legt er einfach auf, weil es ihm »auch gerade nicht so gut« geht. Der Gesprächsabbruch kommt mir entgegen, denn ich habe eine Stelle in Bernsdorf gefunden, die ich vorher noch nie wahrgenommen habe. Am Südbahnhof geht links ein Weg ab, der voller Müll ist. Wie oft bin ich hier schon vorbeigelaufen. Der alte Philipp und ich haben direkt gegenüber gewohnt, die Uni ist nicht weit weg und die WG meiner Freunde auch nicht. Es war jahrelang meine Hood, aber diesen Weg bin ich noch nie gegangen. Er führt vorbei an Ruinen, Elektroschrott, kaputten Möbeln und Säcken voller alter Klamotten. Am Ende befindet sich das sogenannte »Habitat«, wie ein Schild verrät, bestehend aus einem Teich, Enten und Metallkunstwerken. Noch nie gesehen. Selbst Fred dürfte es nicht kennen, sonst hätte sie mich mal hierhingeführt auf unseren Entdeckungsrunden. Ich denke, dass man hier mal was veranstalten könnte, weil ich das immer denke, wenn irgendwo Platz ist, muss aber an Freds weise Worte von irgendwann mal denken: »Nur weil irgendwo Müll rumliegt, muss man dort nicht gleich einen illegalen Rave machen.« Das Gelände geht noch weiter, immer weiter. Irgendwann stehe ich in einer riesigen alten Halle, ein Gang führt zu einem Haus mit mehreren Stockwerken. Eine gruselige puppenhafte Figur steht mitten in einem großen Raum, sie ist genau wie die Wände mit rosafarbener Farbe beschmiert. Ah, Paintball. Hoffentlich Paintball. In einer Ecke sieht es so aus, als hätte hier mal jemand gewohnt. Oder immer noch wohnt? Briefe von einem Mike aus der JVA liegen herum, datiert sind sie alle auf 2015, außerdem finde ich Antwortbriefe einer Moni, die verspricht, sich um alles zu kümmern, CDs von Landser, aber auch Konstantin Wecker. Ein Antifa-Tag ist an der Wand. Unmengen von Fahrradteilen und mit Farbe vollgeschmierte Klamotten liegen herum. Als ich das Gebäude verlasse, erwartet mich ein Typ, der behauptet, der Pächter zu sein, und wissen will, was ich hier zu suchen habe, er habe nämlich keinen Bock auf Stress, den habe er schon genug mit den beiden Crystalsüchtigen gehabt, die hier geklaute Fahrradteile verkauft und die Räume zum Paintballspielen vermietet haben, bevor sie im Knast gelandet sind. Ach, wie langweilig. Ich dachte schon, ich hätte jetzt das zentrale Naziversteck gefunden und wäre an einer ganz großen Enthüllung dran. Die Beweismittel, die ich mir eingesteckt habe, verstecke ich hinter meinem Rücken, als ich ihm erkläre, dass ich echt nur mal schauen wollte. Ich habe früher eindeutig zu viel *Die Pfefferkörner* geguckt. Auf dem Weg in die WG fällt mir auf, wie viel in Bernsdorf leer steht. Erst durch das halbe Jahr vollgestopftes Berlin bemerke ich, wie viele Fenster hier gardinen- und Klingelschilder namenlos sind. Jetzt noch schnell zum Kledeka, wie wir Fans den kleinen Edeka auf dem Campus nennen.

In der WG sehe ich als Erstes Meryam, die am Küchentisch sitzt und meinem Blick ausweicht. Es gibt zur Feier des Tages, weil alle mal wieder da sind, »Nudeln Sassonia«. So haben wir irgendwann mal das Arme-Leute-Ossi-Essen genannt, das es bei vielen von uns früher zu Hause gab. Es besteht aus den billigsten Nudeln, dem billigsten Ketchup, der, um Soße zu werden, mit Milch oder Wasser sowie Salz und Pfeffer verfeinert wird, der billigsten Jagdwurst zum Anbraten und dem billigsten Käse. Man kann dieses Gourmet-Essen zaubern, indem man einmal das komplette Ja!-Sortiment besorgt. Maxi hat das immer gehasst und nicht verstanden, wieso wir Sachsen unsere Herkunft derart romantisieren und uns nicht verbessern wollen. Da auch Selma und Fred das gute Essen nicht zu schätzen wissen, nicht mal ironisch, hat Stefan noch Soja-Bolognese gemacht.

Wir haben uns für heute vorgenommen, mal wieder »feiern zu gehen«. Das haben wir ewig nicht mehr gemacht. Fred legt im Weltecho auf, es gibt einen Anlass. Wann hat das mit dem »Feierngehen«, so richtig als Vorhaben, eigentlich aufgehört? Irgendwann müssen wir wohl beschlossen haben, dass wir nicht mehr »Feierngehen«, sondern den Abend auf uns zukommen lassen, vielleicht landet man in einem Club, bisschen abtanzen, aber es muss auch nicht sein, man kann auch einfach in Wohnungen rumstehen, rumsitzen, sich unterhalten. Auf jeden Fall war es schon lange nicht mehr als Statement gemeint, wir betraten nicht mehr als Squad einen Laden, wir kamen einfach zufällig an, es steckte dahinter nicht mehr der ganz große Plan, es gab keine Feiergehoutfits und kein Feiergehvorglühen mehr und nicht mehr das Gefühl von »heute muss es sein«.

Richtig kompliziert war es zu Schulzeiten. Zunächst brauchte man Wochenende. Dann einen Ort, wo man sich zur Vorbereitung die Rübe zuziehen und dabei YouTube laufen lassen konnte. Außerdem ging es früher ausschließlich ums Kopulieren oder wenigstens ums Knutschen, weil das als einziger Lebensinhalt von Teenagern gehandelt wurde, selbst wenn man ahnte, dass das vielleicht nicht ganz das Richtige war. Später ging es auch noch ums Kopulieren und Knutschen, aber das gestand man sich nicht mehr ein und entwickelte plötzlich Ansprüche an Ort und Musik, weil Distinktionsbedürfnisse dazukamen. Wir hatten es vielleicht zu oft gemacht und uns zwischendurch gelangweilt, weil doch immer nur die gleichen Britpop-DJs auflegten, die nicht checken wollten, dass auch Frauen mittlerweile Musik machten. Ein paar von uns interessierten sich zwar auch für elektronische Musik, aber da derlei Partys mit immer heftigerem Drogenkonsum einhergingen, spaltete das den Freundeskreis für eine Weile lang.

Heute wollen wir es mal wieder wissen, und auf Freds Mucke können wir uns sowieso alle einigen, weil sie von Fred kommt. Auch auf der Party ist das große Thema natürlich die Nazis vom gestrigen Tag, bis alle zu besoffen für Diskussionen rund um »Was war da eigentlich los?« sind, wir stundenlang schamlos tanzen, grölen und Pfeffis bestellen, als wären wir wieder Erstis. Und endlich, kurz vor fünf Uhr, »Du trägst keine Liebe in dir«. Kurz scheint Meryam zu vergessen, dass sie sauer auf mich ist, denn fast berühren sich unsere Hände bei der Gruppenumarmung, und ich versuche ein Lächeln. Dann geht allerdings das Licht an, Meryam muss den Zug nach Leipzig erwischen, und für den Rest wird es Zeit für ein paar Döner von Alanya.

In meinem Bett angekommen, versuche ich noch ein bisschen zu masturbieren. Man könnte es auch wichsen nennen, weil das der treffendere Ausdruck ist und weil Frauen sich größtenteils, auch wenn es immer so dargestellt wird, nicht in der Badewanne umgeben von Kerzen und Rosenblättern streicheln, sondern sich oft auch einfach nur einen abrubbeln. Es ist allerdings schwierig, ich komme nicht in Schwung. Denke ich an Paul, wird alles kompliziert und traurig, und das würde zu überromantisierten Versöhnungssexvorstellungen mit Liebesgeplänkel führen, das gar nicht zu uns passt. Ich würde mir überlegen, wie er mir sagen würde, dass er mich liebt und dass wir es jetzt endlich richtig angehen, uns beide um uns kümmern sollten, jeder so mit Therapie, vielleicht sogar eine gemeinsame Paartherapie, weil alles ausprobiert werden muss, weil die Missverständnisse aufhören müssen, weil wir doch eigentlich gar kein richtiges Problem mit uns haben, sondern nur jeder für sich, mit den Dämonen aus der Kindheit oder vorherigen Liebschaften, dass er ab sofort bleiben und nicht mehr abhauen würde, also nicht mehr innerlich abhauen, denn räumlich ist er ja bereits da, nur eben oft nur wie eine Hülle, dass er ab sofort ab und an von selbst anrufen würde und manchmal sogar schreiben würde, eine liebe, süße Nachricht, dass er an mich denke und was er gerade Lustiges erlebt oder gegessen habe. Er würde in diesem Liebesakt so richtig da sein, für mich da sein und mich halten und mich so angucken und … meine Güte, gibt es noch andere Leute, die beim Masturbieren an Liebesschwüre denken? Von mir aus kann man Penetrationsgedanken sogar ganz weglassen, ich habe mir in der Vergangenheit nicht nur einmal einen auf meine Vorfreude runtergeholt: auf die Zukunftspläne in anderen Städten, schöne Konzertabende, vielversprechende Geburtstage und ganz oft eben auf die Liebe im Allgemeinen. Es geht darum, dem Gefühl körperlich Ausdruck zu verleihen, und wenn man gerade nicht in die Luft springen kann, sondern schon im Bett liegt, macht man es eben so. Aber ich kann gerade nicht. Nach dem Orgasmus würde mir schlagartig klar werden, was mir gerade fehlt, und ich würde sehr wahrscheinlich heulen, mich nicht schnell beruhigen können, kotzen wollen oder wirklich kotzen und eben nicht direkt einschlafen, was gerade der Sinn sein soll, sondern noch, in Gedanken und Tränen versunken, am Fenster eine rauchen und »Wicked Game« hören. Sonst stehe ich zurzeit auch auf niemanden, mit dem ich mir eine erste intime, aufregende Begegnung vorstellen könnte, und irgendwelche casual Vorstellungen mit Fremden turnen mich auch nicht an, weil ich keinen Bock auf Nacktheit mit Fremden habe. Pornos sind sowieso scheiße, und ohne meinen Vibrator, der in Berlin rumliegt, ist das eh alles zu anstrengend. Irgendwann nicke ich ein wenig beim unmotivierten Rubbeln ein, also lasse ich es lieber ganz. Morgen wird noch anstrengend genug, es haben sich schon wieder Nazis für eine Demo angekündigt, diesmal in Dresden, und Jana, Stefan, Selma und ich wollen dahin fahren. Oh Gott, Dresden. Morgen muss ich ja wieder nach Dresden. Dann wird jetzt doch noch ein bisschen geheult. Auf die eine Zigarette kommt es nun auch nicht mehr an. Vielleicht kann ich gleich noch brechen, dann ist der Nachtdöner direkt wieder raus, und ich wiege morgen ein Kilo weniger. Seit ich bei Paul wohne, habe ich gar nicht mehr gebrochen. Zwei Tage in Chemnitz, und es geht gleich wieder los. Vielleicht wird alles besser, wenn ich schlank zurückkomme? Wow, ist das irre. Egal, rauchen, »Wicked Game«.

16

Während Leipzig die coole Stadt ist, in die man auf Konzerte und Partys fährt, besuchten wir Dresden einzig und allein wegen Demonstrationen. Meist war es wegen des großen Naziaufmarschs am 13. Februar, an dem Nazis aus ganz Europa »trauerten«, weil die bösen Alliierten das schöne Dresden bombardiert haben. Die Bürgerlichen waren auch immer traurig, aus dem gleichen Grund, zündeten Kerzenmeere an und warnten vor Krieg generell. Mit den Rechten zusammen kämpften sie gegen den großen gemeinsamen Feind: die Antifa, die es wagte, den Hauptschuldigen zu benennen. Es war für alle Sachsen in jedem Jahr ein Feier- oder Trauertag, und man musste sich dazu verhalten. Der 13. Februar steht wieder an. Der 13. Februar ist ja bald. Was war wieder am 13. Februar los? Seid ihr am 13. Februar dabei? Und so weiter. In der Schule sammelten wir Geld für den Wiederaufbau der Frauenkirche. Wir mussten es tun. Es gab einen Kuchenbasar, und man musste zusätzlich mindestens drei Euro mitbringen. Wer sie vergessen hatte, wurde dazu angehalten, unbedingt am nächsten Tag drei Euro mitzubringen. Es war doch für uns, für unsere Stadt, für unser Dresden, unser Erbe, unsere Pflicht, unsere Zukunft. Als ich noch ganz klein war, lagen noch ein paar Trümmer am Neumarkt. Es sah eigentlich ganz cool aus. Es wurden immer weniger, und währenddessen wurde endlos debattiert, wie die neue Frauenkirche aussehen soll und ob es überhaupt gut sei, sie noch mal aufzubauen, oder ob nicht eher ein Mahnmal entstehen soll. Gebäude waren mir so was von scheißegal und drei Euro nicht gerade wenig Geld. Ein ähnliches Bohei gab es dann auch um die Waldschlößchenbrücke, und wieder ging es darum, ob unser schönes Dresden jetzt schöner oder hässlicher würde durch neue Architektur oder nicht. Aber klar, der größte Streit für immer blieb, ob Dresden 1945 Opfer oder Täter war.

Als Kind war ich mir noch sicher, dass wir Opfer waren. Es gab diese fiesen Geschichten, die man sich im Kindergarten und in der Grundschule erzählte: Aus dem Nichts gab es damals diesen Bombenalarm, der die Leute nachts aus den Betten in die

Keller trieb, die Tiere im Zoo starben auf eine ganz fiese Art und Weise, was für mich als Kind die allerschlimmste Vorstellung daran war. Einfach so flogen die Bomben, und irgendwann hatten die Leute Richard Peters *Eine Kamera klagt an* in ihren Regalen, klagten selbst aber vor allem die Briten an. Die Angst davor, dass wir von heute auf morgen von Bomben heimgesucht werden könnten, hat mich damals so geprägt, dass ich nachts dalag und genau hinhörte, ob ein Alarm irgendwo zu hören war. Meine Puppen und anderen Habseligkeiten hatte ich so nah an meinem Bett drapiert, dass ich sie im Falle des Falles schnell einpacken und mitnehmen könnte. Zwanzig Jahre später schrien wir gegen diesen Opfermythos dann die Parole »Bomber Harris do it again«. Na ja, so kann man wohl auch erwachsen werden.

Der schönste 13. Februar war der von 2013, als eine Gruppe von Frauen ein paar Wochen zuvor anfing, öffentlich zu fordern, diesen Tag zum Gedenktag für die Trennung von Take That zu etablieren. Schließlich hatten sich diese am 13. Februar 1996 getrennt und damit unzählige Opfer gefordert. Sie forderten ein Denkmal und eine Gedenkstunde an der Frauenkirche. Aus dem Denkmal wurde natürlich nichts, aber die Gedenkstunde fand statt. Es wurden Teddybären abgelegt, Kerzen aufgestellt und »Back For Good« gesungen. Selbstverständlich wurde die Gruppe von der Polizei gekesselt. So wurde »Back For Good« zur Antifahymne des 13. Februar, bis der Tag dank erfolgreicher Blockaden bedeutungsloser wurde.

Irgendwann gab es dann Pegida und somit jede Woche Stress. Während einige Chemnitzer auch dazu noch immer nach Dresden reisten, ließ ich es bleiben. Schließlich hatten wir ja umgehend unseren eigenen Ableger: Cegida.

Im Auto von Stefan fahren wir Richtung Dresden. Als wir vor dem Landtag ankommen, stehen etwa 50 Gegendemonstranten da, Nazis sehen wir keine. Irgendwann werden es um die fünfzehn, auf unserer Seite werden es etwa 100. Mehr Antifa gibt es in Dresden wohl auch nicht mehr. Konstantin, den wir von früheren Demos kennen, erzählt, dass die Strukturen eingeschlafen sind und der Nachwuchs fehlt. Die Leute von Dresden Nazifrei hätten irgendwann regelrechte Burnouts erlebt, und heute wollen zwar viele für ein »buntes Dresden« demonstrieren und sich dabei gut fühlen, aber niemand mag als »linksextrem« gelten. Viele Linke kommen nur zum Studieren und ziehen dann weiter. Ich fühle mich ertappt.

Mehr passiert an diesem Tag glücklicherweise nicht. Es gibt viel heiße Luft und Alarmbereitschaft, aber die Nazis sind ja auch nicht allzu blöd. Es wäre taktisch unklug, heute schon wieder aufzulaufen, weil diesmal wirklich viel Polizei da ist. Der alte Philipp latscht wieder durchs Bild und macht seine Fotos. Ein paar Pegidaopas sagen uns, dass wir arbeiten gehen sollen. Nun ja.

Auf der Rückfahrt wollen Stefan, Selma und ich bei McDonald's halten, aber Jana will nicht, weil sie abnehmen will. Ich bin genervt, aber dann fallen mir wieder meine peinlichen Gedanken von letzter Nacht ein. Wer bin ich, sie zu verurteilen?

17

Das letzte Mal ohne Demobesuch war ich an Weihnachten vor vier Jahren in Dresden. Wie so viele Menschen in den Zwanzigern finde ich Weihnachten irgendwie doof und verstehe nicht, warum man es überhaupt noch feiert. Alle halten dieses Fest für überbewertet, regen sich Wochen vorher nur darüber auf und fahren dann trotzdem brav zu ihren Familien, weil sich das so gehört. Ich kann nicht genau sagen, in welche Richtung sich alle mehr belügen, mit der absoluten Ablehnung oder der angeblichen Alternativlosigkeit. Weihnachten vor vier Jahren war wirklich mein letztes Weihnachten, und ich bin saustolz darauf, diesem Kult entkommen zu sein. Man kann sich als Familie, wenn man sich mag, auch einfach ohne dieses Korsett treffen. Ich finde, es sollte ähnlich wie bei den Anonymen Alkoholikern Chips geben für jedes Weihnachten, das Leute auslassen.

Damals hatte ich meine Abreise aus Chemnitz bis zur letzten möglichen Zugverbindung hinaus gezögert, mit der ich es noch halbwegs schaffen konnte, rechtzeitig zum Weihnachtsessen da zu sein. Da ich mal wieder kein Geld hatte, hatte ich auch keine Geschenke und schämte mich. Die Plätzchen, die ich versucht hatte zu backen, waren verkohlt und schmeckten nach nichts. Chemnitz war komplett ausgestorben. Noch ausgestorbener als sonst. Mit Ausnahme von ein paar Studierenden aus dem Ausland und den wenigen, deren Familien tatsächlich aus Chemnitz kommen, sind an Weihnachten ausnahmslos alle bei ihren Familien im Rest von Deutschland oder im Umland. Ich mochte die leere Stadt eigentlich immer besonders gern.

Am Bahnhof in der Stadt, die meine Heimatstadt sein sollte, angekommen, wünschte ich mir, ich wäre in Chemnitz geblieben. Zwei Typen standen am Gleis der S-Bahn, mit der ich weiterfahren wollte, einer von ihnen hatte die dresdnerische Vorwahl fett auf seiner Jogginghose stehen, der andere trug einen überdimensionalen Dynamo-Schal. Sie machten sich erst über mich und dann über einen schwarzen Mann lustig und reckten ihm die Faust entgegen. In Dresden machen sich immer alle über alles lustig, es ist zum Verrücktwerden. Man weiß meistens nicht genau, warum, aber man wird ständig angestarrt und verurteilt, und ich habe selbst in zwanzig Jahren nicht verstanden, welche Codes man kennen muss, um dort unsichtbar zu bleiben. Abgesehen davon, dass man weiß sein muss und nicht erkennbar links sein darf. Ich war also direkt wieder wütend auf diese verdammte Kackstadt, fing an, die beiden Typen zu beschimpfen, und dachte die ganze Zeit, dass ich das lieber lassen sollte, aber konnte nicht aufhören. Außerdem wollte ich, dass sie den Mann in Ruhe lassen. Eine Frau würden sie wahrscheinlich zumindest nicht schlagen. Sie brabbelten, dass ich doch weiter meine Grünen wählen solle, dass ich aussähe wie eine Feministin und dass, wenn ich erst mal vergewaltigt würde, ich schon sehen würde, wo das alles hinführe. Als wären die beiden direkt aus der Facebook-App ins reale Leben geklettert. Ich brüllte, dass ich ihnen wünsche, dass hier mal wieder alles in Grund und Boden bombardiert wird, und musste dann wirklich dringend verschwinden. Zum Glück kam in diesem Moment die S-Bahn, und ich sprang hinein und die beiden glücklicherweise nicht hinterher. Sie klatschten trotzdem noch mal gegen die Scheibe, und der eine rief den Mundbewegungen zufolge »Fotze«. Ich habe noch nie die blöden Grünen gewählt, dachte ich beim Hinsetzen.

Es wurde nicht besser. Mir gegenüber saß ein Weihnachtsmann mit heruntergezogenem Bart und schrie am Telefon vermutlich seine Familie an: »Or, wo seidn ihr?«, »Koft euchn Hörgeräd!«, »Ich flibb aus!« Ein anderer Typ sagte zu seiner Begleitung: »Was isn das fürn Weihnachtsmann, ich werd bleede, wenn das Kinder sehen, eene Schande!« Ein paar Sekunden später folgte: »Or, ich wer mir glei unterm Boom so een reinballern, schön zuziehn.« Danach bat er den Weihnachtsmann, seinen Bart noch mal aufzusetzen, und seine Begleitung, ein Foto davon zu machen. Die Kontrolleurin wünschte allen ein frohes Fest und dem Weihnachtsmann »alles Gute zum Geburtstag«. Das fand ich ganz lustig, aber sie machte es gleich wieder kaputt. Ein anderer Typ brabbelte irgendwas mit »Ausländern«, und sie sagte: »Na ja, dann trotzdem frohes Fest. Die haben ja kein Weihnachten!« Dann lachten alle. Ich hatte wirklich schon viel Ärger mit Menschen in dieser Stadt, aber am seltensten waren es »Ausländer«.

Serviert wurden an diesem Weihnachten die Klassiker: Kartoffelsalat mit Würstchen, Glühwein und Vorwürfe. Ich musste etwa fünfmal erklären, warum ich mit meinem Studium immer noch nicht fertig war und warum es mit Philipp nicht funktioniert hat, »ihr hattet doch schon zusammengewohnt«, und erfahren, dass es eigentlich kein Wunder sei, so schwierig, wie es mit mir oft sei. Da hatten sie doch schon ihre Antwort, wieso also weiter fragen. Ich schaute ständig auf die Uhr. Wenn ich mich beeilte, bekäme ich noch den letzten Zug nach Chemnitz. Wir schwiegen noch eine Weile über dem Essen, beobachteten die niedlichen Neffen und Nichten beim Auspacken und Sachenrunterfallenlassen, und dann musste ich leider dringend los. Ich fuhr wieder nach Hause.

Die Zeit »zwischen den Jahren« ist der einzige Freiraum im Jahr, und ich konnte es nicht erwarten, sie ab sofort ausgiebig zu genießen. Die einzige Zeit, in der man sich ohne Konsequenzen vergraben kann. Die Zeit steht still. Niemand will etwas von einem. Keine E-Mails kommen an, keine Mahnungen, keine Frist ist in Sicht. Man kann abtauchen, und alle lassen einen in Ruhe. Es ist ein Gesetz: Niemand muss irgendetwas tun, außer all diejenigen, die doch arbeiten müssen, wie zum Beispiel wir Gastroheinis. Ich hatte die ganze Wohnung für mich allein, meine Beschäftigungen waren Musikhören und Eisessen, weil ich mir einbildete, von Eis abzunehmen, Masturbieren und Lesen. An den Weihnachtsfeiertagen fand im Atomino meine Lieblingsveranstaltung, die »Mania«, statt. Bands aus Chemnitz covern zu einem bestimmten Thema Songs, und das ist ein großer Spaß. Alle Chemnitzer, die man mag, tauchen zu diesem Anlass auf. Das Thema in diesem Jahr war »Girls«. An der Garderobe sind es die entspanntesten Tage des Jahres, und es gibt besonders viel Trinkgeld. Am 26. kamen Meryam und Fred dazu. Sie standen die ganze Zeit bei mir, wir tanzten zur Blond-Version von »Feeling Myself« und lagen uns, nachdem die Bands durch waren und die DJs übernommen hatten, zu »Don't Look Back In Anger« in den Armen. Chemnitz ist vermutlich die einzige Stadt, in der man das völlig unironisch noch tun kann. Und es ist nichts falsch daran.

18

Als Anfang irgendeines Jahres die Uni wieder losging, gab es heftige Minusgrade, und es war noch schwieriger, sich aufzurappeln. Chemnitz hatte bis vor Kurzem noch richtige Winter mit Schnee und allem. Ich besuchte ein Seminar bei einem lackaffigen Dozenten, der eine Bundeswehrkarriere hinter sich hatte und genau so mit uns redete. Zu seiner Autorität hatte er sich noch eine gezwungen süffisante Art draufgeschafft, durch die er glaubte, mit uns ankumpeln zu können. Aus irgendeinem Grund hatte er es auf mich abgesehen, seine Annäherungsversuche wurden immer auffälliger und glichen denen eines Jungen im Grundschulalter, der Mädchen ärgert und das für Aufmerksamkeit hält, wegen der man sich geehrt fühlen soll. Immer wieder versuchte er, mir rhetorische Bälle oder was er dafür hielt, zuzuwerfen, scherzte und machte doppeldeutige Bemerkungen. Ich fand ihn immer affiger und abstoßender und ging auf nichts ein, was ihn nur noch aufdringlicher und unverschämter machte. Irgendwann kommentierte er, was ich trug, wie ich guckte, alles, was ich tat. Eine, die in der Reihe hinter mir saß, beobachtete das und sprach mich darauf an.

»Kennt ihr euch von irgendwoher oder was ist da los?«

»Gar nicht, der ist irgendwie unangenehm besessen von mir.«

»Willst du was dagegen machen?«

»Ich weiß nicht, keine Ahnung.«

Danach ging ich zwei Wochen nicht mehr hin, und sie schrieb mir per Facebook – so erfuhr ich, dass ihr Name Jana war, meinen kannte sie natürlich, weil das Dozentenarschloch ihn immer wieder laut nannte – und fragte, ob ich mit ihr einen Kaffee trinken wolle. Klar wollte ich. Sie erzählte, dass er in der letzten Veranstaltung gezielt nach mir, und nur nach mir, gefragt hatte. Als er checkte, dass ich nicht da war, sagte er: »Die kann man ja auch nicht übersehen.« Ein originaler Grundschuldiss. Dann wollte er noch wissen, ob jemand wüsste, wo ich sei. Jana bemerkte, dass ich einen Kloß im Hals hatte, ich konnte überhaupt nichts sagen. Da ist man erwachsen, studiert, denkt, man habe den Kinderkram hinter sich gelassen, und muss sich dann von einem erwachsenen Mann so einen Scheiß gefallen lassen. Ich schämte mich sehr, aber Jana war stellvertretend für mich entschlossen und wütend. Ich hielt es für mein besonderes Pech und Schicksal, für sie war es politisch. »Das ist Mobbing und misogyne Scheiße. Wenn du möchtest, unternehmen wir was dagegen. Wir könnten zum Vertrauensdozenten gehen.« Ich zögerte. Sie erzählte, dass sie Ähnliches an ihrer alten Uni erlebt hatte. Ein Dozent hat sie über Monate hinweg gestalkt. Als sie sich an jemanden wenden wollte, kam heraus, dass der Typ der Gleichstellungsbeauftragte der Uni war. Wir mussten beide lachen, es war einfach zu absurd. Wir redeten noch eine ganze Weile über sexistische Sachen, die uns passiert waren, und irgendwann beschlossen wir, es diesmal nicht auf uns sitzen zu lassen. Sie sagte wirklich »auf uns«.

Es stellte sich heraus, dass ich nicht die Einzige war, die sich über ihn beschwert hatte. Und obwohl meine Beschwerde anonym war, wusste er natürlich, von wem sie kam. Das bekam ich zu spüren, als ich zu ihm in die Sprechstunde ging, denn ich musste blöderweise eine Hausarbeit in seinem Seminar abgeben. Er sah mich abschätzig an, hörte sich meinen Themenvorschlag an und sagte nichts dazu. Beim Rausgehen rief er mir hinterher, ich solle mir wirklich sehr viel Mühe geben. Ich fiel durch. Das war fast egal, denn ich hatte jetzt Jana in meinem Leben.

Jana und ich teilten die Liebe zu Popsängerinnen, Teenagerserien und Nichtstun. Wir hingen von nun an täglich miteinander rum. Wir waren wie Heroin füreinander, manchmal auch eher wie Koks, je nachdem. Eine von uns beiden hatte immer die glorreiche Idee, ausgerechnet heute vielleicht doch nicht in die Uni zu gehen, sondern den Tag stattdessen Kaffee trinkend in ihrer Küche zu verbringen, verkatert in ihrem Bett *Gossip Girl* zu gucken oder die Nachmittage wegzurauchen. Wir teilten das Schicksal einer komplizierten Familie, der ständigen Geldnot und des notorischen Verliebtseins. Sie war in ihren Mitbewohner Felix verliebt, mit dem auch immer mal etwas lief, und ich trauerte noch immer ein wenig dem alten Philipp hinterher. Wir sprachen über die Macken des jeweils Angebeteten, bis uns nichts anderes mehr dazu einfiel als »Boah, Männer!« und wir beschlossen, uns ziellos draußen rumzutreiben.

Eines Tages fingen wir aus lauter Langeweile mit Ladendiebstahl an. Erst Schmuck, dann Oberteile, am Ende teure Markenklamotten. Wir fühlten uns so mächtig, wie die Frauen aus der Mangaserie *Ein Supertrio*, nur dass die Kunst raubten und wir keine hautengen schwarzen Lack-Klamotten bei unseren Raubzügen trugen, sondern meist das, was wir beim letzten Mal geklaut hatten.

Manchmal liehen wir uns sogar das Auto von Felix und wurden irgendwann so gierig, dass der ganze Kofferraum voll war mit Diebesgut. Wir hielten uns für die Größten, wir hatten unsere Klasse überwunden, wir waren nicht mehr die, die sich nichts leisten konnten, und zogen irgendwann nur noch aus guter alter Habgier los.

Es war das klassische Suchtverhalten. Es war leider auch zu einfach: Wir gingen in die Umkleiden, ließen die Bügel einiger Sachen direkt an der Stange hängen, damit die nachher nicht übrig waren und auffielen, schnitten die Sicherung mit einer Nagelschere raus, sodass nur ein kleines Loch übrig blieb, das wir nachher zunähen wollten. Taten wir zwar nie, aber egal, Punkrock! Die Sicherungen steckten wir in einen Coffee-to-go-Becher und entsorgten diesen in einem Mülleimer im Laden. Beim Rausgehen folgte die große Angst, dass doch irgendwas piepen könnte. Zu Hause führten wir uns die Sachen vor und stellten meistens fest, dass sie uns schon gar nicht mehr gefielen. Wir probierten sie vor dem Einstecken irgendwann nicht mal mehr an. Wir hörten erst damit auf, als wir mit einer ziemlich großen Beute in einer Boutique erwischt wurden. Es waren drei Jacken, eine große Tasche und ein Portemonnaie. Es war so leichtsinnig, dass es, zu Hause angekommen, einen kurzen Streit darüber gab, warum wir uns nicht gegenseitig davon abgehalten hatten. Wir mussten alles bezahlen, also hatten wir mal wieder Schulden. Wir hörten vorerst auf.

Statt weiter darüber nachzudenken, wendeten wir uns umgehend anderen illegalen Sachen zu, die wir für sinnvoller hielten. Wir besorgten uns Sprühdosen. Sinnlos rumsprayen hatten wir in unserer Jugend auch verpasst. Wir redeten uns einfach alles schön. Eine Nacht vor dem anstehenden Naziaufmarsch, der jedes Jahr am 5. März zum Jahrestag der Bombardierung von Chemnitz 1945 stattfindet, taggten wir Plakatwände auf der geplanten Marschroute mit Antifa-Sprüchen voll. Nach dem dritten oder vierten Spruch schrie uns jemand von der gegenüberliegenden Straßenseite an. »Mist«, dachte ich, »jetzt gibt's schon wieder Ärger.« Aber der Typ im Kapuzenpullover wollte uns nur darauf hinweisen, dass wir »Kommunismus« falsch geschrieben hatten. Wir hatten das erste s vergessen und es beide nicht gecheckt, weil wir so breit waren. Der Kapuzentyp stellte sich als Stefan vor und war seit dieser Nacht unser drittes Gangmitglied. Wir planten in ewigen Nächten irgendwelche Aktionen gegen die Nazis in der Stadt und fühlten uns sehr konspirativ.

Die meisten Antifamenschen waren vorsichtiger und wollten immer, dass man die Handys am besten zerstört und Hunderte Meter unter der Erde beerdigt, bevor man irgendwas bespricht. Dass diese ganze Kifferparanoia, dieses »Sie hören uns ab« oder »Sie wissen über uns Bescheid« und »Sie sind überall« doch berechtigt war, erfuhren wir erst, als es Hausdurchsuchungen in linken Projekten gab oder Namen und Adressen von Freunden auf Todeslisten landeten.

Stefan, der in Chemnitz geboren und aufgewachsen ist, zeigte uns außerdem, was für ihn Chemnitz bedeutet. Es bedeutet, dass man sich in der Nacht auf die großen Straßen legen und in den Himmel starren kann und dass einem dabei ganz sicher nichts passieren wird. Zumindest nicht wegen Autos. Das taten wir dann also.

19

Ich wollte seit meiner Pubertät unbedingt in einer Wohngemeinschaft leben, aber in einer richtigen, nicht in einer Zwangs- und Zweckgemeinschaft, wie ich sie von der Familie oder später aus dem Wohnheim kannte. Die Türen wären meistens offen, manchmal geschlossen, man hinge schweigend zusammen ab, könnte natürlich auch miteinander reden, träfe sich in der Küche beim Kaffee und würde ständig Partys schmeißen. Ganz so schön ist es in der Realität aber nur, wenn man Glück hat. Die Strukturen von Studenten-WGs sind immer recht ähnlich. Sie bestehen mindestens aus drei, im besten Fall aus fünf Menschen, und es ist immer jemand zu Hause. Je nach Gesamtanzahl ist mindestens einer der Bewohner nur Zweckmitbewohner, von dem man nie weiß, ob er gerade zugegen ist. Zweckmitbewohner haben angeblich mal die Kaution für die Bude bezahlt, also gehörten sie zum Inventar. Entweder zocken sie ständig oder sind die Art von Menschen, die immer wohin fahren, weil sie gern in der Natur sind oder rumreisen oder Partner in einer anderen Stadt haben. Über die Zweckmitbewohner zerreißt man sich in der WG gern das Maul, weil sie nicht so richtig dazugehören, sind sie auch an allem schuld, was schiefläuft. Damit sich der harte WG-Kern nicht die Köpfe einhaut, wird auf die Zweckmitbewohner jede negative Energie projiziert. Ab und an findet man sie aber auch ganz nett und kann durchaus auch mit ihnen am WG-Tisch sitzen und erfährt Interessantes über sie. Die WG-Küche ist ohnehin das Wichtigste. Dort darf meist geraucht werden, und die Kaffeemaschine läuft immer. Bier ist irgendwie auch immer da, »aber nicht allzu viel«, und sehr viel Pfand auf dem deswegen unbetretbaren Balkon. Der meiste Pfand ist selbstverständlich vom wenig beliebten Zweckmitbewohner, der vor einem halben Jahr diese eine Party geschmissen hat. Im Sommer wird gern hinterm Haus gegrillt, und jeder bringt was mit. Für so was kann man auch an die WG-Kasse ran. Es wird viel gekifft, irgendjemand schleppt hin und wieder eine interessante Droge an, zwei Fahrräder stehen im Flur. Viele linke Sticker an den Küchenschränken erinnern an vorherige WG-Generationen. Es gibt immer irgendeinen neuen Film oder eine Doku, die man sich demnächst zusammen ansehen will, und die Partys eskalieren total, Weinflecken auf den grauen Teppichen zeugen davon und ein kaputt geschlagener Tisch, der endlich mal von jemandem zum Sperrmüll gebracht werden sollte. Auf der Toilette befinden sich alte *Titanic*-Ausgaben, eine aktuelle *Jungle World*, das *Kommunistische Manifest* und *Fix und Foxi*. Obst verkommt. Den verklebten Likör hat die Resi irgendwann mal angeschleppt von ihren Eltern oder so, voll eklig, »Probier doch mal!«. Gekochte Nudeln stehen quasi immer im Topf auf dem Herd, und man weiß nicht mehr, von wann und von wem sie sind. Man redet stundenlang darüber, was man eigentlich gerade machen müsste (Uni, Arbeit, irgendwelche Unterlagen zusammensuchen), aber mal wieder nicht macht, und wie geil es am Samstag war. Jemand hat wieder keine Milch gekauft. Milch ist die Währung in Wohngemeinschaften, Vergleich: Zigaretten im Knast. Es gibt einige Instrumente. Die WG ist der Ausgangspunkt für alles. Man startet irgendwann von da in einen Club oder zu einem Konzert, langweilt sich nach einer Weile und geht wieder zurück, weil man schließlich noch ein bisschen Bier zu Hause hat. In Chemnitz läutet um fünf Uhr morgens immer die Polizei, die völlig übertrieben im Sixpack anrückt, und dann muss man die Musik ausmachen, weil sich jemand über die Lärmbelästigung beschwert hat. Das gesamte Leben dieser Stadt ist durch diesen einen, ewig währenden Kampf zwischen Lärmbelästigten und Lärmbelästigenden geprägt. Die sind die Langweilerburg und wir die Angreifer mit Glasflaschenausrüstung. Meist gewannen aber die.

Unsere Frauen-WG war perfekt, und wir ergänzten uns wunderbar. Selma konnte kochen, Meryam erledigte alles Bürokratische, und ich hatte ironischerweise einen Ordnungsfimmel entwickelt. Das ganze Gerede, das einem oft entgegenschlägt, von wegen mehrere Frauen auf einem Haufen ergäbe immer Stress, wie man es von Gelaber rund um *Germany's Next Topmodel* und Ähnlichem kennt, ist natürlich Unsinn. Frauen kommen super miteinander aus, solange sie nicht in irgendwelche Konkurrenzverhältnisse gebracht werden, bei denen es darum geht, wie gut sie bei Männern ankommen. Und wer sich schon mal Männerfreundschaften aus der Nähe anschauen durfte, wird feststellen, dass die ihre Konflikte möglichst nonverbal, gar nicht oder mit Gewalt austragen. Wenn sie sich umarmen, müssen einige von ihnen sich dabei auf Schulter oder Rücken kloppen, damit die Zuneigung bloß nicht schwul aussieht. Uns ging es jedenfalls sehr gut.

Wir suchten mal wieder jemanden für unser kleinstes Zimmer, das eigentlich unbenutzbar war, weil darin die Steckdosen nicht funktionierten und es wirklich sehr klein war. Deswegen kostete es nur 80 Euro. Aber 80 Euro waren 80 Euro. Wir vermieteten es schließlich an einen Typen namens Sascha, der aber gar nicht drin wohnen wollte, sondern nur eine Meldeadresse brauchte. Es war so zwielichtig, wie es klang. War uns trotzdem recht. Eines Tages stellte er sich doch ein Bett rein und übernachtete ab und an mit sehr jung aussehenden Mädchen darin. War uns schon nicht mehr so recht. Wir fanden außerdem heraus, dass er angefangen hatte, Gras von unserer Wohnung aus zu verkaufen. Ich entdeckte die Schachtel, die hinter dem Putzeimer auf dem Balkon versteckt war, und war erst mal sauer, weil Sascha offenbar dachte, dass hier niemand saubermacht und sein Versteck finden würde. Seitdem nahm ich immer mal ein kleines Tütchen raus. Meryam, Selma und ich bezeichneten das als unser

Schweigegeld. Er beschwerte sich nie. Einmal veranstaltete Sascha eine Party. Selma und ich waren zu Hause, wussten aber nichts davon. Er sagte, wir seien auch eingeladen. Großzügig von ihm. Er karrte irgendwelche Diskolichter an, eine überdimensionale Anlage und seine komischen Freunde, die Nougatschnaps tranken und Shisha rauchten. Wir machten aus Verzweiflung und für die Anekdote mit und fingen an, den gesamten Alkoholvorrat in uns reinzuschütten. Irgendwann übernahmen wir die Musik. Saschas Freunde flippten aus, weil wir statt ihrer Bumsmusik »Rockscheiße« auflegten, ein großer Streit brach aus, es wurde geschubst, Selma und ich gewannen, und die Meute zog ab. Wir staunten nicht schlecht, als wir Sascha übrig geblieben in der Küche sitzend fanden und er sich bei uns entschuldigte. Die letzten Nougatschnäpse killten wir zu dritt. Sascha sahen wir nach dieser Nacht ein paar Wochen lang nicht mehr, aber er hatte zumindest sein Gras dagelassen.

Wir lebten in unseren WGs eine ganze Zeit lang recht gemütlich wie in Kokons zwischen Zynismus und dem Klischee von *Teenage Angst*, wobei wir für das eine zu jung und das andere zu alt waren. Ab und an gingen wir in die Uni, besuchten Treffen linker Gruppen oder betranken uns. Wir machten von allem immer nur so ein bisschen. Fred und Meryam waren eigentlich die Einzigen im Freundeskreis, die so Sachen wie Geld und Zukunft zumindest im Ansatz hinbekamen.

Uns vereinte, dass wir keine Ahnung davon hatten, wie man sich als Erwachsener verhält, gemeinsam schafften wir es aber fast, ein ganzer, rational agierender Organismus zu sein und auf diese Weise klarzukommen. Wenn jemand mal zu Geld gekommen war, wurden die Schulden bei Krankenkasse oder GEZ bezahlt, die immer jemand von uns hatte, unangenehme Post öffneten wir gemeinsam, und wenn jemand was für die Uni zustande brachte, wurde gegenseitig lektoriert.

Von den Ökos hatten wir gelernt, dass man auch einfach »containern« gehen kann. Man brauchte, so die Philosophie, quasi gar nicht mehr einzukaufen, das Essen läge auf der Straße, also in Hinterhöfen von Supermärkten, oft hinter einer verschlossenen Zauntür. Wenn man die Grenze überwunden hatte, konnte man Brot und vor einem Tag abgelaufenen Joghurt einsacken, und manchmal gab es sogar luxuriöse Kinderriegel, das war dann schon so ähnlich wie Geburtstag. Aber wir waren zu faul für so was. Einmal haben Fred, Stefan und ich es versucht, aber uns beim Aufmachen der Tonne so geekelt, dass wir beschlossen, den vorgefundenen Brokkoli-Baguette-Erdbeer-Schnodder doch lieber für andere übrig zu lassen. So schlecht schien es uns doch nicht zu gehen, und wir hatten schließlich »immer noch Nudeln«. Stattdessen gingen wir Blut oder Plasma spenden, und ich erfand die Energydrink-Technik: Man klaut zwei Dosen vom herrlichen Gesöff, trinkt sie, gibt sie am nächsten Tag zurück und hat dann 50 Cent Pfand. Von diesen 50 Cent kann man sich Nudeln oder Joghurt kaufen, dabei weiteres Zeug klauen, hat dann aber wenigstens etwas gekauft, was das Einsacken weniger auffällig macht. Dabei bloß nicht die nächsten Dosen vergessen, und so geht es immer weiter. Stefan und ich hatten mal eine ausufernde Diskussion wegen seiner völlig falschen Interpretation dieser Geldbeschaffungsmaßnahme. Er klaute manchmal kleine Wasserflaschen, deren Inhalt er einfach wegschüttete. Warum sollte man so etwas tun, wenn man etwas Gutes zu trinken haben kann? Er konnte es mir nicht verständlich machen, brabbelte etwas von »geht schneller« und »ungesund«. Eine Zeit lang hatte ich nichts anderes im Portemonnaie als das Energy-Alibi-Geld. Klauen ist wie Containern, nur vorher.

Es war eine Zeit der ständigen Furcht davor, dass uns jemand auf die Schliche kam. Dass jemand herausfand, dass wir Schwindler waren. Nicht nur des Klauens wegen, sondern unserer ganzen Existenz. Es war die Angst davor, dass die Polizei und Nazis sich rächten, dass Eltern was spitzkriegten, dass die Uni oder der Vermieter uns rauswarf, dass am Bankautomaten nichts rauskam, dass, sobald sich im Briefkasten tatsächlich mal Briefe befanden oder »Unbekannt«-Anrufe eingingen, die große Abrechnung mit unserem Fehlverhalten käme. Dass es eine Behörde war, die uns mitteilen würde, dass wir alles falsch machten und den und den Antrag hätten ausfüllen müssen, uns dort oder dort hätten anmelden müssen (und zwar längst!) und eigentlich nicht befähigt waren, irgendwo zu wohnen, irgendwas zu machen oder überhaupt unsere eigenen Namen zu tragen. Die Behörde hätte uns dann die Erwachsenen-Lizenz aberkannt und ein schockiertes »WIE BITTE? Das haben Sie nicht gewusst? Außer Ihnen wissen es alle und kommen dem auch nach, Sie schulden uns jetzt 10 000 Euro Strafe. Es ist zu spät für Sie, so was haben wir ja noch nie erlebt, Sie sind so dumm!« entgegengeschmettert. Ein paar dieser Horrorszenarien traten so oder so ähnlich auch wirklich ein.

ZWEITER TEIL

1

Es war Janas 25. Geburtstag, als Fred, Meryam, Jana und ich für ein Wochenende ins tschechische Doksy fuhren und beschlossen, eine Band zu gründen. Doksy ist ein schön billiger Urlaubsort, man nennt es auch den böhmischen Ballermann. Wir konnten es gerade so bezahlen, also war es gut. Es gibt dort abgeranzte Bungalows, einen See, bis zur Unkenntlichkeit zerkochte Nudeln und billiges Bier. Tagsüber gingen wir baden und abends in eine furchtbare Disko, wo uns Hells-Angels-Typen relativ anlasslos bedrohten, während wir zu den Backstreet Boys mitgrölten. Nachts quetschten wir uns alle in ein Viersitzer-Taxi und mussten dem Fahrer versprechen, sofort in den Wald zu springen, falls die Polizei käme und ihn anhielte, denn fünf Leute wären in diesem Auto nicht erlaubt. Im Radio lief ein Cover von Kylie Minogue und dann ein Cover von Whitney Houston und dann noch eines von Mariah Carey. »Die meisten Songs hier im Radio sind Coverversionen, weil sich der Sender die Lizenzen nicht leisten kann«, erklärte uns der Fahrer, bevor wir alle zusammen »My Heart Will Go On« von Nicht-Celine-Dion schmetterten. Hitcoversängerinnen, das könnte auch ein Job für uns sein. Zum Schlafen schoben wir die Betten zusammen, weil auch der Bungalow einen Platz zu wenig hatte, und legten uns betrunken und glücklich quer übereinander. Wir konnten offensichtlich locker mit wenig Platz miteinander auskommen, und ich war der Meinung, das sollte von nun an doch bitte immer so sein.

Beim Frühstück am nächsten Tag und nach zwei fiesen Staropramen rückte ich mit der Sprache raus. »Ich finde, wir sollten mal was machen.«

»Wow!«, sagte Fred ironisch. »Genial!«

»Na ja, ich meine, irgendwas auf die Beine stellen, wir vier.« Ich schlug Verschiedenes vor, war aufgekratzt wie eine frisch Verliebte, die jetzt auf einmal alles erleben wollte. Zusammen etwas besetzen, in den Untergrund gehen und für irgendwas kämpfen, eine Revolution ausrufen, nach Island fliegen, noch eine Woche hierbleiben, ein Haus in Brandenburg kaufen, nicht zurück nach Chemnitz fahren, jetzt einfach weitersaufen, eine Band gründen?

»Au ja!«, rief Meryam begeistert. Sie wollte schon lange eine neue Band gründen und war sofort heiß. »Ja, ja«, lachten die anderen. Meryam und ich sahen uns verschwörerisch an, denn wir wussten, dass es uns ernst damit war, lenkten die anderen mit verschiedenen Reality-Check-Fragen in die entsprechende Richtung und räumten aufkommende Zweifel aus. Ja, Instrumente würden schon gehen, Probenraum auch irgendwie, Songs bekommen wir hin. Mir war egal, ob es eine Band würde, ich wollte ganz einfach, dass wir uns nie wieder trennen.

Mit Meryam hatten wir schon mal eine Bassistin. Fred konnte singen. Felix hatte Jana ein wenig Schlagzeug beigebracht, und Gitarre konnten sowohl Fred als auch Meryam so ein bisschen. »Du übernimmst natürlich die Gitarre! Du hast doch eine«, nervte Fred mich wieder.

»Darüber reden wir noch«, maulte ich zurück. So weit hatte ich nicht überlegt. Dass ich auch etwas übernehmen müsste. »Ich wäre lieber eure Managerin, Merch-Verkäuferin, Fahrerin …«, schritt ich schnell ein. Ich wollte auf keinen Fall auf eine Bühne.

»Du hast doch nicht mal einen Führerschein«, überführte mich Jana, siegessicher, als wäre der

Band-Plan damit gegessen. Sie schien nicht besonders überzeugt zu sein.

»Dann mache ich ihn eben«, sagte ich.

»Du schreibst außerdem unsere Songs!«, diktierte Fred.

»Ach was. Meine Texte sind nur Trash«, winkte ich ab. Und als wären sie schon eine Band, da war sie wohl, die sich selbst erfüllende Prophezeiung, entfuhr es den dreien gleichzeitig: »Eben.«

Wir stiegen ins Auto, und bei R.SA sagte die Moderatorin: »Nächste Woche soll's wieder scheiße wern.« So würde unser erster Song heißen. Meryam, die schon einen Führerschein hatte, haute lieber die Lassie Singers rein:

Kamener Kreuz, links vorbei
Im Radio läuft HR3
Frankenhöhe, Schnitzelalarm
Superplus und dann nichts wie rauf
Nach Hamburg

Für uns ging es erst mal nur nach Chemnitz zurück, aber dieses kassettige, tankstellige, wässrigerkaffeeige Roadgefühl in diesem Moment manifestierte unser Vorhaben, und wir beschlossen, wirklich eine Band zu gründen, wirklich auf Tour zu gehen. Wir mussten nur noch irgendwie Musik kreieren, aber das würde kein Problem sein.

Von da an sollte es heißen: üben, üben, üben, schreiben, Führerschein machen und irgendwann Auftritte an Land ziehen. Nebenbei gingen wir arbeiten, Meryam studierte fleißig, Fred machte sowieso ihr Ding, und Jana und ich wussten nicht, was aus unserem Studium noch werden sollte. Jana fing an, sich in anderen Städten nach anderen Studiengängen umzuschauen, ich paukte zumindest Verkehrsregeln. Wir nahmen Jobs auf Festivals an und schmissen das dort verdiente Geld in unseren Tourtopf. An Aufnahmen unserer Songs dachten wir gar nicht, es sollte alles ein Experiment sein, und dabei sollte es bleiben und wieder verpuffen, sobald wir es wollten. Als wären wir Avantgarde, aber in Wirklichkeit waren wir nur unsicher. Verkaufen müsste man irgendwann natürlich trotzdem irgendwas, damit man nicht ins Minus kommt, also steckten wir viel Zeit in die Herstellung obskurer Merchprodukte und zeichneten, sprayten und druckten Motive und Sprüche auf alles, was uns in die Finger kam.

Zur Inspiration für die Texte musste ich mich nur

auf den Vorplatz der Uni-Mensa setzen. Dort gab es wirklich nichts von dem zu sehen, was unsere Generation so bewegt, sondern immer nur die Abwesenheit von Trends, Schnelligkeit und Farben. Also genug Raum zum Nachdenken und Kreativwerden. Wunderbar langweilig war es dort, wie an einem Sonntagmorgen in der Kindheit, wenn man schon um sechs Uhr morgens wach war, die Mutter »mal ausschlafen« wollte, man sich selbst beschäftigen musste und dabei allerlei Unfug trieb. Ich hörte damals viel Radio, malte unzählige Blätter mit Diddl-Mäusen und Sailor-Moons voll und versuchte mein erstes Spiegelei zu braten, leider mit Zucker. Genauso fühlte es sich an, die Chemnitzer zu beobachten. »Thomas Goletz, du hast mein Leben zerstört« hieß der zweite Song.

Die Tour sollte für uns das Ende von Chemnitz, von diesem Lebensabschnitt bedeuten, außer für Fred natürlich. Das war der Plan. Wenn man jung sein und nicht immer bloß hier sein wollte, wenn man irgendwas zu erzählen haben will, wenn man ausbrechen will, braucht man eine Band. Besonders cool ist man vor allem, wenn man überhaupt keine Instrumente spielen kann, das kennt man ja von den Anfangsgeschichten vieler guter und schlechter

Bands. Obwohl das bei Jungs als cool und bei Frauen als uncool gilt. Ein weiterer Grund dafür, es zu machen.

Der Name für unsere Band stand fest, bevor es überhaupt irgendeinen Song gab oder endgültig geklärt war, wer welches Instrument übernehmen würde: Superbusen. Es ist das beste 80er-Wort überhaupt. Mal abgesehen von *Bild*-Artikeln über Pornosternchen (auch »Pornosternchen« ist so ein Wort, aber weniger super) assoziiere ich es mit der Softporn-Sendung *Electric Blue*, die in Deutschland bis in die 2000er auf Onyx.tv lief. Manchmal sah ich sie mir an, wenn meine Mutter vergaß, das Fernsehkabel, das in mein Zimmer führte, rauszuziehen, damit ich nicht bis »in die Puppen« fernsah. Dass sie es vergaß, kam nicht so oft vor. Sie zog es meist genau um 20 Uhr raus, also in der Mitte von *GZSZ* und vor der Auflösung des jeweiligen Plots. Nie wusste ich, ob eine Person jetzt wirklich betrogen wurde oder am Ende gestorben ist. Wenn der Glücksfall des Vergessens eintrat, musste ich den Fernseher ganz leise drehen oder mit Kopfhörern sehr nah vor ihm sitzen, damit sie es nicht bemerkte. Das wäre bei *Electric Blue* so oder so notwendig gewesen, weil ein Sexgespräch mit meiner Mutter wirklich das

Letzte war, worauf ich mit zwölf Jahren Lust hatte. Wirklich gut war die Serie nicht. Immer wenn ich versuchte, mir auf die »erotischen Szenen« einen runterzuholen, wurde es so albern, dass ich lachen musste, das konnte nicht ernst gemeint sein. Im Intro flog, so ist es zumindest in meiner Erinnerung, eine Blondine im Superheldinnenkostüm – sie war dabei obenrum frei – vor einem Greenscreen durchs All. Und sie hatte ebendiesen Supermegaatomtittenbusen. Das Thema Porno war für mich damit schon vor dem Zugang zum Internet erledigt, und jeder spätere Versuch war noch unerträglicher, weil im neuen Jahrtausend alles noch viel ekelhafter und überhaupt nicht mehr zum Lachen war. *Electric Blue* wurde abgesetzt, aber meine Liebe zum Superbusen blieb. Und die anderen waren glücklicherweise einverstanden.

Der Name Superbusen war natürlich auch eine astreine Marketingstrategie. Schon während unserer schicksalsträchtigen Fahrt von Doksy nach Chemnitz hatten wir unzählige Logoentwürfe im Kopf. Das B wie Brüste aussehen zu lassen war natürlich eine billige, naheliegende Idee, also machten wir es. Bloß nicht plötzlich auf subtil machen, doch nicht bei dem Namen, also bitte. Und wer würde nicht auf ein Konzert gehen wollen, wenn auf dem Ankündigungsplakat »Superbusen« stünde? Wie sich herausstellte, eine ganze Menge.

Wir schrieben uns in die Liste für den Probenraum im Keller des Wohnheims ein. Das musste der neue Philipp für uns erledigen, da er, gerade nach Chemnitz gezogen, dort wohnte und man den Raum nur benutzen konnte, wenn man auch Miete bezahlte. Ich wäre dafür also nie in Frage gekommen, selbst als ich noch dort ansässig war. Philipp war auch unser erster Fan. Er war eigentlich immer dabei, wenn wir probten, und feierte alles ab, was wir zustande brachten. Felix lieh uns sein Schlagzeug, schließlich hatte er ein ähnliches Verhältnis zu ihm wie ich zu meiner Gitarre, und er war stolz, als es endlich entstaubt wurde.

Im Getränkeautomaten neben dem Probenraum gab es Sternburg Bier für einen Euro, und solange der nicht mal wieder geknackt und entleert wurde, hatten wir hier alles, was wir brauchten. Es gibt nämlich keine Spätis in dieser Stadt, allein das Wort »Späti« bringt Chemnitzer zum Lachen oder zum Wutausbruch, denn niemals wird es einen Späti geben, Spätis sind verboten und so unrealistisch wie das mit dem ICE oder IC, der nach Chemnitz fährt, oder dem Nachtbus, der zum AJZ fährt. Für solche Dinge setzen sich die jungen Leute in Chemnitz mittlerweile ein, sammeln Unterschriften, bilden Initiativen. Die nächste Generation ist mit Scheitern an der Reihe. Wir engagierten uns nur noch dafür, uns ausschließlich mit uns selbst zu beschäftigen.

Meryam übernahm zu meiner Erleichterung die Gitarre, Fred lernte in Windeseile Bass spielen. Jana tat sich verständlicherweise schwerer mit dem Schlagzeug, aber für das, was wir vorhatten, brauchte es ohnehin nicht viel. Stichwort experimentell. Ich entwarf währenddessen die »Stücke«, und Fred schaffte es, sie auch wirklich wie Songs klingen zu lassen.

Es war Zeit für den ersten Auftritt. Fred wollte Superbusen in Chemnitzer Clubs unterbringen, aber überall war man skeptisch, weil wir keine Erfahrung hatten. Selma schlug vor, dass wir bei einem anstehenden Open Air auftreten sollten, einem kleinen unangemeldeten Festival, das immer an unterschiedlichen Orten stattfand. Richtiger Hipsterunsinn eben, aber genau da gehörten wir hin mit unserer kokett-dilettantischen Musik, schließlich wollten wir, wenn uns jemand zu Recht mit dem Umstand konfrontierte, dass wir keine gute Band waren, so tun, als hätten wir Superbusen ohnehin nur als Performance-Art konzipiert. Dieses Mal hatten sich die Festival-Leute etwas sehr Subversives überlegt: Das Ganze sollte etwa fünfhundert Meter entfernt von einer Polizeistation unter einer Brücke stattfinden. Total leichtsinnig und blöd, also genial.

Es gab nur fünf halbwegs spielbare Songs, also spielten Superbusen fünf Songs. Sie lauteten »Superbusen«, »Die Drei-Tage-Regel«, »Immer genug Wasser trinken«, »Zenti« und »Wie Smarties«. Den letzten Song hatten wir basierend auf einem meiner alten Nachtgedichte gemacht, das ich geschrieben hatte, weil ich mich so furchtbar über die Aussage von Jens »Frauenkörperregler« Spahn aufgeregt hatte, der meinte, die »Pille danach« solle man nicht mit Smarties verwechseln.

Ich fress die Pille danach wie Smarties
Ich zieh dir Drogen ab auf deinen Partys
Ich bin hysterisch, nur weil grad Bock
Ich will keine Pics von deinem Cock
Ich mach Sexismus, nur gegen Männer
Spahn mich nicht voll
Du wirst mich nicht ändern

Die Leute wirkten etwas irritiert von den Songs, aber die Lachanfälle von Fred und Jana bei den häufigen Verspielern kamen so gut an, dass Superbusen sie schnell im Sack hatten. Fred behauptete, die Songs würden bald auf »Der Mittelschmerz EP« veröffentlicht. Danach erzählten uns sehr viele, es sei »sehr witzig« gewesen, und fragten, wo man die EP kaufen könnte. Meryam war nicht ganz zufrieden mit dem Comedystempel, den die drei hier erhielten, aber fand nach ein paar Gläsern Weißwein, dass es doch zumindest ein Anfang sei.

Unseren ersten Auftritt außerhalb von Chemnitz hatten wir in Leipzig. Eingeladen hatte uns Martin, und Martin war so ein richtiger Leipzigtyp. Er trug Löckchen, hatte ein paar Haare an den Seiten wegrasiert, trug eine dieser Retrosportjacken aus dem Secondhand-Laden, eine riesige goldene Brille, einen Schnurrbart und auch sonst nervte er. Er ließ uns am Tag des Konzerts am Bahnhof eine halbe Stunde warten, bis er abgehetzt mit seinen Leipzigklamotten auf seinem Leipzigfahrrad ankam. Er hatte uns, als wir uns auf besagtem Polizei-Open-Air mit ihm unterhielten, die ganze Zeit vollgelabert, irgendwelche Referenzen genannt, an die wir ihn erinnerten – es war einfach die Gleichung andere

Frauenbands = wie ihr –, und auf lustigen Onkel gemacht. Jana und ich pöbelten ihn an, aber Meryam und Fred fanden, wir sollten ihn in Ruhe lassen. Auf dem Weg zum Club mussten wir ohnehin unsere Meinung über ihn revidieren, denn er wurde plötzlich zu einem überraschend netten Menschen, der sich wirklich für unsere Musik interessierte. Er war in Chemnitz wohl nur unsicher gewesen, wie er es anstellen sollte, uns in seinen Club einzuladen. Martin war ein Beispiel dafür, wie Männer, die nicht in das geforderte Männerbild passen, versuchen, dieses unbewusst zu karikieren, was anstrengend ist. Und sobald die Maske fällt, wird es oft besser, manchmal sogar ganz nett. Martin wollte uns zu weiteren Auftritten verhelfen, aber wir bremsten ihn erst mal. Eins nach dem anderen.

Martins Kollege war leider zufällig der Typ, mit dem ich ein Jahr zuvor nach einer Party, auf der er aufgelegt hatte, denn er war DJ, natürlich war er DJ, alle sind DJ, im Bett gelandet war. »Im Bett gelandet«, sagt man immer so daher, als wäre es einfach passiert. Huch, wie konnte das denn passieren? Man ist da einfach so gelandet, wie man eben manchmal auf der Schnauze landet, weil man etwas übersehen hat. Dabei kann man Sex nun wirklich nicht übersehen, man kann das Rumgedruckse, ob man denn und wohin man jetzt nach Hause geht, das gemeinsame Besteigen des Busses, das Aufschließen des Türschlosses und das Betreten der Wohnung, das In-ein-Bett-Steigen und sich dann anfangen zu küssen, das Ausziehen und alles was danach folgt, das kann man nicht übersehen. Man ist nicht einfach im Bett gelandet, man hat das gemacht. Jedenfalls ging dieser Typ so grobmotorisch mit seinen Fingern um, dass ich die schlimmsten Untenrumschmerzen hatte seit Erfindung von Untenrumschmerzen. Menstruation, Blasenentzündung, Pilzinfektion, Mittelschmerz, das ist nichts gegen die Folgen von einer Nacht mit einem Typen, der keine Ahnung hat, wie man sich zwischen den Beinen von Frauen aufführt. Als wir den Club betraten, hatte ich dementsprechend direkt Erinnerungsschmerzen, und die anderen lachten, bis Meryam sagte, dass wir uns jetzt mal zusammenreißen sollten.

Zum Glück hatte ich nicht allzu viel zu tun und konnte mich vor Edward mit den Stümperhänden verstecken. Ich trug unser spärliches Equipment auf die Bühne und baute es auf. Ich wollte, dass die anderen wie eine Band behandelt werden, hatte vorher mutigerweise ein Catering bestellt, das aus Brötchen, Käse und dem guten 3,99 Euro Rewe-Weißwein bestand. Ich liebte mein neues Roadie- und Managerin-Dasein. Über Facebook hatten wir unsere Veranstaltung beworben, und es hatten sich sowieso schon unsere Freunde sowie Freds und Janas Familien angekündigt. Ich wurde gefragt, ob ich die Kasse machen will, und ich liebte es, die Kasse zu machen, also machte ich sie. Ich kassierte die sage und schreibe dreizehn Leute ab, die nicht auf der Gästeliste standen, und verkloppte dann noch vier unserer von Jana gestalteten Supertaschen. Superbusen war die erste von drei Bands an dem Abend. Natürlich wurden Fred, Jana und Meryam besonders beobachtet und kommentiert, einige Typen grinsten arrogant vor sich hin und tuschelten miteinander, während sie zur Bühne zeigten, mussten sich schließlich aber beeindruckt zunicken und zugeben, begeistert zu sein. Ich schaute mir das Konzert von hinten an der Bar an, damit ich jede Publikumsregung mitbekam. Ich konnte gar nicht glauben, dass wir wirklich in einem richtigen Konzertsetting gelandet waren. Endlich hatten wir gemeinsam etwas durchgezogen. Jetzt war es nur noch eine Frage der Zeit, bis wir die Kommune in Brandenburg errichteten.

Im Anschluss an das Konzert gab es das bescheidene Rumgedruckse wegen der Gage, denn hier bekamen wir Gage. Manchmal bekommt man ja auch einfach, »was so im Hut landet« oder eben den Inhalt der Abendkasse. Im Anschluss machten wir, was man in Leipzig eben so macht: Wir cornerten mit trockenem Rotkäppchen-Sekt in Plagwitz. Wir stritten darüber, dass ich beim nächsten Konzert bitteschön wirklich mit auf die Bühne sollte, aber ich blieb standhaft.

Im berüchtigten Fotoautomaten auf der Karl-Heine-Straße wollten wir zur Versöhnung ein paar Fotos machen, wobei der Spaß natürlich darin bestand, uns zu viert reinzuquetschen. Zwei von uns schafften es nur halb. Während wir uns draußen die fertig entwickelten Fotos anguckten und lachten, weil Fred, wie immer, wenn sie fotografiert wird, die Augen geschlossen hatte, konnten wir noch beobachten, wie es vier Männer ebenfalls mit der Reinquetscherei versuchten, dabei aber so große Angst vor Berührung hatten – »No Homo!« –, dass sie schnell aufgaben und der eine einsam im Automaten seinen hässlichen Pimmel vor der Linse auspackte. Alles, was man über männliche und weibliche Sozialisierung wissen muss, konnte man in dieser Szene lernen. Fred verschwand irgendwann mit Martin, Meryam ging schlafen (Wir hatten eine Künstlerwohnung bekommen! Wie eine richtige Band!), und Jana und ich taumelten noch in eine Bar, die tagsüber ein Fahrradladen war, tranken Pfff, den Leipziger Pfeffi, und ließen uns von einem netten Fotografen, der Wolfgang hieß, Wodka bringen. Er gab uns einen nach dem anderen aus, ohne unangenehm zu werden, das war seltsam. Er erklärte uns, wie man als Linker in Leipzig gegen die starken Auswüchse der Gentrifizierung auf der Eisenbahnstraße (gefährlichste Straße Deutschlands!) anginge: Man streue Gerüchte über Kriminalität, werfe ab und an mal Schrott aus dem Fenster, spraye martialisch Klingendes an Wände und erledige auch mal ein großes Geschäft auf der Straße. Zur Abschreckung halt. Jana und ich waren ganz Ohr und wollten auch mal. Leider mussten wir gerade nicht.

»Der Typ von gestern wollte, dass ich in seine Eichel beiße«, sagte Fred lachend, als sie sich am nächsten Morgen zu uns an den Frühstückstisch setzte.

»Alte!«, spuckte Meryam ihr halbes Frühstücksei aus. »Wir sind doch hier nicht bei *Sex and the City*!«

Ich wollte unbedingt mehr darüber wissen, unter anderem, ob es sich bei »dem Typen« um Martin handelte, aber Meryam und Jana hatten sich schon verschworen, gaben ihr Veto zur Sache Sextalk am Frühstückstisch, und damit war klar, dass Fred und ich diese Gespräche auf der bevorstehenden Tour wohl heimlich führen mussten, was die Sache aber nur noch aufregender machte. Es handelte sich beim Eierbeißer nicht um Martin. Ich schrieb einen Song über Leipziger Flirtverhalten namens »Nutz meinen Freiraum, Baby«, und damit waren dann wieder alle einverstanden. Was für eine unglaubliche Sexstadt. Kein Wunder, dass da alle hinwollen. Wir wollten vorerst zurück nach Chemnitz, Leipzig war zu aufregend.

2

Zu Hause gab es bis Ende der 90er immer nur Die Ärzte und Die Toten Hosen. Beziehungsweise Die Ärzte ODER Die Toten Hosen, man musste sich entscheiden. Es war wie die Entscheidung, die man in der Grundschule treffen sollte: Bayern oder Dortmund, und dann die Entscheidung auf der Realschule: Nazi oder Zecke, aber bitte in jedem Fall Dynamo. Je älter man wurde, umso mehr wandte man sich den Toten Hosen zu, weil die wohl als cooler galten. Ich fand das *Opium fürs Volk*-Album super und gruselig zugleich. Heute bin ich froh, dass ich mich von der Band verabschiedete, bevor sie in Fußballstadien gespielt wurde und Campino auf dem Oktoberfest aufgetreten ist und auch sonst nur noch Unsinn gelabert hat.

Einmal jubelte unser pubertierender Cousin uns während eines Besuchs die Böhsen Onkelz unter. Sein Plan war so heimtückisch wie genial: Er nahm eine *Bibi Blocksberg*-Kassette (wir hatten nur zwei: »Ein Pferd für Tante Paula« und »Die neue Schule«), überklebte den Überspielschutz und überspielte dann das Album *Wir ham' noch lange nicht genug*, das er sich aus der Stadtbibliothek ausgeliehen hatte. Rest in peace, »Die neue Schule«. Wir hatten schon lange genug. Spätestens als meine Schwester und ich uns eines Abends die Folge im Bett anhören wollten und das ekelhafte Männer-Gerumpel kam. Aber Die Ärzte gingen immer. Zum Spielen, zum Schlafen, mit Walkman zum Gassigehen. Auch wenn eine unter 10-Jährige mit Sexsklaven, Schäferhundeschäferstündchen, Tittenmäusen, Langweileonanieren und dem Themenkomplex Fisten nur bedingt etwas anfangen kann. Meist fing ich Folgendes damit an: Ich rannte zu meiner Mutter, die gerade Besseres zu tun hatte, und fragte sie nach der Bedeutung ebenjener Wörter. Das wurde zunehmend sehr unangenehm für alle Beteiligten. Aber ich musste es wissen, es gab noch nicht flächendeckend Google. Wenn das Kind einen fragt: »Mutti, was bedeutet Fisten?«, ist das keine süße Anekdote, die man anderen erzählen und auch nicht auf Twitter posten kann, vor allem wenn es Twitter noch gar nicht gibt. Aber sie erklärte es mir lachend in aller Ruhe. Aus heutiger Sicht und mit meinem Wissen über frühkindliche Prägung sind viele meiner Gedanken, mit denen ich mich auch heute noch rumschlage, gar nicht mehr so abwegig. Mit Zeilen wie *Eine Träne rinnt mir über das Gesicht / Doch über die Aknepickel kommt sie nicht / Diese Träne ist so hilflos wie ich* war schon früh in Zement gegossen, dass aus mir nicht gerade ein Goethe würde, sondern eher eine, immerhin stets aufrecht stehende Felsenheimerianerin. Meine Mutter hatte sehr viele Platten von allen bekannten Bands der 60er, 70er und 80er. Als Kind dachte ich, wenn meine Mutter das hört, kann es nicht cool sein. Schön blöd. Und dann begegnet man sich eines Tages als Erwachsene und checkt, dass sowohl Kind als auch Elternteil normale Menschen sind, die Interessen teilen. Aber damals war alles, was vor den 90ern erschien, schlichtweg peinliche Oldiemusik. Jedes Kind, das den Zauber von Musik kennenlernt, weiß nichts über die Relevanz von Vorherigem. Es kennt keine Referenzen, keine Genres, es ist alles neu, einmalig, nie da gewesen, wie man selbst eben auch.

Und dann kam sie. Tipp, tipp, tipptipp, tippeldietipp machte sie mit ihrem Stift auf einem Tisch in einem Klassenzimmer und sah albern aus mit ihren zwei Zöpfen, der Bluse und dem Minirock und so cool in dem Sportoutfit in der Turnhalle. »… Baby One More Time« war da, und wir Mädchen fingen an, mit den Zungen zu schnalzen. Jeden Tag fünfhundert Mal lief es bei VIVA. Dazu hatte ich es auf Videokassette und aus dem Radio auf Kassette aufgenommen, um es zwischen den fünfhundert Malen im Radio noch häufiger ansehen und anhören zu können. Wie Britney werden, wie Britney singen und tanzen, wie Britney aussehen, mit Britney befreundet sein, das waren die einzig vorstellbaren, notwendigen Ziele fürs Leben zum Ende des letzten Jahrtausends.

In Hüfthosen würde ich schon noch reinwachsen. Daraus wurde leider nie was, ich habe sie direkt überwachsen. Meine Schwester meldete sich für eine Art Miniplaybackshow im Autohaus bei uns um die Ecke an, und ich tat das auch, natürlich um Britney zu performen, nur um dann aber vor Ort Panik zu bekommen, als sie mich für den Auftritt ausriefen, und nach Hause zu laufen. Zum Glück war Britney zu der Zeit nicht die einzige weibliche Identifikationsfigur. Da waren noch die coolen Destiny's Child und die Rotzlöffel von Tic Tac Toe. Die waren eigentlich noch besser, denn ich sah, dass man mit anderen Mädchen zusammen sehr viel

Spaß haben konnte. Meine Schwestern und ich gründeten auch eine Band, aber unser Bandsein bestand nur daraus, vor dem großen Spiegel im Flur zu stehen und zu posieren. Mit den neuen Mädchen in meinem Musikrepertoire war es anders als mit den Ärzten, bei denen Weiblichkeit nur in Form von abstrusen Ideen von »Mädchen« vorkam. Sie waren selbst Mädchen, sie hatten eigene Geschichten. Ihre Palette reichte mir: Im Angebot waren süß, frech, sexy, clever und wütend. Natürlich wollte ich später auch Musikerin werden, etwas anderes kam gar nicht infrage. Als es dann *Popstars* und die No Angels gab, war die Chance zum Greifen nahe. Sobald ich sechzehn Jahre alt wäre, würde ich mich bei einer Talentshow anmelden. Leider gab es, als ich alt genug dafür war, die Shows und mein Interesse daran nicht mehr.

Die ersten weiblichen Vorbilder zogen also in mein Zimmer ein, und ihre Gesichter schmückten meine Wand. Diese Welt wurde nur durch die großen Posterstreits erschüttert. Wenn wir richtig sauer aufeinander waren, rissen meine Schwestern und ich uns gegenseitig die Poster von den Wänden ab. Am schlimmsten war der große Buffy-Britney-Streit vom Oktober 1999. Ich mochte Buffy zwar auch sehr, aber es war das Lieblingsposter meiner Schwester und musste trotzdem und gerade deshalb daran glauben. Sie war wenigstens so nett und hatte mein Poster nur zerknüllt. Ich hatte ihres volle Möhre zerrissen. Weshalb wir gestritten haben, weiß ich nicht mehr. Ich habe immer noch dieses Britney-Poster, fein säuberlich auseinandergeknüllt und eingerahmt. Es erinnert mich daran, wie gutmütig Menschen sein können, selbst wenn sie so richtig wütend auf jemanden sind.

Bis heute kenne ich wenige Gesichter so gut wie das von Britney. Ich hatte irgendwann das Gefühl, ich sehe mich selbst, wenn ich sie sah, so vertraut war es mir. Ich begriff damals nicht, dass ein großes weibliches Vorbild schon längst da war, immer da war und weniger glamouröse Schlachten schlagen musste: Miete, Strom, Essen und Klassenfahrten bezahlen, für alle von uns den Alltag und die Ausnahmesituationen organisieren, die Menschen aushalten, die uns verurteilten, weil wir für sie »Assis« waren, die Verantwortung alleine tragen, weil ihr nie ein Mann welche abgenommen hat. Ich glaube, viele machen ihre Mütter für alles verantwortlich, was schiefläuft, weil sie nicht selten als Einzige da sind und sich seltener entziehen können. Natürlich sind sie nicht unfehlbar, sie können auch Arschlöcher sein. Aber ich kenne niemanden, der 365 Tage im Jahr alles richtig macht.

Britney machte laut Presse immer nur falsche Sachen mit ihrem Körper. Sie war zu viel oder zu wenig, einmal wurde sie sogar beim Rauchen erwischt. Und dann war da die große Frage, ob sie denn noch »Jungfrau« sei. Zum Glück war ich noch kein Teenie, dieser Bodystress muss wirklich anstrengend gewesen sein.

Teenie-Geschwister haben unter anderem den Vorteil, dass man durch sie viel zu früh an Sachen rankommt, die man noch nicht versteht. Die *BRAVO* war in den Anfängen meines Lebens als Fan selbstverständlich Pflicht, den ganzen »Schwanger durch Petting«-Kram verstand ich nicht. Diese ganzen Seiten, wo es um echte Menschen mit ihren ekligen Geschlechtsteilen ging, waren mir vollkommen egal. Akribisch gesammelt wurde stattdessen jeder Schnipsel meiner Idole, liebevoll eingeklebt in eigens angelegte Ordner, die wie Akten mein Regal füllten, die Mutter wurde angeschnorrt für massenhafte Klarsichtfolieneinkäufe und Englisch gelernt dank der Songtexte plus Übersetzung. *Meine Einsamkeit bringt mich um (und ich)/Ich muss zugeben, dass ich im-*

mer noch glaube (immer noch glaube) / Wenn ich nicht bei dir bin, verliere ich meinen Verstand / Gib mir ein Zeichen / Triff mich ein weiteres Mal, Baby. Ach, es würde schon noch Sinn ergeben, eines Tages.

Das Britneyjahr 1999 war auch das Jahr, indem wir das letzte Mal als ganze Familie in den Urlaub fuhren – minus Vater, der hatte sein Vater-Engagement bereits nur noch auf das Postkarten-Schreiben zu Geburtstagen oder den Tagen, die er für unsere Geburtstage hielt, beschränkt. Das Querxenland in Seifhennersdorf war die sächsische Adresse für Klassenfahrten oder eben für Familien, die sich nichts anderes leisten konnten. Aber Kindern ist der Ort des Urlaubs ohnehin egal. Es geht nur um das Packen und Wegfahren und darum, irgendwo auszusteigen, wo nicht die eigene Wohnung ist, und in einem fremden, weiß bezogenen Bett neben einem Radiowecker, der abgefahrener aussieht als der, den man zu Hause hat, aufzuwachen und zur Abwechslung mal Limonade trinken zu dürfen. Solange es andere Kinder gibt, einen BMX-Fahrrad-Verleih und ein Freibad mit Sprungbrett, von dem man sich gegenseitig runterschubsen kann, haben Kinder, was sie brauchen. Das Querxenland hatte sogar einen kleinen Kiosk, in dem man Esspapier, Oblaten und

Lollifüße, die man in prickelndes Pulver ditschen konnte, bekam, und eine Kinderdisko. Da feierte ich meine ersten Partys und verliebte mich direkt in einen Jungen, bei dem ich fies abblitzte. Verrückt, genauso mache ich das heute auch noch.

An meinem Musikgeschmack hat sich bis heute kaum etwas geändert: Vengaboys, Robbie Williams, *NSYNC, Natalie Imbruglia, Aqua, Liquido und natürlich Loona. All das ist auch heute noch total gut, auch wenn mittlerweile alle so tun, als wäre es »Trash« und nur noch ironisch dazu tanzen. Der Sommer von »Bailando«, wer will den schon vergessen? Ich kaufte mir vom Urlaubstaschengeld im Querxenland-Kiosk natürlich die *BRAVO*. Das Extra der Woche war ein Tattoohalsband. Auf dem Titel stand: »BSB helfen krebskranken Kids«. Das war die Wahrheit, das war das Leben. Es gibt schlimme Probleme, aber die Backstreet Boys würden sich schon darum kümmern. »Let the music heal your soul«, sangen die Bravo All Stars zur gleichen Zeit bei Radio PSR. Die Übersetzung kannte ich dank *BRAVO* auch: *Lass die Musik deine Seele heilen/Lass die Musik dich in ihren Bann ziehen/Lass die Musik dir die Kraft geben/Berge zu versetzen.* Alles würde gut. Auf dem Klavier, das im Aufenthaltsraum vom Querxenland-Familienhaus stand, brachten wir uns den Flohwalzer bei. Nehmt das, ehemalige Mitschüler, die ihr die Musikschule Fröhlich besuchen durftet: Instrumente lernen ist so einfach.

Britneys zweite Single ging so: *Sometimes I run, sometimes I hide …*, und das fühlte ich noch 2017. Ich weigerte mich weiterhin, eine Bühne zu betreten. Dafür war ich umso engagierter im Songschreiben, dem Organisieren einer ersten kleinen Superbusen-Tour und dem Ableisten von Fahrstunden, für deren Bezahlung ich noch mehr Schichten im Atomino und am Glühweinstand auf dem Weihnachtsmarkt schob. Im Gegensatz zu den Prüfungen an der Uni bestand ich die für den Führerschein sofort.

3

Morgens um acht ist eine komplett menschenunwürdige Zeit und genau so spät war es an diesem fiesen Novembertag. Immer wenn ich vor zehn Uhr wach sein soll, kommt es mir falsch, absolut widernatürlich vor. Mir ist schlecht, ich will weinen, ich will nicht in die Schule! »Raus aus dem Nest!«, lärmt die Erinnerung an meine Mutter. Das »Ich bin krank« war nie eine Lüge, ich war mir stets sicher, dass ich wirklich krank war.

Wie kann ein Mensch so müde sein? Wie habe ich das überhaupt jahrelang geschafft, um sechs Uhr morgens aufzustehen? Oder gar zur »nullten Stunde«, um fünf? Wie schaffen das arbeitende Menschen? Weil sie es müssen, ja. Aber es bleibt ein Verbrechen. Ich stelle mir für diese frühen Stunden, wenn es sich überhaupt nicht vermeiden lässt, einen Wecker für eine Stunde vor dem Aufstehenmüssen, um die Erleichterung zu spüren, noch ein paar Umdrehungen länger pennen zu können, und einen zweiten für die richtige Zeit, die Höllenzeit. Das berüchtigte Weckersnoozen hingegen macht alles nur noch schlimmer. Zehn-Minuten-Wegdrück-Orgien sind eine Folter, die nur masochistisch veranlagte Menschen bereit sind, sich anzutun. Manches Aufstehen kann man verhindern, indem man einfach nicht aufsteht und nicht hingeht, wo man hingehen sollte. So habe ich semesterweise Kurse verpennt. Bei Prüfungen wird es schon schwieriger, aber man kann es theoretisch auch wagen. Wenn allerdings eine Reise mit anderen Menschen ansteht, wird es schwieriger.

Zudem gibt es zwei verschiedene Um-Acht: einmal, wenn man schon, und einmal, wenn man noch wach ist. Für das »noch« ist um acht eigentlich immer ein bisschen zu spät. Um acht in großer Gesellschaft ist meist unangenehm, man ist nur noch wach, um irgendwem etwas zu beweisen, um zu zeigen, wie lang man durchhält, und schleppt sich auf dem Zahnfleisch kriechend dahin. Wenn man nicht auf Afterhour mit dem obligatorischen »Ey, lass mal noch etwas Speed ziehen« oder überhaupt elektronische Musik steht, ist der Sache des möglichst lange Aufbleibens im Hellen wenig abzugewinnen. Lange aufbleiben ist nur schön, wenn es nicht absichtlich forciert wird. Wenn man nicht aufhören kann, zu schreiben, Musik zu hören, über Gutes nachzudenken, an jemandem rumzuspielen und sich mit dieser Person Geschichten zu erzählen. Schlechtes Wachbleiben ist, wenn die Abgabe einer Hausarbeit ansteht, das Referat noch vorzubereiten ist, man die Theke nach dem Arbeiten noch putzen muss oder »es sich nicht mehr lohnt«, sich noch mal hinzulegen, weil man in einer Stunde irgendwo sein muss.

Wach bleiben ging diesmal nicht, weil man fürs Autofahren zurechnungsfähig sein muss. Ich musste mich zwingen, mich in der Nacht zuvor um 23 Uhr ins Bett zu legen. Langes Daddeln am Handy ist erlaubt, weil das nicht als Aktivität gilt. 23 Uhr, eine Zeit, zu der ich normalerweise erst aufdrehe oder anfange zu arbeiten. Wir waren damals alle Nachtmenschen, arbeiteten in Clubs und Bars oder hingen rum, und wir hatten verflucht noch mal eine Band gegründet, aber Meryam hielt es für eine gute Idee, dass wir um acht an der Zentralhaltestelle aufschlugen. Sie sagte irgendwas von Stau und »genug Zeit, die Stadt zu erkunden«. Da sie sonst immer gute Ideen hatte, glaubten wir ihr auch diesmal ergeben. Jetzt glaubte ich ihr nicht mehr. Ich verfluchte sie, sie hatte einen Fehler gemacht. Um acht. In solchen Momenten hilft nur Schockaufstehen: schnell das Bett verlassen, ohne nachzudenken, unter die Dusche schleppen und das Wasser so heiß aufdrehen, dass man sich nicht nach dem warmen Bett sehnt, sondern sich irgendwann wegen ersten Verbrennungserscheinungen über das kühle Draußen freut, möglichst wenig Zeit haben, damit man nicht merkt, dass man eigentlich schon im Bus sitzt, und dann endlich bald irgendein koffeinhaltiges Getränk besorgen kann. Meryam war trotzdem schneller als ich und ging »schon mal vor«.

Die letzte Zeit in unserer WG war anstrengend, und Meryam und ich konnten es kaum erwarten, für eine Weile weg zu sein. Für sie war dieser Ausflug schon fast ein Auszug. Sie hatte ihre Sachen bereits gepackt, Chemnitz abgehakt, es würde nach Leipzig auf Jobsuche gehen. Sie hatte sogar Erspartes, das für ein paar Monate reichen würde. Ich wusste über meine Zukunft noch nichts Genaueres. Nachdem unser letzter Neuzugang Anne zurück nach Köln gezogen und Selma zu Stefan und Philipp gezogen war, weil das praktischer für ihren Arbeitsweg war, lebten wir wie in einer Sitcom. Es tauchten ständig neue Charaktere auf, ohne dass wir einen großen Einfluss darauf gehabt hätten, wer da jetzt mit uns zusammenlebt. Da Anne ewig keinen Nachmieter fand, nahmen wir irgendwann den erstbesten Typen auf. Ich habe seinen Namen vergessen, denn er war nur zwei Monate da und die meiste Zeit davon unterwegs. Nachdem er Meryam mit dem, was er unter Flirten verstand, bedrängt hatte, wollten wir ihn rauswerfen, aber glücklicherweise war das nicht nötig, denn er hatte irgendwelche Jungs gefunden, mit denen er eine neue WG gründen wollte. Davon erfuhren wir allerdings erst, als Bastian plötzlich im Unterhemd in der Küche stand und brutal auf ein riesiges Stück Fleisch, sein tägliches Mittagessen, mit einem Messer einstach. Proteine waren ihm wichtig, und wir konnten überhaupt nichts mehr fassen. Er hatte außerdem viele Meinungen zu unserem Lebensstil. Meryam sollte sich etwas mehr schminken, dann würde sie auch einen Freund finden, und ich sollte Sport machen. Wir hatten die Schnauze voll, und unsere Laune wurde nicht gerade verbessert durch unseren anderen neuen Mitbewohner Ben, der den gesamten Geist unserer liebevoll verschmuddelten Bude töten wollte, um eine »richtige Wohnung« aus unserem Zuhause zu machen. Die Geschichte von mindestens drei Generationen WG erklärte er einfach zu Müll: Sticker, alte Fotos von Leuten, die auch wir nicht mehr kannten, die uns aber ans Herz gewachsen waren, unverständlich beschriftete CDs, zum Beispiel »Gzshys (?) Party-Mix«, unvollständige Spiele (unser heiß geliebtes Chemnitz-Memory), verstaubte Bücher, geklaute Straßenschilder. Herrlich war auch der Moment, als eine mir fremde Frau nachts in meinem Zimmer stand, während ich telefonierte, und zwar mit der Ansage, ich solle doch mal leiser sein, sie müsse schlafen. Auf meine Frage »Äh, und du bist jetzt wer?« erklärte sie mir, dass Ben sein Zimmer einen Monat untervermietet habe und sie da jetzt halt wohne. Ich sagte »Okay« und meinte »Was zur Hölle?«. Nein, das war nicht mehr unsere Wohnung, sie war nun offen für alles und jeden, sie war annektiert von Typen, die einfach machten, was sie wollten. Wir wollten nicht mehr.

An diesem grauenhaften Morgen lehnte Meryam grimmig guckend an der Zenti-Uhr und knabberte an ihren Fingernägeln. Sie machte das also auch. Das war mir bisher noch gar nicht aufgefallen. Sie hatte immerhin nicht so rote Wunden wie ich. Außer uns beiden war noch niemand da, was »ja mal wieder klar« war. Und sie hatte auch schlechte Laune. Ich zog sie mit dieser Phrase auf, und sie musste lachen. Ihre Ernsthaftigkeitsschübe kann man immer ganz gut durch Spiegeln und Nachäffen aufheben. Sie trank Kaffee und ich einen Energydrink. Davon war ich mittlerweile süchtig, was nicht gut war, denn davon bekommt man ganz sicher Krebs. Ich wollte auf der Tour damit aufhören, aber diese eine Dose musste noch sein, weil es eben um acht war. Das Konzept »Um acht« schien Meryam auch etwas auszumachen, aber sie wollte mir nicht recht geben.

»Wir sollten früh starten, weil wir es ernst meinen«, hatte sie vor ein paar Wochen gesagt. Wir hielten es nur kurz für einen Scherz, weil wir Meryam kennen und sie nur Scherze macht, wenn sie sehr betrunken ist, und das war sie da eindeutig nicht. Vieles, was Meryam ist, will ich auch sein, zum Beispiel entschlossen. Nach Leipzig ziehen, früh aufstehen, Geld sparen. So was bekam sie hin. Aber auch sie knabberte dabei. Und vielleicht auch daran.

Ich hatte vor ein paar Wochen eine Liste mit allen Städten angelegt, in denen wir Leute kannten und wo eine Auftrittschance bestand. Wir hatten eine richtig große Tour vor. 15 Städte oder so. Völlig überambitioniert, wie immer. Aber dann erfanden wir alle möglichen Ausreden, wieso das nicht ging, dabei hatten wir vor allem Bammel und einigten uns erst mal auf vier Auftritte in drei Städten. Nach diesem Testlauf würden wir richtig durchstarten, so viel war klar. Durch frühere politische und amouröse Aktivitäten kannten wir vor allem Leute, die studierten. Viele von ihnen organisierten selbst Veranstaltungen oder kannten zumindest Leute, die es taten, und wir hatten auch schon ein paar Anfragen von Veranstaltungsorten und Menschen, die uns spielen lassen wollten. Fred hatte die Technik und ein Auto besorgt, das ich sicherlich problemlos fahren könnte. Behauptete Fred zumindest.

Fred und Jana tauchten kurz nach halb neun dann auch mal auf und verstanden das Problem natürlich nicht, denn es war nun mal Stau, Pendler, Leute, die zur Arbeit fahren müssen, Stress und überhaupt: »Um acht? Vielleicht wäre um zehn eine bessere Idee gewesen«, posaunte Fred lebensmüde raus, und ich schaute sie mit diesem »Achtung, sag jetzt bloß nichts mehr«-Blick an und legte den »Du kennst sie doch«-Blick direkt oben drauf. Jana war sowieso noch nicht wach und schob ihren Körper einfach nur durch die Gegend. Meryam hatte gestern Abend noch Muffins gebacken und mitgebracht. Wir stiegen schweigend ins Auto, ich setzte mich ans Lenkrad.

Diese Frauen haben mich zu Unvorstellbarem angetrieben, ich habe doch tatsächlich extra das Autofahren für sie gelernt. Das konnte ich jetzt ausspielen und bestimmte deshalb die Musik. »It's gonna take a lot to drag me awaaaaay from you«, plärrte ich der Autobahn entgegen. Danke, Energydrinks dieser Welt. Alle stimmten ein, alle lachten, endlich auch Meryam, und ich streichelte ihre Hand. »Gonna take some time to do the things we never had.« Nach einer halben Stunde Fahrt war die Rückbankbesatzung eingepennt, Meryam so langsam entspannt und der Lulatsch längst außer Sichtweite.

4

Als Erstes ging es zu Felix nach Marburg. Der hatte vor etwa elf Monaten, nach einer ordentlichen Liebes- und Lebenskrise, denn das gehört ja immer zusammen, Chemnitz überstürzt verlassen. Zumindest hatte er uns überstürzt Bescheid gesagt, gewusst hatte er es schon länger. Es gibt offenbar keine undramatischen Abschiede aus dieser Stadt. Schon wieder einer weniger. Wir haben seine letzte Nacht zu zehnt in seinem Zimmer verbracht und das Foto-Album, das wir Zurückgelassenen für ihn gebastelt haben, angeschaut. Tränen lachend wurde sich an das erinnert, was noch zu erinnern war: Da war der Tag, an dem wir in dem Garten hinterm Haus gegrillt haben und Ärger mit dem Hausmeister bekamen, weil wir aus Versehen einen Kronkorken im Gras haben liegen lassen. Da war der Abend in Bratislava, als wir uns stundenlang verliefen, weil Felix das Kommando und den Stadtplan an sich gerissen und »genau« gewusst hatte, wo es langgeht. Da war der Durchdruck des tschechischen Bußgeldbescheides wegen Rauchens im Bahnhof. Da waren ein paar seiner schrecklichen und lustigen Flyer, Sticker und Plakatentwürfe, die er für Demos, Vorträge und Konzerte gemacht hatte. Und da waren Partybilder, Schlafen-in-der-Uni-Bilder, Selfies und Pärchenbilder von Felix und Jana, die sich nach monatelangem Schweigen und Aus-dem-Weg-Gehen endlich wieder verstanden. Da waren all seine bescheuerten Grimassen und die ganzen Sprüche, die wir mit einem goldfarbenen Edding über und unter die Bilder geschrieben hatten.

Hinten im Album waren außerdem die obligatorischen leeren Seiten »für weitere Erinnerungen« übrig, weil in diesen Büchern immer zu viel Papier verschwendet wird, und von denen man weiß, dass man sie nie füllen wird. Ein paar von uns haben ein bisschen geweint. Eigentlich waren es nur die Frauen, den Männern wird so was ja leider zu oft und zu erfolgreich abtrainiert. Ich werde nie vergessen, wie ich aus Empathie mal anfing zu heulen, als Felix nach einer langen Reihe anderer von ihm erlebter Enttäuschungen einen Exmatrikulationsbescheid bekam und deshalb ziemlich fertig war. Er benahm sich daraufhin wie ein Roboter, der zum ersten Mal Tränen sieht und nicht versteht, wo dieses flüssige Etwas rauskommt und weshalb. Er war regelrecht sauer. Vielleicht lag es aber auch daran, dass die saisonale Exmatrikulation bereits ein traditioneller Bestandteil unseres Lebens war und ich mit meiner Reaktion den Ernst der Lage sichtbar machte. Meistens kamen die Rauswurfsdrohungen, weil wir die Rückmeldungsgebühr nicht bezahlen konnten. Ich hatte auch bereits drei erhalten. Zum Glück kommt von irgendwo noch immer eine Nachfrist her, wenn du denkst, es geht nicht mehr. Einmal hat mich Felix vor dem Ende meines Studiums bewahrt, indem er den Beitrag ohne mein Wissen bezahlt hat, weil ich schon gar nichts mehr mitbekam und nicht mal wusste, dass ich überhaupt noch Außenstände hatte. Sein pragmatisches Handeln schlug auf jeden Fall in der Wirkung oftmals mein hilfloses Geflenne. Das konnte man durchaus einsehen.

Wir saßen bis zum Morgengrauen in seinem leeren Zimmer auf dem Boden. Um uns herum waren Kerzen, Pizzakartons, die letzten Pfandflaschen und ein Wischmopp wie Statisten drapiert, und wir wollten nicht glauben, dass er wegziehen würde. Vor uns. Von uns. Aber er zog es wirklich durch, wollte nun endlich Pädagogik studieren, was er wohl »schon immer« vorgehabt hatte. Ach ja, interessant, schon immer also. Hätte er uns doch mal solche Dinge über sich erzählt. Vielleicht haben wir aber auch zu selten gefragt. Er zog jetzt einfach schön nach Marburg. Wo war das überhaupt?

Knapp vier Stunden Autofahrt von Chemnitz entfernt, so viel zumindest wussten wir jetzt. Mit unserem gurkigen Auto sollten es eher fünf werden. Deswegen konnte ich erst mal gemütlich die letzten beiden Alben von Sia pumpen. Die vorherigen sind natürlich auch super, aber nichts zum Autofahren. Dachte ich mir zumindest, ich hatte ja kaum Erfahrung damit. Bei »Chandelier« wachten alle auf. Jana fiel schlagartig die Fanta-Korn-Mische ein, die sie eingepackt hatte und die nun rumgereicht wurde wie ein Joint. Alle verzogen süßschnapsig ihre Gesichter, und ich war stolz auf meine Kleinen um mich herum. Passenderweise trug ich auch so einen Mom-Pferdeschwanz, als führte ich meine Mädels zu ihrem Abenteuercamp oder zum Fußball. »I'm gonna swing from the chandelier, from the chandeli-ier!«, grölte ich. »One, two, three, one, two, three, drink!« Nicht bedacht hatte ich, dass man als Fahrerin nicht trinken darf, und in diesem Moment gewannen die ganzen lebenslang gehörten Dorfgeschichten über verpasste Busse, Saufereien an Tankstellen und peinliche Elternabholmomente rückwirkend enorm an Identifikationspotenzial. »But I'm holding on for tonight.« Es ist im Grunde ein sehr melancholisches, trauriges Lied, und wir wurden dementsprechend nachdenklich. Wir hörten eine Stunde lang nur noch das. »Party girls don't get hurt.«

Wir trafen uns direkt an der Uni mit Felix. Das Wiedersehen war so herzlich, wie es nur ging, und schon wieder liefen Tränen. Diesmal auch bei ihm. Jackpot. Es lag sogar ein bisschen Schnee. Fred, Jana und Meryam schälten sich aus ihren hundert Jacken und Decken raus, es prasselten Dosen, Becher und Tüten von ihnen herab. »Räumen wir später auf«, log Jana. Fred und ich stürmten erst mal mit Felix im Schlepptau in das Hörsaalgebäude, weil wir Gebäude über alles lieben, vor allem Unis. In Chemnitz haben wir alles bestiegen, was zu besteigen war, waren in alten Hallen und Häusern unterwegs. Einmal landeten wir sogar in einer alten Zahnarztpraxis, wo es immer noch so gerochen hat. In einem Raum stand aus unerfindlichen Gründen in der Mitte eine Badewanne, und es waren Rosenblätter darin. Wahrscheinlich für ein Fotoshooting einer Emoband, bei dem die Fotos dann schwarz-weiß sind und nur die verdammten Blüten und die Lippen der Sängerin rot.

Felix zeigte uns alles: Mensa, Audimax, das Büro, in dem er manchmal abhängt, weil er AStA-Mitglied ist – hat er denn gar nichts dazugelernt? –, verrückte, kleine, cleane »Lernboxen«, die wie Käfige aussehen und sonstige »Chillecken«, wo man sich lieber nirgends hinsetzen will, weil da bestimmt auch viel gebumst wird. Alles war wunderschön und westlich-studentisch, es roch nach Lehre, Wissen, Engagement und Burschenschaften. Meryam und Jana tranken Kaffee in der Cafeteria und hatten schon neue Freunde gefunden, als wir sie endlich wiederfanden. Sie verabschiedeten sich gerade von einer Gruppe Studentinnen. »Wir haben so getan, als würden wir auch hier studieren. Ich studiere irgendwas Wissenschaftliches«, sagte Jana süffisant, als hätte sie den Auftrag, hier investigativ etwas herauszufinden. Das wollten wir ja alle ein bisschen, also etwas herausfinden, nur wussten wir nicht so genau, was eigentlich. Sie kippte sich ein bisschen Rum aus Meryams Flachmann in den Kaffee, nebenbei, als wäre das normal. Die beiden waren anscheinend schon seit Jahren auf Tour. Ihr Uniabschluss tat Meryam gut. Sie hatte nach der üblichen Abschlussarbeitskrise mit dem ganzen Unistress nichts mehr zu tun, und den Zukunftsstress ließ sie noch nicht an sich heran. Ihr hätte im Grunde nur noch so ein überdimensionaler Strohhut gefehlt und der Satz »Ich lass mich hier nicht stressen, ich bin im Urlaub«. Um Jana machte ich mir dagegen Sorgen. Sie hatte sich zuletzt kaum blicken lassen, und wenn wir sie sahen, lief das mit dem Alkohol ein bisschen zu gut. Außerdem schien sie das Wiedersehen mit Felix zu überfordern. Sie sprach kein Wort mit ihm und sah ihn kaum an, wenn er etwas sagte. Fred und ich nahmen uns vor, sie in einem ruhigen Moment darauf anzusprechen. Jetzt mussten wir aber erst mal weiter, aufbauen und Sound checken.

Als ich Felix vor vier Monaten fragte, ob er wüsste, wo wir in Marburg auftreten könnten, wusste er es sofort. Das Havanna 8 war cool, eine normale linke Kaschemme und ein Ort, über den uns verraten wurde, er werde wohl bald schließen. Das sagt man bei linken Lokalitäten eigentlich immer. Dann geht es immer noch eine Weile weiter, man geht nur nicht mehr hin, weil es nicht mehr so toll ist wie früher, da »komische Leute« verkehren, und irgendwann schließen die Sachen sang- und klanglos, während sich niemand mehr dafür interessiert. Hier aber war es wirklich ernst, und man interessierte sich noch dafür. Uns gefiel es dort auf Anhieb. Es schien, als würden hier nicht oft Konzerte stattfinden, und es musste viel rumgeräumt werden. Die Bands sollten direkt neben der Bar stehen, ich sah mich also als verlängerter Arm zwischen Alkohol und meinen Superbusen auf der Bühne. Auf der »Frauen*«-Toilette tobte ein Edding-Krieg. Die einen hatten was mit Feminismus geschrieben und dafür die gängigen Symbole und das Wort »Vulva« benutzt, andere hatten »transphob« daruntergeschrieben. Der restliche Platz war voll mit philosophischen Zitaten, Lebensweisheiten, einem Merkava-Sticker, einem Sticker, auf dem sich ein Tampon zwischen Zahnräder schiebt, darunter stand: »Patriarchat sabotieren«, es gab aber auch ein durchgestrichenes Venussymbol und Forderungen wie »Fuck your gender« und »Weg mit § 219a«. Eigentlich war das eine schöne Debattenkultur. Ich fragte Sebastian, der »im Kollektiv« aktiv war, was so auf der »Männer*«-Toilette stünde, und der sagte: »Och, nix Besonderes.«

Irgendein Hannes zeigte uns alles und sagte, dieser Ort sei sein »zweites Wohnzimmer«, und es lief mir kalt den Rücken runter. Leute, die von Orten als ihrem zweiten Wohnzimmer sprechen, sind seltsam, seltsamer sind nur jene, die ihre Kneipe oder ihr Café gleich offiziell »Wohnzimmer« nennen. Wer hat heutzutage in dieser verwirrten Generation überhaupt ein erstes Wohnzimmer? Aber ich wollte nicht schon am Anfang so verurteilend sein, was ist denn so schlimm daran, sich irgendwo wohlzufühlen? Jedem Hannes sein zweites Wohnzimmer, wir waren auf Tour, warum nicht mal offen sein? Immer an die neugierige Meryam und Jana denken, sie sollten uns fortan leiten. Aber ernsthaft … Wohnzimmer?

Jetzt musste dringend gegessen werden, und wir trabten zu Rewe, unserem zweiten Wohnzimmer auf Tour. In Marburg gab es zu unserer Überraschung Pfeffi. Wir hatten noch genug Zeit, uns auf dem Weg zu Felix' neuer Bleibe die Stadt anzusehen, genau wie von Meryam geplant. Marburg ist ein Polly Pocket als Stadt, allein weil es aus einer Ober- und einer Unterstadt besteht und alles am richtigen Ort zu sein scheint. Alles wirkt lieb und niedlich, wie die Kulisse einer cooleren Version von *Marienhof*. Alle Menschen kannten sich. Überall waren linke Poster, Flyer und Sticker zu sehen mit dem radikalsten Shit. Dazu die Fachwerkhäuser, die aussahen, als wären sie aus Pappe, die Lahn, Enten, Cafés, ein Schloss. Auch inhaltlich war Marburg eine Wundertüte. Alle sahen so aus, wie man sich Linke so vorstellt. Felix erzählte, anders als in Chemnitz gebe es hier nicht »die Linken«, die sich gegen Nazis engagierten, sondern unzählig viele Grüppchen, die sich in ihrem Linkssein ständig übertreffen und spalten müssen. Im Osten gibt es im Grunde nur das besserwisserische, akademische Theorie-Links oder das mackerige, niedrigschwelligere Praxis-Links. Man hält meistens trotzdem zusammen. In den westdeutschen Studentenstädten hingegen ist jede denkbare Form von Links drin, jede nischige Ausprägung, viele Identitäten und viele Fettnäpfchen. Es gibt nicht wenige, die sich schon gar nicht mehr als links bezeichnen wollen und ihre komplette Zeit damit verbringen, sich von Linken abzugrenzen und sie zu bekämpfen. Jedes Wort ist hier von starker Bedeutung. Mit unserem Scheiß brauchten wir wahrscheinlich gar nicht ankommen, was wir kannten, war quasi nur Grundausstattung, Einführungswerk, ABC, Linkssein für Dummies, das vorgefertigte Sub bei Subway. »So, so, ihr macht also was gegen Nazis [illegible] von dem entsprechenden Kapitel in der *Dialektik der Aufklä-*

rung zur Kulturindustrie und würdet ihr euch eigentlich eher als Queerfeministinnen oder Radikalfeministinnen einordnen und findet ihr das Label ›antideutsch‹ auch so regressiv und würdet eher ›Ideologiekritik‹ …«, äffte Felix seine neue Umgebung nach. Er übertrieb wahrscheinlich, wir waren trotzdem eingeschüchtert. Bisher wurden wir nur einmal auf einer Demo von anderen Linken besorgniserregend blöd angemacht, und das war wegen des Klassikers: einer Israelfahne. Wir hatten sie dabei, die anderen wollten streiten und sich boxen. Sie blieb, und glücklicherweise gab es außer bösen Blicken keine weiteren Ambitionen. Ansonsten wurde nur immer wieder der »Eventantifaschismus« in Dresden rund um den 13. Februar diskutiert, aber irgendwann verstummte das wieder, weil man froh war, dass überhaupt Leute kamen. In Marburg sind alle sehr viel progressiver unterwegs und machen Lesekreise und Plena. Wir hatten nie Lesekreise, wir haben nicht mal besonders viel gelesen. Unsere Plena waren einfach Treffen unter Freunden und Bekannten, bei denen etwas schlecht gefunden, etwas dagegen geplant und irgendwann lustige YouTube-Videos angemacht wurden. Wir waren nicht antiintellektuell, wir hatten nur immer anderes zu tun.

Die Feinde in diesen Studentenstädten sind keine zombieähnlichen Dynamo-Dresden-Fans, NPD-Mitglieder oder Skinhead-Nazis, sondern vor allem Burschenschaftler, die wie ihre eigenen Karikaturen aussehen und in verwunschenen Villen leben, sowie andere Linke. Ich hatte im Osten genau zweimal mit Burschenschaftlern zu tun. Beim ersten Mal war ich Teenagerin und ging mit meiner Freundin Sandra auf eine Party. Sie erzählte von einer coolen Villa in der Nähe der Dresdner Uni, ein neuer Bekannter hatte sie eingeladen, der sei da gerade eingezogen. Es gab Tequila-Shots für fünfzig Cent, es war eben die Zeit, in der man noch Tequila getrunken hat. Bis spätestens zwanzig hat ja jeder seinen »Tequila-Vorfall« gehabt und lässt dann die Finger davon. Eine Villa hatte ich noch nie von innen gesehen. Es kam mir komisch vor, dass überall diese Bilder von alten Männern hingen und die Typen fochten. Ich fand das alles sehr affig. Erst Jahre später wurde mir klar, wo wir da überhaupt gewesen waren. Das zweite Mal kam ich mit ihnen in Berührung, als Jana, Stefan, Selma und ich bei einer Veranstaltung der einzigen Chemnitzer Burschenschaft auftauchten, um Stunk zu machen. Die Typen reagierten so unbeholfen und erbärmlich, dass wir schnell begriffen, dass sie wahrscheinlich keine große Gefahr darstellten. Die gefährlicheren Leute hatten sich längst wichtigere Posten in Politik, Polizei oder an der Uni besorgt. Ein paarmal hörte man von Diebstahl der Biervorräte im Burschenschaftshaus, irgendwann hörte man nichts mehr von ihnen. Mittlerweile weiß man, dass es meist ein sehr schlechtes Zeichen ist, wenn man von rechten Gruppen in Chemnitz »nichts mehr hört«.

Das Beste am Leben auf Tour ist, dass man sich mal austoben kann, aber bestimmte Menschen so schnell nicht wiedersehen muss. Dachten wir. Aber Felix gestand uns, die wir nun in seiner Küche saßen und Kaffee süppelten, während die Nudeln kochten, dass Hannes sein Mitbewohner war und der gleich noch dazukäme. »Ha!«, plärrte Jana, denn da war ein neuer Beweis für ihre These, dass Hannes der Mitbewohnername schlechthin ist. Niemand hieße so, war sie sich sicher, nein, Hannese existierten nur in Relation zu anderen Menschen. Und es stimmt auch. Man weiß genau, wie Hannese so sind. Dieser war auch so. Er baute »erst mal einen« und erzählte dann von Liebesproblemen, von der Ökonomie der Sexualität und dass er neuerdings tindert, aber in Marburg sei »nicht dabei«, wobei er Frauen immer als

»Mädels« bezeichnete. Vermutlich war das das Problem. Wir signalisierten Felix, dass wir jetzt »leider mal müssen«, und er sagte zu Hannes: »Wir müssen jetzt leider mal, aber wir sehen uns ja später.« Hannes sollte heute Abend noch Theke machen.

Felix war ganz hibbelig, er hatte eine Überraschung angekündigt und die sollte jetzt präsentiert werden. Wir durften endlich in sein Zimmer. Das war noch immer schön vermüllt, Gott sei Dank, er war noch der Alte. Auf dem Boden wie schon damals in Chemnitz: dreckige Wäsche, Münzen und Pizzakartons. Wenn er früher pleite war, lud er zur »großen Schatzsuche« ein. Wir krochen dann auf dem Boden herum und versuchten Kleingeld zu finden. Auf alldem thronte sein Schlagzeug, um das er eine riesige rote Schleife gebunden hatte. Wir quetschten uns zu fünft in die wenigen Quadratmeter, und er verkündete: »Dies Schlagzeug soll das eurige nun sein.« Er wollte es uns für die Tour leihen, das wussten wir doch schon, was sollte das Trara?

»Ihr Ottos! Damit meine ich, dass ich es euch schenke!«

»Bist du bescheuert?«, entfuhr es Jana, der Situation wie gewohnt völlig angemessen. Eine Sekunde später bekam sie große Augen, und das war besonders erstaunlich, weil sie gerade einen Joint zwischen den Lippen trug.

»Leute, ich hab es in drei Jahren nicht einmal geschafft, das Ding zu benutzen, und ihr habt jetzt eine Band, und das ist einfach geil. Mein scheiß Vater hat es mir geschenkt, und ich hab eh keinen Bock, dass mich das die ganze Zeit an ihn erinnert. Macht keine große Sache daraus, ihr Heulomas.«

Jana knutschte schon das Becken, zum Ablehnen war es zu spät. »Angeleckt!« Wir lagen uns in den Armen. Ach, wie egal es einfach war, wo wir waren.

Superbusen war wieder eine von drei Bands und als die erste schon um 21 Uhr dran. Ich baute unter den erstaunten Blicken der Leute vor Ort unser Merch auf. Wir waren die Einzigen, die welches dabeihatten, und dann war es auch noch so seltsames Zeug. Da wir nicht besonders viel Ahnung von Ton und Technik hatten, wurde gemeinsam irgendwas rumreguliert, bis es eben nicht mehr fiepte und krächzte. Wir waren sehr froh, dass die anderen beiden Bands auch Anfänger waren.

Die Superbusen spielten einen neuen Song, unser Chemnitz-Anthem namens »Song der Anwohner«:

Kalte Blicke ohne Seele
Wie Gespenster geh'n sie um
Keiner kann sie sehen oder hören
So bringen sie Gelächter um

Wo Hoffnungen schwinden
Bewegungen zu Eis erstarren
Menschen grau und mutlos werden
Soll die Jugend doch zur Hölle fahren!

Instrumente brechen
Der Jubel, der wird angezählt
Eine Kneipe wird geschlossen
Das Ordnungsamt wird kurzgewählt

Hinter Gardinen wird gestarrt
Offene Briefe aufgesetzt
Zettel in den Flur gehängt
Die Mantren werden durchgewetzt

Höfliche Bitte
Wer hat wieder falsch gekehrt
Lärmprotokoll
Anwohner haben sich beschwert

Ruhe! (12x)

Etwas zu dramatisch vielleicht. Schade, dass der Song »Alkohol- und Glasflaschenverbot auf Drängen von Gewerbetreibenden« noch nicht fertig war. Als Zugabe gab es ein Cover von unserem Lieblingssong »Du trägst keine Liebe in dir«. Auch der coolste, progressivste, linkeste Typ im Laden machte an der entsprechenden Stelle »Wuhu«.

Jana, Fred und Meryam sind besser geworden, und die Fehler, die sie machten, liebten die Leute. Das sagen einem auch gerne Musiker, die schon ein paarmal auf der Bühne waren: »Die Leute lieben Fehler.« Es ist abgedroschen und total wahr. Im Gegensatz zu »Stellt euch die Leute einfach nackt vor« funktioniert es zur Beruhigung. Außerdem schaffte Fred erneut, alle Fehler mit Sprüchen zu kaschieren, und Meryam klimperte die selten aufkommende unangenehme Stille einfach weg. Es war richtig voll, bestimmt fünfzig Leute, und am Ende ging ich mit einem Hut herum. Von den anderen beiden Bands machte das keiner, also übernahm ich es für sie und übergab den überraschten, überglücklichen Jungs im Anschluss die Kohle. Wir saßen noch eine Weile mit ihnen und den übrig gebliebenen Gästen rum. Meryam fachsimpelte mit einem Christian über Gitarren und probierte das erste Mal Koks, was sie anmoderierte mit: »Ich nehme jetzt das erste Mal Koks!« Okay, es war der erste Abend und sie im Urlaub, warum nicht direkt ausrasten. Christian sagte, er mache gerade Detox, und erklärte in vielen Sätzen, dass er das mit den Drogen momentan lieber lasse, er habe es übertrieben und deswegen eben Detox. Er sagte ganz oft das Wort Detox und beschrieb, was alles so passiert war in den letzten Monaten und weshalb er jetzt also Detox machte. Währenddessen legte und zog er eine Line, und ihm schien kein Widerspruch aufzufallen. Fred legte spontan ein wenig Musik auf, und wir tanzten uns irgendwann so in Trance, bis ich bemerkte, dass Jana und Felix schon seit einer Weile knutschten. »Well, what's wrong with a little destruction?«, sang Alex Kapranos. Es vergingen Stunden oder die ganze Nacht.

Als wir durch die Oberstadt pirschten, rollten wir noch ein paar Flaschen hinab, als wären wir beim Bowling. Wunderbar und richtig dumm. Jana sagte, wie froh sie sei, dass wir sie zu dieser Bandnummer überredet hätten und dass es ihr lange nicht mehr so gut gegangen wäre. »Mir auch nicht«, sagte ich. Es schneite. Es stimmte. Meryam rollte die letzte Sektflasche, und sie landete genau vor einem Dönerladen.

Da Hannes bei einer Freundin übernachtete, konnten wir uns auf zwei Zimmer aufteilen und lagen gewohnt kreuz und quer irgendwo rum. Angeblich und zum Glück fängt Rückenärger ja erst mit fünfunddreißig an. Jana landete bei Felix im Bett, und wir mussten das Gespräch mit ihr schon wieder verschieben. Am nächsten Tag wurde Essen bestellt und alle Teile von *High School Musical* geguckt, was von Fred durch ständiges »So eine Scheiße« begleitet wurde. Wegschauen wollte sie trotzdem nicht. *We're all in this together.* Der Rest von uns konnte jeden Song auswendig.

Am Abend kam Hannes zurück und, angestachelt durch Felix' großzügiges Geschenk, gab uns sein Tambourin mit, damit ich auch was für die Bühne hätte, sollte ich mich mal trauen, sie zu betreten. Die anderen applaudierten. Wir fragten Felix, ob er uns nicht doch begleiten wolle, aber er musste dringend eine Hausarbeit fertig machen. Er schrieb jetzt also Hausarbeiten. Der feine Herr.

5

»And she's buying a SERWAY to heaven«, sang Jana jedes Mal, wenn wir den entsprechenden Schriftzug an den Raststätten erblickten. Es war ein Megagag, wir hatten humormäßig noch mehr runtergeschraubt, alle Schranken waren gefallen. Wir hielten auch fast bei jeder Gelegenheit, weil ständig jemand pullern, menstruieren, Kaffee trinken oder sich aufwärmen musste. Und weil das der Konsens in unserem ewigen Autoplenum war, war ich nicht genervt: Ständig halten, das war eine Sprache, die ich verstand. Vor allem gibt es an Raststätten Spielzeuggreifautomaten, Schmuckautomaten, Steineautomaten, Flummiautomaten, die immer gleichen Kuscheltiere und auch immer etwas Überraschendes, wie zum Beispiel einen Massagesessel oder einen zweiten Steineautomaten, weil der andere sicherlich immer sehr schnell leer ist, denn wer denkt sich nicht an einer Raststätte: »Ach, Steine, die kann ich jetzt wirklich gut gebrauchen.« Auch eine *BRAVO* kann man sich bei einer solchen Gelegenheit mal wieder besorgen. Mittlerweile geht es noch um YouTube-Stars oder Ariana Grande, abgedruckt wird nur noch, was diese Menschen bereits auf Insta bekannt gegeben haben. Die beiden »Nackschen«, wie wir sie ostdeutsch nannten, gibt es in dieser Form nicht mehr, aber dafür ein Gimmick, als wäre immer noch Anfang der 2000er: Handysticker. Leider fehlen die hundert Seiten Klingelton-Werbung, die SMS-Sprüche und die MMS-Codes. Und für Starschnitte ist die heutige Leserinnenschaft vermutlich zu unstetig. Jana fotografierte eine Handtasche, die aussah wie ein T-Shirt, inklusive Ärmel, die man für 59 Euro kaufen konnte, und sprach irgendwann ihren mittlerweile geflügelten Satz: »Ich hab alles für meine Insta-Story, wir können weiter.«

Ihre Fotografiererei nervte total, vor allem wenn sie uns beim Schlafen, beim Saufen oder beim gelangweilt Rumsitzen erwischte, aber immerhin versuchte sie uns irgendwie charmant zu promoten, vielleicht brachte ein Taschenbild am Ende Ruhm und Geld, wer konnte das schon wissen. Geld hatten wir immer noch keins, daher blieb es meist beim Kaffee und zwei bis drei Tafeln Ritter Sport, die ich an jeder Raststätte einsteckte, weil es zu einfach ist. Sie sind genauso groß wie ein Portemonnaie, also kann man sie gemeinsam in die Tasche packen, und es fällt nicht auf. Meryam sparte sich außerdem ab und an das Toilettengeld, indem sie unter dem Kindereingang durchkroch.

Auf der Autobahn bekamen wir mit, wie Felix immer wieder versuchte, Jana zu erreichen. Keine von uns traute sich, den Elefanten im Auto anzusprechen, vor allem weil Jana versuchte, es zu verbergen. Aber wir mussten nun mal all die Nachrichten-»Bings« hören, weil ihr Handy via Aux-Kabel an die Auto-Boxen angeschlossen war, und wir wollten lieber Musik hören ohne dieses passiv-aggressive Geklingel, das einerseits Stress und »Felix und Jana Nummer 287« versprach und uns gleichzeitig an unser plötzlich unendlich fern wirkendes altes Leben erinnerte. Wahrscheinlich hatte es heute Morgen noch Streit gegeben, bevor er in die Uni gegangen ist und wir aus der Stadt gefahren sind. Man darf wirklich nicht im Unklaren auseinandergehen, sonst ruft eine Person die ganze Zeit an oder will sich gar treffen, wegen der Versöhnung oder um das letzte Wort zu haben, wenn sie eben nicht das letzte Wort hatte. Felix und Jana waren jedoch nie Gesprächs-, sondern Schreibmenschen, was Teil ihres Problems war, also wurde wieder alles via Messenger ausdiskutiert. So was führt natürlich zu einem nicht enden wollenden Drama, weil man beim Schreiben einfach nie fertig ist, sondern einem immer noch eine Sache einfällt, die man in der letzten Nachricht vergessen hat oder plötzlich in die Worte des anderen reinliest, und dann geht alles wieder von vorn los. Das Auflegen oder der dramatische Abgang fehlt. Gesprächsmenschen macht dieses Verhalten wahnsinnig. Sobald es ICQ gab, war das Gespräch als Institution dem Tode geweiht. Noch schlimmer sind nur Chats über dritte Personen, wo man dann noch Screenshots weiterschickt, und dann wird jedes Wort bis zur Unkenntlichkeit auseinandergenommen, weil man das Nachfragen verlernt hat. Fred, Meryam und ich waren immer am Reden, über alles, was uns im Kopf rumschwirrte. Nur Jana saß oft daneben und sagte nichts. Sie kam auch mit Problemen nicht zu uns. Nur wenn man allein mit ihr war, konnte man Glück haben.

Jana und Felix Nummer 287 also. Diese offenen Geschichten, diese ungeklärten, unbeendeten haben auch was für sich, immerhin sind sie noch nicht vorbei. Das ist oft aber auch das Einzige, worum es geht. Man kann ewig verliebt bleiben, wenn es kein Schlussmachszenario gibt und keinen Tusch, wenn es sich immer wieder aus- und einfadet. Wenn man nicht in einer jahrelangen Beziehung »alles versucht hat«. Es kann aber auch sehr schmerzhaft sein, der Liebeskummer kann ewig dauern, weil man um alles trauert, was vielleicht hätte sein können, um jeden Traum, jede Fantasie, und für immer besteht ein bisschen Hoffnung und Sehnsucht nach etwas, was man nicht bis zum Ende durchgespielt hat. Fortwährender Wahnsinn des Verknalltseins mit all seinen körperlichen Schrecken. Also kommt man zu solchen Geschichten zurück, weil da mal etwas war und ab und an wieder ist oder sein könnte und man glauben möchte, dass es nicht bei diesen kurzen Episoden des Zusammenpralls bleibt. Aber manchmal bleibt es dabei und ist auch besser so, und manchmal muss man sich eingestehen, dass man nur Bock auf Sex hat mit einer Person, mit der Sex sich zur Abwechslung mal gut angefühlt hat. Manchmal ist aber auch einfach »zu viel vorgefallen«.

Jana und Felix versuchten es immer wieder mit Veränderung und »jetzt aber wirklich nur noch Freunde«, aber das endete immer wieder im Streit, weil doch ein bisschen mehr da war, aber für einen von beiden immer zu viel oder zu wenig. So hatte ich mir zumindest meine weise Analyse zurechtgelegt, falls Jana darüber reden wollte. Wahrscheinlich war aber sowieso alles ganz anders. »Wenn wir da sind, ruf ich ihn an«, versprach sie, und dann waren wir auch schon da. Sie rief trotzdem nicht an.

Vom Autofahren selbst hatte ich langsam die Schnauze voll. Es ist einfach zu sehr Gesellschaft, nur noch komprimierter. Patriarchat wird sehr deutlich auf deutschen Straßen. Autos sind die Männer, Fahrräder die Frauen und Fußgänger die mehrfach Diskriminierten. Man kann bei der aggressiven Autoideologie nur mitmachen oder man ist eben eine Lusche, eine Frau und sowieso Opfer. Wir wollten einfach nur von A nach B und dabei Musik hören, die wollten uns abdrängen, uns überholen, Raum einnehmen, stressen, sich darstellen. Wir parkten das verdammte Auto endlich in Köln, denn das war unser nächstes Ziel, und ich dachte, damit wäre das Thema abgehakt, aber nein: Während wir auf der Suche nach etwas Essbarem in der Innenstadt waren, hupten uns ein paar Typen in Muskelshirts mit ihrem motorisierten Pimmel an, um zu zeigen, wie geil sie bremsen konnten, um dann mit dem Losfahren natürlich nicht zu warten, bis die Ampel grün wurde. Wir köpften ein paar Bratwürste.

An der Haltestelle am Dom rief eine Frau nach uns. »Entschuldigung!« Oh Gott, jetzt würde rauskommen, dass wir unvorbereitete Touris waren. Dass wir nicht dazugehörten. »Entschuldigung!« Mir wurde schwindelig, wir würden sterben, sie würden uns zwangsverkleiden, uns lustige Hüte zuwerfen oder gar Nasen. »Ich sag einfach, ich geh als Adele«, dachte ich. Mit der werden dicke Frauen ja immer verglichen. »Entschuldigung! Sie stehen da gerade in Kotze.« Verdammt. Es war der 11.11. Vielleicht doch lieber zurück ins Auto.

Normale Leute, so hatte es uns unsere einzige Kölner Connection Anne berichtet, verlassen am 11.11. die Stadt, fahren ins entspanntere Berlin oder verbarrikadieren sich, sind vorbereitet wie Prepper auf den Tag X. Wie konnten wir so naiv sein? Alle Klischees stimmten. Wir ließen die U-Bahn U-Bahn sein und spazierten orientierungslos durch die Stadt. Ganz orientierungslos war es doch nicht, die Mission lautete: besoffenen Männergruppen ausweichen. Gleichzeitig waren wir neugierig. Jede von uns hoffte, glaube ich, dass die anderen sagen würden, lasst uns von hier verschwinden, aber keine tat dergleichen. Wir sahen Menschen in Hasenkostümen. Menschen in Panzerknackerkostümen. Menschen in Fußballer- oder Tänzerinnenkostümen, rassistisch dunkel angemalt. Männer in »Frauenkleidern«, die sich gegenseitig betatschten, weil sie wohl denken, das gehöre zum Frausein dazu und das sei nicht etwa schockierend, sondern im Gegenteil amüsant. Frauen, die abgeknutscht wurden, weil es ja Karneval war und alle das an Karneval mögen müssen. Grölen, Müll, Chaos. Um komplett anti zu sein, waren wir aber viel zu überrascht und irgendwann sogar fasziniert. So was hatten wir wirklich noch nie gesehen. Der fundamentale Unterschied zwischen Ossi-Fasching und Wessi-Karneval scheint zu sein, dass den Kindern im Westen einfach so maßlos die vielfältigen Süßigkeiten zugeworfen werden, während wir drüben bescheiden und beschämt bei Leuten und Läden darum betteln mussten und dann nur abgelaufene Werbebonbons und einmal tatsächlich Brillenputztücher bekamen. Na, schönen Dank auch.

Wir beschlossen, uns ein paar ironische Accessoires für unseren Auftritt zu besorgen, also enterten wir einen Kostümladen. Es war Krieg. Man musste warten, bis ein Security einen reinließ, weil es zu voll war. Drinnen lief gerade der Superhit »Dicke Titten, Kartoffelsalat«. Kurz überlegten wir, es am Abend zu covern, waren aber nicht mutig genug. Dass die Sache mit der Ironie an Karneval einen Haken hat, weil man ja trotzdem mitmacht, ging uns erst später auf.

Nach »als dicker Mensch zum Arzt gehen« oder »als dicker Mensch angeflirtet werden« ist »als dicker Mensch shoppen gehen« eine dieser Sachen, bei denen man die Welt brennen sehen will. Beim ersten Fall wird man ständig ermahnt, selbst wenn es um einen Armbruch oder um Zahnschmerzen geht, beim zweiten wird man zwischen Abwertung und Überhöhung fetischisiert und beim letztem normal gedemütigt. Man bekommt nur was mit furchtbar großen Prints oder Klamotten, die aussehen, als wäre da zusätzlich etwas eingenäht worden. Auf jeden Fall schreit alles nach Zelt und »verhülle und verstecke dich, du Schandfleck«. Dabei wäre es eigentlich ganz einfach: Man müsste keine Übergrößenelefantenzirkusmode herstellen, sondern einfach normale Menschenmode, nur eben größer. Ich dachte, Karneval könnte der beste Anlass sein, um dieses Trauma zu durchbrechen, weil eh alles albern aussah. Klamotten in meiner Größe gab es trotzdem nicht. Sie waren auch viel zu teuer, obwohl sie sich anfühlten, als wären sie aus Papier hergestellt. Wir entschieden uns zum Glück geschlossen für überdimensionale Hüte, bunte Lippenstifte, aufklebbare Tattoos und die obligatorischen bunten Perücken.

Dann betrat ein älterer Mann den Laden. Er blieb an der Kasse stehen, während wir gerade bezahlten und fragte die Verkäuferin unverhohlen: »Soll isch Ihnen mal 'nen Witz erzählen?« – »Grundgütiger, bitte sag Nein«, dachte ich noch. Die Verkäuferin sagte Ja. »Geht 'ne Frau zum Psychologen und sagt ›Ich mache mir Sorgen um meinen Mann. Er isst jeden Tag eine Tasse. Aber ohne Henkel. Er lässt jeden Tag den verdammten Henkel übrig.‹ – ›Ach du meine Güte, das ist ja krank!‹, sagt der Psychologe. ›Der Henkel ist doch dat Beste!‹« Alle lachten, wir leider auch. Der Mann fragte uns, wo wir herkommen. »Sachsen«, antwortete Fred, fast flüsternd, fast beschämt. »Na, dann herzlisch willkommen in Kölle!« So kriegten sie uns.

Köln ist der Gegenentwurf zu Sachsen, das »Herzlisch willkommen« die Antithese zum sächsischen Geningele, zum Terror des »Tzhorrr«. Das ist das Geräusch, das Sachsen bei jeder sich bietenden Gelegenheit machen. Wenn jemand im Weg rumsteht, wenn sich etwas verspätet, wenn jemand Fremdes sich nicht so verhält, wie Sachsen es sich wünschen (am besten sollen sich Fremde natürlich gar nicht verhalten). Anne rief an, sie wollte uns gleich in der Stadt treffen, würde sich aber verspäten, denn sie musste laufen, »weil hier keine Bahn mehr fährt, tzhorrr«. Wie kleinkariert von ihr. Wir waren schon superjeck.

Anne hatte viel zu erzählen. Sie lebte mittlerweile in Kalk, auf der angeblich falschen Rheinseite, was auch immer das hieß, in einer Straße, wo mal jemand erschossen wurde, und angeblich lebte auch die Mafia in ihrem Haus. Außerdem würde man dort, noch schlimmer, Tom Gerhardt ständig begegnen. Klang nach einem verruchten Stadtteil. »Es heißt hier Veedel«, berichtigte sie. Anne war so richtig hart verkleidet, mit bunten Haaren, Kleid, Schminke und Klimbim, man konnte nur erahnen, als was sie »geht«, sie schien einmal komplett Karneval darstellen zu wollen. Vielleicht wollte sie die Jahre, die sie durch ihre Zeit in Chemnitz verloren hatte, überkompensieren. Wir konnten uns zumindest nicht erinnern, dass sie irgendwann mal von Karneval erzählt hatte, als sie noch mit uns zusammenlebte. Anne erzählte, dass im Grunde ständig Karneval in Köln ist. »Sie finden immer einen Anlass, um noch einen Tag im Jahr mehr Karneval in Köln zu machen.« »Jeck im Sunnesching«, also der Sommerkarneval, wurde zum Beispiel erfunden, weil die Pausen zwischen dem 11.11., dem richtigen Karneval, Brings-Konzerten, Junggesellenabschieden, FC-Spielen und sonstigen Verkleidungsanlässen den Kölnern einfach zu lang waren. Vielleicht sollte man die Stadt gleich in Karneval umbenennen, das wäre zutreffender. »Auf nach Karneval«, hieße es dann, und die karnevalfreien Tage hießen Köln. Man könnte dann Ausflüge zum jährlich ein paar Tage stattfindenden »Köln« machen. Aber es war nicht so schlimm, wie wir zuvor gedacht hatten. Jedes ostdeutsche Fußballspiel versammelt hundertmal mehr gruselige Menschen auf den Straßen.

Superbusen traten erst am nächsten Tag auf, im BC 24, also war Freizeit angesagt. Annes Freunde hatten Pilze dabei, und Jana und Meryam waren dabei, dat war prima. Fred war schon die ganze Zeit brav, was Drogen anging, und ich hatte eh Angst davor. Wir liefen Richtung Zülpicher Straße, einer Straße voller Kneipen. Die Pilzmenschen schlugen immer wieder vor: »Lasst in eine Shisha-Bar gehen!«

Wir anderen schlugen vor: »Lasst das mal nicht machen!« Aber sie wollten es unbedingt. Irgendwann standen wir vor einer Shisha-Bar, und das Pilzteam fand plötzlich auch, dass es eine schlechte Idee war. Wir liefen weiter, bis wieder jemandem einfiel, dass man in eine Shisha-Bar gehen sollte. So ging das die ganze Straße lang.

Fred und mir reichte es, und wir beschlossen, uns für eine Stunde zu verkrümeln, um was anderes zu tun. Wir lernten eine Gruppe netter Menschen kennen, die einen riesigen Ballon mit sich trugen und Menschen fragten, ob sie ihn berühren möchten. Wenn man reinen Herzens sei, würde er leuchten. Da hätten wir auch bei den Pilzköppen bleiben können. Aber der Ballon leuchtete nun unaufhörlich, während wir ihn antatschten, also waren wir jetzt wohl mit ihm zusammen. Auf der Venloer Straße kauften unsere neuen Freunde vor einer Bar Koks, weil sich das anbot, weil es günstig war. Günstiges Koks war für uns Ossis ein Wunder. Die Ballonmenschen schenkten uns ein bisschen was davon. Der Ballonmensch Tim wurde gefragt, ob er »eine Schwuchtel« sei, und nachdem wir uns lieber schnell vom Acker gemacht hatten, bemerkten wir auch noch, dass es kein Koks, sondern sehr schlechtes

Speed war. Wir verzichteten dann doch lieber, das kannten wir ja schon.

Kurz danach trafen wir wieder auf die anderen. Sie zu finden war nicht schwer, denn sie waren noch genau da, wo wir sie vorhin verlassen hatten, und diskutierten immer noch über das Für und Wider eines Shisha-Bar-Besuchs. Schließlich schoben wir sie in einen kleinen Club, in dem R'n'B lief, was uns alle freute. Aber nicht lange, denn wir wurden sehr bald umzingelt von Männern. Es war mittlerweile nach zwei Uhr, die Belästigungsstunde hatte geschlagen. Es ist die Stunde, wo fertige Typen noch mal alles angraben, was sie als weiblich erkennen. Am liebsten machen sie schwache und sehr betrunkene Frauen an. Antanzmänner machen alles kaputt. Sie nehmen einem den Raum und den Spaß. Sie zwingen einen, sich auf sie zu konzentrieren, weil man ihren Übergriffen permanent ausweichen muss. Ich musste auf Toilette, und ein Typ folgte mir. Ein Security sah das und schrie: »Hey, Leute, vergesst es.« Er dachte ernsthaft, wir beide wollten Sex hier haben, auf der scheißekligen Toilette. Er hörte mir gar nicht zu, als ich erklärte, dass ich verfolgt wurde, und schmiss den Typen und mich raus. Ich schnappte mir Fred, Anne und Meryam, die anderen konnten wir nicht finden, und wir bahnten uns den Weg schubsend durch weitere Typen nach draußen. Draußen stand Jana, die gerade einen Typen anschrie, der sie als »hässliche Schlampe« beschimpfte, bevor er wutschnaubend abdampfte. Jana erzählte uns völlig aufgebracht, dass er eine Frau beim Rauchen erst vollgelabert, dann gegen die Wand gedrückt und versucht hatte, sie zu küssen. Jana kam gerade noch rechtzeitig dazu, sie wollte auch rauchen. Sie hatte den Typen weggezerrt und tatsächlich zu Boden geschubst, weil er sie schlagen wollte. Dann sind ein paar Leute dazwischengegangen, die Schlimmeres verhinderten. Jana zitterte mittlerweile und hatte Tränen in den Augen. Irgendein Typ kam dann noch an und klopfte ihr auf die Schulter, das hätte sie »gut gemacht, richtig cool«. Aber sie winkte nur ab und schrie jetzt ihn an: »Das macht keinen Spaß, Alter. Es sollte überhaupt nicht nötig sein, sich gegen so einen zu wehren!« Die andere Frau machte sich Vorwürfe, sie sei anfangs zu nett zu ihm gewesen, sie hätte nicht so viel trinken sollen, überhaupt, sie trinke in letzter Zeit zu viel und … Wir stoppten sie. »Vergiss es«, mahnte Fred. »Vergiss das sofort. Du bist nicht schuld an dem, was dir gerade passiert ist.« Wir riefen ihr ein Taxi und rannten dann selbst zur Bahn, die uns in Annes WG bringen sollte. Fred musste kotzen. Also stiegen wir wieder aus und besorgten Wasser und Falafel. Wir beschlossen, ein Stück zu laufen. Unterwegs sprach uns ein Typ an, ob wir etwas Tabak für ihn hätten. Hatten wir. »Keine Sorge, ich bagger euch nicht an, ich will wirklich nur eine rauchen«, sagte er, und wir lachten. Er war gar nicht verkleidet. »Ich komme gerade von einer Beerdigung. Mögt ihr Weißwein?« Er zauberte tatsächlich eine geschlossene Flasche aus seiner Tasche und wie Glühbirnen geformte Becher, die auch noch leuchteten. Irgendwas mit Karneval muss wohl immer sein, selbst auf einer Beerdigung. Wir sagten Ja, weil jetzt auch schon alles egal war. Es war nett und rettete uns den Abend.

Der nächste Morgen war einer dieser Morgen, an denen man erst mal lange zusammenpuzzeln muss, was alles passiert ist, wo wer wann war, wie man überhaupt dahingekommen ist, welche neuen Namen man gelernt hat und wann man lieber hätte nach Hause oder woandershin gehen sollen. Dann wird abgewogen, über welche Sachen man in ein paar Jahren sehr lachen wird, über einige kann man es gleich und über andere nie.

Eigentlich wäre ein guter Zeitpunkt zum Abreisen gewesen, aber da stand ja noch diese klitzekleine Sache namens Konzert an. Davor fand ein Vortrag statt, es ging um Maskulisten im Internet. Ganz schön harter Tobak, und Fred, Jana und Meryam wurden unsicher, ob ihr Auftritt so gut dazu passen würde. Ich ermutigte sie, dass die Leute sicher froh über eine Auflockerung seien. Und so war es auch. Die drei erzählten auf der Bühne alles, was am Abend vorher passiert war, teilweise mit verstellten Stimmen. Es war eine gute Bewältigungsstrategie. Wenn man etwas nicht erträgt, tut es gut, dass einem Menschen das Gefühl geben, dass man nicht übertreibt, sondern richtig empfindet. Die Technik war fürn Arsch und versagte irgendwann ganz, aber das passierte glücklicherweise erst beim letzten Song. Die Leute fragten immer wieder, wie die Band heißt und wo man mehr von ihr sehen könnte. »Instagram«, sagte ich scherzhaft, aber es wurden tatsächlich schon die Handys gezückt. Danach gab es noch eine queere Party. Irgendwann, es war schon wieder nach 3 Uhr, erwischten wir uns sogar bei so was Ähnlichem wie Schunkeln. Mit Menschen, deren Nähe wir schätzten.

Am nächsten Morgen wurden Jana und ich von Meryams und Freds lauten Stimmen geweckt. Wie

Kinder, die sich vor den Streitereien ihrer Eltern fürchten, versuchten wir rauszuhören, worum es ging. Uns fiel auch kein Anlass ein, wir waren erschreckend harmonisch die letzten Tage miteinander umgegangen. »Du kannst es ihnen echt sagen«, hörten wir Meryam irgendwann. Es war ganz klar, sie würden sich scheiden lassen. Fred machte die Tür auf, um zu schauen, ob wir wach waren. Wir taten so, als ob wir gerade erst wach wurden. »Hey, Leute, kommt mal in die Küche«, sagte sie jetzt so, als wollte sie gar nicht, dass wir in die Küche kommen. Wir kamen in die Küche.

»Ich bin schwanger.« Das haute sie einfach so raus. Boom, da waren sie, die drei Horrorworte, vor denen sich fast jede Frau, die mit Männern Sex hat, irgendwann in ihrem Leben gruselt. Das Thema Kinder war für uns schon seit Längerem keines mehr gewesen. Das war immer etwas für ein ominöses Später. Jetzt war wohl später.

»Wir haben vorgestern schon einen Test gemacht, und es tut mir leid, dass ich euch nichts gesagt habe«, sagte Fred jetzt noch wie auswendig gelernt und guckte dabei Meryam vorwurfsvoll an, weil die Fred zur Wahrheit gedrängt hatte. Sie hielten dann aber Händchen, also war es wohl okay. »Willst du es denn behalten?«, fragte Jana vorsichtig die Frage, die man an der Stelle fragen konnte. »Ich weiß nicht, ich glaube schon. Eigentlich wollte ich immer früh Mutter werden.« Da ich nichts zu sagen wusste, aber Angst hatte, die anderen deuteten mein Schweigen aufgrund meiner eigenen Geschichte als Statement gegen das Kind, verlegte ich mich aufs Praktische. Wir brauchten erst mal eine Frauenärztin, also kontaktierte ich Anne. Sie kannte eine gute vor Ort. Ich rief sie an, und sie sagte am Telefon, Fred könne sofort vorbeikommen. Wir sagten ihr auf dem Weg zur Praxis etwa tausend Mal, dass wir sie bei jeder Entscheidung unterstützen würden, und Fred sagte: »Ihr seid die Besten.« Jana und ich warteten draußen. Nach einer halben Stunde kamen Meryam und Fred wieder raus, und Fred wusste jetzt, dass sie echt so richtig krass schwanger war. »Irgendwie freue ich mich, glaube ich …«, sagte sie. Gut, dann freuten wir uns eben erst mal, rauchten eine und machten ein paar Witze über mögliche Namen. Jana fragte, ob es der Eichel-Typ gewesen sei. Er war es nicht. Den Rest würde Fred uns schon noch erzählen. Eins nach dem anderen.

6

Liste von ekligen Gefühlen:

- Wenn man aus Versehen die Haare von anderen Menschen in der Bahn mit der Hand berührt, während man sich an einer Stange festhält
- Wenn man beim Pogen mit einem Typen in Muskelshirt oder mit komplett freiem Oberkörper in Körperkontakt kommt, weil man ihn zu spät sieht, und seinen Schweiß auf sich übergehen spürt
- Der nasse Po im Schwimmbad auf der Toilettenbrille
- Der Moment, wenn man auf der Zugtoilette spürt, dass das Klopapier, welches man sorgfältig auf der Brille ausgelegt hatte, verrutscht ist
- Koriander im Essen (die einen sagen so, die anderen haben unrecht)
- Über Teppiche streichen

- Das Ertasten des fiesen Kinnhaares, das man erst vorgestern rausgeruppt hatte
- Morgens aufstehen und das Menstruationsblut rinnt das Bein herab

Wir sammelten, um uns abzulenken. Jana menstruierte, Meryam hatte PMS, ich hatte Mittelschmerz, und Fred hatte Schwangerschaft. Super, alles dabei. Der Zyklus ist immer in Aktion, und wir versuchten natürlich drüberzustehen. Schafften wir nicht. Die Tablettenpackungen hatten bald den ganzen Autoboden bedeckt, es sah schon fast nach richtig kaputtem Punk aus, nur mit Wärmflaschen. Dazu kamen Janas schlechte Laune, Freds Sorgen und Meryams nervender Optimismus. Das durfte doch nicht wahr sein. Es ist das verdammte 21. Jahrhundert! Warum muss man sich als Weib noch immer im Bett oder im Auto kringeln, während es einem überall zieht und der übelste Schnodder untenrum ausläuft? Manche Leute sagen dann auch noch Sachen wie: »Hey, Sport soll helfen bei Menstruationsschmerzen, EINIGE ERZIELEN DIE HÖCHSTE SPORTLICHE LEISTUNG WÄHREND IHRER TAGE«, und man denkt nur: »Sag mal, geht's noch? Fickt euch alle, ich will hier in Ruhe sterben, während ich ausblute!« Und wiederum andere finden: »Hach, voll schön und natürlich, die weibliche Natur ist ein Wunder, es ist wie ein Ozean, alles ist im Fluss, es hat magische Kräfte«, während der Bauch sich zusammenzieht wie die Faust des Teufels und ein inneres Massaker veranstaltet. Und dann kommt wieder irgendjemand: »Komm, trink schön einen Kräutertee und mach dir ein warmes Kissen, wie wäre es mit Kerzenschein, einem guten Buch und einem zärtlichen Bad?« Und die Gewaltfantasien intensivieren sich, bis man irgendwann das Blutmonster einfach auspresst. Das läuft dann zu all den Tippgebern und frisst sie auf, bis es schließlich selbst Bauchschmerzen hat, weil es zu viel gegessen hat.

Zugegebenermaßen war es nicht die schlauste Route, die ich mir da überlegt hatte. Einmal ganz in den Westen und dann wieder rüber nach Berlin, was ja rein geografisch gesehen auch Osten ist. Aber dort wollten wir direkt drei Tage verbringen, wir hatten einiges geplant. Wir brauchten natürlich ewig und schrien das Navi an. Man personalisiert die Dinger irgendwann, obwohl ich das früher als Nichtautofahrerin so seltsam fand, wenn Menschen das getan haben. Sie sagen dann: »Wo schickt der mich denn hin?«, »Die hat gesagt, wir müssen da lang« und so. Einmal hat ein Mitfahrgelegenheitstyp in meinem Beisein gesagt, er stelle das jetzt aus, weil das Navi eine weibliche Stimme habe und er höre nicht auf Frauen. Wir kamen erst um 1 Uhr morgens in Berlin an. Maxi war zum Glück noch wach.

Endlich wieder Maxi, ich hatte sie schrecklich vermisst. Zu meiner Überraschung sie mich auch. Sie arbeitete mittlerweile im Bundestag, und das machte ihr meist Freude. Gemeinsam mit ihrer Freundin Amanda bewohnte sie eine 3-Raum-Wohnung in Friedrichshain. »Was kennst du denn für Leute?«, fragten die anderen. Amanda macht was mit IT, da verdient man eben Kohle. Die beiden sind ein Traumpaar, ein richtiges Pärchen. So was hatten wir alle irgendwie nie hinbekommen oder wollten es nicht. Ich finde Pärchen richtig super, auch wenn ich weiß, dass sich das nicht so richtig schickt. Aber wir sollten Pärchen weniger verlachen. Es ist wie die Verachtung von Coldplay, es ist Quatsch. Pärchen sind wichtig. Sie haben sich nun mal lieb, sie sind ein Team, sie sind verschworen und ineinandergeknubbelt. Ihre Beine liegen in der Bahn übereinander, sie geben sich gegenseitig Kissen auf dem Sofa, sie haben eine DVD-Sammlung, sie machen immer gleich mehrere Tees, sie haben eine Seite im Bett. Es ist richtig. Sie holen sich gegenseitig ab. Sie sagen sich Bescheid. Sie müssen nicht immer unbedingt »was erleben«, manchmal sitzen sie einfach nebeneinander und smartphonen sich einen ab. Ihre Liebe ist strukturiert, und für uns verwirrten Leute, die ihre Liebe entweder überall hinejakulieren, so colamenthosmäßig, oder sie dauerschwanger zurückhalten, haben sie halb Bewunderung, halb Mitleid übrig und wir für sie auch. Wir können das alles ja immer gerade nicht, aber sie schon. Sie machen es einfach. Pärchen gehen oft früher nach Hause, aber sie gehen dann eben auch ans Telefon, wenn »etwas ist« und sagen: »Komm doch zu uns.« Pärchen haben Wohnungen, wohin sie einen einladen und es einem so richtig nett machen. Sie freuen sich ehrlich, wenn man kommt, und haben ein schlechtes Gewissen, wenn sie einem »nichts Aufregendes« bieten können, dabei wissen sie gar nicht, wie schön es ist, an ihrem Leben teilhaben zu dürfen und runterzukommen. Für sie ist man immer die Göre, die gerade erst den Punk entdeckt hat und am Wochenende vom College kommt und verrückte Sachen zu erzählen hat. »Hoffentlich schützt du dich, Kind.« – »Nein, auf keinen Fall.« Manchmal steht man zwischen Pärchen wirklich wie ein Kind. Bei einem Streit, aber auch bei Geschenktipps für den jeweils anderen. Man wird gebraucht für den Ausbruch, für den Rat und für die Außenperspektive. Pärchen sind der Urlaub, die Insel, die Ankunft, die Umarmung. Sie hören zu und sagen dann: »Also bei uns – Schatz, wenn ich das mal so sagen darf, hör mal kurz weg – … ist es so und so.« Dann geben sie sich ein Bussi, weil der andere versteht. Sie sind einfach lieb, es sei denn, sie sind scheiße und machen sich gegenseitig kaputt oder laden zum Spieleabend ein. Aber sonst sind sie wirklich hilfreich. Sie haben immer genug Decken da.

Maxi und Amanda wollten alles wissen über unsere letzten Tage, über Chemnitz, über Fred, Jana und Meryam, die sie ja noch gar nicht kannten. Also erzählten wir alles. »Und ich bin übrigens schwanger!«, beendete Fred dann den Schnelldurchlauf. »Glückwunsch?« Amanda war lieber vorsichtig. »Ich glaube schon«, grinste Fred, und dann wussten wir Bescheid. Wir stießen mit Schokocappuccino an, der allen zu süß, aber für mich genau richtig war. Maxi kannte mich eben gut.

Am nächsten Morgen war ich überraschenderweise als Erste wach. Ich konnte nicht mehr schlafen, also war Zeit für ausgedehnte Körperhygiene. Ich duschte kochend heiß, wie ich es immer tue. So, dass meine Haut rot, der ganze Raum voller Dampf ist und das Wasser von den Fliesen tropft. Ich weiß, es ist ungesund, aber ich kann nicht anders. Einmal habe ich es auf diese Weise geschafft, dass der Feueralarm im Wohnheim anging. Wie einfach war es doch, als die Körperhygiene nur aus Haarezusammenbinden und »Pink Vanilla«- oder »Fruit Passion«-Irgendwasdeo bestand. Was haben wir uns in der Pubertät eingedieselt. Der Geruch hat sich dann auf ekelhafteste Weise mit Teenieschweiß verbunden, und das war noch schlimmer, als einfach nur normal zu stinken. Dann fing der ganze Rasurmist an. In den späten Zwanzigern wachsen dann überall Haare. Am Kinn sind es mittlerweile drei, an der Wange eines und an den Titten vier. Einen kleinen Bart habe ich auch schon. Aber auch nach der Dreiviertelstunde im Bad waren die anderen noch nicht aufgestanden, ich hatte mit heftigem Protest gerechnet. Bald würde das Morgenkacken losgehen.

Also ging ich erst mal in Amandas »Spielzimmer«. Es war wirklich ein Zimmer voller Spiele und Konsolen. Maxi saß darin und zockte eines dieser Spiele, bei denen man sich mit anderen über ein Headset anschreien muss. Ich hasse Spiele, weil ich sie mit cholerischen Männern assoziiere. Alle Männer, die ich kenne, und sind sie noch so sanftmütig, fangen beim Zocken und Fußballgucken an zu brüllen, und haben mir beides auf diese Weise versaut. Maxi nahm das Ding von ihren Ohren und sagte: »Morgen! Soll ich Kaffee machen?« – »Ach, lass erst mal, die anderen pennen eh noch.« Kaffee wirkt bei mir eh nicht, obwohl ich ihn sehr schätze. Ich setzte mich neben sie, wollte einfach nur zugucken, aber sie kam ihren Gastgeber- und Gute-Freundin-Pflichten nach und fragte, wie es denn so laufe, was »mit den Männern« sei und ob das mit dem Studium noch was werde, sagte dann »Ach, das klingt doch ganz gut«, »Schade drum« und »Das ist ja auch nicht so wichtig«. Bei ihr, so erfuhr ich, lief es gut, nur das mit Amanda war gerade schwierig, weil sie hart am Burnout kratzte und die beiden sich so selten sahen. Meryam kam ins Zimmer geschlurft.

Dann rief meine älteste Schwester an. Meine Schwester rief sonst nie an, also bin ich nicht rangegangen, weil es bestimmt ein Versehen war. Dann schrieb sie eine Nachricht. Unvermittelt, wie es so ihre Art ist, rückte sie direkt raus mit der Sprache, ohne sich eine Ansprache, ein Framing oder Floskeln zu überlegen. Sie schrieb einfach diesen Satz, von dem ich schon immer ahnte, dass ich ihn nicht allzu spät in meiner Biografie hören, nun aber eben lesen würde: »Der Vater ist gestorben.« »Der Vater«, so haben wir ihn die letzten fünfzehn Jahre genannt. Davor war er irgendwann mal »Vati«, bis es eine kurze Episode mit seinem Vornamen gab, und schließlich blieb nur noch die Bezeichnung seiner gesellschaftlichen und juristischen Rolle übrig.

Der Vater war also gestorben. Ich musste lachen. Das war ein Reflex. Als ich zehn Jahre alt war, ist unsere Tante an Krebs gestorben, auch da habe ich gelacht. Alle schauten mich damals mit wenig Verständnis an, nur meine Mutter begriff es und erklärte mir, das sei ein Schutzmechanismus der Seele. Was sie als Seele bezeichnete, ist wohl gemeinhin eher bekannt als Psyche, aber sie hatte trotzdem recht. Vorsichtshalber erklärte ich den verwirrt schauenden anderen im Raum, weshalb ich plötzlich kichern musste und dass es an meiner Überforderung mit dieser Information lag, die da lautete: Der Vater ist gestorben. Jetzt waren wir alle gemeinsam überfordert, Meryam und Maxi lachten aber nicht. Sie fragten, was sie tun können, was man eben so fragt, weil man in diesen Situationen einfach überhaupt nicht weiß, was man tun kann, weil auch nichts hilft. Es gibt nun mal keinen Trost, die gestorbene Person kommt nicht zurück. Der Tod ist grundsätzlich ein falsches Konzept. Ich stand im Zimmer herum und wusste gar nichts mehr. Weder wo ich jetzt hingucken sollte, wie ich meinen Körper bewegen sollte, was ich jetzt sagen sollte, wie ich reagieren sollte. Es war einer dieser Momente, in denen man sich mal kurz komplett auflösen, nicht existieren oder einfach umfallen mag, so ein Moment ist schlichtweg nicht hinzubekommen. Ich fragte also, ohne jemanden anzusprechen oder eine Antwort zu erwarten, gen Welt: »Was mache ich denn jetzt?«, und Maxi machte etwas, was ich erst nicht verstand, mich sogar ein bisschen enttäuschte und dann doch ziemlich gut fand. Sie fragte: »Ihr hattet keinen Kontakt, oder?« Ich bejahte. »Und das bereust du auch nicht, weil er kein besonders sympathischer Kerl war, oder?« – »Ja.« – »Na, dann machst du einfach genauso weiter wie bisher.« Maxi brachte die volle Ladung Banalität in diesem Vorfall zum Vorschein. Ein mir relativ fremder Mensch war gestorben, der mir etwas bedeuten sollte, es aber nicht tat. Aber es war ja »der Vater«. Das sollte eigentlich wehtun, das sollte ein Loch in mein Leben reißen oder zumindest eine fundamentale Veränderung bedeuten. Aber so war es nicht. Das Traurigste an »Der Vater ist gestorben«

war, dass es nichts veränderte. Allein die Tatsache, dass Menschen überhaupt sterben konnten, war das Problem, und es holte uns offensichtlich so langsam ein. Erst sind es die Leute in den Nachrichten und »Deutsche unter den Opfern«, dann sind es welche, von denen wir schon mal gehört haben, dann kommen die Großeltern, dann die Väter, dann die Mütter, dann der oder die eine, mit dem oder der man mal in der Klasse war, dann hört man von Bekannten und Unfällen, dann von Suiziden, dann kommt die eigene Angst oder das eigene Gefallen am Prinzip Tod, man wird zum Hypochonder oder nachlässig, auf jeden Fall ist nichts mehr sicher und war es in Wahrheit noch nie. Ich bekam keine Luft und musste trotzdem dringend eine rauchen.

Maxi hatte recht, und ich machte weiter wie bisher. Mit meiner Familie, die mich zum einen Teil gerade fragte, ob ich etwas brauchte, und zum anderen Teil noch schnarchend im Wohnzimmer nebenan lag. Ich ging spazieren, kaufte mir am Späti ein Bier, für das es entschieden zu früh war, aber es war ja Berlin, setzte mich in den Park, rauchte eine Zigarette, rauchte noch eine, lief weiter, immer weiter. Ich klaute von der Terrasse eines Theaters eine Kerze und stellte sie im nächsten Park auf. Noch eine Zigarette. Am Rauchen ist er gestorben, der Vater. Man sollte damit aufhören, aber bestimmt nicht an so einem Tag.

Für Jana und mich stand an diesem Tag auch noch etwas anderes an, das uns mit unserer Kindheit verband. Wir hatten uns kurzerhand Karten für Britney besorgt. Mittlerweile war da viel mehr Projektion als Liebe. Wir liefen über die Warschauer Brücke zur Mercedes Benz Arena. Davor knallten wir uns die obligatorische kleine Flasche Sekt und eine Ibuprofen rein. Vor der Halle waren Tausende Fans: welche, die mit ihren Eltern videotelefonierten, weil es so ein großes Ereignis war, andere, die diese Britney-Zöpfchen aus »Baby One More Time« trugen, dann einige Dragqueens, Menschen, die aus Nostalgie da waren, und jene, die Britney wohl im Hier und Jetzt liebten. Jana diskutierte mit dem Garderobentypen. Es war alles sehr unangenehm, denn ich war ja vom Fach und sagte immer nur: »Ja, verstehe, klar, kein Ding, kein Stress, logo, du hast recht, Danke.« So hätte ich mir den Umgang von Gästen mit mir gewünscht, nur vielleicht eine Spur weniger unterwürfig. Der Streitpunkt: Sicher könnte man Janas Beutel nicht mit reinnehmen, kleiner als A4 musste das Mitgebrachte nämlich sein, sonst könnte es Stress mit den Secus geben. Gemeint waren die flughafenähnlichen Zustände gleich am Eingang, mit diesem Metalldetektor und allem. Ich stopfte mir eine kleine Flasche Wodka zwischen die Brüste, deren Inhalt wir uns in der Halle in die 5-Euro-Fanta gießen wollten.

Unsere Plätze waren unglaublich, und zwar ganz oben links. Also, so richtig oben, so richtig links, in dieser übertrieben großen Halle. Auf den Tickets stand »evtl. sichtbehindert«. Wir konnten jedoch alles sehen, nur eben nicht von vorn. Wir konnten sogar mehr sehen als die Leute vor der Bühne: alles, was sich hinter ihr abspielte, nämlich. Das finale Proben und Schnaufen, das hektische Wassertrinken und den Moment vor dem Showgesichtaufsetzen und was uns sonst noch so desillusionierte.

Britney kam nach anderthalb Stunden ewiger Wartezeit. Und die Leute fragten immer nur: Singt sie live? Hat sie was an sich machen lassen? Jeder, der Britney kennt, weiß doch: Nein, es ist immer Playback, und: Ja, klar, ihr Gesicht sieht schließlich schon wieder anders aus. Bereits 1999 titelte die *BRAVO*: »Wie echt ist Britneys neuer Busen?« Nun, wie echt ein neuer Busen eben sein kann beziehungsweise wie neu ein echter. Wir hatten eigentlich nichts anderes als diese Abziehshow erwartet und waren trotzdem enttäuscht. Wir begriffen, wie vielen Illusionen wir erlegen waren. »Man fühlt nichts, oder?«, fragte mich Jana. »Ja, genau!« plärrte ich zurück, weil ich so erleichtert war, dass sie es auch so empfand. Britney war regelrecht Teil unserer DNA, und deswegen hatten wir sie längst durchschaut. Der ständig leicht geöffnete Mund, die Hand davor, als wäre sie erschrocken, das Singen des Buchstaben L, bei dem sie sich immer so über die Lippen leckt, das Gekrieche auf dem Boden, das Zahnlächeln, das Schwingen und Aufrichten ihres Pferdeschwanzes, das dirigierende Tanzen, das Wuseln mit den Stühlen. Wir bewegten uns in unserer Kindheit und darüber hinaus nach ihren Choreografien, ihrer Gestik und Mimik, immer wieder, immer noch, unbewusst, und jetzt ging es uns nur noch auf den Sack.

Wir bekamen noch vor der Zugabe eine Nachricht von Meryam mit den Worten: »Fred will nach Hause fahren.« Britney sang währenddessen: *»If you feel it, let it happen/Keep on dancin' till the world ends.«* Was für ein beschissener Song. Auf dem Rückweg, wieder Höhe Warschauer Brücke, kamen wir an einer Straßenmusikerin vorbei. Eine große Traube hatte sich um sie gebildet. Sie spielte Gitarre und sang »Who Knew« von Pink:

When someone said count your blessings now
Before they're long gone
I guess I just didn't know how
I was all wrong

Da war es dann plötzlich, das Gefühl. Jana sprach endlich über ihren Liebeskummer, und ich heulte endlich. »Warum passiert eigentlich gerade alles auf einmal?«, fragte ich sie. »Ist doch immer so«, antwortete sie.

Als wir wieder bei Maxi und Amanda reinschneiten, heulte Fred auch. Jetzt brachen alle Dämme. Fred war plötzlich wie ausgewechselt und sprach davon, dass sie vielleicht doch nicht für immer in Chemnitz bleiben will, aber wo sollte sie denn mit einem Kind hin, und der potenzielle Vater sei ein Typ, von dem sie uns nicht erzählt hatte, weil der sich nach einer Nacht verdrückt hatte und sie ihn eigentlich mochte und sich schämte, auf so jemanden reingefallen zu sein. Jana bekam unterdessen einen »Ich will jetzt doch unbedingt fest mit Felix zusammen sein«-Schub, und ich dachte, dass ich jetzt vielleicht doch noch um Fehlendes aus meiner Kindheit trauern müsste. Wir beschlossen, dass es jetzt reichte mit dieser quatschigen Bandsache und wir nach Hause fahren sollten, dass Freds Idee die richtige war. Meryam hörte sich alles geduldig an und schlug dann vor, dass wir alle mal eine Nacht drüber schlafen sollten und wenn wir beim Frühstück immer noch der Meinung wären, das alles abblasen richtig sei, würde sie auch das Nachhausefahren übernehmen. Beim Frühstück war dann »alles abblasen« abgeblasen, aber wirr im Kopf waren wir noch immer.

7

Maxi hatte Superbusen einen Auftritt in einer Galerie organisiert. In. Einer. Galerie. Angst und Schrecken machten sich breit, es konnte nur schiefgehen. Es ging auch schief. Der Sound war schwierig, wir kannten niemanden, niemand kannte Superbusen, das Konzert fühlte sich nach überambitionierter Kunstinszenierung an, und dafür mussten sich die drei nicht mal Mühe geben. Im Raum standen noch Metallexponate, auf die aufgepasst werden musste, und ich musste die ganze Zeit nachregeln, weil natürlich alles hallte. Maxi vergaß vor lauter Aufregung mit dem Hut rumzugehen, und nachher war es fast zu spät, weil einige sehr schnell verschwanden. Ich rannte zum Kiosk, holte ein paar Flaschen Sekt und Schnaps und verkaufte sie abgefüllt in Plastikbechern für 2,50 Euro die Portion. Das zog überraschenderweise noch andere Menschen an, wie wir da grölend im Innenhof unser erstes richtiges Scheitern zelebrierten. Irgendein angeblicher Journalist laberte Fred voll und tat begeistert, die Band sei ja so quirlig und starke Frauen seien super, baggerte dann aber doch nur blöde an ihr herum. Er hatte natürlich auch eine Band, mit seinen besten Freunden, und sie seien auch feministisch. »Und warum sind in deiner feministischen Band nur Männer, du Arschloch?«, fragte Jana. Fred hielt sie diesmal nicht zurück, sondern war jetzt beim Pöbeln dabei und fragte ihn, ob er der Papa für ihr ungeborenes Kind sein wollte. Er lachte verkrampft. Als plötzlich eine weitere große Gruppe von Leuten antanzte und nach Flüssigem verlangte, beschlossen wir, das Konzert einfach noch mal zu wiederholen. Fred war in bester Stimmung. Es war jetzt alles egal. Sie redete mehr, als dass sie sang. Sie erzählte zum Beispiel davon, dass sie keine saubere Wäsche mehr habe und sie heute hoffentlich nicht mehr ins Krankenhaus oder gar hopsgehen müsse. »Sterbeschlüpfer« und ob man sie brauchte, war ihr Thema des Abends. Dank dessen und Dank der Neuinterpretation von »Bruttosozialprodukt« verpieselte sich der Journalistenheini schnell wieder. Wahrscheinlich wegen der Metrik. Der Text war, was Fred betraf, etwas unaktuell.

Eierstock Sturzbachartigerausfluss
Wenn früh am morgen die Suppe rausläuft
Und man beim Blick in den Schlüpper losseufzt
Der Bauch sich zusammzieht wie Schnecken bei
Angst
Und überhaupt er sich aufbläht der Wanst

Ja ja ja jetzt ziehts wieder im Unterleib
Der Uterus macht sich zum Abschuss bereit
Ja ja ja jetzt ziehts wieder im Unterleib

Wenn man keinen Bock auf Leute sehen hat
Aber wat schaffen muss weil man ist Proletariat
Die Leute mal die Schnauze halten könn
Und man ins Bett will, Ben & Jerrys gönn

Ja ja ja dann ziehts wieder im Unterleib
Der Uterus macht sich zum Abschuss bereit
Ja ja ja dann ziehts wieder im Unterleib

Wenn man geil ficken will mit einem Mann
Und zieht sich schöne Klamotten an
Und plötzlich kommt's zum Riesenschwall
Na ja aber wenigstens nicht zum Ultraschall

Hehe ja es zieht wieder im Unterleib
Die Menstruationsblutung bedeutet Kindfreiheit
Ja ja ja jetzt geil Ibu und dann good night

Die zweite Runde klang sogar noch übler, weil sich niemand mehr Mühe gab, aber der Hut war unterwegs, und nach zwanzig Minuten war alles vorbei, weil die Polizei anrückte. Wir gingen zu Maxi und Amanda, weil wir nur noch Netflix gucken wollten. Auf dem Heimweg begegneten uns unglaublicherweise Stiefelnazis, die alles anpöbelten, was an ihnen vorbeikam. Sie sahen aus wie aus Filmen über Nazis, die Frau sah original aus wie eine braunhaarige Version der *Kriegerin*-Darstellerin. Waren wir in die 90er verbannt worden? War das die nächste Ebene Hipsterironie? War schon wieder Karneval? Nein, es waren richtige, echte Nazis. Eine Frau, die sich die Truppe ebenfalls von der gegenüberliegenden Straßenseite ansah, erklärte uns, dass sie jetzt ein paar Leute anrufen würde, die sich »darum kümmern werden«. Ansonsten tobte in den Straßen Berlins momentan ein Graffiti-Krieg zwischen den Antisemiten vom Jugendwiderstand und den Anarchos. Es war alles sehr unübersichtlich hier. Hoffentlich würden die Anarchos gewinnen.

Nachdem alle eingeschlafen waren, ging ich noch mal auf den Balkon. Ich wollte den Sonnenaufgang sehen. Aber dafür war es noch zu früh. Falsche Jahreszeit. Es war sechs Uhr morgens, also genau meine Zeit. Da kam ich früher immer von der Arbeit zurück oder, wenn mein Rhythmus allzu verdorben war, tauchten auch an Nichtarbeitstagen noch mal die letzten Energien auf und verleiteten mich zu Schabernack. Um diese Uhrzeit gehen die Filter verloren, man hat die besten und dümmsten Ideen. Manchmal schämt man sich am nächsten Tag für sie, sofern man sie zu Papier gebracht oder jemandem mitgeteilt hat. Diese letzte Stunde, das letzte Aufbegehren des Gehirns, bevor man dann doch in die Kissen stürzt, ist wie der nächtliche schlechte, aber in dem Moment beste Döner, den man betrunken auf dem Rückweg von einer Party isst. Es ist die Säuselnachricht an jemanden, dem man lieber nicht schreiben sollte. Es ist das Gedicht, das man auf Papier schreibt, in den gleichen Worten, die man auch mit vierzehn Jahren gewählt hätte. Es ist der Wunsch, den Kontakt zu einer ehemaligen Freundin wiederaufzunehmen und sehr ausführlich ihre Profile im Internet zu durchforsten. Es ist das Hören von alten Lieblingssongs. Das Lesen sehr alter Nachrichten. Es ist Größenwahn. Es ist Bodenhaftung. Es ist die Rückkehr ins Kinderzimmer. Es ist der wiederentdeckte Spaß am Zeichnen. Es ist der Moment, in dem man die Gitarre mal wieder in die Hand nimmt. Es ist all das, was man nach dem Schlafen wieder vergessen hat. Diese Stunde zählt nicht, es ist die Stunde der Anarchie, alles ist erlaubt und alles wird gefühlt. Es ist die egale Stunde. Die ganze Welt schläft und ist unsichtbar. Es gibt nur das eigene Zimmer. Man könnte in dieser Stunde auch über seinen Schatten springen, perfekt das Licht im Kühlschrank austricksen, und natürlich kann man auch an seinem Ellenbogen lecken. Man kann alles behaupten, weil niemand hinsieht. Autos fahren nur der Geräusche wegen am Haus vorbei, es sitzt niemand in ihnen. Man selbst ist auch nur ein Flackern. Die Gedanken pulsieren einfach vor sich hin, und sie pulsieren aus dem Körper raus und keiner kann sie aufhalten. Am Nachmittag, nachdem man geschlafen hat, wundert man sich dann über den Zwiebelgeschmack oder eine verwirrende Nachricht, aber das war es alles wert.

Gut, dass Maxi mich aus meinen pathetischen Gedanken rausriss. Sie konnte nicht MEHR schlafen. Also rauchten wir noch eine. »Vermisst du

Chemnitz eigentlich?«, fragte ich sie. »Nicht wirklich, ich kann ja jederzeit hinfahren, und alles wird so sein wie immer.« Ich verkniff mir die Frage, warum sie dann nie mehr hingefahren ist.

8

Am dritten Berlintag kam eigentlich das Beste, und wir waren wirklich froh, nicht aufgegeben zu haben. Der zweite Berlin-Auftritt von Superbusen. Sie durften die Vorband für Maxis und Amandas Band sein, die den hervorragenden Namen Misandria trug. Sie hatten es richtig drauf, schließlich gab es sie in dieser Formation schon seit drei Jahren und sie spielten auch öfter, und wir sanken bei ihrem Soundcheck vor Bewunderung nieder. Bahar, das dritte Bandmitglied, hatte außerdem Ahnung von Tontechnik, und ich konnte mir einiges abgucken. Ich hatte plötzlich richtig Bock, den ganzen Kram zu lernen, und geduldig erklärte sie mir alles. Auch die anderen waren inspiriert vom Können von Misandria, und plötzlich laberten wir alle rum, als wären wir Musikerinnen. Wir verquatschten uns im kleinen Backstage-Bereich der »Herni« und futterten alle Schokoriegel auf.

Amanda hatte auf der Bühne ein Selbstbewusstsein, das einen nur umhauen konnte. Sie probierte nichts, sie versuchte nichts, sie spielte nichts, sie war einfach da, und es funktionierte. Wir hatten vorher beschlossen, dass Superbusen bei Misandria als Backgroundchor auftreten sollen und umgekehrt. Ich konnte mich nun auch nicht mehr rausreden und musste diesmal mit auf die Bühne, also machte ich ein wenig mit dem Tamburin rum. Außerdem tauschten wir Merch aus. Mir waren die Shirts natürlich mal wieder zu klein, und ich hatte überdimensionale Titten darin, aber Amanda meinte, es sähe geil aus und ich sollte das bloß tragen. Jahrelang antrainiertes Körperverstecken und diese Frau kitzelte in einer Raucherinnenpause Undenkbares hervor. Sie zog mir mit Zigarette im Mund die Strumpfhose bis zum Anschlag, zupfte das Shirt zurecht, und ich glaubte, gleich würde was explodieren, aber: es passte.

Auf der Bühne wirkten Misandria und Superbusen wie eine Superband. Irgendwann lösten sich alle Konstellationen auf. Es fühlte sich wunderbar an. Ich bekam kaum etwas von dem Publikum mit, weil wir unsere eigene Party auf der Bühne veranstalteten. Wir waren einfach da und alle zusammen.

Meryam hatte Freudentränen in den Augen. Ich hatte bei ihr noch nie eine Träne gesehen.

Nach dem Konzert kam ein Mädchen zum Merchstand. Sie lief immer wieder auffällig drum herum. Wollte sie etwa was klauen? Wer wäre ich, das zu verurteilen? Ich fragte trotzdem lieber mal im Gastroton: »Kann ich dir helfen?« – »Ich gucke nur«, antwortete sie im Kundenton. Ich checkte es jetzt: Ihr gefielen unsere Beutel mit dem stilisierten »B«. »Willst du eine haben?« – »Hab kein Geld« – »Nimm einfach!« Sie guckte mich mit weit aufgerissenen Augen an. Sie war Superbusens erster richtiger Fan. Ich machte ein kleines Meet and Greet mit ihr und den anderen klar. Sie kannte unsere schlechten YouTube-Videos und den Instagram-Content und war ganz aus dem Häuschen, weil sie die Band kennenlernte. »Ich will so was auch machen!«, sagte sie. Ich würde Jana nie wieder blöd anmachen wegen ihrer Fotografiererei.

Für diese Nacht hatten wir uns ein Hostelzimmer genommen, weil Maxi und Amanda am nächsten Morgen wieder arbeiten mussten und wir nicht weiter stören wollten. Wir nahmen die Misandrias plus Amandas besten Freund Paul noch mit in die Lobby, tranken Automatenbier und sprachen darüber, wie es so ist, als Frauen Musik zu machen. Superbusen hatten wenig Blödes erlebt, aber es waren bisher auch nur sehr kleine Konzerte mit wohlwollendem Publikum gewesen. Amanda, Maxi und Bahar hatten allerdings schon ziemlich viel Unfug mitgemacht, von paternalistischen Technikern über johlende Männer im Publikum, rassistische und sexistische Anzüglichkeiten seitens der Veranstalter bis hin zu den normalen Übergriffen, denen Frauengruppen im Nachtleben ausgesetzt sind, war alles dabei. »Es ist immer so eine Sache«, erklärte Mentorin Amanda, mittlerweile leicht angesoffen, uns, die wir ihr lauschten und begeistert in Gedanken Notizen machten, »mit dem Selbstbewusstsein. Für viele Typen ist man arrogant, wenn man nicht bettelt oder lieb fragt. So ist das auch auf der Bühne. Sobald man ganz selbstverständlich macht, was man machen will, halten die Leute einen für eingebildet und übergeschnappt. Dann muss die Frau wieder auf die Spur gebracht und in ihre Schranken gewiesen werden. Bei Männern ist es normal oder ›gesundes Selbstbewusstsein‹, von Frauen wird immer Bescheidenheit eingefordert. Sie sollen sich anstrengen für Aufmerksamkeit, aber bitte nicht zu sehr. Sie sollen ehrfürchtig sein, aber dabei nicht zu hilfsbedürftig wirken, dann nimmt man sie nicht ernst. Sie müssen den perfekten Spagat schaffen zwischen Stärke und Schwäche. Sie dürfen keine Opfer sein, aber auch nicht zu weit gehen.« Alle nickten.

Es ist ätzend, dass Frauen, wenn sie sich zusammenfinden, nicht drum herumkommen, diese Dinge zu thematisieren. Männerbands können sich ausschließlich auf ihre Musik konzentrieren. Wir versuchten das jetzt auch, und endlich schrieben wir »Sterbeschlüpfer« fertig, denn Maxi hatte eine Melodie parat. Ich nahm die Session auf Video auf und lud Snippets bei Instagram hoch.

Wenn der Morgen niemals kommt
Weil mich was zum Tod zerronnt
Muss ich noch zu H&M
Mir nen Sterbeschlüpfer gönn
Wenn ich werd gefunden
In den nächsten Stunden
Leblos und vorbei
Trag ich Haute Couture am Leib

Unter dem Bild von Amanda und mir, das wir gemacht und gepostet hatten, nachdem wir den schönen T-Shirt-Moment hatten, hat ein Typ geschrieben, es erinnere ihn an Dick und Doof. Es war einfältig, blitzblöde und fast egal. Es reichte aber trotzdem dafür, dass ich wieder in diesen Abwärtsstrudel des Selbsthasses kam, einen Pullover überzog und mich vor dem Schlafengehen wieder übergeben musste. Mehr als über die Beleidigung regte ich mich darüber auf, dass sie mich so sehr aufregte. Es war absurd, aber eine Selbstbestrafung musste trotzdem her. Man kann den geilsten Tag der Welt hinter sich haben, ein Funken reicht, all das Geile von einem Moment auf den anderen in Brand zu setzen. Ich redete mir kurz ein, dass es der Alkohol war, von dem mir schlecht geworden war, und es mir morgen besser gehen würde, weil jetzt ein Teil des Gesöffs aus mir raus war, aber ich hatte nicht mit Meryam gerechnet, die vor der Badtür auf mich wartete und Bescheid wusste. Statt einer Standpauke bekam ich ihre Hand, und die blieb die ganze Nacht. Mir wurde klar, wie gut all diese Frauen sich hier gegenseitig tun, wir löschten den Kommentar und killten die Scham.

Dann wurde die Boombox angeschmissen, und wir schmetterten »Fix You« auf Repeat. Wir sammelten die besten Momente für die Stelle, an der es bei »Fix You« so geil abgeht:

- Das Flugzeug hebt ab
- Orgasmus
- Wenn einem klar wird, dass man heute nix mehr machen muss
- Eine E-Mail kommt rein, in der steht, dass man doch keine Strafe bezahlen muss wegen irgendwas
- Eher hypothetisch: eine Welle im Wasser, die man surfend mitnimmt
- Auch unrealistisch: Bungeejumping
- Freihändig Fahrrad fahren
- Mit Freunden nachts besoffen in der Küche runterkommen
- Nachts auf dem Heimweg ohne Grund einfach losrennen
- Im Zug aus dem Fenster schauen, während einem eine Erkenntnis kommt
- Ein erster Kuss
- Die Regel kommt, man ist nicht schwanger

Kurz hatten wir es vergessen. Aber Fred hatte verlangt, dass wir es erst mal ignorieren. Sie wollte sich jetzt noch nicht entscheiden. Wir wollten uns noch mal wie auf Klassenfahrt fühlen. Als wäre es damals einfacher gewesen. »Ihr werdet die Zeit in der Schule noch vermissen«, hatten Lehrerinnen jahrelang gelogen. Nein, auf keinen Fall. Aber um den Erwachsenenkram wollten wir uns trotzdem erst kümmern, wenn wir wieder zu Hause waren. Beziehungsweise in Chemnitz.

Wir überlegten, wie unsere Eltern in unserem Alter wohl gewesen waren. Dabei fiel uns auf, dass wir wenig über die Eltern der anderen wussten und auch nicht viel Aktuelles über unsere eigenen. Wir hatten, sobald wir uns hatten, unabgesprochen alle einen Cut gemacht. Sicher haben unsere Eltern ihre Zwanziger nicht im Sommer auf Bürgersteigen verbracht, sie haben keine Sneakers getragen und sich nicht immer wieder neu für oder gegen irgendwas entschieden. Sie hatten ja gar keine Zeit dafür. Sie hatten zum Beispiel uns. Die Hälfte von uns ist mit alleinerziehenden Müttern aufgewachsen. »Ich bin bald auch alleinerziehend«, sagte Fred. »Nein«, sagten wir anderen im Chor. Manches hat sich gar nicht verändert und dann doch wieder alles.

Am nächsten Tag schenkte Jana Fred einen furchtbar hässlichen Slip aus einem Ramschladen und sagte dazu: »Das ist kein schöner Sterbeschlüpfer, weil du dir nämlich Mühe geben sollst, nicht zu sterben.« Dann fuhren wir wieder Richtung Lulatsch.

Lights will guide you home
And ignite your bones
And I will try to fix you

DRITTER TEIL

1

Jana steht in meiner Zimmertür, irgendein Mitbewohner hat sie wohl reingelassen. Ich habe sie nicht gehört, weil ich gerade sehr laut und sehr pathetisch »Der langsame Tod eines sehr großen Tieres« höre. »Du hörst wieder Herrenmagazin? Was ist passiert?«, reißt sie mich aus meinem Musikwahn. Jana weiß natürlich Bescheid. Wir hören Herrenmagazin nur, wenn es relativ finster ist und wir wieder zurückwollen an die Substanz, in die Zeit, als das alles hier angefangen hat, mit dem Erwachsenseinmüssen, zu irgendwas, was offenbar und erschreckenderweise noch immer gilt, für mich zumindest. Wir waren früher oft bei ihren Konzerten, kauften uns ihre Merch-Beutel, weil die Platten zu teuer waren, und konnten jeden ihrer Texte auswendig. Die Songs der Jungs passten zu vielem, was uns damals beschäftigt hat: Liebe, Familie, Selbstzweifel, Einsamkeit. Es ist immer das Gleiche: »Lnbrg« zum Liebeskummer,

»In den dunkelsten Stunden«, wenn man generell traurig ist, »1000 Städte«, das, auch wenn sicher unbeabsichtigt, so gut zu Sachsen passt, dann »Alle sind so«, wenn man enttäuscht von allen ist, »Kasper«, wenn man sich schämt, »Keine Angst«, wenn man nach Hause zur Familie fährt, und schließlich der beste Song, »Der langsame Tod eines sehr großen Tieres«. Dann der ganze Rest und dann alles noch mal.

Jana hat schon länger nicht mehr Herrenmagazin gehört. Das tut mir leid für sie, weil Herrenmagazin ja total gut sind, aber es freut mich auch, weil ich weiß, dass sie sich wohl im Hier und Jetzt gut fühlt. Eine Zeit lang hatten wir wirklich ein Herz für Musik von Jungs, auch weil wir nicht viel anderes kannten. Sowieso Tocotronic, aber auch Gisbert zu Knyphausen und ganz kurz sogar mal Bosse, was aber niemand jemals erfahren soll. Ab der dritten Herrenmagazin-Platte waren wir dann leider so langsam raus, auch wenn das ein schlimmes Klischee ist, und ich frage mich, ob Fans von Superbusen auch irgendwann so gedacht hätten, wenn die Band es zu richtigen Fans gebracht hätte. »Ach, Superbusen, da mochte ich nur die ersten beiden Alben.« Ich mag die Vorstellung, aber vor allem der hypothetischen Alben wegen. Ich ärgere mich heute sehr, dass ich nicht selbstbewusster war, dass ich nicht mehr Engagement für die Band gezeigt habe, nicht selbst auf der Bühne stehen wollte. Vielleicht gäbe es uns dann noch. Bald käme dann das Swingalbum. Aber für all das hätte ich zum Beispiel nicht abhauen dürfen.

Jana erzählt, dass sie eine Therapie angefangen hat und ihr das sehr hilft. Sie hat beschlossen, eine Ausbildung zu machen, welche genau, weiß sie noch nicht, aber bloß nicht mehr studieren. Für Leute wie uns, die sich zur Uni ackern mussten, ist das ein großer Schritt. Sie macht das Richtige. Und noch etwas ist neu. Sie möchte unbedingt in Chemnitz bleiben, sich weiterhin um Juri kümmern, ihm eine zweite Mutter sein. »Vielleicht heirate ich Fred sogar, dann wird alles noch einfacher. Außerdem will Fred auch mal wieder verreisen, und dann kann ich sie unterstützen.« Sie sieht wirklich glücklich und entschlossen aus. Ich umarme sie und verdrücke ein paar Freudentränen. Ich stammele mal wieder ein paar Mal »Ich weiß noch nicht« zu meiner Lage, frage sie, ob wir eine Flasche Sekt kaufen sollten, sie sagt, dass sie nichts mehr trinke und zurück zu Juri müsse, und nachdem sie wieder weg ist, schaffe ich Idiotin es, wieder einmal alles auf mich zu beziehen, obwohl ich mich für andere Menschen auch einfach mal freuen könnte.

Ich beschließe also selbstmitleidig, nach vier Tagen Chemnitz wieder zu verlassen. Jana geht es besser ohne mich, Fred und ich haben nicht mehr viel gemeinsam und Meryam ist wegen dieser Schwangerschaftstestsache sauer auf mich. Ich muss zurück zu Paul und alles klären, sonst stehe ich bald wieder vollkommen alleine da. Hier kann ich nicht länger bleiben. Ich will nicht wieder die Alte sein, die, die immer wieder daran erinnert wird, dass sie ihr Studium niemals packt, die zu dumm ist, zu arm, zu faul. Eine Ausbildung mit Frühaufstehen ist auch undenkbar. Ich will aber auch nicht die Aktuelle sein, die in Pauls Zimmer daran erinnert wird, dass sie es auch in einer anderen Stadt nicht besser hinbekommt. Ich muss eine Neue werden, so 2.0. Also muss ich mit Paul reden und irgendeinen Weg finden. Am liebsten würde ich erst mal wieder bei Maxi und Amanda im Spielzimmer dümpeln, ich will, dass sie sich um mich kümmern, wie die paar Wochen nach meiner Ankunft in Berlin. Vielleicht sogar für immer, das muss doch möglich sein. Sie behandelten mich damals wie ein rohes Ei, wie ihr Kind, sie brachten mir Essen und Zigaretten, was nicht besonders kindsmäßig war, aber gut, und mein schlechtes Gewissen hatte sich irgendwann aufgelöst. »Jeder muss mal durchatmen«, hatten sie immer wieder gesagt, bis sie es irgendwann nicht mehr sagten. Also zeigte ich guten Willen und suchte mir einen Job, irgendwas wenigstens, bisschen Theke, bisschen Großstadtleben, bisschen Traurigkeit. Ist doch süß. Steht nachher in der Rockstarbiografie als interessante Selbstfindungsphase. Bis ich dann doch nicht mehr wie ein wandelndes Klischee aus einem Sven-Regener-Roman sein wollte, sich aber trotzdem nichts anderes ergab.

Paul und ich kamen einfach so zusammen. Ich zog bei ihm ein, da ich Maxis und Amandas Gastfreundschaft nicht länger strapazieren wollte. Ich wanderte recht schnell von der Couch im Wohnzimmer auf die Matratze in seinem Zimmer und fertig. Es war am Anfang so gut, weil wir uns keine Vorwürfe machten. Aber wir machten uns Selbstvorwürfe, die immer lauter wurden, und schließlich richteten wir sie eben gegeneinander. Ich bin sehr verliebt in ihn, aber bin mir nicht sicher, ob er es überhaupt erwidert. Er hält sich mit Liebesschwüren zurück. Ich liebe, wie er sich über Kleinigkeiten freut: ein interessantes Buch aus einer Verschenkkiste, ein neues Gewürz aus dem Gemüseladen, ein DJ-Set irgendwo in den Tiefen von SoundCloud. Ich habe mir viele Erfahrungsberichte von Menschen durchgelesen, die über den Umgang mit ihren depressiven Partnern geschrieben haben, und habe versucht, es mir einzuhämmern, immer wieder, dass man nicht schuld ist, wenn es der anderen Person schlecht geht, und dass man nicht viel tun kann, außer da zu sein. Ich habe gehämmert und gehämmert und hämmere immer noch, aber weh tut es nicht weniger. Vielleicht bräuchte Paul jemanden, der sich sicherer ist mit sich selbst, weiß, was sie möchte, glücklich ist und keine Forderungen stellt. Mehrmals hatte ich angeboten, mir eine andere Bleibe zu suchen, aber das wollte er auch nicht. Meine Anwesenheit war trotzdem eine Überforderung. Es kommt mir manchmal vor, als wäre er Schneewittchen, und ich halte mich für den Prinzen, durch dessen Küsse er zum Leben erweckt wird, und so küsse und küsse ich und küsse viel zu viel.

Was ich mit Paul jetzt bereden werde, weiß ich noch nicht. Vielleicht weiß er irgendeine Lösung, vielleicht hat er in den letzten Tagen einen Plan gemacht, vielleicht hat er eine Idee, wie wir beide in

Zukunft besser klarkommen, mit uns selbst und zusammen. Vielleicht kann er mich erst mal retten und ich dann ihn. Am besten, ich überrasche ihn, stehe einfach vor seiner Tür, und er freut sich so sehr, dass ich wieder da bin, dass aus ihm so ein Kitschsatz rauskommt wie: »Hauptsache, du bist wieder da, wir schaffen das schon.« Das mit dem Chemnitzer Zimmer und so, ja, ja, darum kümmern wir uns dann auch noch irgendwie. Wir nehmen einfach noch mal das Auto und holen den Rest, und bis dahin habe ich eine Nachmieterin. Dann suchen Paul und ich uns bessere Jobs oder ziehen was auf und ziehen vielleicht sogar so richtig zusammen, vielleicht bekommen wir sogar ein Kind, wer weiß? Aber auch nur wir zwei, das kann richtig toll werden. Das wird alles so gut. Jawoll, ich musste noch mal hierherkommen, um zu verstehen, dass meine Zukunft bei ihm ist. Das wird jetzt das Happy End. Abspann. Tschüß.

2

Ich schaffe es gerade mal bis Leipzig. Auf halbem Wege fällt mir auf, dass ich Paul Bescheid sagen muss, dass ich komme, weil seine Mitbewohnerinnen durch Asien touren, und falls er nicht zu Hause ist, müsste ich in der Kälte auf ihn warten. Ich bin sehr euphorisch, als ich ihm schreibe, er ist es nicht, als er antwortet. Was das jetzt solle, einfach so kommen, nach dem Streit, ohne Ankündigung, ihm ginge es gerade nicht gut und er habe letzte Nacht nicht geschlafen und könne jetzt nicht wach bleiben, bis ich da wäre, und wenn ich klingele, würde er es vielleicht nicht hören, warum habe ich denn nicht vorher was gesagt, und vielleicht müsse man sich ohnehin erst mal an einem neutralen Ort treffen und reden, irgendwann, aber er wüsste nicht, wann, jetzt jedenfalls nicht. Ich atme tief durch, weil ich natürlich weiß, was gleich kommt. Als ich wie jemand, der noch nie irgendwas erlebt hat, frage: »Kannst du nicht einfach für mich da sein?«, antwortet er: »Nein, das kann ich nicht.« Schlussmachen per Messenger, das ist gut. Dann schreibt er, dass wir toxisch miteinander seien, dass es mir sicher besser ginge ohne ihn, dass er ja eh immer gesagt habe, dass er nicht beziehungsfähig sei und überhaupt sei er total kaputt und da sei, einfach nichts zu holen. Ich fühle mich wie in einem ze.tt-Beziehungsreport. Das sprudelt jetzt also alles aus ihm heraus, da hat sich einer Gedanken gemacht, ohne mich einzubeziehen und zu versuchen, daran zu arbeiten. Ich lese das alles nur noch verschwommen, heule das ganze Abteil zum See. Zum Glück ist das Abteil leer. Ich sitze in dem scheiß Zug und darf nicht ankommen.

Mein Rucksack, der neben mir auf dem Sitz steht, verhöhnt mich. Er ist wieder randvoll gepackt mit all dem, was ich in Berlin eingepackt hatte und jetzt wieder dahin bringen wollte. Er ist trotzdem schwerer geworden. Ich werde ihn wieder zurück nach Chemnitz schleppen müssen, oder lieber sonst wohin, ich will nicht zurück. Ich klammere mich an ihn, als wäre er mein ganzer Besitz oder gar ein Freund, als erwartete mich irgendein Trost von dem leblosen Sack. Ich fühle mich wie ein schrecklicher Backpackerheini, der immer allen erzählt, dass unterwegs sein Zuhause sei, dabei dachte ich eigentlich, ich hätte eines gefunden. Das hat Paul auch immer gesagt, seine Wohnung sei jetzt auch mein Zuhause. Verdammter Lügner.

Paul will mich also nicht mehr. Es ist vorbei, es gibt nichts mehr zu retten. So was darf man sich eigentlich gar nicht gefallen lassen, man muss sich mehr wert sein. Es gibt diesen großartigen Wahrheitsmoment, nachdem einem das Herz gebrochen wurde, der ist wirklich nicht zu unterschätzen. Erleichterung, weil man es schon vorher gewusst hat. Auch: Das war es nicht. Das war zu schnell, zu viel. Es ist gut, es ergibt Sinn, es ist richtig, dieses schnelle Pflasterabziehen, das K. o. Ohnehin besser, dass das Spinnen, der Wahnsinn, das Hoffen vorbei ist, das ist alles zu anstrengend, und das hier ist vielleicht sogar wirklich schöner: das Unterwegssein, das Ausdemfenstergucken, die Unabhängigkeit, das Musikhören, das Dazwischen, das Spontane, das Ich, das Alles. Immerhin habe ich noch ein Zimmer, ich hänge nicht völlig in der Luft. Lieber jetzt als zu spät. Männermusiker hätten in so einem Moment einen »On the road again«-Pathossong geschrieben. Doch es zuckt dann doch immer wieder: Verdammt, doch, das war es. Wie Nadelstiche. Oder wie wir uns früher gekniffen haben, wenn wir einen Trabbi gesehen haben. Irgendwann hörte diese Art Kneifen auf, weil die Trabbis verschwanden, aber dann kniff eben anderes aus anderen Gründen. Das war es. Hätte es sein können. Ist es aber nicht und wird es auch nie. In Dauerschleife. Dazu ein paar blöde Songs. Dann das Wegschieben von Albernheiten wie: »Es wird vielleicht noch«, »Er kommt noch zur Besinnung«, »Gleich schreibt er oder ruft an oder, besser noch, er kommt dahin, wo auch immer ich sein werde und steht spontan vor der Tür«. Wie in den Filmen. Dann kommt der beste Kuss der Welt. So was wird auch nie passieren, oder es passiert nur den anderen. Den Schönen, den Besten, den Richtigen, denen, die es wert sind. Die man nicht in Zügen, anderen Wohnungen, anderen Städten, sondern bei sich haben will. »Ich kann nicht für dich da sein«, hat er das tatsächlich gesagt? »Ich kann das gerade nicht«, hat der alte Philipp damals gesagt. Natürlich nicht. Niemand kann irgendwas mit mir anfangen. Und natürlich sehe ich jetzt jede Beziehung, jede Freundschaft, alles Familiäre unter dieser Prämisse, und es ist alles schon immer so gewesen. Selbst wenn man diese Mechanismen an sich erkennt, heißt das nicht, dass sie einen nicht trotzdem greifen und die Luft abschnüren. Alles, was man sonst zynisch belächelt, denkt man im Liebeskummer. Ein bisschen muss ich jetzt über mich selbst lachen, aber nicht lang. Eine Scheiße ist das.

Es hat natürlich mit dieser Sache zu tun, da bin ich mir sicher. In der Schule wurden immer Scherze gemacht, dass irgendjemand in mich verliebt sei, denn das konnte ja nicht wirklich sein, weil ich ein dickes Monster war. Dass mein erster Kuss passiert ist, hat mir niemand geglaubt, weil wer sollte mich schon küssen wollen. In Diskotheken machten sich Typen einen Spaß daraus, mich ganz doll ironisch anzubaggern und dann mit ihren Kumpels darüber zu lachen. Ein One-Night-Stand begriff quasi noch in mir, dass er halt nicht auf »Dicke« steht und das ginge jetzt alles nicht. Dass sich jemand zurückverliebte, war eine Absurdität, und dementsprechend dachte ich auch immer, dass die Typen, die es taten, sich täuschten, einen Fetisch hatten oder ihnen schon noch auffallen würde, was ich in Wahrheit bin und dass es »nicht geht«. Sie hatten alle recht, das geht alles nicht. Jetzt fällt mir das alles wieder ein, und plötzlich passt es zusammen. Nur daran kann es liegen. Wäre ich schlanker und schöner und zarter, würde sich Paul sicher mehr Mühe geben.

Wie ein bedröppelter Hund fahre ich in Leipzig ein. Wieder dieser Zwischenbahnhof. Ich kann ihn nicht mehr sehen mit seinem beknackten Allem. Eigentlich war es immer mein Lieblingsbahnhof, weil er so groß ist, logisch aufgebaut und man während der Wartezeit durch Geschäfte bummeln kann. Egal, es gibt nur noch jetzt. Ich setze mich auf eine Bank am Bahnsteig und weiß nicht, ob ich zurück nach Chemnitz fahren soll oder trotzdem nach Berlin, vielleicht zu Maxi und Amanda. Aber ich schäme mich zu sehr vor ihnen und will gerade nichts erklären. Zu oft hatte ich ihnen wegen Paul in den Ohren gelegen, und irgendwann ist es auch mal gut.

Irgendwann stehe ich ohne konkreten Plan auf und laufe wie ferngesteuert zur Tram. Ich nehme die 3 Richtung Meryam. Ich denke überhaupt nicht darüber nach, denke nicht an den Streit und daran, ob sie überhaupt da ist. Als ich klingele, macht mir ihr Mitbewohner auf. Meryam sei gerade einkaufen, aber ich könnte in ihrem Zimmer auf sie warten. Dort angekommen, werfe ich den Rucksack ab und falle ohne das Gewicht einfach auf ihr Bett, als hätte es mich gerade noch umarmend stabilisiert, damit ich es von Bahnhof zu Bahnhof zur Bahn bis zu

Meryams Wohnung schaffe. Ich sitze auf dem Boden und kann nicht fassen, dass es schon wieder passiert ist, und ich bin mir sicher, dass es nie wieder gut wird. Das Zukunfts-Ich kommt vorbei, setzt sich neben mich auf den Teppich und sagt peinlich altklug: »Doch.« Was weiß es schon.

Irgendwann richte ich mich auf, es sind vielleicht ein paar Minuten vergangen, vielleicht aber auch Stunden, obwohl der Fakt, dass Meryam noch nicht zurück ist, für Ersteres spricht. Ich stelle mich vor ihren Spiegel und sehe plötzlich so fett wie noch nie aus. Ich habe so eine Ahnung von Hunger, schließlich habe ich mal wieder nichts gegessen, und latsche wenig motiviert in die Küche, aber bei dem Anblick der wenigen Lebensmittel (Spaghetti, Mandeln, Pesto, Tomatenmark, drei Scheiben Toast, Honig, angetrockneter Gouda, halbe Gurke, Nudelsuppe), die in dieser Wohnung sind, wird mir augenblicklich schlecht. Ich beiße in eine der kleinen Schokoladentäfelchen, die auf dem Tisch liegen, denn Schokolade geht eigentlich immer, und muss fast kotzen. Es ist bitter. Ich gehe wieder zum Spiegel, immer wieder. Guck dich halt an. So sehen dich Paul und alle anderen. Das pausbäckige Gesicht, die fetten Arme, der widerliche Bauch. Das hat er gesehen und beschlossen, dass er das nie wiedersehen will. Ich will es auch nie wiedersehen, ich will verschwinden. Ich muss weg von dem Spiegel. Theatralisch gut wäre, ihn zu zerdeppern, aber Liebeskummer ist einfach nicht so ästhetisch und Rock 'n' Roll wie in der Popkultur, schon gar nicht, wenn man ein Monster ist. Man hat nicht nur Tränen in den Augen, man flennt wie ein krankes Baby, und der Rotz fließt aus der Nase oder verklebt am Piercing. Die Schminke zerläuft auch nicht so kunstfotosouverän, sondern unförmig und sieht nur aus wie Dreck. Liebeskummer ist hässlich und erbärmlich. Außerdem ist es nicht mein Spiegel. Ich kritzele irgendwelchen Unfug in mein Notizbuch.

Jungs können nicht
Können nicht anders
Jungs können nicht anders
Mädchen müssen alles
Müssen alles machen
Mädchen müssen alles machen
Er hat es von Anfang an gesagt
Was führst du dich jetzt so auf?
Er hat gesagt, er ist wie er ist
Dass da nichts kommt, das wusstest du auch

Er ist ein einsamer Wolf
Niemand soll ihn zähmen
Er kann dir halt nichts geben
Und du musst ihn so nehmen
Denn Jungs können nicht anders
Und Mädchen müssen alles machen
Sie müssen besser werden
Immer besser
Du musst es einsehen
Du musst es verstehen
Du musst es einsehen
Du musst es verstehen
Du musst, du musst, du musst
Du musst

Am Arsch

Ich weiß, dass ich nun wieder hungern werde. Das ist einfach eine Reaktion, die ich nicht ändern kann, so wie man bei einem Kater nichts trinken kann, so einfach ist das. Später werde ich Meryam und allen anderen Freundinnen und Freunden erklären müssen, dass es mal wieder nicht geklappt hat, obwohl doch diesmal alles anders werden sollte. Dann wird das »Ja, ach, der Richtige kommt noch, ne, das wird schon, du bist super und liebenswert und schön« –, Spiel gespielt, und es werden mantraartig feministische Weisheiten gedroppt, darüber, dass man sich selbst lieben muss, und wenn man das Ganze noch mal durchgeht, ist es eigentlich so und so, es hat etwas Gutes, und wenn man sich in ihn reinversetzt, ist alles auch wieder sehr verständlich. Und ich werde so tun, als würde ich das alles glauben, verstehen und Lehren daraus ziehen. Dabei verstehe ich gar nichts. Ich verstehe nicht, warum wir nicht einfach zusammen sein können, so wie ein Kind nicht versteht, wie eine Heizung funktioniert. Na gut, ich weiß bis heute eigentlich immer noch nicht so richtig, wie eine Heizung funktioniert, und ich will es auch gar nicht wissen.

Es kommt anders. Meryam kommt nach Hause und liest mich auf wie eine schmutzige Socke. Sie weiß sofort Bescheid und ist offensichtlich auch nicht mehr sauer. Wir liegen eine Weile in ihrem Bett, und ich weine so sehr, dass ich glaube zu ersticken, als mir klar wird, dass es um keinen Paul und keinen Philipp der Welt geht, dass ich ein ganz anderes Problem habe. Wir reden diesmal nicht über den Mann, nicht über unerfüllte Liebe, nicht über den ganzen Scheiß, der nur ein Symptom ist. Wir sprechen, ich spreche zum ersten Mal über meine Essstörung. Wie ich in der Schule gemobbt und geschlagen wurde, wie Frauen in meiner Umgebung die Unsicherheiten, die sie mit ihrem Körper hatten, immer wieder auf mich projizierten und sich provoziert fühlten, wie fremde Menschen auf der Straße mir erklärten, wie sie mein Äußeres so fänden, wie mich schon in jungen Jahren Männer belästigten, wie ich manchmal mit einem Messer vor dem Spiegel stand und mir vorstellte, mir den Bauch abzuschneiden, wie ich weinend auf ihn einprügelte, bis er weh tat, wie ich mich hin und wieder übergebe, wie ich tagelang hungere, wie ich mir irgendwelche Abnehmtabletten im Internet bestellt habe, wie ich mir immer wieder utopische Abnehmpläne machte, jeden Tag mit dem Vorhaben begann, ab heute nichts mehr zu essen, wie ich mich im Sommer nicht raustraute, immer glaubte, mein Leben würde erst beginnen, sobald ich schlank wäre, wie ich mit irgendwelchen Typen schlief, um mir Bestätigung zu holen, wie ich alles mitmachte, um ihnen zu gefallen, wie ich mich immer wieder verliebte, Erwartungen hatte, die gar niemand erfüllen konnte, und wie ich mich bestrafte, wenn es wieder nicht klappte.

Meryam hört einfach nur zu, sagt ab und an »Scheiße« und streichelt meinen Kopf. Schließlich spricht auch sie endlich aus, was in ihrem Kopf vorgeht, als wäre eine Blockade gelöst. Jetzt hier spontane Selbsthilfegruppe. Immer hat sie versucht, alles richtig zu machen, sich zu integrieren, gut in der Schule zu sein, ihr Studium perfekt abzuschließen, sich nichts erlaubt, und obwohl sie alle Regeln befolgt hat, findet sie jetzt keinen Job. Mir fällt auf, dass sie wirklich jedes Mal, wenn wir durchgedreht sind, die Ruhe bewahrt und wie ein Roboter funktioniert hat. Sie war immer besonnen und hat uns zusammengehalten. »Als du mit dem Schwangerschaftstest ankamst, war ich nicht nur wütend auf dich, sondern auch auf mich, weil ich nicht aufgepasst habe. Ich hab sonst immer aufgepasst. Und was wär das für ein beschissenes Klischee, die Türkin mit Kind und ohne Job? Meine Mutter wollte halt, dass ich einen anderen Weg gehe als sie.« Ich versichere ihr, dass es okay ist, wenn sie Fehler macht, dass es natürlich darum gehen sollte, was sie will, und die Gesellschaft sich mal ficken soll. Ratschläge, die man anderen gibt, sollte man vielleicht auch mal selbst beherzigen. Dass es nicht einfach ist, davon losgelöst zu entscheiden, wissen wir leider auch. Wir beschließen, das Wochenende zusammen in Leipzig zu verbringen. Wir reden viel, spazieren, schreiben Bewerbungen für sie und kochen. Am Sonntag ist Meryam dann so weit: »Lass uns zur Notapotheke gehen und einen Schwangerschaftstest kaufen. Oder hast du den anderen zufällig dabei?« Da fällt mir ein, dass ich ihn auf dem Küchentisch meiner WG liegen gelassen habe. Aber gut, mein Ruf dort ist eh längst ruiniert. Ich bestehe darauf, den neuen Test von dem Geld, das ich für die Fahrt nach Berlin vorgesehen hatte, zu bezahlen und mich dem verurteilenden Blick des Apothekers auszusetzen. Der Test ist negativ. Meryams wunderbarer Mitbewohner sponsert uns eine Flasche Sekt. Meryam zeigt mir ihren neuen Lieblingssong von SZA, und nach dreimal Repeat kann ich ihn schon auswendig mit ihr durch die Küche grölen:

Wish I was the type of girl you take over to mama
The type of girl, I know my daddy, he'd be proud of
Wanna be a type of girl you take home to your mama
The type of girl, I know your fellas they'd be proud of
Normal girl
I wish I was a normal girl

»Den sollten wir mal mit Superbusen covern«, sagt sie zwischen dem siebten und achten Mal.

»Ja, das sollten wir.«

3

Meryam und ich beschließen, am Montag nach Chemnitz zu fahren. Heute findet das »Wir sind mehr«-Konzert statt, und nachdem wir uns im Chat mit unseren Chemnitzer Freunden tagelang über dieses Happening beschwert haben, denken wir, wir sollten vielleicht kurz mal versuchen, unzynisch zu sein und es uns wenigstens anzugucken.

Es ist befremdlich. Stets waren zu wenige Menschen auf den Straßen, und plötzlich winken bekannte Männerbands, und aus ganz Deutschland wollen die Leute anreisen. Wir befürchten, dass sich da ganz viele Leute treffen werden, um sich selbst auf die Schulter zu klopfen, weil sie die Guten sind, weil sie irgendwie verschwurbelt »gegen Rechts« sind, ohne zu wissen, was sie damit eigentlich genau meinen, nur um dann wieder wegzufahren und sich nicht für die Strukturen und Leute vor Ort zu interessieren. Die Tatsache, dass die ganze Nummer vom

Stadtmarketing unterstützt wird und es wahrscheinlich wie immer in letzter Zeit um die blöde Kulturhauptstadtbewerbung, Hashtag Chemnitz2020, geht, macht es nicht besser. In der Facebook-Veranstaltung verkündeten schon seit Tagen Leute, dass sie hoffen, dass das Ganze nicht zu links werde, weil jeder Extremismus sei ja scheiße und es ginge sowieso nicht in erster Linie um Politik. Was für Arschlöcher. Philipp und Selma wollen gleich gar nicht hin und können nicht verstehen, warum wir uns das »antun«.

Auf dem Bahnsteig kommt uns ein Polizeiauto entgegen. Auf dem Bahnsteig. Ein Polizeiauto. In Sachsen erklärt so eine Veranstaltung sogar ein Polizeiauto am Leipziger Bahnsteig, also nehmen wir es hin. Sie checken ab, wer und wie viele Menschen in den Zug wollen. Alle wollen. Es sind unendlich viele Leute. Und, oh Gott, sie sind jung. Alle Zecken der Stadt wollen nach Chemnitz und alle Teenies aus ganz Deutschland ebenfalls. Den ersten Zug können wir schon mal nicht nehmen, weil er zu voll ist und wir nicht willens sind, es allzu stark zu versuchen. Beim nächsten lassen wir uns aber nicht lumpen. Vordränglermeisterin Meryam und Vordränglermeisterin ich schnappen uns Sitze in der ersten

Klasse, weil wenn die erste Klasse mal aufgehoben ist, dann ja wohl heute. Hier wird eh keine Kontrolleurin der Welt überhaupt nur durch die Gänge kommen. Der Zug ist so voll, dass Leute auf dem Boden sitzen und sogar oben auf der Gepäckablage liegen. Jeder zweite Schoß ist ebenfalls besetzt. In unserem Abteil wird sogar noch fix jemand durchs Fenster reingezogen, kurz bevor es losgeht. Da hat die Polizei wohl nicht gut genug aufgepasst. Das Wort »Woodstock« fällt das erste Mal irgendwo zwischen Bad Lausick und Geithain. Und weil die Leute sich für Hippies halten, kann ich die Gelegenheit nutzen und das tun, wovon ältere Menschen immer in ihren Erinnerungen schwelgend erzählen: Ich zünde mir eine Zigarette an und rauche schön eine im Zug. Kurz denke ich, das war das alles vielleicht schon wert. Meryam ist jetzt auch dabei. Niemand hat was dagegen, obwohl es immer heißt, dass die jungen Leute heute nicht mehr rauchen.

Wir treffen auf Jana, Fred und Philipp und alle möglichen Leute. Anne ist extra aus Köln angereist und ist genervt von ihren Kölner Freunden, die offenkundig wirklich nur der Bands wegen da sind und ständig über Chemnitz ablästern. Die Innenstadt ist nicht wiederzuerkennen. Waren überhaupt mal so viele Menschen hier? Das Alkoholverbot auf den Grünflächen scheint zumindest heute aufgehoben. Wäre lustig, wenn nicht. Wir sind erleichtert, dass doch Politik stattfindet. Es gibt Stände von Chemnitzer Organisationen, das Bündnis Chemnitz Nazifrei sagt gute Sachen auf der Bühne, ein paar schön extremistische Ansagen von Bands gibt es auch, zum Beispiel von Feine Sahne Fischfilet und K. I. Z. Einige im Publikum beschweren sich über die Linken, Typen grölen und pogen rum, immer wieder sieht man auf Plakaten die Lüge »Chemnitz ist weder grau noch braun«, und es geht das Gerücht um, dass ein paar Faschos unterwegs sind, um die sich aber »die Berliner kümmern« würden, was auch immer das bedeutet. Es gibt einen Bratwurststand. Als die Toten Hosen auftreten, halten wir es nicht mehr aus, obwohl das Auftreten von Rod bei »Schrei nach Liebe« mich natürlich nicht ganz kaltlässt, aber ich versuche mich zurückzuhalten.

Wir schaffen Anne und ihre Freunde zum Bahnhof, weil die natürlich lieber in Leipzig übernachten wollen, und kommen am Fuchsbau vorbei. Anne möchte ihre Freunde wissen lassen, dass wir dort Hausverbot haben. Das finden die richtig spannend, also erzählt sie. Wir waren auf einer Party dort, weil

Fred aufgelegt hat. Der Club war schon immer schlimm. Es herrschte stets eine sehr aggressive Stimmung, und die Getränke waren so billig und stark, dass wirklich auch der vernünftigste Säufer blitzschnell rotzbesoffen war. So schubsten wir uns an diesem Abend schon auf der Tanzfläche mit Arschlöchern rum, schmissen vor Wut irgendwann alle Gläser, die wir in die Finger bekamen auf den Boden, und als wir rauchen gehen wollten, packte jemand Jana an den Hintern. Sie sagte zu dem Typen »Wenn du das noch mal machst, kriegst du eine auf die Fresse«, und der Security, der das mitbekommen hatte, sagte zu dem Typen: »Los, mach es noch mal!« Da haben wir ihn wahrheitsgemäß als Fascho bezeichnet und wurden rausgeschmissen. Ich konnte gerade noch fix mit Anne reinrennen, unsere Jacken holen und Fred Bescheid sagen. Beim Rausgehen sagte der Security noch »Heil Hitler« zu uns. Annes Freunde sind schockiert. Ihr Freund Sebastian sagt: »Das ist ja furchtbar, zieht bloß schnell alle hier weg!« Jana und Fred werfen Anne einen vielsagenden Blick zu, und sie sagt zu ihm: »Ich finde es ganz gut, dass ein paar Menschen hierbleiben« und nimmt die beiden mit einem geflüsterten »Tut mir leid« in den Schwitzkasten. Jana will trotzdem noch einen draufsetzen und fängt mit »Das ist noch gar nichts gegen die Geschichte, wie mich mal paar Crystal-Nazis durch die Bazillenröhre jagten …« an, aber da müssen Anne und ihre Freunde schon losrennen, um den Zug nicht zu verpassen.

4

Der Kledeka soll schließen. Ich weiß, wir sollten gerade andere Probleme in dieser Stadt haben, aber es ist wirklich eine Katastrophe, weil dieser Laden stets unser zweites Wohnzimmer war. Direkt an der Uni, auf der Reichenhainer, wo wir alle irgendwann mal gewohnt haben, und nebenan von Stefans, Selmas und Philipps jetziger WG, wo ich die letzten Nächte übernachtet habe, um nicht allein sein zu müssen. Ich will Frühstück für alle besorgen, weil Stefan und Philipp sich ununterbrochen über die Nachrichten zu Chemnitz aufregen, und sehe das Schild mit der traurigen Ankündigung. Wie soll ich es ihnen nur beibringen? Das bedeutet, dass sie in Zukunft immer ewig zum Penny laufen müssen. Es wird keine seltsamen Gespräche mehr mit Björn geben, der da, seit wir in Chemnitz wandeln, arbeitet, und niemand wird sich mehr nach uns richten, was Angebot und Öffnungszeiten angeht. Philipp hat zum Beispiel mal mehr Mate gefordert und dann gab es mehr Mate, und eine Mitarbeiterin hat mich mal gefragt, ob es sich denn lohne, zwischen den Jahren zu öffnen, und ich sagte, ja, das lohne sich, und dann hatte ich ein schlechtes Gewissen, weil ich gefühlt die einzige Kundin war. Ach, Kledeka. Was soll denn da jetzt reinkommen? Ein Barbershop? Noch ein Copyshop? Burgerladen? Suppenbar? Bubbletea? Ich sage den anderen erst mal nichts. Die lesen gerade ohnehin ein dummes Zitat von Annegret-Kramp-Karrenbauer über den Auftritt von Feine Sahne Fischfilet und viele zustimmende Kommentare, weil die Polizei und Deutschland zu beleidigen genauso schlimm ist, wie wenn Nazis Leute angreifen. Ich mache Rührei.

Nach einer weiteren Stunde Rumhängen und Aufregen betritt Selma die Küche und will von alledem nichts hören. Sie erzählt lieber von ihrer Idee eines Winter-Festivals mit Chemnitzer Künstlern und Bands, um Spenden für verschiedene Projekte zu sammeln. »Wollt ihr dafür vielleicht Superbusen reaktivieren? Wär cool«, schlägt sie halb gähnend vor. »Find ich gut«, antworte ich, »du musst aber die anderen fragen, ich gehöre ja nicht wirklich zur Band. Komm doch heute Abend mit zu mir, wir wollen uns alle da treffen. Stefan und Philipp passen auf Juri auf.«

Erst mal ist aber wieder Demo. Während Meryam und ich ein paar ausgesetzt haben, waren die anderen bei jeder in den vergangenen Tagen dabei, oder sind es schon Wochen? Stefan sagt, er hat ein Demo-Burnout. Heute sind es über 2000 Rechte, beim Gegenprotest etwa 1000. Hashtag Wirsindmehr.

5

Ich öffne das Türschloss meiner Noch-WG mit zittriger Hand. Wieder dieses Türschloss, wieder dieses Treppenhaus, als wäre ich gerade nur vom Einkaufen gekommen, wieder der Flur, im Bad noch immer der rumliegende Rasierer, mit dem ich mich, bevor ich nach Berlin gefahren bin, zugerichtet habe, weil dieser ganze Scheiß ja sein muss. Nicht, dass Paul oder irgendein Typ das vorher mal verlangt hätte, es ist vor allem ein Diktat unter Frauen. Von Freundinnen habe ich allerdings auch schon gehört, dass es ihre sexuellen Partner lieber glatt haben. Also bei Frauen, nicht bei ihnen selbst, ist ja klar. Ich glaube, es gibt einen starken Wunsch nach einem Memo, dass wir jetzt alle damit aufhören. Ich tue es auf jeden Fall ab sofort und schmeiße den Rasierer weg. Und danach auch alles andere. Nichts von dem, was noch in meinem Zimmer ist, brauche ich noch. Das hätte ich alles schon viel eher haben können. Ich bringe alles zum Müll, stelle einiges auf die Straße in eine »zu verschenken«-Kiste und hieve die Klamotten in den Spendencontainer. Es ist ein gutes Gefühl, wenn man den Sack reinwirft und die Klappe mit dem Griff zurungst. Ich habe vorgestern jemanden für mein Zimmer gefunden, und die will sich das heute noch angucken, also mache ich klar Schiff. Maxi und Amanda haben von Paul die News gehört und mir angeboten, bei ihnen zu wohnen, sie würden sich sogar sehr freuen, schreiben sie. Misandria wollen mich mit auf ihre Tour nehmen, und ich habe Ja gesagt, weil jetzt erst mal das Dazwischen mein Zuhause sein soll, bis ich etwas finde, das zum Bleiben passt oder eben nicht. Ich will den ganzen Technikkram lernen, ich will wieder rumfahren und in verschiedenen, echten Betten schlafen.

Weil ich keine große Sache daraus machen will und keinen weiteren komischen Abgang hinlegen will, habe ich Meryam, Jana und Fred Bescheid gesagt und sie auch für heute Abend zu mir eingeladen. Die drei kommen gemeinsam und haben erschreckend viel Sauferei dabei. Fred macht uns Giselas, die ich mittlerweile wieder trinken kann, und dazwischen gibt es Riesling. Als Erstes wollen sie wissen, ob die Interessentin das Zimmer haben will, und ich sage Ja. Ein bisschen sind sie enttäuscht, aber sie freuen sich auch für mich. Ich erzähle von Selmas geplanter Superbusen-Reunion. Alle sind sofort dafür, aber »nur wenn du auch auf der Bühne bist!«. Seit dem Gespräch mit Meryam habe ich beschlossen, mich und andere nicht mehr zu belügen, also verrate ich den anderen den wahren Grund meiner Bühnenabstinenz. »Erinnert ihr euch an den Kommentar von dem Typen unter dem Instagrambild von Amanda und mir? Danach habe ich mich absichtlich übergeben und dann tagelang nichts gegessen. So läuft das bei mir. Ich kann mich nicht wie ihr einfach auf eine Bühne stellen.« Meryam hält meine Hand, was mich noch mutiger macht. »Und ihr … na ja. Ihr sprecht immer mal wieder von so Sachen wie ›das und das macht dick‹ und dieses oder jenes könntet ihr nicht tragen, weil es aufträgt, und so ein Scheiß. Ihr habt Angst davor, das zu sein, was ich bin. Und ich mache dabei natürlich mit. Ich hab ja auch Angst davor.« Jana sagt »Fuck«. Fred fällt mir einfach um den Hals. Und dann erzählen alle von ihren Unsicherheiten. Meryam berichtet, wie viel Schiss sie anfangs hatte, in Sachsen aufzutreten, weil sie immer als »die Ausländerin« galt, Fred gibt zu, manchmal Juri zu verschweigen, weil sie keinen

Bock auf Fragen nach »dem Vater« hat, und Jana bekam seit ihrer Teeniezeit zu hören, dass an ihr »nichts dran sei«. »Warum reden wir erst heute darüber?«, frage ich. »Ich glaube, es sind die Giselas!«, sagt Fred. »Leute, ich muss euch was sagen«, lallt Meryam jetzt schon. Oh je, was kommt jetzt noch? Sie holt ihr Handy hervor. »Ich hab in den letzten Wochen Superbusen-Songs geschrieben, weil ich irgendwie gehofft hab, dass es vielleicht noch mal was wird.« Wir sind wahnsinnig gerührt. Wie gut, dass ich hier noch eine Gitarre rumstehen habe und Meryam sie uns vorführen kann. Die Titel lauten unter anderem »Bruce Willis' deutsche Wurzeln«, »Baby, kann ich mit raufkommen, mein Handy bei dir laden?« und »Du bist bei der Fusion und hast keinen Empfang«.

Man merkt, dass sie jetzt in Leipzig wohnt. Wir lachen so laut, dass wir erst beim dritten Mal hören, wie Selma klingelt. Die findet uns schon ziemlich besoffen vor, Jana ist co-besoffen, und wir verkünden im Chor: »Wir machens!« Selma sagt: »Cool! Aber ich hab auch noch schlechte Neuigkeiten mitgebracht.« Wir setzen uns. Selma nimmt einen Schluck Wodka aus der Flasche und verkündet: »Leute. Der Kledeka macht zu.«

Die Nacht will ich nicht mehr in der Wohnung verbringen, es ist auch gar nichts mehr im Zimmer. Also taumeln wir zu Janas, Freds und Juris Wohnung. Den Kaßberg hinab, in die Innenstadt, zum Bahnhof, durch die Bazillenröhre. Eine Flasche Sekt haben wir noch. Die Stadt ist wie ausgestorben, also normal. Jana macht auf ihrem Handy ein bisschen Musik, es klingt ganz gut im Tunnel. »Ich hab was Gutes«, kündigt sie die nächste Nummer an. Obwohl wir den Song noch nie zusammen gehört oder gesungen haben, kennen wir alle den Text.

I'm in the corner
Watching you kiss her
I'm right over here, why can't you see me?
I'm giving it my all
But I'm not the girl you're taking home
I keep dancing on my own

6

Ben hat sich aus lauter Vorfreude, dass ich endlich ausziehe, bereit erklärt, die Schlüsselübergabe und alles andere für mich zu regeln, sodass ich noch heute nach Berlin abhauen kann. Es ist niemand zu Hause. Ich mache R.SA an. Es läuft »Smalltown Boy«. Es ist so weit. Ich spule die obligatorische Rückblende ab. Heulen, lachen, warten, streiten, lieben, feiern, verzweifeln, aufraffen, verabschieden. Noch mal alles angucken: Den rosafarbenen Fleck auf den Fliesen von runtergefallenem Rouge, den riesigen Kaffeefleck vom Ausrutschen, die während der Prüfungsphase nervös abgepulte Tapete, den besoffen abgeruppten und mit Gaffatape wieder befestigten Schubladengriff, das Brandloch im Sessel, das verkippte, nie weggekratzte Wachs auf der Ablage, den Luftballon von irgendeiner Party, in dem immer noch Restluft ist, 3 Konfettistückchen in jeder Fuge, die kaputte Kachel im Boden, an der wir uns ständig verletzt haben, die Winkekatze, die irgendjemandem gehört. Flur, Bad, Küche, Balkon, Sessel, Zimmer, Wohnungstür. Ich lege den Schlüssel auf den Flurtisch und stimme den obligatorischen Abschiedssong an. »Gold teeth and a curse for this town …« Vor der Tür steht ein Typ, der gerade in die Wohnung will. Er stellt sich als Philipp vor. Philipp Schmidt. Jetzt reicht es aber.

EPILOG

Meryam, Jana und ich stolpern angesoffen über das Gelände des Kosmonaut-Festival am Stausee Oberrabenstein. Mist, es spielt gerade nur Bosse. »Hey-Hey!« und »Wo-ho!« sagt der gerade mal wieder. Weil er das Publikum anfeuern will und weil seine Texte vor allem aus diesen Wörtern bestehen. Meryam will weiter. Jana und ich machen aber keine Anstalten und grinsen uns heimlich an. »Lass mal auf Fred und Juri warten«, schieben wir einen Grund vor, damit wir nicht weitergehen müssen, obwohl wir auch woanders warten könnten. Bosse ist schließlich der, der vor etlichen Jahren mal diesen einen guten Song hatte. Fred kommt mit Juri auf den Schultern an: »Ach, du Scheiße, Bosse. Aber dieses eine Lied damals, das war richtig gut!«

»Drei Millionen!«, schreit Jana.

»Genau das! Was habe ich dazu geheult!«

»Krass, ja, wir auch!« Wir sind enttarnt.

Meryam rollt mit den Augen. »Wollen wir noch ein Bier holen?«

»Lass nur noch das nächste Lied abwarten, wer weiß …« Wir bilden eine Bosse-Wand. Und klar, so will es das Happy End, kommt genau jetzt das Lied.

»Oh mein Gott!« Alles kreischt.

Wir liegen uns in den Armen wie süße Pferdemädchen, und brüllen Richtung Bühne: »Herz alle, Konto leer!« Obwohl der Gesang erst einen Takt später beginnt. Etwas peinlich, aber egal.

Aber jetzt doch: »Herz alle, Konto leer! Das letzte Geld, Wohnungstür!«

Meryam: »Was zur Hölle?«

»Mery, du musst das verstehen«, schreit Fred ihr ins Ohr, »das war DER Song damals für Liebeskummer!« Wir missionieren leicht übertrieben.

»Na gut, wenn das so ist.« Meryam hakt sich ein und macht mit. Der Text ist schnell verstanden und eingeübt. Sie muss uns wirklich sehr lieben.

Dein Arzt hat gesagt, es ist okay, aber alles tut weeeeeh!

Deine Freunde sagen dir, es geht vorbei, aber es geht nicht so leicht!

In deiner Stadt leben über drei Millionen und du bist
heute Nacht unterwegs
Um zu sehen, ob unter diesen 3 Millionen jemand ist
der dich versteeeeht
Jemand ist, der dich versteeeeht.

»Ich versteh jetzt den Struggle!«, brüllt Meryam uns allen gleichzeitig ins Ohr.

»Ja, 'ne?«

»Voll krass, oder?«

»Boah, ich glaube, ich frag Maxi und Amanda mal, ob wir das mit Misandria covern.«

Sogar Juri wippt.

Bosse macht jetzt wieder diesen »Hey-Hey«-Unfug. Alle sollen »Hey-Hey« machen.

»Wisst ihr eigentlich noch, wegen wem ihr damals Liebeskummer hattet, als ihr das Lied gehört habt?«, fragt Meryam.

»Ich habe keinen Schimmer.«

»Nee.«

»Ich auch nicht.«

Wir schlendern zum Bierstand.

Meryam wird wieder ungeduldig. »Jetzt aber schnell. Wir haben gleich Soundcheck.«

Paula Irmschler, 1989 in Dresden geboren, zog 2010 für ihr Studium nach Chemnitz. Nach fünf mehr oder weniger erfolgreichen Jahren ging sie nach Köln, arbeitete dort als Garderobiere und schrieb eine Kolumne für *Intro*. Seitdem veröffentlichte sie Texte in *Jungle World, Missy Magazine, laut.de, Musikexpress, Jolie* und hat seit 2017 eine Kolumne bei *Neues Deutschland*, in der sie meist über feministische Themen schreibt. Im Herbst 2018 wurde sie bei *TITANIC* als Redakteurin eingestellt und konnte ihren Garderobenjob endlich an den Bügel hängen.

MIX
Papier
FSC FSC® C083411

claassen ist ein Verlag der Ullstein Buchverlage GmbH
www.ullstein-buchverlage.de

ISBN 978-3-546-10001-4

Gesetzt aus Muller und Dante
Satz: LVD GmbH, Berlin
Druck und Bindearbeiten: CPI books GmbH, Leck

Reinhard Rohn

Die weiße Sängerin

Roman

GOLDMANN

Umwelthinweis:
Alle bedruckten Materialien dieses Taschenbuches
sind chlorfrei und umweltschonend.

1. Auflage
Originalausgabe November 2004

Dieses Werk wurde vermittelt durch die Literarische Agentur
Thomas Schlück GmbH, 30827 Garbsen
Umschlaggestaltung: Design Team München
Umschlagmotiv: Bilderberg
Satz: deutsch-türkischer fotosatz, Berlin
Druck: GGP Media GmbH, Pößneck
Verlagsnummer: 45239
CN · Herstellung: Sebastian Strohmaier
Made in Germany
ISBN 3-442-45239-2
www.goldmann-verlag.de

Handlung und Personen in diesem Roman
sind frei erfunden.
Die Handlung spielt in Köln;
jedoch habe ich mir bei der Schilderung einiger Orte
ein paar kleinere Freiheiten gestattet.

PROLOG

Atme, dachte er, tue einen letzten, wunderbaren Atemzug.

Dann fiel ihm trotz all der bleiernen Müdigkeit, die ihn gefangen hielt, die kleine, hungrige Katze ein. Seit über dreißig Jahren hatte er nicht mehr an die Katze am Rhein gedacht. Sie hockte auf einem kahlen Geäst, dem einzigen Baum weit und breit, und schrie kläglich vor sich hin. Andere Kinder hätten die Katze wahrscheinlich mit Steinen von dem Baum heruntergetrieben, aber er und sein Bruder redeten ihr gut zu, und dann, als alles Locken und Reden nichts half, lief Rainer zur Tankstelle und kaufte einen Liter Milch. Am Ufer fanden sie einen flachen Stein mit einer Vertiefung, den sie wie eine Schale benutzen und mit etwas Milch füllen konnten. Dann legten sie sich auf die Lauer und warteten. Nach einer Weile sprang die Katze von ihrem Baum und näherte sich ängstlich geduckt dem Stein. Gierig schleckte sie mit ihrer rosafarbenen Zunge die Milch auf. Man musste Geduld haben, viel Geduld, das hatte er schon damals geahnt.

Die Katze wurde zutraulich, und er konnte sie sogar auf den Arm nehmen, ohne dass sie ihn kratzte. Sie hatte struppiges weißes Fell und fühlte sich ganz warm an. Er spürte, wie schnell ihr Herz schlug. Sein Bruder und er einigten sich auf einen Namen: »Schneeflocke«, weil es Winter war und sie wie eine Schneeflocke vom Himmel auf den Baum gefallen war. Sie hegten wenig Hoffnung, dass ihre Mutter Schneeflocke in ihrer engen Wohnung dulden würde. Trotzdem nahmen sie das Tier mit. Sie versprachen ihrer Mutter alles: Zimmer aufräumen, Geschirr abwaschen, Schulaufgaben machen, Katze füttern, Katzenklo sauber machen, doch es half nichts. Nach drei Tagen war die Katze verschwunden. »Sie ist abgehauen, als ich für einen Moment die Balkontür aufgemacht habe«, sagte seine Mutter. Er wusste, dass sie log. Die erste Lüge in seinem Leben, die er als solche durchschaute.

Seltsam, dass er in der Sekunde seines Todes an eine schneeweiße Katze und an seinen Bruder dachte.

Er spürte, dass er nun endgültig keine Luft mehr bekam. Seinen letzten Atemzug hatte er der hungrigen kleinen Katze geschenkt. Er war erfüllt von einer düsteren, schweren Müdigkeit. Seine Kehle tat ihm weh. Alles zog sich in ihm zusammen. Er glaubte, sich erbrechen zu müssen, aber wahrscheinlich war er dazu bereits viel zu schwach. Seine Gedanken verwirrten sich, stiegen auf und schienen seinen Körper schon verlassen zu wollen, als noch ein Rest Leben in ihm war. So war es also, zu sterben – einfach keine Luft mehr zu bekommen. Wie ein Fisch, der auf dem Land zappelte und dem die Sonne mörderisch in die Augen schien. Kein Kampf mehr, keine neue Liebe. Er versuchte, sich noch einmal vergeblich aufzubäumen, und spürte so etwas wie Bedauern. Es war ein feiger, kraftloser Tod. Man hatte ihn hereingelegt.

Dann sah er die weiße Katze wieder. Sie sprang von dem einsamen Baum am Ufer und verharrte für einen winzigen Moment, um noch einmal in seine Richtung zu blicken, bevor sie in einem Wirbel aus Dunkelheit und Leere verschwand.

ERSTER TEIL

1

Sie sang. »Somewhere over the rainbow«. Irgendwo über dem Regenbogen. Sie bewegte sich gar nicht, stand nur da, leicht vorgebeugt, den Mund nah am Mikrofon, als wäre es eine Kerze, deren zarte Flamme sie hüten und beschützen müsste. Die Musiker, die hinter ihr auf der Bühne ihre Instrumente bearbeiteten, sah man kaum, blasse, unwirkliche Schemen, die sich in den Schatten der Scheinwerfer verloren, aber eigentlich waren die Musiker auch gar nicht wichtig; eigentlich ging es nur um die Sängerin. Einmal, in einer Bewegung, die so anmutig war, dass sie eindeutig in ein anderes Universum gehörte, strich sie sich eine Strähne ihres schneeweißen Haares zurück. Ansonsten waren da nur ihr bleiches Gesicht, ihr schmaler tiefroter Mund und diese helle kristallklare Stimme, die den ganzen Raum erfüllte.

Mehr Wirklichkeit gibt es nicht und wird es nie geben, dachte Brasch.

Die Stimme der Frau warf jeden Zuhörer aus der Bahn, schleuderte ihn in ein unerforschtes Land: Somewhere over the rainbow. Farben waren in ihrer Stimme; nein, ihre Stimme war ein Tor, und wenn man durch dieses Tor hindurchging, hatte man ein Stück von einem riesigen Diamanten vor sich. Schönheit oder ewiges Leben hieß dieser Diamant; man sah ihn fast nie; nur in solchen seltenen Momenten konnte man erahnen, wie riesig und zeitlos er war.

Am Ende, während der letzte Ton noch irgendwo in einer Ecke des Saales verhallte, neigte die Sängerin leicht den Kopf, lächelte verlegen, als wäre nicht ihr Publikum, sondern sie aus einem wunderbaren Traum erwacht.

Brasch beobachtete, wie die Sängerin verschwand. Sie schwebte von der Bühne, zurück in die Dunkelheit, wie ein weißer Engel, der sich eher zufällig in das Scheinwerferlicht verirrt hatte. Frank Mehler, sein Kollege von der Mordkommission, begann neben ihm heftig zu applaudieren. Der ganze Saal schien plötzlich zu toben. Allein Brasch rührte sich nicht. Er hatte noch nie so eine Stimme gehört; schüchtern, zweifelnd, voller Sanftmut, dann wieder voller Kraft und Selbstgewissheit.

»Wer ist diese Frau?«, fragte er Mehler, der ihm die Karte zu diesem Konzert besorgt hatte, doch sein Kollege verstand die Frage in dem ohrenbetäubenden Lärm gar nicht. Er lächelte nur glücklich vor sich hin und applaudierte noch frenetischer.

Zaghaft lächelnd, aber mit geschlossenen Augen kehrte die Sängerin auf die Bühne zurück. Auf magische Weise schien sie ihren Weg zu kennen. Als sie vor ihrem Mikrofon stand, wurde es sofort wieder still. Irgendwo aus dem Nirgendwo hinter ihr erklangen die ersten Takte. Die Musiker trauten sich nun gar nicht mehr aus ihren Schatten heraus. Die Zugabe, das große Finale war allein für ihre Sängerin reserviert. Mit geschlossenen Augen stimmte sie »Fever« an, flüsterte ihre Worte mehr, als dass sie sang. Brasch erkannte plötzlich, was das Besondere an dieser Sängerin war. Es war der Schmerz, ein naiver, beinahe heiterer Schmerz, der all ihre Lieder zusammenhielt. Die Sängerin war dieser Schmerz; und mit jeder Silbe, die sie sang, hauchte sie diesen Schmerz hinaus und machte ein Stück Schönheit aus ihm.

Das Publikum applaudierte noch immer, als das Licht bereits angesprungen war und zwei Männer die Bühne betraten, um die Mikrofonständer und Instrumente abzubauen. Der Traum war zu Ende. Unwiderruflich.

Brasch spürte, wie erschöpft er war. Über zwei Stunden hatte die blonde Sängerin auf der Bühne gestanden, und er hatte sich nicht von der Stelle gerührt, sondern sie nur gebannt angeschaut.

»Großartig«, rief Mehler. »Sie ist einfach großartig, und wenn sie wollte, könnte sie ein echter Star werden.« Er klang ganz gegen seine Gewohnheit wie ein Angeber, als wäre er mit der Sängerin vertraut und würde eine Menge über sie wissen. Abrupt wandte er sich dann ab und schritt auf die Bühne zu.

Brasch zögerte. Wohin ging Mehler? Der Ausgang lag eindeutig in der anderen Richtung, auch die anderen Besucher drängten in den Vorraum, wo sich außerdem die Bar befand.

Mehler winkte ihm zu. »Ich kenne den Bassisten der Band. Wir können vielleicht hinter der Bühne noch etwas trinken, und wenn wir Glück haben, sehen wir die schöne Blonde noch einmal.«

Sie stiegen eine schmale Treppe an der rechten Seite der Bühne hinauf. Einer der beiden Männer, der sich nun an einem Verstärker zu schaffen machte, schaute mit unfreundlicher Miene zu ihnen herüber, aber Mehler ignorierte ihn und schritt an einem Keyboard vorbei auf den dunklen Vorhang im Hintergrund zu. Als er den Vorhang beiseite schob, konnten sie in einen hell erleuchteten Raum blicken, der unmittelbar hinter der Bühne lag. Es sah aus wie in einer heruntergekommenen Cocktailbar. Zerschlissene schwarze Sofas standen neben kleinen Holztischen. An der hinteren Wand hatte man ein üppiges Büfett aufgebaut. Noch verloren sich allerdings nur eine Hand voll Leute im Raum. Von der schneeblonden Sängerin war nichts zu sehen.

Ein Glatzkopf in einem schwarzen T-Shirt mit der leuchtend gelben Aufschrift »Security« trat ihnen in den Weg. »Tut mir Leid, Leute«, sagte er in einem lässigen Tonfall. »Ihr habt euch in der Tür geirrt. Für diese Backstage-Party braucht man eine VIP-Karte.«

»Wir sind eingeladen«, erwiderte Mehler, ohne dem Security-Mann groß Beachtung zu schenken. Suchend blickte er in den Raum. Plötzlich hellte sich seine Miene auf. Anscheinend hatte er seinen Bekannten, den Bassisten, entdeckt.

»Bedauere.« Der Glatzkopf legte einen merklich schärferen Klang in seine Stimme. »Ich habe Anweisung, niemanden ohne eine Einladung hereinzulassen.«

Mehler warf einen kurzen Blick auf die muskulösen, tätowierten Oberarme des Mannes und lächelte ihn an. Ich bin im Training, sagte sein gefährlich mildes Lächeln. Mit so einem Wichtigtuer wie dir werde ich spielend fertig. »Ist schon in Ordnung, dass Sie Ihren Job so ernst nehmen, aber der Bassist der Band hat mich und meinen Freund eingeladen, nach dem Konzert mit ihm zu feiern.«

Brasch wusste, dass Mehler keinen Streit wollte, doch wenn er in einer gewissen Stimmung war, würde er sich nicht von irgendeinem vorlauten Wachmann abweisen lassen.

»Frank«, sagte Brasch besänftigend, »du kannst dein Bier auch vorne an der Bar trinken.«

Mehler nickte, offenbar zum geordneten Rückzug bereit, dann aber beugte der Glatzkopf sich zu ihm vor und packte ihn ziemlich grob und unvermittelt am Kragen seines dunkelroten Hemdes. Brasch ahnte, wie Mehler reagieren würde. Eine halbe Sekunde später verlor der Security-Mann sein Gleichgewicht, als hätte ihn ein Blitz getroffen, und dann stürzte er ziemlich unsanft auf den Rücken. Brasch bemerkte den jähen Schrecken und die Überraschung in dem Gesicht des Glatzkopfs; so sahen Leute aus, die sich für unverwundbar hielten und plötzlich gegen einen scheinbar ungefährlichen Gegner den Kürzeren zogen. Dabei hatte Mehler keine Zaubertricks auf Lager, aber er war sehr athletisch, verstand seine Füße einzusetzen und beherrschte ein paar ansatzlose Schläge.

Hastig sprang die Glatze wieder auf die Beine und machte einen Schritt auf Mehler zu.

»Ich mag es nicht, wenn man mich anfasst«, sagte Mehler. Es klang, als wollte er den lässigen Tonfall des Security-Typen imitieren.

Der Wachmann starrte ihn wütend an. Mit einer schnellen Bewegung hatte er einen Schlagring aus der Tasche gezogen, doch auch damit konnte er Mehler nicht beeindrucken.

Brasch fühlte sich zusehends unbehaglicher. Er sah, dass die anderen Gäste im Raum sich zu ihnen umgewandt hatten und zwei weitere Security-Leute auf sie zumarschierten. Es wurde Zeit, den Rückwärtsgang einzulegen.

Dem ersten Schwinger des Glatzkopfs wich Mehler geschickt aus. Er verteilte einen kurzen Schlag, der spielerisch aussah, als wollte er sich seinen Gegner nur vom Hals halten und ihm keinen wirklichen Schaden zufügen. Vielleicht hat er sich überlegt, dass wir hier als Polizisten keine Schlägerei anzetteln sollten, dachte Brasch. Doch im nächsten Moment hatte der zweite Security-Mann Mehler erreicht und verpasste ihm einen harten Hieb, mit dem er nicht gerechnet hatte. Er ging kurz in die Knie und drehte sich dann überrascht herum. Der zweite Wachmann war ein Walross auf zwei Beinen; er mochte gut und gerne drei Zentner auf die Waage bringen. Mehler stieß ihm seine rechte Faust vor die Brust, kein schlechter Schlag, aber bei weitem nicht kräftig genug, um das Walross in die Flucht zu schlagen. Auch der Glatzkopf mischte sich nun wieder ein, doch diesmal war Mehler auf der Hut. Er verpasste ihm eine krachende Rechte, die den Glatzkopf heftig ins Trudeln brachte, ehe ihm die Knie weich wurden und er tapsig zu Boden fiel.

Brasch begriff, dass er zu lange gezögert hatte. »Wir sind von der Polizei«, sagte er und wollte gerade seinen Ausweis hervorziehen, als er einen Schlag in den Magen kassierte. Der dritte Kerl von der Security, ein braun gebrannter Muskelprotz mit blond gefärbten, kurzen Haaren, interessierte sich keinen Deut dafür, wen er da vor sich hatte. Er holte sofort wieder aus. Brasch riss seine rechte Hand hoch. Er spürte schmerzhaft, wie Knochen auf Knochen traf, dann wich er zurück, aber der Muskelmann setzte ihm sofort nach. Brasch gelang es, seinen Kopf im letzten Augenblick zurückzuziehen. Eine eiserne Faust wischte an ihm vorbei. Mit einer trockenen Rechten versuchte er, den Hünen zurückzudrängen, was ihm auch für ein paar Momente gelang. Er versuchte noch einmal, sich verständlich zu machen. »Es ist alles ein Missverständnis …«

Ein harter Gegenstand, der aus dem Nichts heranflog, traf ihn an der Schläfe. Brasch spürte, wie seine Knie nachgaben und es ihm auf einmal ganz und gar unmöglich war, überhaupt noch Luft zu holen. In der nächsten langen Sekunde sackte er nach vorn, und während es dunkel um ihn wurde, hörte er die helle, glasklare Stimme einer Frau, aber was genau sie sagte, verstand er nicht mehr.

Es fiel ihm schwer, die Augen zu öffnen. Seine Lider waren aus Blei, und irgendwo durch seinen Kopf zogen pulsierende Wellen eines schrillen, heißen Schmerzes, so als hätte man sein Gehirn mit einem Starkstromkabel verbunden. Das Licht, das in seine Augen stach, tat ihm weh. Er sah auch nicht sofort etwas, allenfalls ein paar vage Schemen, aus denen sich ganz langsam das Gesicht einer Frau mit schneeweißem Haar formte. Die Sängerin tupfte mit einem nassen Tuch über seine Stirn. Brasch versuchte zu lächeln, aber irgendwie hatte er die Muskeln in seinem Gesicht noch nicht unter Kontrolle.

»Man hätte nicht gleich auf mich losgehen dürfen.« Die Stimme neben ihm gehörte Mehler. Er klang ziemlich selbstsicher und hatte anscheinend nicht so viel abgekriegt. »Wenn Ihr komischer Gorilla mich nicht angepackt hätte, wäre das alles nicht passiert.«

»Wir haben die Polizei gerufen«, sagte eine zweite, sehr seriöse Stimme. »Dann wird sich hoffentlich alles klären. Ich bin sicher, meine Leute haben sich vollkommen korrekt verhalten. Sie sind hier in eine private Party eingedrungen.«

Brasch bemerkte, dass er in einem der alten Ledersessel saß. Er schaffte es, sich ein wenig aufzurichten. Sofort wich die Sängerin zurück. Sie hatte dunkle grüne Augen, die ihn forschend wie eine Krankenschwester musterten. Ein eleganter dunkelhaariger Mann mit einem Dreitagebart beugte sich über ihn. »Alles wieder in Ordnung mit Ihnen?«, fragte er besorgt.

»Es geht schon wieder.« Brasch wandte den Kopf. Etliche Leute standen um sie herum und betrachteten sie argwöhnisch; die Leute vom Security-Dienst, die Musiker der Band, ein paar sehr modisch gekleidete Frauen und drei Männer, die Krawatten trugen und wie Geschäftsleute aussahen, die besonders viel Wert auf vordergründige Seriosität legten.

»Ein Krankenwagen wird gleich hier sein.« Der Mann mit dem Dreitagebart, der Brasch vage bekannt vorkam, schaute ihn besorgt an. »Es tut mir Leid, dass meine Leute so hart zugeschlagen haben, aber ...« Im nächsten Augenblick war irgendwo eine schrille Sirene zu hören.

»Hören Sie ...«, sagte Brasch, dann verstummte er. Die Sängerin reichte ihm ein Glas Wasser. Sie hatte zarte, schlanke Hände mit schwarz lackierten Fingernägeln. Dankbar blickte Brasch sie an und führte das Glas zum Mund, doch sie lächelte nicht, und auch in ihren Augen zeigte sich keine Regung. Das Wasser schmeckte, als hätte sie es mit einem Schuss Zitrone versetzt. Am liebsten hätte er sie nach ihrem Namen gefragt.

Dann sah er, dass zwei uniformierte Polizisten auf sie zuschritten. Mehler hatte sich bereits erhoben und ging ihnen entgegen. Offenbar kannte er die beiden Kollegen vom Streifendienst. Brasch war nur dem größeren der beiden, einem stämmigen grauhaarigen Mann, schon einmal begegnet.

»Keine Panik, Kollegen«, Mehler hob wie ein Priester die Hände, als gäbe es hier irgendjemanden, dem er seinen Segen erteilen müsste, »es hat ein wenig Ärger gegeben. Nichts Ernstes.«

Der größere der beiden Polizisten lächelte und reichte Mehler die Hand. »Wart ihr hier im Einsatz?«, fragte er.

»Darüber dürfen wir nicht sprechen«, erwiderte Mehler und tat besonders geheimnisvoll. Brasch bemerkte zum ersten Mal, dass Mehler doch nicht so ungeschoren davongekommen war. Seine Lippe war aufgeplatzt, und aus einer Wunde unter seinem Auge war ein wenig Blut geronnen.

»Sie kennen die beiden Männer?« Allmählich schien auch der Dreitagebart zu begreifen, mit wem es seine Security-Leute zu tun gehabt hatten. Er streckte dem größeren Polizisten die Hand entgegen. »Doktor Muller«, sagte er. »Ich bin hier der Gastgeber. Die beiden Männer konnten keine Einladung vorweisen, und als meine Wachmänner sie zurückweisen wollten, ist es zu Handgreiflichkeiten gekommen.« Er lächelte routiniert in die Runde.

»Wir nehmen die beiden jetzt mit«, erklärte der Polizist. »Sie können sich ja noch überlegen, ob Sie eine Anzeige erstatten möchten.«

»Das wird nicht erforderlich sein.« Muller schüttelte auch dem anderen Polizisten beflissen die Hand.

Mühsam richtete sich Brasch auf. Ein leichter Schwindel ergriff ihn, und fast wäre er gestürzt, wenn ihn die Sängerin nicht gestützt hätte. Sie tat es mit einer schnellen, einfachen Bewegung, als wäre sie es gewohnt, gebrechlichen Männern beim Aufstehen zu helfen. Als Brasch sie anschaute, wich sie seinem Blick aus.

Wie zwei müde, geschlagene Boxer verließen Mehler und Brasch den Raum. Kaum hatten ihre beiden Kollegen sie übernommen, eilten die meisten Gäste zum Büfett. Sanfte Musik wurde eingespielt, und Muller klatschte einmal laut in die Hände und setzte zu einer Rede an: »Liebe Freunde, tut mir Leid für die kleine Verzögerung. Wir sind hier zusammengekommen, um eine ganz besondere Sängerin zu feiern. Melancholy ...«

Nachdem sie den Vorhang erreicht hatten, drehte sich Brasch noch einmal um. Die blonde Sängerin stand neben Muller. Sie hielt seine Hand und schaute ihn auf eine Art an, die nur einen Schluss zuließ: Sie war sein Geschöpf, und er war ihr Gönner und Geliebter.

In dem hell erleuchteten Saal, der nun leer war und in dem ein paar Frauen Müll zusammenkehrten, eilte ihnen ein Notarzt entgegen.

»Entwarnung«, rief ihm der grauhaarige Polizist zu, »kannst wieder den Abflug machen. War nur eine harmlose Schlägerei.«

Der Notarzt machte ein enttäuschtes Gesicht und drehte wortlos wieder ab.

»Du bist doch in Ordnung, Kollege?« Der Polizist schaute Brasch an. »Oder willst du doch ins Krankenhaus und dich durchchecken lassen?«

Brasch schüttelte den Kopf. »Ich fahre nach Hause. Morgen geht es mir wieder besser.«

Unvermittelt lachte Mehler auf. »Matthias hat mit dem Streit angefangen«, erklärte er den uniformierten Polizisten und deutete auf Brasch. »Er wollte sich unbedingt ein Autogramm von der Sängerin holen. Damit ging der ganze Ärger los.«

Es sollte offenkundig ein Scherz sein, um die peinliche Situation ein wenig aufzulockern, doch nicht einmal ihre beiden uniformierten Kollegen lachten. Brasch ahnte, dass der wahre Ärger über ihren missglückten Auftritt noch kommen würde. Niemandem im Präsidium würde verborgen bleiben, dass sie eine Prügelei angezettelt hatten, und wenn sie besonders viel Glück hatten, würde die Geschichte von den prügelnden Polizisten es sogar auf die Titelseite des Lokalteils der Zeitung schaffen. Seit es auf einer Wache mehrere Übergriffe von Polizisten auf Betrunkene und Randalierer gegeben hatte, war man da in Köln besonders hellhörig.

2

In der Nacht erwachte er, weil ihm so übel war, dass er glaubte, sich erbrechen zu müssen. Er hatte höllische Kopfschmerzen. Brasch schaute sich im Spiegel an und zitterte am ganzen Körper. Für einen Moment glaubte er zu wissen, dass irgendetwas in seinem Kopf kaputtgegangen war. Seine Augen kamen ihm blutunterlaufen vor. Er schob sich drei Schmerztabletten in den Mund und schluckte sie mit etwas Wasser hinunter. Dann setzte er sich in sein düsteres Wohnzimmer und starrte in die Nacht hinaus. Er war froh, dass dort draußen in der Nähe des Rheins ein Licht flimmerte; vielleicht lag da ein Schiff vor Anker, oder jemand hatte seinen Wagen geparkt und einen Scheinwerfer angelassen.

Ein paar dunkle, ruhelose Gedanken schlichen ihm durch den Kopf. Er dachte an Leonie. Er hätte sie gerne angerufen und ihr von dieser völlig sinnlosen Prügelei erzählt. Leonie hätte gelacht und gewusst, was er gegen seine Kopfschmerzen hätte tun können, aber sie war schon lange nicht mehr da; mit all ihren Möbeln war sie ausgezogen, verschwunden aus seinem Leben, obwohl sie nun nur ein paar

Minuten entfernt wohnte. Dann fiel ihm die schneeweiße Sängerin ein, und er glaubte sogar ihre kristallklare Stimme zu hören. Irgendwie, ohne es wahrscheinlich selbst zu ahnen, hatte Mehler Recht gehabt. Brasch hätte gern mit ihr gesprochen und ihren Namen erfahren. Wie hießen solche Sängerinnen? Sie legten sich englische oder französische Namen zu, hießen vielleicht Candy, Margaritte oder Annalena. Er sah das Gesicht der Sängerin vor sich, wie sie mit geschlossenen Augen auf die Bühne zurückgekehrt war, so als würde sie vom Beifall wie von einem Magneten angezogen. Sie schien zu träumen, einen kurzen, glücklichen Traum zu haben, oder ihre Stimme hatte sie selbst so tief berührt, dass sie in eine Art Zauber verfallen war. Brasch stellte sich ihr Gesicht im Schlaf vor. Sah sie da auch so geheimnisvoll und entrückt aus?

Nein, dachte er dann, solche Gedanken sind kompletter Unsinn. Er arbeitete zu viel, und er war zu lange allein gewesen, hatte sich nach Leonies Abgang zu sehr in seinem Haus vergraben.

Dann, als es allmählich hell wurde und die Vögel erwachten, kochte Brasch sich einen Kaffee und rasierte sich. Die Kopfschmerzen hatten ein wenig nachgelassen. Ich sollte mir einen neuen Job suchen, dachte er, irgendetwas, das nichts mit der Polizei zu tun hat, oder vielleicht müsste ich mich wieder verlieben.

Als er in seinem Wagen saß, fuhr er nicht ins Präsidium, sondern schlug den Weg Richtung Südstadt ein. Er würde bei Rosa, der Hüterin eines wunderbaren Stehcafés am Chlodwigplatz, einen guten, schwarzen Kaffee trinken und dann eine Reise buchen – in die Karibik, oder nein, er würde sich für eine Fahrt mit dem Jeep durch die Wüste entscheiden. In der Wüste würden sich die Gedanken klären, und er würde wissen, was er ohne Leonie mit dem Rest seines Lebens anfangen sollte.

Die alte Frau stand mitten auf dem Grünstreifen. Sie trug einen bunten Kittel und sah aus, als hätte sie sich über zwei viel befahrene Fahrspuren gerettet und wüsste nun nicht mehr weiter. Eine Hand hatte sie leicht erhoben, vielleicht wollte sie jemandem zuwinken, aber dann war dieser Jemand verschwunden, hatte sich vor ihren Augen in Luft aufgelöst. Niemand kümmerte sich um die alte Frau. Brasch erkannte sofort, dass mit ihr etwas nicht stimmte. Er bremste abrupt, schaltete seine Warnblinkanlage ein und hielt an. Zwei Autos hupten, als er ausstieg und auf die Frau zulief. Sie bewegte sich nicht, hatte es anscheinend aufgegeben, die andere Straßenseite erreichen zu wollen, sondern schlang die Arme um sich, als würde sie trotz der frühen Morgenhitze frieren. Ihr Anblick rührte ihn. Für einen kurzen Augenblick dachte er, seine Mutter stehe da. Sie war aus ihrem kleinen Dorf in der Eifel gekommen und hatte sich in der lauten, hektischen Großstadt verlaufen. Auch seine Mutter trug bei der Hausarbeit noch solche unmodernen bunten Kittel.

»Was tun Sie hier?«, rief Brasch der Greisin zu, während er sich auf sie zubewegte.

Statt sich nach ihm umzudrehen, riss sie die Hände hoch und drückte sie sich auf die Ohren, als könnte sie seine Stimme nicht ertragen, aber vielleicht hatte sie sich auch vor einem großen Lastwagen erschreckt, der auf der anderen Seite an ihr vorbeigerauscht war. Doch dann, als Brasch einen letzten Schritt auf sie zumachen wollte, schien sie seine Nähe wie eine Gefahr zu spüren. Taumelnd setzte sie einen Fuß langsam vor den anderen. Brasch bekam sie an einem Arm zu fassen, bevor sie auf die Straße laufen konnte. Ein roter Mercedes bremste quietschend ab. Hinter der Windschutzscheibe sah man das wütende Gesicht des Fahrers.

»Machen Sie keine Dummheiten«, sagte Brasch zu der Frau. »Sie können nicht einfach auf die Straße laufen.«

Die Frau wand sich in seinem Griff und gab dabei leise, schrille Laute von sich. Wie eine Katze, die man in die Enge getrieben hat, dachte Brasch. Dann bemerkte er, dass sie nicht einmal richtige Schuhe trug. Sie hatte rote, schmutzige Pantoffeln an den Füßen. Wieder dröhnte ein Lastwagen an ihnen vorbei, und die alte Frau begann heftig zu zittern.

»Kommen Sie«, sagte er und versuchte ihr ins Gesicht zu sehen, »ich bringe Sie zu meinem Wagen, und dann erzählen Sie mir, wo Sie wohnen.« Er wollte sie an der Hand zurück über die Straße führen, doch sie wand sich nur zornig und abweisend hin und her. Schließlich nahm Brasch sie kurz entschlossen auf den Arm und trug sie wie ein Kind über die Straße. Unvermittelt begann die Frau zu kichern. Statt sich weiter zu wehren, wiegte sie sich wie in einem Tanz hin und her. Brasch sah, dass sie keine Zähne im Mund hatte, und in ihren braunen Augen lag eine vollkommene Leere, das schiere, glückliche Nicht-Begreifen. So mochte ein schwachsinniges Kind in die Welt blicken. Kein Wunder, dass die Frau sich verirrt hatte und nicht mehr weiterwusste. Sie musste irgendwo aus einem Altenheim geflüchtet sein oder war ihren Angehörigen davongelaufen.

Brasch setzte sie auf dem Beifahrersitz ab. Sofort veränderte sich der Gesichtsausdruck der alten Frau wieder. Sie starrte ihn erzürnt an, stieß erneut einen schrillen Laut aus und fuchtelte mit ihrer rechten Hand. Vielleicht war das eine Art Sprache. Vielleicht bedeutete das »Lass mich in Ruhe!« oder »Trag mich ein Stück weiter!«

Vorsichtig schnallte Brasch der Alten den Sicherheitsgurt um. »Können Sie mir Ihren Namen nennen?«, fragte er langsam und jedes Wort betonend. »Wie heißen Sie?«

Die Greisin öffnete ihren dunklen zahnlosen Mund, ohne jedoch ein Wort zu sagen, dann strich sie sich eine Haarsträhne zurück. Eine anmutige Bewegung, wie Brasch sie zuletzt bei einem jungen Mädchen gesehen hatte. Diese Geste verriet, dass die Alte einmal eine ganz andere Frau gewesen war, keine zahnlose Verwirrte, die nicht einmal mehr eine Straße überqueren konnte.

Brasch versuchte es noch einmal. »Haben Sie einen Namen? Wo wohnen Sie?« Aber er wusste, dass es sinnlos war. Die Frau musterte ihn mit ihren leeren Augen, und dann, als wollte sie ihm ihre Verachtung zeigen, verzog sie den Mund und leckte sich über die Lippen.

»Gibt es einen Ort, wo ich Sie hinbringen kann?« Brasch blickte der Frau in die Augen und sprach so beruhigend auf sie ein, wie er konnte. Vielleicht wurde sie vermisst, und es lag eine Anzeige vor. Er überlegte, ob er im Präsidium nachfragen sollte, dann fiel ihm ein, dass den Bewohnern von Altenheimen ihre Namen in die Kleider eingenäht wurden, damit die Wäsche nicht durcheinander geriet.

Wieder gab die Alte ein paar hohe Töne von sich, die nun eher erschreckt als zornig klangen.

»Wenn Sie erlauben«, sagte Brasch, »würde ich gerne nachsehen, ob Sie irgendwo in Ihren Kleidern ein Zeichen haben.« Er strich der Frau über die Schultern und kam sich für einen Moment ganz hilflos vor, dann führte er seine rechte Hand zum Kragen des Kittels. Möglicherweise stand da ein Name oder eine Angabe, die ihm weiterhelfen konnte.

Die Alte schien zu erraten, was er vorhatte. Ihr Kopf ruckte zurück, ihrem Mund entfuhr ein zischendes Geräusch, und dann schlug sie nach ihm, klopfte ihm mit der Faust dreimal gegen die Brust.

»Beruhigen Sie sich«, sagte er. »Ich will Ihnen nichts tun.« Eine Frau auf dem Gehsteig war stehen geblieben und beobachtete Brasch. Als er ihren Blick erwiderte, ging sie schnell weiter. Es würde ihm nichts übrig bleiben, als mit der verwirrten Alten zum nächsten Polizeirevier zu fahren. Brasch schloss die Beifahrertür. Er bemerkte, dass die Frau erneut zusammenzuckte; sie verhielt sich beinahe, als wäre sie misshandelt worden. Jedes laute Geräusch schien sie zu erschrecken. Mit ihren leeren braunen Augen verfolgte die Frau, wie er um den Wagen herumging. Er stieg ein, und dann, während er nach dem Zündschlüssel griff, um ihn herumzudrehen, sah er, dass in ihrem Schoß, auf dem Kittel mit dem bunten Blumenmuster, ein weißer zerknüllter Zettel lag. Wo kam der Zettel her? Die Alte musste ihn die ganze Zeit in der Hand gehalten haben.

Brasch tat so, als würde er den Wagen starten; einen Moment später jedoch schnellte seine linke Hand vor, ohne dass die Alte es bemerkte. Sie starrte ihn weiter an und registrierte gar nicht, dass er den Zettel an sich genommen hatte.

Das Papier war vollkommen zerknittert und fühlte sich ganz warm an. Eine Adresse stand da, ordentlich in einer schwungvollen, selbstbewussten Handschrift notiert. *Robert Schmoll, Höfestraße 5, Erdgeschoss, rechts.*

Die Höfestraße lag in Kalk, einem alten Arbeiterviertel von Köln, das in der Stadt keinen besonders guten Ruf genoss. Die Fabriken waren nach und nach alle dichtgemacht worden, und wer konnte, war weggezogen. Nirgendwo in Köln lebten mehr Arbeitslose. Dass man ein Theater aufgemacht und das Polizeipräsidium hierher verlegt hatte, hatte auch nicht viel geändert. Nicht einmal die Zahl der Wohnungseinbrüche war gesunken.

Die alte Frau neben Brasch gab durch nichts zu erkennen, ob ihr die Gegend bekannt vorkam. Wie ein neugieriger Vogel wandte sie manchmal den Kopf und murmelte etwas vor sich hin, das er nicht verstehen konnte.

»Wohnen Sie hier?«, fragte Brasch. »Ist das Ihre Straße?« Er erwartete nicht wirklich eine Antwort, sondern hoffte, dass seine Stimme sie weiter beruhigte. Als er vor dem Haus Nummer fünf einparkte, schaute sie ihn kurz an, in ihren Augen stand ein kurzes, unsicheres Flackern, und dann kicherte sie wieder, als hätte er sich einen Scherz mit ihr erlaubt.

Er half ihr beim Aussteigen. Mühsam kletterte sie aus dem Wagen und hielt sich sogar an ihm fest. Eine Art Vertrauensbeweis, dachte Brasch. Langsam gingen sie auf das Haus zu. Die Adresse auf dem Zettel stimmte. An dem Klingelbrett fand Brasch den Namen »Schmoll«. Er klingelte, doch nichts geschah. Die Frau schaute ihn entgeistert an, als würde sie auch nicht verstehen, warum ihnen niemand öffnete. Robert Schmoll war nicht zu Hause, vielleicht war er ihr Mann oder ihr Sohn und fuhr in diesem Moment durch die Stadt, um seine Mutter zu finden. Brasch drückte auf den Klingelknopf für die andere Wohnung im Erdgeschoss. Nach dem zweiten Klingeln wurde ihm geöffnet. Brasch nahm die alte Frau an die Hand und trat ein. Im Treppenhaus war es dunkel und kalt. Ein ramponierter Kinderwagen stand darin, in dem jemand eine leere Bierkiste deponiert hatte. Ein junge schwarzhaarige Frau spähte misstrauisch aus ihrer Wohnungstür.

»Verzeihen Sie«, sagte Brasch. »Ich suche Herrn Schmoll.«

Die junge Frau machte eine abwehrende Handbewegung. »Ich wissen nicht«, sagte sie mit schwerem Akzent. Wahrscheinlich war sie Türkin, jedenfalls schien sie sich noch nicht lange in Deutschland aufzuhalten. Aus der Wohnung hinter ihr drang der Schrei eines Kindes. Brasch spürte, wie die alte Frau wieder zusammenzuckte. Jedes laute, neue Geräusch schien sie zu ängstigen und in Unruhe zu versetzen. Leise begann sie etwas vor sich hin zu brabbeln.

»Wissen Sie, wo ich Herrn Schmoll finden kann?«, fragte Brasch. Als die Türkin hastig den Kopf schüttelte, deutete er auf die Alte neben ihm. »Kennen Sie diese Frau?«

Die Türkin runzelte die Stirn und musterte die Greisin einen Moment lang. Dann schüttelte sie erneut den Kopf und schloss die Tür. Brasch hörte, wie sie ihrem Kind etwas zurief, das klang, als würde es sich reimen.

Die Tür zu Robert Schmolls Wohnung war fest verschlossen. Kein Laut drang aus der Wohnung. Als Brasch gegen das Holz pochte, begann die alte Frau wieder zu zittern. »Tut mir Leid«, sagte er entschuldigend zu ihr. »Niemand zu Hause.«

Er würde sie mit ins nahe Präsidium nehmen und den Kollegen übergeben. Wenn man keinen Angehörigen ausfindig machen konnte, würde man die Frau in ein Pflegeheim einweisen müssen.

Brasch wandte sich von der Tür ab und ging auf die Haustür zu. Doch damit erregte er den Unwillen der Alten. Sie versuchte, sich von ihm loszumachen, und rührte sich nicht von der Stelle, als wären ihre Beine mit einem Schlag gelähmt. Also hat sie doch noch einen Funken Verstand in ihrem Kopf, dachte Brasch. Sie wohnt hier oder hat hier gewohnt und will nicht so einfach wieder gehen.

»Sie können hier nicht bleiben«, sagte er mit sanfter Stimme, die aber ihre Wirkung verfehlte. »Es ist niemand da, der sich um Sie kümmern kann.« Dann fiel ihm der zerschrammte Blechbriefkasten mit der Aufschrift »Schmoll« auf, der hinter der Eingangstür hing. Zwei dicke bunte Kataloge steckten da. Werbung. Robert Schmoll war offenbar schon seit einiger Zeit nicht mehr zu Hause gewesen.

Mit der widerspenstigen Alten im Schlepptau ging Brasch an dem Briefkasten vorbei in den Hinterhof des Hauses. Mülltonnen standen neben der Tür, zwei nicht verschlossene Fahrräder und seltsamerweise ein altes Klavier, das noch einigermaßen intakt aussah. Hinter einer schmalen asphaltierten Fläche war ein kleiner privater Kinderspielplatz angelegt worden. Auf einer Rasenfläche, die etwa zwanzig Meter bis zu einer hohen Backsteinmauer reichte, hatte man einen Sandkasten, eine alte Holzwippe und ein Klettergerüst aufgestellt.

»Bitte bleiben Sie hier sitzen.« Brasch lächelte die alte Frau an und drückte sie auf den Hocker, der vor dem Klavier stand, als würde hier tatsächlich jemand spielen. Die Alte musterte ihn verständnislos, dann gehorchte sie und setzte sich, aber voller Unruhe, als würde sie jeden Moment wieder aufspringen wollen. Brasch eilte zu dem ebenerdigen Balkon, der zu Schmolls Wohnung gehören musste. Die gemauerte Brüstung zu überwinden bereitete ihm keine Mühe, auch wenn ihm seine Kopfschmerzen noch immer zu schaffen machten.

Robert Schmoll gehörte nicht zu den Menschen, die ihren Balkon als eine Art idyllischen Vorgarten auffassten. Keine Pflanzen waren hier zu finden, nichts außer einem Plastikstuhl, einem zerbeulten Farbeimer und einem ausrangierten Hometrainer. Auf der Brüstung stand eine Untertasse mit ein paar Zigarettenkippen. Vor dem Fenster und der Balkontür hingen keine Gardinen.

Brasch warf der Alten auf dem Klavierhocker einen Blick zu. Sie schien ihn vergessen zu haben. Irgendetwas an ihren roten Pantoffeln hatte ihr Interesse erregt. Vielleicht hatte sie bemerkt, wie schmutzig sie waren. Mit beiden Händen wischte sie fahrig an ihnen herum. Brasch war es recht, so jedenfalls bestand keine Gefahr, dass sie wieder weglief.

Auch von dieser Seite machte die Wohnung einen verlassenen Eindruck. Brasch legte beide Hände gegen das Glas und versuchte hineinzuspähen. Es war nicht viel zu sehen: ein brauner, einfacher Couchtisch, ein kariertes altmodisches Sofa, über dem die große Fotografie eines Boxers hing, ein ausladender Ohrensessel und eine Standuhr, die aber nicht mehr funktionierte; das messingfarbene Pendel bewegte sich nicht. Hinter ihm wimmerte die Alte plötzlich auf. Brasch war schon im Begriff, sich abzuwenden, als er etwas entdeckte, das ihm den Atem stocken ließ. Er sah Füße, zwei nackte, bläuliche Füße. Kein Zweifel, in dem Ohrensessel hockte jemand.

Brasch zog sich Plastikhandschuhe über, und dann klopfte er heftig gegen das Glas, obschon er ahnte, dass dieser Jemand im Sessel sich nicht rühren würde. Die Alte hatte sich von ihrem Hocker erhoben und machte ein paar Schritte auf den Sandkasten zu. Sie schaute argwöhnisch zum Himmel, als würde sie jeden Moment einen kräftigen Regenguss erwarten, dabei war der Himmel wie in all den letzten Wochen blau und wolkenlos. Brasch zog sein Taschenmesser hervor, steckte es in die Fuge zwischen Tür und Rahmen. Nach drei kraftvollen Versuchen war es ihm gelungen, die Balkontür aufzubrechen. Das Holz war alt und brüchig und bot wenig Widerstand.

In der Wohnung lag ein intensiver, eigentümlicher Geruch, der nur einen Schluss zuließ. Brasch stieß die Balkontür ganz weit auf und holte tief Luft, um in den stickigen Raum wie in einen fauligen See einzutauchen. Ein Mann saß in dem Ohrensessel. Er trug ein weißes Unterhemd und eine zu kurze, blau glänzende Trainingshose. Ganz aufrecht saß er da, seine behaarten muskulösen Arme lagen verkrampft auf der Holzlehne. Auf dem Tisch vor ihm standen zwei leere Gläser, aber nicht so, als hätte er einen Gast gehabt, sondern als hätte er aus beiden Gläsern getrunken. In einem Glas klebte noch ein weißliches Pulver.

Es war unschwer zu erkennen, dass der Mann schon eine geraume Zeit tot sein musste. Wer dieser Mann genau war, konnte Brasch jedoch nicht feststellen. Der Tote hatte kein Gesicht. Wie in einem absurden Bild trug er eine bunte Plastiktüte über dem Kopf. »Genießen Sie Ihr Leben – Bezahlen Sie nicht jeden Preis« stand da in gelber Leuchtschrift über dem Zeichen eines Drogeriemarktes.

Brasch eilte auf den Balkon zurück und atmete wieder tief durch. Die alte Frau saß auf der Kinderwippe und blickte interessiert zu ihm herüber. Auf die Entfernung hätte man sie für eine gewöhnliche, etwas nachlässig gekleidete ältere Dame halten können, die auf ihr Enkelkind wartete. War der Tote ihr Sohn? Wer hatte ihr den Zettel mit der Anschrift des Toten in die Hand gedrückt? Brasch zog sein Telefon aus der Tasche seines Jacketts und wählte. Mehler war sofort am Apparat.

3

Es dauerte knapp dreizehn Minuten, bis Mehler mit sechs Beamten am Tatort war. Brasch hatte von Amelie Kramer, ihrer Assistentin im Präsidium, schon einiges über Robert Schmoll, den Mieter der Wohnung, in Erfahrung gebracht. Er war fünfunddreißig Jahre alt, mehrfach wegen Hehlerei und schwerer Körperverletzung vorbestraft. Zuletzt hatte er in der Justizvollzugsanstalt Rheinbach eine zweijährige Haftstrafe verbüßt. Erst vor vier Monaten war er entlassen worden und in die Höfestraße gezogen. Schmoll hatte sich in etlichen Berufen versucht, er war Türsteher, Leibwächter und Chauffeur gewesen, hatte mit einem eigenen Fuhrunternehmen Konkurs gemacht und als Hausmeister in einem Saunaclub gearbeitet, aber eigentlich hatte er sein Geld mit Boxen verdient. Er war deutscher Meister im Halbschwergewicht gewesen und hatte sogar zweimal um die Europameisterschaft geboxt. Beide Kämpfe hatte er umstritten nach Punkten verloren.

Brasch erinnerte sich: Robert Schmoll, den alle nur Bobby genannt hatten. Ein guter, schlagstarker Boxer, der allerdings zum Leichtsinn neigte und die fatale Neigung hatte, vermeintlich schwächere Gegner zu unterschätzen und sie im Ring lächerlich machen zu wollen. Außerdem hatte er sich stets zu viele Phasen erlaubt, in denen er lieber dem Alkohol zusprach, als sich in der Trainingshalle sehen zu lassen.

Schmolls Vater hatte Anfang der Siebzigerjahre eine traurige Berühmtheit in Köln erlangt. Beim Kampf um die Europameisterschaft in der alten Sporthalle war er so verprügelt worden, dass er das Bewusstsein verlor und wenige Tage später starb. Hinterher hatte sich herausgestellt, dass er gedopt gewesen war. Damals waren Robert und sein Bruder Rainer zwei und drei Jahre alt gewesen.

Dem Melderegister nach lebte Schmolls Mutter Sonja seit drei Jahren in einem Pflegeheim in Köln-Lindenthal.

Brasch blickte zu der alten Frau hinüber. Sie hockte noch immer auf der Kinderwippe, und manchmal hielt sie ihr Gesicht in Richtung Sonne, wie jemand, der lange Zeit im Dunklen verbracht hatte. Als Mehler und die sechs uniformierten Polizisten auftauchten, schien sie jedoch zu spüren, dass irgendetwas vorgefallen war, und reckte unruhig den Kopf hin und her. Während die Polizisten den Tatort sicherten, ließ Brasch sich mit dem Pflegeheim verbinden. Ja, erfuhr er von der Heimleiterin, die Bewohnerin Sonja Schmoll werde seit dem Frühstück vermisst, aber eine Anzeige bei der Polizei habe man noch nicht aufgegeben. Meistens würden Bewohner, die sich verirrt hatten, von freundlichen Passanten zurückgebracht. Brasch versprach, die verwirrte Frau von einem Streifenwagen vorbeibringen zu lassen.

»Sie ist die Mutter von Robert Schmoll«, sagte Brasch zu Mehler. Dann wies er zwei Beamte an, die alte Frau behutsam zu ihrem Wagen zu führen und ins Pflegeheim zurückzufahren. Unter Mehlers rechtem Auge klebte ein Pflaster, seine Lippen waren noch übel angeschwollen, aber über seine überflüssige Boxeinlage vom Abend zuvor verlor er kein Wort. Sie standen an der Balkontür und beobachteten, wie die Frau ihre Hände hob und versuchte, die Polizisten abzuwehren. Als spürte sie, dass sie ihren toten Sohn hier nicht allein zurücklassen darf, dachte Brasch.

Mit einigem guten Zureden gelang es den Polizisten, Sonja Schmoll aus dem Hinterhof zu eskortieren. Bevor sie endgültig verschwand, bedachte sie Brasch mit einem letzten Blick, der ihn beinahe erschreckte. Sie zwinkerte ihm zu, als wollte sie ihm zeigen, dass sie gar nicht so verwirrt war, wie es den Anschein hatte, sondern dass sie alles verstanden hatte.

»Woher kann sie gewusst haben, dass ihr Sohn hier tot in seiner Wohnung hockt?«, fragte Mehler. Sie hatten noch keinen weiteren Schritt in die Wohnung gesetzt. Das Team von der Spurensicherung würde in wenigen Minuten da sein und mit der üblichen Routine beginnen.

Brasch zuckte mit den Schultern. »Auch wenn sie vielleicht nicht mehr viel mitbekommt, muss sie etwas dazu gebracht haben, einfach loszulaufen.«

Mehler streifte sich Gummihandschuhe über. Vorsichtig, damit sie keine Spuren verwischten, näherten sie sich dem Toten. Es war heiß im Raum. Eine seltsame, beinahe erhabene Stille umgab den Leichnam. Der Geruch, der von ihm ausging, war zum Glück erträglicher geworden. Brasch nahm das Glas, in dem noch das weiße Pulver klebte, und hielt es gegen das Licht. Es war nicht schwer, zu erraten, was sich in den beiden Gläsern befunden hatte.

»Keine besonders wohnliche Bude«, sagte Mehler, während er sich umschaute. »Besonders viel Wert auf Gemütlichkeit scheint der Tote nicht gelegt zu haben.«

»Oder er wohnte gar nicht richtig hier, sondern brauchte die Wohnung nur für seine polizeiliche Meldung.« Brasch stellte das Glas zurück und ging in den hinteren Teil des Raumes. In einer Ecke stand auf einem Videorekorder ein nagelneuer tragbarer Fernseher. Neben dem Couchtisch, einem Sofa und zwei Sesseln das einzige nennenswerte Mobiliar. Vor dem Tisch hatte jemand ein Kamerastativ aufgebaut, aber es war leer, ohne Kamera. Neben dem Stativ lagen ein paar Bücher, aus denen weiße Zettel ragten, als hätte sie jemand sorgsam durchgearbeitet. Als Brasch sich auf zwei Schritte näherte, konnte er die Titel lesen. »Die Geißel Alzheimer« hieß eines, ein zweites trug den sachlichen Titel »Das Alzheimer-Syndrom«. Alle Bücher befassten sich mit Alzheimer und seniler Demenz. Über dem Sofa hing die gerahmte Fotografie, die Brasch schon vom Balkon aus gesehen hatte. Eine gute Aufnahme, die aber schon etliche Jahre alt sein musste. Ein athletischer, austrainierter Robert Schmoll schlug seinem Gegner, der schon arg gezeichnet aussah, eine krachende Rechte ins Gesicht. Im Hintergrund meinte Brasch in der ersten Reihe eine jüngere, wild klatschende Sonja Schmoll zu erkennen, doch möglicherweise täuschte er sich auch.

Mehler strich dem Toten vorsichtig über den rechten Arm. Die Leichenstarre hatte längst eingesetzt, auch die typischen dunklen Totenflecken waren deutlich zu erkennen. »Sieht für mich wie ein Selbstmord aus. Ein kaputter, verzweifelter Boxer, der nicht mehr weiterweiß, sich zwei giftige Cocktails mischt und sich zur Sicherheit noch eine Plastiktüte über den Kopf zieht.« Mit kurzen, zaghaften Bewegungen streifte er dem Toten die Plastiktüte ab. Eigentlich hätten sie diesen Job dem Gerichtsmediziner überlassen sollen, aber falls sie wider Erwarten gar nicht Bobby Schmoll vor sich hatten, würden sie sofort eine Fahndung nach ihm herausgeben müssen.

Das Gesicht des Toten hatte eine bleiche, bläuliche Färbung angenommen und war mit Totenflecken übersät. Seine Augen waren weit aufgerissen, und sein Mund war geöffnet. Wie ein kleiner, bläulicher Schwamm hing ihm die Zunge aus dem Mund. Seine Augenbrauen und seine linke Wange wiesen einige grobe Narben auf.

Brasch wandte sich ab. Es bestand kein Zweifel, wer der Tote war; es sei denn, Bobby Schmoll hätte einen sehr guten Doppelgänger gehabt.

»Komisch, wie er da sitzt«, sagte Mehler leise, als dürfte er den Leichnam in seinem Todesschlaf nicht stören. »Wie eine Wachsfigur oder wie festgeschnallt.«

Plötzlich, während sich im Hinterhof die ersten Kollegen der Spurensicherung bereitmachten, klingelte in einem anderen, rückwärtigen Zimmer das Telefon. Ein schriller Laut, der so gar nicht in die Stille der Wohnung passte. Brasch eilte an Mehler vorbei in die dunkle Diele, in der auf einem Plastikstuhl ein Telefon, ein grauer, altmodischer Apparat mit Wählscheibe, stand. Er ließ es noch einmal klingeln, bevor er abhob. Er wunderte sich, dass ihm das Herz auf einmal bis in den Hals hinaufschlug.

»Ja?«, fragte er.

»Na endlich«, erwiderte eine heisere, barsche Männerstimme. »Kannst du mir sagen, in welchem Loch du in den letzten Tagen versoffen bist? Beweg deinen Arsch hier rüber. Wenn du in zwanzig Minuten nicht hier bist, schmeiße ich dich raus. Alles klar?«

»Mit wem spreche ich?«, fragte Brasch und registrierte,

dass er viel zu zaghaft klang. Mehler kam hinzu, beugte sich vor und hielt sein Ohr ebenfalls an die Muschel.

»He, Bobby, willst du mich verarschen?«, dröhnte die Stimme. Dann geriet sie ins Stocken. »Wer spricht da? Bobby, bist du das?«

»Hier spricht nicht Robert Schmoll. Würden Sie mir Ihren Namen verraten?«, entgegnete Brasch förmlich.

»Ist das ein Irrtum? Habe ich mich verwählt?«, fragte die Stimme. Im Hintergrund waren andere Stimmen und ein schweres, rhythmisches Stöhnen zu hören.

»Sagen Sie mir einfach Ihren Namen!«

»Weigand, Dieter. Ich bin der Trainer. Wo ist Bobby? Warum kommt er schon wieder nicht zum Training?«

»Hier spricht Hauptkommissar Brasch von der Polizei Köln. Es hat einen Zwischenfall gegeben. Bitte geben Sie mir Ihre Telefonnummer und die Anschrift an, unter der wir Sie erreichen können.« Brasch diktierte Mehler, was der Trainer ihm durchgab.

»Was ist mit Bobby?«, fragte Weigand dann aufgebracht. »Hat er sich totgefahren, oder was?«

»Bedauere«, entgegnete Brasch, »darüber kann ich Ihnen keine Auskunft geben.«

Weigand hustete laut in den Hörer, oder vielleicht war das seine Art, seine Entrüstung zu zeigen. »Wenn der Scheißkerl noch lebt, soll er sich sofort hierher bewegen.« Er hustete noch einmal und legte dann auf. Große Trauer würde Weigand offenbar nicht an den Tag legen.

Während die Spurensicherung sich um den Wohnraum kümmerte, in dem der Tote lag, und die ersten Fotos machte, schauten Brasch und Mehler sich den Rest der Wohnung an. Auch hier machte alles einen unbewohnten Eindruck.

In der Küche gab es lediglich eine Spüle und einen Hängeschrank, in dem ein paar Teller und Tassen standen. Außer einer Tüte Kaffee und einer offenen Packung Brot, das bereits verschimmelt war, fanden sich hier auch keine Lebensmittel. Der dritte Raum der Wohnung diente Schmoll offensichtlich als Schlafzimmer: Er hatte eine Matratze in die Ecke geworfen. Eine Decke, ein Kissen und die wenige Kleidung, die er besaß, lagen überall im Raum verstreut. In einem billigen Holzregal waren nachlässig ein paar Hemden und Unterwäsche einsortiert. Hier schien er manchmal auch zu trainieren. Mitten im Raum hing an einem Eisenhaken ein schwerer Sandsack von der Decke.

»Du hast Recht«, sagte Mehler. »Man hat nicht das Gefühl, als hätte Schmoll tatsächlich hier gelebt.« Neben dem Bett lagen ein paar leere Ampullen. Er roch an ihnen, zuckte mit den Achseln und steckte sie in eine Plastiktüte.

»Oder er war wirklich ganz unten angekommen. So pleite, dass er keine Aussicht hatte, jemals wieder zu Geld zu kommen.« Brasch warf einen Blick in das Bad, den letzten Raum in der Wohnung. Eine Dusche, ein Waschbecken mit Spiegel, eine Kloschüssel. Auch hier keine Besonderheiten. Immerhin waren hier die üblichen Accessoires versammelt: Kamm, Zahnbürste, Rasierapparat, Aftershave, Shampoo. Außerdem hatte Schmoll offenkundig einigen Bedarf an Schmerzmitteln aller Art. Der Spiegelschrank war voll davon.

»Wie lange lebt man noch, wenn man sich eine Plastiktüte über den Kopf zieht?«, fragte Mehler. Er blätterte in dem Telefonbuch, das unter dem Telefon lag, und zog einen Zettel heraus, auf dem zahlreiche Nummern notiert waren.

»Keine Ahnung.« Brasch ging wieder in den Wohnraum hinüber. »Wenn man sich umbringt, schreibt man doch für gewöhnlich einen Abschiedsbrief. Habt ihr etwas gefunden?«

Die beiden Männer der Spurensicherung wandten sich nach ihm um. Humpe, der Ältere, der seit über dreißig Jahren im Polizeidienst war, lächelte ihn an. »Wer spricht hier von Selbstmord? Da würde ich erst die Obduktion abwarten! Aber wir haben etwas anderes, lag auf dem Sofa.« In der offenen Hand streckte er Brasch einen goldenen Ring entgegen. »Sieht für mich aus wie der Ehering einer Frau. Dem Toten mit seinen Riesenpranken hätte das gute Stück auf keinen Fall gepasst.«

Brasch dachte daran, dass er auch einmal Eheringe gekauft hatte, heimlich, ohne Leonie davon zu erzählen. Später hatten sie sich nicht einigen können, wie ihre Hochzeit aussehen sollte. Irgendwo ganz allein in einer spanischen Dorfkirche auf den Balearen oder doch hier in Deutschland mit allen Freunden, Kollegen und Verwandten, wie Leonie es unbedingt wollte. Vielleicht war das sein Fehler gewesen, nicht die leidigen Diskussionen über Wunschkinder und Kindererziehung, sondern dass er den richtigen Zeitpunkt für die Hochzeit verpasst hatte.

»Der Tote dürfte vor kurzem noch Besuch gehabt haben«, erklärte Humpe weiter. »Lange hat der Ring noch nicht auf dem Sofa gelegen, sonst wäre er viel tiefer ins Polster gerutscht.«

Brasch entdeckte eine zarte Gravur im Inneren des Rings. F G 1-7-00 stand da. Vermutlich die Initialen einer Frau. Vielleicht war Schmoll gar kein Boxer mehr gewesen, fiel ihm ein, vielleicht hatte er sich darauf spezialisiert, frustrierte junge Ehefrauen aufzuheitern – auch wenn das Ambiente einen vollkommen anderen Eindruck vermittelte.

Es würde wieder ein schrecklich heißer Tag werden, mit Temperaturen von über dreißig Grad. Sie warteten nicht darauf, dass der Tote in die Pathologie abtransportiert wurde. Mindestens vierundzwanzig Stunden würde es dauern, bis sie Genaueres über die Todesursache erfuhren und endgültige Sicherheit bekamen, dass der Tote wirklich Robert Schmoll war, auch wenn sie daran im Grunde nicht zweifelten.

Als er in seinem Wagen saß und zum Präsidium fuhr, spürte Brasch seine Kopfschmerzen wieder. Noch hatten sie keinen Mordfall, noch konnte er in das Geschäftszimmer schlendern und sich drei Wochen Urlaub genehmigen und dann im Reisebüro am Chlodwigplatz einen Trip durch die Wüste buchen. Drei Wochen endlose, goldene Weite unter einem blauen, glänzenden Himmel. Und selbst wenn die Staatsanwaltschaft im Fall Schmoll eine längere Untersuchung beantragte, könnte er die Angelegenheit getrost Mehler überlassen.

Dann fiel ihm ein, wie Sonja Schmoll mitten auf der Straße gestanden hatte, wie eine menschliche, völlig verängstigte Vogelscheuche. Hatte sie es tatsächlich geschafft, aus eigener Kraft so weit zu kommen? Ihr Pflegeheim lag mindestens vier Kilometer von der Stelle entfernt, wo er sie aufgegriffen hatte. Oder hatte sie jemand dort ausgesetzt? Statt auf den Parkplatz vor dem Präsidium einzubiegen, drehte Brasch mitten auf der Straße um und raste in die Stadt zurück.

Er hatte einen Fehler gemacht. Wo war der Zettel mit

Schmolls Adresse? Hatte er ihn der alten Frau wieder in den Kittel gesteckt? Er konnte sich nicht erinnern.

Das Pflegeheim lag in einer ruhigen Seitenstraße im vornehmen Stadtteil Lindenthal. Ein paar Schritte entfernt begann der Stadtwald. Keine schlechte Lage, um seinen Lebensabend zu verbringen, aber wahrscheinlich waren Sonja Schmoll diese Vorzüge mittlerweile ziemlich gleichgültig. Allerdings musste so eine noble Behausung eine Menge Geld kosten.

Brasch betrat eine kühle Halle. Dem Eingang gegenüber lag ein Fahrstuhl mit zwei breiten Türflügeln. Ein Stück daneben hockten zwei Alte auf einem Sofa. Sie hielten Händchen und starrten zum Eingang, als würden sie jemanden erwarten. Brasch nickte ihnen zu, aber sie zeigten keinerlei Regung. Er interessierte sie nicht, oder sie blickten einfach durch ihn hindurch. Hinter den beiden glitten ein paar fette Goldfische durch ein hell erleuchtetes Aquarium. Eine Pförtnerloge neben der Eingangstür war nicht besetzt. Brasch bemerkte, dass er, wenn er an den beiden Alten vorbeiging, in einen großen Speisesaal gelangte, da jedoch schien sich niemand aufzuhalten. Er sah nur leere Plastikstühle. Also schritt er geradeaus auf eine Glastür mit der Aufschrift »Station 2« zu. Die Tür öffnete sich automatisch, als er nach der Klinke greifen wollte. Die meisten Altenheime, in denen er bisher gewesen war, hatten wie gewöhnliche Krankenhäuser ausgesehen, aber in diesem Haus bemühte man sich, einen anderen Eindruck zu vermitteln. Bunte Bilder hingen an den Wänden – von blauen Pferden, die durch eine zerklüftete Berglandschaft galoppierten, von Frauen mit gelben Sonnenschirmen, die an einem Fluss entlangwanderten. Auch hier stand ein Aquarium, in dem ein

Schwarm regenbogenfarbener Fische hin und her stob. Nur der aufdringliche Geruch von Putzmitteln erinnerte Brasch, dass er sich nicht in einem freundlichen Erholungsheim aufhielt.

Etliche helle Holztüren wiesen von dem Gang ab. Auf jeder befand sich ein Symbol – eine Sonne, ein Mond, eine Taube, eine Wolke. Anscheinend sollten die Bewohner sich so besser orientieren können.

Als aus einem Zimmer eine junge Pflegerin in einer hellblauen Kluft mit einem Tablett kam, eilte Brasch auf sie zu. Er hielt seinen Ausweis vor sich hin.

»Ich komme wegen Sonja Schmoll«, sagte er. »Können Sie mir ein paar Auskünfte geben?«

Die Pflegerin mochte zwanzig, allenfalls zweiundzwanzig sein. Ihre schwarzen Haare hatte sie zu einem Zopf zusammengebunden. Sie starrte auf seinen Dienstausweis. »Polizei?«, fragte sie. »Was will die Polizei von Frau Schmoll?«

»Ich möchte ein paar Dinge über sie und ihren Sohn wissen.« Brasch sah, dass die Pflegerin ein Namensschild trug. *Sr. Simone* stand da.

»Da darf ich Ihnen leider nichts sagen. Auskünfte kann Ihnen nur die Heimleiterin geben.« Schwester Simone legte sich in einer nervösen Geste zwei Finger auf den Mund, als hätte sie Angst, ihr könnte doch ein unbedachtes Wort entschlüpfen.

»Aber vielleicht würden Sie mir das Zimmer von Frau Schmoll zeigen. Ich habe sie heute Morgen auf der Straße gefunden und zurückbringen lassen.«

Die junge Frau nickte und lächelte schuldbewusst, fast, als fühlte sie sich persönlich verantwortlich, dass einer ihrer Schützlinge entfleucht war.

»Kommt es häufiger vor, dass Frau Schmoll einfach so verschwindet?«, fragte Brasch.

Schwester Simone führte ihn zu einer Tür, auf der kein Symbol, sondern das Bild eines steinernen Engels angebracht war. »Eigentlich nicht«, sagte sie, »aber wir haben immer zu wenig Personal, da kann es schon passieren, dass morgens jemand auf die Straße läuft und wir es nicht sofort mitkriegen.« Sie klopfte an die Tür und schaute Brasch an. »Als sie wiederkam, war sie sehr aufgeregt. Wir mussten sie ein wenig beruhigen.«

Sie öffnete die Tür und gab ihr einen sanften Stoß. Brasch hörte eine tiefe, sonore Männerstimme. Ein Arzt ist bei ihr und gibt ihr eine Spritze, dachte er, aber dann sah er, dass das Zimmer im Halbdunkel lag. Die Vorhänge waren zugezogen. Nur durch einen schmalen Spalt drang Sonnenlicht. Sonja Schmoll war nicht mehr als ein vager Schatten, der auf einem Krankenhausbett schwebte. Sie trug noch immer ihren geblümten Kittel. Brasch konnte ihr Gesicht nicht erkennen, aber sie schien eindeutig auf einen Bildschirm zu starren, der auf einem Tisch mitten im Zimmer stand. Der Bildschirm war die einzige Lichtquelle im Raum. Brasch wandte sich zu der Pflegerin um, doch sie hatte ihm lediglich die Tür geöffnet und war wieder verschwunden. Eine andere Männerstimme erklang. Brasch schritt auf den Bildschirm zu. Dann begriff er endlich. Bobby Schmoll stand da in einer Trainingshalle. Verschwitzt, mit feuchten Haaren, blickte er angriffslustig in die Kamera. »Ich habe noch meinen alten Punch«, sagte er und wischte sich mit einer bandagierten Hand über die schweißnasse Stirn. »Vor mir müssen sich noch alle fürchten.«

Dann schwenkte die Kamera auf ein anderes Gesicht: Ein

älterer, beinahe glatzköpfiger Mann mit stechenden, wasserblauen Augen kam ins Bild. »Den Bobby werden wir langsam wieder aufbauen«, sagte er mit heiserer Nuschelstimme. Er hatte sich ein weißes Handtuch um den Hals gelegt. »Noch ein paar Wochen hartes Training, und er ist wieder der Alte. Dann braucht er noch zwei oder drei Aufbaukämpfe. Bis wir uns einen echt großen Fight vornehmen.«

Eine andere Einblendung folgte – unterlegt mit der sonoren Männerstimme, die Schmolls Erfolge aufzählte. Ein deutlich jüngerer Bobby trieb einen dunkelhäutigen Boxer vor sich durch den Ring. Plötzlich machte sein Gegner einen Satz nach vorn und traf Schmoll mit der Linken am Kopf. Schmoll wich irritiert zur Seite aus, damit gab er sich allerdings eine weitere Blöße, die der Dunkelhäutige sofort ausnutzte. Eine schnelle Kombination erwischte Schmoll schutzlos im Gesicht. Er taumelte rückwärts, seine Hände suchten nach den Ringseilen, nach irgendetwas, das ihm Halt geben konnte, aber sie sanken ins Leere, und mit stierem, ungläubigem Blick rauschte Schmoll zu Boden. Der perfekte Knockout.

Brasch bemerkte, dass sich unter dem Bildschirm ein Videogerät befand. Das Band lief bereits seit neununddreißig Minuten. So sah es also aus, wenn man eine verwirrte, alzheimerkranke Frau beruhigte? Man spielte ihr einen Film über ihren berühmten Sohn vor. Brasch konnte es kaum glauben. Im flimmernden Licht erkannte er, dass Sonja Schmoll die Augen geschlossen hatte. Der Kopf war ihr auf die Brust gesunken. Sie atmete seufzend ein und aus, und manchmal bewegten sich ihre Lippen. Was träumte eine Frau, deren Gehirn sich nach und nach immer weiter entleerte?

Brasch schaute sich nach dem Zettel mit Schmolls Adresse um und schaltete eine Neonröhre an, die sich über dem Bett befand. Mattes Licht fiel auf den Nachtschrank, aber da war kein Zettel. Eine goldene Armbanduhr lag neben einer halb vollen Mineralwasserflasche. Behutsam zog er die Schublade ein wenig auf. Dann meinte er ein Geräusch zu hören. Er drehte sich um.

Auf dem Bildschirm lief Schmoll am Rhein entlang. Wie ein typischer Boxer trug er einen weiten Trainingspullover und hatte sich eine Kapuze tief ins Gesicht gezogen. Manchmal blieb er stehen und deutete Schlagkombinationen an. Schattenboxen mit dem Dom als malerischem Hintergrundmotiv. Eine Schlusseinstellung, die sich die Fernsehleute gut ausgedacht hatten. »Das Comeback hat er fest im Blick«, sagte eine Stimme aus dem Off. »Und er glaubt an seine letzte Chance. Bobby Schmoll – der eisenharte Fighter will wieder nach oben. Aber …«

Plötzlich wurde die Tür aufgerissen. Helles Deckenlicht flammte auf.

Eine Frau mit einem unmodernen Pagenschnitt stand in der Tür. Sie trug keine Schwesternkluft, sondern trotz der Hitze einen grauen Pullover und einen weiten grünen Rock. Für einen Moment schaute sie Brasch vorwurfsvoll an, als hätte sie ihn beim Diebstahl oder etwas Schlimmerem erwischt. Dann stürzte sie an ihm vorbei zum Videorekorder.

»Hat jemand schon wieder dieses blödsinnige Band eingeschaltet!«, rief sie. »Wie oft habe ich schon gesagt, man soll diesen Unsinn sein lassen?« Sie schaltete den Rekorder ab. Auf dem Bildschirm entstand ein graues Flimmern. Dann ging sie an Brasch vorbei zum Bett. Sonja Schmoll war aufgewacht und leckte sich über die Lippen.

Die Frau strich ihr über die Wangen. »Alles in Ordnung, Liebes. Kein Grund, sich aufzuregen.«

Die Alte schüttelte sich, als müsste sie einen bösen Traum loswerden.

Ohne den Blick von ihr abzuwenden, sagte die Frau: »Was wollen Sie von Sonja? Sie kommen von der Polizei?«

Brasch holte erneut seinen Ausweis hervor. »Darf ich fragen, wer Sie sind?«

»Ich bin die Heimleiterin.« Routiniert nahm die Frau eine Flasche Mineralwasser, die auf einem Nachtschrank neben dem Bett stand, schüttete etwas in einen Plastikbecher und führte ihn an die Lippen der alten Frau. Gierig trank Sonja Schmoll. Dabei huschten ihre Augen umher, als spüre sie eine Gefahr, die sie zu entdecken suchte. Ihre Augen fanden aber keinen Halt. »Sie hätten sich bei mir anmelden müssen«, fuhr die Heimleiterin fort. »Niemand darf einfach so zu unseren Bewohnern spazieren.«

»Mir scheint eher, dass Ihre Bewohner einfach so durch die Stadt spazieren«, entgegnete Brasch. »Ich habe Frau Schmoll völlig verängstigt mitten auf einer belebten Straße aufgefunden.«

Die Heimleiterin ging an ihm vorbei und riss die Vorhänge auf. Licht flutete herein. Dann schaltete sie den Fernseher ab.

»Frau Schmoll hatte einen Zettel mit der Adresse ihres Sohnes in der Hand. Offenbar wollte sie zu ihm, obwohl sie hochgradig verwirrt ist.« Brasch schaute sich um. Ein zweites Bett befand sich im Raum, das aber leer war. Auf einer Matratze lagen eine Gummimatte und ein zusammengefaltetes Laken.

»Leider lässt es sich nie ganz ausschließen, dass jemand davonläuft«, erklärte die Heimleiterin in gereiztem Tonfall.

»Bisher ist aber alles immer glimpflich abgegangen. Jedenfalls ist hinterher nie die Polizei gekommen und hat Fragen gestellt.«

Brasch empfand ein wachsendes Unbehagen. In diesem Haus reagierte man offenkundig einigermaßen allergisch auf die Polizei. »Wir haben Robert Schmoll tot in seiner Wohnung vorgefunden.« Er schlug einen ebenso unfreundlichen Ton an wie die Heimleiterin. »Seltsam, dass seine Mutter da total orientierungslos in der Gegend herumläuft. Finden Sie nicht?«

»Seit man ihn aus dem Gefängnis entlassen hat, ist ihr Sohn beinahe jeden Tag gekommen.« Die Heimleiterin seufzte, zeigte aber keine Spur einer Überraschung. Immerhin warf sie Sonja Schmoll einen mitfühlenden Blick zu. Die Alte schien nichts wahrgenommen zu haben. Noch immer suchten ihre leeren Augen den Raum ab. »Was ist mit ihm passiert? Ein unglücklicher Sturz? Ein Unfall beim Training?«

»Das kann ich Ihnen nicht sagen. Wir ermitteln noch.«

»Könnten wir unser Gespräch draußen fortführen?« Die Heimleiterin machte ein strenges Gesicht und öffnete die Tür.

Plötzlich, als Brasch an ihr vorbeistrich, wandte Sonja Schmoll den Kopf und blinzelte ihm zu. Ihr faltiger, zahnloser Mund verzog sich zu einem freundlichen Lächeln. Irritiert lächelte Brasch zurück.

Das Paar, das Händchen haltend im Foyer gesessen hatte, schlurfte Hand in Hand den Gang hinauf. Auch die beiden machten einen abwesenden Eindruck; sie mochten eine Menge Dinge wahrnehmen, aber gewiss nicht den Ort, an dem sie sich wirklich befanden.

»Ist Frau Schmoll immer so verwirrt?«, fragte Brasch, während er registrierte, dass der Mann barfuß ging und bei jedem Schritt vorsichtig den Fußballen aufsetzte, als würde er über heißen Sand laufen. »Oder gibt es Momente, in denen sie ansprechbar ist?«

Die Heimleiterin schüttelte den Kopf. Ihre Pagenfrisur schien wie gemacht für dieses Kopfschütteln zu sein. Ihre Haare flogen und glitten dann gleich wieder ordentlich zurück. »Sonjas Alzheimer ist so weit fortgeschritten, dass sie nicht mehr viel mitbekommt. Ich bin nicht einmal sicher, ob sie ihren Sohn noch erkannt hat.«

»Kannten Sie Robert Schmoll näher? Könnte er einen Grund gehabt haben, sich umzubringen?« Brasch ahnte, dass ihn diese typische Polizeifrage hier nicht viel weiterbringen würde.

Die Heimleiterin steuerte auf den Ausgang zu. Vielleicht lag da ihr Büro, oder sie wollte Brasch so schnell wie möglich wieder loswerden. »Er war doch Boxer, wenn ich nicht irre. Boxer sind ja nicht besonders groß im Denken. Und er war lange im Gefängnis. Vermutlich hat er auch Schulden gehabt. Ich glaube, sein Leben war ziemlich verpfuscht.«

»Aber dann hätte er seine schwer kranke Mutter allein zurückgelassen«, wandte Brasch ein. Er war nicht überzeugt gewesen, dass Schmoll Selbstmord begangen hatte, aber nun kam es ihm immer unwahrscheinlicher vor.

»Letztlich denken die Angehörigen nur an sich selbst«, entgegnete die Heimleiterin mit Bestimmtheit.

»Wer bezahlt das Zimmer von Frau Schmoll? Kommt das Geld von ihrem Sohn?«

Die Heimleiterin lachte kurz auf, so absurd fand sie offenbar seine Frage, und deutete wieder ein sanftes Kopfschütteln an. Brasch bemerkte, dass sie starke Raucherin war. Ihre Zähne hatten sich vom Nikotin gelblich verfärbt. »Aber nein. Wir erhalten das Geld jeden Monat pünktlich über ein Nummernkonto aus der Schweiz.«

Sie hatten die Stationstür erreicht, die vor ihnen aufschwang. Wie auf ein Stichwort hin begann das Telefon der Heimleiterin zu piepen. Sie nickte Brasch zu und zog den winzigen Apparat aus einer Tasche in ihrem Rock. Dann entfernte sie sich ein paar Schritte und begann zu sprechen. Brasch konnte nur so viel verstehen, dass sie kurze, knappe Anweisungen gab. Während sie redete, schritt sie eine Marmortreppe in die nächste Etage hinauf. Brasch sah, dass die Heimleiterin sehr teure modische Schuhe trug. Das Gespräch mit ihm betrachtete sie eindeutig als beendet. Nicht einmal ihren Namen hatte sie ihm genannt.

4

Brasch war gereizt wie schon seit langem nicht mehr. Es war, als würde ihm etwas auf der Seele lasten, von dem er nicht wusste, was genau es war. Vielleicht war es die Arroganz der Heimleiterin gewesen, die ihn geärgert hatte, oder die Tatsache, dass Sonja Schmoll ihn immer mehr an seine eigene Mutter erinnerte. Oder es lag einfach nur an den Kopfschmerzen, die ihn noch immer plagten.

Aus seinem Wagen rief er Mehler an: »Weißt du, wo Bobby Schmoll trainiert hat?«, fragte er ohne Begrüßung.

Mehler ging nicht auf den unfreundlichen Tonfall ein. »Dieter Weigand ist Trainer bei ›Brainstorm‹. Toller Name für einen Boxstall. Wenn ich mich nicht irre, trainiert die ganze Crew am Fühlinger See.« Als Brasch schon auflegen wollte, fuhr er fort: »Warum hängst du dich so in den Fall? Noch hat der Staatsanwalt gar keine weiteren Ermittlungen angeordnet. Wir sollten die Obduktion und die Ergebnisse der Spurensicherung abwarten.«

»Ja«, erwiderte Brasch, »das wäre vernünftig.« Dann unterbrach er die Verbindung. Er wusste, dass Mehler Recht hatte, doch das brachte seine Laune noch mehr in den Keller. Wenn Schmolls Tod sich als Selbstmord herausstellte, vertat er ganz offenkundig seine Zeit. Trotzdem fuhr er nicht zurück, sondern in Richtung Kölner Norden. Am Fühlinger See trainierten viele Ruderer, aber dass sich dort auch ein Box-Camp befinden sollte, war ihm neu. Seit die größeren Fernsehanstalten auf spektakuläre Boxabende setzten, war es wohl wieder ein gutes Geschäft, Kämpfer in einen Ring zu schicken, damit sie sich die Köpfe einschlugen. Brasch schätzte gepflegtes, taktisch kluges Boxen. Um seine Fitness zu testen, sparrte er manchmal mit Mehler ein paar Runden im Keller des Polizeipräsidiums. Wenn es gut lief, konnte er Mehler, der einen halben Kopf größer und vier Jahre jünger war, immerhin so auf Distanz halten, dass sie sich hinterher auf ein gütliches Remis einigten.

Es war kurz vor dreizehn Uhr, als Brasch auf dem Parkplatz vor dem Bootshaus aus seinem Wagen stieg. Außer ein paar Spaziergängern, die unten am See ihre Hunde ausführten, war niemand zu sehen. Nicht einmal Boote waren auf dem Wasser. Es war viel zu heiß, um auf dem See ernsthaft zu trainieren. Zwei Tore an der Ruderhalle standen weit offen. Boote, die »Windböe III« oder »Hurrikan IV« hießen, hingen an riesigen Haken. Auch hier hielt sich niemand auf. Brasch glaubte lediglich eine scharfe Stimme wahrzunehmen, die Kommandos gab und vom See herüberhallte. Von einem Box-Camp keine Spur. Dann jedoch, als er an dem Bootshaus vorbeigegangen war und auf die Wohnung des Hausmeisters zusteuerte, meinte er, dumpfe Schläge zu hören. Konnte sein, dass da irgendjemand in einem sehr regelmäßigen Rhythmus einen Sandsack bearbeitete.

Tatsächlich entdeckte Brasch neben der Wohnung des Hausmeisters eine weitere Halle. Man hatte sich Mühe gegeben, sie wie einen Flugzeughangar aussehen zu lassen, der allerdings ein paar Nummern zu klein geraten war: blaues Wellblech mit großen, vergitterten Milchglasfenstern. Vor der Halle parkten zwei schwarze Luxuslimousinen. Wie schläfrige, kraftstrotzende Raubtiere schienen sie im Sonnenlicht zu dösen und auf den Moment zu warten, wo sie losgelassen wurden und sich auf ihre nächste Beute stürzen durften. Auf dem Dach stand in roter protziger Leuchtschrift »Brainstorm«. Den Eingang, eine breite Eisentür, zierte ein Gemälde – naive Sonntagsmalerei der besseren Art. Ein dunkelhäutiger Boxer in weißen Shorts hatte seine schweren Fäuste erhoben und blickte jeden Eintrittswilligen angriffslustig an. Die Leute von »Brainstorm« pflegten einen begrenzt subtilen Humor. Brasch starrte dem Boxer in seine leblosen braunen Augen und öffnete die Tür.

Der Lärm, der ihm entgegenschwoll, hätte auch aus einer Diskothek kommen können. Harte Beats, abgrundtiefe Bassläufe, dann ein schrilles, übersteuertes Gitarrensolo. Die Boxer heizten sich beim Training kräftig ein.

Brasch trat über eine Fußmatte, auf der hübsch ordentlich »Willkommen« stand, in die Halle. Der Vergleich mit einem Hangar war nicht so falsch, nur dass es hier statt nach Kerosin penetrant nach Schweiß roch. Zwei Boxringe nahmen einen Großteil der Halle ein. In einer Ecke waren Kraftmaschinen aufgebaut, auch etliche Hanteln lagen wie weggeworfenes Spielzeug da. In einer anderen Ecke stand ein junger Mann mit kurzen schwarzen Haaren vor einer Spiegelwand und probte langsam und konzentriert verschiedene Schritte. Er bewegte sich eher wie ein Balletttänzer. Auf der anderen Seite der Halle drosch ein Boxer immer wieder auf einen Sandsack ein. Rechts, links, rechts, links – unermüdlich tänzelte er, schlug zu und tänzelte wieder. In einiger Entfernung saß ein Trainer auf einem Hocker und feuerte ihn an. Brasch konnte wegen der dröhnenden Musik kein Wort verstehen, aber die Gesten des Mannes waren eindeutig. Ansonsten war die Halle leer und machte beinahe einen verlassenen Eindruck. Hier konnten gut und gerne zwölf bis fünfzehn Boxer gleichzeitig trainieren.

Langsam ging Brasch auf den Trainer zu und schaute sich nach allen Seiten um, ob nicht irgendwo ein Wachmann hervorsprang. Der Vorfall mit den Security-Leuten am Abend zuvor hatte ihn vorsichtig werden lassen. An den Wänden hingen überall riesige Plakate, auf denen Boxer sich martialisch in Positur stellten. Brasch glaubte, einige der markanten Gesichter zu kennen, ein Foto von Schmoll entdeckte er jedoch nirgends.

Ohne Pause hämmerte der Boxer auf den Sandsack ein. Brasch sah von ihm lediglich seinen breiten, behaarten Rücken. Der Trainer klatschte rhythmisch in die Hände. Es war Dieter Weigand, der Mann, den er auf dem Videoband im Altenheim gesehen hatte. Wie durch Magnetfelder aus dröhnenden Geräuschen legte Brasch die letzten Schritte zu ihm zurück. Hier klang es, als würde irgendwo ein Flugzeug die Motoren anwerfen und durchstarten.

Als Brasch neben Weigand innehielt, blickte der Trainer flüchtig zur Seite und schrie: »Guck dir die Memme an! Gleich wird er schlappmachen.«

Brasch konnte nicht entdecken, dass der Boxer auch nur die leichtesten Ermüdungserscheinungen zeigte. Er wollte seinen Ausweis hervorziehen, als Weigand sich wieder umwandte. »Was willst du hier?«, schrie er. »Ich kenne dich nicht.« Anscheinend hatte er doch mitbekommen, dass ein Fremder die Halle betreten hatte.

Brasch zückte seinen Ausweis. Im nächsten Moment brach die dröhnende Musik unvermittelt ab. Ein schrilles Echo, ein verzerrter Nachklang, irrte durch die Halle. Weigand hatte eine Fernbedienung für die Musikanlage vor sich auf dem Hocker liegen. Er musterte Brasch mit seinen wasserblauen Augen. »Was kann ich für dich tun?«, fragte er mit seiner markant heiseren Stimme. Dann warf er einen schnellen Blick zu seinem Boxer, den die plötzliche Stille so irritiert hatte, dass er mit seinen simplen Schlagkombinationen durcheinander geraten war und sich hilflos umschaute. »Mustafer, mach mal Pause. Pfeifst ja sowieso aus dem letzten Loch.«

Mustafer drehte sich um. Er hatte die Figur eines Top-Athleten und das traurige, besorgte Gesicht eines Kindes. Auf keinen Fall war er älter als zwanzig.

»Ich habe ein paar Fragen«, sagte Brasch. »Können wir uns irgendwo unterhalten?«

Weigand schaute ihn misstrauisch an. »Ist was mit Bobby?«, fragte er. »Bist du der Typ, der vorhin am Telefon war?« Er blieb beharrlich beim »Du«.

Brasch nickte. »Seit wann hat Schmoll wieder trainiert? Hatte er irgendwelche Kämpfe in Aussicht?«

Weigand erhob sich von seinem Hocker. Er war ein kleiner, untersetzter Mann mit tiefen Falten im Gesicht, eher der Typ Jockey als Boxtrainer. »So läuft das nicht! Erst mal möchte ich wissen, wo Bobby steckt. Hat er wieder was ausgefressen? Ich habe ihm gesagt, er soll keinen Scheiß mehr bauen. Um mit irgendwelchen krummen Sachen sein Geld zu verdienen, ist er zu blöd. Hat er oft genug bewiesen. In sechs Wochen kann er zeigen, was er draufhat. Da schieben wir ihm einen jungen Afrikaner vor die Fäuste. Wenn er den Schwarzen in den ersten drei Runden platt macht, ist er wieder im Geschäft, und wir kommen richtig ans Geldzählen.«

»Schmoll hat nichts verbrochen«, erklärte Brasch. Er wollte Weigand noch ein wenig reden lassen, bis er ihm die Wahrheit sagte. »Im Gegenteil, er scheint sich ja ganz aufopferungsvoll um seine kranke Mutter gekümmert zu haben.«

»Ja.« Weigand nahm das Handtuch von seiner Schulter und wischte sich über das Gesicht. »An Sonja hängt er sehr. Als er im Knast war, habe ich mich um sie gekümmert. Traurig, was mit ihr passiert ist.« Er wandte sich um. »Mustafer«, rief er seinem Schützling, der am ersten Boxring saß und Mineralwasser in sich hineinschüttete, in einem versöhnlicheren Tonfall zu. »Schluss für heute, kannst duschen gehen, aber morgen stehst du pünktlich um neun wieder auf der Matte.«

Brasch sah, wie Mustafer gehorsam nickte und sich dann in den hinteren Teil der Halle entfernte, um auf eine Metalltür zuzusteuern.

»Was ist denn nun mit Bobby?«, fragte Weigand wieder und funkelte Brasch mit seinen hellblauen Augen an. Wahrscheinlich waren diese Augen seine beste Waffe. In entscheidenden Momenten musste ein Trainer seinem Boxer mit den Augen sagen, was er zu tun hatte. »Wo ist er die letzten vier Tage gewesen, wenn er nichts ausgefressen hat?«

»Schmoll ist tot«, sagte Brasch. »Er hat anscheinend Schlaftabletten genommen und ist erstickt. Wir haben ihn mit einer Plastiktüte über dem Kopf in seiner Wohnung gefunden.«

Weigand öffnete den Mund, doch er brachte keinen Ton heraus, nur ein langer Seufzer entfuhr ihm. »Das kann nicht sein«, sagte er dann nach dem nächsten tiefen Atemzug. »Wieso mit einer Plastiktüte? Willst du mir erzählen, dass er sich umgebracht hat?« Angriffslustig starrte er Brasch an.

»Wir ermitteln noch. Bisher gibt es keine Anzeichen für ein Fremdverschulden.« Brasch sah, dass dem scheinbar so hartgesottenen Trainer Tränen in den Augen standen.

»Schmoll ist immer ein Idiot gewesen, einer, der sich alles selbst vermasselt hat, aber das wäre nun seine letzte Chance gewesen. Er war gut dabei, er hätte diesen Afrikaner weggehauen, und dann wäre alles möglich gewesen. Warum bringt der Scheißkerl sich da um?«

»Darum bin ich hier«, sagte Brasch. »Soviel wir wissen, hat er keinen Abschiedsbrief hinterlassen. Neigte Schmoll zu Depressionen? Gab es Anzeichen, dass er über einen Freitod nachdachte?«

»Willst du mich verarschen?« Weigand nahm eine Mineralwasserflasche, die neben seinem Hocker stand. Erst sah es aus, als wollte er einen Schluck trinken, dann schleuderte er sie hinter sich gegen die Wand, wo sie krachend zerbarst. »Bobby war so gut drauf wie lange nicht mehr. Er träumte vom großen Geld. Er wollte sich einen neuen Wagen kaufen und eine Wohnung, um endlich aus seinem Loch herauszukommen. Ich glaube, er hatte auch eine neue Freundin. Aber er hat sie niemandem gezeigt, hat ein großes Geheimnis darum gemacht, als wäre sie etwas ganz Besonderes.«

»Wann haben Sie Schmoll zuletzt gesehen?«, fragte Brasch. Er hatte begonnen, sich Notizen zu machen.

Weigand antwortete nicht sofort. Er blickte so gedankenverloren durch die Halle, als würde er etwas suchen, das eben noch da war, das er nun aber nicht mehr entdecken konnte. Auch der Mann, der vor dem Spiegel seine Ausweichmanöver geprobt hatte, war mittlerweile verschwunden.

»Vor vier Tagen«, sagte Weigand dann. »Wir hatten Krach. Bobby war nicht bei der Sache, er war unkonzentriert und viel zu langsam, hat seine Rechte zu tief hängen lassen und sich von Mustafer ein paar üble Schläge abgeholt. ›Was soll der Scheiß!‹, habe ich zu ihm gesagt. ›Du bist ein alter Sack. Reiß dich zusammen!‹ Aber Bobby hat nur dumm gegrinst, und dann hat er seine Sachen zusammengepackt und ist gegangen.«

»Haben Sie eine Ahnung, warum Schmoll so unkonzentriert war?« Brasch schaute den Trainer an. Weigand ließ seinen Blick immer noch ziellos durch die Halle gleiten.

»Klar, dass Bobby Schiss vor seinem ersten Kampf nach so langer Zeit hatte. Er hatte keinen Schimmer, wo er stand. Mal war er sensationell gut drauf, dann wieder sauschlecht.

Aber Bobby hätte es geschafft und es noch mal allen gezeigt. Wissen Sie, was das Problem ist?« Weigand wandte sich um und starrte Brasch mit wild sprühendem Zorn in seinen wasserblauen Augen an.

»Keine Ahnung«, erwiderte Brasch. »Was ist das Problem?«

»Die Leute wollen deutsche Boxer sehen, keine Russen oder Türken, sondern Leute, die ihre Sprache sprechen, aber die meisten Deutschen, die hier rumlaufen, sind Memmen, Feiglinge, die kneifen, wenn es ernst wird. Neulich hat mir einer meiner Leute gesagt, er geht nach dem Training zum Golfspielen. Da könnte ich durchdrehen und die ganze Halle hier in die Luft sprengen! Was soll ich mit einem Boxer, der Golf spielt?« Weigand sprang auf und lief durch die Halle. Er wirkte so voller Wut, als würde er am liebsten selbst noch in den Ring steigen und jemanden verprügeln. »Bobby war anders«, sagte er dann, während er sich wieder zu Brasch umdrehte. »Er war keine Memme. Er hatte das Herz eines Kämpfers.«

»Aber warum haben wir ihn dann tot in seiner Wohnung gefunden?«, fragte Brasch. »Mit einer Plastiktüte über dem Kopf.«

»Ich weiß es nicht.« Weigand kehrte zu ihm zurück und setzte sich auf seinen Hocker. Er beugte sich nach vorn und sackte förmlich zusammen, so demoralisiert, als hätte einer seiner Schützlinge im Ring vor hunderttausend Leuten soeben die Prügel seines Lebens bezogen. »Bobby hat nie viel über sich gesprochen. Ich weiß nur, dass er nichts mehr mit den Leuten zu tun haben wollte, die ihn in den Knast gebracht hatten. Das war auch meine Bedingung gewesen, bevor er hier wieder anfing zu trainieren. ›Keine krummen

Dinger‹, habe ich zu ihm gesagt, ›sonst fliegst du sofort wieder raus!‹«

Für ein paar Momente schwiegen sie. Weigand bedeckte sein Gesicht mit den Händen und schien nachzudenken. Brasch beobachtete, wie an seinem Hals eine Ader heftig pulsierte. Es war plötzlich so still, dass nur ein leises Summen zu vernehmen war, das durch die Halle glitt. Die Klimaanlage arbeitete auf Hochtouren.

»Hat Schmoll möglicherweise irgendwelche persönlichen Dinge hier zurückgelassen, die uns weiterhelfen könnten?«, fragte Brasch, als Weigand keine Regung machte, noch einmal aufzuschauen.

Abrupt richtete der Trainer sich auf. Er hatte Tränen in den Augen, aber die Trauer wich schlagartig aus seinem Gesicht. »Vielleicht in seinem Spind«, sagte er. Dann standen sie auf und gingen eilig durch die Halle zu einer Tür auf der anderen Seite. Sie gelangten in eine schmucklose Umkleidekabine mit gekachelten Wänden und grauen Metallschränken. Nichts deutete darauf hin, dass dieser Raum gefeierten Box-Champions zum Umziehen diente. Der einzige Luxus war ein überdimensionaler Haarfön an einer Wand.

»Eigentlich schließt hier jeder seinen Schrank ab«, sagte Weigand, »nur Bobby hat es damit nicht so genau genommen. Er hat den Schlüssel meistens einfach auf den Spind gelegt.«

An drei, vier Schränken klebten kitschige Abziehbilder, billige Models, die sich in aufreizenden Posen auf Motorrädern räkelten. Schmolls Schrank dagegen zierte ein rührendes Familienfoto. Lächelnd, in einer unmodernen weißen Sommerhose stand er da, ein grobschlächtiger Boxer, der den Arm unbeholfen um seine Mutter legte. Im Hintergrund glaubte Brasch den Drachenfels zu sehen. Das Foto konnte noch nicht so alt sein. Sonja Schmoll blickte bereits verwirrt, mit fragenden Augen in die Kamera.

Ein schweres Eisenschloss sicherte den Spind. Weigand streckte sich und tastete nach einem Schlüssel, der auf dem Schrank liegen mochte. »Fehlanzeige«, sagte er mit echter Enttäuschung in der Stimme. »Bobby hat den Schlüssel mitgenommen. Aber ich könnte den Schrank mit einer Metallzange öffnen, wäre kein Problem, dauert zehn Sekunden. Bobby wird nichts mehr dagegen haben.« Weigand musterte Brasch abwartend.

Brasch lag eine ausweichende Antwort auf den Lippen. Es gab noch keine offiziellen Ermittlungen in einem Mordfall. Also durfte er den Schrank eines Toten nicht so ohne weiteres öffnen lassen. Doch dann entdeckte er eine tiefe Kerbe an dem Vorhängeschloss. Hatte jemand an dem Ding herumgesägt? Er streifte sich Handschuhe über, um sich das Schloss genauer anzusehen.

»Stimmt was nicht?«, fragte Weigand und drängte sich heran. »Das Teil ist ziemlich alt, hat immer Ärger gemacht, aber Bobby ...«

Warum weiß sein Trainer sogar, dass Schmoll ein halb verrostetes, museumsreifes Schloss an seinem Spind hat?, fragte sich Brasch, während er an dem Metallbügel herumtastete und ihn herunterzog. Das Schloss war gar nicht richtig eingerastet. Es ließ sich mit einem Handgriff öffnen.

In seiner Wohnung hatte es nicht so ausgesehen, als wäre Schmoll ein Pedant, für den Ordnung das halbe Leben war. Auch in seinem Spind herrschte ein trostloses Durcheinander. Eine schwarze Trainingshose und zwei gelbe T-Shirts mit irgendeiner Reklameaufschrift hingen zerknittert an einem Haken. Handtücher lagen achtlos hingeworfen auf dem Boden des Spindes. Unter ihnen kamen alte, übel riechende Trainingsschuhe zum Vorschein, die so ausgetreten waren, dass Schmoll sie bereits mit Klebeband geflickt hatte. Auch auf den beiden Ablagen über der Kleiderstange fand sich nichts von Bedeutung: mehrere Shampoos, zerschlissene Boxhandschuhe, Klebeband, ein paar Salben und etliche leere oder halb volle Flaschen Mineralwasser. Nichts Persönliches, keine privaten Papiere.

»Kein Wunder, dass Schmoll seinen Schrank nicht richtig abgeschlossen hat«, sagte Brasch. »Für die paar Sachen lohnt sich kein neues Schloss.« Er tastete noch die Trainingshose ab, doch außer einer weiteren Rolle Klebeband, das die Boxer zum Verbinden ihrer Fäuste brauchten, entdeckte er nichts weiter.

»Komisch.« Weigand reckte sich, um auf die oberste Ablage zu blicken. »Bobby hatte eine Art Talisman: ein Foto von seinem Vater, auf das er so stolz war, dass er es eigentlich in der Halle aufhängen wollte, aber ich habe es ihm verboten. Ich habe gesagt: ›Bobby, bevor du nicht deinen ersten Kampf gewinnst, will ich deinen Alten hier nicht sehen.‹ Da war er beleidigt und hat das Foto in den Spind gelegt.«

»Was war das für ein Foto?« Brasch war sicher, dass sie nichts übersehen hatten.

Ungeduldig versuchte Weigand die leeren Flaschen auszuräumen, doch Brasch schob ihn beiseite. »Falls wir irgendwelche Spuren sichern müssen, hätten wir hier überall Ihre Fingerabdrücke.«

Der Trainer wich einen Schritt zurück. »Das Foto steckte in einem goldenen Rahmen. Jupp Schmoll, Bobbys Vater, war gerade deutscher Meister im Mittelgewicht geworden.

Er stand noch im Ring, mit einem Lorbeerkranz um den Hals und seinem kleinen Sohn im Arm. Ein schönes Erinnerungsfoto.«

Brasch nahm ein paar Flaschen heraus und stellte sie auf dem Boden ab. Ein Foto kam jedoch nicht zum Vorschein. Das Einzige, was er noch fand, war die zerknickte Visitenkarte eines Autohändlers in Köln-Ehrenfeld. »Schmoll muss das Bild herausgeholt haben«, sagte er und stellte die Flaschen zurück.

»Aber warum?« Weigand lief aufgeregt an Brasch vorbei und starrte sich düster in einem Spiegel an, der neben dem Fön hing. Dann trat er an einen anderen Spind und hämmerte mit der Faust dagegen. »Was ist nur mit diesem Mistkerl in letzter Zeit los gewesen?«

»Vielleicht hat Schmoll das Bild mitgenommen, weil er ahnte, dass er nicht mehr wiederkommen würde.« Brasch klappte die Tür des Spinds zu und hängte das Schloss so davor, dass es wieder aussah, als wäre der Schrank verriegelt.

»Unsinn«, sagte Weigand mit Wut in der Stimme. »So kann es nicht gewesen sein.«

Plötzlich schrillte wie eine Alarmanlage irgendwo in einem Nebenraum ein Telefon, und nur einen Moment später schlug die Eingangstür der Halle mit einem dumpfen, metallischen Knall zu. Zwei Männerstimmen, die sich an Dringlichkeit zu überbieten versuchten, riefen mehrmals nach Weigand. Ihr Rufen klang wie eine Drohung.

Der Trainer schaute Brasch hilflos an, dann zuckte er müde und ergeben die Achseln. Sie wussten beide, was passiert war. Die ersten Journalisten waren aufgetaucht, um ihre Story zu kriegen. Die Welt hatte herausgefunden, dass Bobby Schmoll, der Boxer, tot war.

5

Brasch wartete ein paar Momente in der Umkleidekabine und schaffte es dann, ungesehen an den Journalisten vorbeizukommen. Er sah, wie sie Weigand die Nachricht von Schmolls Tod überbrachten. Der Trainer erstarrte, dann wischte er sich mit der rechten Hand über die Augen und ließ sich auf seinen Hocker sinken. Es fiel ihm offenkundig nicht schwer, seine Überraschung und sein Erschrecken zu spielen. Einer der beiden Reporter war so gerührt, dass er Weigand sogar ein Taschentuch reichte.

Leise schloss Brasch die Metalltür hinter sich. Als er auf seinen Wagen zulief, fuhr auf dem Parkplatz ein schwarzer Mercedes mit getönten Scheiben vor. Zwei Boxer stiegen aus dem Fond, kaum dass der Wagen zum Stehen gekommen war. Brasch kannte die beiden aus der Zeitung. Sie kamen aus Georgien, und einer von ihnen sollte in ein paar Wochen um die Weltmeisterschaft boxen. Wie Manager, die gleich ein gutes Geschäft abschließen würden, trugen sie graue modische Anzüge und setzten sich ihre teuren Sonnenbrillen auf, während sie majestätisch auf die Halle zuschlenderten, als wären sie es gewohnt, überall angestarrt und bewundert zu werden. Ein Chauffeur in Dienstuniform folgte ihnen mit ihren Sporttaschen. Brasch zögerte. Sollte er die beiden nach Schmoll befragen? Vielleicht gab es Kontakte zwischen den Boxern, und sie wussten mehr über den Toten als ihr Trainer. Sein Telefon klingelte, als die Georgier drei Schritte entfernt an ihm vorbeigingen. Ihr Blick streifte ihn nicht einmal, als hätten sie längst gespürt, dass von ihm keine Gefahr ausging.

Mehler war am Apparat. »Es gibt Ärger wegen unserer kleinen Rangelei gestern Abend«, sagte er. »Balk hat davon erfahren und erwartet dringend unseren Bericht.«

Balk war der Polizeipräsident, ein nüchterner, erfahrener Beamter, dem der Ruf seiner Behörde über alles ging.

»Gibt es Neuigkeiten über den toten Boxer?«, fragte Brasch.

»Nein, vor morgen früh werden wir nichts erfahren, und wenn es eine Ermittlung gibt, haben wir damit wahrscheinlich nichts zu tun. Einer dieser Security-Typen hat heute Vormittag wegen schwerer Körperverletzung Anzeige gegen uns erstattet.«

Brasch setzte sich in seinen Wagen. Für einen Moment war er ehrlich überrascht. Hatte nicht Muller, der Mann für große Worte, versprochen, dass nichts passieren würde? Von einer Anzeige war nie die Rede gewesen. »Ich wollte ohnehin ein paar Tage Urlaub machen«, sagte Brasch. »Sollen Sie uns ruhig eine Zeit lang vom Dienst suspendieren.« Für einen Moment war es ihm wirklich gleichgültig, ob man ihn freistellen würde oder nicht.

Sie verabredeten sich für zwei Stunden später im Präsidium, um gemeinsam ihren Bericht abzufassen. Brasch hatte erwartet, dass er zornig auf den pedantischen Balk oder auf Mehler sein würde, dem er diesen Ärger zu verdanken hatte, aber er spürte nur eine tiefe Gleichgültigkeit. Eine gewisse Auszeit würde ihm gut tun. Er fuhr zum Chlodwigplatz, trank bei Rosa einen Kaffee und buchte anschließend, ohne viel nachzudenken, eine Reise nach Algerien, eine Woche mit einem Jeep durch die Wüste. Ende August war es dort zwar furchtbar heiß, aber das schreckte ihn nicht. Tropisch heiß war es in diesem Sommer auch in Deutschland.

Nachdem er das Reisebüro verlassen hatte, kam er sich wie befreit vor, als hätte er sich und allen anderen irgendetwas bewiesen. Ich lebe auch ohne Leonie weiter, dachte er. Wie oft hatte er diesen Gedanken schon in dunklen Nächten vor sich hin gesagt? Dabei hatte er nichts an seinem Leben verändert; er wohnte noch im selben Haus, das er sich eigentlich gar nicht mehr leisten konnte, er ging jeden Morgen ins Präsidium und hatte noch immer Sehnsucht nach ihr, obwohl ihm klar war, dass sie nie wieder zusammenkommen würden. So viel hatte er mittlerweile begriffen. Sie war von einem Tag auf den anderen ausgezogen, weil sie eine Fehlgeburt gehabt hatte, ohne dass er bei ihr gewesen war. Um genau zu sein, hatte er noch nicht einmal von ihrer Schwangerschaft gewusst. In ihren Augen war das allein seine Schuld. Er hatte sich zu sehr um seinen Job gekümmert.

Im Präsidium saß Mehler in seinem Büro vor einem Computer und mühte sich ab, die richtigen Formulierungen für ihren Bericht zu finden. Es sah aus, als hätte er schon mehrere Anläufe genommen. Warum waren sie nach dem Konzert hinter die Bühne gegangen? Wie hatten die Handgreiflichkeiten mit den Ordnern begonnen? Wie oft hatten sie zugeschlagen? Wie lächerlich das alles ist, dachte Brasch.

Pia Krull, die Dritte in ihrem Kommissariat, spottete über sie. »Ihr solltet euch vorher überlegen, wenn ihr eine Party aufmischt, zu der ihr nicht eingeladen seid«, sagte sie und trank irgendeinen grünen Tee, der nach Apotheke roch.

Mehler verzog lediglich das Gesicht, ohne etwas zu erwidern, was allerdings bewies, wie unwohl er sich bei dieser Sache fühlte.

»Du musst dich um diesen Boxer kümmern«, sagte Brasch und schaute Pia an. Sie war Extremkletterin und so gut in Form, dass sie es mit jedem Mann aus dem Präsidium aufnehmen konnte. »Habt ihr die Wohnung versiegelt und seinen Wagen sichergestellt?«

»Die Wohnung ist versiegelt«, erwiderte Pia, »aber um den Wagen haben wir uns noch nicht gekümmert.«

»Es sollte auch jemand ins Altenheim zu der Mutter des Toten fahren. Vielleicht hat Schmoll bei ihr Sachen aufbewahrt, die uns weiterhelfen können.« Brasch spürte, dass Mehler ihn fragend ansah. »Schmoll hatte offensichtlich keinen Grund, sich umzubringen.«

»Niemand weiß, was in einem alten, versoffenen Boxer vor sich geht«, sagte Mehler, während er gleichzeitig etwas in den Computer tippte. »Ich vermute, er hat Angst vor irgendwelchen Leuten gehabt, denen er Geld schuldet. Oder er hat einfach gemerkt, dass er es nicht mehr schafft, noch einmal in den Ring zu steigen. Die verrückte Mutter ist übrigens schon wieder verschwunden, hat es in ihrem Altenheim nur eine Stunde ausgehalten.«

Für einen Moment glaubte Brasch an einen schlechten Scherz. »Woher weißt du das?«

Mehler blickte nicht vom Bildschirm seines Computers auf. Offensichtlich hatte er nun endlich die richtigen ersten Worte für ihren Bericht gefunden. »Diesmal haben sie im Altenheim sofort eine ordentliche Vermisstenanzeige aufgegeben. Außerdem hat eine Frau angerufen und nach dir gefragt.«

Die Heimleiterin, dachte Brasch, was wollte sie von ihm? Plagte sie das schlechte Gewissen, dass ihr Schützling schon wieder ausgerückt war? Dann dachte er an den Zettel, den Sonja Schmoll in der Hand gehalten hatte. Hatte ihr Sohn seiner verwirrten Mutter für Notfälle seine Adresse aufgeschrieben? Aber die Handschrift hatte nicht nach einem Boxer ausgesehen, der wahrscheinlich selten zu einem Stift griff und etwas notierte. Brasch hätte den Zettel auf jeden Fall sicherstellen müssen.

»Soll ich dir meinen Anfang vorlesen?«, fragte Mehler vom Computer herüber. »Das Konzert im E-Werk war gegen zweiundzwanzig Uhr dreißig beendet. Die Hauptkommissare Matthias Brasch und Frank Mehler waren im Begriff, einer Einladung des Bassisten Thomas Holm zu folgen, als ein Mann des Sicherheitsdienstes ...«

Brasch schaute Pia an, die mit ihrer Teetasse an seinem Schreibtisch lehnte, als würde sie auf etwas warten. Ein schwacher Geruch von Parfüm ging von ihr aus, oder vielleicht war es auch das Gel, mit dem sie ihre kurzen blonden Haare frisierte. Für einen Moment dachte er daran, den Zettel und den Fehler zu erwähnen, den er begangen hatte, dann jedoch griff er zum Telefon und ließ sich mit dem Altenheim verbinden. »Wir müssen einen Wagen zu Schmolls Wohnung schicken«, sagte er, während er darauf wartete, durchgestellt zu werden. »Vielleicht schafft es die alte Frau ja diesmal bis zu seiner Wohnung. Weiß der Himmel, was sie dahin treibt.«

Er spürte Pias klaren Blick auf sich. Sie hatte die lebendigsten blauen Augen, die er je gesehen hatte. Sie schwieg, auch Mehler war abrupt verstummt, weil er begriffen hatte, dass sich niemand für seinen Bericht interessierte.

Es dauerte ein paar Momente, bis sich im Altenheim eine abgehetzt wirkende weibliche Stimme meldete. Ihren Namen verstand Brasch nicht. Er war aber sicher, dass er nicht mit der Heimleiterin sprach. Als er sich nach Sonja Schmoll erkundigte, zögerte die Stimme.

»Ist Frau Schmoll noch nicht wieder aufgefunden worden?«, fragte Brasch sanft. Er wollte nicht zu offiziell wirken oder so, als würde er der Frau Vorwürfe machen.

»Ich weiß nicht«, sagte die Stimme, die sehr jung und ängstlich klang. Ein Küken, das sich in ein Altenheim verirrt hatte. »Ich meine, Frau Schmoll wurde ins Krankenhaus eingeliefert. Intensivstation. Sie ist von einer Straßenbahn angefahren worden.«

Bei ihrem zweiten Ausflug war Sonja Schmoll nicht weit gekommen. Am Stadtwald, kaum ein paar hundert Meter vom Altenheim entfernt, war sie mit einem weißen Schal, den sie wie eine Fahne in der rechten Hand hielt, quer über eine große, stark befahrene Kreuzung gelaufen, wie eine alte Kriegerin, die einer übermächtigen feindlichen Armee entgegenzog. Zwei Autos hatten im letzten Moment ausweichen können und dabei fast eine Ampel gerammt. Auch die Straßenbahn hatte noch eine Notbremsung versucht, aber die alte Frau war direkt auf sie zugelaufen.

»Sie hat es schwer erwischt«, sagte ein junger Assistenzarzt, nachdem er Brasch routiniert die Hand geschüttelt hatte. Sie standen auf dem Flur und blickten durch eine Glasscheibe auf die Intensivstation. »Doppelte Fraktur des linken Oberarms, Oberschenkelhalsbruch links, schwere Prellungen und Quetschungen. Aber am meisten beunruhigt uns ihre Schädelfraktur.« Obschon er noch nicht lange im Krankenhaus arbeiten konnte, sprach er schon mit vorsichtig besorgter Arztstimme.

Wie eine Mumie, die man seltsamerweise ins Leben zurückholen wollte, lag Sonja Schmoll in ihrem Bett. Ihr faltiges Gesicht war unter einem riesigen Verband kaum zu sehen. Allein ihr bleicher rechter Arm auf der Bettdecke, an dem eine Kanüle angeschlossen war, wirkte noch lebendig.

»Hat sie eine Chance durchzukommen?«, fragte Brasch.

»Das werden die nächsten achtundvierzig Stunden entscheiden.« Der Arzt flüchtete sich in ein freudloses Lächeln, als würde ihm seine eigene Antwort nicht gefallen.

Brasch nippte an einem ekelhaft bitteren Kaffee, den er sich an einem Automaten gezogen hatte, während er auf den Arzt warten musste. Es rührte ihn, Sonja Schmoll so daliegen zu sehen. Vor zwei Wochen war sein Vater operiert worden: Darmkrebs im fortgeschrittenen Stadium. Erst bei der Operation hatte man festgestellt, dass auch die Leber bereits befallen war. Die Bilder glichen sich auf beängstigende Art und Weise.

»Hat Frau Schmoll etwas bei sich gehabt?«, fragte er den Arzt. »Als sie heute Morgen zum ersten Mal aus ihrem Altenheim weggelaufen ist, hatte sie einen Zettel mit der Adresse ihres Sohnes in der Hand. Da sah es so aus, als wollte sie zu ihm nach Hause gehen.«

»Ich glaube nicht, dass die Patientin etwas bei sich hatte, aber nach den persönlichen Gegenständen müssen Sie im Schwesternzimmer fragen.« Er wollte Brasch die Hand reichen, um sich bereits wieder zu verabschieden, doch plötzlich hielt er inne. Eine Glastür fiel krachend ins Schloss, und eine Frau hastete den Gang hinunter. Sie trug ebenfalls einen weißen Kittel und sah wie eine Ärztin aus.

»Lebt Sonja noch?«, fragte die Frau außer Atem. »Wie hat sie die Operation überstanden?« Neben Brasch blieb sie stehen und blickte in das Krankenzimmer.

»Wer sind Sie?« Der Arzt klang irritiert und zugleich ein wenig empört. »Ich habe Sie hier noch nie gesehen.«

Die Frau achtete gar nicht auf den Arzt. »Sonja, was machst du für Sachen«, sagte sie, als könnte die alte Frau sie tatsächlich verstehen. Ihr sorgenvolles Gesicht spiegelte sich in der Glasscheibe. Die Frau mochte Mitte dreißig sein. Sie trug unter dem Kittel ein schwarzes T-Shirt und eine dunkelrote Cordhose. Ihre dunkelblonden Haare hatte sie nachlässig hochsteckt.

»Wer sind Sie?«, wiederholte der Arzt. Er streckte sogar seinen Arm aus, als müsste er die Frau festhalten. Sie war keine Ärztin und wahrscheinlich nicht einmal eine Krankenschwester, so viel begriff nun auch Brasch.

»Sonja muss ihre Medikamente nehmen. Sie hat zu hohen Blutdruck und ist Diabetikerin«, sagte die Frau. Es klang wie eine Anweisung. Der Arzt verzog verärgert das Gesicht. Dann schien sich die Frau zu besinnen. Sie schaute erst Brasch und dann den Arzt an und lächelte flüchtig. »Ich bin Schwester Franziska. Nachtschwester aus dem Altenheim am Stadtwald«, fügte sie hastig hinzu. »Ich habe vorhin von dem Unfall erfahren und sofort alles aufgeschrieben.« Sie hielt dem Arzt ein Papier hin, auf dem sie die Medikamente notiert hatte, die Sonja Schmoll dringend benötigte. Zögerlich nahm er den Zettel und warf voller Argwohn einen Blick darauf.

»Haben Sie schon den Sohn verständigt?«, fragte Schwester Franziska. »Er muss sofort herkommen.«

Der Arzt machte eine vage Handbewegung, dann kniff er auffordernd die Augen zusammen und schaute Brasch an. Er wusste Bescheid, und von einem toten Sohn zu sprechen war eindeutig nicht seine Aufgabe.

»Ich bin von der Kriminalpolizei«, erklärte Brasch. »Wir ermitteln in einem ungeklärten Todesfall. Heute Vormittag haben wir Robert Schmoll tot in seiner Wohnung aufgefunden.« Sein letzter Satz kam ihm blass vor, wie gelangweilt von einem Blatt abgelesen.

Doch dieser Satz verfehlte seine Wirkung nicht. Die Nachtschwester reagierte wie in Zeitlupe. Sie strich sich über die Stirn, griff sich in ihr Haar und stammelte: »Aber wie kann das sein?« Die Nachricht schien sie wirklich zu treffen.

»Bisher sieht alles nach Selbstmord aus.« Brasch sprach sanft weiter, wie bei einer Angehörigen, der er eine schlechte Nachricht überbringen musste. »Eine Obduktion ist angeordnet worden. Danach wissen wir wahrscheinlich mehr.«

Als er das Wort »Selbstmord« aussprach, starrte die Nachtschwester ihn düster an, als wäre sie auf einmal überzeugt, dass er sich einen makabren Scherz mit ihr erlaubte. Gleichzeitig tastete sie mit einer Hand hinter sich und stützte sich an der Glasscheibe ab. »Wieso Selbstmord?«, fragte sie. »Wie kommen Sie darauf?«

Brasch bemerkte, dass der Arzt ihm zunickte und sich unauffällig entfernte. Er brauchte zwei, drei Schritte, dann verfiel er in einen eiligen, geschäftsmäßigen Gang und bog in das Schwesternzimmer ab.

»Wir stehen mit unseren Ermittlungen erst ganz am Anfang«, sagte Brasch. »Haben Sie Robert Schmoll gekannt?«

Die Nachtschwester beantwortete seine Frage nicht. Sie wandte sich um und blickte wieder in das Krankenzimmer. »Weiß Sonja es schon?«, fragte sie. »Hat es ihr jemand gesagt?«

Verzweiflung und echte Sorge schwangen in ihrer Stimme. So würde eine Tochter über ihre kranke Mutter reden, dachte Brasch, aber keine Pflegerin, die für eine schlechte

Bezahlung nichts als ihre Pflicht tat. Er erwähnte, dass er Sonja Schmoll am Morgen mitten auf einer Straße gefunden und zu ihrem Sohn gefahren hatte. »Sie hat im Garten gesessen, während wir die Wohnung ihres Sohnes durchsuchten. Offen gesagt hat sie nicht den Eindruck gemacht, als würde sie irgendetwas mitbekommen.«

Die Nachtschwester lachte spöttisch. »Niemand kapiert das«, sagte sie mit kaum verhohlenem Zorn. »Alle denken, dass Sonja schwachsinnig ist, dass ihr Gehirn überhaupt nicht mehr funktioniert. Dabei muss man ihr nur genau in die Augen schauen, um zu kapieren, dass sie noch eine Menge mitbekommt. Manchmal nachts redet sie sogar, da murmelt sie Worte vor sich hin, und ich glaube, auch ihrem Sohn hat sie hin und wieder Worte ins Ohr geflüstert.«

»Kommt es oft vor, dass sie aus dem Altenheim verschwindet?«

Die Frau nahm Brasch ins Visier, als wäre sie die Polizistin und er der Beschuldigte. »Nie«, sagte sie. »Sonja war immer friedlich, hat in ihrem Stuhl gesessen und auf ihren Sohn gewartet. Und wenn sie mal unruhig war, ist sie im Gang auf und ab gelaufen.« Sie schob sich an Brasch vorbei und öffnete die Glastür, um in das Krankenzimmer zu gehen. Das deutliche Verbotsschild schien sie nicht zu stören. Vielleicht trug sie auch deshalb einen Kittel, um sich hier ungestört bewegen zu können. Brasch folgte ihr unschlüssig und machte einen zaghaften Schritt in das Zimmer hinein. Es war, als hätte er eine Grenze überschritten, vom einfachen Krankenhaus in ein Labor, einen Versuchsraum hinein. Es roch anders, ein Vorhang aus chemischen Gerüchen schien in der Luft zu hängen, und ein oder zwei Maschinen gaben ein leises, aber durchdringendes Brummen von sich.

»Keine Angst«, sagte die Nachtschwester, während sie sich über die reglose Sonja Schmoll beugte. »Ich kenne mich aus. Ich war früher OP-Schwester. Bis ich es nicht mehr ausgehalten habe. Die meisten Ärzte sind Idioten.« Sie überprüfte die Infusionsflasche über dem Bett, justierte eine Einstellung nach und warf dann einen Blick auf die Apparate neben dem Bett. Anscheinend war alles in Ordnung, denn mit einem versöhnlicheren Tonfall wandte sie sich wieder an Brasch. »Wieso soll Bobby sich umgebracht haben? Sie müssen sich irren. In sechs Wochen hat er einen großen Kampf.«

Brasch nickte. So wie die Nachtschwester es sagte, klang es wie ein weiterer Beweis, dass Schmoll tatsächlich ermordet worden war. Dann sah er den winzigen zerknitterten Zettel, der auf dem Nachttisch neben dem Krankenbett lag. Jemand hatte ihn fein säuberlich auseinander gefaltet und auf den Tisch gelegt. Auch die Frau hatte den Zettel bemerkt. *Robert Schmoll, Höfestraße 5, Erdgeschoss, rechts,* stand da. Hatte die Alte den Zettel wieder die ganze Zeit in der Faust mit sich herumgetragen? Auch wenn es wahrscheinlich sinnlos war, nahm Brasch den Zettel und ließ ihn in eine kleine Plastiktüte fallen, so, als würde er ein wichtiges Beweismittel sicherstellen.

»Kennen Sie die Handschrift?«, fragte er, während er den erstaunten Blick der Nachtschwester auf sich spürte.

»Ja«, sagte sie leise. »Ich habe den Zettel geschrieben und in ihre Akte gelegt. Vor vier Monaten, als Sonjas Sohn aus dem Gefängnis entlassen worden war.«

6

Brasch stand am Fenster und schaute den Blitzen zu. In Abständen von wenigen Sekunden zuckten sie heran und zerrissen die Dunkelheit. Es sah aus, als würde ein Licht krachend und drohend dem anderen nachjagen. Heftiger Regen schlug gegen die Fenster. Die Hitze am Nachmittag war schier unerträglich geworden, und nun kam anscheinend aus dem Westen eine Kaltfront heran. Der Sommer war zu heiß und zu extrem. Es war an der Zeit, dass er zu Ende ging.

Als ein Blitz mit besonderem Getöse vom Himmel stürzte, begann in der Nachbarschaft ein Hund panisch zu bellen und beruhigte sich gar nicht mehr.

Es ist gar nicht so einfach, sein Leben zu ändern, dachte Brasch. Plötzlich kam es ihm unüberlegt und falsch vor, dass er am Nachmittag eine Reise in die Wüste gebucht hatte. Es war blanker Unsinn gewesen, nur weil er sich und einigen Leuten im Präsidium etwas beweisen wollte. Er konnte nicht einfach so aus Köln verschwinden. Jeden Abend gegen neun rief er in der Eifel an, redete zuerst mit seiner Mutter, dann ein paar Worte mit seinem Vater, der meistens nur einen Gruß knurrte und ihm dann mitteilte, wie das Wetter am Tag gewesen war, bevor er auflegte. Das Geschwür in seiner Leber war sieben Zentimeter groß und konnte nicht durch eine Operation entfernt werden. Er würde in ein paar Monaten sterben.

»Morgen beginnt die Chemotherapie«, hatte seine Mutter ihm gestern gesagt, und sie hatte so hoffnungsfroh geklungen, als wäre diese Therapie eine Wunderwaffe, die man speziell für seinen Vater einsetzen würde.

Wieder krachten ein paar Blitze herab, und der Hund jaulte noch lauter. Vielleicht war er allein, lief irgendwo am Rhein entlang und suchte verzweifelt nach seinem Herrn.

Brasch starrte auf das Telefon, das er vor sich auf die Fensterbank gelegt hatte. Es war fast zehn Uhr, und er hatte noch immer nicht angerufen. Er fragte sich, warum er zögerte, warum er nicht wissen wollte, wie die erste Chemotherapie verlaufen war. Wahrscheinlich hatte sich sogar Leonie schon erkundigt. Sie telefonierte gelegentlich mit seiner Mutter. Worüber sie allerdings genau sprachen, wusste Brasch nicht.

Plötzlich fiel ihm ein, was Mehler ihm per SMS mitgeteilt hatte, als er mit der Nachtschwester aus dem Krankenhaus gekommen war: *Heute Abend kommt sie im Radio.* Keine Frage, wer mit »sie« gemeint war. Brasch konnte sich vorstellen, wie Mehler grinsend die Nachricht in sein Telefon eingetippt und dann auf den Rückruf gewartet hatte. Doch Brasch hatte nicht zurückgerufen, um Genaueres zu erfahren. Er hatte die Nachtschwester beobachtet, die zu ihrem Wagen eilte – einem blitzblanken roten VW Käfer, einem echten Oldtimer –, als wäre sie eine Verdächtige, und war dann nach Hause gefahren.

Ungeduldig drehte er am Radio, suchte vor und zurück, doch nirgendwo schien jemand »Somewhere over the rainbow« zu singen. In den meisten Sendern wurde belanglose Popmusik gespielt. Fahrstuhlmusik, wie Leonie sie genannt hatte. Doch dann flog plötzlich ihre Stimme heran, tauchte, kaum dass er einen Klassiksender gestreift hatte, wie aus einer abgrundtiefen Dunkelheit auf. Er sah die weiße Sängerin wieder vor sich. Sie sang »Fly me to the moon«, auch ein Song, den sie gestern Abend gebracht hatte. Vielleicht war es sogar ein Mitschnitt aus dem Konzert. So allein mit sich, während das Gewitter sich allmählich verzog, hörte Brasch, wie die Stimme der Sängerin auf der Musik zu gleiten schien. Ja, die Musik war ein sanftes, weites Meer, und sie war eine Wellenreiterin, die scheinbar schwerelos dahintanzte, jedoch ohne sich zu beeilen, ohne zu viel Härte oder Dringlichkeit in ihre Worte zu legen. Sie wusste, dass ihr Lied sie genau dahin tragen würde, wo sie hinwollte.

Plötzlich, während Applaus aufbrandete und Brasch sich um einen Tag zurückversetzt glaubte, als hätte es die letzten vierundzwanzig Stunden gar nicht gegeben, schrillte sein Telefon.

Schuldbewusst zuckte er zusammen. Meine Mutter, dachte er. Er hatte sich zu viel Zeit für seinen abendlichen Anruf gelassen. Hastig hob er ab und meldete sich.

»Hallo«, sagte eine Stimme, die eindeutig nicht seiner Mutter gehörte, sondern mindestens dreißig Jahre jünger war. »Sie hören Musik? Ich störe Sie?«

»Nein«, sagte er zögernd, während er sich zum Radio umwandte und die weiße Sängerin, die nun »Fever« anstimmte, zum Verstummen brachte. »Wer sind Sie?«

»Oh!« Die Stimme verriet für einen Moment Unsicherheit. »Ich bin Franziska, die Nachtschwester aus dem Altenheim. Ich wollte Ihnen etwas Wichtiges sagen.«

Ein greller Blitz fuhr am Himmel entlang, doch der Donner, der ihm folgte, war nur noch ein fernes Grollen. Das Gewitter hatte sich über den Rhein verzogen.

»Hat das nicht Zeit bis morgen?«, sagte Brasch. »Sie können gegen neun Uhr ins Präsidium kommen.«

»Nein, auf keinen Fall.« Die Stimme der Nachtschwester klang plötzlich so nah und eindringlich, als hätte sie den Telefonhörer auf ihre Lippen gepresst. »Sie müssen sofort etwas tun. Sonja Schmoll ist in Gefahr. Ich bin sicher, dass jemand sie umbringen will.«

Fast hätte Brasch gelacht. Wer sollte eine schwer verletzte Frau umbringen, die an Alzheimer litt und kein vernünftiges Wort mehr über die Lippen bekam? »Hören Sie, ich glaube nicht, dass irgendeine Gefahr ...«

»Sie verstehen mich nicht«, unterbrach die Nachtschwester ihn. »Ich habe nachgedacht. Ich weiß nicht wer, aber jemand hat Sonja zweimal aus dem Altenheim entführt und sie dann irgendwo mitten auf einer belebten Straße ausgesetzt, damit ihr etwas passiert.«

»Aber welchen Grund sollte es dafür geben?«

Die Nachtschwester zögerte. Von einem Moment auf den anderen wirkte sie abgelenkt.

»Wo sind Sie?«, fragte Brasch.

»Ich bin im Dienst. Tut mir Leid, ich kann jetzt nicht mehr weiterreden. Werden Sie sich um Sonja kümmern?«

»Ja«, versprach Brasch, dann hörte er nur noch ein Knacken in der Leitung. Die Nachtschwester hatte aufgelegt.

Er schaltete das Radio wieder ein, doch da war »Fever« bereits verklungen. Er bekam nur noch den frenetischen Schlussapplaus mit. Die weiße Sängerin hatte sich in die Kulissen zurückgezogen, und da würden gleich zwei Polizisten auftauchen und eine kleine, sinnlose Rangelei anfangen. Brasch überlegte, ob er nun seine Mutter anrufen sollte, obwohl es dafür nun eigentlich zu spät war. Er hatte den richtigen Zeitpunkt verpasst. Seine Mutter war wahrscheinlich bereits vor dem Fernseher eingeschlafen, und sein Vater hatte sich mit einem gewissen Quantum an Bier in den Schlaf gerettet. So jedenfalls hatte er es früher immer gemacht, aber die Krankheit hatte ihn verändert. Bei seinem letzten Besuch hatte Brasch gesehen, wie sein Vater irgendeinen Gesundheitstrunk vor sich stehen und in der Bibel gelesen hatte.

Er nahm den Hörer und ließ sich mit dem Krankenhaus verbinden, in dem Sonja Schmoll lag. Es war lächerlich, Personenschutz für eine alte Frau anzufordern, aber er konnte sich zumindest erkundigen, ob ihr Zustand sich gebessert hatte.

Zehnmal musste er es auf der Intensivstation klingeln lassen, bevor jemand abhob. Ein Mann meldete sich, ohne seinen Namen zu nennen. Vielleicht war es der junge Arzt, mit dem er am Nachmittag gesprochen hatte.

Brasch stellte sich vor und fragte nach Sonja Schmoll.

»Tut mir Leid«, erklärte der Mann gleichgültig, »am Telefon dürfen wir über Patienten leider keine Auskunft geben.«

»Es ist schön, dass Sie so pflichtbewusst sind«, erwiderte Brasch mit einer deutlichen Prise Spott in der Stimme, »aber wir ermitteln in einem Mordfall, und ich bitte Sie nur um eine kurze Auskunft. Ich kann Ihnen auch einen Streifenwagen vorbeischicken, und dann machen Sie Ihre Aussage bei mir im Präsidium.«

Die Einschüchterung wirkte. Der Mann, anscheinend doch ein Pfleger, bat um einen Moment Geduld und entfernte sich. Brasch hörte, wie eine Tür geschlossen wurde, dann war nur noch ein leises Rauschen in der Leitung. Es war, als lausche er aus einiger Entfernung der Brandung eines Meeres, das Rauschen schwoll an und wieder ab, aber vor allem verstrich quälend langsam die Zeit. Brasch war nie besonders geduldig gewesen, jede Warterei ging ihm auf die Nerven. Es konnte doch nicht so lange dauern, nach einer alten Frau zu schauen! Wollte der Pfleger sich für seinen leichten Spott rächen, indem er ihn über Gebühr warten ließ und noch betont ausschweifend mit einer anderen einsamen Nachtwache plauderte? Zehn Minuten vergingen. Das Gewitter war endgültig abgezogen, und der Regen hatte aufgehört. Vor seinem Fenster lag nur noch stumme Dunkelheit.

Dann hörte er endlich in der Leitung, wie eine Tür geöffnet wurde. Jemand griff nach dem Hörer. »Hallo«, sagte eine Frauenstimme. »Sie sind der Mann von der Polizei? Tut mir Leid, dass Sie warten mussten. Es gab ein wenig Unruhe. Sie hatten sich nach Frau Schmoll erkundigt?«

»Ja.« Brasch spürte, wie mürrisch er durch das Warten geworden war. Beinahe klang er wie sein Vater, wenn man ihn aufgeschreckt hatte. »Es gibt jemanden, der sich Sorgen um die Sicherheit der alten Dame macht.«

»Die alte Dame«, erklärte die Stimme langsam und betont, als gäbe sie eine Aussage zu Protokoll, »ist vor ungefähr zehn Minuten verstorben.«

Krankenhäuser waren nie sein Fall gewesen, aber vor allem nachts nicht, wenn sie vollkommen unwirklich wirkten, wie das Innere eines riesigen Raumschiffs, das sich in Raum und Zeit verirrt hatte. Die Hitze des vergangenen Tages staute sich in den Gängen. Kühle gab es nur in den wenigen Ecken, in denen Ventilatoren standen und mühselig gegen die Schwüle ankämpften. Brasch spürte, wie müde er war. Auch seine Kopfschmerzen waren zurückgekehrt. Als er auf die Intensivstation einbog, erschrak er, weil er für einen Moment glaubte, ein Tier lauere ihm hinter einer Tür auf, aber es war bei näherem Hinsehen lediglich ein großer, seltsam geformter Staubsauger, den jemand dort abgestellt hatte.

Zwei Nachtschwestern und ein blutjunger Arzt, den er nicht kannte, begrüßten ihn knapp. Obwohl es erst kurz nach Mitternacht war, sahen sie bereits übernächtigt aus, wie Gespenster, denen das Licht nicht bekam.

Gemeinsam führten sie ihn an das Bett der Toten. »Wir haben nichts tun können«, sagte die eine Schwester, wie um sich zu entschuldigen. Sie war höchstens zwanzig und hatte rot gefärbte Haare. Mit ihr hatte er am Telefon gesprochen. »Ich habe zwei-, dreimal in der Stunde nach ihr gesehen. Mir ist nichts aufgefallen.«

Brasch beugte sich über Sonja Schmoll. Sie schien sich nicht verändert zu haben, sah genauso klein und mumienhaft aus wie am Nachmittag, doch nein, ihr Gesicht wirkte kantiger, und auf ihren geschlossenen Augen lag ein sanfter gelblicher Schein.

»Haben Sie diesen Raum immer im Blick gehabt?«, fragte er. »Wäre es möglich, dass ein Unbefugter hier eingedrungen ist?«

Auch wenn er seine Augen noch auf den Leichnam gerichtet hielt, bemerkte Brasch, dass die Schwestern ratlos den Arzt anschauten. Für einen Moment sagte niemand ein Wort. Dann räusperte sich der Arzt.

»Hier kommt keiner herein, der nicht zum Personal gehört«, begann er mit Entschiedenheit, die er jedoch sogleich abschwächte. »Aber wir können natürlich nicht überall sein. Vor einer Stunde haben wir zwei neue, sehr schwer verletzte Patienten bekommen. Überlebende eines Autounfalls.«

Brasch nickte. Vorsichtig schlug er die Decke zurück und betrachtete die dünnen Beinen der Toten, die mit winzigen

Falten übersät waren. Äußerliche Verletzungen waren nicht zu entdecken.

»Sie glauben doch nicht, dass jemand sich hier im Krankenhaus an einer Schwerverletzten zu schaffen machen könnte?«, fragte der Arzt. Seine Empörung klang kraftlos und aufgesetzt.

Brasch legte die Decke wieder zurück und besah sich den bleichen rechten Arm der Toten. Die Kanüle hatten die Schwestern mittlerweile herausgezogen. »Haben Sie damit gerechnet, dass Frau Schmoll in dieser Nacht sterben könnte?«, fragte er den Arzt, statt ihm eine Antwort zu geben.

»Nein, eigentlich nicht. Ihr Zustand war stabil, aber in ihrem Alter und bei der Schwere ihrer Verletzungen konnte man natürlich nie genau wissen, wie die Patientin nach einer Operation reagiert.«

Brasch kannte diese vagen Antworten von Ärzten bereits. Er hatte im Grunde auch nichts anderes erwartet. »Wir werden morgen eine Obduktion vornehmen lassen«, erklärte er, während er die einzige Schublade am Nachttisch neben dem Bett aufzog. »Damit wir genau über die Todesursache Bescheid wissen.«

Er hörte, wie der junge Arzt tief einatmete, als wollte er ihm widersprechen, doch dann sagte er nichts, sondern verließ den Raum. Außer einem Plastiklöffel und einem leeren Tablettendöschen war in der Schublade nichts zu finden. Sonja Schmoll hatte keine persönlichen Dinge bei sich gehabt.

Vom Gang aus beobachtete Brasch, wie die beiden Schwestern die Tote herrichteten und ihr ein anderes Nachthemd anzogen. Sie machten ernste Gesichter, als würde ihnen der Tod der alten Frau wirklich nahe gehen, aber vielleicht waren sie auch nur überarbeitet. Als sie Sonja Schmoll an ihm vorbeischoben, um sie in einen anderen Raum zu bringen, kam es ihm selbst so vor, als hätte er eine Angehörige verloren, die er vermissen würde. Dabei war es keine vierundzwanzig Stunden her, dass er die alte Frau zum ersten Mal gesehen hatte: verwirrt und verloren mitten auf einer breiten, stark befahrenen Straße. Danach hatte er ihren toten Sohn gefunden. Kein Zweifel, an ihrem letzten Tag hatte er eine tragende Rolle im Leben von Sonja Schmoll gespielt.

Die Schwester mit den roten Haaren schloss die Tür des Abstellraums ab, in dem die Tote bis zum Morgen bleiben sollte. Dann würde sie in die Pathologie gebracht werden.

»Passen Sie auf den Schlüssel auf«, sagte Brasch, bevor er ging.

Draußen hatte es ein wenig abgekühlt. Es tat gut, tief einzuatmen und die frische Luft in den Lungen zu spüren. Trotzdem fühlte Brasch sich so erschöpft, als hätte er drei Tage nicht mehr geschlafen. Während er zu seinem Wagen ging, den er an der Notaufnahme geparkt hatte, zog er sein Telefon hervor. Bevor er sich ein paar Stunden Schlaf gönnen konnte, musste er noch einen unangenehmen Anruf erledigen. Niemand überbrachte gern die Nachricht, dass ein Angehöriger oder ein guter Bekannter zu Tode gekommen war. Für die Nachtschwester Franziska wäre es die zweite Todesnachricht innerhalb weniger Stunden.

Brasch legte sich einige Worte zurecht, um die Nachtschwester zu besänftigen. Sie würde ganz sicher sein, dass sich ihre Vorahnungen bestätigt hatten, und vielleicht ihm die Schuld am Tod der alten Frau geben. Warum hatte er lediglich telefoniert, statt sofort einen Streifenwagen ins Krankenhaus zu schicken?

Im Altenheim hob niemand ab. Beharrlich ließ Brasch es klingeln, zwanzig-, dreißigmal. Es war, als wäre er irgendwo am Ende der Welt in einer toten Leitung gelandet. Müde startete er den Wagen. Auch wenn es nur fünf Minuten entfernt lag, hätte er sich den Weg zum Altenheim gerne erspart.

Er fuhr beinahe im Schritttempo mit heruntergekurbelten Fenstern. In einigen wenigen Fenstern brannte noch Licht, ansonsten herrschte in den Häusern Dunkelheit. Eine leere Straßenbahn rauschte an ihm vorbei. Nur eine junge Frau drückte ihr Gesicht an die Glasscheibe und schaute zu ihm herab. Ihr Gesicht war ernst und verschlossen, und für einen Moment glaubte er, es wäre Franziska, die Frau aus dem Altenheim. Aber warum sollte sie nachts um halb zwei in einer leeren Bahn sitzen? Brasch schloss für eine Sekunde die Augen, und dann war das Gesicht am Fenster verschwunden.

Die Eingangshalle des Altenheims war hell erleuchtet. Auch vor dem Portal waren alle Laternen eingeschaltet, die Eingangstür jedoch war abgesperrt, was allerdings zu dieser Stunde auch nicht verwunderte. Brasch drückte auf einen protzig wirkenden Messingknopf, über dem eine Sonne mit einem lächelnden Gesicht und der Name des Altenheims eingraviert waren: *Haus Sonnenschein*. Ein Name wie für eine Ferienresidenz auf Mallorca.

Es dauerte einen Moment, bis eine Gegensprechanlage ansprang, die sich in dem Sonnensymbol befand. »Ja, bitte?«, krächzte es aus der lächelnden Sonne.

»Ich muss Sie sprechen, Franziska«, sagte Brasch. »Ich bin im Krankenhaus gewesen.«

Die Stimme antwortete nicht.

Brasch fiel auf, dass er ihren Namen viel zu vertraulich ausgesprochen hatte. »Würden Sie mich hereinlassen?«, fragte er.

»Franziska ist nicht da.« Die Stimme klang abgehackt, als würde sie nur höchst widerwillig eine Antwort geben.

»Sie müssen sich irren«, erwiderte Brasch. »Schwester Franziska hat mich vor zwei Stunden aus ihrem Dienst angerufen.«

Für einen Moment war lediglich ein Knistern zu hören, sodass er schon fürchtete, die Stimme würde die Sprechanlage abstellen und ihn einfach vor der Tür stehen lassen. »Franziska hatte einen Migräneanfall. Deshalb ist sie nach Hause gefahren.«

Brasch wusste, dass die Stimme log. Entweder befand Franziska sich noch im Haus und wollte aus einem bestimmten Grund nicht mehr mit ihm sprechen, oder aber sie hatte vorzeitig den Dienst verlassen, möglicherweise weil sie Dinge über Schmoll und seine Mutter wusste, die sie beunruhigten und denen sie nachgehen wollte.

»Ich bin von der Polizei«, erklärte Brasch. »Auch wenn Schwester Franziska nicht da ist, müssen Sie mich trotzdem ins Haus lassen. Sonja Schmoll ist vor einer Stunde im Krankenhaus gestorben.«

Ohne eine Erwiderung wurde die Sprechanlage abgeschaltet. Brasch wartete ein paar Augenblicke, dann sah er durch das Glas in der Eingangstür, dass sich jemand näherte. Er holte seinen Ausweis vor und hielt ihn vor sich hin, während die Tür vorsichtig geöffnet wurde.

Eine Frau mit dünnen, fettigen Haaren spähte heraus. Auf den ersten Blick kam sie ihm uralt vor, als wäre sie keine Pflegerin, sondern eine Bewohnerin, doch dann sah er, dass die Frau allenfalls fünfzig war. Wahrscheinlich litt sie an jahrelanger Schlaflosigkeit.

»Was wollen Sie von mir?«, fragte sie unfreundlich. Sie hielt eine brennende Zigarette in der Hand und führte sie hektisch zum Mund.

»Wir ermitteln in den Todesfällen Robert und Sonja Schmoll«, erklärte er beinahe ebenso unfreundlich. »Dazu müssen wir auch hier im Altenheim etwaige Spuren sicherstellen.«

Zögernd, als müsste sie noch überlegen, ob ihr seine Erklärung plausibel erschien, wich die Frau einen Schritt zurück und gab den Eingang frei. Als Brasch eingetreten war, sperrte sie wortlos die Tür wieder ab und schritt ihm voraus auf die Station zu, auf der Sonja Schmolls Zimmer lag.

»Sind Sie allein im Haus?«, fragte Brasch. Ein stickiger, eigentümlicher Geruch lag in der Luft. Es roch nach alten, schwitzenden Körpern.

»Normalerweise sind wir zu zweit«, erwiderte die Frau. »Besser, man ist nicht allein. Nachts treiben sich hier manchmal merkwürdige Typen herum.«

Brasch sah, dass auch in den Aquarien noch Licht brannte und die Fische langsam und wie betäubt durch das Wasser trieben. Dann, kaum hatten sie die Station betreten, erklang ein dumpfes, dringliches Summen, auf das die Frau jedoch nicht reagierte. Erst als Brasch suchend den Kopf wandte, sagte sie: »Wir haben oben eine Hundertjährige auf Station. Sie schläft nicht mehr, weil sie Angst vorm Sterben hat. Sie klingelt die halbe Nacht und schreit nach ihrem Vater.«

»Hat Franziska gesagt, wo sie hingehen wollte?«, fragte

Brasch unvermittelt, als sie vor der Tür mit dem Engel angekommen waren, hinter der Sonja Schmoll gelebt hatte. Es war ein Versuch, sie zu überraschen, doch die Frau schaute ihn nur teilnahmslos an.

»Sie hat gesagt, dass sie Migräne hat und ich am besten niemandem etwas sagen soll.« Die Frau zog wieder an ihrer Zigarette. »Es ist nicht erlaubt, dass nachts nur einer allein Dienst tut.«

Brasch nickte. Das dumpfe Summen ging ihm auf die Nerven. Dann öffnete er die Tür und griff nach dem Lichtschalter. Das Zimmer hatte kaum mehr Ähnlichkeit mit dem Raum, den er am Nachmittag betreten hatte. Man hatte die Gelegenheit genutzt und einen großen Hausputz veranstaltet. In beiden Betten hatte man nicht nur Laken und Decken, sondern auch die Matratze entfernt. Wie zwei seltsame Stahlskelette standen sie da. Die wenigen Möbel hatte man in der Mitte des Zimmers zusammengeschoben und sogar die Vorhänge und Gardinen abgenommen. Wenn es hier irgendeinen Hinweis gegeben hatte, warum Sonja Schmoll und ihr Sohn zu Tode gekommen waren, so würde er nun garantiert nichts mehr finden.

»Ist man hier immer so ordentlich?«, fragte Brasch. »Kaum liegt Frau Schmoll im Krankenhaus, nimmt man sich ihr Zimmer vor.« Er ging zu einem Schrank, den man von der Wand abgerückt hatte. Selbst die Kleider der alten Frau waren verschwunden. Es stank, als wäre der Schrank mit hochdosierten Chemikalien desinfiziert worden.

Die Nachtschwester war an der Tür stehen geblieben und blickte ihn ohne jede Regung an. »Wenn ein Bewohner im Krankenhaus liegt und wenn der Tagesdienst genügend Zeit hat, dann wird schon mal geputzt. Alte Leute sind sehr schmutzig. Früher sind die Ratten aus dem Stadtwald bis in die Zimmer gelaufen, um sich was zu fressen zu holen.« Die Frau lachte kurz auf, als hätte sie einen Witz gemacht.

»Ich verstehe«, sagte Brasch, aber eigentlich verstand er gar nichts. Warum war er mitten in der Nacht hierher gefahren? Nur weil ein alternder Boxer sich umgebracht hatte, weil dessen Mutter nach einem Unfall gestorben war und eine Nachtschwester merkwürdige Vorahnungen hatte? Er schloss den Schrank und ging an der Pflegerin vorbei aus dem Zimmer.

»Wissen Sie, wo Franziska wohnt?«, fragte er.

Die Frau zog die Augenbrauen hoch. »Irgendwo in der Südstadt. Severinstraße, glaube ich.«

»Und hat sie auch einen Nachnamen?« Plötzlich fiel ihm der Ring ein, den sie in der Wohnung des toten Boxers gefunden hatten. Hatten die Initialen F G 1-7-00 etwas mit Franziska zu tun?

»Ich weiß nicht«, sagte die Nachtschwester unsicher, als ob sie ihm zu viel verraten könnte. »Sie war verheiratet, und nun ist sie es nicht mehr. Ich glaube, sie hat wieder ihren Mädchennamen angenommen: Franziska Stephan.«

»Immerhin«, erwiderte Brasch und lächelte die Pflegerin spöttisch an. »Hat sich mein später Besuch doch gelohnt. Grüßen Sie Franziska Stephan von mir, wenn Sie sich meldet, und sagen Sie ihr, ich erwarte ihren Anruf.« Er drückte der Nachtschwester eine Visitenkarte in die Hand und wandte sich zum Gehen. Schweigend liefen sie zum Ausgang, begleitet nur von dem dumpfen, monotonen Klingeln der Hundertjährigen.

Auf der Straße kam ihm die Nacht noch stiller und düsterer vor. Zwischen den Lichtern der wenigen Laternen konnte er ein paar versprengte Sterne am Himmel erkennen. Ich sollte für ein paar Stunden in einen tiefen Schlaf versinken, dachte er, bis ich wieder einen klaren Gedanken fassen kann. Doch dann sah er etwas, das ihn aus seiner Müdigkeit aufschrecken ließ. In der Einfahrt zum Altenheim stand ein roter, blitzblanker VW Käfer – Franziskas Wagen. Sie war ohne ihr Auto verschwunden, fast als hätte sie Hals über Kopf aufbrechen müssen, ohne eine Spur zu hinterlassen. Vielleicht war sie doch die stumme, nachdenkliche Frau aus der Straßenbahn gewesen.

Brasch erwog, sich zumindest für eine Weile auf die Lauer zu legen. Vielleicht war die Nachtschwester noch irgendwo in der Nähe, beobachtete das Haus und wartete ab, ob ihr jemand nachstellte. Dann aber, nachdem einige Minuten nichts geschehen war, startete er den Wagen und rollte mit geringer Geschwindigkeit durch die Straßen. Er war jetzt an einem Punkt jenseits aller Müdigkeit angekommen und hatte das diffuse Gefühl, dass er etwas suchte, aber eigentlich vergessen hatte, was es genau war. Einmal meinte er die Nachtschwester an einer Ecke stehen zu sehen, dann wieder glaubte er, an der weißen Sängerin vorbeigefahren zu sein, und hörte ihre Stimme. Sie sang wieder »Fever«. Seit ein paar Stunden klang irgendwo in einem Winkel seines Kopfes dieses Lied.

In Ehrenfeld hielt er an einem Kiosk und trank einen Kaffee. Es war zwei Uhr nachts, aber der Besitzer, ein fröhlicher Türke, machte ein Gesicht, als wäre er soeben gut gelaunt aufgestanden. Eine riesige Kerze stand neben seiner Kasse und flackerte leicht im Wind. Aus einem Hinterzimmer klang eine sanfte türkische Musik, die mehr zu erahnen als wirklich zu hören war. Während Brasch an seinem heißen Kaffee nippte, spürte er die ganze Zeit den wachen, freundlichen Blick des Türken auf sich. Sie waren allein, und irgendwie schien der Türke nur auf den richtigen Moment zu warten, um ein Wort an ihn zu richten. Brasch spürte, dass er sich klein machte; er wollte mit niemandem reden, auch nicht mit einem glücklichen Türken. Als er eine Münze für den Kaffee auf den Tresen legte, winkte der Kioskbesitzer lächelnd ab.

»Heute Nacht ist alles umsonst«, sagte er, und sein Schnauzbart wippte mit jeder Silbe auf und ab. »Heute vor einem Jahr ist meine Frau für immer eingeschlafen.«

Brasch nickte und lächelte ebenfalls. Erst nachdem er seinen Wagen angelassen hatte und in Richtung Norden fuhr, begriff er, dass der fröhliche Türke vom Tod seiner Frau gesprochen hatte. Er beging ihren ersten Todestag, indem er die ganze Nacht neben einer brennenden Kerze hockte und auf die Straße hinausstarrte.

In seiner Straße funktionierten zwei Laternen nicht. Eine tiefe Dunkelheit schien die Häuser einzuhüllen. Allein zwei seiner Fenster waren erleuchtet, als würde jemand noch wach sein und auf ihn warten. Dabei hatte er nur vergessen, die Lichter auszuschalten. Sein Anrufbeantworter blinkte nervös auf, doch es hatte niemand eine Nachricht auf das Band gesprochen.

7

Laute kölsche Karnevalsmusik drang aus dem Autopsieraum, als Brasch die Tür öffnete. Es war erst neun Uhr morgens; anscheinend war der Pathologe bereits bei der Arbeit und hatte eine besondere Methode, um sich in Stimmung zu bringen. Brasch hatte schon gefürchtet, Sonja Schmoll einträchtig neben ihrem toten Sohn liegen zu sehen, aber der Seziertisch war leer. Nur ein paar Geräte lagen ordentlich aufgereiht auf einem Tisch. Wenn man nicht ganz genau hinschaute, hätte man den Raum auch für einen alten, stillgelegten Operationssaal halten können.

Brasch sah, dass der Gerichtsmediziner in einem Nebenraum an einem Computer saß und im Rhythmus der Musik auf seinem Stuhl hin und her wippte. Als er Brasch bemerkte, lächelte er ihm zu und bedeutete ihm, näher zu kommen. Die Musik drehte er so weit ab, dass sie leise im Hintergrund weiterlief.

»Mir fehlt der Karneval«, sagte der Pathologe, als müsste er sich für die unpassende Musik entschuldigen. »Dieses Jahr hat mich meine Frau gezwungen, zur besten Karnevalszeit Ski laufen zu fahren. Es war grässlich. Jetzt quäle ich sie, indem ich von morgens bis abends Karnevalslieder mitsinge. Ist eine richtige Sucht geworden.«

Brasch nickte. Er konnte sich nur schwer vorstellen, wie der dicke, glatzköpfige Mann auf Skiern stand. So wie er in seinem weißen Kittel dasaß, war er ein Muster an Unsportlichkeit.

»Ich habe gehört, nun wollen Sie mir auch noch die Mutter von diesem Boxer vorbeischicken.«

»Die Sache ist mysteriös«, sagte Brasch. »Wir wissen noch nicht, ob wir überhaupt einen Fall haben, aber es gibt Hinweise, dass Sonja Schmoll nicht zufällig zweimal am Tag mutterseelenallein auf einer stark befahrenen Straße stand. Könnte sein, dass jemand gehofft hat, man würde sie überfahren. Sie leidet an Alzheimer und ist hochgradig verwirrt.«

»Interessant«, erwiderte der Mediziner. »Da werde ich mir besonders aufmerksam das Gehirn der alten Dame anschauen. Sie ist mir schon angekündigt worden. Sie wird gleich vorbeikommen.« Es klang, als würde er sich tatsächlich auf netten Besuch freuen. »Was Ihren Boxer angeht, kann ich Ihnen nicht viel helfen, fürchte ich.«

»Es gibt also keine Anzeichen für ein Fremdverschulden?«

Der Gerichtsmediziner beugte sich vor und rief einige Zahlenkolonnen auf dem Bildschirm auf. »Ich will Sie nicht langweilen, aber Ihr Sportsfreund hat sich einen kräftigen Schlaftrunk gemischt, bevor er sich die Plastiktüte über den Kopf gezogen hat. Wir haben drei verschiedene Barbiturate gefunden, alle verschreibungspflichtig, sehr gängige Mittel, die Sie in jeder Apotheke kriegen. So weit nichts Besonderes, doch vielleicht hätte die Dosis nicht einmal ausgereicht. Der Boxer war in guter körperlicher Verfassung, er hätte tatsächlich um eine Weltmeisterschaft boxen können. Er ist auch nicht an den Tabletten gestorben, sondern erstickt.«

Brasch las die Namen einiger Wirkstoffe auf dem Bildschirm, die ihm allerdings überhaupt nichts sagten. Auch der Mageninhalt, die Körpertemperatur und der vermutete Zeitpunkt des Todes waren aufgeführt. Schmoll musste bereits über sechsunddreißig Stunden tot gewesen sein, als Brasch ihn fand. »Wenn man sich eine Plastiktüte über den Kopf zieht, bleibt man dann seelenruhig sitzen? Schmoll saß absolut aufrecht in seinem Sessel.«

Der Pathologe rief mit einem Klicken eine andere Tabelle auf. »Das kommt sicherlich auf die Wirkung der Tabletten an. Der Boxer dürfte die Tabletten ungefähr eine halbe

Stunde vor seinem Tod aufgelöst in Wasser eingenommen haben. Vielleicht wollte er abwarten, ob ihm schlecht wurde. Jedenfalls muss er sich gewissermaßen im Halbschlaf befunden haben, als er sich die Plastiktüte über den Kopf streifte.«

»Also spricht nichts dafür, dass jemand ihn erst gezwungen hat, die Tabletten zu nehmen, um ihm dann die Plastiktüte über den Kopf zu ziehen?«

Der Pathologe runzelte die Stirn. »Das ist nicht so einfach zu sagen. Schmoll war Boxer und hat ja wohl auch wieder trainiert. Er hatte zwei, drei Schwellungen am linken Oberarm, einen Kratzer am rechten Unterarm und einen kleinen Riss an der rechten Augenbraue, aber dabei scheint es sich um typische Trainingsverletzungen zu handeln. Eine Besonderheit gibt es allerdings.« Der Mediziner klickte sich aus dem Programm aus und nahm seine dicke, unmoderne Hornbrille ab, um sich die Augen zu reiben. Ohne Brille sah er gnadenlos kurzsichtig aus. Dann setzte er die Brille wieder auf und schaute Brasch an, wie der liebe Onkel Doktor, der seinem Patienten noch einen guten Rat mit auf den Weg geben wollte. »Fast hätte ich es gar nicht bemerkt. Das ist ein weit verbreiteter Fehler, unterläuft manchmal auch noch einem alten Praktiker wie mir. Man findet mit Leichtigkeit Dinge, mit denen man rechnet, aber was ist mit den Substanzen, mit denen man nicht rechnet?«

Brasch blickte den Pathologen aufmerksam an. In dessen Augen war ein Funkeln zu sehen, als hätte er nun eine besondere Geschichte zu erzählen. »Mit was für einer Substanz hätten Sie nicht gerechnet?«

»Junger Mann«, sagte der Mediziner, und nun schlich sich ein jovialer kölscher Zungenschlag in seine Sprache.

»Wissen Sie, was das Geheimnis meines Berufes ist? Wir erliegen niemals dem schönen Schein. Wir suchen Hintergründe, legen den Menschen im wahrsten Sinne des Wortes frei. Dabei sehen wir Dinge, die niemals jemand sehen wird. Ihr Boxer zum Beispiel war auch ein Säufer. Seine Leber war leicht vergrößert, aber das hat er selber noch gar nicht gespürt. Da hätte er erst in einigen Jahren Probleme gekriegt. Was wir mitunter nicht so in Betracht ziehen, ist die Oberfläche. Natürlich sehen wir uns die Haut eines Toten an. Das ist alles Routine. Gibt es äußere Verletzungen, Einstiche, Einschusslöcher, Hämatome, die vor oder nach dem Eintritt des Todes entstanden sind? Auch etwaige Spuren, die sich unter den Fingernägeln befinden, aber manche von uns neigen dazu, allzu rasch die Säge in die Hand zu nehmen und sich die inneren Organe anzuschauen. Ist auch viel interessanter.« Der Pathologe lächelte wissend.

»Machen Sie es nicht so spannend«, sagte Brasch. »Was haben Sie gefunden?«

»Natriumhydroxid und Zitronensäure«, entgegnete der Pathologe. »An seinen Händen hatte Ihr Boxer deutliche Spuren von Zitronensäure. Ich vermute, dass ich auch noch Reste von anderen Duftstoffen gefunden hätte, wenn der Tote zehn bis zwölf Stunden früher gekommen wäre. Jetzt lassen sich solche Stoffe nicht mehr zweifelsfrei nachweisen.«

Brasch verstand überhaupt nicht, was das bedeuten sollte. »Wieso konnte er Zitronensäure an den Händen haben?«

»Ja, das genau ist die Frage. Manche Reinigungsmittel weisen als Duftstoff einen großen Anteil Zitronensäure auf. Oder in einigen dieser feuchten Reinigungstücher befindet sich Zitronensäure.«

»Das heißt, Schmoll hat sich vor seinem Tod eingehend die Hände gesäubert?«

Der Pathologe nickte freundlich. »Exakt so sieht es aus.«

»Aber warum?«

»Diese Frage kann ich Ihnen nicht beantworten. Aber wenn sich in der Wohnung Ihres Boxers keine Reinigungsmittel mit einem hohen Anteil an Zitronensäure finden, dann war vielleicht doch jemand zumindest als Helfer an diesem Todesfall beteiligt.«

Warum wusch sich jemand, bevor er Selbstmord beging, noch einmal ausgiebig die Hände? Litt Bobby Schmoll unter einem Waschzwang, oder wollte er sich von einer geheimen Schuld rein waschen, gewissermaßen mit sauberen Händen in den Tod gehen? Nein, Brasch war überzeugt, dass sie ihren Fall hatten, dass nur noch ein winziges Stück in dem Puzzle fehlte. Schmoll hatte einen großen Kampf in Aussicht, er war vielleicht frisch verliebt, und außerdem würde ein Boxer, der sterben wollte, keine Schlaftabletten schlucken und sich eine Plastiktüte über den Kopf ziehen.

Brasch fuhr nicht ins Präsidium, sondern rief Pia an und bat sie, in Schmolls Wohnung zu kommen. Vielleicht fielen ihr Dinge auf, die Mehler und er bei ihrem ersten Besuch übersehen hatten.

Sie zögerte. »Mehler möchte mit dir sprechen. Du hast euren Bericht noch nicht unterschrieben, und in einer Stunde will Balk mit euch reden. Ihr sollt noch einmal darstellen, wie es zu dieser Prügelei mit den Sicherheitsleuten gekommen ist.«

»Wir haben unseren Fall«, sagte Brasch, als hätte er ihr gar nicht zugehört. »Schmoll ist ermordet worden und seine Mutter vielleicht auch. Mehler soll meine Unterschrift nachmachen und Balk den Schrieb in die Hand drücken. Wir müssen endlich mit unserer Arbeit beginnen.«

Als einen Moment später das Telefon wieder klingelte, ahnte er, dass Mehler sich nicht so einfach abwimmeln ließ. »Frank«, sagte Brasch mit deutlichem Spott, »du hast schon häufiger meine Unterschrift nachgemacht. Unterschreib, gib den verdammten Bericht beim Präsidenten ab und kümmere dich dann um Bobby Schmoll.«

»Hallo?«, sagte eine Stimme verwirrt, so als spräche sie in einen dunklen Raum hinein.

Brasch zuckte erschrocken zusammen. Für einen Moment drohte ihm sogar das Lenkrad zu entgleiten. Er setzte den Blinker und parkte in einer Einfahrt. Manche Stimmen erkannte man schon, wenn sie am Telefon nur ein- und ausatmeten. Eigentlich rief ihn seine Mutter nie auf dem Mobiltelefon an.

»Oh, ich hatte mit einem anderen Anruf gerechnet. Ist etwas passiert?« Brasch reagierte viel zu schroff, wie ihm sofort auffiel. Es war auch die falsche Frage; er hätte sich nach seinem Vater erkundigen müssen, danach, wie die Chemotherapie verlaufen war.

»Es geht uns gut«, sagte die Mutter. »Ich dachte, du würdest das wissen wollen.« Sie wirkte beinahe heiter, als könnte nichts ihr etwas anhaben. Früher hatte Brasch immer geglaubt, dass seine Mutter im Grunde einsam war, dass es einen Punkt in ihr gab, den niemand berührte, schon gar nicht sein rechthaberischer Vater, aber nun hatte sie »uns« gesagt, als hätte der Kampf gegen die tödliche Krankheit ihn und sie zu engen Verbündeten werden lassen.

»Ja«, sagte Brasch, »es tut mir Leid. Ich wollte gestern

Abend anrufen, aber ich musste dringend zu einem Einsatz.« Er bemerkte selbst, wie schwach seine Entschuldigung wirkte. Seine Arbeit hatte immer schon als Begründung für seine seltenen Besuche und spärlichen Telefonanrufe herhalten müssen.

»Die erste Chemotherapie hatte gar keine Nebenwirkungen. Acht Stunden hing dein Vater an einem Tropf, und dann durften wir wieder nach Hause. Das haben die Ärzte noch nie erlebt, dass ein Patient alles so gut übersteht, ohne Übelkeit und Erbrechen.« Sie lachte leise. »Das Taxi hat über dreißig Euro gekostet. Das hat ihn am meisten aufgeregt.«

»Er ist ein alter Geizkragen.« Es sollte ein Scherz sein, klang jedoch wie ein Vorwurf.

»Trotzdem«, sagte die Mutter, wieder ernster, »will dein Vater sein Testament machen. Morgen Vormittag um elf kommt Kruse, der Rechtsanwalt. Ich dachte, vielleicht möchtest du gerne dabei sein. Da könntest du dir gleich ein paar Unterlagen ansehen.«

»Klar, ich komme auch«, versprach Brasch, und weil ihn das Wort »Testament« erschreckte, fügte er noch die kleine Lüge hinzu: »Ich wollte euch ohnehin für zwei, drei Tage besuchen.«

»Fein.« Seine Mutter hatte einen ruhigen, geschäftsmäßigen Tonfall angenommen. »Ich höre deinen Vater oben. Ich glaube, er ist aufgewacht.«

Sie verabschiedeten sich, und Brasch startete seinen Wagen wieder.

Was würde er tun, wenn seine Mutter an Alzheimer leiden würde?, fragte er sich plötzlich. Die Antwort war leicht: das Gleiche wie der Boxer. Er würde sich Bücher über die Krankheit besorgen, würde vielleicht verschiedene Ärzte konsultieren und sie so oft wie möglich im Pflegeheim besuchen, aber er würde sie ganz gewiss nicht alleine lassen, indem er sich tötete oder einfach wegzog, in eine andere Stadt, ein anderes Land.

Pia Krull wartete bereits vor dem Haus Nummer fünf, als Brasch in die Höfestraße einbog. Wie sie so dastand, an die schmutzige Hauswand gelehnt, und sich durch ihr kurzes blondes Haar griff, hätte sie alles sein können: eine Schauspielerin, ein Fotomodell, eine Künstlerin, die große, schrille Bilder malte, die keiner verstand, aber nie im Leben würde man darauf kommen, dass sie Polizistin war. Sie lächelte und hob ihren Arm, als Brasch aus seinem Wagen stieg. Er wusste, dass Mehler eine Zeit lang in Pia verliebt gewesen war, aber wenn er es richtig beurteilte, war die Sache im Sande verlaufen. Sie hatten nie darüber gesprochen.

»Mehler kommt später«, sagte Pia mit einem spöttischen Lächeln, während sie die Haustür aufschloss. »Er muss erst noch seinen Bericht loswerden.«

»Hat er tatsächlich Angst vor einer Suspendierung?«, fragte Brasch. Pia gab ihm keine Antwort darauf, sondern verzog lediglich das Gesicht.

Aus der Wohnung der jungen Türkin klang laute arabische Musik. Der Kinderwagen, den er am Tag zuvor bereits gesehen hatte, stand immer noch da. Nun hatte da jemand zwei leere Bierkisten aufgestapelt.

»Was genau suchen wir eigentlich?«, fragte Pia.

Brasch streifte sich Plastikhandschuhe über und entfernte das Siegel an der Eingangstür zu Schmolls Wohnung. »Seife«, sagte er. »Ich möchte vor allem wissen, ob sich der Boxer vor seinem Tod ausgiebig die Hände gewaschen hat.«

»Warum sollte er das tun?«

»Wenn wir das herausgefunden haben, wissen wir, was mit Schmoll in den letzten Minuten seines Lebens passiert ist«, sagte Brasch, während er die Wohnung betrat.

Dunkelheit umfing sie. In die Diele fiel kein Tageslicht. Brasch tastete nach dem Lichtschalter und brauchte ein paar Momente, bis er ihn fand. Eine billige Glühlampe, die einsam von der Decke hing, flammte auf. Es war immer ein seltsames Gefühl, an einen Tatort zurückzukehren. Brasch gehörte nicht zu den Menschen, die an seltsame Schwingungen glaubten, an Spuren, die ein Toter in dem Raum hinterließ, in dem er starb, und doch schienen sich Räume, in denen ein Mensch ermordet worden war, zu verändern. Eine sonderbare Stille blieb in ihnen zurück, der Abdruck eines ungeheuerlichen Geschehens.

Sie gingen zuerst in das Badezimmer. Hier schien die Spurensicherung gar nicht gewesen zu sein, aber bisher hatten sie auch keine Veranlassung gehabt, sich die gesamte Wohnung genauer anzuschauen.

»Ein ganz schönes Drecksloch«, sagte Pia. »Wie lange hat der Boxer hier schon gelebt?«

»Schmoll hat die Wohnung vor vier Monaten angemietet, als er aus dem Gefängnis gekommen ist.« Brasch suchte nach einer Seife. Er fand aber nur ein Haarshampoo, das in der Dusche stand, und steckte es in eine Plastiktüte. Wenn Schmoll es vor seinem Tod benutzt hatte, dann hatte er sich seine Hände nicht am Waschbecken gewaschen, wie es jeder gewöhnliche Mensch getan hätte. Brasch probierte den Hahn am Waschbecken aus. Er funktionierte einwandfrei.

Pia besah sich die Medikamente in einem billigen Plastikspiegelschrank. »Schmoll scheint häufiger Schmerzen gehabt zu haben, aber da ist nichts von dem dabei, das er geschluckt hat.«

Brasch nickte. Er sah sich die Küche an. Sie machte einen noch trostloseren Eindruck als am Tag zuvor. Das alte, pappige Brot lag immer noch da, doch nun erst fiel ihm auf, dass es hier nicht einmal einen Herd oder einen Kühlschrank gab. Ein nutzloses Stromkabel hing neben der Spüle aus der Wand. Wahrscheinlich hatte der Vormieter seine Küchenmöbel komplett abgebaut. Auch Seife oder ein Geschirrspülmittel entdeckte er nirgends. Offenbar hatte Schmoll für so etwas keine Verwendung gehabt. Brasch ging in das Wohnzimmer hinüber, wo er den Boxer gefunden hatte. Die Möbel standen noch genauso da, wie er den Tatort in Erinnerung hatte. Lediglich die beiden leeren Gläser hatten die Kriminaltechniker sichergestellt.

Pia kam ins Zimmer und trat an das leere Kamerastativ heran. »Was hat er hier gemacht? Irgendwelche Liebesspiele auf dem Sofa gefilmt?«

Brasch blickte überrascht zum Sofa. Dieser Gedanke war ihm noch gar nicht gekommen, aber die Richtung stimmte. Eine Kamera hätte genau das schäbige Sofa ins Visier genommen. Zum ersten Mal bemerkte er auch, dass sich über dem Fenster zum Hof und der Balkontür braune Jalousien befanden. Wenn Schmoll gewollt hätte, wäre es ihm ein Leichtes gewesen, dafür zu sorgen, dass kein Unbefugter in seine Wohnung hineinschauen konnte.

»Kannst du dir vorstellen, dass jemand ausgerechnet auf so einem Sofa seine Sexspiele treibt?«, fragte Brasch.

Pia zuckte mit den Schultern. »Apartments, in denen irgendwelche Mädchen aus Polen oder Russland ihre Freier empfangen, sehen auch nicht besser aus. Den meisten Männern scheint so etwas nicht wichtig zu sein.«

»Glaubst du, Schmoll hat an irgendwelche Mädchen untervermietet, oder er hat sich selbst als Zuhälter versucht?« Brasch ließ sich auf den Sessel sinken, in dem der Tote gesessen hatte. Für ein paar Momente schloss er die Augen. Er hörte, wie Pia leise durch den Raum ging, zu dem tragbaren Fernseher, dann noch einmal zu dem leeren Kamerastativ, dann glaubte er, den Geruch des Toten wahrzunehmen. Schmoll hatte nicht nach Seife gerochen, sondern nach beginnender Verwesung. Ohne die Augen zu öffnen, versuchte Brasch die Haltung einzunehmen, die der Boxer im Tod angenommen hatte. Aufrecht hatte er dagesessen, wie jemand, der nur kurz eingenickt war und gleich wieder aufstehen würde. Wie festgeschnallt, hatte Mehler gesagt.

Abrupt schlug Brasch die Augen auf. Erstaunt blickte Pia ihn an und lächelte nachsichtig. »Einen schönen Traum gehabt?«

»Es ist so einfach.« Er erhob sich und schaute sich im Raum um, als wäre er tatsächlich aus einem Sekundenschlaf aufgewacht. »Wir haben vor dem toten Boxer gestanden, Mehler hat es sogar ganz gedankenlos ausgesprochen, und wir haben es trotzdem nicht gesehen.« Langsam ging er zu dem leeren Kamerastativ. Konnte es sein, dass jemand sogar den Todeskampf des Boxers gefilmt hatte?

»Was habt ihr nicht gesehen?«, fragte Pia mit deutlicher Ungeduld in der Stimme. Auch ihre blauen Augen blitzten kurz auf.

»Sie haben den Boxer festgeschnallt, haben ihn erst betäubt und ihn dann in den Sessel verfrachtet und festgebunden. Vermutlich haben sie ihm etwas um die Hände gelegt, ein Stück Stoff, ein Tuch, irgendetwas. Deshalb haben sie ihm nachher die Hände gewaschen. Damit nichts zurückblieb, keine Fasern, keine Striemen, keine Reste von einem Klebeband.«

»Dann war es also wirklich Mord.« So wie Pia das Wort »Mord« aussprach, schien sie bisher noch geglaubt zu haben, dass Schmoll sich tatsächlich umgebracht hatte.

»Es war beinahe perfekt«, sagte Brasch, »aber nicht perfekt genug.«

Er nahm sein Telefon und rief die Spurensicherung an. Nun würde der alte Humpe endlich zeigen können, was in ihm und seiner Mannschaft steckte. Sie würden sich den Sessel ansehen müssen, in dem der Boxer gestorben war, und Brasch war sicher, dass sie etwas finden würden. Jemand hatte den betäubten Schmoll gefesselt und zugeschaut, wie er starb.

»Gestern war ich im Reisebüro«, sagte Pia, »und habe ein Vermögen ausgegeben, um wieder einmal wegzukommen. Drei Wochen Nepal. Ich möchte einmal den Mount Everest sehen. Das Dach der Welt.« Sie lachte, aber es klang nicht freudig, sondern erschöpft. »Manchmal habe ich einfach genug davon, im Leben anderer Leute herumzuwühlen.«

Sie gingen durch Köln-Kalk, an schmutzigen Häuserfassaden vorbei. Brasch sagte ihr nicht, dass er gestern ebenfalls eine Reise gebucht hatte, die er wahrscheinlich niemals antreten würde. Er suchte die Autos ab, die am Straßenrand geparkt waren. Irgendwo musste der blaue BMW stehen, den Schmoll sich vor sechs Wochen gekauft und auf seinen Namen zugelassen hatte.

»Ich habe Bücher über Nepal und Tibet gelesen. Weißt

du, dass da der Himmel ganz anders aussieht? Auch der Wind ist anders, härter und wilder, und manchmal fliegen die Wolken so schnell, dass sie einen von einem Moment auf den anderen einhüllen. Dann steht man wie im dicksten Nebel da und kann sich total verirren.« Pia schaute ihn an und streckte ihre Hand aus, als wollte sie ihn am Arm berühren, was sie sonst nie tat. »Geht es dir nicht manchmal auch so, dass du etwas anderes machen willst? Ich habe sogar schon überlegt, ob ich in die Alpen ziehen und Bergführerin werden sollte.«

Ja, dachte Brasch, in den letzten Monaten zerbreche ich mir jeden Tag den Kopf darüber, was ich anderes tun kann, doch stattdessen erwiderte er: »Ich glaube, ich kann nur ein Polizist sein. In den Bergen kriege ich Höhenangst.«

Brasch sah aus den Augenwinkeln, wie Pia die Stirn runzelte. Sie hatte eine andere, weniger belanglose Antwort erwartet. Noch nie hatte er erlebt, dass sie so wenig bei der Sache war und sich nur äußerst routiniert für einen Fall interessierte. »Was genau willst du in Nepal?«, wollte er sie fragen. »Fährst du allein? Und was ist mit Mehler und dir?« Doch da entdeckte er auf der anderen Straßenseite Schmolls blauen BMW. Er hatte ihn ordentlich abgestellt, ein paar hundert Meter von seinem Haus entfernt. Auf den ersten Blick war dem Wagen nichts Ungewöhnliches anzusehen. Einzig die goldfarbenen Felgen stachen hervor.

»Zumindest kein Wagen, der nach Zuhälter aussieht.« Pia klang wieder wie eine ernste, pflichtbewusste Polizistin.

»Trotzdem muss man sich fragen, woher Schmoll das Geld für so einen Wagen hat«, sagte Brasch. »Vor Gericht hieß es, er sei pleite.«

Sie streiften sich Handschuhe über und öffneten den

BMW. Die Schlüssel hatten sie in Schmolls Schlafzimmer auf dem Fensterbrett gefunden, hübsch mit einem Emblem versehen, damit es da auch keine Missverständnisse geben konnte.

So karg seine Wohnung aussah, so voll gestopft wirkte sein Wagen. Auf dem Beifahrersitz lagen Boxhandschuhe, Verbandsrollen, mehrere Hemden, eine Flasche Mineralwasser und ein Handtuch, das zahlreiche Flecken aufwies.

Pia nahm es und hielt es sich vor das Gesicht. »Blut«, meinte sie. »Da werden unsere Leute eine Menge Arbeit bekommen.«

Brasch öffnete die hintere Tür. Den BMW schien der Boxer auch als Kleiderschrank genutzt zu haben. Ein Jackett lag da, in dem ein weißes Hemd und eine rote Krawatte steckten. Die Sachen sahen nach Sonderangebot aus, als hätte Schmoll sie erst vor ein paar Tagen gekauft. Unter dem Jackett fand Brasch andere Kleidungsstücke: eine Jeans, schmutzige Socken, Unterwäsche, einen Turnschuh ohne Schnürsenkel, einen Rasierapparat, einen handgeschriebenen Trainingsplan, ein Rezept, das ein Arzt namens Doktor Schrader ausgestellt hatte, und eine Zeitung, die drei Wochen alt war. Auch ein zerflettertes Taschenbuch kam zum Vorschein. Ein Liebesroman, in dem ein Umschlag steckte. Nichts Persönliches, sondern eine Gehaltsabrechnung. Offensichtlich arbeitete Schmoll in einem Club, der sich »Einstein« nannte. Man hatte ihm für den Monat Juli 1.284 Euro überwiesen. Kein besonders üppiges Gehalt. Was Schmoll dafür leistete, war der Abrechnung nicht zu entnehmen. Als Brasch das Buch wieder zuklappte, fiel ihm ein Name auf, den jemand vorne ins Buch geschrieben hatte. *Franziska Gerlach, 21.11.2001*, stand da.

Sorgfältig notierte sich die Nachtschwester, wann sie welches Buch kaufte. Eine Gewohnheit, die einem später eine Menge Scherereien bringen konnte.

»Dein toter Boxer ist ein echtes Dreckschwein«, sagte Pia. Sie hatte sich in den Fußraum vor dem Beifahrersitz gebeugt. »Er scheint sich auch nur von Eiweiß-Riegeln ernährt zu haben.« Als sie sich wieder erhob, hielt sie in der einen Hand den Müll, den Schmoll achtlos weggeworfen hatte: die Verpackung der Eiweiß-Riegel, benutzte Papiertaschentücher, hastig aufgerissene Briefumschläge. Mit der anderen Hand streckte sie Brasch eine staubige Videokassette entgegen. »Ich wette, ich weiß, was auf dem Band zu sehen ist: Schmoll mit ein oder zwei kaum bekleideten Damen bei einem ganz besonderen Training.«

Brasch lächelte wissend. »Oder mit einer bestimmten Nachtschwester aus dem Altenheim seiner Mutter. Zumindest hat sie ihn zur Einstimmung auf einen netten Abend mit der richtigen Lektüre versorgt.«

8

Brasch hatte seinen Fall, und wenn er sich nichts vormachte, war er beinahe froh darüber. Er konnte ein paar Dinge beiseite schieben, die ihm lästig waren. Noch immer dachte er zu oft an Leonie, weit mehr zumindest als an seinen sterbenden Vater. Sinnlose Gedanken, die zu nichts führten. Vor dem Konzert mit der weißen Sängerin hatte Mehler es ihm mit einfachen Worten gesagt: »Such dir eine andere Frau. Leonie kommt nicht zurück.« Eine solche Klarheit durfte sich nur jemand gestatten, der sich als Freund betrachtete.

Während Pia noch dafür sorgte, dass Schmolls Wagen abtransportiert wurde, um ihn eingehender zu untersuchen, fuhr Brasch mit der Videokassette ins Präsidium zurück. Mehler war nicht in seinem Büro. Lediglich Amelie Kramer, ihre Assistentin, saß an ihrem Computer. Sie war dabei, ein paar Dinge über den Boxer zusammenzutragen. Im Gefängnis hatte er in der Wäscherei gearbeitet und sich unauffällig verhalten. Weil ein Mann mit Namen Andre Novak für ihn eingetreten war und erklärt hatte, mehrere Kämpfe zu organisieren, war Schmoll vorzeitig aus der Haft entlassen worden. Mit zwei, drei großen Kämpfen hätte er sogar die Chance gehabt, seine Schulden von über zweihunderttausend Euro zurückzahlen zu können.

»Ich kenne Novak«, sagte Brasch, während er sich an seinen Schreibtisch setzte. »Er hat früher zwei Nachtclubs besessen, aber dann bekam er Ärger, weil da häufiger Kokain gefunden wurde. Als Boxpromoter ist er mittlerweile eine große Nummer.«

Amelie Kramer nickte. Es hatte sich herausgestellt, dass sie die Nichte des Polizeipräsidenten war, ein Nachteil, den sie mit großem Eifer auszugleichen versuchte. In den wenigen Monaten, die sie in Braschs Abteilung arbeitete, hatte sie sich auch stets loyal verhalten. »Außerdem haben wir den Bruder des Toten ausfindig gemacht. Er schien nicht begeistert zu sein, den Leichnam identifizieren zu müssen.«

Brasch erinnerte sich nicht, je ein Foto des Bruders gesehen zu haben. Rainer Schmoll war ebenfalls ein Teil der Legende, die sich um seinen Vater rankte, aber er war als Erwachsener nie in Erscheinung getreten.

»Hat der Bruder auch geboxt?«, fragte Brasch. »Als Amateur vielleicht?«

Amelie Kramer schüttelte den Kopf. »Ich glaube nicht. Er ist Musiklehrer in Düsseldorf. Klingt nicht, als hätte er sich irgendwann in einem Boxring geprügelt.«

»Nein, wohl nicht«, sagte Brasch. Einen größeren Unterschied als zwischen einem Musiklehrer und einem Boxer konnte es kaum geben. Das sah nicht nach großer Bruderliebe aus, eher, als hätte es in der Familie Schmoll ein weißes und ein schwarzes Schaf gegeben.

Plötzlich stand Mehler in der Tür. Er hatte immer noch ein Pflaster unter dem linken Auge. »Ich habe Balk unseren Bericht gegeben«, sagte er. »Mit der gefälschten Unterschrift.« Sein Tonfall verriet, wie gereizt er war. »Kommt zu dem einen Vergehen gleich ein zweites hinzu.«

Brasch schaute ihn an, ohne ein Wort zu sagen; er hob nur entschuldigend die Schultern. Es war zweifellos kein Vergnügen gewesen, dem Polizeipräsidenten die ganze Angelegenheit zu erklären, ohne dass alles zu blöd und banal klang.

»Doktor Muller ist wieder aufgetaucht«, fuhr Mehler fort. Er steckte sich eine Zigarette an und nahm einen tiefen Zug. »Er hat die Klage zurückgezogen. Alles sei nur ein Irrtum von seiner Security-Firma gewesen. Er wolle keinen Ärger mit der Polizei. Vielleicht hätten sich seine Leute im Eifer des Gefechts auch nicht ganz korrekt verhalten.« Das Nikotin schien ihm gut zu tun. Seine Stimme klang plötzlich versöhnlicher. »Ich glaube, Balk war ziemlich erleichtert. Er hat nicht einmal einen Blick in den Bericht geworfen.«

»Ich bin auch erleichtert«, sagte Brasch, obschon es nicht stimmte. Wegen Schmoll hatte er sich den Kopf zerbrochen, nicht wegen ihrer lächerlichen Prügelei.

»Aber er wollte wissen, was mit dem toten Boxer ist. Warum wir unbedingt eine Obduktion haben wollten und dann niemanden geschickt haben, der die Autopsie verfolgte.« Mehler legte eine Zeitung auf den Tisch. Ein stummer Vorwurf lag in seiner Geste.

»Berühmter Boxer bringt sich aus Liebeskummer um«, stand da in großen schwarzen Lettern.

»Offenbar wissen die Leute vom ›Express‹ mehr als wir.« Brasch faltete die Zeitung auseinander. Irgendein Hubert Winken, der sich Chefreporter nannte, berichtete, dass Schmoll Selbstmord begangen hatte, weil seine Geliebte angedroht hatte, ihn zu verlassen. Neben einem neueren Foto, das Schmoll beim Training zeigte, hatte er sogar ein Bild von Franziska Stephan aufgetrieben. Geziert, als würde sie sonst nicht rauchen, hielt sie eine Zigarette in der Hand und lachte in die Kamera. Das Foto mochte zwei oder drei Jahre alt sein.

»Woher haben die Leute ihre Informationen?«, fragte Mehler.

»Irgendjemand muss sich im Pflegeheim umgehört haben«, sagte Brasch. »Es spricht viel dafür, dass Schmoll mit dieser Nachtschwester zu tun hatte. Wir haben ein Buch, das ihr gehört, in seinem Wagen gefunden, aber getötet hat er sich wegen ihr mit Sicherheit nicht.«

»Vielleicht sollten wir diesen Chefreporter einmal vorladen und uns nach seinen Informanten erkundigen.« Mit einer abrupten Bewegung führte Mehler seine Zigarette zum Mund. »Hinten gibt es übrigens noch eine kleine Meldung über uns. ›Polizisten zetteln Prügelei an. Was die Kriminalbeamten Matthias B. und Frank M. betrunken nach einem Konzert anstellten‹. Welch ein Glück, dass es in dieser Stadt so diskrete Journalisten gibt.«

Amelie Kramer lachte plötzlich leise auf, und Mehler

warf ihr einen dunklen Blick zu. Sein Sinn für Humor schien in den letzten Tagen über Gebühr gelitten zu haben. Brasch beugte sich vor, um nach der Zeitung zu greifen, nicht weil ihn die Meldung über sie als prügelnde Polizisten interessierte, vielmehr weil er glaubte, es Mehler als eine Art Trost schuldig zu sein. Doch plötzlich hielt er inne. Eine Gestalt tauchte hinter seinem Kollegen in der Tür auf, die ihn erstarren ließ. Wenn seine Sinne nicht vollkommen verwirrt waren, stand da ein Toter in der Tür. Der Tote hatte schwarzes, kurzes Haar, das sich an den Schläfen allmählich grau färbte, und grobe Pockennarben auf der Wange. Seine braunen Augen blickten suchend in den Raum. Er hieß Bobby Schmoll.

Als Mehler bemerkte, wie entgeistert Brasch an ihm vorbeiblickte, wandte er sich um. Dann keuchte er auf, als hätte er einen Schlag erhalten.

»Entschuldigung«, sagte die Gestalt, »ich bin hierher bestellt worden.« Der Mann, der wie Bobby Schmoll aussah, schob sich schwerfällig in den Raum. Er machte kurze, ungelenke Schritte und ging an Krücken.

Amelie Kramer hatte sich als Erste gefasst und eilte auf ihn zu. »Schön, dass Sie kommen konnten, Herr Schmoll«, sagte sie.

Brasch brauchte ein paar Sekunden, um zu begreifen, wen sie da vor sich hatten.

Rainer Schmoll, der Musiklehrer, bewegte sich langsam in den Raum hinein. Er hielt den Blick auf den Boden gerichtet, als müsste er sich besonders konzentrieren, um keinen falschen Schritt zu tun. Die Ähnlichkeit mit seinem toten Bruder bezog sich lediglich auf sein Gesicht. Er war ein Krüppel, gezeichnet von einer schweren Krankheit. Multiple Sklerose, vermutete Brasch. Er hatte einmal eine Schulfreundin Leonies gesehen, die sich ähnlich bewegt hatte.

Mühsam ließ Schmoll sich auf den Stuhl sinken, den Amelie Kramer ihm zurechtrückte. Er sah plötzlich zerbrechlich aus, wie er da saß, wie ein kranker, frühzeitig gealterter Mann, der trotz aller Unbill unentwegt lächelte. »Normalerweise verlasse ich meine Wohnung nur noch, um zum Arzt zu gehen«, sagte er, »aber wenn die Polizei einen in ihre heiligen Hallen ruft, darf man eine Einladung natürlich nicht ablehnen.« Es klang eindeutig ironisch.

»Schön, dass Sie kommen konnten«, wiederholte Amelie Kramer wie eine perfekte Gastgeberin. »Wir haben auch nur ein paar Fragen an Sie. Es wird nicht lange dauern.« Dann stellte sie Brasch und Mehler vor. Offensichtlich hatte sie bereits am Telefon mit Rainer Schmoll gesprochen.

»Sie haben Ihren Bruder schon gesehen und identifiziert?«, fragte Brasch.

Schmoll nickte. »Wenn Sie von mir Trauer und Entsetzen erwarten, muss ich Sie leider enttäuschen. Sein Tod bedeutet mir nichts. Es ist mir sogar gleichgültig, ob er ermordet wurde oder nicht. Ich habe mir nichts aus meiner Familie gemacht. Als ich neunzehn war, hätte ich mir am liebsten einen neuen Namen gekauft, aber leider ist das nach deutschem Recht nicht so ohne weiteres möglich.« Er bedachte seine Krücken, die er neben sich an den Stuhl gelehnt hatte, mit einem vagen Lächeln, so als würde er seine Geschichte eigentlich ihnen erzählen. »Bedauerlicherweise stehen die Damen bei mir auch nicht gerade Schlange. Ich hätte sogar irgendjemanden geheiratet, um meinen Namen loszuwerden. Einmal war ich kurz davor. Eine junge Russin mit einem unaussprechlichen Nachnamen musste unbedingt heiraten, um in Deutschland bleiben zu dürfen. Leider verschwand sie über Nacht. Mittlerweile habe ich es aufgegeben. Ich heiße Schmoll und sterbe als Schmoll.«

»Was hat Sie und Ihre Familie auseinander gebracht?« Brasch fiel auf, dass Schmoll immerhin einen schwarzen Anzug und sogar eine schwarze Krawatte trug.

»Bin ich verdächtig?«, fragte Schmoll voller Sarkasmus. »Muss ich der Polizei ein Alibi vorweisen?« Er machte eine schwerfällige Handbewegung. »Ich habe aber kein Alibi. Wenn Sie mein Alibi wollen, müssen Sie mein Klavier, meinen Plattenspieler oder meine Bücher befragen.«

»Nein«, sagte Brasch mit versöhnlicher Stimme, »Sie müssen uns kein Alibi vorweisen. Wir stehen noch am Anfang unserer Ermittlungen, aber wir glauben, dass Ihr Bruder ermordet wurde.«

Schmoll verzog das Gesicht, als hätte er einen kurzen heftigen Schmerz verspürt, dann überdeckte er diesen Schmerz mit einem Lächeln. »Ich wusste gleich, dass er sich nicht umgebracht hat, als ich die Meldung im Radio hörte. Er war immer ein Kämpfer, und er hätte seine Mutter nicht allein gelassen. Unter keinen Umständen.«

Brasch bemerkte, wie Mehler die Augenbraue hochzog. Schmoll tat, als hätte er vielleicht einmal einen Bruder, aber bestimmt niemals eine Mutter gehabt.

»Und was ist mit Ihnen?«, fragte er. »Haben Sie Ihre Mutter allein gelassen?«

»Meine Mutter existiert schon lange nicht mehr.« Schmoll starrte Brasch mit hartem Blick an. »Für die Allgemeinheit ist sie erst ein paar Jahre tot, für mich schon viel länger.«

Ein paar Momente lang trat Stille ein. Brasch spürte wieder, wie heiß es war. Er hörte, wie Mehler sich erneut eine

Zigarette ansteckte und wie unten im Hof ein Wagen davonraste. Er ärgerte sich, dass sie auf dieses Gespräch nicht vorbereitet gewesen waren. Sie hätten wissen müssen, dass der Bruder des Toten ein kranker, verbitterter Mann war, der möglicherweise ein paar Gründe hatte, seine Familie zu hassen.

Amelie Kramer trat an Brasch vorbei und hielt Schmoll mit einer eleganten Handbewegung eine Tasse Kaffee hin. Anscheinend hatte sie sich kurz entfernt und war zum Kaffeeautomaten gegangen.

Schmoll furchte die Stirn. »Kaffee ist Gift für mich«, sagte er. »Ich trinke nur Mineralwasser und Fruchtsäfte ohne Zucker.« Aber diese Geste der Höflichkeit schien ihn milder zu stimmen. »Ich weiß, dass alles, was ich sage, Sie verwirren muss, doch stellen Sie sich vor, wie ein dreizehnjähriger Junge sich fühlt, der Klavier spielen will und stattdessen gezwungen wird, zum Boxtraining zu gehen. Sonja hatte zu Hause ihren eigenen Altar. Da standen Fotos von meinem Vater, seine Pokale und Medaillen. Sie hat gar nicht kapiert, dass das Boxen meinen Vater umgebracht hat. Unser ganzes Elend war das Boxen. Wäre er Lehrer oder Mechaniker gewesen, würde er heute noch leben. Sonja wollte, dass Robert und ich auch berühmte Boxer wurden, aber ich war immer zu langsam, habe mich vor Schlägen gefürchtet und hatte Angst, anderen wehzutun.«

Schmoll griff nun doch nach der Kaffeetasse und nahm einen knappen Schluck. Dann nickte er Amelie Kramer dankbar zu.

»Wann haben Sie mit Ihrem Bruder zuletzt gesprochen?«, fragte Brasch.

»Gesprochen haben wir uns schon lange nicht mehr. Einmal stand er vor meiner Tür, als er gerade aus dem Gefängnis gekommen war, aber ich habe ihn nicht hereingelassen, sondern habe ihn über die Gegensprechanlage abgewimmelt. Ich empfange nur selten Besuch, und wenn, muss er sich vorher anmelden. Außerdem habe ich es immer gehasst, meinem Bruder als Behinderter gegenüberzutreten. Ich kam mir in seiner Gegenwart immer besonders minderwertig und krank vor.« Schmoll wischte sich über die Stirn. Ihm machte die Hitze in seiner Trauerkleidung besonders zu schaffen. Dann deutete er auf die Videokassette, die vor Brasch auf dem Tisch lag. »Robert hat mir vor vier Wochen so eine Kassette geschickt. Da habe ich gesehen, dass er sich überhaupt nicht verändert hat. Nur sein Haar ist ein wenig grauer geworden.«

»Ich verstehe nicht.« Brasch nahm die staubige Kassette in die Hand, die sie im Wagen des Toten gefunden hatten. »Ihr Bruder hat Ihnen so ein Videoband geschickt?«

»Das war eine Marotte von ihm. Er hat sich vor seine Kamera gesetzt und ein Band besprochen, und so wie andere Leute Briefe oder E-Mails verschicken, hat er diese Kassetten verschickt. Ehrlich gesagt, habe ich mir das ganze Band gar nicht richtig angeschaut. Ich war eher überrascht, dass er so eine Kamera besaß und es überhaupt hinbekam, ein eigenes Video aufzunehmen.«

»Sie glauben, er hat auch an andere Leute Bänder verschickt?«

»Das Gefängnis hat ihn auf jeden Fall verändert, und da mein Bruder Legastheniker ist und keinen Kugelschreiber in die Hand nimmt, es sei denn, er muss einen Vertrag unterschreiben, war das wohl seine neue Art, mit Leuten in Kontakt zu treten.«

Brasch sah, dass Amelie Kramer sich Notizen machte. Er nickte ihr anerkennend zu. »Würden Sie uns das Band überlassen, das Ihr Bruder Ihnen geschickt hat?«, fragte er Schmoll dann. »Wir müssen herausfinden, in welchen Kreisen er sich zuletzt bewegt hat, wer seine Freunde waren und wer einen Grund gehabt haben könnte, ihn zu töten.«

»Soll ich Ihnen etwas verraten?« Schmoll breitete die Arme aus, wie ein Mann, der auf einer Bühne oder vor einer Klasse stand und eine Geschichte erzählen wollte. Brasch konnte sich plötzlich vorstellen, dass er einmal ein guter Lehrer gewesen war. »Mein Bruder ist der größte Träumer, der mir je begegnet ist, ein schlichtes Gemüt, das meinte, die Welt aus den Angeln heben zu können. Wenn ihm sein Trainer sagte: Nächste Woche kannst du ohne Probleme Weltmeister werden, hat er ihm geglaubt. Wenn ihm jemand von einem todsicheren Geschäft vorgeschwärmt hat, ist mein Bruder ohne Zögern darauf eingestiegen. Wenn eine Frau ihm sagte, dass sie ihn ganz nett fände, hat er sofort die große Liebe in ihr gesehen. Er hat nie begriffen, wann er betrogen und wann er getäuscht wurde.«

Ein schriller Klingelton unterbrach Schmoll. Hastig griff er in seine Jacke und zog ein Mobiltelefon hervor. Nach einem kurzen Blick auf das Display nahm er das Gespräch an. »Carla«, sagte er mit leiser, unwirscher Stimme. »Ich kann jetzt nicht sprechen. Versuch es später wieder!« Dann schob er das Telefon wieder in seine Jacke. »Carla ist Roberts Ex-Frau«, wandte er sich erklärend an Brasch. »Sie will wissen, ob ich nun endlich reich geworden bin, wo doch alle anderen tot sind. Dabei habe ich keine Ahnung, woher das Geld für Sonjas Heimplatz kommt. Ich weiß nur, dass es von einem Nummernkonto in der Schweiz abgebucht wird.«

»Könnte es sein, dass Ihr Bruder sich da vor einiger Zeit ein Konto eingerichtet hat?«, fragte Brasch.

Schmoll lachte. Zum ersten Mal sah er wirklich amüsiert aus. »Robert hat Bargeld geliebt, das Gefühl, echte Scheine in den Händen zu halten, aber ich glaube kaum, dass er gewusst hat, was ein Nummernkonto überhaupt ist.«

Schmoll ließ sich von Brasch aus dem Zimmer führen. Sein Besuch hatte ihn erschöpft. Augenscheinlich hatte ihn der Tod seiner Mutter und seines Bruders doch weit stärker mitgenommen, als er sich eingestand. Keuchend, mit winzigen, steifen Schritten arbeiteten sie sich bis zum Fahrstuhl vor.

Möglicherweise, dachte Brasch, ist dies Schmolls letzter Ausflug, den er mit Krücken bewerkstelligen kann: eine Fahrt von Düsseldorf nach Köln, um seinen toten Bruder zu identifizieren.

»Ich hasse Rollstühle«, sagte Schmoll, als hätte er Braschs Gedanken erraten. »Seit zwei Jahren wehre ich mich dagegen, mich in einen Rollstuhl zu setzen, aber bald werde ich es nicht mehr vermeiden können. Schon jetzt kann ich nicht mehr bei Regen vor die Tür, wie ich es früher gerne getan habe. Da bin ich stundenlang im Regen spazieren gegangen. Wenn ich mir die Knochen breche, bin ich wahrscheinlich in ein paar Monaten tot.«

»Seit wann wissen Sie von Ihrer Krankheit?«, fragte Brasch.

»Vor fünfzehn Jahren hatte ich zum ersten Mal ein taubes Gefühl in meinem rechten Bein, aber ich habe mich nicht darum gekümmert. Ich wollte ein großer Pianist werden. Kennen Sie Glenn Gould?«

Brasch schüttelte den Kopf.

»Glenn Gould ist ein Gott. Wenn Sie hören, wie er Bach spielt, begreifen Sie, dass es Dinge in unserem Universum gibt, von denen die meisten Menschen nicht die leiseste Ahnung haben. Ich wollte auch so spielen können wie er. Immerhin habe ich es zu einem ganz passablen Klavierlehrer gebracht, zu mehr hat es aber nicht gereicht.«

Brasch drückte auf den Knopf, um den Fahrstuhl aus dem Erdgeschoss heraufzuholen. »Haben Sie eine Ahnung, wer Ihren Bruder getötet haben könnte?«, fragte er. Plötzlich kam ihm der Gedanke, dass auch Schmoll selbst in Gefahr schweben könnte. Wäre es möglich, dass da ein Mörder frei umherlief, der sich jedes Mitglied der Familie Schmoll vornahm, erst den einen Bruder, dann die Mutter, dann den anderen Bruder? »Und könnte es jemand auch auf Sie abgesehen haben, nun, nachdem auch Ihre Mutter tot ist?«

Schmoll wischte sich mit einem Taschentuch über die Stirn. Wieder klingelte sein Telefon, doch diesmal beachtete er es gar nicht. »Vor sechs Jahren haben mir die Ärzte gesagt, dass ich in einem Jahr vollständig gelähmt sein und sterben könnte«, sagte er. »Aber ich lebe immer noch und habe vor nichts mehr Angst.«

Ein rotes Licht am Fahrstuhl blinkte, dann glitt seine Metalltür auf. Schmoll verharrte einen Moment und starrte sich im Spiegel an, der die Rückwand des Fahrstuhls ausmachte, als stünde da ein fremder Mensch, dem er sich nur ungern nähern würde. Dann trat er hinein, schwer auf die Krücken gebeugt. »Geben Sie mir Bescheid, wann ich die beiden beerdigen kann«, sagte er zum Abschied, ohne Brasch anzuschauen.

Als Brasch in sein Büro zurückkehrte, sagte niemand ein Wort. Amelie Kramer saß wieder am Computer, und Mehler stand einfach nur da und schaute aus dem Fenster. Der Himmel war tiefblau. Ein Flugzeug flog eine Kurve über der Stadt.

»Warum wissen wir nicht, dass der Boxer verheiratet gewesen war?«, fragte Brasch vorwurfsvoll in den Raum hinein. »Und warum wissen wir nichts über dieses Geheimkonto in der Schweiz? Man muss herausbekommen können, wer jeden Monat für Sonja Schmoll Geld überweist.«

»Hör auf«, sagte Mehler ebenso gereizt vom Fenster her. »Bisher hatten wir noch gar keinen Auftrag zu ermitteln. Also konnten wir auch keine großen Fehler begehen. Nur du bist losgezogen und hast alle Pferde scheu gemacht.«

Brasch spürte, dass Amelie Kramer zusammenzuckte. Einen Streit unter Kollegen war sie nicht gewohnt. Wortlos, mit stummer Miene schob sie Brasch einen Computerausdruck hin. Schmoll war vor vier Jahren geschieden worden. Carla, seine Ex-Frau, hatte ihren angeheirateten Namen nicht abgelegt. Sie wohnte in Köln, in einer Straße, die den beschaulichen Namen »Türmchenswall« trug, und besaß ein Sonnenstudio.

»Wir müssen uns um eine Menge Dinge kümmern«, erklärte Brasch mit freundlicher Bestimmtheit. »Wir müssen diese Carla sprechen. Wir müssen die Nachtschwester finden, mit der Schmoll angeblich ein Verhältnis hatte. Und wir müssen uns das ›Einstein‹ ansehen. In Schmolls Wagen lag ein Gehaltsstreifen. Offenbar hat er da gearbeitet.«

»Wolltest du nicht Urlaub machen?«, fragte Mehler. Der

Spott in seiner Stimme verriet, dass auch er schon wieder besänftigt war.

»Gestrichen«, sagte Brasch. »Ad acta gelegt. Zwei Wochen Wüste kann ich mir eigentlich ohnehin nicht leisten.« Er dachte kurz an seinen kranken Vater, dann nahm er die staubige Videokassette und ging in den Nebenraum, den sie gelegentlich für kleinere Konferenzen benutzten und wo ein Videorekorder stand. Mehler folgte ihm, und einen Moment später kam auch Pia herein. Sie hatte Schmolls Kamera dabei, die sie im Kofferraum seines Wagens gefunden hatte.

»Der Kofferraum sah genauso voll gestopft und durcheinander aus wie die ganze Kiste«, sagte Pia. »Klamotten, merkwürdige Ampullen und Eiweiß-Riegel. Wenn man sieht, wie viele er davon eingekauft hatte, weiß man, warum er keinen Herd in seiner Wohnung brauchte. Er scheint sich von nichts anderem ernährt zu haben. Außerdem fuhr er eine Kiste Champagner spazieren, aber da fehlte keine Flasche. Zu feiern hat er wohl doch nichts gehabt.«

Als würden sie es sich für einen langen Fernsehabend gemütlich machen, setzten sie sich vor den Bildschirm. Brasch startete das Band. Es knisterte und rauschte, und dann tauchte Schmoll auf dem Bildschirm auf. Er befand sich in seiner Wohnung, nicht in dem Raum, in dem Brasch ihn gefunden hatte, sondern in dem kleineren Hinterzimmer, in dem die Matratze lag und das er zum Schlafen nutzte. Doch es waren keine Mädchen bei ihm, mit denen er sich vergnügte. Schmoll war allein. Er trug nur eine kurze unmoderne Sporthose, und nachdem er sich kurz zur Kamera umgewandt hatte, als müsste er sich vergewissern, dass sie eingeschaltet war, begann er auf der Stelle zu tänzeln und auf den Sandsack einzuschlagen, der von der Decke hing. Er schlug bestimmte Kombinationen und schien sich besonders auf die Koordination zwischen Schlag und Beinarbeit zu konzentrieren.

»Der Irre hat sich gefilmt, wie er auf einen Sandsack eindrischt«, sagte Mehler ungläubig und steckte sich erneut eine Zigarette an.

»Was zumindest beweist, dass er sich sehr ernsthaft auf einen Kampf vorbereitet hat«, fügte Pia hinzu.

Das Band konnte allenfalls ein paar Wochen alt sein, obschon es schmutzig und verstaubt im Auto gelegen hatte. Schmoll war in guter Form, vermutlich hatte er bereits im Gefängnis intensiv trainiert. Er schlug unermüdlich Rechts-Links-Kombinationen, wich dann zurück oder pendelte zur Seite weg, als würde er dem imaginären Konter eines Gegners ausweichen.

»Gegen so einen Boxer würden wir keine einzige Runde überstehen«, sagte Brasch und schaute Mehler an, der aber schon leicht gelangweilt wirkte.

Das Band hatte auch eine Tonspur, und man konnte nun hören, wie Schmoll allmählich in Fahrt kam. Mit einem dumpfen, wuchtigen Geräusch trafen seine Fäuste auf den Ledersack. Manchmal, wenn er besonders viel Kraft in einen Schlag legte, klang auch ein kurzes, abgehacktes Stöhnen auf.

»Bringt uns aber nicht viel weiter, einem Boxer beim Training zuzusehen«, sagte Mehler.

Brasch spulte das Videoband vor, allerdings so, dass Schmoll im Bild blieb. Wie ein aufgedrehter Held aus der Stummfilmzeit prügelte er in Rekordgeschwindigkeit auf seinen Sandsack ein. Dann, als der Rekorder die Aufnahmezeit von genau einer Stunde anzeigte, brach das Bild ab. Der Bildschirm wurde dunkel.

Pia erhob sich. »Da hatte ich mir mehr erhofft«, sagte sie enttäuscht, doch im nächsten Moment flackerte ein neues Bild auf.

Diesmal saß Schmoll in seinem Wohnzimmer auf dem Sofa. Genau in dieser Einstellung hatten sie das Stativ vorgefunden. Er trug ein weißes Hemd und hatte sich frisch rasiert und seine Haare kräftig mit Gel bearbeitet. Unsicher lachte er in die Kamera und räusperte sich.

»Nun ja«, begann er mit tiefer, belegter Stimme zu sprechen. »Liebe Franziska, ich wollte ein paar Worte an dich richten. Ich meine, es wäre schön, wenn du mir zuhören würdest ... Es fällt mir nicht ganz leicht ... Ich hab ja im Gefängnis gesessen, wie du weißt ... aber ich wollte eigentlich erklären, warum ... Also, es ist nicht so, dass ich jemanden verprügelt habe, wie das manchmal gesagt wird. So etwas ist früher passiert, wenn mir einer dumm gekommen ist, aber jetzt schon lange nicht mehr. Nein, in den Knast musste ich, weil wir mit gestohlenen Sachen gehandelt haben, meistens mit Antiquitäten, die Novaks Leute besorgt haben ... Scheiße.« Schmoll unterbrach sich, dann beugte er sich vor und verschwand aus dem Bild, um die Kamera abzuschalten.

Ein paar Sekunden später setzte das Bild wieder ein, und Schmoll versuchte es erneut mit seiner Rede an die Nachtschwester. Doch wieder geriet er ins Stottern, nicht weil er den Namen »Novak« genannt hatte, sondern weil ihm das Wort »Scheißbullen« über die Lippen gekommen war, als er erzählte, dass man sein Telefon abgehört hatte, um ihn zu überführen. »Scheißbullen« war wohl kein Ausdruck, den er der Nachtschwester zumuten wollte. Nach dem zweiten Versuch gab er es auf. Der Rekorder zeigte noch eine Laufzeit von vierzig Minuten, doch das Band enthielt keine Aufnahmen mehr.

»Wenn er so boxen würde, wie er redet, hätte man ihn wahrscheinlich längst zum Krüppel geschlagen«, sagte Mehler, während Brasch das Videoband aus dem Rekorder nahm. Sie hatten nun einen handfesten Beweis, dass die Geschichte mit der Nachtschwester stimmte und dass sie einen weiteren Namen auf die Liste derer setzen konnten, mit denen sie unbedingt sprechen mussten. Novak, der Manager, besaß offensichtlich noch andere Fähigkeiten, als Boxkämpfe zu organisieren.

»Hat Novak auch vor Gericht gestanden, als man den Boxer verurteilt hat?«, fragte Pia.

»Wir wissen es nicht«, sagte Brasch, »aber ist es nicht merkwürdig, dass wir nur ein Band entdeckt haben? Wenn es stimmt, dass Schmoll häufig solche Bänder aufgenommen und verschickt hat, hätten wir doch viel mehr finden müssen, aber da war nichts in der Wohnung, keine einzige Videokassette.«

»Klar«, sagte Pia. »Seine Wohnung und sein Wagen sind durchsucht worden, und dieses eine Band unter dem Vordersitz hat man übersehen.«

Je näher sie sich mit dem Boxer beschäftigten, dachte Brasch, desto mehr Rätsel tauchten auf. Videobänder, ein Geheimkonto, eine Ex-Frau, ein schwer kranker Bruder. Sie mussten Franziska, die Nachtschwester, auftreiben. Brasch war sicher, dass es handfeste Gründe gab, warum sie mitten im Dienst aus dem Pflegeheim verschwunden war.

9

Das »Einstein« hatte eine exzellente Klimaanlage. Der Raum, in dem die Bar stand, war wohl temperiert. Hinter der Bar lag ein großer Saal, durch den Lichtreflexe huschten und in dem einige Schattenwesen tanzten, halbe Kinder noch, die neugierig umeinander herumschlichen. Die Musik war erträglich, nicht übermäßig laut und vor allem nicht zu modern, kein Techno, kein Rap. Brasch bestellte sich einen Tequila Sunrise. Er war entschieden zu früh dran, um kurz nach zwanzig Uhr. In solchen Läden herrschte erst um Mitternacht wirklich Betrieb. Eine junge Frau mit hochgesteckten blau gefärbten Haaren stellte ihm seinen Drink auf die Bar. Als sie lächelte, sah er, dass an einem ihrer Schneidezähne ein Diamant funkelte. An dem Türsteher, einem Hünen mit langem Zopf, war er vorbeigekommen, ohne seine Polizeimarke zu zeigen. Mit einer lässigen, arroganten Handbewegung hatte er ihn durchgewinkt, als Gnadenbrot gewissermaßen: Obwohl Brasch bereits ein paar Jahre zu viel auf dem Buckel hatte, wurde er in den Tempel der Jugend eingelassen.

Erst als er an seinem Tequila genippt hatte, spürte Brasch, wie erschöpft er war. Die Hitze des Tages und das Gefühl, keinen Schritt vorangekommen zu sein, machten ihm zu schaffen. Sie hatten die Nachtschwester nicht gefunden. Weder in ihrer Wohnung noch im Pflegeheim war Franziska Stephan aufgetaucht. Ihr Wagen blockierte dort noch immer die Einfahrt. Am nächsten Tag würden sie die Wohnung öffnen lassen, aber immerhin hatten sie von der Redaktion des Kölner »Express« ein Foto von ihr bekommen.

Wenn Schmoll tatsächlich im »Einstein« gearbeitet hatte, bestand die Möglichkeit, dass auch die Nachtschwester hier gelegentlich aufgetaucht war. Brasch beschloss, sich zuerst nach ihr und dann nach Schmoll zu erkundigen. Was gab es für einen Boxer in solch einem Laden zu tun? Er könnte den wortkargen, unbarmherzigen Türsteher mimen oder dafür sorgen, dass Gäste in bestimmten Hinterzimmern nicht behelligt wurden.

Als er das Foto der Nachtschwester auf die Bar legte, spürte er einen Schatten, der sich auf ihn senkte. Der Schatten hatte einen Geruch, der ihn für einen Moment irritierte, weil er ihn an etwas erinnerte. Es war ein heller, leichter Duft, wie nach einem Zitronenbaum. Dann fiel Brasch Musik ein, und dann sah er eine weiße Hand mit schwarz lackierten Fingernägeln, die wie selbstverständlich nach dem Foto griff.

»Ich hoffe, es geht Ihnen wieder besser«, sagte die weiße Sängerin.

Brasch spürte, wie sein Herz anfing zu flattern. Er konnte sich nicht erinnern, wann ihm zuletzt etwas in die Glieder gefahren war, das Schrecken, Faszination und Aufregung zugleich hieß. Nein, er wusste es genau: als Leonie ihn zum ersten Mal geküsst hatte.

»Hübsches Foto.« Mit teilnahmsloser Miene, die ihre Worte Lügen strafte, betrachtete die Sängerin das Bild und legte es auf die Bar zurück. »Sind Sie im Dienst hier?«

»Nein«, sagte Brasch, ohne zu wissen, warum er log. »Ich komme manchmal nach Feierabend hierher.«

»Ich habe Sie hier noch nie gesehen.« Die Sängerin musterte ihn mit ihren dunklen grünen Augen, als würde sie ihn vollkommen durchschauen.

»Vielleicht bin ich Ihnen nur nicht aufgefallen.« Brasch

fühlte, dass sich sein Herz wieder ein wenig beruhigte. Es war auch lächerlich, dass ihm das plötzliche Auftauchen einer schönen, geheimnisvollen Frau Herzklopfen bescherte. »Darf ich Sie zu einem Drink einladen?«

»Gern.« Die Sängerin ließ sich auf dem Hocker neben ihm nieder und winkte das Mädchen mit den blauen Haaren heran, um sich auch einen Tequila Sunrise zu bestellen.

Als die Sängerin sich für einen Moment umwandte, bemerkte Brasch, wie das grelle Neonlicht an der Bar über sie glitt und sie einhüllte. Sie trug ein enges rotes Kleid und sah aus, als wäre sie soeben von einer Bühne gestiegen.

»Haben Sie heute keinen Auftritt?«, fragte Brasch und bemühte sich, einigermaßen beiläufig zu klingen.

Sie funkelte ihn mit ihren grünen Augen an. »Heute nicht«, sagte sie, dann nahm sie ihr Glas und nickte ihm zu, während sie trank. »Heute sitze ich an der Bar und flirte mit fremden Männern.«

Brasch flüchtete sich in ein Lachen, in das die Sängerin aber nicht mit einstimmte. Dann nannte er seinen Namen und schob ihr eine Visitenkarte hin. »Damit Sie wissen, mit wem Sie flirten«, fügte er hinzu.

»Vielleicht habe ich das schon vorher gewusst«, erwiderte die Sängerin, ohne ihm ihrerseits ihren Namen zu verraten.

»Es war jedenfalls nett von Ihnen, dass Sie sich um mich gekümmert haben«, sagte Brasch. »Peinliche Angelegenheit, diese Prügelei.« Er lachte wieder ein falsches, verlegenes Lachen.

»Bei jedem Konzert suche ich mir ein Gesicht in der Menge aus.« Die Sängerin blickte an ihm vorbei, als würde sie etwas in der Ferne beobachten. »Von der Bühne sieht man nicht viel, die Gesichter in den ersten fünf Reihen vielleicht. Vorgestern waren Sie das Gesicht in der Menge.«

Er wusste für einen langen Moment nicht, was er darauf erwidern sollte. Die Sängerin wandte ihren Blick aus dem Nirgendwo zurück auf ihn, so als wollte sie ihn auf die Probe stellen. Auf der Bühne, als sie vom Regenbogen sang, hatte sie anders gewirkt, träumerischer, poetischer, doch verlor sie, je näher man ihr kam, nichts von ihrem Geheimnis und ihrer Schönheit. Sie ist eine gefährliche Frau, dachte Brasch. Männer würden ein Vermögen dafür ausgeben, nur um einmal ihr Gesicht auf ihr Haar legen zu dürfen.

»Hat Ihnen meine Musik gefallen?«, fragte sie, während ihre Hände nach ihrem Glas tasteten.

Brasch bemerkte, dass er die ganze Zeit sein Glas umklammerte, als würde er irgendwo Halt suchen. »Ich verstehe nicht viel von Musik«, sagte er, »aber das Konzert war großartig. Eigentlich müssten Sie mit dieser Stimme ein großer Star sein ...« Er brach ab. Warum machte er so ein halbes, eher zweifelhaftes Kompliment? Mehler hatte so etwas Ähnliches gesagt, als würde er die genauen Gründe kennen, warum sie kein richtiger Star war, über den die Zeitungen schrieben, und nicht Millionen von CDs verkauft hatte.

»Vorgestern war ich gut.« Die Sängerin lächelte, ihre grünen Augen funkelten auf. Sie hatte nichts Halbherziges an seinen Worten gefunden. »Aber oft habe ich vor einem Auftritt so große Angst, dass ich gar nichts hinbekomme. Und manchmal hilft mir das Gesicht in der Menge, an dem ich mich festhalte.«

Brasch hatte keine Ahnung, was ihr Lächeln und was ihre Worte bedeuten sollten. Er dachte an Muller, den Mann, zu dem sie nach dem Konzert aufgeschaut hatte, als würde sie ihm gehören. »Wann singen Sie wieder?«, fragte er und bemühte sich um einen Tonfall, der nicht zu interessiert klang. »Damit ich weiß, wann ich mich wieder in die erste Reihe stellen muss.«

Die Sängerin knipste ihr Lächeln aus und blickte auf ihre Armbanduhr, ein dünnes, goldenes Ding, das wahrscheinlich ein Vermögen wert war. Richtig, eine Frau wie sie ging nicht ohne Grund in einen Club; sie musste hier mit jemandem verabredet sein, der sich verspätet hatte. Doch dann beugte sie sich vor und hauchte ihm eine Frage zu: »Wann haben Sie zuletzt getanzt?«

Brasch sah ihren runden, wohlgeformten Mund, er sah, wie ihre Zähne hinter ihren Lippen aufblitzten, aber eigentlich verstand er sie gar nicht. Das war gar nicht seine Sprache, die sie da benutzte.

»Kommen Sie«, sagte die Sängerin, nachdem er drei Sekunden gezögert hatte. Sie nahm nicht seine Hand, sondern berührte ihn leicht an der Schulter und dirigierte ihn von seinem Stuhl. Sie schritten um die Bar herum. Brasch sah im Vorbeigehen das Mädchen mit den blauen Haaren lächeln. Der Diamant an ihrem Schneidezahn blitzte auf. »Ich weiß nicht«, sagte er, »ich glaube, ich habe noch nie richtig getanzt.« Doch nun gingen seine Worte im Dröhnen der Musik unter. Sobald man sich von der Bar entfernte, stand man in einer Welle aus Geräuschen, die aus dem Saal herüberspülten. Die Sängerin nickte ihm zu, verständnisvoll und beinahe wie eine Lehrerin. Sie war genauso groß wie Brasch und blickte ihm direkt in die Augen.

Im Saal war es dunkler, nur manchmal zuckten grelle Lichter heran und strichen über die Tänzer, die sich abgehackt und jeder für sich bewegten. Mittlerweile war das

»Einstein« gut gefüllt. Sie tauchten mitten hinein in die Menge. Die Sängerin bedachte ihn über all den Lärm hinweg mit einem stillen Lächeln, dann begann sie zu tanzen. Sie bewegte sich langsam, gar nicht zum harten Takt der Musik, eine Art moderner Tango, der mit schnellen Beats unterlegt war, doch dann wurden ihre Bewegungen schneller, so als würde sie ihren eigenen Tanz erschaffen. Sie wandte sich von Brasch ab. Er sah ihr weißes Haar, sah ihren Rücken, ein Stück Haut, auf dem feine Schweißperlen glitzerten, und versuchte gleichzeitig, seinen eigenen Rhythmus zu finden. Bei den ersten Schritten kam er sich noch lächerlich vor. Seine Beine tapsten im Takt der Musik hektisch vor sich hin, beinahe wie bei einem alten Boxer, der schwerfällig Ausfallschritte übte. Dann, jenseits des ersten Gefühls der Lächerlichkeit, ließ er sich treiben. Die Musik wechselte, ein Rocksong mit schrillen Gitarren dröhnte durch den Saal. Brasch bemerkte, wie die Sängerin an ihm vorbeiglitt und ihn mit der Hand an seinem rechten Unterarm berührte. Sie trug einen Ring mit einem großen blauen Stein. Ihre Augen hatte sie geschlossen, und doch lächelte sie vor sich hin, als hätte sie ihn gemeint. Dann bewegte sie sich abrupt in eine andere Richtung. Konnte sie mit geschlossenen Augen sehen? Zwei junge Frauen schoben sich zwischen Brasch und die Sängerin, und eine Sekunde später zappelte ein junger Typ mit nacktem Oberkörper und geölten Haaren heran, der einen auf großer Tänzer machte und eine der jungen Frauen mit obszönen Gesten herausforderte. Brasch wandte sich ab. Er spürte, wie ihm der Schweiß den Rücken hinunterlief. Auch die Müdigkeit kehrte schlagartig zurück. Als der Song zu Ende war, drängte er sich in die Richtung, in der die Sängerin verschwunden war, ohne sie jedoch irgendwo zu entdecken. Ein altes Lied von David Bowie trieb scharenweise Leute auf die Tanzfläche. Brasch tanzte noch ein paar Schritte, dann kehrte er zur Bar zurück. Mochte die Sängerin noch mit Bowie tanzen, er hatte genug.

An der Bar winkte er das Mädchen mit den blauen Haaren heran und bestellte einen zweiten Tequila.

Das Mädchen lächelte wissend, als sie das Glas vor ihn hinstellte. »Sie ist gegangen«, sagte sie und schob ihm einen Zettel zu.

Brasch trank und starrte auf den Zettel. In einer kleinen, aber schwungvollen Handschrift stand da eine Telefonnummer, ein mobiler Anschluss, aber sonst hatte die Sängerin nichts aufgeschrieben, keinen Namen, keinen Gruß.

»Haben Sie die Frau schon einmal gesehen?«, fragte Brasch.

Die Barkeeperin furchte die Stirn, was sie mädchenhaft und beinahe unschuldig aussehen ließ. »Nein, noch nie.«

»Sie ist eine wunderbare Sängerin.« Brasch versuchte seinen Ärger zu unterdrücken.

»Ach ja.« Die Frau drehte sich schon gelangweilt ab. Nun sah Brasch, dass sie ein riesiges Tattoo auf dem linken Oberarm trug. »Love never dies«.

»Aber Sie kennen Bobby Schmoll?«, setzte er hinzu, bevor sie außer Hörweite gedriftet war.

Der Name »Schmoll« trieb sie zurück, doch nun war ihr Blick argwöhnischer und lauernder. »Klar«, sagte sie, »aber er ist tot. Was wollen Sie von ihm?«

Brasch bemerkte, dass andere Gäste an der Bar auf ihn aufmerksam geworden waren und ihn anschauten. Trotzdem sagte er: »Ich bin Polizist. Hat Schmoll hier gearbeitet?«

Das Mädchen blickte sich um. Ihre routinemäßige Freundlichkeit hatte sich in Luft aufgelöst. »Manchmal hat er am Einlass gestanden, und manchmal hat er den Chef begleitet.«

»Und wer ist hier der Chef?«

»Er heißt Novak«, sagte sie leise, dann floh sie doch ans andere Ende der Bar, wo ihre Kollegin, die eine Baseballkappe trug, mit großer Geste Cocktails mixte und an drei junge Männer verteilte, die unentwegt lachten und wie Schauspieler aus einer Vorabendserie aussahen.

Brasch legte einen Geldschein auf die Bar und ging. Draußen stand immer noch die flirrende Hitze in den Straßen. Für einen Moment erwartete er, dass die Sängerin hinter einer Laterne hervorkam und auf ihn zutrat, aber da war niemand.

Aus welchem Grund war sie früher und ohne ein Wort gegangen? Vielleicht, dachte Brasch, hat sie im Gedränge den Mann getroffen, mit dem sie verabredet gewesen ist. Doch warum hatte sie ihm dann ihre Telefonnummer hinterlassen? Als er in seinem Wagen saß, zog er den Zettel hervor. Zu seinem eigenen Erstaunen kannte er die Nummer bereits nach einem kurzen Blick auswendig, obwohl er sich ansonsten Zahlen sehr schlecht merken konnte. Was er da in der Hand hielt, war eine knappe, einfache Botschaft. »Ruf mich an«, hieß die Botschaft, »wann immer du willst.«

10

Wo ist die Nachtschwester?, dachte Brasch. Ein Gedanke, der immer wiederkehrte und sich im Kreis drehte. Die Nachtschwester war der Schlüssel zu diesem Fall. Versteckte sie sich, weil sie etwas wusste, oder hatte sie tatsächlich etwas mit dem Mord zu tun und war deshalb verschwunden? Er hatte Mehler und einen Streifenwagen vorbeigeschickt, die jedoch ohne Ergebnis wieder abgezogen waren, und noch während er nach Hause fuhr, wählte er zum fünften Mal an diesem Tag ihre Nummer, doch wieder hörte er nur ihre Stimme auf dem Anrufbeantworter. »Hallo, hier spricht Franziska. Ich bin zurzeit nicht zu Hause, aber ich freue mich über alles, was du mir zu sagen hast.« Ihre Ansage klang irritierend jung, so als wäre sie eine lebenshungrige Studentin, die vor ein paar Wochen in ihre erste Wohnung gezogen war.

Dann rief er auch in dem Altenheim an, aber da meldete sich nur die wortkarge, schlecht gelaunte Pflegerin, die er schon gestern Nacht gesprochen hatte. Sie wusste angeblich nur, dass Franziska Stephan sich telefonisch krankgemeldet hatte.

In seinem Haus riss Brasch alle Fenster auf. Vielleicht würde ja die Nacht eine merkliche Abkühlung bringen. Immerhin drang ein wenig Feuchtigkeit von den Wiesen am Rhein herüber. Dann setzte er sich ans Fenster und schrieb »Franziska Stephan«, »Novak«, »Weigand« und »Schweizer Konto« auf ein großes weißes Stück Papier. Zwischen all den Namen gab es keinen Zusammenhang, wenn er davon absah, dass Weigand offenbar die Boxer trainierte, die Novak unter Vertrag hatte. Nein, sie hatten nichts in der Hand, was den undurchsichtigen Mord an Schmoll erklärte. Keinen Verdächtigen und nicht den Hauch eines Motivs, warum jemand den Boxer und in gewisser Weise auch dessen Mutter umgebracht haben könnte.

Plötzlich bemerkte Brasch, dass an seinem Anrufbeantworter die rote Lampe aufblinkte. Fünf Anrufe wurden angezeigt, doch nie hatte jemand eine Nachricht hinterlassen. Seit Leonie gegangen war, rief tagsüber fast niemand mehr an. Zuerst hatte Brasch seine Mutter in Verdacht, sie aber hätte zumindest nicht ohne einen kurzen Gruß aufgelegt. Hatte die weiße Sängerin ihn sprechen wollen? Ein merkwürdiger Gedanke, den er sofort abtat. Sie kannte seine Nummer gar nicht, und warum hätte sie ihn anrufen sollen?

Dann fiel ihm ein, dass sein Vater versucht haben könnte, heimlich, hinter dem Rücken seiner Mutter, mit ihm über das Testament zu reden. Mit einem Schlag spürte Brasch eine ungeheure Leere. Bald würde er vor dem Grab seines Vaters stehen. Da mochten die Ärzte noch so viele Medikamente und Therapien verschreiben. Er versuchte sich an besondere Momente mit seinem Vater zu erinnern, aber wenn er ehrlich war, hatte es davon nicht sehr viele gegeben. Einmal, als er fünf oder sechs war, hatte ihn sein Vater an die Hand genommen und war mit ihm in den Wald gelaufen, um ihm ein paar alte Bäume zu zeigen und ihn ihre Namen auswendig lernen zu lassen. Und einmal hatten sie hinter ihrem Haus ein verletztes Reh gefunden und hatten es mit ihrem Kombi zum Tierarzt gefahren, der es dann aber einschläfern musste. Ansonsten hatte der Vater hinter dem Tresen in seinem Lokal gestanden, wie er es nannte, in Wahrheit jedoch war es nicht mehr als ein Schnellimbiss gewesen, den er an der Dorfstraße betrieben hatte. Noch immer ekelte es Brasch, wenn er an den Geruch von kaltem Fett und Zigarettenrauch dachte.

»Du darfst es ihnen nicht vorwerfen, dass sie nie gelernt haben zu leben«, hatte Leonie einmal gesagt. Dabei war ihm zuvor diese Lebensunfähigkeit seiner Eltern nie wirklich aufgefallen.

Doch nun fragte er sich mehr und mehr, was er selbst falsch gemacht hatte, warum er keine genaue Ahnung hatte, wie er ohne Leonie weitermachen und seine Müdigkeit abschütteln konnte.

Als das Telefon klingelte, hatte Brasch das Gefühl, lediglich für ein paar Sekunden in seinem Sessel eingeschlafen zu sein, aber draußen war es bereits hell. Der Himmel war von einem stechenden Blau, die Sonne schien ihm ins Gesicht. Verwirrt blickte er auf seine Uhr. Viertel vor sieben. Erwartete man ihn bereits im Präsidium? Oder war die Nachtschwester aufgetaucht?

»Ich verstehe ihn nicht mehr«, sagte seine Mutter, ohne eine Begrüßung, als wären sie schon mitten im Gespräch gewesen. »Er hat die halbe Nacht in der Bibel geblättert, und jetzt will er kein Testament mehr machen.«

Brasch hörte, wie ungewohnt aufgebracht seine Mutter war. »Es ist schon gut«, sagte er. »Wenn es ihn zu sehr aufregt, muss er kein Testament abfassen.« Er fügte nicht hinzu, dass sein Vater ohnehin nicht viel besaß, das er vererben konnte.

»Er hat die ganze Nacht nicht geschlafen, weil er Angst hat. Und dann hat er mich gefragt, wie es ist, wenn man stirbt. Aber was soll ich ihm dazu sagen?«

Eine weiße Katze saß selbstvergessen mitten in seinem Garten und putzte sich, als wäre sie ganz allein auf der Welt. »Ich weiß es nicht«, sagte Brasch. »Auf diese Frage hat niemand eine Antwort.«

»Vielleicht sollte ich den Pfarrer anrufen«, sagte seine Mutter. Dieser Einfall schien sie ein wenig zuversichtlicher zu stimmen.

Plötzlich ergriff ihn Mitleid, dass die beiden alten Menschen da in ihrem Haus saßen und über das Sterben nachdachten, während er versuchte, einen Mörder zu finden.

»Auf jeden Fall werde ich den Rechtsanwalt abbestellen, und das wollte ich dir früh genug sagen, damit du Bescheid weißt. Stimmt es, dass der Boxer ermordet worden ist?« Brasch hatte sich immer schon gewundert, wie schnell seine Mutter ein Thema wechseln konnte, von dunkler Trauer zu hellem Lachen in fünf Sekunden. Das gehörte auch zu ihrem Mutterwitz.

»Wir sind uns beinahe sicher«, sagte er. »Ich habe den Boxer mit einer Plastiktüte über dem Kopf in seiner Wohnung gefunden. Jemand hat recht geschickt versucht, einen Selbstmord vorzutäuschen.«

»Manchmal ist er in unser Lokal gekommen«, fuhr die Mutter fort. »Hat immer groß angegeben und dafür gesorgt, dass man seine volle Brieftasche sieht. War aber kein übler Kerl.«

»Bobby Schmoll ist in eurem Imbiss gewesen?«

»Ja, er hat manchmal bei uns gegessen. Ist über zehn Jahre her, als seine Mutter für ein paar Monate bei ihrer kranken Schwester im Dorf wohnte. An ihr hat er sehr gehangen.«

»Hast du seine Mutter gekannt?«, fragte Brasch.

»Ich habe nur einmal auf der Beerdigung ihrer Schwester mit ihr gesprochen. Sie war eine feine Frau, jedenfalls dafür, dass ihr Mann auch Boxer gewesen ist. Sie hatte nur einen Fehler. Sie war immer auf die Freundinnen ihrer Söhne eifersüchtig. Vielleicht hat es deshalb bei ihnen auch nie mit einer richtigen Familie geklappt. Enkelkinder hat sie ja wohl keine, aber da ist sie ja nicht die Einzige.«

Brasch überhörte den leisen Vorwurf. »Woher weißt du das alles?«

»Hugo, der Onkel des Boxers, wohnt immer noch im Dorf. Er ist schon über achtzig und geht jeden Tag zu seiner Frau auf den Friedhof. Aber einige im Dorf meinten, dass er eine Zeit lang in die Mutter des Boxers verliebt war. Kommt ja öfter vor, dass ein Mann, dessen Frau vor ihm stirbt, dann einfach die Schwester heiratet, um nicht allein zu sein. Doch sie hat ihn wohl nicht gewollt. Kein Wunder, bei all dem Geld, das sie aus der Schweiz bekam.«

»Was weißt du von diesem Geld?« Das Gespräch hatte eine Wendung genommen, die Brasch niemals erwartet hatte. Seine Mutter, die eigentlich nie etwas Aufregendes erlebte, war eine Art Zeugin geworden.

»Na, jeden Monat wurde ihr ein Scheck aus Zürich geschickt. Kam immer am ersten Montag oder Dienstag bei ihr an.« Die Stimme seiner Mutter klang selbstsicherer. Sie hatte bemerkt, wie interessiert ihr Sohn plötzlich an den Dingen war, die sie zu berichten hatte. »Unser Postbote wusste genau, was er ihr da brachte. Für so etwas hatte er einen siebten Sinn.«

»Hat euch der Postbote auch erzählt, von wem der Scheck stammte?« Brasch war mit dem Telefon in seine Küche hinübergegangen, um ein Blatt Papier zu nehmen, falls er sich ein paar Notizen machen musste.

»Das durfte er uns nicht sagen, und es stand auch nie ein Absender auf dem Umschlag.« Wie ein kleines Mädchen kicherte seine Mutter vor sich hin. »Aber natürlich hat er es uns doch eines Abends verraten, als er bei uns vor der Theke stand.«

Brasch wurde ungeduldig. »Ja, und von wem war nun das Geld?«

Er hörte, wie seine Mutter tief einatmete, beinahe wie

eine Schauspielerin, bevor sie einen wichtigen Satz aussprach. »Der Mann hieß Viktor Caspari. Als ihr Mann beim Boxen tot umfiel, war er wohl sein Trainer gewesen. Wahrscheinlich hatte er ein schlechtes Gewissen, weil er ihn so schlecht trainiert und ihm irgendwelche falschen Pillen gegeben hatte. Jedenfalls kam von ihm jeden Monat der Scheck.«

Brasch war sicher, dass seine Mutter einiges durcheinander brachte, aber der Name mochte stimmen. Er selbst hatte auch schon von einem Manager und Boxveranstalter namens Caspari gelesen. »Ich wundere mich«, sagte er, »was du für ein phänomenales Gedächtnis hast.«

Seine Mutter lachte. »Über die Vergangenheit weiß ich viel mehr als über die Gegenwart.«

Sie verabschiedeten sich, und Brasch hatte den Eindruck, dass sie die Krankheit seines Vaters zumindest für ein paar Sekunden vollkommen vergessen hatte. Erst als er auflegte, fiel ihm auf, dass er mit keinem Wort erwähnt hatte, dass auch Sonja Schmoll tot war.

Um zehn Minuten vor acht war Brasch bereits im Präsidium. Nicht einmal einen Kaffee hatte er sich gegönnt. Er setzte sich sofort an den Computer, klickte eine Suchmaschine an und tippte den Namen »Viktor Caspari« ein. Es gab über zehntausend Einträge, die meisten zu einem Bildhauer, der in der ganzen Welt Ausstellungen hatte und der es anscheinend genoss, zu seinen Kunstwerken wirre, zusammenhanglose Kommentare abzugeben. Seine Lieblingsvokabeln waren »kosmisch«, »intergalaktisch« und »spirituell«. Zu dem ominösen Caspari, den Brasch suchte, waren erheblich weniger Nennungen aufgeführt, aber immerhin fand sich im

Internet auch Material über ihn. Caspari war in den Sechziger- und Siebzigerjahren die graue Eminenz des Boxens in Deutschland gewesen. Kein großer Kampf, den er nicht organisiert hatte. Dann jedoch hatte er sich von einem Tag auf den anderen zurückgezogen und in der Schweiz einen der ersten ökologischen Bauernhöfe gegründet. Eine seltsame Wandlung. Fotos gab es von ihm schon seit zwei Jahrzehnten nicht mehr. Sogar ein Nachruf auf ihn war vor zwei Jahren in einer Schweizer Boulevardzeitung erschienen, aber diese Todesmeldung war mit ein paar dürren Worten von Casparis Anwalt dementiert worden. Viktor Caspari musste mittlerweile dreiundachtzig Jahre alt sein. Kein Alter, in dem man noch einen Mord beging. Außerdem konnte man ihn getrost als den besten Freund der Familie Schmoll bezeichnen, den geheimen Gönner seit vierzig Jahren.

Pia und Mehler kamen gemeinsam ins Büro. Sie hielten Kaffeetassen in den Händen, von denen zarte Dampfwolken aufstiegen. Irgendwie sahen beide wieder wie ein heimliches Paar aus. Mehler lächelte, während Pia ihn nur stumm anschaute und nickte.

»Schon so früh am Morgen auf Recherche«, sagte Mehler. Das Barometer seiner Laune war von »wolkig« auf »heiter« umgeschlagen. Offenbar hatte ihm die drohende Suspendierung tatsächlich zu schaffen gemacht. Er hatte auch kein Pflaster mehr unter dem Auge.

»Wir wissen jetzt endlich, woher das Geld für Schmolls Mutter stammt«, sagte Brasch. »Wie es aussieht, hat sie einen privaten Gönner gehabt. Der Manager ihres Mannes hat ihr regelmäßig Geld überwiesen. Vielleicht, weil er sich an dessen Tod schuldig fühlte. Wenn ein Boxer gedopt war, hatte früher häufiger der Manager seine Hände im Spiel.«

»Viktor Caspari, der ewige Pfeifenraucher.« Mehler setzte sich neben Brasch. »Er hat immer mit einer Pfeife im Mund am Ring gesessen und seelenruhig vor sich hin gepafft, egal, ob sein Boxer gerade furchtbare Prügel bezog oder gewann.«

»Du kennst Caspari?«

Mehler nickte. »Caspari war in Köln eine Legende. Er hat alles gemacht, Boxkämpfe organisiert, Konzerte veranstaltet, Diskotheken eröffnet. Einen Puff im Friesenviertel hat er auch betrieben, aber natürlich war er trotzdem streng katholisch und ging mit seiner Frau wie ein ehrbarer Bürger jeden Sonntag in die Kirche. Ich glaube, er hat dem Dom sogar mal eine neue Orgel spendiert. Aber dann ist er krank geworden, hat alles verkauft und sich zurückgezogen. Ich wusste gar nicht, dass er noch lebt.«

»Müssen wir ihn vorladen?«, fragte Pia. »Oder vielleicht kann ich in die Schweiz fahren und ihn befragen?«

»Klar.« Mehler lächelte spöttisch. »Erst trinkst du bei dem alten Herrn eine Tasse Kaffee, plauderst ein bisschen und gehst anschließend auf große Klettertour, während wir hier am Rad drehen.«

Brasch fiel ein, was Pia ihm über ihren Urlaub gesagt hatte, den sie in Nepal verbringen wollte. Er hatte sie gar nicht gefragt, wann sie reisen würde. Eine grobe Unachtsamkeit. »Ich glaube nicht, dass wir Caspari vorladen müssen. Eine Anfrage bei seinem Anwalt reicht vermutlich. Allerdings müssen wir herausfinden, ob noch andere Konten in der Schweiz existieren, von denen der Boxer oder seine Mutter Geld erhielten. Am wichtigsten aber ist, dass wir endlich die Nachtschwester auftreiben. Jemand von uns muss sich außerdem um Novak kümmern. Er war nicht nur Schmolls

Manager, ihm gehört auch das ›Einstein‹. Schmoll hat da manchmal als Türsteher gearbeitet.« Dass er die weiße Sängerin dort getroffen hatte, erwähnte Brasch nicht. Es gab dafür seiner Meinung nach keinen Grund.

»Ich war gestern Abend noch im Sonnenstudio«, sagte Mehler. Er steckte sich eine Zigarette an. »Irre, dass man sich bei so einer Hitze bis abends um elf auf eine Sonnenbank legen kann. Schmolls Ex-Frau war nicht einmal allein in ihrem Laden. Drei Frauen saßen da, die wie Edel-Huren an ihrem freien Tag aussahen. Mir haben sie den Bullen sofort angesehen. Da konnte ich mit meinem Charme nichts ausrichten.« Er lächelte Pia an, aber sie lächelte nicht zurück.

»Hat seine Ex noch Kontakt mit Schmoll gehabt?« Brasch schrieb den Namen des Anwalts auf, der Caspari vertrat, und klickte sich dann aus dem Suchprogramm aus.

»Sie hat ihn einmal im Gefängnis besucht, vermutlich weil sie ihn um Geld anpumpen wollte. Ansonsten hat sie nur gesagt, dass sie ihn für einen einfältigen Mistkerl hält, den sie nur aus Dummheit geheiratet hat. Aber sie hat mir den Namen eines Freundes genannt, der möglicherweise mehr über Schmoll weiß. Robin Zacher hat auch in Rheinbach im Knast gesessen und ist vor ein paar Wochen entlassen worden.«

Brasch hörte, wie Pia aufstöhnte, aber so leise, als wäre sie ganz allein für sich im Zimmer. Er konnte mit Leichtigkeit ihre Gedanken erraten. Schon wieder ein neuer Name, eine neue Spur, die wahrscheinlich im Sande verlaufen würde. Brasch spürte, dass sie alle zu müde und erschöpft waren. Der heiße, trockene Sommer hatte an ihren Kräften gezehrt. Seit ein paar Jahren betrieben sie nun dieses Geschäft, aber so schwer war es ihnen allen noch nie gefallen, weiterzumachen. Vielleicht, dachte er, sollten wir heute Abend alle gemeinsam ins »Einstein« gehen, Pia, Mehler, sogar Amelie Kramer, auch wenn sie die Nichte vom Polizeipräsidenten ist, und so lange tanzen und Cocktails trinken, bis wir auf andere Gedanken kommen.

Während Mehler es übernahm, Doktor Schroedel, den zuständigen Staatsanwalt, über ihre wenigen handfesten Ergebnisse zu unterrichten und auf die Pressekonferenz vorzubereiten, die am Nachmittag stattfinden sollte, fuhr Brasch mit Pia zur Wohnung der Nachtschwester in die Severinstraße. Immerhin hatten sie schnell eine Genehmigung zur Wohnungsdurchsuchung bekommen. Franziska Stephan war zwar keine Verdächtige, aber zumindest eine wichtige Zeugin. Niemand, so schien es, hatte in den letzten Wochen so engen Kontakt mit Bobby Schmoll gehabt wie sie.

Pia hatte sich wie selbstverständlich hinter das Steuer gesetzt. Sie fuhr hektisch und gereizt. Brasch sah ihr an, dass sie am liebsten das Blaulicht auf das Dach geschoben, die Sirene angestellt hätte und mit Vollgas durch die Stadt gerast wäre.

In ihrer Gereiztheit kam sie ihm seltsam vertraut vor. Bis vor ein paar Wochen hatten sie sich offiziell noch gesiezt, nun hätte Brasch sie gerne zu einem Kaffee eingeladen und gefragt, ob sie mit Mehler geschlafen hatte. Stattdessen fragte er: »Wann genau willst du nach Nepal fahren?«

»Ich werde die Reise wieder absagen.« Pia beschleunigte wieder und lächelte vor sich hin. Ein Zug von Bitterkeit lag um ihren Mund. »Ist wohl schon zu spät, um dieses Jahr noch nach Nepal zu fliegen. Wenn man den Mount Everest sehen will, muss man im Mai reisen.«

Die Severinstraße lag in der Kölner Südstadt, kaum mehr als eine enge, schmuddelige Gasse, die sich jedoch einen gewissen Charme erhalten hatte.

»Diese Straßen machen einen verrückt«, sagte Pia nun in einem gleichmütigen Tonfall. »Nie findet man einen Parkplatz.«

Brasch erinnerte sich daran, dass sie hier in der Gegend wohnte, in einer billigen Drei-Zimmer-Wohnung mit Blick auf den Dom. Einmal hatte sie ihre Nachbarn verblüfft und sich als eine Art Training für eine Klettertour in den Hochalpen von ihrem winzigen Balkon in der vierten Etage abgeseilt. Später hatte sie dafür eine Verwarnung von ihrer Hausverwaltung bekommen.

Sie stellten ihren Wagen ein Stück weiter auf dem Gehsteig ab. Ein Wagen mit der Aufschrift »Schlüsseldienst Prange – Tag und Nacht«, unauffällig vor einem Radiogeschäft geparkt, verriet ihnen, dass die angeforderte Fachkraft offenbar schon an der Arbeit war. Als Pia wortlos auf die Haustür Nummer 10 zusteuerte, bedeutete Brasch ihr, lieber die Hofeinfahrt zu nehmen. Vielleicht war es besser, nicht gleich den großen Auftritt zu proben, falls die Nachtschwester doch irgendwo in der Nähe sein sollte.

Im Hinterhof betrieb ein schnauzbärtiger dunkelhaariger Mann in einer ausgebauten Garage eine Näherei. Sie konnten ihn sehen, wie er in einem großen Fenster an einer altmodischen Nähmaschine saß und im Akkord arbeitete, ohne auch nur einmal den Blick zu heben. An Fahrrädern und rostigen Mülltonnen vorbei gingen sie auf eine Holztür zu, die mit hässlichen Graffiti besprüht war und schief in den Angeln hing. Mit einem Ruck öffnete Brasch die Tür, und sie gelangten in das Treppenhaus.

Franziska Stephan wohnte im dritten Stockwerk. Ein junger blonder Mann saß im Halbdunkel auf der Treppe. Er hatte seine schwarzen abgewetzten Lederschuhe ausgezogen und rauchte genüsslich eine Zigarette, die verdächtig nach Marihuana roch. Neben ihm stand ein Werkzeugkasten.

»Sind Sie von der Polizei?«, fragte der Bursche teilnahmslos. Er hatte vorstehende Schneidezähne und lispelte stark.

»Warten Sie schon lange?« Pia zeigte ihre Polizeimarke, die der Mechaniker allerdings gar nicht beachtete.

»Ich weiß gar nicht, warum Sie mich gerufen haben.« Der Bursche deutete lässig auf die Tür hinter sich. »Da war schon jemand vor mir am Werk, aber bestimmt keiner vom Schlüsseldienst. So einen Dreck machen wir nicht.«

Brasch begriff, dass sie einen groben Fehler begangen hatten. Die Leute, vor denen die Nachtschwester sich offenbar versteckte, waren eindeutig schneller gewesen. Sie hatten sich nicht viel Mühe gemacht, sondern zweimal ein Stemmeisen angesetzt, um in die Wohnung zu gelangen.

»Dann kann ich ja wieder fahren«, sagte der Bursche. »Eine Rechnung gibt's aber trotzdem.« Er tippte sich an die Stirn, nahm seine Schuhe und den Werkzeugkasten und tappte barfuß die Treppe hinunter.

»Schöner Mist«, sagte Pia. »Hier werden wir nichts mehr finden, was uns weiterbringen könnte.«

»Wer weiß«, sagte Brasch. Er gab der Tür einen Stoß und trat ein. »Anscheinend glaubt irgendjemand, dass die Nachtschwester etwas besitzt, das ihm gefährlich werden könnte, etwas, das Schmoll ihr vielleicht gegeben hat. Sie hatte jedenfalls gute Gründe, von der Bildfläche zu verschwinden.« Es ist aber auch denkbar, dass Franziska Stephan sich erst durch ihr Verschwinden verdächtig gemacht hat, dachte Brasch, denn anscheinend war sie in den Stunden nach Schmolls Tod nicht in Gefahr gewesen.

In dem dunklen Flur stolperte er zuerst über ein Katzenklo. Der Geruch, der aus der Plastikwanne aufstieg, verriet, dass es schon seit geraumer Zeit nicht mehr gesäubert worden war.

Pia schaltete das Licht an. Für einen Augenblick hatte Brasch das Gefühl, gleich etwas Furchtbares zu erleben. Vielleicht würden sie die Nachtschwester finden, wie sie halb nackt und mit Würgemalen am Hals auf dem Bett lag. Oder sie trieb mit offenen, starren Augen im kalten Wasser in der Badewanne, in der Hand einen eingeschalteten Fön. Er überlegte, seine Waffe zu ziehen, unterließ es aber. Pia schaute ihn mit konzentriertem Blick an. Sie schien ähnliche Gedanken zu hegen wie er.

In der Diele hingen an einer Garderobe aus Kiefernholz, die wie selbst gezimmert aussah, ein roter Wintermantel und ein weißer Kittel. An dem Kittel steckte noch ein Namensschild mit der Aufschrift »Sr. Franziska«. Brasch griff in die Taschen und zog einen Plastikhandschuh und eine schmale Rolle mit durchsichtigem Klebeband heraus.

Neben der Garderobe befand sich eine von vier Türen. Pia öffnete sie vorsichtig. Das Badezimmer maß allenfalls vier Quadratmeter. Die Nachtschwester schien auf Sauberkeit zu achten. Die gelben Kacheln, mit denen das Bad gefliest war, blinkten wie frisch poliert, das Klopapier hatte dieselbe Farbe wie die Kacheln. Saubere Handtücher lagen vor einem Spiegel, als würden sie auf einen Gast warten. Ordentlich wurde die Dusche von einer Glaswand vom

Rest des winzigen Zimmers abgetrennt. Ein leichter Geruch von einem Raumspray lag in der Luft.

Brasch spürte, wie Pia leise aufatmete. »Weiter«, sagte er im Flüsterton. Bisher sah die Wohnung nicht so aus, als wäre sie von einem Einbrecher durchsucht worden.

Die zweite Tür führte in die Küche. Hier waren die Eindringlinge nicht so zimperlich vorgegangen. An einem alten, wuchtigen Küchenschrank waren alle Schubladen und Türen aufgerissen. Die Scherben von mindestens drei Tassen und zwei Gläsern lagen auf dem Boden. Auch ein Zeitungsständer, der sich neben dem Küchentisch befand, war hastig durchwühlt worden.

Pia öffnete den Kühlschrank, an dem mehrere Postkarten und handbeschriebene Zettel hingen. Sie nahm eine Milchtüte heraus und roch daran. »Seit wann genau ist die Nachtschwester abgetaucht?«

»Vorgestern Nacht ist sie aus ihrem Dienst verschwunden«, sagte Brasch. »Angeblich, weil sie Migräne bekommen hat.« Er ging zu einer Balkontür, die einen Spalt offen stand. Franziska Stephan mochte überstürzt aufgebrochen sein, aber zuvor hatte sie noch für ihre Katze gesorgt. Zwei Näpfe mit Wasser und Trockenfutter standen da. An beiden hatte sich die Katze schon kräftig bedient. Brasch trat an das Geländer und blickte in den Hof hinunter. Er konnte sehen, dass der schnauzbärtige Mann in der Garage immer noch an seiner Nähmaschine saß. Doch wo war die Katze abgeblieben? Als er sich umwandte, entdeckte er an der Hauswand ein schmales Holzgerüst, wie man es für gewöhnlich für Rankengewächse benutzte, das sich bis zum Dach hinaufzog. Möglicherweise konnte eine Katze über das Gerüst auf das Ziegeldach gelangen.

Als Pia den halb leeren Wassernapf entdeckte, nahm sie ihn und füllte ihn am Spülbecken auf. Mit einem sanften Lächeln stellte sie den Napf wieder hin. »Ich habe früher auch Katzen gehabt«, sagte sie, als müsste sie Brasch etwas erklären. »Wer weiß, wann die Nachtschwester wieder zurückkommt.«

Vielleicht kommt sie gar nicht mehr zurück, dachte Brasch. Vielleicht müssen wir sie morgen aus dem Rhein fischen oder finden ihre Leiche irgendwo im Stadtwald. Er hatte ein schlechtes Gefühl, was Franziska Stephan betraf. Zwei Räume standen noch aus. Bisher hatten sie keine Spuren gefunden, dass die Nachtschwester nicht allein in der Wohnung lebte und dass Schmoll sich hier häufiger aufgehalten hatte.

Hinter der dritten Tür lag das Schlafzimmer. Da stand ein breites, aufwendiges Wasserbett, das mit allem Komfort ausgestattet war: zwei Leselampen für das kultivierte Paar, ein Radio mit Kassettenrekorder, zwei Getränkehalter und diverse Schalter, mit denen sich vermutlich die Lage des Bettes verändern ließ. Über dem Bett hatte Franziska einen halben Mond und kleine gelbe Sterne an die Wand geklebt.

Pia schnalzte mit der Zunge. »Die Nachtschwester scheint ihre freie Zeit am liebsten im Bett zu verbringen.«

»Fragt sich nur, mit wem«, sagte Brasch. Der große, vierflügelige Kleiderschrank war ebenfalls durchsucht worden. Auch hier hatte man sich nicht zimperlich angestellt. Mit ein paar groben Handgriffen waren die Ablagen ausgeräumt und sämtliche Blusen, Pullover, Röcke und Hosen auf den Boden geworfen worden. An der Rückwand des Schrankes hatte man sich ebenfalls zu schaffen gemacht.

»Sie haben nichts gefunden«, sagte Brasch, als er sich

umsah. Eine antike Kommode lag umgestürzt vor dem einzigen Fenster des Raumes. »Es waren eine, höchstens zwei Personen. Als sie hier bei ihrer Suche ankamen, waren sie schon ziemlich wütend, weil sie wussten, dass sie nichts finden würden.«

Pia bückte sich und fischte ein weißes T-Shirt aus den Kleidern, das eindeutig Übergröße aufwies. Auf der Vorderseite stand in riesigen Lettern »Box-Camp 1999«. Pia schaute Brasch an. »Ich wette, wenn wir uns hier richtig umsehen, finden wir in fünf Minuten unzählige Beweise, dass Schmoll hier regelmäßig ins Wasserbett gekrochen ist.«

»Das würde zumindest erklären, warum seine Bude so unbewohnt aussah.« Auf der anderen Seite des Bettes stand der Anrufbeantworter. Zehn Anrufe waren verzeichnet. Einmal hörte Brasch seine eigene, dumpf klingende Stimme, dann meldete sich eine Frau aus dem Pflegeheim, wahrscheinlich die Leiterin, und bat die Nachtschwester, eine ordentliche Krankmeldung vorzulegen. Achtmal hatte niemand eine Nachricht hinterlassen. Da Brasch am Tag zuvor noch viermal probiert hatte, Franziska Stephan zu sprechen, hatte es noch vier weitere Anrufer gegeben. Leider zeichnete das Gerät nicht auf, wann die Anrufe eingegangen waren.

Sie kehrten in die Diele zurück. Der letzte Raum musste folglich das Wohnzimmer sein. Schritte, die im Treppenhaus erklangen, ließen sie plötzlich aufhorchen. Für einen Moment verharrte Brasch und blickte zur Wohnungstür, die einen Spalt offen stand. Kam da jemand? Pia machte eine Bewegung, als wollte sie ihre Waffe hervorziehen, doch dann hörten sie, dass ein Stockwerk tiefer jemand einen

Schlüssel ins Schloss steckte und geräuschvoll eine Tür öffnete.

Das Wohnzimmer war bei weitem der größte Raum der Wohnung. Lärm von der Straße drang herauf. Franziska Stephan hatte keine Reichtümer angesammelt, aber sie hatte sich ein nettes, recht konventionelles Nest gebaut. Brasch blickte auf eine Schrankwand aus Kiefernholz mit Fernseher, Videorekorder, CD-Player, Büchern und einer Sammlung von Kristallen und Schneekugeln. Die Schubladen und Türen waren aufgerissen worden. Etliche Briefe, Postkarten und amtliche Papiere lagen auf dem Boden verstreut, dazu Kleinkram wie Kugelschreiber, ein Radiergummi, Briefumschläge, Batterien, ein Maßband und eine Schere. Brasch hob eine der Karten auf. Ein Urlaubsgruß aus Ibiza von einer Freundin namens Marianne. Allerdings war die Karte schon drei Jahre alt.

»Keine Videos«, sagte Pia. »Auch hier haben sie sämtliche Videobänder mitgenommen.« Sie ging zu einem breiten, blauen Sofa hinüber, vor dem ein schmaler, niedriger Glastisch mit einem Aschenbecher und zwei, drei Zeitschriften stand. Achtlos hatten die Einbrecher gerahmte Fotografien von der Wand genommen und auf das Sofa geworfen. »Ein Bild fehlt. Hier liegen sechs Fotos, aber es stecken sieben Nägel in der Wand.«

Die Fotos verrieten, dass die Nachtschwester zumindest bis vor kurzem ein recht unspektakuläres Leben geführt hatte. Eines zeigte ein kleines Mädchen im Bikini in einem aufblasbaren Schwimmbecken, vermutlich eine Aufnahme aus ihrer Kindheit. Auf dem zweiten Foto war ein älteres Ehepaar zu sehen, das geziert lächelnd in die Kamera blickte. Eindeutig ein Atelierfoto. Vielleicht die Eltern der

Nachtschwester. Auf den anderen Fotos war Franziska Stephan zu sehen – mit Kolleginnen im Pflegeheim, im Urlaub auf einem Schiff, auf einem Pferd und fröhlich winkend auf einer Wasserrutsche.

»Also haben die Einbrecher doch etwas gefunden«, sagte Pia. Sie ging zum Fenster hinüber. Selbst in den Blumentöpfen hatten die Eindringlinge nachgeschaut. Haufenweise Erde lag neben den Töpfen.

»Wenn sie wirklich fündig geworden wären, dann hätten sie nicht die ganze Wohnung durchsuchen müssen«, erwiderte Brasch. »Außerdem werden sie nicht nach einem Foto oder einem Video gesucht haben. Fotos oder Videobänder kann man nicht in Blumentöpfen verstecken.«

»Möglich, dass es doch drei oder vier Leute waren, die hier eingedrungen sind und sich die Wohnung gleichzeitig vorgenommen haben.« Pia wandte sich vom Fenster ab. Im nächsten Moment hörte Brasch, wie Glas splitterte, dann schrie Pia auf und sackte zu Boden.

Brasch begriff sofort. Er duckte sich und kroch auf Pia zu. Überall lagen winzige Glasscherben, und der Lärm von der Straße klang nun viel lauter und bedrohlicher zu ihnen herauf. Pia stöhnte leise und hielt sich mit der linken Hand die rechte Schulter. Ihr weißes T-Shirt war mit Blut durchtränkt. Brasch zog zwei Papiertaschentücher hervor und presste sie auf die Wunde, eine Geste, die ihm hilflos und seltsam unangemessen vorkam.

»Irgend so ein Scheißkerl hat auf mich geschossen«, sagte Pia leise. Sie war aschfahl im Gesicht, und in ihren blauen Augen stand die blanke Angst, aber sie lächelte matt, während Brasch den Notruf der Polizei in sein Telefon tippte.

ZWEITER TEIL

11

Bevor der Rettungswagen eintraf, hatte Brasch sich schon als Sanitäter versucht. Die Kugel hatte Pia in den rechten Oberarm getroffen. Er band den Arm ab, um die Blutung aufzuhalten, dann legte er eine Kompresse auf, die er im Bad gefunden hatte. Die Nachtschwester war zum Glück bestens mit Medikamenten und Verbandszeug ausgerüstet.

Pia sagte kein Wort, während er sie verarztete, sondern schien sich ganz auf ihre Atmung zu konzentrieren. Manchmal schloss sie für Momente die Augen und sog die Luft zwischen den Zähnen ein.

»Wie ein Feuerstrahl, der einen durchzuckt«, sagte sie dann, »als wäre man einem wild gewordenen Drachen über den Weg gelaufen.«

»Hast du jemanden gesehen?«, fragte Brasch. Von der Straße waren höllisch laut Sirenen zu hören. Mindestens drei Wagen rückten an. »Der Schütze muss auf der anderen Straßenseite am Fenster gestanden haben.«

Pia schüttelte den Kopf. Feine Schweißtropfen waren ihr auf die Stirn gekrochen. Ihre blauen Augen waren auf ihn gerichtet, aber sie blickte durch ihn hindurch, als wäre er plötzlich durchsichtig geworden. Wenn der Schütze nur ein wenig besser gezielt hätte, dann würde sie nun leblos in ihrem eigenen Blut daliegen, und niemand würde ihr noch helfen können.

»Du kommst wieder in Ordnung«, sagte Brasch und bemühte sich um eine ordentliche Dosis Zuversicht in der Stimme, und dann endlich standen zwei Polizisten und der Notarzt in der Tür. Pia lächelte ihn an und strich ihm mit ihrer linken Hand über das Gesicht, als müsste sie ihn trösten. Ihre Hand war voller Blut.

Während der Notarzt sich um sie kümmerte, lief Brasch die Treppe hinunter. Er konnte sich nicht erinnern, wann er das letzte Mal so wütend gewesen war. Der Fall hatte eine neue, noch gefährlichere Wendung genommen. Sie hatten es mit einem Gegner zu tun, der, ohne zu zögern, tötete und der nun auch nicht mehr darauf aus war, den Schein zu wahren. Brasch glaubte auch nicht, dass der Anschlag Pia gegolten hatte. Der Schütze auf der anderen Straßenseite hatte angenommen, die Nachtschwester sei in ihre Wohnung zurückgekehrt, vielleicht um nach ihrer Katze zu sehen oder Kleider zu holen.

Auf halber Treppe eilte Mehler ihm entgegen. Er machte ein besorgtes Gesicht. »Was ist mit ihr?«, fragte er mit zittriger Stimme.

»Jemand hat auf Pia geschossen«, sagte Brasch. »Sie ist verletzt, aber zum Glück nur am Oberarm. Der Schütze muss vom Haus gegenüber auf sie gezielt haben.«

Sie liefen an einem Krankenwagen vorbei über die Straße und steuerten auf das Haus Nummer 12 zu. Brasch spürte, dass Mehler ihm nur widerwillig folgte. Am liebsten hätte er sich zunächst um Pia gekümmert und ihr gezeigt, dass er vor allem wegen ihr gekommen war. Ein uniformierter Polizist hatte sich vor dem Haus postiert und grüßte sie, indem er kurz die Hand hob. Zwei seiner Kollegen waren schon die Treppe hinaufgestürmt. Ohne auf Mehler zu achten, eilte Brasch ihnen nach, obwohl er wusste, dass sie niemanden mehr antreffen würden. Die Zeit hatte bequem ausgereicht, dass der Schütze seine Waffe nehmen und unerkannt das Haus verlassen konnte.

Als Brasch den Dachboden erreichte, spürte er, dass er vollkommen außer Form war. Er keuchte und rang nach Luft, wie ein Bergsteiger, der soeben einen viel zu steilen Gipfel erklommen hatte und statt in das ewige Eis in einen Glutofen gelangt war. Für einen langen Moment musste er sich an dem Geländer festhalten und die Augen schließen. Ein seltsamer Gedanke ging ihm durch den Kopf. Wie lebt man richtig?, dachte er. Wie fühlt es sich an, wenn man sein Leben im Griff hat? Er hatte nichts im Griff, nicht einmal sein Körper gehorchte ihm mehr. Er hörte, wie Mehler an der Wohnung unter ihm Sturm klingelte und zwei Sekunden später laut und ungeduldig gegen eine Tür pochte. Dann öffnete Brasch die Augen wieder und betrat den Dachboden. Eine Welle aus Hitze und Staub schlug ihm entgegen. Zwischen Kartons, alten Möbeln und anderem Gerümpel bahnte er sich einen Weg zu dem ersten, halb geöffneten Fenster, das zur Straße wies. Die beiden uniformierten Polizisten standen da, wischten sich den Schweiß von der Stirn und blickten auf die Straße hinab. Sie grüßten und wichen einen Schritt zur Seite, als er sich ihnen näherte.

»Ist mit Ihrer Kollegin alles in Ordnung?«, fragte einer von ihnen mitfühlend.

Brasch nickte. Das Fenster war nicht mehr als eine größere Dachluke. »Ein perfekter Blick«, sagte er, noch immer atemlos. »Eindeutig. Von hier hat er die Wohnung beobachtet.« Er konnte direkt in das Wohnzimmer der Nachtschwester sehen. Pia und der Notarzt waren lediglich als Schatten zu erahnen, aber eine Person, die direkt am Fenster stand, gab eine erstklassige Zielscheibe ab.

Der eine Beamte deutete auf einen Stuhl. »Der Täter hat es sich sogar bequem gemacht.« Tatsächlich hatte sich jemand einen alten Gartenstuhl aus dem Gerümpel gezogen und unter das Dachfenster gestellt, aber die Hitze hatte ihm arg zugesetzt. Einsam und so, als wollte sie sich verstecken, drückte sich eine Mineralwasserflasche an ein Stuhlbein. »Rhein-Quell« war in blauer, freundlicher Schrift auf dem Etikett zu lesen. Die Flasche wies keine Spur von Schmutz oder Staub auf. Plötzlich schöpfte Brasch wieder Hoffnung. Sie hatten es doch nicht mit einem Phantom zu tun, das Morde als Selbstmorde inszenierte und ohne Skrupel aus Dachluken schoss, sondern mit einem Menschen, der Hunger und Durst hatte und Fehler beging.

Als Brasch auf die Straße zurückkehrte, sah er noch, wie der Krankenwagen mit Pia abfuhr. Für einen Moment versuchte er sich zu sammeln. Was war als Nächstes zu tun? Die Spurensicherung war bereits angefordert. Sie würden in der Wohnung der Nachtschwester und auf dem Dachboden reichlich zu tun bekommen. Vor allem die Flasche musste ins Labor. Wenn sie Glück hatten, würde man Fingerabdrücke oder Reste von Speichel finden.

Brasch beschloss, sich noch einmal die Wohnung der Nachtschwester anzusehen. Niedergeschlagen stieg er in die dritte Etage hinauf. Er machte sich Vorwürfe. Zum ersten Mal, seit er bei der Polizei Dienst tat, war jemand aus seinem Team angeschossen worden. Sie waren zu sorglos gewesen und tappten schon viel zu lange im Dunklen. Aus welchem Grund war die Nachtschwester seit fast zwei Tagen verschwunden? Und wenn sie wusste, dass sie in Gefahr war, warum meldete sie sich nicht bei der Polizei? Brasch hatte keine Antwort auf diese Fragen. Sie hatten sich zu wenig um Franziska Stephan gekümmert, hatten nichts Brauchbares über sie und ihr Leben herausgefunden.

Unschlüssig lief er durch die Räume, ohne etwas zu entdecken, das ihnen weiterhelfen konnte. Im Wohnzimmer schimmerten ein paar dunkle Flecken auf dem Teppich, ein wirres, nachlässiges Muster. Pia musste doch viel Blut verloren haben. Plötzlich, mitten im Erschrecken, dass es fast aussah, als wäre hier jemand ermordet worden, dachte Brasch: Franziska Stephan hat Angst, sie ängstigt sich so sehr, dass sie wie ein Kaninchen vor der Schlange sitzt und sich tot stellt. Im Schlafzimmer streifte er sich Plastikhandschuhe über. Wenn die Nachtschwester ein Adressbuch besaß, dann hatten es die Eindringlinge mit Sicherheit mitgenommen. Also nahm er sich noch einmal das Telefon mit dem Anrufbeantworter vor. Das Gerät war von simpler Machart und auch schon ein paar Jahre alt, doch es speicherte die letzten drei gewählten Nummern. Warum hatte er das vorhin übersehen?

Erstaunt starrte er auf das Display. Der letzte Anruf stammte von vorletzter Nacht. Da konnte Brasch sich ganz sicher sein. Denn die Nachtschwester hatte ihn angerufen, nicht seinen Anschluss im Präsidium, sondern seine Privatnummer, die gar nicht auf seiner Visitenkarte stand. Plötzlich konnte er sich vorstellen, was sie nach ihrem hastigen Aufbruch aus dem Pflegeheim getan hatte. Sie war in ihre Wohnung geschlichen, hatte ein paar Sachen zusammengepackt, ohne ein Licht anzuschalten, hatte ihre Katze gefüttert und dann seine Nummer gewählt. Aber er war noch nicht zu Hause gewesen, weil er ziellos durch die Stadt gefahren war und bei dem Türken, der seine Frau betrauerte, Kaffee getrunken hatte.

Auch die zweite Nummer war ihm bekannt. Franziska Stephan hatte noch einmal in ihrem Pflegeheim angerufen, vielleicht um ihrer Kollegin, die allein zurückgeblieben war, einzuschärfen, niemandem zu erzählen, dass sie vorzeitig aus ihrem Dienst verschwunden war.

Die letzte Nummer, die das Gerät anzeigte, tippte Brasch in sein Mobiltelefon ein. Nach dreimaligem Läuten sprang ein Anrufbeantworter an. »Weigand hier«, sagte eine knurrige, unfreundliche Stimme. »Ich bin wie üblich nicht zu Hause. Wer mich dringend sprechen will, muss es im Boxcamp versuchen.« Ein Knacken verriet, dass die Ansage damit beendet war. So meldete sich jemand, der sich wenig um Höflichkeit scherte und der sein Leben tatsächlich in einer Trainingshalle verbrachte.

Während Brasch die Wohnung verließ, rief er Amelie Kramer im Präsidium an. Sie brauchten unbedingt eine komplette Telefonliste. Wen hatte Franziska Stephan in den letzten Tagen angerufen? Und besaß sie ein Handy, das sie vielleicht bei sich hatte und über das man sie erreichen konnte?

Auf der Straße luden Humpe und zwei seiner Leute von der Spurensicherung ihre Koffer und zwei Halogenlampen aus.

»Du machst uns zu viel Arbeit«, sagte Humpe. Er trug wie immer seine Mütze, wirkte aber besonders zerknittert. »Erst die Wohnung des Boxers, jetzt die seiner Freundin. Hoffentlich bewohnt sie kein riesiges Penthouse, sodass wir hier bis Mitternacht zu tun haben.«

»Vier Zimmer«, sagte Brasch. »Außerdem müsst ihr euch auch noch den Dachboden auf der anderen Straßenseite anschauen. Der Täter hat eine Flasche Mineralwasser stehen gelassen.«

Humpe verzog das Gesicht. Bevor er noch eine Bemerkung machen konnte, war Brasch an seinem Wagen und stieg ein. Am besten erklärte Weigand ihm selbst, warum die Nachtschwester ihn angerufen hatte. Auf dem Weg zur Boxhalle erfuhr er von Mehler, dass die Befragung im Haus Nummer 12 nichts erbracht hatte. Niemand hatte eine verdächtige Person gesehen, die zum Dachboden hinaufgegangen war, aber eigentlich hatte Brasch auch nichts anderes erwartet.

Auf dem Fühlinger See spiegelte sich das grelle Sonnenlicht. Der Himmel funkelte wie ein großer blauer Diamant. Brasch ließ die Boxhalle links liegen und ging zu einem Kiosk. Er kaufte sich einen Kaffee und ein pappiges Brötchen und setzte sich auf eine Bank am Ufer. Zwei Ruderboote glitten auf dem Wasser entlang, die Ruderer hatten alle blond gefärbte Haare und trugen modische Sonnenbrillen. Kinder warfen Enten Brot zu. Auf einer Brücke ein paar hundert Meter entfernt stand ein Mann, der nur mit einer kurzen, hellen Hose bekleidet war, und spielte E-Gitarre. Über einen Verstärker hallte sein Lied über den See. So sah eine Ferienidylle am Rand einer Großstadt aus. Für Momente überkam Brasch eine ungeheure Sehnsucht nach Leben, nach Freiheit, nach allem, was er seit einiger Zeit vermisste. Am liebsten hätte er seine Kleider ausgezogen und sich ins Wasser gestürzt, um sich treiben zu lassen. Die Augen schließen und einfach davondriften, durch den See in einen Fluss, in einen Strom, ins Meer. Einmal nachts war er mit Leonie hierher gekommen, um zu schwimmen. Reglos, wie eine riesige Laterne aus Papier, war der Mond über dem See geschwebt. In diesem Licht hatten ihre Körper ganz fremd und geheimnisvoll ausgesehen. Sie hatten kaum geredet, und wenn, dann nur im Flüsterton, weil die Stille des Mondes so erhaben gewesen war und sich als eine ganz besondere Nachtmusik über die Landschaft rund um den See gelegt hatte. Vielleicht hatte er Leonie in dieser Nacht so sehr geliebt wie nie zuvor und nie danach, und vielleicht hätten sie ihr altes, kleines Leben wegwerfen und ein anderes, viel größeres beginnen können.

Aber nein, diese Gedanken waren falsch und sinnlos. Brasch erhob sich und warf den letzten Rest seines Brötchens in den See, wo die Enten sich sogleich darüber hermachten.

In der Boxhalle herrschte weitaus mehr Betrieb als zwei Tage zuvor. Diesmal lief keine laute Musik. Brasch hörte die dumpfen Schläge der Boxer bereits, als er die Metalltür öffnete. Zwölf Kämpfer waren verbissen bei der Arbeit. In einer Ecke erkannte er auch die beiden Georgier, denen er vorgestern auf dem Parkplatz begegnet war. Der eine plagte sich ruhig, mit kraftvollen Schlägen an einem Sandsack ab, während sein Bruder auf einer Bank lag und Gewichte stemmte. Die Georgier waren die große Hoffnung des Boxstalls. Wahrscheinlich verdienten sie mit ihren Fights zehnmal mehr als der Rest zusammen, der bei Weigand trainierte. Eine übermäßige Trauer über den Tod von Bobby Schmoll schien hier bei niemandem ausgebrochen zu sein. Immerhin entdeckte Brasch an einer Wand ein Foto von Schmoll in Siegerpose, das jemand mit einem Trauerflor versehen hatte. Daneben hing ein Plakat, das vor zwei Tagen ebenfalls noch nicht da gewesen war. Eine »Nacht der Sensationen« wurde für den dritten Oktober angekündigt, mit einem Weltmeisterschaftskampf des älteren Georgiers. Aber neben Boxkämpfen wurde noch eine andere Attraktion geboten: Schläfrig, mit halb gesenkten Augenlidern blickte die weiße Sängerin vom Plakat herab. Ihre Wangen waren blass, ihre Lippen hingegen blutrot geschminkt, dass sie beinahe wie eine Porzellanpuppe aussah. Sie würde das Lied singen, zu dem der Georgier in die Halle einmarschieren würde. Fett stand ihr Name über ihrem weißen Haar: Melancholy B.

Brasch spürte, dass er tief einatmete. Wer kam auf die Idee, sie wie eine Puppe und mit einem so seltsamen Namen vor ein Publikum zu stellen, das eigentlich nur Boxer sehen wollte, die sich ordentlich prügelten? Aber er kannte die Antwort bereits: Doktor Muller, der Dreitagebart, war wohl auch ihr Manager. Nach einem Auftritt, der in die halbe Welt übertragen wurde, würde die weiße Sängerin endlich Karriere machen.

Suchend bahnte Brasch sich einen Weg in die Halle. Er ging an Mustafer, dem jungen türkischen Boxer, vorbei, der sich mit missmutigem Gesicht seine Handschuhe abstreifte. Dann endlich entdeckte er Weigand. Der Trainer stand mit einem Handtuch über der Schulter in einer Ecke und blickte mit zusammengekniffenen Augen zu den beiden Georgiern hinüber, als dürfte ihm keine ihrer kleinsten Bewegungen entgehen. Neben ihm lehnte ein Mann an der Wand, der einen teuren Anzug mit silbernen Streifen und eine Sonnenbrille trug, die sein halbes Gesicht bedeckte und in der sich das Geschehen in der Halle wie auf einem winzigen Monitor widerspiegelte. Brasch wusste sofort, dass der Mann nur Andre Novak sein konnte. Als der sich Weigand zuwandte, ihm kurz seine braun gebrannte Hand auf die Schulter legte, sagte seine Geste eindeutig: Mir gehört der Laden hier. Alles läuft nach meinem Kommando. Bevor Brasch die beiden erreicht hatte, war Novak auf eine schmale Metalltür, eine Art Notausgang, zugeschritten. Wie eine Flucht sah sein Abgang nicht aus, aber doch wie ein eiliges Verschwinden.

»Was schleichen Sie hier herum?«, fragte Weigand mit heiserer Stimme. Er starrte noch immer zu den beiden Georgiern hinüber, aber offensichtlich übersah er auch sonst nichts, was in der Halle vor sich ging. »Sie stören uns! Wir brauchen Ruhe! Hier wird gearbeitet, nichts als gearbeitet.«

Brasch schwieg für einen Moment. Immerhin hatte Weigand nun ein respektvolleres »Sie« für ihn reserviert. Die beiden Georgier bewegten sich wie zwei menschliche Roboter. Der eine schlug mit konzentrierter Miene, als hätte er einen gefährlichen Gegner vor sich, Kombinationen in den Sandsack hinein, der andere stemmte Gewichte und schien jeden einzelnen Stoß mitzuzählen.

»Gibt es jemanden, der die beiden schlagen kann?«, fragte Brasch, während er neben Weigand trat.

»Sie können sich nur selbst schlagen«, sagte Weigand. »Wenn sie solche Idioten werden, wie Bobby einer geworden ist.« Als der jüngere der beiden Georgier die Hantel absetzte und sich von der Bank aufrichtete, streckte Weigand ihm den Daumen entgegen und rief: »In zehn Minuten ein zweites Intervall, okay?«

Der Georgier nickte mit ernster, wissender Miene.

»Wissen Sie endlich, was mit Bobby passiert ist?« Abrupt wandte Weigand sich um und musterte Brasch mit seinen blauen Wasseraugen. Als würde er spezielle Linsen tragen, dachte Brasch. »Hat der Trottel sich aus Liebeskummer umgebracht, oder ist er tatsächlich ermordet worden?«

»Deshalb bin ich hier«, sagte Brasch. »Schmolls Freundin ist verschwunden, aber bevor sie ihre Wohnung fluchtartig verlassen hat, ist sie noch einmal an ihr Telefon gegangen und hat bei Ihnen angerufen. Haben Sie mit ihr gesprochen?«

»Die Kleine aus dem Altenheim?«

»Ich dachte, Sie kennen die Frau gar nicht?«

»Ich kenne sie auch nicht, aber es stand was in der Zeitung über sie. Kann auch sein, dass Bobby sie einmal erwähnt hat.« Weigand gab sich keine Blöße. »Ich habe nie mit ihr gesprochen.«

»Ihre Nummer war auf ihrem Display.«

»Dimitiri, kurze Pause!«, rief Weigand dem zweiten Georgier zu, der daraufhin sofort die Fäuste fallen ließ. Auch im Gehorchen waren die beiden Boxer wahre Meister. »Bei mir rufen eine Menge Leute an. Meistens irgendwelche saublöden Reporter, die was über Bobby wissen wollen. Ich habe meinen Anrufbeantworter schon ein paar Tage nicht mehr abgehört. Lohnt sich nicht.«

Plötzlich ärgerte Brasch die Arroganz, mit der Weigand ihn behandelte, als wäre er ein mieser Journalist, der ihn mit sinnlosen Fragen belästigte. »Hören Sie!«, sagte er. »Ich muss in einem Mordfall ermitteln. Vor einer Stunde ist meine Kollegin angeschossen worden, als wir eine Wohnung durchsucht haben, und Sie erzählen mir hier irgendwelchen Unsinn, dass Sie Ihren Anrufbeantworter nicht mehr abhören und Schmolls Freundin nicht kennen.«

Weigand nahm sich seelenruhig das Handtuch von der

Schulter und wischte sich über das Gesicht, als hätte er selbst minutenlang auf einen Sandsack eingedroschen. Dann richtete er seine stählernen Augen wieder auf Brasch. »Und wissen Sie, was ich tun muss?«, fragte er im heiseren, eindringlichen Flüsterton. »Ich muss in sechs Wochen einen Kämpfer in den Ring schicken, der die Weltmeisterschaft gewinnen will. Können Sie sich vorstellen, was das heißt? Das ist der reinste Stress, jeden Tag, jede Nacht. Adrenalin pur. Ich denke an nichts anderes mehr als an diesen Fight. Eigentlich dürfte ich hier auch niemanden mehr reinlassen, keine Fotografen, keine Reporter, nicht einmal einen Polizisten, aber in einer Woche verschwinden wir ohnehin ins Trainingslager nach Miami. Da wird uns niemand mehr in die Quere kommen.«

Brasch bemerkte, dass Weigand seine Wut nur mühsam unterdrückte, ein Choleriker, der wahrscheinlich so explodieren konnte, dass selbst die Georgier vor ihm in die Knie gingen.

»Tut mir Leid, was mit Bobby passiert ist«, fügte Weigand eine Spur versöhnlicher hinzu, »aber ich muss mich um andere Dinge kümmern, und seine Freundin habe ich wirklich niemals getroffen oder gesprochen. Ehrenwort.« Dann tat er etwas, eine harmlose, automatische Handlung, die Brasch auch bei seinem ersten Besuch beobachtet hatte, doch da hatte sie keine Bedeutung gehabt. Weigand bückte sich, nahm eine Mineralwasserflasche, die neben ihm auf dem Boden stand, schraubte den Verschluss auf und trank mit langen, hastigen Zügen. Aufmerksam schaute Brasch ihm zu und begriff, dass das Etikett der Flasche eine Art Kunstwerk darstellte. Hellblaue Wassertropfen fügten sich zu dem Schriftzug »Rhein-Quell« zusammen.

»Ich muss Sie bitten, mit auf das Präsidium zu kommen«, sagte Brasch mit ruhiger, offizieller Stimme und beobachtete, wie Weigand für einen Moment erstarrte und aufhörte zu trinken. »Außerdem stelle ich Ihre Flasche als Beweismittel im Mordfall ›Robert Schmoll‹ sicher.«

12

Weigand ließ sich Kaffee bringen. Er trank in aller Ruhe, als hätte Brasch ihn zu einem fröhlichen Plausch eingeladen. Wahrscheinlich glaubte er, wenn er äußerste Seelenruhe an den Tag legte, schneller zurück in seine Boxhalle zu kommen. Er hatte nicht einmal seinen Anwalt angerufen.

Amelie Kramer hatte ein Aufnahmegerät auf den Tisch gestellt, aber auch diese offizielle Geste hatte bei dem Boxtrainer keinen sonderlichen Eindruck hinterlassen. Brasch fragte sich, ob er zu schnell gehandelt und einen Fehler gemacht hatte. »Rhein-Quell« war ein weit verbreitetes Mineralwasser, das man in jedem Supermarkt kaufen konnte. Trotzdem war es ein merkwürdiger Zufall, dass ausgerechnet eine Flasche dieser Marke auf dem Dachboden gestanden hatte. Brasch hatte Weigand Fingerabdrücke abgenommen und sie mit der Flasche zu den Kriminaltechnikern geschickt. Ein Abgleich mit etwaigen Abdrücken auf der anderen Flasche war innerhalb von einer Stunde möglich, wenn Humpes Leute alles stehen und liegen ließen.

»Wann haben Sie heute Ihre Boxhalle verlassen?«, fragte Brasch. Er hatte seine Uhr auf den Tisch vor sich gelegt. Weigand sollte sehen, dass sie sich Zeit nahmen und dass die Befragung gut und gerne bis zum Abend dauern könnte. Vielleicht würde er so die Geduld verlieren und sich zu Dingen hinreißen lassen, die er sonst nicht sagen würde.

»Hören Sie«, sagte Weigand, »ich weiß nicht, was dieses Theater soll. Mein Leben verläuft ganz einfach: Entweder bin ich in der Boxhalle, oder ich bin zu Hause. Woanders gehe ich nicht hin, seit ich geschieden bin. Ich bin heute Morgen um halb acht in die Halle gekommen, ich habe einen Blick in die Zeitung geworfen, habe Trainingspläne aufgestellt, Geräte überprüft, und dann habe ich mir meine Jungs vorgenommen. Bis Sie aufgetaucht sind und wegen dieser Flasche verrückt gespielt haben.«

»Sie sind nicht zum Mittagessen weggefahren?« Brasch spürte, dass Weigand nun doch allmählich seinen Gleichmut verlor. Für Gleichmut war er nicht gemacht. Eine Weile konnten seine georgischen Riesenbären ohne ihn zurechtkommen, aber spätestens in zwei Stunden musste er bei ihnen wieder Händchen halten.

»Mittags lasse ich mir von dem Kiosk am See ein Brötchen oder eine Bratwurst bringen. Da setze ich keinen Schritt vor die Tür. Außerdem verstehe ich gar nicht, was Ihre Fragen mit Bobby zu tun haben.«

»Das werden Sie noch früh genug verstehen«, sagte Brasch. »Aber wir interessieren uns nicht nur dafür, was Sie heute Mittag gemacht haben, sondern auch, wie gut Sie Schmolls Freundin kennen.« Er schaute Amelie Kramer an und bedeutete ihr, sich bei der Befragung zurückzuhalten. Sie nickte. Sie hatte die Handynummer von Franziska Stephan herausgefunden, aber von dem Apparat waren in den letzten achtundvierzig Stunden keine Telefonate geführt worden.

»Ich kenne diese Freundin nicht.« Weigand beugte sich

vor, um nach der Kaffeetasse zu greifen, dann zuckte er wieder zurück und sah auf Braschs Uhr. Seit vierundfünfzig Minuten saßen sie im Präsidium. »Es ist Irrsinn, anzunehmen, ich könnte etwas mit Bobbys Tod zu tun haben. Ich habe ihm einen Gefallen getan. Er hat mich angewinselt, ihn wieder aufzunehmen, ihm noch eine Chance zu geben, einen großen Kampf zu machen. Eigentlich ist er viel zu alt für unseren Boxstall gewesen, aber er war nicht schlecht in Form, als er aus dem Knast kam, und daher habe ich gesagt: ›Okay, wenn du dich am Riemen reißt, versuchen wir es noch mal.‹ Ich habe sogar bei Novak ein gutes Wort für ihn eingelegt, was ich sonst nie mache. Weil ich ein sentimentaler Hund bin und weil ich als zwölfjähriger Junge einmal ein Autogramm von Bobbys Vater bekommen habe. Er war damals mein Idol. Das Autogramm habe ich heute noch.« Weigand lächelte versonnen vor sich hin, und sein Gesicht legte sich in kleine spitze Falten. Er wischte sich über die Stirn. Es war immer noch heiß in der Stadt.

Brasch ging wortlos zum Fenster. Er liebte diesen Blick in Richtung Dom. Wenn er den Dom so sah, wie er sich majestätisch gen Himmel erhob, dachte er, dass er niemals in einer anderen Stadt würde leben können. Wo war Weigands Motiv? Könnte Schmoll auf Dinge gestoßen sein, die ein Boxer besser nicht mitbekam und die sich für eine hübsche, einträgliche Erpressung eigneten: Doping beim Training, Absprachen vor Kämpfen, dergleichen?

»Herr Weigand«, fragte Brasch, ohne sich umzudrehen, »sind Sie eigentlich vorbestraft?«

Der Trainer antwortete nicht. Brasch hörte, wie eine Kaffeetasse abrupt und ungelenk abgesetzt wurde. Sonst drang aus dem Raum hinter ihm nur Stille. Warum hatte diese Frage Weigand verstummen lassen? Als Brasch sich umwandte, sah er Amelie Kramer an, dass sie die Antwort bereits kannte und er mit seiner Frage ins Schwarze getroffen hatte.

»Ich habe zweimal Schwierigkeiten wegen Alkohol am Steuer und Fahrerflucht gehabt.« Weigand blitzte ihn mit seinen stählernen, blauen Augen wütend an. »Außerdem haben sie mich wegen Tablettenmissbrauchs drangekriegt. Ist aber eine Ewigkeit her. Meine Jugendsünde als Trainer.«

Amelie Kramer lächelte und nickte. Offenbar hatte Weigand sein ganzes Sündenregister aufgezählt.

»Sie haben also Ihre Boxer gedopt?«, fragte Brasch.

»Das war kein klassisches Doping«, erwiderte Weigand entrüstet. Seine Gesichtszüge waren abgespannt, und seine Augen waren wie eine Waffe auf Brasch gerichtet. »Ich habe jedenfalls niemals einen meiner Jungs in Gefahr gebracht. Im Übrigen ist die Sache längst verjährt. Ich habe meine Strafe gekriegt und die Lehren daraus gezogen. Heute sind alle meine Boxer sauber.«

»Und nach der Fahrerflucht – hat man Ihnen da den Führerschein abgenommen?«

Weigand griff nach der Kaffeetasse. »Ja, jeden Morgen lasse ich mich brav mit dem Taxi zur Halle kutschieren. Kostet mich ein Vermögen.« Dann trank er, als hätte er sich einen Schluck verdient.

Brasch begriff, dass er überstürzt gehandelt hatte. Diese Antwort war so gut wie ein Alibi. Weigand hätte vielleicht über Mittag, wenn wenige oder gar keine Boxer in der Halle waren, für einige Zeit verschwinden können, aber niemand ließ sich mit einem Taxi zu einem Versteck fahren, von dem aus er einen Menschen erschießen wollte.

Als das Telefon klingelte, fürchtete Brasch für einen Moment, dass es bei Pia im Krankenhaus Komplikationen gegeben haben könnte, doch es war Humpe, der alte Kriminaltechniker.

»Matthias«, sagte Humpe, der sonst nie seinen Vornamen benutzte. Er keuchte ein wenig, als wäre er zum Telefon gelaufen. »Das kostet eigentlich extra. Wir brechen hier Geschwindigkeitsrekorde für dich.«

»Ich weiß«, erwiderte Brasch. »Wenn der Fall abgeschlossen ist, lade ich deine ganze Mannschaft zu einer Gartenparty ein, dann koche und singe ich für euch.«

»Das soll wohl eine Drohung sein.« Humpe räusperte sich. »Die Fingerabdrücke auf beiden Flaschen sind identisch. Beide Flaschen haben dem Boxtrainer gehört.«

»Kein Zweifel?«

»Da gibt es nicht den Hauch eines Zweifels. Das würde jeder Anfänger erkennen.«

»Danke«, sagte Brasch. »Wie es aussieht, wird es mit dem Kochen und Singen noch eine Weile dauern.« Dann legte er auf. Worum geht es hier?, dachte er. Geht es in Wahrheit gar nicht um Schmoll, sondern um seinen Trainer, den jemand mit viel Aufwand und merkwürdigen Methoden aus dem Verkehr ziehen will?

Weigand starrte ihn angriffslustig an. Er hielt mit seinen groben, muskulösen Händen den Tisch umklammert, als wollte er ihn im nächsten Augenblick umwerfen. »Worüber gibt es keinen Zweifel?«, fragte er.

»Jemand will Sie aufs Kreuz legen«, antwortete Brasch ernst, aber mit einem Tonfall in der Stimme, der eindeutig ein Friedensangebot war. »Sie und uns. Ihre Fingerabdrücke waren auf einer Flasche, die wir auf einem Dachboden an der Severinstraße gefunden haben. Von dort aus ist heute auf meine Kollegin geschossen worden, als wir die Wohnung von Schmolls Freundin durchsuchten.«

»Das kann nicht sein«, rief Weigand. Er blickte auf seine Hände und hob und drehte sie, als wären sie ihm plötzlich fremd geworden. »Ich bin nie in dieser Straße gewesen, und warum sollte ich auf jemanden schießen, den ich gar nicht kenne?«

»Wie viele Ihrer Boxer können bezeugen, dass Sie heute Mittag in der Halle waren?«

»Mindestens zehn. Wahrscheinlich sogar noch ein Reporter vom ›Express‹.«

»Wenn Sie nicht dort waren – wie ist dann die Flasche mit Ihren Fingerabdrücken auf den Dachboden gekommen?«

»Sagen Sie es mir! Ich weiß es nicht.« Plötzlich wirkte Weigand selbst wie ein müder, kraftloser Boxer, der keine Ahnung mehr hatte, wie er weiterkämpfen sollte.

»Wer könnte in den letzten Tagen in Ihre Halle gelangt sein, ohne dass Sie es bemerkt hätten?«

Weigand verzog das Gesicht und lachte auf, ein hohles, humorloses Lachen, in dem sich eine ordentliche Portion Resignation verbarg. »Gestern war bei uns der Teufel los. Da hatten wir unsere erste Pressekonferenz wegen des Weltmeisterschaftskampfes. Und natürlich mussten wir auch etwas zu Bobby sagen. Es waren mehr als hundert Leute in der Halle. Reporter, Leute vom Fernsehen, Kameramänner, Freunde, Sponsoren. Keine Ahnung, wer uns da alles auf die Bude gerückt ist. Wir haben das Lied vorgestellt, zu dem Dimitri in die Halle einmarschieren wird.«

»Ja«, sagte Brasch und dachte kurz an die weiße Sängerin. Er schaltete das Aufnahmegerät aus und schob es Amelie Kramer zu. »Dann war unser Mann auch dabei, und er hat gewusst, dass er diese Flasche eventuell brauchen würde, um eine falsche Spur zu legen. Machen Sie uns so schnell wie möglich eine Liste, mit wem Sie vor oder nach der Pressekonferenz gesprochen haben.« Mit einer vagen Geste bedeutete er Weigand, dass er nun gehen könne. Die Befragung war zu Ende.

Der Boxtrainer sprang auf und drückte ihm fast feierlich die Hand. »Spätestens morgen früh haben Sie eine Liste«, sagte er und wandte sich hastig zur Tür.

Brasch bat Amelie Kramer, mit Weigand zu fahren und Erkundigungen einzuziehen, ob der Trainer tatsächlich den ganzen Tag in der Boxhalle gewesen war. Sie schaute ihn erstaunt an, sagte aber kein Wort, sondern griff nach ihrem Autoschlüssel. Bisher war sie lediglich für die Recherchen im Präsidium eingesetzt gewesen. Brasch lächelte ihr aufmunternd zu. Er war sicher, dass sein Gefühl ihn nicht im Stich ließ. Weigand war nicht in der Severinstraße gewesen, aber zumindest musste für den Staatsanwalt die Sache wasserdicht sein, wenn er schon einen Tatverdächtigen laufen ließ, ohne eine andere Spur zu haben.

»Pia lacht schon wieder«, sagte Mehler am Telefon. »Die Ärzte haben ihr die Kugel aus der Schulter geholt. Das Projektil deutet auf ein Jagdgewehr hin. Zum Glück ist der Knochen nicht getroffen worden. Es wird nur eine kleine Narbe zurückbleiben.«

»Gott sei Dank«, erwiderte Brasch. »Sag ihr, dass ich sie morgen besuchen werde.«

Mehler freute sich wie ein großer Junge, der ein wunderbares Geschenk bekommen hatte. Endlich konnte er sich bei Pia als starker, fürsorglicher Ritter zeigen.

Brasch stand bei Rosa in ihrem Café. Eine sanfte Abendstimmung hatte sich über den Chlodwigplatz gelegt. Für einen Moment ließ sogar der Lärm der Autos nach, die um den Platz kreisten, und dann konnte man einzelne Vogelstimmen hören. Rosa stand in ihrem weißen Kittel hinter ihrer Theke und rauchte, was sie sich nur am Abend gestattete. Sie hatte sich ihre gefärbten blonden Haare auf eine Art toupiert, wie es vor dreißig Jahren modern gewesen war, und roch, als hätte sie in einem billigen Parfüm gebadet, aber sie machte den besten Kaffee der Stadt. Brasch kannte wenige Orte in Köln, wo er sich so wohl fühlte. Manchmal fuhr er zur Südbrücke raus, lief an den Gleisen der Eisenbahnlinie entlang und schaute auf den Fluss, oder er frühstückte gelegentlich sonntags im Hotel Hyatt, weil man von dort den besten Blick auf Köln hatte. Nachdem Weigand gegangen war, hatte er mit Schroedel, dem zuständigen Staatsanwalt, gesprochen und ihn über den Stand der Dinge unterrichtet. Dann hatte er Akten gewälzt.

Die Pathologen hatten keinen Hinweis darauf gefunden, dass Sonja Schmoll in ihrem Krankenhausbett ermordet worden war. Sie war bereits in einer schlechten Verfassung eingeliefert worden und litt an einer Herzmuskelschwäche. Durch die Operation war ihr Herz noch stärker belastet worden. Außerdem hatte sie Wasser in der Lunge. Ohne den Unfall hätte sie vermutlich noch die Lebenserwartung von einem Jahr gehabt.

Rosa brachte ihm einen neuen Kaffee, diesmal mit Milch, obwohl er ihn sonst meistens schwarz trank, und ein Stück Kuchen. »Jung«, sagte sie und strich ihm über die Schulter, »du machst dir zu viel Sorgen. Hast du einmal daran gedacht, Urlaub zu machen?«

Brasch lächelte. »Ständig. Letzte Woche, vorgestern, gestern.«

»Heute nicht?«

»Nein, heute zum ersten Mal nicht.«

Rosa wusste, dass er bei der Polizei war, aber sie hatte ihn noch nie nach seiner Arbeit gefragt. Sie war die dicke, gemütliche Sorgenmutter des Viertels, die anscheinend alles verstand und nie zu viel Neugier an den Tag legte. Einmal nur hatte er ihr von Leonie erzählt, von dem Schmerz, als er in das leere, ausgeräumte Haus zurückgekehrt war. Es war, als hätte ihm jemand die Hälfte seines Lebens gestohlen. Rosa hatte einen besonderen Trost für ihn gehabt. Sie hatte seine Kopf genommen und ihn auf die Stirn geküsst. »Schmerz vergeht«, hatte sie dabei geflüstert. Aus ihrem Mund hatte es nicht wie eine Plattitüde geklungen.

Die Gerüchteküche brodelte in der Stadt. Inzwischen hatten einige Journalisten herausgefunden, dass Franziska Stephan verschwunden war, und schienen sie zur Hauptverdächtigen machen zu wollen: die hörige Frau, die sich gegen ihren Liebhaber, einen skrupellosen Boxer, wehren musste. Eine Geschichte, die Auflage versprach, auch wenn sie wohl nichts mit der Wirklichkeit zu tun hatte. Immerhin hatten sie endlich ein paar Informationen über sie herausgefunden. Der Ring, den sie bei Schmoll gefunden hatten, war ihr Ehering gewesen: F G stand für Franziska Gerold. Aber nach knapp zwei Jahren hatte sie sich scheiden lassen und wieder ihren Mädchenamen angenommen. Auch die Adresse ihrer Mutter hatten sie ausfindig gemacht. Sie wohnte in Koblenz, war jedoch noch nicht zu erreichen gewesen.

Erneut tippte Brasch ihre Nummer in sein Mobiltelefon.

Es klingelte lange. »Ja?«, sagte dann eine Stimme, und

eine Sekunde lang glaubte Brasch, die Nachtschwester selbst wäre am Telefon. Sie hatte nichts anderes getan, als zu ihrer Mutter zu laufen und sich bei ihr vor aller Welt zu verstecken.

Brasch meldete sich förmlich.

»Warum suchen Sie meine Schwester?«, fragte die Stimme.

Einen Moment war Brasch verwirrt. »Eigentlich glaubte ich, der Anschluss würde der Mutter von Franziska Stephan gehören.«

»Ich bin die Halbschwester, wenn man es genau nimmt«, erwiderte die Frau, »und eigentlich lebe ich in Spanien, aber manchmal zieht es mich zu Bier und Graubrot zurück.« Sie lachte spöttisch.

»Wann haben Sie Ihre Halbschwester zuletzt gesehen?«

»Hat sie etwas verbrochen? Sie ist doch sonst immer so ernst und tugendhaft.« Nun hatte sich der Spott in handfeste Ironie verwandelt.

»Sie könnte uns bei einem Mordfall als Zeugin weiterhelfen«, antwortete Brasch vage.

»Was könnte passiert sein?« Die Stimme schien ein Spiel zu spielen. »Hat jemand einen ihrer senilen Patienten im Altenheim umgebracht? Oder ist einer ihrer Behinderten gemeuchelt worden?«

»Was hat Ihre Halbschwester mit Behinderten zu tun?«

»Wissen Sie das nicht? Wenn meine heilige Schwester Zeit hat, hilft sie noch in einem Behindertenheim aus. Ihre beste Freundin lebt da.«

Brasch ließ sich die Adresse geben. Ein Haus in Köln-Chorweiler, und die Freundin hieß Marianne wie die Frau, von der Brasch die Postkarte gefunden hatte.

»Wann also haben Sie Ihre Halbschwester zuletzt gesehen?«, fragte Brasch erneut. Er bemerkte, dass Rosa ihm zulächelte, als hätte er etwas besonders gut gemacht.

»Ich habe sie gar nicht mehr gesehen. Sie ist aus meinem Leben verschwunden, in ein schwarzes Loch gefallen, hat sich in nichts ausgelöst.«

»Gibt es einen Grund, warum Sie mit Ihrer Halbschwester in Streit geraten sind?« Brasch versuchte sich vorzustellen, mit wem er da redete. Eine attraktive Frau Anfang dreißig, vermutete er, die sich gewiss nicht in einem Pflegeheim abplagte, sondern die eher auf das große Geldverdienen aus war.

»Wir sind nicht in Streit geraten«, erwiderte die Stimme und schien dabei zu lächeln. »Mit Franziska kann man vielleicht über ihren Job streiten, darüber, dass man sich um alte Menschen kümmern und ihnen ordentlich den Arsch abwischen muss, aber nicht über wichtige Dinge. Da läuft sie lieber weg. Ich habe ihr den Mann geklaut. Deshalb reden wir nicht mehr miteinander.«

»Sie heißen nun Frau Gerold?«

»Exakt. Ich bin mit meinem Mann nach Spanien gegangen. Wir haben ein Hotel auf Menorca. Gute Lage, erstklassige Kundschaft. Ich bin nur für ein paar Wochen nach Deutschland zurückgekommen, weil wir noch ein zweites Hotel kaufen wollen.«

»Ihre Halbschwester hat sich also nicht bei Ihnen oder Ihrer Mutter in den letzten Tagen gemeldet?«

»Nein. Die gute Franziska würde wahrscheinlich lieber unter einer Brücke schlafen oder auf einem Schrottplatz in einem kaputten Auto unterkriechen, als unserer Mutter und mir unter die Augen zu treten.«

Brasch ließ sich die Personalien der Halbschwester geben und beendete das Gespräch.

Er hatte sich in Franziska Stephan getäuscht. Anscheinend war sie in Wahrheit nicht halb so selbstbewusst, wie er sie im Krankenhaus am Bett von Sonja Schmoll erlebt hatte. Den Ehemann an die eigene Schwester zu verlieren war mehr als ein kleiner Unfall, mehr als eine harmlose Delle in der eigenen Biografie. Das roch nach einem echten Familiendrama. Hatte sie sich deshalb als Pflegerin in die Nacht verkrochen, weil sie es tagsüber mit Kolleginnen und anderen Leuten nicht aushielt? Brasch versuchte, sich die beiden als Paar vorzustellen, der Boxer und die Samariterin. Was hatte sie in dem alternden Schmoll gesehen, als er, aus dem Gefängnis entlassen, zum ersten Mal wieder bei seiner Mutter aufgetaucht war? Der grobe Kerl mit dem guten Herzen, der Muskelprotz mit den grauen Schläfen, der von ganz unten noch einmal nach oben wollte? Es gelang Brasch nicht, die beiden zu sehen, wie sie auf Schmolls schäbigem Sofa saßen und sich küssten. Irgendetwas stimmte nicht an diesem Bild, aber vielleicht hatten sie sich erkannt, zwei Verlierer, die von der Straße abgekommen waren und einen Weg zurück suchten. Und vielleicht lag auch darin das Motiv für den Mord und für das Verschwinden der Nachtschwester.

Brasch hatte noch eine zweite Telefonnummer auf seinem Zettel. Amelie Kramer hatte den mobilen Anschluss von Robin Zacher, Schmolls Zellengenossen aus dem Gefängnis Rheinbach, herausgefunden. Doch es meldete sich nur eine Mailbox mit elektronischer Stimme. Brasch verzichtete darauf, eine Nachricht zu hinterlassen. Wenn ihre Nachforschungen richtig waren, dann arbeitete Zacher seit seiner Entlassung als Nachtwächter in einem Parkhaus in Ehrenfeld. Brasch legte einen Geldschein auf den Tisch und warf Rosa eine Kusshand zu. Sie hatte mit ihrem Kaffee ein wahres Wunder bewirkt. Zum ersten Mal glaubte er, dass sie den Fall in den nächsten achtundvierzig Stunden lösen würden.

13

Das Behindertenheim lag am Rande einer Hochhaussiedlung, ein gepflegter Bau aus roten Backsteinen mit sorgsam geharkten Blumenrabatten, denen die Hitze nicht so zugesetzt hatte wie anderswo. Eingebettet zwischen zwei Schulen hätte man das Gebäude auch für einen freundlichen Kindergarten halten können. Auf den fünfzehn Kilometern von der Südstadt hierher hatte Braschs Zuversicht bezüglich der Auflösung des Falles gelitten. Rosas Kaffeerausch hielt leider nicht einen ganzen Abend vor. Langsam fuhr er die Straße entlang. Ende August brach die Dunkelheit immer früher herein. Nur wenige Fenster in dem Behindertenheim waren erleuchtet, und hell und einladend sah kein Licht aus, eher still und spärlich wie eine Notbeleuchtung. Ging man hier nach den Abendnachrichten ins Bett? Brasch parkte und schritt dann auf den Eingang zu. Durch eine Glastür konnte er in einen dunklen Flur blicken, in dem ein Rollstuhl stand und Jacken an einer Garderobe hingen. Die Klingel hörte sich so melodiös und sanft an, als würde sie niemanden aufschrecken wollen. Brasch wartete. Einmal hatte er sich mit einer Freundin Leonies gestritten. Sie war Krankenschwester, und er hatte sie leichtfertig gefragt, wie es war, sich den ganzen Tag unter Kranken und Sterbenden aufzuhalten. »Wie ist es, den ganzen Tag mit Verbrechern zu tun zu haben?«, war ihre heftige Erwiderung gewesen. Sie hatte Recht, auch wenn er natürlich nicht nur mit Kriminellen zu tun hatte, aber eigentlich ging es immer darum, Problemen und gewaltsamen Konflikten nachzuspüren. Wahrscheinlich hatte ihn darum die Musik der weißen Sängerin so fasziniert. Er hatte sie nicht angerufen, aber er wusste, dass er es noch tun würde, nicht heute Nacht, aber morgen oder übermorgen.

Brasch sah, dass jemand wie aus den Kulissen einer Bühne plötzlich im Flur auftauchte, ein hagerer Mann mit schulterlangen, grauen Haaren. Er öffnete die Tür. »Ja, bitte?«

»Verzeihen Sie die Störung.« Brasch zeigte dem Mann seine Dienstmarke. »Ich suche eine Frau namens Marianne Stolze.«

Der Mann zögerte. Obwohl es noch immer sehr warm war, trug er ein Hemd und eine graue Strickjacke. »Es geht um ihre Freundin und diesen Boxer, nicht wahr? Die beiden stehen in allen Zeitungen. Unangenehm.«

Brasch nickte.

»Marianne macht sich Sorgen«, sagte der Mann. Mit einer Geste bedeutete er Brasch, ihm zu folgen. »Sie wollte den ganzen Tag nicht aufstehen.«

»Was ist mit ihr?«, fragte Brasch, während sie einen dunklen Gang hinuntergingen. »Warum lebt sie in einem Behindertenheim?«

»Marianne ist ein schwieriger Fall. Sie hatte vor sechs Jahren einen schweren Autounfall und ist seither gelähmt. Sie kann noch ihren Kopf und ihre linke Hand bewegen.

Aber das ist nicht das Schlimmste. Man liest oft die Geschichten von tapferen Behinderten, die sich auf ihre neue Situation eingestellt haben und ihr Schicksal meistern. Marianne gehört nicht dazu. Auch nach sechs Jahren nicht.«

Der Grauhaarige blieb vor einer Tür stehen und klopfte. Brasch spürte eine ungewohnte Anspannung. Es kam keine Aufforderung aus dem Zimmer einzutreten. Trotzdem drückte der Mann die Klinke herunter und schob die Tür auf. Zuerst sah Brasch einen hochmodernen elektrischen Rollstuhl, der mit einem Instrumentenpult und einem kleinen, gummiartigen Lenkknüppel ausgerüstet war. Dann fiel sein Blick auf das Bett. Eine Frau mit dünnen schwarzen Haaren lag da im matten Licht einer Stehlampe. Sie trug unförmige Kopfhörer und starrte vor sich hin. Ihre Augen zuckten unruhig hin und her. Wie in einem Krampf oder wie im Wahn, dachte Brasch, als er sich näherte. Unsicher wandte er sich um, aber der Grauhaarige hatte die Tür bereits wieder geschlossen und war verschwunden. Ihm war anscheinend an dem Zustand der Frau nichts ungewöhnlich vorgekommen.

Eine Minute stand Brasch da, der ungebetene Besucher, der nicht wusste, wie er sich bemerkbar machen sollte. Das konnte nicht die Frau sein, die der Nachtschwester eine Urlaubskarte geschrieben hatte. Aus dem Kopfhörer drangen leicht verzerrt schrille, hohe Geigen. Marianne Stolze hörte ein Sinfoniekonzert und rollte und drehte dazu ihre Augen, als würde sie Achterbahn fahren oder befände sich im Drogenrausch. Ihre linke Hand lag auf der Bettdecke. Sie hielt einen winzigen, silberfarbenen Gegenstand umklammert, den Brasch erst nach ein paar Sekunden als ein Mobiltelefon identifizierte. Sie wartet, dachte er. Auf ein Lebenszeichen ihrer besten Freundin. Er räusperte sich und machte einen weiteren Schritt auf das Bett zu.

Das Zimmer war sehr wohnlich eingerichtet, mit Fotografien und Reproduktionen von modernen Gemälden an den Wänden, Regalen voller Bücher, einem Couchtisch, Fernseher, CD-Spieler, aber die Frau mit ihren wirren Augen irritierte ihn. Sie musste im selben Alter wie Franziska Stephan sein, Anfang bis Mitte dreißig. Ihre Gesichtszüge waren mager, ihre Wangenknochen traten hervor, als wäre sie auch noch magersüchtig. Mehr als fünfzig Kilo mochte sie nicht auf die Waage bringen.

Als der letzte Ton scheppernd verklungen war, streifte Marianne Stolze mit ihrer linken Hand den Kopfhörer ab. Sie wandte Brasch den Kopf zu, keineswegs überrascht, dass da jemand stand. »Ich dirigiere Konzerte. Mit den Augen«, sagte sie. »Weil meine Hände ganz nutzlos sind. Mein Gehör ist das Beste an mir.«

»Verzeihen Sie, dass ich so unangemeldet bei Ihnen hereinplatze.« Brasch zog seine Polizeimarke hervor.

»Ich weiß, dass Sie von der Polizei sind. Kein Reporter oder irgendein Schnüffler. Ich hatte Sie schon erwartet.« Ihre Augen glitten zu einem Stuhl vor ihrem Bett. Sie waren dunkel und nun, da sie keine Musik mehr antrieb, wie erloschen.

Brasch deutete ihren Blick als Aufforderung, sich zu setzen. »Ich suche Ihre Freundin Franziska«, sagte er. »Es ist sehr wichtig, dass wir sie finden.«

»Ja«, entgegnete Marianne Stolze, aber es war kein »Ja«, mit dem eine Erklärung begann, sondern eines, das eine Aussage abschloss. Manche Menschen kamen als Schweiger auf die Welt, ihnen war jedes Wort zu viel. Marianne

Stolze hingegen hatte sich anscheinend selbst ein bitteres, schweres Schweigen auferlegt, als Strafe für sich und für die Welt, die sie aushalten musste.

»Franziska Stephan befindet sich in großer Gefahr, wenn sie sich nicht bei uns meldet.« Brasch versuchte einen neuen Anfang zu nehmen. »Heute ist auf meine Kollegin geschossen worden, als wir die Wohnung Ihrer Freundin durchsucht haben. Die Schüsse haben eindeutig ihr gegolten.« Er deutete auf das Mobiltelefon, das Marianne Stolze wieder mit ihrer linken Hand umklammerte. »Wann haben Sie zuletzt mit Ihrer Freundin gesprochen?«

Seinen Worten folgte keine Reaktion, als wären sie in Marianne Stolze wie in einen tiefen Brunnen hinabgestürzt. Eine Sekunde dachte Brasch daran, ihr das Telefon einfach abzunehmen, dann straffte er sich und atmete tief durch. »Sie gefährden Ihre Freundin, wenn Sie uns nicht helfen«, sagte er. »Wir wissen, dass ihr Verschwinden etwas mit dem Tod von Robert Schmoll zu tun hat. Wo ist sie? Warum spricht sie nicht mit uns und arbeitet mit uns zusammen?«

Marianne Stolze starrte an die Decke. Ihre Augen schienen zu zittern. Seine Worte hatten also doch einen gewissen Eindruck hinterlassen. Brasch streckte eine Hand vor und berührte die dünne Decke, unter der die gelähmte Frau lag. »Ich kann mir vorstellen, dass Sie sich zu Tode ängstigen. Jemand hat auf Ihre beste Freundin schießen wollen, und dieser Jemand läuft noch frei herum. Warum nehmen Sie nicht Ihr Telefon und rufen Franziska einfach an? Sie würden ihr einen großen Gefallen tun, wenn Sie sie überreden würden, mit uns zusammenzuarbeiten.«

»Ich kann sie nicht anrufen«, sagte Marianne Stolze leise.

Dann wandte sie ihr knochiges Gesicht ab und blickte zur Wand. »Außerdem würde sie nicht auf mich hören. Sie will etwas beweisen.«

»Was will sie beweisen?«

»Ich weiß nicht«, flüsterte Marianne Stolze vor sich hin. Als sich die Bettdecke verschob, sah Brasch, dass ihre rechte Hand ganz verformt war. »Es geht um die Kopie einer Liste, die ihr der Boxer gegeben hat. Das heißt, er hat sie ihr nicht wirklich gegeben. Die Liste war hinter einem Bild versteckt, und das Bild sollte Franziska für ihn aufbewahren. Es war eine Fotografie von seinem Vater. Der war auch ein berühmter Boxer.«

»Was genau war das für eine Liste?«, fragte Brasch drängend. Er spürte, dass er nun endlich einen Schritt weiterkommen konnte.

»Ich habe es nicht ganz verstanden.« Als Marianne Stolze ihn wieder anschaute, waren ihre Augen voller Tränen. »Mit Namen und irgendwelchen Geldbeträgen. Der Boxer war einem Betrug auf die Spur gekommen. Aber er hat Franziska nichts darüber erzählt.« Sie schluchzte und ließ das Mobiltelefon los, um sich über die Augen zu wischen. Ihre Bewegung war schwerfällig, als wäre auch jede Kraft aus ihrer linken Hand gewichen.

Ein paar Momente trat Stille ein. Plötzlich hatte Brasch das Gefühl, als habe er vom Flur her ein Geräusch wahrgenommen. Er lief zur Tür und riss sie abrupt auf, doch da war niemand. Er hörte lediglich, wie am Ende des Ganges eine Tür zugezogen und dann abgesperrt wurde. Wenn jemand gelauscht hatte, dann musste dieser Jemand einen sechsten Sinn gehabt haben.

Als er an das Bett zurückkehrte, wirkte Marianne Stolze

noch stiller und furchtsamer. Sie atmete kurz und abgehackt, als könnte sie so ihre Tränen unterdrücken.

»Wie lange kennen Sie Franziska schon?«, fragte Brasch, um ihr Gespräch auf ein ungefährlicheres Terrain zu lenken.

»Wir waren zusammen in der Grundschule. Ich war die beste und sie die zweitbeste Schülerin in der Klasse. Aber ihre Mutter hat sie nicht auf das Gymnasium geschickt. Trotzdem sind wir Freunde geblieben. Und nach meinem Unfall war sie die Einzige, die sich um mich gekümmert hat. Alle meine anderen Freunde, meine Kommilitonen von der Musikhochschule hatten auf einmal Angst vor mir.«

Brasch begriff plötzlich, dass ein Foto an der Wand, auf dem ein dünnes langhaariges Mädchen mit einer Flöte zu sehen war, Marianne Stolze zeigte.

»Wissen Sie, was ich nicht verstehe?«, sagte Brasch so einfühlsam, wie er konnte. »Ich verstehe nicht, warum Ihre Freundin nicht einfach die Liste genommen hat und zur nächsten Polizeistation gefahren ist. Ihr muss doch sofort klar gewesen sein, dass ihr Freund sich nicht umgebracht hat.«

»Sie war sich selbst gar nicht sicher, ob der Boxer wirklich ihr Freund war. Sie mochte ihn und wollte ihm helfen, aber dann hat er einmal davon gesprochen, dass er sie nach seinem ersten Kampf heiraten würde. Da hat Franziska einen richtigen Schock gekriegt und ist auf Distanz gegangen. Heiraten wollte sie nie wieder, und ein Mensch, der sein Geld mit Prügeleien verdient, war eigentlich auch nichts für sie.«

»Ich verstehe«, sagte Brasch. Es gab ein paar Dinge, die selbst einer Samariterin zu viel wurden. »Aber warum ist sie mit der Liste nicht zur Polizei gekommen?«

»Sie vertraut der Polizei nicht.« Marianne Stolze starrte Brasch mit ihren dunklen Augen an, in denen noch immer Tränen standen. »Und sie glaubt, dass der Mann, der diese Liste haben will, so gute Verbindungen hat, dass er sofort wieder freikommt.«

»Das ist doch völlig verrückt!« Brasch spürte, wie müde und gereizt er war. Liefen sie deshalb der Nachtschwester wie einem Phantom hinterher, weil sie sich etwas einbildete und Gefahren sah, wo objektiv keine bestanden?

Marianne Stolze war in ihr hartes, bitteres Schweigen zurückgesunken. Sie presste ihre dünnen, farblosen Lippen zusammen und starrte Brasch düster an.

»Wissen Sie, wo Ihre Freundin die letzte und die vorletzte Nacht verbracht hat?« Brasch versuchte wieder versöhnlicher zu klingen. Ein ruhiges Haus voller Behinderter, die nachts in ihren Zimmern hockten, mochte ein gutes Versteck abgeben.

Ohne ihn aus ihrem starren Blick zu entlassen, schüttelte Marianne Stolze den Kopf.

»War sie hier bei Ihnen?«

»Nein, war sie nicht«, erwiderte Marianne Stolze feindselig und viel zu hastig.

Brasch ahnte, dass sie log. Zumindest in der ersten halben Nacht war Franziska Stephan, nachdem sie ein paar Sachen aus ihrer Wohnung geholt hatte, hier gewesen. Er überlegte, ob er das Haus beobachten lassen oder selbst draußen Position beziehen sollte, aber wahrscheinlich würde es ausreichen, das Telefon von Marianne Stolze zu überwachen. Irgendwann würde Franziska Stephan sich bei ihrer besten Freundin melden.

»Ich muss jetzt gehen«, sagte er und zog eine Visitenkarte hervor, die er auf den Couchtisch legte. »Geben Sie mir Ihre Telefonnummer, damit ich Sie im Notfall erreichen kann.«

Sie zögerte. Ihre dunklen Augen erforschten sein Gesicht, als suchten sie nach dem tieferen Sinn seiner Worte. Dann sagte sie ihm die Nummer. »Ich bin müde«, fügte sie flüsternd hinzu und schloss die Augen.

Brasch erhob sich. »Hoffen wir, dass Ihre Freundin keine Dummheiten macht und bald auftaucht.« Noch einmal glitt sein Blick zu dem Foto an der Wand: die junge Frau mit der Flöte. Sie war hübsch und lächelte, als hätte sie soeben einen Preis gewonnen. Vielleicht würde ich mich auch nicht daran gewöhnen, gelähmt zu sein, dachte Brasch. Er nickte Marianne Stolze noch einmal zu, aber sie öffnete ihre Augen gar nicht mehr, sondern lag reglos da, mit ihrem winzigen Telefon in der Hand.

Brasch ging zu seinem Wagen zurück. Er behielt das Behindertenheim im Auge, während er mit Amelie Kramer telefonierte. Sie war mit Weigand zur Boxhalle gefahren. Sieben Boxer hatten bestätigt, dass ihr Trainer ohne Pause in der Halle gewesen war, bis Brasch ihn mit auf das Präsidium genommen hatte.

»Sie sind bestimmt müde«, sagte Brasch zu ihr, »aber Sie müssen noch etwas tun. Wir brauchen dringend die Genehmigung für eine Telefonüberwachung. Franziska Stephan wird sich mit ziemlicher Sicherheit in den nächsten Stunden bei ihrer Freundin melden.« Dann gab er Amelie Kramer die Nummer von Marianne Stolze durch. Eigentlich hätten sie vor dem Behindertenheim eine Überwachungskamera aufhängen müssen, aber in dieser Nacht würde er darauf noch verzichten. Es war ohnehin niemand da, der eine optische Überwachung koordinieren könnte.

Brasch hörte, wie Amelie leise seufzte, bevor sie auflegte. Wahrscheinlich wartete ihr Freund schon ein paar Stunden auf sie, obwohl sie nie erwähnt hatte, dass sie mit jemandem zusammenlebte oder einen festen Partner hatte. Eigentlich wusste Brasch von ihr nicht viel mehr, als dass sie die Nichte des Polizeipräsidenten war und dass sie gelegentlich Tennis spielte. Nicht sonderlich viel, dafür, dass sie schon einige Monate bei ihnen arbeitete.

Vor dem Behindertenheim blieb alles ruhig. Niemand ging, niemand näherte sich.

Brasch machte sich Notizen über sein Gespräch mit Marianne Stolze, und zwischendurch blickte er immer wieder zum Haus hinüber. Fast alle Fenster waren nun dunkel. In zwei Zimmern sah man das Flackern eines Fernsehers. Wenn Franziska Stephan nicht auftauchte, musste sie ein anderes Versteck gefunden haben. Wo versteckte man sich in einer Stadt wie Köln? Sie könnte sich auf der anderen Seite des Rheins in Deutz oder Mülheim ein billiges Hotel genommen haben, oder vielleicht kannte sie irgendeine abseits gelegene Kammer in ihrem Pflegeheim, die nachts garantiert niemand aufsuchte. Brasch rief Mehler an. Jemand sollte sich das Pflegeheim vornehmen und auch die andere Nachtschwester noch einmal befragen. Doch Mehler ging nicht an den Apparat. Nur seine Mailbox sprang an. Vielleicht saß er noch immer bei Pia, aber nein, so viel Nähe würde sie sich nicht gefallen lassen, nicht mal, wenn sie verletzt in einem Krankenhausbett lag.

Es war kurz vor halb zehn. Der Name »Zacher« stand noch auf seiner Liste. Dann wäre sein Tag zum Glück zu Ende.

Als Brasch nach Ehrenfeld hineinfuhr, fiel ihm ein, dass er schon wieder vergessen hatte, seine Mutter anzurufen. Bei seinem nächsten Besuch würde er einen großen Blumenstrauß und eine Flasche Wein für seinen Vater mitbringen müssen, gewissermaßen als Entschuldigung. Wahrscheinlich aber durfte ein Krebskranker gar keinen Wein mehr trinken. Brasch konnte sich vieles vorstellen, doch wie sein Vater abends am Küchentisch in der Bibel las, gehörte nicht dazu. Der Vater hatte in seinem Lokal gelebt, er war nie in die Kirche gegangen, sondern hatte lediglich seine beiden Söhne sonntags in den Gottesdienst geschickt, weil es ja nicht schaden konnte, wenn jemand für die Familie betete. Leonie hätte das anders gemacht, dachte er dann, sie hätte sich viel intensiver um ihren todkranken Vater gekümmert. Mit ein paar Gesten und wenigen Worten konnte sie ihrem Gegenüber das Gefühl geben, dass sie ganz für ihn da war, sich nur um ihn sorgte. Auch wenn manchmal nachts Schüler anriefen, zeigte sie sich nie ungehalten. Nie verlor sie die Geduld. Nur bei ihm war ihr Geduldsfaden gerissen. Das Kind, das sie durch eine Fehlgeburt verloren hatte, wäre vermutlich in diesen Tagen auf die Welt gekommen. Merkwürdig, dass er noch nie daran gedacht hatte.

Brasch rollte langsam auf das Parkhaus zu. Es lag hinter einem Kino unterhalb einer Eisenbahntrasse. Neben der Ausfahrt bemerkte er einen kaum beleuchteten Kassenraum. Er bremste und stieg aus. Es war mittlerweile stockdunkel. Der Sommer verabschiedete sich. Zum ersten Mal seit Wochen war auch ein kühler Nachtwind aufgekommen.

»He, Meister, da können Sie nicht stehen bleiben!«, rief ihm eine Stimme zu.

Brasch sah, dass jemand an dem Kassenraum ein winziges Fenster geöffnet hatte. »Sind Sie Robin Zacher?«, fragte er und holte seinen Ausweis hervor.

Ein bärtiger Mann mit halblangen ungepflegten Haaren trat in die Einfahrt des Parkhauses. »Ich lasse Sie abschleppen«, erklärte er schnaufend. »Gleich sind die Vorstellungen im Kino zu Ende, und dann …«

»Ich bin von der Kriminalpolizei Köln«, unterbrach ihn Brasch. »Es geht um Robert Schmoll.«

Der Mann verzog das Gesicht. Er trug eine Jeans, die ihm viel zu eng war, und ein schmutziges T-Shirt, das sich über seinen Bauch wölbte. »Der arme Kerl – so was hat er nicht verdient.« Ganz förmlich streckte er Brasch seine fleischige Hand entgegen.

Brasch folgte ihm in seinen Kassenraum hinein. Zacher hatte eine eigenwillige Vorstellung von Behaglichkeit. Es roch wie in einer Kneipe. In einem vollen Aschenbecher glomm eine Zigarette. Auf drei winzigen Bildschirmen sah man das öde, verlassene Parkhaus, und direkt neben der Kasse und einer offenen Dose Bier stand ein eingeschalteter Laptop. Brasch konnte nicht sehen, was Zacher an dem Computer gemacht hatte. Bunte Fische schwammen auf dem Bildschirm fröhlich hin und her und schnappten nach ihren Artgenossen, wenn sie ihnen in die Quere kamen. Ein typischer Bildschirmschoner.

»Wir glauben, dass Schmoll ermordet worden ist«, sagte Brasch, während er sich auf den zweiten Stuhl setzte, der in dem engen Raum stand.

»Da können Sie einen drauf lassen, Herr Kommissar.« Lächelnd förderte Zacher eine zweite Dose unter seinem Stuhl zutage und bot sie Brasch an. Als Brasch den Kopf schüttelte, stellte er sie neben der anderen Dose ab. »Bobby hätte sich niemals umgebracht. Und seine kleine Freundin hat auch nichts damit zu tun. In den Zeitungen steht nur Mist.«

»Haben Sie Schmoll in den letzten Wochen gesprochen?«

Zacher steckte sich die Zigarette in den Mund. Draußen öffnete sich eine Schranke, und ein weißer Kombi fuhr langsam ins Parkhaus. Zacher blickte auf seine Uhr. Dann schaute er Brasch wieder an. »Bobby hat mich aus dem Knast abgeholt, Herr Kommissar.« Sein Bart war so dicht, dass man seine Lippen gar nicht sehen konnte. Die Worte schienen direkt aus dem Durcheinander von schwarzen Haaren zu dringen. »Ich habe Rotz und Wasser geheult, als ich erfahren habe, dass er tot ist.«

»Aber zur Polizei sind Sie nicht gegangen.«

Zacher breitete seine fetten Arme aus. »Herr Kommissar, die Polizei und ich, wir passen nicht zueinander. Wir leben sozusagen in einem anderen Sonnensystem. Ich glaube an die Anarchie, an eine Welt, wo man die Polizei gar nicht braucht, und Sie glauben an Gesetze und Paragrafen.«

Brasch musste unwillkürlich lächeln. Amelie hatte ihm kurz berichtet, dass Zacher früher als Hacker von sich reden gemacht hatte und wegen diverser Diebstähle verurteilt worden war. Zuletzt hatte er einen einträglichen Handel mit gestohlenen Computern betrieben. »Wenn Sie etwas über den Tod von Schmoll wissen, hätten Sie sich bei uns melden müssen.«

»Aber Sie sind doch jetzt zu mir auf meine einsame, friedliche Insel gekommen.« Er nahm seine Dose Bier und trank sie in einem Schluck aus. »Ich habe noch nie einen so tollen Job gehabt. Die halbe Nacht kommt kein Mensch. Da sitze ich an meinem Computer und bin völlig ungestört. Und alles bezahlt der Typ, dem das Parkhaus gehört.«

»Wann haben Sie Schmoll zuletzt gesehen?«, fragte Brasch.

Zacher drückte seine Zigarette aus. Er blickte auf einen der Überwachungsbildschirme. Ein Mann stieg aus dem Kombi und verschwand in Richtung Ausgang. »Schmoll war gar nicht so, wie man sich einen Boxer vorstellt. Klar, er hatte eine schiefe Nase und eine große Fresse, aber er hatte Sachen drauf, die man echt nicht vermutete. Er konnte einem Stück Holz ansehen, von welchem Baum es stammte. Und wenn man ihn um einen Gefallen bat, dann sagte er nie Nein. Nur eines hat mich wirklich an ihm gestört: Er hat furchtbar geschnarcht und manchmal sogar im Schlaf geredet. Und von Computern hatte er auch keine Ahnung. Da konnte man ihn nicht für begeistern.«

»Das heißt, Sie haben auch noch Kontakt gehabt, als Sie aus dem Gefängnis entlassen wurden.«

»Sag ich doch.« Zacher steckte sich eine neue Zigarette an und öffnete die Dose Bier, die er Brasch angeboten hatte. »Er ist auch öfter nachts hier vorbeigekommen. Hat mir von seiner Mutter erzählt und von der Kleinen aus dem Altenheim. Ich habe ehrlich gehofft, dass er endlich einmal Glück mit einer Frau hat. Und natürlich hat er mir erzählt, dass er wieder im Training ist. Im Knast hat er oft davon geträumt, noch einmal in einer großen Halle in den Ring zu klettern, am besten in der Köln-Arena – achtzehntausend Leute, die ›Bobby‹ schreien und ihn zum Sieg peitschen. Er war fünfunddreißig, aber er hatte Träume wie ein kleiner Junge …« Zacher verstummte abrupt und seufzte. Dann nahm er einen Zug aus seiner Zigarette. »Na, vielleicht kann er jetzt im Himmel einen Kampf machen, Gegner gibt's da ja genug. Bobby Schmoll gegen Joe Louis oder Bubi Scholz.«

»Haben Sie eine Ahnung, wer Ihren Freund ermordet haben könnte?«, fragte Brasch.

Zacher schüttelte den Kopf. »Leider nicht. Sonst wäre ich wirklich schon zu Ihnen gekommen oder hätte Ihnen wenigstens eine E-Mail mit dem Namen des Mörders geschickt.« Er genehmigte sich noch einen Schluck Bier und starrte dann an Brasch vorbei in die Nacht hinaus. »Von einem Tag auf den anderen war Bobby plötzlich ganz verändert. Er war tagelang bester Stimmung gewesen, er hatte ein paar gute Sparringsrunden gehabt, und in die Schwester aus dem Altenheim war er ganz vernarrt. Dann tauchte er mitten in der Nacht hier auf. Ich spürte sofort, dass etwas nicht stimmte. ›Sind irgendwelche Schuldeneintreiber hinter dir her? Oder haben sie dich beim Boxen rausgeworfen?‹, habe ich ihn gefragt, aber er wollte mir nicht verraten, was ihn bedrückte. Wenn es um seine eigenen Geschäfte ging, konnte er ziemlich verschwiegen sein. Auch seine heiße Krankenschwester wollte er mir nicht vorführen. Er bräuchte einen Computerspezialisten, sagte er zu mir, jemanden, der sich mit Melderegistern und solchen Dingen auskannte und der auch schon mal ein Passwort knacken konnte.«

»Und konnten Sie ihm weiterhelfen?«

Zacher schaute Brasch an und hob beinahe entrüstet die Hände. Ein Lächeln kroch durch seinen dichten Bart. »Ich war zwar im Knast, aber die Leute haben mich trotzdem nicht vergessen. Natürlich konnte ich ihm weiterhelfen. Ich bin seit zwanzig Jahren so eine Art Guru in der Szene. Viele der Kids sind früher durch meine Schule gegangen. Ich habe ihnen sozusagen das Laufen beigebracht. Manche sind sogar seriös geworden und haben heute dicke Posten in Banken und irgendwelchen Ämtern.«

Brasch zog sein Notizbuch hervor. »Wen haben Sie Schmoll genannt?«

»Hören Sie, Herr Kommissar ...« Zacher furchte die Stirn. »Ich kann Ihnen nicht meine Kumpels zum Fraß vorwerfen. Das würden die mir nie verzeihen.«

»Ihre Kumpels interessieren mich nicht«, sagte Brasch mit fester Stimme, »aber ich will wissen, was sie für Schmoll herausfinden sollten. Vielleicht liegt da der Grund, warum man ihn getötet hat.«

»Ich weiß nicht.« Zacher nahm einen tiefen Zug aus seiner Zigarette. Ein Mann und eine blonde Frau liefen an dem Kassenraum vorbei. Der Mann drehte ab und trat an das winzige Fenster zum Parkhaus. Er schob seinen Parkschein durch eine winzige Öffnung unter dem Fenster, und Zacher kassierte wortlos.

»Wer von Ihren alten Freunden hat Schmoll geholfen?«, fragte Brasch. »Wenn Sie es mir nicht sagen, lasse ich Sie auf das Präsidium abführen. Und dann werden wir uns auch Ihren Laptop genauer ansehen.«

Zacher drehte sich um. Im Parkhaus ging der Mann zu einem schwarzen Cabriolet hinüber. Die blonde Frau war offenbar schon eingestiegen. »Es sind gute Jungs«, sagte er leise. »Sie tun niemandem etwas, auch wenn sie es gelegentlich mit den Gesetzen nicht so genau nehmen. Eigentlich interessieren sie sich nur für ihre Computer und für die Grenzen, die sie überwinden wollen. Die würden sogar versuchen, im Pentagon einzusteigen, wenn man sie darum bitten würde, aber das wäre natürlich Wahnsinn. Da kommt heute keiner mehr rein.«

»Geben Sie mir einen Namen!« Brasch erhob sich und machte einen Schritt auf Zacher zu.

»Keine Namen«, sagte Zacher. »Mehr als eine Telefonnummer können Sie von mir nicht kriegen.« Er hielt Brasch ein Blatt Papier mit sieben Zahlen hin. »Rufen Sie da morgen zwischen elf und zwölf Uhr an. Da frühstücken die Jungs und halten so eine Art Sprechstunde ab.«

Brasch nahm den Zettel. Er wusste nicht, ob er Zacher trauen konnte. Er blickte auf den Laptop. »Wenn Sie mir eine falsche Telefonnummer gegeben haben, komme ich morgen Abend wieder und nehme Ihren Computer mit. Dann werden unsere Experten so lange in Ihren Dateien herumsuchen, bis Ihr bestes Stück nur noch ein Haufen Schrott ist.«

Zacher faltete die Hände auf seinem fetten Bauch, eine Geste, die wohl ausdrücken sollte, dass ihn eine solche Drohung nicht einschüchtern konnte. Einen Moment später tauchte ein zweites Paar an dem Kassenraum auf. Wieder war es der Mann, der seinen Parkschein in die Öffnung legte. »Der Film ist zu Ende«, sagte Zacher und stöhnte, während er Brasch musterte. »Gleich wird hier der Teufel los sein, und Ihr Wagen steht im Weg. Sie sollten sich lieber vom Acker machen, Herr Kommissar.« Dann wandte er sich ab und kassierte gleichmütig und wieder, ohne ein Wort zu sagen.

14

Noch von seinem Wagen aus rief Brasch die Nummer an, die Zacher ihm gegeben hatte. Ein Telefonanschluss in Köln, vermutlich in der Innenstadt, aber es hob niemand ab, als wäre er in einem verlassenen Büro oder in irgendeiner heruntergekommenen Lagerhalle gelandet. Brasch sah, während er dem gleichmäßigen Klingeln lauschte, wie die Menschen aus dem Kino strömten und an ihm vorbei zum Parkhaus liefen. In der nächsten halben Stunde würde Zacher gehörig ins Schwitzen geraten. Nach dem dreißigsten Versuch gab Brasch es auf und unterbrach die Verbindung. Morgen würde er den Anschluss überprüfen lassen, und dann würden sie sich diese Computerspezialisten vornehmen. Sie hatten Schmoll bei seiner Liste geholfen, und diese Liste war ohne Zweifel einer der Gründe gewesen, warum man den Boxer getötet hatte.

Brasch überlegte, noch einmal beim Behindertenheim vorbeizufahren, vielleicht war Franziska Stephan mittlerweile bei ihrer Freundin ins Nest gekrochen, aber eigentlich fühlte er sich zu erschöpft. Es war kurz nach dreiundzwanzig Uhr. Er war seit fast fünfzehn Stunden im Dienst. Wenn er so weitermachte, könnte er das Haus verkaufen und in seinem Büro ein Feldbett aufstellen. Manchmal war er nach dem Dienst versucht, nicht zurück in sein leeres Haus zu fahren, sondern zu Leonie, so als würde sie ihn tatsächlich erwarten. Sie wohnte nun in einem kleinen Reihenhaus im Norden Kölns, direkt hinter einem Deich am Rhein. Vor vier Wochen hatte er dieser Versuchung wieder einmal nachgegeben. Er hatte vor ihrer Straße geparkt und war am Deich entlanggelaufen, wie ein Spaziergänger, den der Zufall in diese Richtung getrieben hatte. Erst auf dem Rückweg hatte er sie gesehen. Sie hatte mit ihrem Hund, den sie sich nach ihrem Auszug angeschafft hatte, in ihrem Garten gesessen. Der Hund war auf der winzigen Rasenfläche hin und her gelaufen, doch sie hatte gar nicht auf das Tier geachtet, sondern zu ihm herübergeschaut. Brasch war der einzige Passant auf dem Deich gewesen. Er war sicher, dass sie ihn erkannt hatte, auch wenn sie keine Regung zeigte. Als wäre er ein Fremder für sie. Vielleicht aber war sie lediglich erstaunt, dass er hinter ihr herschlich und anscheinend immer noch nichts verstanden hatte. Eilig hatte er sich davongemacht, und als er wieder in seinem Auto wie in einem sicheren Gefängnis saß, hatte die Scham ihn übermannt. Er hätte nie geglaubt, dass er auf diese heimliche, erbärmliche Weise einem anderen Menschen nachlaufen würde.

Das Klingeln seines Mobiltelefons registrierte er erst, als seine Mailbox bereits ansprang. Mehler hat endlich meine Nachricht abgehört, dachte Brasch. Es war jedoch eine Frauenstimme, die ihn elektrisierte.

»Ich hatte eigentlich gedacht, dass Sie mich heute anrufen«, sagte die weiße Sängerin. »Ich bin ein wenig enttäuscht.«

Brasch schaltete seine Mailbox ab. »Ich hatte zu viel zu tun«, sagte er.

»Es geht um den Mord an dem Boxer?« Er hatte das Gefühl, dass sie nicht mehr ganz nüchtern war, aber vielleicht schwang auch ein Hauch von Spott in ihrer Stimme mit.

»Ja, um diesen Mord geht es«, erwiderte Brasch.

»Wenn Sie mögen, können wir noch einen Cocktail trinken. Oder sind Sie schon im Bett? Habe ich Sie womöglich aus süßen Träumen gerissen?«

»Nein«, sagte Brasch, »ich sitze im Auto. Ich hatte noch einen Termin und wollte eben nach Hause fahren.«

Die weiße Sängerin lachte.

Sie raucht und hat die Augen geschlossen, dachte Brasch, und sie ist allein, niemand hört ihr zu, sonst würde sie nicht so mit mir sprechen.

Für eine Sekunde wogte eine seltsame Stille zwischen ihnen hin und her. Brasch hatte unter einer Eisenbahnbrücke angehalten und starrte vor sich hin. Fünfzig Meter vor ihm fuhr eine Straßenbahn vorbei.

»Ich bin am Rheinauhafen«, sagte die Sängerin. »Da haben wir unseren Proberaum. Kommen Sie noch vorbei?«

Brasch schloss die Augen. Seine Müdigkeit war mit einem Schlag wie weggeblasen. »Ja«, hörte er sich leise sagen, »in zehn Minuten bin ich bei Ihnen.«

Er kam sich vor wie in einem Film: ein Mann, der entschlossen über sein Lenkrad auf die Straße blickte, auf dem Weg zu einem Abenteuer. Nach Leonie hatte er keine Frau mehr gehabt, und er hatte sich oft gefragt, wie es sein würde, bei einer Frau zu liegen, die anders roch und sich anders bewegte. Gelegentlich saß er abends am Computer und loggte sich in einen Chatroom ein, und da hatte er schon zwei, drei eindeutige Angebote erhalten, auf die er jedoch nie eingegangen war. Vermutlich weil er Angst hatte oder weil er jede andere Frau auf eine für ihn schmerzhafte Art mit Leonie vergleichen würde. Er wusste es selbst nicht genau.

Er bemerkte sie schon von weitem: Sie stand am Kai und blickte auf den Fluss. Es sah aus, als säße ein Stern auf ihrer Schulter. Ein Licht blinkte da. Vielleicht spiegelte sich eine Laterne, die sich hinter dem Lagerhaus befand, auf dem Wasser wider.

Sie drehte sich nicht um, als er näher kam. Sie weiß, dass sie mich am Haken hat, dachte Brasch, und dieser Gedanke störte ihn. Sanft, im immer gleichen Rhythmus schlugen die Wellen des Rheins gegen die Kaimauer. Außer dem fernen Verkehrslärm war nichts weiter zu hören. Dafür schienen eine Menge Lichter in der Luft zu schweben. Nicht nur der Stern auf der Schulter der weißen Sängerin. Auf dem Wasser tanzten Lichter und auch am anderen Ufer und irgendwo am Himmel, da, wo die Severinsbrücke verlaufen musste. Nur der Mond war nicht zu sehen.

»Schön, dass du noch kommen konntest«, sagte die Sängerin.

Das vertraute »Du« irritierte Brasch. Die Sängerin trug ein kurzes schwarzes Kleid und hatte keine Schuhe an. Ihre weißen Beine leuchteten im fahlen Licht. Es hing tatsächlich eine Lampe an der Rückwand des Lagerhauses.

Brasch schaute sich um. Ein Motorrad stand an einer Mauer, und ganz in der Nähe lag ein Boot auf dem Wasser. Dumpfe, betrunkene Männerstimmen wehten herüber.

»Wir sind allein«, sagte die Sängerin. »Meine Musiker sind ins ›Einstein‹ gefahren, aber ich bin nicht mitgegangen. Ich wollte ...« Sie verstummte abrupt und sah ihn zum ersten Mal an. Brasch begann zu frösteln. Auch in ihren Augen schien ein winziges, grünes Licht zu funkeln. »Wenn du etwas trinken willst, kann ich uns etwas mixen. In unserem Proberaum gibt es eine Bar.«

Brasch nickte. »Ich kenne deinen Namen gar nicht«, sagte er.

»Melancholy B.« Sie lachte, während sie an ihm vorbeiging und ihn am Arm berührte. Er nahm ihren Geruch wahr; sie hatte ein herbes Parfüm benutzt, ein schwerer, durchdringender Duft, der schon ein halbes Versprechen war.

»Nein,« sagte Brasch, »deinen richtigen Namen.«

»Du wirst enttäuscht sein.« Sie ging zu einer Metalltür an der Lagerhalle hinüber und öffnete sie. »Ich heiße Johanna, aber mit so einem Namen macht heutzutage niemand Karriere. Da hat sich mein Manager etwas Besonderes einfallen lassen.«

Muller, der modische Dreitagebart, dachte Brasch. Weiß Muller, was sein schöner Engel hier tut? Plötzlich hörte er, dass leise Musik aus dem Inneren drang. Er zögerte. Es war ihre Stimme. Sie sang »Fever«, ein wenig schleppend, so als wäre sie krank, als hätte sie wirklich eine Art Fieber ergriffen.

»Es ist das Band von unserer Probe«, sagte sie, als sie sein Zögern bemerkte. »Manchmal nehmen wir ein paar Stücke auf, um sie uns hinterher anzuhören. Heute war ich ziemlich gut.«

Sie ließ ihn an sich vorbei eintreten. Im Innern der Halle war es überraschend kühl. Ein paar teure Designer-Lampen, die ein gedämpftes, vornehmes Licht abgaben, schmückten die fensterlosen, weiß gekalkten Wände. Der Boden war mit einem groben Parkett versehen. Für einen Probenraum eine erstklassige Ausstattung, eigentlich wirkte das Ganze schon eher wie ein Tonstudio. Die Instrumente waren auf einem geräumigen Podest aufgebaut: Schlagzeug, Orgel, Klavier, sogar ein Xylophon. Lediglich die Gitarren fehlten.

»Nicht schlecht«, sagte Brasch. »Fast wie ein kleiner Konzertsaal.«

»Du hast mir deinen Vornamen gar nicht verraten.« Johanna steuerte auf ein Pult zu, das aussah, als hätte da ursprünglich ein Toningenieur gesessen. Nun standen drei Barhocker davor. »Aber natürlich weiß ich ihn längst: Matthias Brasch. Es gibt wohl nicht viele Menschen, die so heißen.«

Mit einem Handgriff an einem Aufnahmegerät links von

der Bar stellte Johanna die Musik leiser. Ihre Stimme aus den Lautsprechern war kaum mehr als ein Flüstern, das durch den Raum geisterte. Sie nahm zwei Gläser aus einem Schrank hinter ihr und begann mit Flaschen zu hantieren.

»Soll ich dir meine Lebensgeschichte erzählen?«, fragte sie kokett. Brasch schaute auf ihre feinen, geschickten Hände. Sie schien Kontraste zu lieben: die weiße, makellose Haut, als würde sie jedes Sonnenlicht meiden, und die schwarz lackierten Fingernägel. »Ich bin neunundzwanzig. Ich bin kurz vor dem Abitur von der Schule geflogen. Dann habe ich herumgejobbt, habe eine Ausbildung zur Musical-Sängerin gemacht und bei einer Band im Background gesungen. Ich habe einmal Michael Jackson die Hand gedrückt, ich mag die Musik von Peggy Lee und schweigsame Männer, und meine Hobbys sind: Gedichte lesen, ohne Flasche tauchen, Motorrad fahren und Klavier spielen, wenn niemand zuhört.« Sie mixte zwei Tequila Sunrise und lächelte, als wüsste sie selbst nicht, ob sie soeben die Wahrheit gesagt hatte. »Aber nun zu deinem Leben. An welchem Fall arbeitest du gerade? Oder arbeiten Polizisten nicht immer an irgendwelchen Fällen?« Sie stellte ihm seinen Tequila Sunrise auf die Bar. Ihre Lippen waren dunkelrot geschminkt, sodass ihre Zähne, als sie erneut lächelte, noch strahlender und makelloser aufblitzten.

»Ja, wir arbeiten an einem Fall«, sagte Brasch. Er nahm das Glas. »Es geht noch immer um den toten Boxer.«

»Habt ihr schon eine heiße Spur? So sagt man das doch, nicht wahr?« Sie prosteten sich zu und schauten sich über ihre Gläser hinweg an.

Sie versteht es meisterhaft, zu flirten, dachte Brasch, aber warum tut sie das? Warum erweckt sie den Anschein, als wäre sie an seinem Fall interessiert? »Wir haben mehrere Spuren«, sagte er dann, »aber offen gestanden bin ich zu müde, um darüber zu reden.«

Johanna nickte. Ihre Zunge leckte einem winzigen Tropfen nach, der an ihrer Oberlippe hing. »Verstehe«, sagte sie, »aber neulich habt ihr eine Frau gesucht. Da hast du im ›Einstein‹ ein Bild herumgereicht.«

»Das war ein Foto der Freundin des Toten«, erwiderte Brasch. »Sie ist verschwunden.«

»Ist sie die Mörderin?«

»Nein, wahrscheinlich nicht, aber anscheinend weiß sie eine Menge mehr als wir.« Brasch nippte wieder an seinem Drink, der erfrischend kalt war.

»Ich stelle es mir sehr schwer vor, immer irgendwelche Leute zu suchen.«

»Nicht so schwer, wie auf einer Bühne zu stehen und vor tausenden von Leuten zu singen.«

Ein kurzes Zucken spielte um ihren Mund und verriet, dass sich dort in absehbarer Zeit zwei Falten eingraben würden. »Manchmal ist mein Lampenfieber auch so groß, dass ich nicht auf die Bühne gehen kann. Dann hocke ich wie festgefroren in meiner Garderobe und möchte am liebsten nie wieder einen Schritt vor die Tür tun. Ich habe schon Konzerte deswegen absagen müssen. Einmal saß ein Plattenboss in der ersten Reihe, aber ich hätte mir eher die Pulsadern aufgeschnitten, als einen Ton zu singen. Ich hatte zu viel Angst. Meine Musiker sind schier verrückt geworden.«

»Und was ist dann passiert?«

»Nichts. Ich habe an diesem Abend nicht gesungen und also auch keinen Plattenvertrag bekommen.« Ein Ausdruck von Schmerz trat in ihre Augen, doch dann schien sie ihn mit einem koketten Zwinkern zu verscheuchen. »Wollen wir tanzen? Ich könnte uns die richtige Musik auflegen.« Ohne seine Antwort abzuwarten, wandte sie sich um und hantierte an ihrem unförmigen Aufnahmegerät, das aussah, als stammte es noch aus den Achtzigerjahren.

Brasch nahm die plötzliche Stille wahr. Ihre Stimme im Hintergrund war verklungen, und nun schien eine seltsame Lautlosigkeit den ganzen Raum einzuhüllen. Er beobachtete, wie Johanna ein neues Band auf die Spule des Aufnahmegerätes legte. Sie bewegte sich, als würde sie darauf achten, überhaupt kein Geräusch zu verursachen. Dann drehte sie sich um, strich sich über ihr Kleid wie eine Tänzerin vor dem ersten Schritt und lächelte ihn auffordernd an.

Ein paar schnelle Takte, dann wurde die Musik leiser, gedämpfter, und es hörte sich an, als würde die Sängerin sich aus einem fernen Winkel dem Mikrofon nähern. Ihre Stimme glich der eines hellen Vogels, der aus der Dunkelheit heranglitt. Sie sang ein Lied, das er nicht kannte, irgendein modernes Stück, in dem es um die Liebe eines Tangotänzers ging, wenn Brasch es richtig verstand.

Sie reichte ihm ihre Hand, die kühl und klein in seiner lag, und führte ihn in die Mitte des Raumes. Sie begann sich zu bewegen, tanzte ein paar kleine, schnelle Schritte, und er versuchte es ihr gleichzutun. Er sah, wie sie ihre Augen schloss, ihren Kopf leicht zurücklegte, sodass ihre silbernen Ohrringe aufblitzten, und sich ganz dem Rhythmus der Musik hingab. Dann ließen sie ihre Hände los und tanzten jeder für sich wie in einer Diskothek.

»Eigentlich ist das gar kein Tango«, rief sie vor sich hin, um ihre eigene Stimme aus den Lautsprechern zu übertönen, »auch wenn das Lied davon handelt, sondern ein simpler Foxtrott.« Sie bewegte sich auf ihn zu und wich dann in zwei Wechselschritten zur Seite und glitt durch den Raum, dabei hob sie die Hände, als würde sie jemanden im Arm halten.

Brasch tanzte seinen Rhythmus weiter. Er fühlte sich nicht wohl, nicht nur, weil er keine Ahnung hatte, wie ein Foxtrott aussah; vor allem verwirrte Johanna ihn, diese unvermittelte Vertrautheit, als würde sie ihn tatsächlich kennen.

Sie tauchte wieder vor ihm auf, mit geöffneten Augen und einem verlegenen Lächeln. »Ich könnte es dir beibringen, wenn du willst«, sagte sie. »Tanzen ist nicht schwer. Man muss sich nur gehen lassen, sich ganz der Musik hingeben und spüren, wie sie einem ins Blut gleitet. Dann ist es kinderleicht.«

»Nein, ich glaube, das ist nicht das Richtige für mich.« Brasch schüttelte den Kopf.

Ein paar Momente später wechselte der Rhythmus. Das Lied ging in ein anderes, viel langsameres Stück über. Er erkannte es sofort. »Somewhere over the rainbow«. Nach dem zweiten Takt nahm Johanna seine Hand und zog ihn sanft zu sich heran. Dann legte sie ihre Arme um ihn. Er tat es ihr nach. Vorsichtig tasteten seine Hände über ihren Rücken. Er war verwirrt. Er spürte ihre samtweiche Haut, die sich im ersten Augenblick unecht anfühlte, und roch ihr Haar. Es roch nach einer Frucht, nach einem frischen, soeben von einem Baum gepflückten Apfel. Johanna war beinahe so groß wie er, doch sie schien in seiner Umarmung kleiner zu werden. Wiegend drehten sie sich um sich selbst, während ihre Stimme hell und glasklar durch den Raum schwebte.

Ich bin in einem Traum, dachte Brasch, ich träume, ihre

Stimme zu hören und sie gleichzeitig im Arm zu halten, die schönste, rätselhafteste Frau, der ich jemals begegnet bin.

Aus den Augenwinkeln sah er, dass sie die Augen wieder geschlossen hatte. Ihre Nasenflügel bewegten sich, als würde sie den wunderbaren Duft einer Blume einatmen. Dann, als hätte sie bemerkt, dass er ihr Gesicht betrachtete, streckte sie ihm ihre Lippen entgegen. Auch er beugte sich behutsam vor und schloss die Augen. Sie küssten sich. Er spürte, wie sein Herz immer heftiger pochte, als müsste es plötzlich für zwei schlagen, und wie ihre Zunge neugierig seinen Mund erforschte. Ihr Mund war so schmal, als gehörte er einem Kind. Dann hielt sie abrupt inne und wandte ihr Gesicht ab. War ihr der Gedanke gekommen, dass sie etwas Falsches tat, dass sie einen Polizisten küsste, den sie kaum kannte? Brasch schlug die Augen auf. Eine sonderbare Angst schlich sich in diese Bewegung. Johanna verharrte wie eine Blinde, die ein störendes Geräusch aufgeschreckt hatte. Dann nahm er einen Luftzug wahr, der nur von der Tür herüberdringen konnte. Gleichzeitig und gleichermaßen erschreckt entließen sie sich aus ihrer Umarmung.

In der Tür stand eine Gestalt und rauchte. Eine glühende Zigarette wurde in einem langsamen Bogen zum Mund geführt. Glut funkelte auf, während die letzten Takte von »Somewhere over the rainbow« verebbten.

Johanna warf Brasch einen hilflosen Blick zu. Er zuckte mit den Achseln. Muller, dachte er. Der Manager war gekommen, um nach seinem kostbaren Schützling zu sehen, und er würde mäßig begeistert über den Anblick gewesen sein, der sich ihm da geboten hatte.

»Ich wusste gar nicht, wie intensiv die Polizei ihre Nachforschungen betreibt«, sagte die Gestalt, eine dunkle, selbstsichere Männerstimme. Die glimmende Zigarette bewegte sich wieder. »Es ist gleich Mitternacht. Alle Achtung, das nenne ich einen Einsatz rund um die Uhr.«

Dann machte die Gestalt zwei langsame Schritte in den Raum hinein. Mattes Licht umfing sie. Es war nicht Muller.

Brasch hörte, wie Johanna neben ihm leise einatmete, wahrscheinlich, weil auch sie an ihren Manager und Geliebten gedacht hatte und einigermaßen erleichtert war.

Andre Novak schaute sich suchend um, als hätte er noch eine Person im Raum erwartet. Er trug keine Sonnenbrille, aber noch immer seinen teuren Anzug mit den silbernen Streifen, wie am Nachmittag, als Brasch ihn mit Weigand in der Trainingshalle gesehen hatte.

Er bewegt sich wie ein Mann, der zu jeder Tages- und Nachtzeit bewaffnet ist oder der immer mindestens zwei Leibwächter im Schlepptau hat, dachte Brasch, aber nun schien Novak allein gekommen zu sein.

»Wir sind uns noch nicht vorgestellt worden«, sagte Brasch, ohne seinen Namen zu nennen.

»Nein«, erwiderte Novak, »aber wir kennen uns trotzdem. Obendrein hatte ich das Vergnügen, mit Ihrer Kollegin zu sprechen. Sie hat mich für morgen früh auf das Präsidium bestellt. Acht Uhr dreißig. Normalerweise schlafe ich um diese Zeit noch tief und fest und träume davon, eine schöne blonde Frau im Arm zu halten.« Er warf seine Zigarette weg und trat sie aus. Dann musterte er Brasch verächtlich. »Was haben Sie über den Tod von Bobby herausgefunden? Bisher höre ich nur, dass Sie meinen Leuten bei ihrer Arbeit in die Quere kommen. Von denen hat garantiert keiner etwas mit dem Mord zu tun – wenn man überhaupt von Mord sprechen kann.«

Brasch schwieg für einen Moment. Er bemerkte, dass die Sängerin zur Bar geschlichen war und wieder einen Drink mixte, wie eine brave Gastgeberin, die einen unzufriedenen Gast beschwichtigen wollte. Auch die Musik hatte sie heruntergedreht. »Wir verfolgen mehrere Spuren«, sagte Brasch vage. »In den nächsten Tagen werden wir auf einer Pressekonferenz alle Fragen ausführlich beantworten.«

Novak lachte höhnisch und wischte sich über das Gesicht. Ein riesiger Brillantring blitzte an seiner rechten Hand auf. Er wusste, was er sich und seinem Ruf schuldig war. Ein Box-Promoter musste immer einen gewissen Reichtum zur Schau stellen. Reichtum als Schutz vor zu viel Neugier und Anbiederung. »Tun Sie Ihre Arbeit«, sagte er befehlsgewohnt, »aber lassen Sie meine Leute in Ruhe. In sechs Wochen haben wir einen Kampf, bei dem es um so viele Millionen geht, dass ich mit dem Geld die ganze Kölner Polizei kaufen könnte.«

»Sie irren sich«, sagte Brasch. »Die Kölner Polizei kann man gar nicht kaufen, und wir führen unsere Ermittlungen so, dass wir am Ende ans Ziel kommen und unsere Fälle aufklären.«

»Ja«, erwiderte Novak, »wie Sie Ihre Ermittlungen führen, habe ich vor einer Minute gesehen. Ich hoffe, auch Ihr Polizeipräsident weiß über Ihre ungewöhnlichen Methoden Bescheid. Wenn er beim nächsten Kampf wieder am Ring sitzt, könnte ich ihm ja ein paar Worte über Sie zuflüstern, wird ihn vielleicht interessieren.« Er schaute Brasch durchdringend an. In seinen Augen lag ein eigentümlicher gelber Glanz wie bei einem Leberkranken.

»Wollen Sie mir drohen?«, fragte Brasch zornig.

Novak zuckte übertrieben mit den Achseln, als würde ihn

diese Frage ganz und gar langweilen, und verzog das Gesicht zu einem falschen Lächeln. Er sah tatsächlich krank aus, aber wie jemand, der sich ungeheure Mühe gab, seine Krankheit nicht zu zeigen. Daher die Bräune von der Sonnenbank, das ordentlich frisierte, schwarz gefärbte Haar, die Sonnenbrille am Tag.

Johanna huschte heran und hielt Novak ein Glas hin, kein Tequila Sunrise. Anscheinend kannte sie ihn genauer und wusste, dass er etwas anderes bevorzugte. Als sie ihre Augen auf den Box-Promoter richtete, glaubte Brasch, einen flehentlichen Ausdruck in ihnen zu erkennen. Ihn hatte sie, seit Novak das Wort ergriffen hatte, keines Blickes mehr gewürdigt.

Novak nahm das Glas und trank sofort einen Schluck. »Eigentlich bin ich gekommen, um dich noch einmal zu hören, mein Täubchen«, sagte er, an Johanna gewandt. »Was macht unser Lied zum Einmarsch der Gladiatoren? Wie weit seid ihr mit den Proben?« Er war in eine neue Rolle gesprungen und sprach zu ihr wie zu einem artigen Schulkind. »Bei der Pressekonferenz gestern waren alle total aus dem Häuschen, als sie dich gesehen haben. War eine echte Überraschung, was Muller da vorgelegt hat.«

Johanna nickte beflissen. »Wir sind so weit. Von mir aus könnte es schon morgen Abend losgehen.«

Er strich ihr eine Strähne aus dem Gesicht. »Nach dem Abend bist du ein Superstar«, sagte er mit einem milden Lächeln. »Fünfhundert Millionen Menschen in der ganzen Welt werden den Kampf sehen und dich singen hören, und die Halle ist auch schon ausverkauft. Es wird die Show des Jahres werden. Darauf kannst du dich verlassen. Und es wird auf jeden Fall zwei Sieger geben: dich und mich.«

Brasch sah, wie Johanna schluckte und die Locke, die Novak beiseite gestrichen hatte, wieder zurückschob. Die Aussicht, vor der halben Welt zu singen, dürfte ihr Lampenfieber in Schwindel erregende Höhen treiben.

»Wir hätten auch Bobby an dem Abend drei, vier Runden boxen lassen«, sagte Novak zu Brasch. Er klang plötzlich freundlicher. Der Drink und die Worte Johannas taten ihre Wirkung. »Das wäre ein schöner Aufbaukampf für ihn geworden. Vielleicht aber war er einfach noch nicht so weit.«

»Sie glauben, dass Schmoll sich umgebracht haben könnte?«, fragte Brasch. »Sein Trainer hält das für völlig ausgeschlossen, und unsere Ermittlungen …«

»Haben Sie schon einmal in einem Boxring gestanden?«, unterbrach ihn Novak und fixierte ihn mit seinen gelben Augen. »Ich weiß nicht genau, was mit Bobby los war, aber ich weiß, wie schwer es für einen Boxer ist, sich in den Ring zu stellen, wenn er fast drei Jahre nicht gekämpft hat. Ein Kampf von vier, fünf Runden kann wie eine halbe Ewigkeit sein. Wenn die Fäuste des Gegners heranfliegen und treffen, wenn man merkt, wie man schwächer wird und dass man selbst nicht richtig trifft. Davor hat jeder Boxer Angst, und Bobby hatte auch Angst. Als er aus dem Knast kam, hat er in meinem Büro gesessen und mich angefleht, ihm noch eine Chance zu geben, aber in seinen Augen habe ich die Angst gesehen. Normalerweise sage ich dann Nein. Solche Boxer kann ich nicht gebrauchen. Bei Bobby habe ich jedoch eine Ausnahme gemacht. Manchmal bin ich einfach zu sentimental. Ich habe seinen Vater noch gekannt. Da war ich bei Caspari als Mädchen für alles angestellt, und Schmolls Vater …«

Ein Mobiltelefon klingelte, ein schriller, hektischer Laut, der gar nicht in diesen Proberaum zu passen schien. Novak griff unwillkürlich in seinen Anzug, aber es war gar nicht sein Apparat, der läutete. Beinahe enttäuscht schob er sein Handy zurück.

Brasch fühlte den forschenden Blick der Sängerin auf sich. Er zog sein Telefon hervor und machte einen Schritt zur Seite. Es war kurz vor Mitternacht, eine Zeit, zu der nicht einmal Mehler ihn mehr anrief; es sei denn, es wäre etwas mit Pia passiert oder sie hätten endlich die Nachtschwester gefunden.

»Ich bin es«, sagte die heisere Stimme einer Frau. »Können wir uns in einer halben Stunde sehen?«

»Wo sind Sie?«, fragte Brasch. An der Reaktion von Novak und der Sängerin stellte er fest, dass er zu laut und zu aufgeregt geklungen hatte.

»Kennen Sie den S-Bahnhof am Parkgürtel?«, fragte die Nachtschwester.

»Ja«, sagte Brasch leise, »die Station kenne ich.«

»Da steige ich in einer halben Stunde aus dem hinteren Waggon der Bahn nach Düsseldorf. Kommen Sie und bringen Sie eine Taschenlampe mit.« Dann unterbrach sie ohne ein weiteres Wort die Verbindung.

15

Während er zu seinem Wagen eilte, überlegte Brasch, ob er mit eingeschaltetem Blaulicht zum Parkgürtel fahren sollte. Dreißig Minuten waren nicht viel, um die halbe Stadt zu durchqueren. Doch dann entschied er sich, dass es besser war, kein Aufsehen zu erregen. Wenn er sie verschreckte, mochte die Nachtschwester gleich wieder von der Bildfläche verschwinden. Schon sein Aufbruch aus dem Proberaum war viel zu überhastet gewesen. Mit einer faden Entschuldigung, die sie sofort als Lüge durchschauten, hatte er sich von Novak und der weißen Sängerin verabschiedet. Beinahe entsetzt hatte Johanna ihn angeschaut, ohne dass er den Ausdruck in ihren Augen deuten konnte. Hatte sie womöglich Angst um ihn, oder war es die Bestürzung, dass er sie allein mit einem Mann wie Novak zurückgelassen hatte?

Er rief auf Mehlers Handy an, doch eine mechanische Stimme verkündete, dass der gewünschte Teilnehmer nicht zu erreichen war. Vollkommen abzutauchen passte zu niemandem aus ihrem Team. Die Schüsse auf Pia hatten Mehler anscheinend stärker zugesetzt, als Brasch erwartet hatte.

Als er an einer Ampel halten musste, überprüfte er seine Waffe und zog eine Stablampe aus dem Handschuhfach. Die Lampe funktionierte zum Glück. Warum hatte Franziska Stephan ihn ausgerechnet auf einen zugigen Bahnhof bestellt, der von allen Seiten eingesehen werden konnte? Sie hatte angespannt, aber nicht übermäßig furchtsam geklungen.

Brasch parkte quer vor einem geschlossenen Kiosk unterhalb des Bahnhofs. Schon von weitem konnte er sehen, dass da niemand auf einen Zug wartete. Der Bahnhof befand sich auf einer Brücke über einer vierspurigen Ausfallstraße, eine schmutzige Station für Umsteiger, zwei Etagen tiefer lag eine U-Bahn-Station. Im Winter krochen dort immer wieder Obdachlose unter und bauten sich in den windgeschützten Ecken ihr Nachtlager. Gelegentlich war es auch zu kleineren Raubüberfällen und Schlägereien gekommen.

Als Brasch eine defekte Rolltreppe hinauflief, kam ihm für einen Moment der Gedanke, dass die Nachtschwester ihm eine Falle gestellt haben könnte. Ein Passant allein unter ein paar grellen Neonleuchten gab ein wunderbares Ziel ab.

Es war zwanzig Minuten nach Mitternacht, als er den Bahnsteig erreichte. Niemand war zu sehen, nur zwei winzige graue Mäuse huschten umher und verschwanden in der Dunkelheit, als sich sein Schatten auf sie legte. Eine Neonröhre flackerte und verursachte ein unangenehm surrendes Geräusch. Brasch schritt eilig die Station ab, um festzustellen, ob er tatsächlich allein war. Da es hier außer zwei rostigen Bänken, zwei Fahrkartenautomaten und einem Glaskasten mit dem Fahrplan nichts gab, was Deckung bieten konnte, war es leicht, den Bahnhof zu inspizieren.

Brasch postierte sich im Halbdunkel hinter einem der Fahrkartenautomaten. Wenn die Bahn pünktlich war, musste sie in zwei Minuten einfahren. Erneut versuchte er, Mehler eine Nachricht zu hinterlassen, aber wieder hörte er lediglich die leblose Automatenstimme. Dann beobachtete er, wie sich die Scheinwerfer eines Zuges näherten. Zuerst sah es aus, als würde der Zug an der Station vorbeirauschen, dann jedoch schwenkte er auf ein anderes Gleis ein. Brasch drückte sich hinter den Automaten. Er spürte, dass er nervös war. Wenn Franziska Stephan gleich aus dem letzten Waggon trat und ein paar Antworten parat hatte, könnten sie ihren Fall vielleicht in der nächsten Stunde lösen. Zumindest würde er endlich erfahren, warum sie sich versteckte.

Die Bahn warf ein grelles Licht vor sich auf die Schienen, bremste abrupt und hielt mit einem dumpfen Quietschen. Brasch erkannte, wie schemenhaft das müde Gesicht des Fahrers an ihm vorbeiglitt. Lediglich eine Tür der drei Waggons öffnete sich. Aus dem hinteren Wagen traten zwei dunkel gekleidete Männer. Eilig und ohne sich umzuschauen, strebten sie auf den Ausgang zu. Ein paar Sekunden später schlossen sich die Türen bereits wieder mit einem schrillen Warnsignal. Wenn Franziska Stephan glaubte, gefährliche Verfolger abschütteln zu müssen, dann war nun der Moment für sie gekommen, aus dem Zug zu springen. Doch an der Tür rührte sich nichts. Sie schloss sich, und der Zug setzte sich mit einem metallischen Ächzen in Bewegung.

Brasch blickte der Bahn nach, deren rote Rückleuchten rasch kleiner wurden. Entweder hatte die Nachtschwester ihn in die Irre geführt, oder es musste einen bestimmten Grund geben, warum sie nicht gekommen war. Er wischte sich den Schweiß von der Stirn. Die Temperatur war kaum gesunken. Immer noch herrschte eine drückende Hitze. Er ging in Richtung Ausgang, ohne zu wissen, was er tun sollte. Die nächste Bahn, die letzte in dieser Nacht, kam laut Fahrplan in einer halben Stunde. Sollte er warten? Oder nach Hause fahren und hoffen, dass Franziska Stephan ihn noch einmal anrief? Müde rieb er sich über das Gesicht. Er spürte, dass er dringend ein paar Stunden Schlaf brauchte, aber solange er nicht wusste, was mit der Nachtschwester passiert war, würde er kein Auge zumachen können.

Sein Telefon klingelte, als er den ersten Schritt auf die defekte Rolltreppe gesetzt hatte. »Ja?«, rief er angespannt in den Apparat.

»Schön, dass Sie pünktlich waren«, sagte die Nachtschwester. »Sind Sie allein gekommen?«

»Wo sind Sie?« Brasch schaute sich um. Anscheinend hatte Franziska Stephan ihn genau im Blick, wenn sie wusste, dass er auf dem Bahnsteig war.

»Sind Sie allein?«, wiederholte sie mit ruhiger Stimme. »Oder haben Sie die halbe Polizei Kölns mitgebracht?«

»Nein, ich bin allein«, antwortete er.

»Gehen Sie die Rolltreppe hinunter«, sagte die Nachtschwester, »und dann wenden Sie sich nach links und laufen zur Straße, nicht in die U-Bahn-Station.«

»Was soll das?«, fragte Brasch. »Warum sagen Sie mir nicht, wo Sie sind?«

»Gehen Sie los!« Ein Hauch von Unruhe hatte sich in ihre Stimme geschlichen. »Es ist nicht weit. Ich warte auf Sie.«

Sie unterbrach die Verbindung. Brasch hastete die Rolltreppe hinunter und versuchte, möglichst wenige Geräusche zu verursachen. Eine fette Ratte kreuzte seinen Weg, als er sich nach links einen Betonweg hinunter zur Schnellstraße wandte. Drei, vier Autos rasten als helle Schatten vorbei. Ein widerwärtiger Geruch von Fäulnis lag in der Luft, der vermutlich aus der Kanalisation aufstieg. Nach ungefähr hundert Metern, als er sich fast auf Höhe der Straße befand, endete der Fußweg in der Dunkelheit. Verwirrt schaute Brasch sich um. Dann schaltete er seine Taschenlampe an und erkannte, dass der Weg nach links abknickte. Die Laterne, die diesen Winkel ausleuchten sollte, brannte nicht. Er ging zwischen dichtem Gebüsch, in dem es knarrte und knisterte, auf eine andere Laterne zu, die zu seiner Erleichterung funktionierte. Dieser Betonweg war ein Wunderwerk der Stadtplanung, wie geschaffen für einen risikolosen Überfall oder eine ungestörte Vergewaltigung. Wer sich so etwas ausdachte, wohnte wahrscheinlich irgendwo in einer wohl behüteten Vorstadt.

Brasch hörte nur seine eigenen Schritte. Die Geräusche verrieten ihm, wie zögerlich er sich bewegte. Nach weiteren fünfzig Metern hatte er eine schmale Straße erreicht, in der ein paar Autos parkten. Direkt ihm gegenüber lag ein Friseurgeschäft: »Salon Neumann – Wir sind auch Spezialisten für Haarverlängerung« stand in gelber Schrift auf dem Schaufenster. Linker Hand lagen zwei Hochhäuser. Nirgendwo war ein Fenster erleuchtet.

Er blieb stehen und erwartete, dass Franziska Stephan jeden Moment irgendwo aus dem Gebüsch auftauchte und sich endlich zu erkennen gab. Doch es rührte sich nichts. Er hörte lediglich, dass oben auf der Station eine weitere Bahn eingefahren war, vermutlich aus der anderen Richtung.

Sie hält mich zum Narren, dachte er voller Ungeduld. Oder sie will wirklich sichergehen, dass ich ganz allein bin.

Nach zwei Minuten klingelte sein Telefon wieder.

»Sehr gut«, sagte die Nachtschwester, die ihn ganz offenkundig beobachtete. »Nun gehen Sie auf das erste Hochhaus zu! Nehmen Sie nicht die Eingangstür, sondern laufen Sie um das Gebäude herum bis zur Kellertreppe. Die Kellertür ist offen. Dann gehen Sie den Gang entlang, der immer geradeaus zu einem Betonsockel führt. So gelangen Sie ins Treppenhaus. Dann haben Sie es fast geschafft. Ich warte in der achten Etage auf Sie.«

»Warum treffen wir uns nicht hier draußen?«, fragte Brasch.

»Seien Sie vorsichtig«, fuhr die Nachtschwester fort, ohne seine Frage zu beachten, »im Keller liegt überall Müll herum. Da kann man leicht stürzen. Das Haus ist übrigens unbewohnt. Wundern Sie sich also nicht.«

Brasch machte die ersten Schritte auf das Hochhaus zu, ein heruntergekommenes Gebäude, an dem der Putz abzubröckeln begann. Tatsächlich war nirgendwo das kleinste Licht zu sehen.

»Ehrlich gesagt verstehe ich nicht ganz, was Sie vorhaben.« Brasch blickte sich erneut um, ohne irgendjemanden zu entdecken.

»Ich freue mich, dass Sie kommen«, unterbrach die Nachtschwester ihn. Dann legte sie auf.

Was tue ich hier?, dachte Brasch. Erst tanze ich mit der weißen Sängerin und küsse sie, und dann lasse ich mich von der Nachtschwester in ein abbruchreifes Hochhaus führen. Als er sich mit der Zunge über die Lippen fuhr, glaubte er noch immer den Lippenstift der Sängerin zu schmecken. Für einen Augenblick gestattete er sich den halben Gedanken, wie die Nacht wohl ausgegangen wäre, wenn die Nachtschwester ihn nicht angerufen hätte.

Die Eingangstür des Hochhauses war mit groben Holzbrettern zugenagelt. Ein Schild verkündete: »Betreten der Baustelle verboten!« Brasch strich eng an der Hauswand entlang. Graffiti-Künstler hatten sich hier versucht und ihre verschnörkelten Zeichen hinterlassen. Der Strahl seiner Taschenlampe fing das Geländer der Kellertreppe ein.

Brasch zögerte. Er hörte den schrillen Schrei eines Vogels, dann meinte er den Motor eines Wagens wahrzunehmen, der ein Stück entfernt die Straße hinunterfuhr, und ein einzelner Scheinwerfer blitzte auf und verschwand sofort wieder. Es hatte einen Moment in seinem Leben als Polizist gegeben, da hatte er sich vorgenommen, nie wieder auf eigene Faust zu handeln und sich auf kein Wagnis mehr einzulassen. Er könnte umkehren, darauf warten, dass die Nachtschwester ihn voller Ungeduld wieder anrief, und sie mit ruhiger Stimme für den Morgen auf das Präsidium oder in ein Café bestellen. Doch dann leuchtete er mit seiner Taschenlampe die Treppe zum Keller aus, und als würde der Strahl ihn leiten, stieg er die ersten Stufen hinab. Kartons lagen da, eine löchrige Plastikabdeckung, ein Lederball, aus dem die Luft gewichen war. Die Tür war aus grauem Stahl. Sie war mit einem schweren Werkzeug aufgebrochen worden und hing schief in den Angeln. Als er sich in den Keller zwängte, hatte er für einen Moment das Gefühl, sich fernab jeder Zivilisation zu bewegen. Der Gang hinter der Tür sah beinahe wie ein Schacht aus, der in einen Berg hineinführte. Steine hatte man aus den Wänden herausgebrochen, als wollte man das Gemäuer auf seine Festigkeit überprüfen, rostige Rohre und Holzbretter versperrten den Weg. Ohne eine Taschenlampe wäre man hier hoffnungslos verloren gewesen. Brasch nahm sich nicht die Zeit, sich die Zeichnungen an den Wänden genauer anzuschauen. Gelbe Fratzen umgaben ihn, schauten ihm nach, und an einer Stelle hatte jemand eine riesige bunte Kuh aufgemalt, die auf einem Bein zu hüpfen schien.

Die Nachtschwester hatte den Weg richtig beschrieben. Er gelangte zu einem Betonsockel. Hier hatte vor einiger Zeit eine Art Picknick stattgefunden. Abgenagte Knochen, harte Brotkanten, leere Tüten und kaputte Flaschen lagen da. Für ein paar Momente lauschte Brasch. Es war erstaunlich kühl im Haus, mindestens zehn Grad kälter als draußen auf der Straße. Er richtete den Strahl seiner Stablampe in das Treppenhaus über ihm, aber das Licht schien sich in der Leere aufzulösen. Es kroch die schmutzigen Betonwände entlang und verlor sich, als wäre da kein Gebäude über ihm, sondern nur ein düsterer Turm aus Stille. Ja, so kam es ihm vor: als lastete eine schwere, unwirkliche Stille über ihm.

Er war versucht, den Namen der Nachtschwester zu rufen, dann jedoch fiel ihm ein, dass sie gesagt hatte, sie würde im achten Stockwerk auf ihn warten. Stufe für Stufe schlich er durch die schwarze Stille. Das Treppenhaus wies keinerlei Fenster auf, vielleicht weil es nur für Notfälle diente und die Bewohner früher eher den Fahrstuhl benutzt hatten. Man hatte das Haus vollständig entkernt, sämtliche Türen herausgerissen, sodass es manchmal eine Ahnung von Licht gab, das von der Straße oder der Bahnlinie hereindrang. Einmal fand er ein Lager aus Decken im Treppenhaus, und in der dritten Etage wäre er beinahe über einen Kinderwagen gestolpert. Wie kam ein Kinderwagen hierher? Es war beinahe zum Lachen. Hörte die Nachtschwester ihn? Wusste sie genau, wo er sich befand? Brasch bewunderte sie für ihren Mut, sich nachts in einem solchen Haus zu verstecken. Aber so ein Versteck suchte sich niemand ohne Grund.

Die achte Etage bildete das oberste Stockwerk. Hier war es wieder so heiß und drückend, dass ihm feine Perlen aus Schweiß über den Rücken liefen. Die Treppe endete. Zum Glück hatte man das Geländer nicht abgebaut, ansonsten hätte Brasch, der zu Höhenangst neigte, sich allenfalls bis in den zweiten Stock gewagt oder sich wie ein Kind an die Hand nehmen lassen müssen.

Er blieb stehen und lauschte, aber alles, was er hörte, war die Brandung seines Blutes. Es rauschte durch seinen Körper, trieb dahin und dorthin und verursachte ihm Schwindel. Es war ein Fehler gewesen, hierher zu kommen.

Die Nachtschwester stellte ihn auf eine harte Geduldsprobe. Dann bemerkte er, dass in der Wohnung, die links von ihm lag, ein zaghaftes Licht aufflammte. Wie eine alte Indianerin hockte sie am Boden, statt eines Feuers eine Lampe vor sich, die an eine Baustellenlaterne erinnerte. Sie blickte zu ihm herüber und winkte ihn heran.

Brasch hatte sich getäuscht. Die Nachtschwester sah müde und ängstlich aus. Nicht der Mut, sondern die Verzweiflung hatte sie hierher geführt.

»Sind Sie allein?«, fragte sie mit leiser Stimme, die gespenstisch durch die leeren Räume wehte, als wäre hier schon lange kein Wort mehr gesprochen worden. »Ich wollte, dass Sie allein kommen.«

Brasch machte ein paar Schritte in die Wohnung hinein. Das Licht seiner Taschenlampe wischte über eine geblümte Tapete, die noch an der Wand hing. Die Nachtschwester saß im hintersten Raum, der früher vermutlich ein Wohnzimmer gewesen war, auf einem Holzbrett. Vor sich, auf einem anderen Brett, hatte sie fein säuberlich einige Papiere ausgebreitet. Hinter ihr lagen auf einem Stück Linoleumboden zwei Decken.

»Ich bin allein gekommen«, sagte Brasch endlich. »So wie Sie es verlangt haben, obschon ich Ihr Versteckspiel nicht verstehe.«

Franziska Stephan hielt ein winziges Telefon in der Hand und wirkte so erschöpft, als würde sie schon einige Zeit hier ohne Wasser und Nahrung hausen. »Sie werden mich gleich verstehen«, sagte sie und deutete auf die Papiere vor ihr. Hinter ihr stand ein Stuhl, auf dem sich einige Aktenordner stapelten.

Brasch registrierte, dass sie die Fenster mit alten Zeitungen abgeklebt hatte, damit kein Funken Licht nach draußen drang. Dieses Hochhaus war tatsächlich ihr Versteck.

»Sie haben Marianne einen ganz schönen Schrecken eingejagt«, fuhr sie fort. »Wir hatten uns gerade eine SMS geschickt, als Sie gekommen waren. Zum Glück haben Sie es nicht bemerkt. Ohne Marianne wäre ich längst verloren. Sie hat mir ihr Telefon gegeben und mich bedrängt, dass ich Sie anrufen soll.«

»Ein guter Ratschlag«, sagte Brasch. »Haben Sie die letzte Nacht bei Ihrer Freundin verbracht?« Er warf einen Blick auf die Papiere, ohne genau zu erkennen, was die Nachtschwester da vor sich ausgebreitet hatte. Es waren amtliche Schreiben, keine Briefe.

Die Nachtschwester nickte. »Ich habe vor gewissen Leuten Angst«, flüsterte sie vor sich hin. »Sie wissen, dass ich alles weiß.«

Wahrscheinlich hatte ihre Freundin ihr erzählt, dass jemand auf eine Polizistin geschossen hatte, während ihre Wohnung durchsucht worden war.

»Was wissen diese Leute?«, fragte Brasch. »Warum sind Sie nicht sofort zu uns gekommen?«

Die Nachtschwester griff neben sich und hielt ihm eine aufgerissene Tüte Kekse hin. Brasch schüttelte den Kopf. Er nahm eine der Decken und setzte sich. Irgendwo war ein leises Huschen zu hören. Liefen nachts Ratten durch das leere Haus?

»Ich habe das Bild abgenommen«, sagte Franziska Stephan. »Das Bild von seinem Vater, das Bobby mir gegeben hatte. ›Bewahre es für mich auf!‹, hat er vor ungefähr drei Wochen zu mir gesagt. In einem merkwürdigen Tonfall, als würde er mir sein Testament geben. Jedenfalls etwas sehr Wichtiges.«

Brasch saß da und schloss für einen Moment die Augen. Er fühlte sich so müde, wie jemand, der nach einem langen Lauf endlich sein Ziel erreicht hatte. »Reden Sie weiter«, sagte er, ohne die Augen zu öffnen.

»Es war eine Liste von Namen hinter dem Bild versteckt.

Bobby hat sie selbst geschrieben. Er hat eine ungeübte, krakelige Handschrift, und manchmal verdreht er die Buchstaben, dass man gar nicht so genau weiß, was er meint.« Sie seufzte. Vielleicht war ihr aufgefallen, dass sie von Schmoll in der Gegenwart gesprochen hatte. »Zwölf Vornamen und der Anfangsbuchstabe des Nachnamens standen auf der Liste, dazu die Geburts- und Sterbedaten. Eine Liste von Toten.«

Draußen war ein Zug zu hören, der mit hoher Geschwindigkeit vorbeirauschte. Ansonsten schien ein merkwürdiges leises Hauchen in der Luft zu liegen, als würde das Haus leise ein- und ausatmen.

»Zuerst konnte ich mit der Liste nicht viel anfangen«, redete die Nachtschwester mit monotoner Stimme weiter. »Bis ich den letzten Namen las: ›Hermine T., geboren am 24.1.1914, gestorben am 13.7.2004.‹ Da ahnte ich plötzlich alles.«

Brasch spürte, dass ihn die Nachtschwester ansah. Er schlug die Augen auf und versuchte zu lächeln. »Ich verstehe immer noch nicht, was Sie da eigentlich erzählen«, sagte er entschuldigend.

»Ja«, sagte die Nachtschwester. »Das ist auch ein Grund, warum ich nicht sofort zu Ihnen gekommen bin. Niemand hätte mir geglaubt. Es war nicht einmal klar, ob Bobby sich nicht doch umgebracht hat.«

»Hat er aber nicht.« Brasch blickte vor sich hin und hatte das Gefühl, dass in dem matten Licht seltsame Schatten um sie herumschwebten, aber vermutlich machte ihm lediglich seine Müdigkeit zu schaffen.

»Nein, Bobby wäre niemals auf so eine Idee gekommen.« Die Nachtschwester steckte sich einen Keks in den Mund.

Ihre Hände waren grau und schmutzig. »Hermine hat bis zu ihrem Tod mit Sonja, Bobbys Mutter, in einem Zimmer gewohnt. Sie war früher Opernsängerin und hatte keine Angehörigen mehr. Sie besaß teuren Schmuck, den sie sich an Weihnachten und zu ihrem Geburtstag anlegen ließ, und war wohl ziemlich vermögend. Deshalb wurde sie getötet.«

»Sie glauben, die alte Frau wurde ermordet?«

Franziska Stephan nickte wieder. »Es ist ein Kinderspiel, alte Menschen zu töten. Man spritzt ihnen Kochsalz oder eine hohe Dosis Insulin. Fast jeder der Alten leidet an Diabetes. So etwas merkt niemand. Der Arzt kommt, wirft einen Blick auf die alte Frau und stellt seinen Totenschein aus. Damit ist alles erledigt. Niemand schöpft Verdacht.«

»Aber wer sollte so etwas getan haben?« Brasch spürte, wie eine weitere Welle der Müdigkeit ihn durchströmte und dann abebbte. Er versuchte sich zu konzentrieren.

»Ich war mir sicher, dass Sie keine Ahnung haben. Die ganze Kölner Polizei war auf dem Holzweg.« In der Stimme der Nachtschwester schwang ein bitterer Unterton. »Alle Namen auf der Liste waren Bewohner des Altenheims. Reiche alte Leute ohne nahe Verwandte, die glaubten, in der Seniorenresidenz ›Sonnenschein‹ noch ein paar schöne Jahre verbringen zu können. Ich habe mir in der Nacht die Akten aus dem Keller besorgt und alles überprüft, so weit ich das konnte.« Sie lachte hohl auf und wischte sich über ihr Gesicht. Ihre Haare waren stumpf. Die zwei Tage, die sie durch die Stadt geirrt war, hatten deutliche Spuren hinterlassen.

»Und wer soll all die alten Leute ermordet haben?«, fragte Brasch. Er warf wieder einen Blick auf die Papiere. Daher also war Franziska Stephan in der Nacht verschwunden. Sie hatte Akten an ihrem Arbeitsplatz gestohlen.

»Doktor Muller und Julia Radke, der alte Drachen.«

Die beiden Namen erreichten Brasch wie aus großer Ferne. Er begriff sie zuerst gar nicht, wusste nichts damit anzufangen. Dann sah er die weiße Sängerin vor sich, wie sie neben ihrem bärtigen, selbstbewussten Manager stand und ihn bewundernd anstarrte. Abrupt richtete er sich auf. »Woher kennen Sie Muller?«, fragte er.

Die Nachtschwester bemerkte den Argwohn in seiner Stimme. »Ich weiß, dass Muller viele Freunde in der Stadt hat. Was soll eine kleine Altenpflegerin gegen einen bekannten Anwalt ausrichten, der im Stadtrat sitzt und jede Woche in der Zeitung steht? Aber wenigstens Sie könnten mir glauben. Muller ist der eigentliche Besitzer des Altenheims, auch wenn es niemand offiziell wissen darf. Julia Radke ist seine Schwester. Eine tolle Verbindung: Sie leitet das Heim, und er verwaltet die Vermögen etlicher Bewohner, die zufällig keine Verwandten mehr haben.«

Brasch hätte gern einen Kaffee getrunken. Er erhob sich und ging in dem Raum hin und her, um seine Müdigkeit abzuschütteln. Hatte die Nachtschwester sich in ihrem Wahn, Schmolls Tod zu sühnen, etwas zurechtgelegt, eine eigene Wahrheit entworfen, die nichts mit der Wirklichkeit zu tun hatte?

»Altenheime werden ständig überprüft«, sagte er. »Niemand kann einfach so alte Menschen töten und ihr Vermögen einkassieren.«

Die Nachtschwester stieß ein höhnisches Lachen aus. »Ich habe in den letzten zwei Tagen Beweise gesammelt«, sagte sie. »Ich habe sogar nach dem Architekten gesucht, der das Haus vor vierzehn Jahren gebaut hat. Damals war Mullers Schwester tatsächlich noch mit einem Mann verheiratet, der Radke hieß. Ein Jahr später hat sie sich scheiden lassen und den Namen behalten. Aber obwohl ihr das Haus angeblich gehört, hat der Architekt sie nie gesehen. Er hat immer nur mit Muller zu tun gehabt.«

Brasch trat an das Fenster, riss ein Stück Zeitung herunter und blickte hinaus.

»Lassen Sie das!«, zischte ihm Franziska Stephan wütend zu. »Es darf niemand wissen, dass ich hier bin.«

Am Himmel leuchteten ein paar Sterne, zwischen denen ein Flugzeug eine Kurve flog. Brasch stellte sich die Schlagzeile vor: »Kölner Prominentenanwalt tötete zwölf alte Menschen!« Nein, es konnte nicht stimmen. Diese Schlagzeile würde es niemals geben.

»Die beiden werden ein paar Millionen verdient haben«, sagte die Nachtschwester in seinem Rücken. »Mit kinderleichten Morden, die niemand als Morde ansah. Alte Menschen müssen ohnehin sterben. Niemand wird verdächtigt, wenn eine Achtzigjährige plötzlich tot im Bett liegt, sanft entschlummert, friedlich eingeschlafen ... Vielleicht haben die beiden es auch als eine Art Sterbehilfe betrachtet, die sie sich gut bezahlen ließen. Ein sanfter Tod war sozusagen im Service inbegriffen.«

»Also gut«, sagte Brasch, während er sich wieder umwandte, »angenommen, Sie haben mit Ihren Vermutungen Recht. Wie kommt Schmoll ins Spiel?«

»Das ahnen Sie nicht?« Die Nachtschwester sammelte mit kurzen, abgehackten Gesten ein paar Papiere zusammen, als würde sie die Geduld mit ihm verlieren. »Hermine hat mit seiner Mutter seit Jahren ein Zimmer geteilt. Die beiden alten Frauen haben sich gemocht. Wahrscheinlich hat Sonja etwas mitbekommen und es Bobby erzählt.«

»Eine Frau, die an Alzheimer leidet, soll ihrem Sohn etwas gesagt haben?«

Brasch hörte, wie ein Motor auf der Straße aufheulte und dann abrupt erstarb.

»Das war der Fehler, den Muller und seine Schwester gemacht haben. Sie haben Sonja wie eine Idiotin behandelt, eine Frau, deren Gehirn nur noch ein löchriger Schwamm ist, aber damit lagen sie falsch. Sicher, meistens war Sonja ziemlich durch den Wind, aber es gab Momente, in denen war sie ganz klar. In manchen Nächten habe ich an ihrem Bett gesessen und mit ihr geredet, und auch bei Bobby hatte sie ihre lichten Momente. Sie hat sich so gefreut, als er aus dem Gefängnis entlassen worden war. Da konnte man merken, dass sie noch einen Funken Verstand besitzt.«

War das die Lösung? Schmoll kam einem Geheimnis auf die Spur, weil seine Mutter ihm gesagt hatte: »Hör zu, da war gestern jemand in meinem Zimmer und hat Hermine eine Spitze gegeben, und nun ist sie tot«?

»Ich würde vorschlagen, dass wir diesen gastlichen Ort verlassen. Packen Sie Ihre Papiere zusammen, und dann fahren wir zu mir«, sagte Brasch. »Ich koche uns einen guten Kaffee, und wir schlafen ein paar Stunden, bevor wir uns Ihre Beweise genauer anschauen.«

»Sie glauben mir nicht«, flüsterte die Nachtschwester. Sie hatte sämtliche Papiere auf einen Stapel gehäuft. »Sie wollen mich besänftigen, weil Sie denken, dass ich Ihnen irgendeine Geschichte erzähle.«

Brasch sah den Zorn in ihren Augen. Wenn Sie wirklich gute Beweise haben, dann wird es kein Problem sein, Muller zu überführen, wollte er sagen, aber dann schwieg er und wandte den Blick ab. Zwölf Tote, zwölf Menschen, die schon seit einiger Zeit in der Erde lagen – da würde es mehr als schwierig werden, die Todesursache noch zweifelsfrei festzustellen. Doch eines stand fest: Auf Pia war geschossen worden, weil man sie für die Nachtschwester gehalten hatte.

»Was hat Schmoll getan?«, fragte er und starrte durch den Riss in der Zeitung nach draußen. Für einen Moment kam es ihm vor, als läge da kein düsteres Land vor ihm, sondern stilles, unbewegtes Wasser. Er war allein mit der Nachtschwester auf einem riesigen leeren Schiff. »Hat er Muller erpresst? Oder hat er ihm gesagt: ›Geh zur Polizei, stelle dich, oder ich zeige dich an!‹?«

Franziska Stephan seufzte leise auf. Ihr Zorn schien schon wieder verflogen zu sein. »Ich weiß es nicht«, flüsterte sie. »Ich bin Bobby aus dem Weg gegangen. Er war so ein kleiner Junge. Er hat mir Videobänder geschickt, auf denen er mir sein halbes Leben erzählt hat. Und auf seinem letzten Band hat er mir einen Heiratsantrag gemacht. Da saß er mit ein paar Blumen da und hat ein Gedicht aufgesagt. Können Sie sich so etwas vorstellen: ein Boxer mit einem Strauß Rosen im Arm, der mühsam ein Gedicht auswendig gelernt hat und es in eine Kamera spricht? Es war rührend, aber auch todtraurig.«

Brasch entgegnete nichts. Die Videokassetten waren auch verschwunden, fiel ihm ein.

»Bobby hat immer davon geträumt, viel Geld zu haben. Er hat davon geträumt, ein Schiff am Mittelmeer zu besitzen und ein Haus in der Eifel«, fuhr die Nachtschwester fort. »Und er wollte ein Restaurant aufmachen und eine Boxschule und seiner Mutter eine große Reise schenken ... Schon möglich, dass er zu Muller gegangen ist, um Geld von ihm zu fordern.«

»Hätten Sie Schmoll geheiratet?«, fragte Brasch, ohne genau zu wissen, warum es ihn auf einmal interessierte.

»Nein, niemals«, sagte Franziska Stephan, ohne einen Hauch von Überraschung über diese Frage zu zeigen. »Ich mochte ihn irgendwie, weil er so rührend unbeholfen war, aber ich habe auch nur einmal mit ihm geschlafen.«

Als er sich umdrehte, musste Brasch plötzlich lächeln. In der Stimme der Nachtschwester lag eine Vertrautheit, als würde sie ihm gerne mehr von sich und dem Boxer erzählen.

»Wir sollten gehen.« Er streckte Franziska Stephan seine Hand entgegen, beinahe als wollte er sie auf eine Tanzfläche führen.

»Sie glauben mir also?«, fragte sie. Der Argwohn war in ihre Stimme zurückgekehrt.

Brasch nickte. »Es spricht manches dafür, dass Sie Recht haben. Ich hoffe, dass Ihre Beweise etwas taugen. Muller könnte ein schwieriger Gegner sein.«

Dann hörte er ein Geräusch, als wäre jemand auf eine Scherbe getreten, und im nächsten Augenblick fing ihn ein gleißendes Licht ein.

16

Seine Sinne arbeiteten so langsam, dass Brasch keinerlei Gefahr witterte. Ein Nachtwächter hatte sie in dem leeren Hochhaus aufgespürt und sich lautlos herangeschlichen, oder vielleicht hatte ein Nachbar, der ihn vor dem Haus beobachtet hatte, einen Streifenwagen gerufen, und nun schoben sich zwei ängstliche Polizisten in den Raum. Brasch schirmte seine Augen mit dem linken Arm ab und machte einen Schritt nach vorn, aber hinter dem grellen Lichtstrahl war keine Gestalt zu erkennen, so als wäre mit einem Knopfdruck ein Scheinwerfer angesprungen.

»Was wollen Sie?«, fragte er mit lauter und, wie er selbst fand, selbstsicherer Stimme. Hinter sich hörte er, wie die Nachtschwester mit einem schrillen Stöhnen auf die Beine sprang. Ihrer hastigen Bewegung war das Entsetzen anzumerken.

Der grelle Scheinwerfer vor ihm bewegte sich nicht. Er blieb wie eine Waffe auf ihn gerichtet.

»Wer sind Sie?«, fragte Brasch weiter. Das Licht tat seinen Augen weh. Trotzdem wagte er einen weiteren Schritt auf die Lampe zu. Unbehagen breitete sich in ihm aus.

Endlich erfolgte eine Reaktion. Der gleißende Lichtstrahl schwenkte ein wenig nach rechts, so als wollte der Jemand, der ihn kontrollierte, den Raum ausleuchten und erkunden, ob sich noch eine weitere Person in der Wohnung aufhielt. Brasch glaubte, etwas ausmachen zu können, schattenhafte Beine, rote Damenschuhe, auf die ein Flecken Licht fiel – ein diffuser Anblick, der ihn verwirrte.

Dann hörte er die Nachtschwester einen Laut ausstoßen, der kein Schrei war, eher ein lautes, gepresstes Stöhnen, als würde man ihr den Mund zuhalten.

Plötzlich spürte Brasch die Gefahr. Eine Welle aus Angst und gleichzeitigem Begreifen erfasste ihn. Er sah, dass sich ihm eine zweite Gestalt von hinten näherte, sah, dass sie mit einem langen, dünnen Gegenstand in den Lichtkreis geriet, und bevor ein mörderischer Schlag ihn traf, ahnte er, dass er einen unverzeihlichen Fehler begangen hatte, der ihn leicht sein Leben kosten konnte. Dann wurde es dunkel um ihn, und er hörte schmerzhaft und verzerrt das Echo eines Schreis, der wohl sein eigener gewesen war.

Brasch sah Delfine vor sich. Warum Delfine? Wo kamen die Delfine her? Er wusste es nicht. Er trieb in einem dunklen, schwarzen Meer. Die Delfine waren aus Licht. Manchmal kamen sie näher und schwammen um ihn herum, sodass er sie beinahe anfassen konnte, dann verschwanden sie wieder, tauchten in unbekannte Tiefen ab. Einmal meinte er, dass Leonie zu ihm kam. Während er unruhig auf dem Wasser trieb, breitete sie ein riesiges schwarzes Tuch über ihn aus. Er konnte ihr Gesicht nicht sehen, aber er spürte ihren Geruch. Sie zu riechen war, als würde er nach Hause kommen. Es war alles ein Irrtum. Sie und er waren gar nicht fort gewesen. Sie hatten nur für eine Weile in eine andere Richtung geblickt, aber nun wandten sie sich wieder einander zu. Es war doch wichtig, dass sie sich sahen, das Licht in den Augen des anderen.

Sie gehört doch zu mir, dachte Brasch, während er Leonie plötzlich gar nicht mehr erblickte, und ich bin auch gar kein Polizist mehr, sondern habe mir alle Zeit der Welt genommen, um auf sie zu warten.

Dann glaubte er die weiße Sängerin zu sehen, aber ihre Stimme konnte er nicht hören. Vorwurfsvoll, mit ernster Miene schaute sie ihn an. Ihr Anblick schmerzte ihn, ohne dass er sagen konnte, warum. Dann waren wieder die Delfine aus Licht um ihn. Diesmal jedoch berührten sie ihn sogar, erst spielerisch, stupsten ihn an, rollten ihn hierhin und dorthin, bis sie weit grober, beinahe gewalttätig mit ihm umsprangen. Sie zerrten an ihm, als hätten sie Mäuler, die aus Stahl waren, vor denen man sich in Acht nehmen musste. Zwischendurch gaben sie auch laute, knallende Geräusche von sich. Brasch versuchte sie mit den Händen abzuwehren, aber dann spürte er, dass er gar keine Hände mehr besaß, jedenfalls konnte er sie nicht ausstrecken, weil sie plötzlich an seinem Körper festgewachsen waren.

Um seine Verwirrung komplett zu machen, wurden die Delfine aus Licht auf einmal immer fahler und fahler, als würde alles Licht aus ihnen herausgeschwemmt werden. Dafür bekamen sie Stimmen, keuchende, menschliche Stimmen, die einem Mann und einer Frau gehörten.

Und dann, mit einem Ruck, löste sich alles auf.

Brasch hatte das Gefühl, er wäre auf Grund gelaufen. Er trieb gar nicht mehr in dem düsteren, heißen Wasser, das ihm wehtat, sondern hatte hartes, vermutlich felsiges Land erreicht. Aber auch das Land war voller Schmerzen, die durch seinen Körper glitten und in seinem Kopf endeten, und außerdem verwirrte ihn, dass er immer noch keine Arme besaß. Ja, die Delfine hatte ihm seine Arme gestohlen …

Als Brasch die Augen öffnete, sah er zuerst eine Kerze, die ein Stück entfernt von ihm auf dem Betonboden stand. Friedlich flackerte sie vor sich hin. Dann nahm er den Schmerz in seinem Kopf wahr, der sich bis in den Rücken hinunterzog und den er auch während seiner Ohnmacht die ganze Zeit gespürt hatte. Er wollte eine Wunde an seinem Kopf ertasten, aber er konnte seine Hände nicht bewegen. Eine kurze Panik erfasste ihn, als könnte er so schwer verletzt sein, dass sein ganzer Körper gelähmt war. Als er an sich hinunterblickte, bemerkte er jedoch, dass er auf einem Holzstuhl saß und man ihm die Arme und Beine mit einem

Klebeband am Stuhl festgebunden hatte. Auch seinen Mund hatte man überklebt, sodass er nicht einmal schreien konnte.

Er versuchte ruhig zu bleiben und sich zu orientieren. Er befand sich eindeutig nicht mehr in dem Raum, in dem er mit der Nachtschwester gewesen war. Nirgends lagen Bretter oder Decken herum. Auch die Aktenordner, die Franziska Stephan angeblich aus dem Altenheim gestohlen hatte, waren verschwunden. Während ein neuer Schmerz durch seinen Kopf raste, wandte Brasch den Blick. Für einen Moment hielten seine Augen überrascht inne. Ein paar Meter seitlich von ihm saß die Nachtschwester und wimmerte vor sich hin, vielleicht um seine Aufmerksamkeit zu erregen oder weil sie am Ende ihrer Kräfte war. Genau wie er war sie mit einem breiten Klebeband an einen alten Stuhl geschnürt worden. Sie schien unverletzt zu sein.

Brasch sah ihr in die Augen, und sie erwiderte seinen Blick. Blanke Angst war darin zu lesen und das Wissen, dass sie mit all ihren Befürchtungen Recht gehabt hatte. Wer war ihm gefolgt? Und wer hatte sie überfallen? Brasch nickte der Nachtschwester zu und legte so viel Zuversicht wie möglich in den Ausdruck seiner Augen. Wir kommen hier wieder heraus, wollte er ihr sagen. Spätestens, wenn es wieder hell wird, fällt uns etwas ein.

Franziska Stephan riss die Augen auf. Dann warf sie ihren Kopf hin und her und stieß erstickte Laute aus, die er unmöglich verstehen konnte. Ihr panischer Blick fiel auf die Kerze. Bereitete ausgerechnet eine harmlose Kerze ihr Sorgen? Sie bewegte sich so heftig auf ihrem Stuhl, dass sie fast umgefallen wäre. Brasch fixierte sie, starrte ihr wie ein Hypnotiseur ins Gesicht, als könnte er sie so beruhigen. Dann, nachdem sie tatsächlich ruhiger geworden war, fiel sein Blick wieder auf die Kerze. An der Kerze war nichts Besonderes, ein billiges, weißes Ding, das man in jedem Kaufhaus bekam und das mit einem gelegentlichen Flackern vor sich hin brannte. Doch warum hatte man die Kerze zu ihren Füßen aufgestellt? Wohl kaum, um ihnen während ihrer düsteren Gefangenschaft ein wenig Trost zu spenden. Und was bezweckte man damit, sie hier zu fesseln?

Vorsichtig wandte Brasch sich wieder um. Seine Kopfschmerzen ließen lediglich langsam gleitende Bewegungen zu. Manchmal schien sein Blick auch zu verschwimmen. Hinter der Kerze entdeckte er noch zwei weitere Gegenstände: Seine Dienstpistole und sein Mobiltelefon lagen da und schauten ihn an, als wollten sie ihn verhöhnen. Er konnte sich keinen Reim darauf machen. Fein säuberlich hatten ihre Angreifer seine Waffe auf den Boden gelegt. Nur seine Schlüssel konnte er nirgends entdecken. Vermutlich wusste man, wie er gekommen war, und würde seinen Wagen irgendwo am anderen Ende der Stadt abstellen, um seine Spur zu verwischen.

Wieder rutschte die Nachtschwester mit ihrem Stuhl hin und her. Die Kerze geriet kurz ins Flackern, worauf Franziska erneut heftig nickte. Dieses Zeichen war eindeutig. Die Nachtschwester wollte, dass sie die Kerze löschten.

Vor den Fenstern zog ein silbriges, zaghaftes Licht herauf. Der neue Tag begann. Brasch meinte, die Schatten von Bäumen wahrzunehmen. Sie befanden sich keinesfalls mehr im achten Stockwerk, sondern allenfalls in der ersten Etage. Das bedeutete, dass man ihn mühsam durch das enge Treppenhaus hinuntergeschafft hatte. Aber warum? Er versuchte kühl, ihre Lage zu analysieren, auch wenn in seinem Kopf regelmäßig wie ein Uhrwerk ein dumpfer, pochender Schmerz schlug und das Denken erschwerte. Man würde es nicht darauf anlegen, sie hier verdursten zu lassen. So etwas konnte Tage dauern und wäre viel zu gefährlich. Franziska Stephan musste zudem genau gesehen haben, wer sie überfallen hatte, und selbst wenn man sicher war, dass in den nächsten Tagen niemand das leere Haus betreten würde, wären sie als Gefangene in der achten Etage weit besser aufgehoben gewesen. Niemand konnte wissen, dass er keinem seiner Kollegen gesagt hatte, wo er sich in der Nacht mit Franziska Stephan treffen wollte.

Nein, überlegte Brasch, eine Person konnte es zumindest ahnen, dass er allein unterwegs war: die weiße Sängerin. Er dachte an seinen überstürzten Aufbruch, daran, wie er Johanna und Novak in dem Proberaum stehen gelassen hatte. Vielleicht war ihm auch Novak gefolgt. Aber wenn Franziskas Geschichte von Muller und seiner Schwester stimmte, musste es Johanna gewesen sein, die ihm hinterhergefahren war. Hatte sie nur Theater mit ihm gespielt, um herauszufinden, wie weit sie mit ihren Ermittlungen gekommen waren? Der Gedanke tat ihm weh. In der Nacht hatte sie nicht wie eine Puppe gewirkt, die Muller gehörte, zumindest nicht, als sie ihn geküsst hatte.

Brasch spürte den ekelhaften Geschmack von Plastik auf seinen Lippen. Wenn man ihm das Klebeband nicht nur über den Mund, sondern auch über die Nase geführt hätte, würde er nun hier ersticken – genau wie Schmoll, der Boxer, dem man seinen Tod noch mit einer kräftigen Dosis Schlaftabletten versüßt hatte. Brasch schaute die Nachtschwester an. Ihre Haare hingen ihr in die Stirn, und sie bewegte sich immer wieder ruckartig auf ihrem Stuhl. Er versuchte stumm zu lügen, er bemühte sich, ihr mit den Augen Trost zu spenden, als hätte er ihre Lage erkannt und würde bereits darüber nachdenken, was sie tun könnten, um sich zu befreien. Er versuchte, die Muskeln in seinen Armen und Beinen anzuspannen. Möglicherweise ließen sich die Klebebänder lockern, wenn er genügend Gegendruck entwickelte. Doch man hatte ihn wie einen Todgeweihten auf dem elektrischen Stuhl festgeschnallt. Brasch verlagerte sein Gewicht etwas, und da er sich mit den Füßen am Boden abstützen konnte, gelang es ihm, sich mitsamt dem Stuhl ein winziges Stück vom Fleck zu bewegen.

Die Nachtschwester sah ihn an. Brasch glaubte, einen Funken Hoffnung in ihren Augen zu erkennen. Wie eine graue Flüssigkeit spülte immer mehr Licht in den Raum. Sollte er versuchen, zum Fenster zu gelangen und sich bemerkbar zu machen? Wieder bewegte er sich mit dem Stuhl ein wenig von der Stelle, aber jeder Atemzug, jedes Anspannen eines Muskels kostete ihn ungeheure Kraft und verursachte neue Schmerzen.

Für einen Moment schloss er die Augen. Am liebsten würde er einfach so sitzen bleiben, in seiner eigenen Dunkelheit, und darauf warten, dass Mehler und sonst wer kam und ihn rettete. Ja, er würde gar nichts tun, sondern nur in sich hineinsehen. In seinem Kopf war eine große, weite Landschaft voller Ruinen und Trümmer; er erkannte sich selbst zwischen diesen Ruinen, eine Schattengestalt, die nicht so recht wusste, wohin sie sich wenden sollte. Aufräumen, dachte Brasch, man müsste aus den Ruinen etwas Neues bauen, aber er spürte, dass er viel zu müde und kraftlos war. Plötzlich, wie eine Sonne, die den Horizont erklomm, hörte er Musik heraufziehen: »Somewhere over the rainbow …« Die Stimme der weißen Sängerin fiel wie ein schmerzhaftes Licht auf die Landschaft.

Ich träume, dachte Brasch und fand diesen Gedanken seltsam, ich sitze in der Falle, gefangen auf einem alten Holzstuhl, und träume von der weißen Sängerin. Dann schreckte er auf und öffnete die Augen. Sofort verschwand die Musik aus seinem Kopf, und er begriff endlich, warum der Anblick der still brennenden Kerze die Nachtschwester so in Angst und Schrecken versetzte.

Ein schwacher Geruch von Gas lag in der Luft. Eigentlich war er nur wahrzunehmen, wenn man die Augen schloss und ganz konzentriert einatmete. Alles ergab so einen Sinn. Man wollte das Haus in die Luft sprengen. Deshalb hatte man sie in ein unteres Stockwerk geschafft und die Kerze vor ihren Füßen aufgestellt. Zwei Tote bei einer Gasexplosion, ein Kommissar und eine Informantin, die sich in einem Abbruchhaus getroffen hatten. Ein mysteriöser und zugleich tragischer Unglücksfall.

Für gewöhnlich, dachte Brasch, während er sich mit seinem Stuhl schon auf die Kerze zubewegte, gibt es keine funktionierenden Gasleitungen mehr in Häusern, die zum Abriss bestimmt sind, aber vielleicht war es Muller oder wem auch immer gelungen, die Hauptleitung, die in den Keller hineinführte, so zu beschädigen, dass Gas eindrang.

Stück für Stück arbeitete Brasch sich zu der Kerze vor. Schweiß brach ihm aus, und der pochende Schmerz in seinem Kopf steigerte sich zu einem wilden Hämmern und Dröhnen. Brasch hatte das Gefühl, alle Muskeln einsetzen zu müssen, um mit seinem Stuhl Zentimeter für Zentimeter über den Betonboden zu kriechen. Als er zwischendurch aufschaute, sah er, dass die Nachtschwester ihn wie gebannt anstarrte und in ihren Augen ein Licht stand, als wollte sie ihn anfeuern.

Es gelang Brasch, einen bestimmten Rhythmus zu entwickeln: Er lehnte sich zurück und schnellte dann nach vorn, während er sich gleichzeitig, so weit es ging, mit den Füßen abfederte. Mühsam näherte er sich auf diese Weise der Kerze. Einmal, nachdem er zu viel Schwung geholt hatte, konnte er nur mit knapper Not einen Sturz verhindern, indem er sich hastig gegen die Stuhllehne presste. Der Stuhl tanzte für eine Sekunde auf zwei Beinen und drohte die Balance zu verlieren. So festgeschnallt, wie er war, hätte Brasch sich niemals wieder aufrichten können, sondern hätte wie ein viel zu ungelenker, unförmiger Käfer dagelegen. Dann jedoch glitt der Stuhl schwerfällig in seine Ausgangsstellung zurück.

Brasch fühlte, wie seine Kräfte allmählich nachließen. Mit einer letzten Anstrengung schob er sich mit dem Stuhl nach vorn und warf die Kerze um. Die Flamme loderte noch einmal kurz auf, bevor sie erlosch. Als eine winzige graue Rauchfahne aufstieg, durchströmte ihn ein leises Glücksgefühl und ließ ihn für ein paar Momente die Schmerzen vergessen. Dann fiel ihm ein, dass er im Grunde gar nichts erreicht hatte. Eine Kerze war umgestürzt und erloschen, sonst war nichts passiert.

Die Nachtschwester ließ ihn die ganze Zeit nicht aus den Augen. Sie schaute ihn an, und manchmal weiteten sich ihre Nasenflügel, als würde sie verzweifelt versuchen, möglichst viel Luft einzuatmen. Gut gemacht, schienen ihre dunklen Augen zu sagen, du hast einen kleinen Sieg errungen, aber noch ist nicht alles gewonnen.

Brasch nickte ihr zu. Dann gestattete er sich, für ein paar

Sekunden wieder mit geschlossenen Augen dazusitzen. Sein Herzschlag beruhigte sich, aber zugleich nahm er wahr, dass ihm die Arme und Beine an den Stellen schmerzten, wo ihm das Klebeband bei jeder heftigen Bewegung tief ins Fleisch schnitt. Er musste sich befreien, musste die Nachtschwester und sich aus dem Haus bringen, bevor es explodierte.

Als er die Augen abrupt aufriss, hatte er das Gefühl, als wäre es sehr viel heller in der Wohnung geworden. Hatte er für Momente geschlafen? Ein anderer, schriller Schmerz wütete in seinem Kopf. Der Himmel vor dem Fenster hatte sich rötlich verfärbt. Irgendwo da draußen ging harmlos und schön die Sonne auf. In zwei, drei Stunden würde Mehler zum Dienst ins Präsidium fahren und seine Nachforschungen anstellen, wenn Brasch nicht einigermaßen pünktlich auftauchte. Er würde ihn anrufen, würde dann, weil er sich nicht meldete, zu seinem Haus hinausfahren und vielleicht später am Vormittag nach ihm suchen lassen … Nein, so viel Zeit hatten die Nachtschwester und er nicht. Bis dahin würde das Haus längst nicht mehr sein als Schutt und Asche.

Brasch dachte an den toten Boxer. Sie hatten ihn an seinen Sessel festgebunden, ohne Spuren zu hinterlassen, hatten ihm einen Schlaftrunk eingeflößt und ihm kaltblütig eine Plastiktüte über den Kopf gestreift. Was ging einem Menschen in den letzten Augenblicken seines Lebens durch den Kopf? Dann übermannte ihn unvermittelt der Zorn auf sich selbst, auf die weiße Sängerin, darauf, dass er geradewegs in die Falle gelaufen war. Er zerrte an dem Klebeband, stemmte sich dagegen, um es zu zerreißen, aber es war doppelt und dreifach um seine Arme und den Holzstuhl gewunden worden. Er könnte sich allenfalls befreien, wenn der Stuhl unter ihm nachgeben würde oder wenn er ihn zerschlagen könnte. Sein Blick fiel auf die Kerze vor ihm, glitt dann zu seiner Pistole und seinem Telefon und wanderte dann weiter zu der Türöffnung und dem winzigen Korridor dahinter. Die Wohnung war nicht sehr groß, sie maß allenfalls zehn Schritte bis zum Treppenhaus, nicht viel, wenn man aufrecht stand und gesunde Beine hatte, aber für jemanden, der gefesselt auf einem Stuhl saß, war selbst die Tür unerreichbar fern. Brasch legte den Kopf zurück, wie ein Tier, das einen verzweifelten Schrei ausstoßen wollte. Er sah die graue Decke, eine nutzlos gewordene Lampe hing noch da, und dachte, dass bei einer Explosion tausende Tonnen von Beton auf ihn herabstürzen würden. Häuser, in denen Gasleitungen defekt gewesen waren, sahen immer aus, als wären sie von schweren Bomben getroffen worden.

Im nächsten Augenblick schob er sich wieder mit seinem Stuhl vor. Unaufhörlich, ohne nachzulassen, bewegte er sich in Richtung Tür. Er hatte einen Entschluss gefasst. Es gab nur einen Ausweg: Er musste bis ins Treppenhaus gelangen, und dann würde er sich die Treppe hinunterstürzen. Entweder brach er sich alle Knochen, oder der Holzstuhl gab beim Sturz unter ihm nach, sodass er sich vielleicht befreien konnte. Kein guter Plan, sagte eine leise warnende Stimme in seinem Kopf, doch er achtete gar nicht darauf, sondern wiegte sich vor und zurück, um auf dem knarrenden Stuhl Stück für Stück vorwärts zu hüpfen.

Nachdem er endlich den Türbogen zum Korridor erreicht hatte, glaubte er, im nächsten Moment würde ihm schwarz vor Augen werden. Das Blut rauschte ihm so laut in den Ohren, als wäre er mitten in einen Taifun geraten.

Bevor er mit der nächsten Bewegung in dem Korridor verschwand, der ins Treppenhaus führte, wandte er sich noch einmal zu der Nachtschwester um. Ahnte sie, was er vorhatte? Beinahe reglos, wie eine Gelähmte im Rollstuhl, saß sie da und maß ihn mit kalten, forschenden Augen, in denen nun jedes Licht erloschen war. Dann nickte sie ihm zu; es war wie ein Signal, auch noch den letzten Rest des Weges zurückzulegen, wohin er auch immer führen mochte.

Brasch verfiel wieder in seinen Rhythmus, lehnte sich zurück und stemmte sich vor, aber irgendetwas war anders. Möglicherweise war der Betonboden im Korridor rauer und behinderte das Fortkommen, oder aber die Kräfte verließen ihn nun vollends. Er schaffte es kaum noch, den Stuhl auch nur ein paar Zentimeter vorwärts zu schieben. Vielleicht war es auch die Angst, die ihn bremste. Es grenzte an Wahnsinn, sich schutzlos und gefesselt eine Treppenschlucht hinabstürzen zu wollen.

Nein, ich will nur bis zur Treppe gelangen, sagte er sich, dann bleibe ich stehen und warte, bis Hilfe kommt. Wenn ich es bis zur Treppe schaffe, ist das ein untrügliches Zeichen, dass uns jemand retten wird. Mehler würde so eine Art sechsten Sinn entwickeln, oder Muller begriff, dass es Wahnsinn war, was er vorhatte, oder irgendein unbedarfter Bauarbeiter würde auftauchen, überrascht, zwei Menschen gefesselt auf einem Stuhl zu finden …

Brasch machte sich etwas vor, dachte mit wahnhafter Freude daran, wie es sein würde, ihrem Retter um den Hals zu fallen. Danach würde er ein heißes Bad nehmen, bei Rosa einen Kaffee bestellen und am nächsten Tag alle Glocken des Doms für die Nachtschwester und sich läuten lassen.

Mit geschlossenen Augen rutschte er das letzte Stück nach vorn. Er spürte seine Arme und Beine schon gar nicht mehr. Ja, eigentlich hatte er sich bereits von seinem Körper gelöst; er bestand nur noch aus dem Willen, mühsam durch die Nase ein- und auszuatmen. Alle Geräusche blieben hinter ihm zurück. Selbst sein Herzschlag klang dumpf und wie aus großer Ferne, und auch der Schmerz in seinem Kopf gehörte gar nicht mehr wirklich zu ihm.

Als Brasch die Augen wieder aufschlug, sah er das dunkle Treppenhaus vor sich. Bis in diesen Winkel des Hauses war das erste Sonnenlicht noch nicht vorgedrungen. Er versuchte seinen Stuhl so hinzurücken, dass er nicht mit dem Gesicht voraus in die Tiefe stürzen würde, sondern zumindest das Holzgestell unter sich hatte. Wenn es zerbrach, würde er die Nachtschwester retten können, wenn nicht …

Er versetzte dem Stuhl einen letzten Stoß. Dann stand er an der Kante zur ersten Stufe. Seltsam, dachte er, nun kann es sein, dass ich vor meinem todkranken Vater sterbe und ihn niemals wiedersehe. Ein Gedanke, der ihn mehr überraschte, als dass er ihn mit Bitterkeit erfüllte.

Einen Moment später lehnte er sich zurück und hörte noch, wie der alte Holzstuhl laut aufstöhnte, bevor er die Betontreppe hinunterstürzte.

17

Dass die Zeit stehen blieb oder dass man aus Zeit und Raum herausfiel, gab es tatsächlich. Für einen Moment, der sich dehnte und streckte, hatte Brasch das Gefühl, auf seinem Stuhl zu schweben, rückwärts auf einem wilden hölzernen Pferd durch die Luft zu reiten. Der Aufprall, den er schmerzhaft erwartete, kam gar nicht. Stattdessen spürte er einen erfrischend kühlen Wind und sah einen Lichtstrahl über sich hinweggleiten, oder vielleicht war es ein heller Vogel, der ihm verspielt nachjagte. Als er schon von einer unerklärlichen Heiterkeit erfasst wurde, krachte der Stuhl auf den Stufen auf. In seinem Hals schienen ein paar Sehnen zu reißen, dann prallte sein Hinterkopf auf harten, unerbittlichen Stein, und ihm wurde so übel vor Schmerzen, dass er die Zähne aufeinander presste. Alles wirbelte laut und heiß durcheinander. Seine Augen sendeten keine klaren Bilder mehr. Er wurde herumgeschleudert, als säße er in einer Achterbahn, die aus der Spur gesprungen war, schlug mit dem Kopf erneut gegen mehrere Betonstufen, spürte einen schrillen Stich in der rechten Schulter, als hätte ihn da jemand mit einer Lanze durchbohrt, und hörte ein Stöhnen und Knirschen, das er ganz und gar nicht einordnen konnte.

Dann, als hätte er lediglich eine Sphäre von heftigen Turbulenzen durchkreuzt, trat abrupt Stille ein. Brasch vernahm lediglich sein eigenes Atmen. Dumpf registrierte er, dass er sich nicht den Hals gebrochen hatte und sogar noch mindestens einen Arm und ein Bein bewegen konnte. Das Holz hatte tatsächlich unter ihm nachgegeben. Er versuchte sich aufzurichten, was ihm sogar mühsam gelang; seinen Hals zu drehen bereitete ihm jedoch weit mehr Schwierigkeiten. An seinen Armen und Beinen hingen wie mißratene Knochenschienen Holzteile, ansonsten war der Stuhl beim Sturz vollständig zertrümmert worden. Dass er blutete, bemerkte Brasch erst, als er sich vorbeugte, um die Holzreste an seinen Füßen aus dem Klebeband zu entfernen. Aus einer Wunde am Kopf fielen große rote Tropfen auf den Beton. Hastig zerrte er auch die Trümmer der Armlehne aus seinen Fesseln um die Handgelenke und riss sich das Klebeband vom Mund. Dann zog er ein Papiertaschentuch aus seiner Hosentasche und presste es auf die Wunde an seinem Hinterkopf.

Brasch hatte sich getäuscht. Während er bewusstlos gewesen war, hatte man ihn nicht in die erste Etage, sondern ins Erdgeschoss hinuntergeschleppt. Mit dem Stuhl war er bis in den Keller gestürzt. Hier war der Gasgeruch so intensiv, dass ihm beinahe übel wurde, aber vielleicht lag es auch an der Wunde an seinem Hinterkopf, aus der ihm das Blut bereits den Rücken hinunterrann. Er nahm ein Stück Holz und schlug damit das einzige Fenster ein, das sich im Keller befand. Möglicherweise ließ sich eine Explosion verhindern, wenn das Gas nach draußen abziehen konnte. Dann hievte Brasch sich mühsam am Geländer die Treppe hinauf. Bei jeder schnelleren Bewegung durchzuckte ihn am Hals ein Schmerz, als würden da zwei Stromkreise aufeinander treffen.

Beinahe entsetzt starrte Franziska Stephan ihn an, als er in die Wohnung trat. Er musste grauenhaft aussehen, schmutzig und voller Blut, wie jemand, der mit einem Ungeheuer gekämpft hatte, aber er stand auf zwei Beinen. »Es ist nichts passiert«, versuchte er ihr zuzurufen, doch es drang nur ein heiseres Krächzen über seine Lippen. In einer Ecke fand er eine Glasscherbe und machte sich daran, die Klebebänder am rechten Arm der Nachtschwester durchzuschneiden. Seine blutigen Hände zitterten. Als er es endlich geschafft hatte, riss sie sich das Klebeband vom Mund

und nahm ihm die Scherbe ab, um selbst die Fessel an ihrem linken Handgelenk zu bearbeiten.

»Ich dachte, Sie wären tot«, sagte sie atemlos und so, als wäre sie überhaupt nicht erleichtert. »Es hat sich angehört, als würden Sie zwanzig Meter in die Tiefe stürzen und sich das Genick brechen.«

»So ähnlich war es auch.« Brasch beugte sich über sein Telefon, doch es funktionierte nicht. Jemand hatte den Akku entfernt. Seine Waffe allerdings war intakt. Sie hatten sich nicht getraut, seine Pistole zu stehlen und verschwinden zu lassen.

»Wer hat uns überfallen?« Er konnte sich selbst kaum hören, so schwach und zaghaft klang seine Stimme.

»Sie haben nichts gesehen?« Die Nachtschwester war dabei, die Klebebänder an ihren Füßen zu durchtrennen. Sie hatte die Nacht weit besser überstanden als er. »Muller und seine Schwester … Woher wussten die beiden, dass wir hier waren?«

Statt zu antworten, schob Brasch seine Pistole in das Holster. »Wir müssen hier so schnell wie möglich verschwinden«, sagte er. »Haben Sie Ihr Telefon noch?«

Die Nachtschwester schüttelte den Kopf und machte eine Handbewegung, die wohl besagen sollte, dass ihr Handy oben in der achten Etage lag.

Weil Brasch vermutete, dass die Eingangstür verschlossen war, eilten sie in den Keller hinunter und nahmen denselben Weg, den Franziska Stephan ihm in der Nacht beschrieben hatte. Ohne Lampe kamen sie nur mühsam voran und stolperten immer wieder über alte Rohre, Kartons und anderes Gerümpel. Brasch hatte keine Ahnung, ob der Gasgeruch stärker oder schwächer geworden war. Er konzentrierte sich nur darauf, nicht zu stürzen, die Füße richtig voreinander zu setzen, als wäre schon das eine Kunst, die ihm schier Übermenschliches abverlangte.

Erst nachdem sie die Kellertreppe passiert hatten und eine mit Müll übersäte Wiese vor ihnen lag, hielten sie für einen Moment inne. Brasch blickte auf seine Uhr, aber das Glas war gesprungen und ein Zeiger abgebrochen.

»Es muss kurz vor sechs sein«, sagte die Nachtschwester. Zum ersten Mal lächelte sie. »Wir haben es geschafft.«

Brasch nickte, und sofort zuckte wieder ein greller Schmerz seinen Hals hinauf. Er schlug den Weg zur Straße ein. Er würde den ersten Wagen anhalten und den Fahrer um dessen Handy bitten oder sich zur nächsten Telefonzelle bringen lassen, um die Feuerwehr und die Polizei zu rufen. Das Haus durfte auf keinen Fall explodieren. Sie mussten Beweise sichern, Spuren, die Muller und seine Schwester hinterlassen hatten.

Plötzlich griff die Nachtschwester nach seiner Hand und hielt sie fest, als wäre er ein alter Mann, der ins Straucheln geraten war. Dann blieb sie stehen und tat einen schnellen, überraschten Atemzug. Brasch verstand nicht sofort, weshalb. Seine Augen suchten die Wiese vor ihm ab, wanderten dann zur Straße hinüber. Niemand war dort zu sehen. Lediglich eine Katze verschwand mit einem Sprung ins Gebüsch.

»Sie sitzen da und warten«, sagte die Nachtschwester leise und ohne die Lippen zu bewegen. »Sie warten, dass das ganze Haus vor ihren Augen in die Luft fliegt.«

Brasch tastete nach seiner Waffe. Hundert Meter entfernt parkte ein weißer Geländewagen auf der falschen Seite der Straße. Zwei Schatten waren schemenhaft hinter der Windschutzscheibe zu erahnen. Die Nachtschwester schien Mullers Wagen zu kennen. Brasch ließ ihre Hand los und ging langsam auf den Geländewagen zu. Seltsamerweise fiel ihm auf, wie schmutzig das Auto war, als wäre Doktor Muller bei heftigem Regen durch unwegsames Gebiet gerast. So ein ungepflegter Wagen passte gar nicht zu einem Mann, der zur Prominenz der Stadt zählte und über den dreimal in der Woche etwas in der Zeitung stand. Brasch hörte, wie die Nachtschwester hinter ihm »Vorsicht!« flüsterte, aber plötzlich war es ihm gleichgültig, dass er müde und verletzt auf einen Mörder zuschritt. An seinen Armen hingen noch wie tibetische Gebetsfahnen die Reste des Klebebands, mit dem man ihn gefesselt hatte, und flatterten im leichten Wind, der aufgekommen war. Seine Hand lag auf seiner Waffe, auch wenn er wusste, dass er sie nicht ziehen würde.

Muller starrte ihn durch die Windschutzscheibe an. Ein namenloser Schrecken lag in seinen Augen, als wäre Brasch tatsächlich von den Toten auferstanden und wandelte nun über tosendes Wasser auf ihn zu. Er machte keine Anstalten, eine Pistole zu ziehen oder den Wagen zu starten, um zu fliehen oder vielleicht auf Brasch zuzurasen. Neben ihm hockte seine Schwester. Auch sie hatte der Schrecken gelähmt. Sie sah genauso erschöpft und hohlwangig aus wie ihr Bruder. Nicht nur Brasch und die Nachtschwester hatten die furchtbarste Nacht ihres Lebens hinter sich gebracht.

Von einer Sekunde auf die andere spürte Brasch, dass die beiden am Ende waren und keine Gefahr mehr von ihnen ausging. Sie hatten ein paar Grenzen überschritten, die sie niemals hätten überschreiten dürfen. Sie mochten aus Habgier alten, wehrlosen Menschen eine Spritze setzen können, aber sie konnten nicht tagelang vor der gesamten Polizei Kölns davonlaufen und weitere Morde begehen, um andere zu vertuschen.

Als er bis auf drei Schritte herangekommen war, hörte Brasch, dass im Geländewagen Musik lief. Die weiße Sängerin sang »Fever«, aber nicht so kühl und gehetzt wie Peggy Lee; sie hauchte die Worte wie eine schläfrige Katze ins Mikrofon. Brasch zögerte einen Moment. Vielleicht saß Johanna auch im Wagen, die Dritte im Bunde, die ihn verraten hatte. Dann, nachdem er gesehen hatte, dass die Rückbank leer war, beugte er sich über die Fahrertür. Muller starrte weiter vor sich hin und behielt das Hochhaus im Visier, als hoffte er noch immer, es könnte explodieren und alle seine Probleme würden davonfliegen. Seine Hände lagen kraftlos auf dem Lenkrad. Nur seine Schwester auf dem Beifahrersitz wandte den Kopf und sah Brasch an. Sie verzog das Gesicht, entblößte die Zähne in einer hässlichen Grimasse.

Brasch öffnete vorsichtig die Wagentür. »You give me fever«, schallte ihm beinahe vorwurfsvoll entgegen, »you give me fever, when you kiss me, fever in the morning, fever through the night«, doch im nächsten Moment, kurz vor dem Finale des Songs, brach die Stimme der weißen Sängerin unvermittelt ab, weil Mullers Schwester den Schlüssel im Zündschloss herumgedreht hatte. Für einen Moment genoss Brasch die Stille, die aus dem Wagen drang. Dann, während Muller noch immer nicht den Blick wandte, sagte er: »Ich verhafte Sie wegen mehrfachen Mordes und dreifachen Mordversuches.« Seine Stimme klang heiser, aber so ruhig und fest, als stünde er nicht kurz davor, erschöpft zusammenzubrechen.

EPILOG

Eine Katze saß auf einem Baum und starrte zu seinem Zimmer herüber. Für einen Moment trafen sich ihre Blicke, dann wandte das Tier sich ab und legte sich wie ein Gepard, der müde von der Jagd war, auf einen Ast und kniff die Augen zusammen.

Was für ein Glück es sein kann, zu beobachten, wie eine Katze träumt, dachte Brasch. Er sah die Spiegelung seines Gesichts im Fenster. Der Verband, den eine wortkarge Krankenschwester ihm angelegt hatte, leuchtete wie ein Heiligenschein auf alten religiösen Gemälden. Eine Platzwunde am Hinterkopf, eine mittelschwere Gehirnerschütterung und ein paar Prellungen, mehr war ihm nicht passiert. »Danken Sie Ihrem Schutzengel«, hatte die Krankenschwester zu ihm gesagt, als wäre er ein Kind, das sich bei einem verbotenen Spiel verletzt hatte.

Nur mit letzter Kraft hatte er sich auf den Beinen halten können, bis Mehler mit drei Streifenwagen gekommen war und Muller und Julia Radke mit auf das Präsidium genommen hatte. Muller hatte kein einziges Wort gesagt, aber fast schien es, als wäre er über seine Festnahme erleichtert gewesen. Auf dem Sitz hinter ihm lagen die Beweise seiner Verzweiflung: zwei leere Whiskeyflaschen und etliche Schachteln Tabletten, Beruhigungspillen, Stimmungsaufheller, ein ganzes Sammelsurium von Medikamenten.

Julia Radke schwieg ein paar Sekunden lang, dann begann sie Ausflüchte zu suchen, sprach von Missverständnissen und falschen Verdächtigungen. Sie schien, während sie redete, darüber nachzudenken, ob sie fliehen könnte, und sah ihren stummen Bruder zwischendurch auffordernd an, als wartete sie auf ein Zeichen von ihm, doch Muller beachtete auch sie nicht. Er saß da, ein Autist, für den die Welt aufgehört hatte zu existieren. Brasch zog den Zündschlüssel ab und lehnte sich an die Motorhaube, als würde er in aller Ruhe auf einen Mechaniker warten, der seinen defekten Wagen wieder in Gang bringen sollte. Die Nachtschwester stellte sich neben ihn in das erste Sonnenlicht, vorsichtig, als wäre die Gefahr noch nicht vorüber.

Ohne die beiden im Wagen anzuschauen, fragte sie leise: »Wie fühlen Sie sich? Wie ein Sieger?«

»Nein«, erwiderte Brasch, »eher wie ein Marathonläufer, der endlich ins Ziel gekommen ist.«

Dann ging er um den Geländewagen herum und öffnete den Kofferraum. Da lagen unter einer Wolldecke ein Gewehr und eine durchsichtige Plastiktüte mit Videobändern. Wenn er noch Zweifel gehabt hatte, waren sie nun endgültig beseitigt. Eine Minute später hatte er einen Wagen auf der Straße angehalten und mit dem Telefon des Fahrers die Polizei gerufen.

Brasch hörte, wie hinter ihm die Tür seines Krankenzimmers zaghaft geöffnet wurde. Zweimal schon war eine Pflegerin hereingekommen und hatte ihm Blumen gebracht, von Balk, dem Polizeipräsidenten, und von seiner Mutter. Noch nie in seinem Leben hatte seine Mutter ihm Blumen geschickt. Sie hatte sein Bild mittags in den Nachrichten gesehen. Die Festnahme Mullers war auf allen Kanälen die wichtigste Meldung des Tages.

Pia steckte ihren Kopf zur Tür herein. Sie trug einen leuchtend grünen Frotteemantel und sah noch immer bleich aus.

»Ich habe erst vor einer halben Stunde gehört, dass du auch hier bist«, sagte sie entschuldigend. »Gratulation zu der Festnahme! Im Radio haben sie gar kein anderes Thema mehr.«

Brasch winkte sie zu sich. Sie bewegte sich ungewohnt langsam, ihr rechter Arm hing unter dem Bademantel schlaff herab. Als sie vor ihm stand, küsste sie ihn plötzlich auf die Wange. Ihre blauen Augen blitzten auf, und er roch ihr Parfüm, das so gar nicht in ein sprödes Krankenzimmer passte.

»Hätte aber auch schief gehen können.« Sie berührte mit der linken Hand seinen Verband am Kopf.

»Ja«, sagte Brasch, »wahrscheinlich haben nur ein paar Minuten gefehlt, und das Haus wäre in die Luft geflogen.«

Pia verzog das Gesicht, als bereitete ihr dieser Gedanke Schmerzen. »Ich muss mich bei dir entschuldigen«, sagte sie und blickte aus dem Fenster zu der schlafenden Katze hinüber. »Ich habe nicht geglaubt, dass der Boxer ermordet worden ist, und dann, als wir in der Wohnung der Frau waren, war ich nicht wachsam genug.«

»Unsinn.« Brasch hörte Stimmen auf dem Flur und fürchtete, die nächsten Gratulanten würden sich vor seiner Tür versammeln, aber dann entfernten sich die Stimmen wieder. »Du konntest doch nicht ahnen, dass Muller auf der anderen Straßenseite mit einem Jagdgewehr lauerte.«

»Man darf private und berufliche Dinge nicht durcheinander bringen«, erwiderte Pia mit fester Stimme. »Das habe ich von dir gelernt.«

»Wie meinst du das?« Beinahe hätte Brasch gelacht. Was für ein Irrtum! Er war es doch, der unentwegt private Dinge mit sich herumschleppte, Leonie, die Geschichte mit der Fehlgeburt, sein todkranker Vater …

»Ich habe ständig an den Test denken müssen.« Pia wischte sich durch ihr kurzes strohblondes Haar. »Und an Roger, der in seinem Flugzeug nach Seoul saß.«

Brasch begriff überhaupt nichts. Den Namen Roger hatte er aus Pias Mund noch nie gehört.

»Ich war sicher, dass ich schwanger bin«, fuhr Pia fort und atmete seufzend aus. »Der eine Test war positiv, aber zum Glück war es falscher Alarm. Sonst hätte ich noch nach Südkorea auswandern müssen, um meinem Kind ein Leben ohne seinen Vater zu ersparen.«

»Wieso ausgerechnet Korea?« Brasch hatte das Gefühl, dass ihm das Denken nach all den Schmerzmitteln, die er geschluckt hatte, auf einmal besonders schwer fiel.

»Weil Roger da in den nächsten drei Jahren für seine Computerfirma arbeiten wird.« Pia lächelte verlegen und schaute dann auf die Uhr an ihrem Handgelenk. »Bis vor drei Tagen, sechs Stunden und siebzehn Minuten ist er so eine Art Hausfreund gewesen. Dann haben wir uns in aller Freundschaft Auf Wiedersehen gesagt.«

Brasch lehnte sich ans Fenster. Er sah, wie die Katze aufgeschreckt von ihrem Ast sprang und hinter einem Busch verschwand. »Ich habe immer gedacht, dass du und Frank heimlich …«, sagte er leise vor sich hin und verstummte, weil er sich plötzlich dumm vorkam. Er arbeitete so lange mit Pia zusammen und hatte keine Ahnung, mit wem sie sich traf, wenn sie nicht im Dienst war.

»So kann man sich irren«, erwiderte Pia, »selbst wenn man ein Polizist ist.« Sie trat neben ihn ans Fenster und schien nach der Katze Ausschau zu halten. »Manchmal ist es gut, wenn man all die Dinge klärt, die einem auf der Seele brennen.«

»Ja.« Brasch dachte an die weiße Sängerin. Über sie hatte er nach der Verhaftung Mullers kein Wort verloren.

Dann klingelte plötzlich Pias Telefon. Mit einer langsamen, ungelenken Bewegung zog sie es aus der Tasche. Sie hörte einen Moment zu, nickte wortlos, während sie sich vom Fenster löste, und reichte es Brasch.

»Schön, dass ihr so glücklich vereint seid«, sagte Mehler fröhlich. »Ich habe noch eine gute Nachricht für dich. Gerade hat Balk erklärt, dass unsere Suspendierung vom Tisch ist und wir nicht einmal einen Eintrag in unsere Personalakte bekommen. Es hat also nie eine Prügelei gegeben, an der wir irgendwie beteiligt waren.«

Brasch sah, wie Pia ihm zublinzelte und dann spöttisch den Kopf schüttelte.

»Da bin ich aber froh«, sagte er. »Habe schon gefürchtet, es würde noch richtig Ärger geben.«

Er ließ sich mit dem Taxi nach Hause bringen. Eine Nacht in einem ordentlichen deutschen Krankenhaus reichte aus, um sich wieder nach den heimischen Wänden zu sehnen, selbst wenn da niemand auf ihn wartete. Vier Telefonate waren auf seinem Anrufbeantworter aufgelaufen. Zwei ehemalige Kollegen, die nach Düsseldorf ins Innenministerium versetzt worden waren, gratulierten und wünschten gute Besserung, und als Dritter sprach Robert, sein Bruder, verwaschen klingende Glückwünsche auf das Band. Vielleicht war er betrunken, oder er hatte die Nacht wie so häufig in irgendeiner Kneipe zugebracht. Brasch meinte aus seinem umständlichen Gerede die Worte »Held«, »Ehre, dich zu kennen« und »Wahnsinn« herauszuhören. Der vierte Anrufer hatte keine Nachricht hinterlassen. Brasch vernahm laute, unregelmäßige Atemzüge, als würde da jemand mit sich ringen, ein erstes Wort zu sagen, dann jedoch, nach einem leisen Räuspern, wurde aufgelegt.

Er ahnte sofort, dass es die weiße Sängerin gewesen war. Leonie hätte nicht geschwiegen, sondern leichte, unverfängliche Worte gefunden.

Brasch nahm seinen Kopfverband ab, duschte und zog sich um. Dann ließ er sich von einem anderen Taxi in die Südstadt fahren. Er hatte keine Ahnung, wo er die Sängerin suchen sollte. Vielleicht lag sie irgendwo in einem abgedunkelten Apartment, das Muller ihr geschenkt hatte, und weinte heiße, schöne Tränen, oder sie beriet sich mit teuren Anwälten, dachte nur daran, wie sie ihrem Geliebten helfen könnte, auch wenn nicht einmal ein Wunder ihn retten würde.

Vom Chlodwigplatz, wo er das Taxi halten ließ, ging Brasch zum Rheinauhafen hinunter. Die Sonne schien so grell, dass ihm die Dinge um ihn herum unwirklich vorkamen, wie in einem perfekt ausgeleuchteten Film, als würde das Licht allen Gegenständen eine zu große Bedeutung verleihen. Auch der Lärm des Verkehrs verwirrte ihn, er klang viel zu laut und intensiv, als hätte er ihn vorher nur durch einen Filter wahrgenommen, der plötzlich nicht mehr vorhanden war. So ähnlich, dachte Brasch, muss sich Sonja

Schmoll gefühlt haben, als sie wie festgefroren mitten auf der Kreuzung gestanden hatte. Morgen würde sie gemeinsam mit ihrem Sohn beerdigt werden, und er würde Rainer Schmoll den Gefallen tun, auch zur Trauerfeier zu kommen.

Am Rheinauhafen parkte ein schweres, silberfarbenes Motorrad. Brasch nahm sich vor, geduldig zu warten. Er würde sich auf die Kaimauer setzen, auf den Fluss hinausblicken und bis in den Abend ausharren, wenn es sein musste. Mullers erste Vernehmung konnte Mehler auch allein erledigen. Eigentlich war er ohnehin eine Woche krankgeschrieben.

Als er an dem Proberaum vorbeilief, bemerkte er, dass die Metalltür nur angelehnt war und ein Schlüssel von außen im Schloss steckte. Vielleicht schaute ein pflichtbewusster Hausmeister nach dem Rechten, oder ein Toningenieur hatte sich schon an die Arbeit gemacht. Sanfte Musik war zu hören, ein Klavier, ein Schlagzeug, ein Bass. Eine Band versuchte sich an einem Jazzklassiker, dessen Titel Brasch nicht einfiel. Als das Intro vorbei war, erwartete er, dass die Stimme der weißen Sängerin einsetzen würde, doch niemand sang. Die Musiker waren ganz für sich.

Ohne ein Geräusch zu verursachen, trat Brasch ein. Der Proberaum war kaum erleuchtet. Trotzdem sah er sofort, dass das Podium leer war. Da saßen keine Musiker und spielten. Die Musik kam von einem Aufnahmeband, das im Hintergrund lief. Die weiße Sängerin lag mit ausgebreiteten Armen mitten im Raum auf dem Boden, als wollte sie auf der Musik davonfliegen. Als Brasch näher kam, hob sie kurz den Kopf. Sie sah nicht aus, als hätte sie eine ruhige

Nacht verbracht. Einen Moment lang glaubte Brasch, sie wäre betrunken, aber dann verzog sie ihren Mund zu einem müden, verlorenen Lächeln.

»Warum haben Sie das gemacht?«, fragte Brasch. Er spürte, dass seine Wut zurückkehrte.

»Ich habe kein Glück«, sagte die Sängerin leise, als wäre das die Antwort auf seine Frage. »Meine Vornamen lauten Pech und Unglück.«

»Sie sind mir gefolgt und haben Muller verraten, wo ich mich mit der Freundin des Boxers treffen wollte«, fuhr Brasch ungerührt fort. »Er hätte uns umgebracht, wenn alles so verlaufen wäre, wie er es geplant hatte.«

»Was weißt du schon?«, sagte die Sängerin verächtlich. Diese hässliche Nuance in ihrer Stimme kannte er noch nicht. Sie richtete sich auf und starrte ihn an. Erstaunt sah er, dass ihre Hände ganz schmutzig waren, als hätte sie in feuchte, schwarze Erde gegriffen. Die Band begann »Take Five« zu spielen.

»Sind Sie auch in dem Hochhaus gewesen?«, fragte Brasch. »Haben Sie zugesehen, wie er uns gefesselt hat?«

Die Sängerin erhob sich und ging zu dem Aufnahmegerät hinüber, um es abzuschalten. Dann fuhr sie sich mit ihren schwarzen Händen durch das Haar. »Ich glaube nicht, dass ich ohne ihn leben kann«, sagte sie mit ruhigerer Stimme. »Ohne ihn werde ich nicht mehr essen und nicht mehr trinken können, und singen werde ich auch nicht mehr.«

Brasch beobachtete sie, wie sie sich einmal um sich selbst drehte. Er glaubte ihr nicht. Wie eine Schauspielerin kam sie ihm vor, die gerade ein besonderes Stück probte, das Liebe und Verzweiflung hieß. Doch dann blickte sie ihm in die Augen, und da stand eine schrille, wilde Panik.

»Ich wusste nie, was für Geschäfte er machte. Ich wollte immer nur, dass er mich nie allein lässt.« Sie ging zu dem Podium mit den Instrumenten hinüber und setzte sich an das Klavier. »Ohne ihn habe ich immer Lampenfieber, vor allem, was ich tue.«

Brasch erinnerte sich, wie sie ihn vor kaum zwei Tagen berührt hatte, als würde sie sich wirklich etwas aus ihm machen. Es war alles Berechnung gewesen. Muller hatte gewollt, dass sie ihm hinterherlief, um ein paar Dinge zu erfahren.

Die Sängerin schlug eine hohe Taste an. »Manchmal habe ich gehofft, mich in einen anderen Mann zu verlieben«, sagte sie vor sich hin. »Ich habe nicht gelogen. Bei jedem Konzert suche ich mir tatsächlich das Gesicht eines Mannes in der Menge und denke, ich müsste mit ihm etwas anfangen, eine neue Love-Story.« Ihre Hand schwebte über einer anderen Taste. »Aber es hat nie funktioniert.«

Ungelenk und stockend stimmte sie die ersten Takte einer Melodie an, die wie ein Kinderlied klang. Brasch überlegte, einen Streifenwagen zu rufen und sie ins Präsidium bringen zu lassen, wie es seine Pflicht gewesen wäre, doch dann drehte er sich um und ging zur Tür. Die Karriere der Sängerin war beendet, noch ehe sie richtig begonnen hatte. Aus dem großen Auftritt vor dem Boxkampf würde nichts mehr werden. Er war sicher, dass er sie nie wieder auf einer Bühne sehen würde.

Als er die Tür erreicht hatte und sich noch einmal umdrehte, hörte sie auf zu spielen. Sie schaute ihn an und öffnete den Mund, doch kein Wort kam über ihre Lippen, als wäre sie plötzlich stumm geworden.

Draußen wehte ein leichter Wind vom Fluss herüber.

Zwei Möwen standen irgendwo über ihm in der Luft. Für einen Moment glaubte Brasch, dass es die große Freiheit tatsächlich gab; er konnte tun und lassen, was er wollte: weitermachen, wegfahren, sein Leben ändern. Dann entschied er, zum Chlodwigplatz zu gehen und bei Rosa einen schwarzen, süßen Kaffee zu trinken.

DANKSAGUNG

Vielen Dank für ihre Unterstützung sage ich Claudia Negele und Frauke Brodd, Joachim Jessen und Thomas Schlück, Renè Strien, Bettina Eltner, Christian Schröder und – natürlich – Michaela.